凤戏初唐（上）

薇哂◎著

重庆出版集团
重庆出版社

图书在版编目（CIP）数据

凤戏初唐/薇哂著. —重庆：重庆出版社，2009.9
（凤鸣九霄）
ISBN 978-7-229-00650-1

Ⅰ. 凤… Ⅱ. 薇… Ⅲ. 长篇小说—中国—当代 Ⅳ. I247.5

中国版本图书馆 CIP 数据核字（2009）第 065208 号

凤戏初唐
FENG XI CHUTANG
薇 哂 著

出 版 人：罗小卫
丛书策划：李 子
责任编辑：李 子
责任校对：李小君
装帧设计：余一梅

重庆出版集团
重庆出版社 出版

重庆长江二路 205 号 邮政编码：400016 http://www.cqph.com
重庆现代彩色书报印务有限公司印刷
重庆出版集团图书发行有限公司发行
E-MAIL:fxchu@cqph.com 邮购电话：023-68809452
全国新华书店经销

开本：720 mm × 1 000 mm 1/16 印张：30.5 字数：475 千
2009 年 9 月第 1 版 2009 年 9 月第 1 版第 1 次印刷
ISBN 978-7-229-00650-1
定价：39.80 元（全两册）

如有印装质量问题，请向本集团图书发行有限公司调换：023-68706683

目录

第一章·初次交锋 CHAPTER 01

第一次见到陈风是在这个城市最高的楼顶上，我坐在阳台的边缘，看着楼下围观的人群以及他们做的不会让我死得更好看些的防护措施，忽然觉得那些芸芸众生很笨、很笨。

问我凭什么如此觉得。

因为我是个混混，混混总是格外容易瞧不起别人。

也因为我将要死去，将死的人总是格外愤怒悲壮。

跳还是不跳？我宛如哈姆雷特思考生存还是死亡般沉重地思考着。

我可能真的会往下跳，因为IQ150的我已经在这个世界上混不下去了。想到这里，我委屈地吸了下小鼻子。

“小姐，请不要冲动。”

就在我百无聊赖之际，天台的门被推开了，一个长着双电眼的九头身男出现在我疲惫的眼神中。

我打量了他一眼，他很帅，而且穿着很有品位，是我喜欢的Brioni。更吸引人的是，他身后还跟着一个看起来适合在成龙大哥电影里演无敌反派的光头肌肉男。

我第一反应是：咦，真的有传说中的谈判专家出现在这里？

然后就想，怎么谈判专家都混得这么好吗？他一身行头都近七位数……算了，也别跳楼了，直接扒了他就发财了。

出于很久以前学来的家教，我看他一眼，懒懒问道：“你谁啊？”

估计他会觉得奇怪，一般打算自杀的人看见有人来劝阻，多半会喊“你别过来啊，再过来我就跳下去给你看"之类的蠢话，而我表情闲适得像在夏威夷的游轮上喝茶。

他淡然一笑，样子温柔无伤，再摆一个POSE就可以在这个阳光如此明媚的天台上为Brioni拍摄新一季的广告海报了。

"小姐你这么年轻漂亮，改变处境的办法应该很多，何必选择这样不明智的途径呢？"他缓缓说道，眉目间有着我看不透的笃定。

"不要以为夸我年轻漂亮我就不跳了啊。"我一边暗爽一边装出满不在乎的样子。

"难道真的没有什么可以阻止你了吗？"

我顿了顿，心生疑惑——虽然我即将死去，但我的智商并没有即将死去：这不是谈判专家应该说的话哦！

"是这样的。"我的直觉告诉我这个男人很可能会改变我的处境，于是我收起自己张牙舞爪的触角，尽量让他觉得我好相处点。

"那么想不想在临死前完成一下此刻的心愿，弥补一下所有的遗憾呢？"他笑得有点志得意满，像只老狐狸，更像是童话里诱骗人灵魂的恶魔。

这话确实很有吸引力，所以我就伸长了自己的耳朵。

"金钱，爱情，名誉，家庭，健康，无论什么问题，只要你说出来，我一定可以帮你解决。"他接着说。

"好像很神的样子哦？"

"你可以先下来吗？我们换一个地方谈。"他真诚地诱惑着我。

"不用，我现在的心愿就一个，你真的帮我达成我就不跳了。"

"请说。"他伸出修长的手，用宙斯般的语气对我说。

我憎恨他这种自信！

于是我仰起脸一字一句地说："你听着，我的心愿是现在离我最近的人替我跳楼……貌似现在离我最近的人正是阁下哦。"

他微一怔，嘴角挑起玩味的笑纹。

"不是说一定帮我解决吗？"我继续挑衅。

"也就是说我从这里跳下去，你就不打算自杀对吗？"

"算吧！"我小心翼翼地说。

“那么，也就是说我救了你，对吗？”

“嗯，或许可以这么说。”

“如果我救了你的命，那么你本已放弃的这条命的所有价值是不是该属于我呢？”

我晕，这可真是个不折不扣的白痴啊，跳下去命都没了，还和我讨论我的生命价值？人还满帅，可惜脑子坏了，难道传说中美女没大脑的理论在帅哥身上也适用？

“我想也可以这么算吧。”我决定逗他玩。

“那好，记住你说的话。”

话音刚落，他纵身踏上天台的边缘。那一刻时间似乎停滞了一下，所有的声音和喧闹似乎从我身边剥离，他，他要干什么？

我忽然紧张起来：他该不会是玩真的？

“稍等片刻！”我伸出手阻止。

他展开双臂，摆出《泰坦尼克号》女主角的姿势，对我微微一笑。

“喂，你别那么冲动，我……”

话还没说完，他已经纵身跳了下去！

就在这一刹那，他身后那个肌肉男牢牢地抱住我，将我从天台边缘拽了下来。

他就这样在我的眼中坠了下去了？我难以置信地张着嘴，一个“不”字凝噎在喉咙中：我是什么人，我怎么值得一个那么鲜活的人为我的无聊送命？这世界的人都疯掉了不成？

我奋力推开抱着我的那个光头，转身打了他一个耳光：“你就一猪，你拉我干什么？”

吼完后，我转身扑到阳台边缘，打算瞻仰这个耶稣般高尚的人的遗容。他应该还没落地，我刚刚大略算了下h=gt，这楼有300多米，我还可以见他最后一面。

让我ORZ的是，刚扑到阳台边缘，我就看见半空中“砰”的绽开一朵五色的花，我的150智商过了好一会儿才反应过来，那根本不是什么花，那压根儿就是一降落伞！

楼下的人都开始鼓掌，他们已经很久没见过如此精彩的高空跳伞了。

我的极度恼怒在他们热烈的掌声中爆发，我愤愤地骂道：“一群小市民！”

说真的，要不是那个肌肉男从后面拉着我，防止我情绪失控，我差点想跳下去扁那个骗子一顿。收起我不常流的眼泪，我狠狠瞪着那个反派：“放开我啊！”

“不行！你的命已经是我们老板的了，你现在没有任何自由。”他面无表情地说。

“什么法律做过这样的要求？”我嚷了起来，其实我发现我还是满有做泼妇的潜质的。

“这不是法律要求，而是你对我的承诺。”

阳台的门再一次被推开。

这家的电梯好像效率很高哦，刚刚在我脑海中牺牲过一次的人又出现在我的面前了，这人，我、我、我真的被打败了。

“我有对你做过承诺吗？”面对一个男人，你不要试图用武力与之对抗，你可以耍一些女人惯用的甜蜜伎俩，比如赖皮。

“难道你忘记刚才我们的契约？”他示意身后那个反派拿出了一样东西，我仔细一看，录音笔！

他不慌不忙地打开那个先进的录音笔，刚才的对白又重现了。

……

“你这个骗子，这怎么算呢？”等我算完中间的利害关系，我马上蹦到他跟前，对他怒目而视。

“怎么不算，你让我代你跳楼我已经做到，而你，是否应当履行你对我的承诺？”

他耸耸肩，摆出很可爱的欠揍相。

“我告诉你，刚才的那契约根本不受法律保护。本小姐要走了，你别跟着哦，小心我告你非礼。”

我心虚地伸出手指，指着他看上去很完美的鼻子气势汹汹地说。

“法律的保护？我不需要任何保护。我刚才那么做只是为了让你心悦诚服，毕竟，我需要一个真正被驯服了的下属。”

他一边漫不经心地说话，一边指示他的那个手下退到电梯口。那家伙临转身前，还在我面前秀了一把他的大好肌肉。

沉默……我 150 的 IQ 飞速旋转。

“那你说的，要让我心悦诚服，那我就告诉你我不服的原因。”我诡异地笑了笑，“你的逻辑不太对！你要救了我才可以支配我的生命价值对吗？”

“对。”

“那你要救我是以我要自杀为前提是吗？”

“不错！”

“那好……本姑娘是来这个阳台看风景的，根本没打算自杀，坐在天台上的人就是要自杀的吗？我根本就没想要自杀，根本不会死，你怎么救我啊？那些都是你的一相情愿，是你太有把握了！”

我咄咄逼人地把我的逻辑分析清楚，然后扬扬自得地看着他。

他怔了怔：“有点道理。”

“你自己也承认了，那我可要走了哦，以后我和你这个连降落伞都随身携带的怪人就没有什么瓜葛了！”

说完这句话我非常心虚地冲向电梯口，临了，我扫了眼电梯口那个光头，不由感慨，他长得可真像一个麦当劳家新出的巨无霸。

电梯门关上前，我调皮地对那九头身帅哥做了个鬼脸，他表情淡然，似笑非笑地说了句：“我们会再见的。”

第二章·卖身契
CHAPTER 02

看电影时得到过一些经验，比如一些牛人跟你说我们会再见的，那就一定会再见，而且再见以后就会有很凄惨的事情发生在你身上。

第二次见到陈风，我身无分文，拿着最后一罐酒坐在酒吧外。我不知道明天该怎么办，但并不忧虑，明天总会过去。

我曾一直打算来这座城市读大学，因为这里有地铁，我对地铁有种特别的感情。以前看电影的时候，它总是流光溢彩的；以前听歌的时候，它总是载满伤感的；以前，知道它的一切都是和爱情有关的。

可惜即便IQ150，我的考试成绩依然糟糕。当看到那该死的成绩时，我的大脑里首先出现的是地铁离我远去的轰鸣声，然后才无所谓地笑了笑。

怎么办呢？回去肯定是不行了，卷了家里一大笔钱跑出来闯天下，天下还没闯，钱却没了。更可恨的是……

想到那个我一直不愿但又不得不面对的真相，我把手中的罐子狠狠地扔出去骂了句："该死的地铁！"

来这个城市的第一天，我就花了5块钱买了张环票打算好好感受一下，结果是在人海中翻着白眼捂着鼻子感受贩卖黑奴的全过程。两个站后，我从那个沙丁鱼罐头盒里面逃了出来，并且领悟到电影作为一种艺术，是用来欺骗小孩子的。

"呵，当时应该买3块钱的那种票啊！"我一边抱怨一边看着马路上来来往往的车。

就在这时，一辆宾利Continental FLYING向我开来，开得很慢，因此我能看清楚它的每个细节。

"噢……"我发出一声花痴的惊叹。

本人从来就很虚荣，整天梦想过有钱人的生活，所以凡是有钱人关注的我都关注。车子、房子、名牌衣服、化妆品以及生活格调全是我休闲时关注的对象，这辆车子刚好是我比较喜欢的那一款，我曾经还在论坛上为它写过评论呢。

正出神间，那辆车就停在我的面前。车窗打开，一个我最不愿意看到的笑脸花儿似的绽放眼前。

"阴魂不散啊！"我不屑地站起身，扭头就走。

九头身帅哥的车不紧不慢地跟在我后面："肖小姐，我们可以谈谈吗？"

"叫我肖同学，我还不是小姐！"我转过身，气势汹汹地指着他说，"我知道你是谁，你老爸是美国巨富，你自己是著名的科学家、发明家、企业家，福布斯完美青年。"

前天我在街边的杂志封面上看到了这个混蛋，Wilson陈，陈风——中国的诺贝尔。

“拜托你不要再跟着我了，我不想认识你，也不认为我有什么地方会让你感兴趣。”

“呵呵，请不要激动，我只是想告诉你，你已经被我看中作为我最新活动的对象。”他温和地说。

“什么活动？我不感兴趣！”

我的脚步明显背叛了我的语言，我停了下来，怎么会不感兴趣，我感兴趣得要命，我有着惊人的好奇心以及求知欲耶。

“上车来好吗？这样我们不太好谈话。”

他在诱惑我，宾利 Continental FLYING 啊！

“我们没什么好谈的。”我虚张声势地说。

“其实我想说只要肖同学可以答应参加这个活动，我可以支付一千万的酬劳给你。”

“什么？”我彻底被震撼了，我立刻拉开车门，“一千万怎么不早说啊，你这人真是不懂得节省时间。”

在车上，他很客气地和我寒暄了几句，他身边的秘书则拿着一份很厚的资料向我们汇报情况。

“肖沫沫。女。年龄 17。智商估计 130，反应敏捷度较高，身体素质优秀。”他的秘书开始念那上面的东西。

“林越。女。年龄 23。智商估计 128，反应较敏捷，身体素质优秀。”

“吴东。男。年龄 28。智商估计 130，反应极度敏捷，身体素质优秀。”

他念了包括我在内的三个人的基本资料，后面的是一些跟踪报告以及各方面的档案。我听得瞠目结舌：我的所有资料他们都了如指掌。

“你们三个是我救下来的自杀未遂者。但是只有你通过了我的考核，可以参与这次实验！”他有些严肃地说。

怎么又变成实验了？晕，不会要解剖我吧？

“你知道为什么吗？”

“可能是、是我的智商比较高吧。”我有些结巴地说。

“不，不是这样的！”他看了我一眼，“你的智商是不错，但这不是关键。我选你是因为你够倒霉，比他们更了无牵挂。”

是么？我苦涩一笑，呵，除了倒霉，我一无是处。

“你考试失意，事业无成，男友移情，有家不能回，此刻身无分文，举目无亲。”他的秘书一开口就把我说成了倒霉蛋中的极品，不过是事实，我真的有这么惨，如果拉到华府前卖身啊，唐伯虎都要自卑而亡。

陈风发觉我表情不对，温和地安慰道：“其实这都只是暂时的，肖同学，你很有灵气，这也是你胜出的关键。那么你想不想改变这一切？”

简直是废话，怎么会不想。

“我已经预先以你的名义为你父母送去了一百万，告诉他们你现在在我的公司为我服务，他们很开心，表示为你而骄傲。而我也为你联系了一所美国的大学，只要实验完成就可以去美国读书了，只可惜我们没有办法很快给你一段真正的爱情。”

他说出来的全是我梦想的。不会这么好运吧？

那个实验一定很危险，我不能答应，可是如果不答应；人家又为我做了那么多，难道还叫他收回吗？

我思量了一轮，痛下决心：算了，本来就打算自杀，再危险也只是死，这样死不但有点科学价值，还能为父母留点钱。

想了一大堆后，我艰难地说：“我答应和你合作，不过可以先告诉我生还率吗？”

“哈哈。”他展颜一笑，“你真幽默，这个不好说，我们的实验课题是穿越时空。”

“什么！穿越时空？”我大吃一惊，“开什么玩笑！停车！”

真是精神病，以为自己拍电影吗？要穿越也要找斯瓦辛格那样的猛男或者安吉丽娜·朱丽这样的猛女才对啊，我？

他拉住我说：“是真的，我一直在做这方面的工作，现在已经成功了，只缺少一个合适的实验者。”

我看定他，本以为他永远都不动声色呢，原来他也会紧张。

权衡了一阵，我停止解安全带的动作，给他一个很平静的微笑：“那好吧。我已经没得选了，不是吗？”

我一向是个快节奏的人，思维稍异常人，我最擅长的是用最短的时间做出准确的抉择，当然，有时候这抉择会不那么合常理，因此，人们也管我这种情况叫神经质。

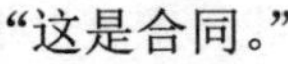

“这是合同。”

他的秘书递给我一份合同，我翻了翻，签上了名说：“这份卖身契好长。”

第三章·寻唐记 CHAPTER 03

陈风告诉我穿越时空的目的地是盛唐，时间是为期两年，到达后我必须为他拍摄一系列的古文明资料。

“对了，我怎么穿越时空啊？”抵达陈风家前，我好奇地问道。

“利用时空机器。我大学时主修空间物理，毕业论文写的也是有关穿越时空的。”

虽然我可能没办法理解，但是我仍然问他什么是时空机器。

他微笑着说：“其实时空机器只是一个通俗的说法，它的原理就是利用时空弯曲的特性建造‘虫洞’。”

“哦，我还以为你想把我打成什么粒子，像搞BT下载那样把我传过去呢！我是不是很无知啊？”

他皱了皱眉，眼神悠远地说：“怎么可以说是无知了，你敢于去想，这很好，任何事情都有可能！”

“喂，别这么严肃好不好啊，跟个老头子似的。”

“呵，见笑了。”他含蓄地笑了笑，转过话题，“这次的实验对我非常重要，我儿时的梦想就是能穿越时空。”

“穿越时空有什么意思？我以前也想，但现在早已经不感兴趣了。”我漫不经心地说。

"可能是我比较执著吧，认定的事情就一定要做出个结果。我母亲过世很早，儿时的我一直梦想可以穿越时空和她生活在一起，这个想法一直都不曾改变。"

一席话说完，车驶进了他的别墅。

进了他的别墅，我才知道自己居然那么庸俗，不停地在说"哇，好大的游泳池，哇，好大的花园"之类的配角台词。

"你的行宫啊？"我肤浅完了后问。

他看着我，有些忍俊不禁："行宫？哪有这么夸张。在你穿越时空之前你将会住在这里。"

夙愿得偿！真希望50年之后再穿越什么时空。狂喜之余我又问："那你是不是也住这里？"

"不是。"

"为什么不是啊！"我失落地说。

"怎么，你很希望我也住在这里吗？"

他笑吟吟地看着我，眼光是那种很大众的温柔，并没有什么特别的含义。

他带我在房间里面游览了一圈，把我弄得头昏目眩后说："从明天起你将会受到一系列特训，上午是了解唐代的历史以及文化，中午是野外的体能训练，下午有两个小时的跆拳道训练，最后晚上还有气质形体的塑造。功课有点繁重，但都是为了方便你的穿越之行。"

岂止有点，简直是非常繁重啊，彻底的斯巴达教义。

"陈先生，你不是打算培养女间谍吧？其他的我可以理解，那个气质形体的塑造我就不太理解，我的气质形体已经很好了哦。说真的，你没有发现我长得很像宋慧乔？"

我严肃地提出抗议，结果是被无情地否定，最气人的是他还说不知道谁是宋慧乔。

然后我就开始为期三个月的魔鬼训练，你可能真的不知道，那些历史和文化背起来有多可怕，我是理科生嘛，背书真是没什么天赋。

还有那个体能训练，一会儿把我放在被追杀的环境里，模拟逃生；一会儿让我在一个大森林里面找到维持生命的材料，弄得我对未来的古代之行充满了恐惧，搞得不好他们是要把我送到唐朝开荒。

跆拳道学起来还算轻松，但是也不知道三个月的训练有什么用。这些统统好说，最无耻的是气质塑造课，那个不男不女的专家时时刻刻对我指手画脚，把我说成了野人。我稍微提出意见他就说自己身为男性知道什么样的女人最迷人。

总之排除万难，来到了三个月以后的我，看到他时，他的脸上流露出了一丝惊异。他的秘书在身后不停地拍马屁："肖小姐现在真是脱胎换骨了，所谓士别三日当刮目相看，真理就是真理。"

是吗？我怎么没发现，镜子前面的我好像是很光鲜漂亮，不过那些都是钱堆出来的，柔顺得可以打广告的长发、光洁的皮肤、匀称的身材以及身上的CHANEL和脚上的GUICC，其实没有什么属于原来的我，我想唯一的收获是目光中多了些坚毅和沉静，那才是可以追随我、与我不离不弃的东西。

我看了眼那个秘书，有点不屑地说："你很谄媚耶。"

"这样就真的有一点像她了。"

陈风在一旁抱着手臂，研究我一阵之后，露出一个干净的笑容说。

"谁啊？"

"宋慧乔，我后来到网上看了她的照片。"

他还记得这个玩笑，我哪有像，随便说说的嘛。

就在我装纯扮羞涩的时候，那个曾在我跳楼时出现过的"大反派"带着一队人进入我们所在的会议室。

"老板，一切已经就绪了。"

他看了眼我，眼中明显有惊艳的意味。

"嗯。"陈风应了声转而对我说，"我们可以去基地了。"

基地？看来我马上要离开这个世纪了，很紧张啊，比第一次约会、等高考成绩什么的要紧张得多。其实去了古代我是否回得来，是否真的会像电影里面的主角那样如鱼得水都是未知数。真糟糕，我甚至没打电话给我爸爸妈妈，和他们说再见，还有那个甩我的臭小子，他在新的学校是否还习惯，忘记告诉他我已经原谅他了，祝他幸福。

陈风看出了我的紧张，没说什么只是拍拍我的肩膀。

到了他们的科研基地我才发现科学的恐怖，这个城市似乎都被他们的监控中心监控着，怪不得陈风可以随时找到要找的人和得到想要的信息，我也不知道这是不是合法，但这不关我的事。

“那就是时空机器吗？”

一到达基地底层，我的目光就被中心位置放着的一个半径约一米的淡紫色发光圆球所吸引。

“其实时空机器是这一层楼的统称，那个只是你的承载体。它的外壳材料很特殊，抗震、防高温、防寒。中间还有个夹层，里面有一些高智能装置，以便供氧和接受讯号。你在里面应该是很安全的。”

说话间他在一个机器上按键打开了那个球：“坐进去试试。”

我有些迟疑地坐了进去，里面的座位设计非常舒适，而且可以将我固定。

“合上以后，你可以看到外面的情况但外面却看不到你，到达后你在座位前的键盘上输入密码就可以打开它了。”

“那我怎么回来啊？”我急忙问道。

“还是利用它。它可以辨认你的指纹，只有你才能打开它。进入球体后，打开电源它就会自动发出讯号，我们一旦接收就会接你回来了。”

“哦，我明白了。”真是很高级啊，“那么现在我就要走了吗？”

“你等等。”

他示意秘书打开了一个箱子，箱子里面有一套古代人的衣服以及首饰，只是那些首饰造型有点奇怪，其余好像还有什么我没瞄清楚。

“先换上它。”

我乖乖地跑去试衣间换了衣服，不过……

“喂，有个问题啊。”我有点不好意思地问他，“古代女人好像是穿肚兜的，你给我的丝绸紧身内衣不怎么对哦！”

“那不是丝绸，那是特殊的防弹材料做成的，和我的外套是同种材料，这样可以免去一些不必要的伤害。”

“你的外套？”

“是啊，我的外套都是特制的，根据受力情况不同可以发生变形，比如上次的降落伞。我的事业还没完成，所以必须减少遇险的可能。”

了解，怕死就怕死，找什么借口。

“那这些首饰呢？”

“哦，戒指上的宝石其实是一个微型的摄像器，它可以全角度摄像，而且容量

很大。耳环其实是窃听器。我还为你准备了一台超微型的电脑，里面有各种资料以及一些娱乐软件。这些设备的电量足够支持到你回来，不用你担心。然后就是一瓶散光球，别看它们很小，逃生是很有帮助的。”

哈，法宝还真多，到时候再研究一下。

“好了，时间到了，你可以准备起程了。”

他看了看表，抚着我的肩说。

球要合上的瞬间，他意味深长地看了眼我说：“一定要回来！”

我破天荒温柔地笑了笑，“放心，我不会做项少龙第二的。”

应该不会吧，我不大可能因为爱上古人而放弃完美的21世纪以及完美的社会主义社会的哦？

我坐在椅子上，合上眼说了句，88。

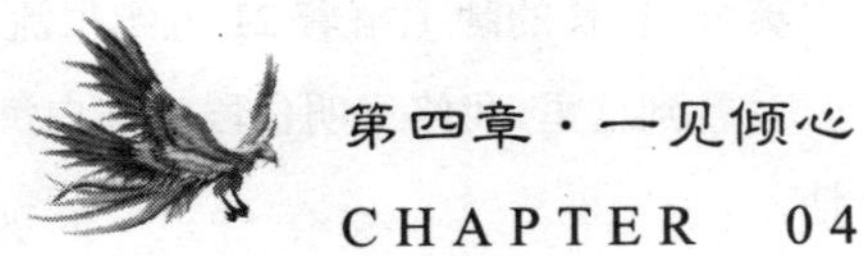

第四章·一见倾心
CHAPTER 04

我一直以为穿越时空像长途旅行，但实际上只花了短暂的一瞬间。但这个一瞬间给我很黏稠的感觉：黑暗以及彻彻底底的陌生压得我几欲窒息。

再度感受到地球和生命的气息时，我缓缓睁开双眼，眼前呈现的是一片纯洁静谧的蓝色。

我透过显示屏看见自己正在一片辽阔的水域中急速上升，这样的感觉真的很梦幻，我连眼都不敢眨，生怕会因一眨眼就从这样完美的境界坠落至万劫不复。

它终于完全浮出水面了，我迫不及待地打开门，“刷”的从里面站了起来。

我从来就不曾想过世上有这么突兀而完美的相遇。

我从球里出来的那一刹那，他就和周围的青山白云一起铺天盖地映入眼帘。

那是一个全然陌生的古代男人，他手执玉箫，表情错愕。

看到那个古代男人，我的心先是一滞，然后猛地跳动起来。我马上明白我估计是遇到了传说中的一见钟情。

这种感觉说不上来，只是觉得他一身白色锦袍手持玉箫略带惊诧看着我的时候，我就彻底沉沦在他双眼的温柔中。

神仙哥哥？我花痴地盯着他的脸看，我这人不怎么喜欢看别人的身材，单爱看脸。我最讨厌的男人类型就是拿着一双小眼睛上下打量人，然后在心里面迅速计算比例的那种。我曾经有当街扁过一个胆敢如此打量我的男人，那时候我泼悍之名就传遍宇内了。同理可证这样的女人也很不讨好，对吧？

好了，言归正传，他的脸长得很俊秀，也许可以归为小白脸的范围，这样比方可能有点太唐突这个帅哥，不过谁叫他长得还真是偶像派的脸。他的眉眼看起来很英气，长长的睫毛搭着 21 世纪很流行的韩式内双眼睛，显得很有漫画气息。

看到这里，我终于明白段誉那白痴一见到王语嫣就立刻伏地喊神仙姐姐的心情。

为了不让自己显得那么白痴，我尽量提醒自己对陈风的承诺。

“姑娘！”

他的声音把我从极度花痴的幻想中拉了出来，我很不情愿地发现原来我的出现打破了这里的平静。我出现的地方只是某座山上的小湖泊，而眼前这个帅哥可能是来这里陶冶情操的。

“妖怪啊！救命啊，妖怪！”

他的跟班们被忽然出现的我吓得魂不附体，大叫大嚷破坏我和帅哥初见的浪漫指数。

“少爷，快走啊！”一个大胆忠诚的跟班颤抖着上前拉他。

少爷？他会不会是我的主角呢？我不怀好意地打量他。

见我目不转睛地看着他，他的目光也淡淡地扫在我脸上。

怎么可以帅成这个样子？我的口水几乎都要流出来了。

他浑身上下流动着一种气韵，淡定而高贵，我想这才是他吸引我的关键。我们那个世纪的人活得都太忙碌了，太忙碌就会显得功利，所以那样淡定的气质是不太可能有的；而高贵的话，不知道从什么时候起，他们已经丢掉了这个字眼的精髓。

“你不怕我吗？”我仰脸笑问，也难怪他们会把我当妖怪，凭借他们的知识根本无法解释我从水下大球里出现的原理。

他摇了摇头：“不怕，在下已经恭候多时。”

等我？怎么可能，难道我在唐朝还有接应？怎么陈风没有和我提起过？

“可以告诉我你是谁吗？”他凝视着我的双眼问。

虽然我知道这是礼仪，但是我还是建议帅哥不要这么毫无顾忌地电别人。我不可以露出一点羞涩的样子，我是21世纪来的耶，怎么可以这么没有抵御能力。于是我鼓起勇气，露出我洁白闪亮的八颗牙齿给了他一个国际标准的笑容：“我是洛神！”

猜他会不会相信呢？

他嘴角微微上扬，他和陈风一样，是那种矜持知性型帅哥，笑容都挺含蓄的，但他的笑容明显少了许多客套成分：“我从不相信鬼神之说。”

离他较近的一个约莫是书童的人听我说自己是洛神，连忙跪拜起来。其余的人也慢慢收起了恐慌，往我们这边靠近。

我有些调皮地吐了下舌头说：“就知道你不会相信。”主角当然要有主角的派头哦，“请问现在为何年？”

“贞观十五年。”

贞观十五年？那就是说李世民还在位，如果我没记错的话，他没几年就要挂掉了。

“对了，你先前说专门来等我，你怎么知道我会出现在这里？”

我一边说一边伸出手，示意他把我从那个球里面拉出来。他面色略显尴尬，稍一迟疑还是拉住了我的手。我往岸上迈时顺便瞄了下他的手，他的手指修长清瘦，说不出的好看，只是握起来有些冰冷。

“这几日我夜观天象，察悉异数，心知或有异象应运而生，推算几日方算出此地。想来姑娘便是我所等候的了。”

天，我们用的是不同的语言体系吗？难道以后我遇见的人都要这样说话？不过这个帅哥好厉害，竟然连我的出现都可以推算得出来。想到这里我的眼中不由流露出了一些钦佩的意味。

“姑娘还未曾回答我的问题，你到底是谁，从何而来？”见我盯着他看，他的眼神有意无意地游离到一边，看来他是个谦谦君子，这下麻烦了，君子一般不好相处也很难追到手。

"那你先告诉我你是谁，你从何而来啊？"

他的书童在旁边听着我们的谈话，忽然插嘴说："我们少爷那可是这长安城内无人不晓的人物啊，他可是司天监提点大人！"

原来是司天监的提点大人，补习的老师曾经给我提过唐代的部门设置，他这么年轻能在天学方面有如此高的成就，当真了不起得很。

"在下李书予。"

这个名字好像还不错，反正比我那个要拿得出手，我咂摸了一下，笑嘻嘻地问："你字什么？好像你们都应该有字的吧？"

他略一沉吟："草字步月。"

哈，被我骗出来了。

"那我就叫你步月好了。"

发现自己的脸皮真的很厚，谁都知道叫古代人的字表示关系非常亲近。

"这……"

"自我介绍一下，我叫肖沫沫，我从什么地方来就先不说了，毕竟我们好像也不是太熟。"我连忙扼杀了他否定我的企图。

就在这时，他忽然皱了一下眉，脸色变得有些苍白。

"少爷，您？……"

他书童立刻扶住他问，脸上的神色颇为着急："这里山风冷得紧，您出门已久，该回去了。"

从他们的对话看起来帅哥现在身体状况不太好，他到底怎么了？

他推开书童，微笑着说："无妨。肖姑娘可否与在下同路下山？"

"当然，我不认得路，所以要劳烦你带我下山。不过你们可不可以帮我把它藏起来？"我指着那个时空机器问。

答案当然是可以咯。

我拿出时空机器里的东西，有些依依不舍地合上它，这才让步月的手下将它抬进了附近的一个山洞中。

一切搞定以后，他的两个跟班从不远处把一顶软轿抬到他身边："少爷，请。"

他看了一眼我说："肖姑娘体质较弱，还是由你来乘轿吧。"

“不了不了。”我连忙推迟，我体格好得很，“你身体似乎有些不适，就不用客气了。”

我连时空都穿越了，难道还搞不定一条小小的山路，切。

他可能是看我说得真诚，也就不再推辞，我则乐得跟在后面记路线。

山回路转地走了半个多小时渐渐看到些繁华了，心中有些兴奋又有些惴惴不安。我沿途向那个叫无心的书童打听帅哥的资料，大致已经对他有了点了解。

他父亲是前司天监提点李淳风，最近为了编写一本什么书向皇帝求得恩准云游天下去了，家中只有母亲、寡嫂以及一个投奔他家的表妹，人丁稀薄。至于我伟大的主角帅哥步月，那就更是了不起，不但精通天学，在文学方面也才华天纵，占尽长安风流。

到长安城时，天色已经有些暗了，但是这座古城掩映于灯火中的繁华还是让我大吃一惊，车水马龙，火树银花间的古韵彻底将我的心俘获。

“姑娘欲往何处去？”

步月一句话把我从梦幻拉回到最残酷的现实，我低下头，有些委屈地想了想，肯定是住客栈了，但是住两年客栈好像也太不现实了吧：“不知道，随便走走。”

“如若不嫌弃，姑娘可移步前往寒舍小住几日，日后觅妥去处再做打算，可好？”

嗯嗯嗯，我在心里面点头无数次。当然好了，近水楼台嘛，而且还可以先解决我的住宿问题，真是再好不过了。

我故作沉思状，心中却在幻想我们的浪漫爱情，完美的古代花园，我抚琴他吹箫，他填词我研墨，夕阳西下时什么顺便还可以携手共看晚霞，两年的时间很好打发。

咦，慢点，这两年呆在他家里那陈风交给我的拍摄任务怎么办，难道拍一部古装言情片给他吗？

收起无聊的念头，绽了个笑容给他：“正愁没地方去呢，那就叨扰你几天了。”

一路行去，我再无寻思看风景，身处异时空的陌生感让我备感忐忑。正低头思索间，步月的声音在耳边响起：“肖姑娘，到了。”

我错愕地抬头，见自己已置身于一所大宅前，上面写的字我不认识，大约李府之类的东西。

无心上前扣门，咚咚咚的，敲得我有些许慌乱。

“表哥回来了？”

门应声而开，一个藕色衣服的女子打开门，笑靥如花地看向我们这边。

“是的，紫卿，母亲可好？”步月欠身下轿，温和地问。

“姑姑安好，只是你在外可曾被风吹着？”她快步上前，把手中拿着的狐裘披在他肩上，“这位姑娘是？”

忙完这些，她的目光落在我脸上，有些冰冷，更多的是一种探询。

“哦，苏姑娘，我姓肖，是步月的朋友。”我笑吟吟地看着她说，心想这个情敌好漂亮哦。

第五章 · “金枝欲孽”
CHAPTER 05

晚餐时见到了步月的家人，他母亲是个严肃的老妇人，待人接物的方式很是客气。我的情敌 MM 显得很贤淑，把老夫人伺候得极为妥帖。至于他那个寡嫂则是一副尖酸嘴脸，对我极不友好。

饭桌上老夫人问了我一些姓什名谁，何方人士的问题，步月怕我答出纰漏，帮我挡了回去。

“肖姑娘晚上就住在东厢房吧，和紫卿有个伴。”吃完饭，老夫人简单地吩咐道。

我笑吟吟地点头称好，古龙说爱笑的女孩运气都不会太坏，来到这样一个人生地不熟的地方，甜美的笑容是绝对不可以少的。末了，我看向苏紫卿，她眼中隐约有不悦的意思。

“姑姑如此安排甚好，我与肖姑娘一见如故，正有许多话要说呢。”她微笑道，显得温文有礼。

寒暄了一阵，宴席方散。一个小厮带领我来到东厢，我的房间环境很不错，布置也颇为雅致，左面墙上还有一幅步月亲手绘的工笔仕女图。丫头伺候我梳洗完后谦恭地告退，我满意地舒了口气，打算小憩片刻再上街遛弯。

“姑娘还没歇下吗？”

我刚化完晚妆打算出门，苏紫卿的声音便从门外传来。

“还没呢。”我起身为她开门，见她端着一个小香炉，有些好奇，“这个是干什么用的？”

她淡淡地回答：“这是表哥吩咐拿来的，里面是安息香和百合，想来是解除旅途劳顿，安神助眠的吧。”说着她走进屋内，将那个爱心香炉放在书案上。

我正嫌一个人出门不方便，忙亲切地拉住她的手说：“啊，苏姐姐，你说现在外面是不是很好玩，我们一起去逛夜市怎么样？”

她黛眉微微一颦，挣脱我的手说：“该就寝了，这时分，规矩人家的女孩是不该想着出去的。”话还没说完，她有些鄙夷地闪身而出。

完了，看来她非常不喜欢我。

我摇了摇头，从行囊里面拿出电脑，难道里面那么多电影我不知道看？

不知为何，看着电影的我渐渐开始走神，胸口一阵莫名其妙的烦闷，让我喘不过气来。

为了缓解这阵胸闷，我关掉电脑，推门走了出去。刚一推开门，微凉的风带着菊花的香气扑面而来，看着眼前陌生的古代宅院和自己飘逸的袍袖，感觉一切东西都是安静的，旧旧的，惹人怜惜。

想起步月，心里泛起一阵难得的温柔，思量片刻后决定去看看他，打定主意我便往前厅走去，不料刚走出不远，却见无心那个家伙慌慌张张地从假山后老夫人的房中出来。

这么晚了老夫人叫他估计是向他打听我的来历吧，晚饭时步月的回答言辞闪烁，老夫人的疑惑应该还很深。

我怔了怔，缓步往步月书房走去。

刚走到步月书房外，他正好推门而出，同我打了个照面：“肖姑娘？”

此时此地见到我，他有些错愕。

“看见我很惊讶吗？我正好睡不着就找你玩来了，不吵你吧？”

月光下良人如玉，真是赏心悦目啊，某花痴的口水已经流得像雅鲁藏布江了。

"呵。我正有些困惑，心生倦意，打算休息片刻，你进来吧。"他让开房门示意我进去。

我一进门就被他的房间吓了一跳，这哪里是古代才子的房间，简直是现代科学家的书房嘛。

"那些是什么东西？"我指着一些怪模怪样但看起来有点科学仪器样子的东西问。

"这是圭表，那是漏刻，那两个是浑仪、浑象。"他指着书案旁边的几件仪器说，"浑仪是测量天体位置的仪器，是由许多同心圆环组成，中有窥管。家父曾改进过此物，深受各位同僚推重。"

虽然我对天文不感兴趣，但还是微笑着表示很欣赏那个东东，不过不用照镜子也知道我笑得有多假了。

"那是漏刻？你们可是用这个计算时间？"眼前忽然一亮，我指着一个在古装片里见过的东西问。

"不错。用漏中的浮箭指示时刻便精确多了。"

"切，也不怎么精确，你看看这个。"

我从怀中拿出来一个新月造型的仿古小怀表，递给了他。那是我前男友送给我的生日礼物，我非常喜欢，所以一直留着。

他接过怀表打开，《蝶恋》的旋律立刻流转在我们身边。

"这是？"

他看着那个小怀表，眼睛里面闪出震惊的光芒。

"漂亮吧？"我得意地说，"那是怀表，用这个计时更准确。"

然后我就开始详述钟表计时的原理，我自己都一知半解，偏生他问得又很专业，所以我解说得极其痛苦。不过帅哥喜欢听，说再久都不怕。

说完了钟表的原理，又说到了圆周，到后来连地球的自转公转什么的都说起来了。他听得入神，我也就拼命陪他侃，大有一副舍命陪君子的样子。

正说到牛顿的时候，门被推开了，一个窈窕的身影立在书房外面。我二人脸上笑意一滞，同时看了过去。

"表哥。"

苏紫卿站在门口喊了一声，语气饱含幽怨，目光在他的脸上停留了片刻又转

到我的身上，如此流转几轮，才又开口说："夜深了，给你送参汤提神。"

"紫卿，以后这些事交给下人做便好。"

苏紫卿款步进房，将参茶放在案头，环顾了下四周，把手上的一柄剑悬挂在墙上。

"这是？"步月对于此举表示不解。

"姑姑吩咐拿这柄祖传宝剑过来。" 苏紫卿的语气隐有不悦，说到这里，她锐利的眼光落在我身上，"说是可以镇宅驱妖。"

不是吧，把我当妖精了？看来是无心那小子在乱嚼舌根。

步月一向淡定，听出她话里含沙射影的意思也并不怎么生气，只是皱着眉取下那把剑说："哪里来的妖邪之说？把这剑拿给母亲，果真有妖物，要保护的也是她老人家。至于我，一条残命又何需惧怕？"

可能步月从来没对她说过这样的话，苏紫卿先是一愣，泪水立刻滚了下来："表哥！"

"好了紫卿，夜越发凉了，你也该休息了。"见到表妹的泪水，步月的语气平和了下来。

她接过那柄宝剑，侧过身，面色忿然地看着我说："怎么肖姑娘还不就寝吗？"

"哦，我还不困，和步月说会儿话再走，你要困了先去睡吧。"我睁大眼睛，故作天真状。

我实在不喜欢这些说不来真心话的女人，是不是很恨我啊？有本事在你表哥面前给我一耳光说句我恨你，给我滚，那我就服服帖帖地走，绝对不碍你的眼。

她显然不会做这样有违淑女教义的事情，瞪了我一眼就出门去了。

"我！"

见她出门，我和步月同时开口，不知道为什么，尴尬过后，人都想着要去辩解些什么。

"我知道她们把我当妖怪了。我不介意，毕竟我的出现最好的解释就是灵异事件。只是，你不会也把我当妖精了吧？"说这话的时候，我心情确实有点失落，没准她们还把我当狐狸精了呢。

"呵呵，姑娘有若天人，我怎会把你当妖邪亵渎。虽然我猜不透你的来历，但我想你绝非本朝本国人。"他笑了笑，温柔地说。

天，灯光下他的笑容好好看，真可惜没有拍下来。

“聪明！”我先赞了一句，“接着说。”

“有可能是天外之人。”

“还是把我当妖精了，只是换了种说法，升华到神仙了。”我有些不满地嘟囔。

“不是！我说的天外之人并非神仙，我不信这些，我只是……”

“外星人？你以为我是外星人？”

他旋即释然：“对，只是我还没想到如何称谓。”

“我不是外星人，我是和你一样的地球人，只是从一个很远的地方来，那里把你们的文明发展到了一个你想象不到的境界。你不要想那么多，要正视我，为我保密，好吗？”

我才不要当外星人呢？不然他接受起我来就更麻烦了。

他默然看了我半晌，点了点头。

哇，独处哦，还离得这么近，我的心怎么跳这么快。完了，千万不可以想太多。虽然很喜欢他，但我们还是要有一个健全的交往过程哦。

“好晚了，我要睡觉了。还有，那个怀表你要是喜欢就送给你，方便你确定时间。”

“不妥，姑娘似乎更需要它。”他推辞我的好意。

“你拿着嘛，当不当我是好朋友？是的话就收下，不是的话就把它扔掉，反正我打算送人的东西从来不收回。”

我把话说完，做贼心虚地逃出门外。

啊，外面的风吹得真舒服，天上的星星也比21世纪的要亮，晚上可以睡个甜美的好觉了。

一早醒来，我的头有些疼，眼睛特别涩，恶心得想吐。我琢磨着难道穿越时空也要倒时差？

就在我郁闷的时候，一阵敲门声传来：“肖姑娘，姑姑让我叫你用饭。”

糗大了，第一天到别人家就起这么晚。

“哦，我马上就来。”我连忙换上外套起床，幸亏我的头发很好打理，又不用梳古代人的发髻，几分钟搞定发型后，丫头的洗脸水已经送来了。

“小姐。”那个小甜甜丫头一边伺候我盥洗一边摸我的头发，“你的头发真好。”

当然了，我的头发被造型师搞得完美无瑕，现代人看到都会流口水。

“没办法，天生丽质难自弃啊。”我得意地笑弯了眼睛。

经过昨晚的无心告密事件后，饭桌上的气氛有了微妙的变化，老夫人不怎么答理我，步月的嫂嫂则是一脸防备，苏紫卿对我倒是挺热情，还向我劝菜。

“妹妹，王法师何时到啊？”步月的嫂嫂停下用饭，阴阳怪气地问。

“须臾即至了。”苏紫卿柔声说。

“那便好，说起来，从昨天开始我身上就很是不自在。”

“不自在，那是欠揍欠的。”我一边喝汤一边小声嘀咕。我还不舒服呢，谁为我负责？

“母亲，叫那些糊涂人来做什么？”步月有些生气，但克制得很好。

老夫人有些不悦，没做正面回答。他嫂嫂抢先答道：“宅子里面多出来一些不干不净的东西，请大师过来瞧瞧，也是为了大家好。”

“够了！”步月长身而立，“自父亲起我们李家就断绝与那些人来往，如今我李书予更是不待见这些蠢物，我去当值了。还有，肖姑娘是我的朋友，客居家中，还望嫂嫂拿出风范以尽地主之谊。”

步月的一席话消除了我心中的愤怒，他可以为我说这些忤逆的话，我应该可以满足了，忍忍先。

第六章·长安古意 CHAPTER 06

步月刚走，老夫人一行便簇拥着一个长相猥琐的道士来到了后院。

我正在后院看书，书是我问步月要的，目的是想赶快熟悉古代文字。

“老夫人！”我起身向她行了一个礼。

老夫人没有回答我，一双眼盯着我，眼底并没有多少善意，只是冷冷地向我点头，然后吩咐那法师作法。

那个贼眉鼠眼的法师得到老夫人的授命，忙拿着一把剑围着我东荡西晃，口里念念有词。步月说那家伙是蠢物，倒还真是很贴切。

我不打算理他，只埋头看书。不料他见我不为所动，索性含了口符水便往我身上喷。

我被这种明目张胆的愚蠢激怒了，当下举起那本淋湿的书狠狠地砸在他脸上，他躲闪不及，被砸了个正着。

他一惊，捂着脸看了看老夫人又看了看我，一时不知做何应对。过了好一会儿他才涨紫了脸道：“老夫人，这妖物道行太高，非我辈能降。”

“是啊，是啊！”步月没脑子的嫂嫂马上接口，“连昨晚的雄黄和獗炎香都对付不了呢。那可如何是好？”

我在一旁听了，心中一咯噔，真是命犯小人！

“夫人勿扰，小道这里有几道灵符，贴于妖患最重之处必可降伏它。”那破道士说出了骗钱的经典台词。

我冷眼瞧了会儿这群愚蠢妇人，连辩解的兴趣也没有了。既然她们如此憎恶我，等我见了步月，明儿一早自行告辞便是。

撇开她们能杀死人的目光，我以最骄傲的姿态回到那个素雅干净的房间。一回房间，我就打开昨晚的香炉，里面还有些没烧完的香料，仔细一分辨，远不只安息香和百合两种，看来她们趁我去步月房中的时候加了一点别的东西，今天早上的不适应该也是这些所谓的降妖香料造成的。

哼，既然你们这么不讲江湖道义，不守妇道，那就别怪我辣手摧花。

晚上照例和步月聊完天才回房，我并没有睡觉，在等，等待一个恶作剧的机会。

好不容易宅子里面所有的人都睡了，我带着电脑跑到那个笨女人窗下，打开我从几部经典鬼片里选好并编辑妥当的声音片段。

“砰”“砰”“救命啊”“来人啊”……

哈哈，里面反应好强烈哦！我促狭地蹲在墙角边，一边捂着耳朵一边偷笑。

啊，叫吧，再叫大声些，没人听得到，谁叫你住在这个独院里面。等那段声音文件播完，里面已经再无声响了。

回房间一夜好梦不提！

清晨醒来，简单地收拾了一下，打算向步月告辞。不料甫一开门，一碗腥臭的、还冒着热气的东西就当头泼到我脸上。

这是？我愣了愣，狗血吗？

我面无表情地擦掉眼睛上的狗血，淡淡地看着院子里所有的人，最后才将目光落在苏紫卿身上。

步月的嫂子端着鲜血淋漓的空碗，惊慌失措地看着我，一边后退一边断断续续地对苏紫卿说："妹……妹妹，她还……还没现形，怎么……办？"

已换好官服的步月闻讯赶来，见此情景，先是一怔，然后快步上前替我擦脸上的狗血。见我面无表情，他关切地问："肖姑娘，你还好吗？"

这一刻，心中转过百种心思，最后才倦倦地说了句："什么地方可以洗澡？"

泡在古装片常见的大浴盆里，里面照例泡了些花瓣香料，苏紫卿已经把所有的事宜打理妥当了，所以我要做的只是发呆。

说实在的，当那些狗血泼过来时我很想给那个女人一耳光，但如果那一耳光过去叫步月情何以堪？我当然可以洗完澡后鼓起斗志，把这个古代大院闹得鸡飞狗跳，可又有什么意思，徒增旁人厌恶罢了。

也许我该走了吧，答应了陈风的事情不要毁约，我可不要看他脸臭臭的样子。

至于步月，好舍不得他。记得以前很喜欢一部武侠片的主角，喜欢他的睿智痴情，喜欢他的无怨无悔，喜欢他漫不经心的高贵，甚至连他的残疾都喜欢。那时候，每当我心中寂寞时，总是想陪他去江南，看花飞花舞花满天。他甚至可以不爱我，只要我爱他就好，我默默地在他身后为他推轮椅，累了就伏在他膝上心疼他的心痛。

而初见步月，身着绫罗素锦、寂寞临水的他和我梦中的情人是那么相似，甚至让我一度认为这就是我想要去厮守的男人。

可惜……

心中一痛，爽利起身，换上衣服对着铜镜里的人儿微微一笑，旋推开门去。

一出门就看到步月怜惜的眼神，那眼神重伤了我，我别过脸去，不让自己流下眼泪。

“肖姑娘，衣服可还合适？”苏紫卿救了我的场。

我看了看她，淡淡地说：“很合适，颜色我也很中意，谢谢你的衣服。”

“表哥，既然肖姑娘没事，那你该去司天监当值了。”苏紫卿柔声对他说。

这女人真残忍，让我再看他一会儿不行吗？

他看着我说：“那我先走了，你，保重！”

我点了点头。放心，我会好好保重的。从来就没人真正爱护过我，所以我会加倍爱护自己。

留了封信给他，知道他看不懂简体字，写太多也没用就写了两个字：告辞！

潇洒地向所有人道别，大家脸上写着明明白白的解脱，我微微黯然：原来我给他们这么大的压力。

苏紫卿送我出门，不断地挽留我：“肖姑娘，我们大家都舍不得你走。”

我第一次认真地看她，真有点不忍心，那样柔美的一张脸，但我还是毫不犹豫地给了她一个耳光。

当那个耳光落下时，她捧着脸，显得非常难以置信。

“法律条文没有规定泼人狗血者该当何罪，我今天给你们大唐加一条条文。顺便告诉你，你表哥我要定了。”

到长安逛了一圈，把补习老师教给我的知识实地复习了一遍。唐代长安城，由郭城、皇城、宫城所组成，规模非常宏大，建筑也相当雄伟，如果没记错这个时候长安城人口100余万，是当时世界上最大、人口最多的城市。

长安城大还真不是盖的，南北方向有街道11条，东西方向有14条，我一时半会也弄不清楚。因为大街上没有TAXI，我游玩过六街就虚脱在一个客栈里面了。

“公子，要些什么酒菜？”店小二殷勤地招呼我。

进客栈前我把陈风给我的一码成色十足的金条在钱庄兑成了现钱，为了行走方便我顺便还买了套男装，打扮得挺衣冠楚楚的。

“都有些什么啊？”现在的我可是财大气粗，摆出一副很大爷的样子。

小二报完菜名后，我胡乱点了一桌子菜。吃之前，我打开戒指上的开关，给陈风拍了一期美食节目。

正吃得酣畅，旁边座位上几个看起来像是商人的人聊起一个我比较关心的问题——那就是房子。

“那家人置宅子时可是大手笔啊，如今却……”

“能卖300两已经很不错了，那宅子被抄过的，充公后官府再卖自然贬值多了，谁肯沾那个晦气？况且……”

说到况且时，那个胖男人压低了声音：“据说还是凶宅，不干净，先前有过几个主，可都被吓跑了。听说还是个女鬼。”

闹鬼？怎么又是这样的桥段？不过这房子要真只卖300两，我还真有能力买下来，再贵的就有些棘手了，加上我暂时又没有工作，钱最好还是省着点花。

“唉，其实刘大人那可真是冤呐。”一个干瘦的小老头一边喝酒一边感叹。

“朱兄，说话可要谨慎点。”那个胖子立刻给他使眼色，“先皇定的，哪轮到我们来说。”

听了半天，我已经对这个房子有点了解了，它位于长安最有名的朱雀路，主人是一个姓刘的大官，因为某些原因被抄了家，房子就被贱卖了，如今更加不幸的是还闹鬼。

闹鬼，好刺激哦！明天去官府的拍卖行看看！

入夜，我如鱼得水地混迹夜市。我逛了好些景点，还专门在一个灯火阑珊处的小摊上吃了碗鸡汤馄饨，因为《大明宫词》里太平公主曾盛赞过。只可惜我没吃出什么感觉，只觉得那馄饨淡淡的，有点鲜而已，大约是我还没到太平公主那种境界吧？

长安的夜市到了10点左右就开始散了，古代和现代到底不同，毕竟有局限性。

我买了一把花，慢慢地在大街上散步，顺便还给自己拍了集特写。走到一条不知名的河边时，我忽然停下了脚步。

河边有3个妇人正在捣衣，看起来是贫寒人家的女子，穿着很朴素。我郑重地拍下此情此景，这也是长安，另一个长安。长安一片月，万户捣衣声。李白看到的只怕要来得更加沉痛些。

第二天我去看了那些商人口中的凶宅房子。那房子环境不错，带假山花园，东西各五进五出，雕梁画栋虽不复流光溢彩，倒也有种落寞清高的气派。而最让我心动的是后院还有很大一片荒地，以后种点桃树什么的，冒充桃花岛。

陪我看房子的官员不断地推荐，夸得花儿似的，我半真半假地听着然后和他杀价，他说是官方定价不可以少了，还说一付钱就可以办完手续搬进来。

好了，就是它了，管它闹不闹鬼呢。步月家在这朱雀路，那我也要住在朱雀路。搬家！

第七章·倩女幽魂 CHAPTER 07

置办了一些必需品后我就搬进了古代的新家，因为搬家打扫太累，我一洗完澡就睡了。早晨11点50分醒来发现一切都很正常，并没有传说中的灵异事件出现。

出门去客栈打包了点饭菜回来，吃饱了我就躺在床上看电影，感觉和现代的生活区别不大。

不过好景不长，传说中的那个女鬼果然没打算多给我太久清闲。

那天我正开着电脑玩《轩辕剑》，门外忽然吹起一阵阴风，紧接着就有人在外面低声吟诗。

我一边若无其事地打着雪女一边听她折腾，明明知道那肯定是假的，但还是不得不欣赏她弄出来的音效，门外风声、雨声、吟唱声，凄厉阴森至极。

"喂，别瞎折腾了，我根本就不会怕你，你走吧。"

我一边玩单机游戏一边对她说，我这可不是吓唬她，她要是敢破门而入我一个闪光球过去，管她是人是鬼保证吃不消。

就在这时，外面的风声怪叫戛然而止，一个有些单薄的女子身影投映在门窗上。

"公子。"

一个凄清婉转的声音在外面响起，她的声音很好听，尾音颤颤的，挺有诱惑力。

漏老底了，要真是鬼怎么看不出来我是女人？她叫我莫非是示意我出去？偷

袭我可不怕,体能训练的时候我曾一小时躲过3次超豪华阵容的偷袭。

考虑片刻还是决定出去看个究竟,这件事情必须要个人解决。打定主意,我猛地拉开了房门。

来到古代的第二次惊艳!

一身白衣的她悬浮在半空中,长发飞扬,衣袂翻飞,惨白的脸虽不见得多美,但自有一股摄人心魂的气质。

就在我瞠目结舌的片刻间,她诡异一笑,染着鲜红蔻丹的纤长十指抚过自己的脸,但见袍袖舞动间,一张死灰色、有着骇人伤痕的脸出现在我眼前,最变态的是她还冲我翻白眼!

贞子现身啊!

我钢铁般的意志以及多年信仰的无神论瞬间崩溃!我腿一软,没出息地瘫在地上。

"呵",她低低冷笑一声,纵身而起,倏地消失于院墙之上。

早晨起来照镜子,发现自己多了两个黑眼圈,昨晚被那个臭丫头一番作弄,直到半夜还惊魂未定。

我当然还是不相信有鬼的,只是好奇她是怎么克服掉地心引力悬浮在半空的。千万别跟我说那是轻功,中国确实有轻功这样东西,但绝对没有这么神奇。

我的好奇心一旦被激起,那就一定要弄个水落石出。吃过早饭,我一直泡在院子里寻找线索。花了半个小时我终于把目标锁定在院墙角落那几竿竹子上,其实是很大一片,但我决定还是附庸风雅地说几竿。原因是地上落了太多不该落的叶子,我审视了一下那些竹子,大概有了定论。

是夜清梦无扰,女鬼妹妹也是要喘口气的。

抱着稳坐钓鱼台的心态,这两天我没怎么出门,一边玩游戏一边等她出现。

看来她不是一个急性子的人,直到第五天我把《最终幻想》打通了关她才再度出现。

这回算她倒霉,风声一起,就听见门外传来一声惨叫,紧接着就传来人体坠地的声音。我一听到响动就立刻窜出门去以迅雷不及掩耳之速将她拿下。

"嘿嘿,风水轮流转,今年转到我这边,小妞,终于让爷我等到这一天了!"

"你放开我。"

她不断地挣扎，相信她有两下子，手上的力气很大，如果不是摔伤了，我几乎按不住她。

“嘿嘿，我为什么要放开你啊，美人？”我一脸奸笑地问，我打定主意要好好吓唬吓唬她。说完顺便还摸了一下她的小脸蛋，手感很好，没有粉刺痘痘。

可别怪我哦，21世纪的古装片拍得实在没有教育意义，里面的女主角凶悍点的都喜欢女扮男装，装也就装了，多半还会很不守妇道地调戏一下清纯美少女，看多了这些，行为就有点受影响。

她并没有按我的想象发怒或者求死，反倒眼波流转，媚声笑道：“不放开我，小女子怎么伺候公子你啊？”

哇，不是吧？看起来还蛮清纯的！咦，她的声音怎么又变了。看她的意思，她不是要……

完了，没人教我下一步该怎么办。

“公子？”她向我怀中依偎过来，试探性地叫了叫我。

就在我有点慌乱的时候，一把雪亮的匕首毫不留情地刺向我的小腹。我闪避不及，眼睁睁看那柄匕首得逞。

这一秒钟我真的很爱陈风大哥哥，要不是他的防弹材料内衣，我就天妒红颜地香消玉殒了。

“你好毒！”我假装被刺中，看她什么反应。

“你……”她有些害怕，但并没有即刻逃走，反倒蹲下身来伸手推了我一把，“没想到你居然不会躲，我并非有心杀你的！”

算她还有点良心，要是她冷笑着说“跟老娘斗你还嫩了点，死一边去吧”，我立马灭了她。

“还说不是故意，苍天啊！瀚海啊！你看看我肚子，被你刺了碗大一个窟窿！完了完了，做鬼都是一个丑鬼，没得混了。”我装出很痛苦的样子，一手按住腹部，一边盘算怎么再次拿下她。

“喂，你先别乱动。谁叫你那么不堪一击，连最简单的闪避都不会？”

她手忙脚乱地从怀里拿出一瓶大约是金创药的东西：“我只欲脱身，并不曾想伤人性命。你要是……”

她胡乱倒出瓶里的药粉欲往我的伤口涂抹。

测试完毕，看上去她还不算无可救药。趁她分神，我施展最拿手的擒拿术一

把将她反手摁住，这才奸笑道："吼吼，跟我斗你还嫩了点。"

"你！"她挣了挣，身体下意识地抖了一下。

"你是什么人，干什么装神弄鬼？"

"要杀便杀，我什么都不会说的。"

"啧啧，我怎么舍得杀你呢，美人儿。"现在我要说我脸皮不厚怕没人肯相信了，"你不说我自然有办法让你开口，对了，闹了半天，想必你也热了吧。"

"你要干什么？"

我一本正经地说："为你宽衣啊。"

一边说，我一边在心里佩服自己。

"奸贼，休得侮辱于我，否则我化做厉鬼也不会放过你。"

"换点台词吧，你看我像怕鬼的人吗？"

这时那丫头终于没辙了，只是低下头叹息道："我不欲求死，但此时天不遂人愿，注定有此一劫……你最好杀了我，否则我定然不会放过你。"

见她这样，我不免有些心软，干吗欺负人成这样，这样下去蛮无聊的哦。

"说吧，你装神弄鬼为的是什么？"我抛掉比在她脸上的匕首，摘掉头上的方巾，得意地在手上转了一个圈。

她一惊："原来……"

"嘿嘿，本姑娘装得还不错吧？赶快从实招来，别想骗我，我的智商可是150哦。"

她沉默了良久，然后幽幽地叹了口气说："这是我家的祖屋，我只是想……"

"哈，你不用说了，我来猜！"我拍了一下手，根据买房子前听来的闲言闲语，我已经知道怎么回事了，"你家里面不知道什么人犯了事导致抄家，然后人丁渐少，到了你这一代就只剩下你一个人了，对吧？"我自以为是地开展合理的想象。

她看了看我，点了点头，很委屈地说了声："是的。"

"你看到自己的祖屋被占很不甘心，但一个弱女子又没有能力赎回祖屋，只好装神弄鬼吓跑买家。对不对？"

"姑娘果真冰雪聪明。我自幼沦落江湖随师父四方游走，如今师父亦已逝世，我举目无亲也没有栖身之所便只有回到长安故宅，只可惜物是人非……"说着她的眼泪又滚了下来。

真是个爱哭的家伙，我不久前和她的状况也差不多，我怎么就没那么多伤感，看来古代的女孩子比现代的要弱小。

“喂，别哭了。”我蹲下身子安慰她，我很了解她此刻的心情，“你搬来和我一起住吧，反正房子怪大的，一个人住也很寂寞。”

她连忙推辞：“那如何使得，这是小姐你的居所，我怎么可以前来打扰？”

“打都打扰过了，还客气什么，加上我们俩在长安都没亲戚什么的，一起住有个照应也好！”说这话的时候我很诚恳，虽然有电脑陪我，但日子久了真的很寂寞。

“那……”她犹豫了一会儿，“日后我便以丫头的身份伺候小姐！”

“不用不用，我这人很民主的，不要用封建社会的东西腐蚀我哦。”我连忙推辞，“你就像在自己家那样就可以了。不过，我这人有点懒，可能家务活你要干得多些。”

天地良心，我没有剥削她劳动力的意思，只是实话实说。忽然想起一直以来困惑着我的问题，我犹豫了一会儿问道：“为何你扮女鬼能如此传神？”

她掩嘴微笑，说出了真相。原来她只是很精通口技和易容，所以那些风雨凄凄的声音和吓我半死的“变脸”就很好解释了。

她本人说话的声音有点小小的沙哑，但说不出的好听。

“小姐可不可以告诉阿如你是怎么知道我的秘密的？”她羞怯怯地问，楚楚可怜的样子蛮讨人喜欢的，我个人就比较喜欢这样的女孩子，因为我永远也做不到。

“简单啊，那天看到地上满地竹叶落得蹊跷便知道你是利用竹子的弹力做到飞行假象的，只要在竹竿上做点手脚让它们受力过大就会折断，那你自然就会落入我的手中咯。”

“原来如此！”她恍然大悟，拉着系在腰上的一根细长的金属丝冲我笑了笑，“百密一疏。”

多了阿如这个“小倩”，我在古代的生活逐渐走向了正常化。阿如性格温顺，将我照顾得无微不至。我们的感情日益融洽，情同姐妹。我当然知道她有秘密，因为有天半夜我起来，看她在大厅里翻查东西，我装作没瞧见退回屋里。她不愿意说我不会强迫她，古代那些恩恩怨怨我也不想理会太多。况且我也没告诉她我的来历，大家半斤八两。

有一段时间没见到步月了，也不知道他在干什么。“日日思君不见君，共饮长江水”的感觉我现在可是充分地体会到了。

“怎么办？烦死了！”

这种压抑终于在某个早晨爆发，我从被子里面爬出来，穿着睡衣就往外跑。不管了，先直接窜到步月家里看他一眼再马上光速逃出来！

阿如果断地阻挡了我这一壮举，把我从门外拉了回来。

“怎么办啊，阿如，我真的很想看到他！”

我一脸苦相靠在门边拉着她的手问。

“不如我们去散步？这样你会感觉好些。”

散步，晚饭还没吃散什么步，晨跑还差不多。

“那我陪你去喝酒？”

难得她肯慷慨陪我喝酒，她肯我还不肯呢，我又不是男人，喝酒解愁这么闷骚！

被我否定无数构想后，她也无语了。

“有了！我们去shopping！”讲到shopping，我眼睛都立刻来电了，哦，来唐朝这么久还没有shopping过呢！

然后就是一路扫货，冶艳斋的胭脂、浣纱溪的丝绸、镜月记的衣服、玲珑阁的鞋子，凡是长安城有名点的店子都被我血洗过，路上还买了些穿心盒、梳篦、竹夫人什么的，凡是我不认识的我都想买。折腾了一上午，我终于体力不支，拖着脚步进了一家茶馆。

当一杯上好的碧螺春放在我面前时，我才静了下来。

“小姐，感觉好些了吗？”阿如小心翼翼地问。

我怎么知道好了点没有，人倒是累得够戗，心里也越发闲得慌！我端起茶，猛地吞了一口，烫得我不行。

“小二！你们的开水怎么烧的？”我粗着嗓子大声吼道。

那个小二吓得不行，忙小心上前伺候着：“这位客官，这水有何不妥吗？”

“它怎么烧得这么开？想烫死我吗？”

话音刚落，周围顿时一片安详。

“此次下元节有得热闹瞧了。”

喝完茶准备走人的时候，坐我旁边的一伙人开始闲聊起来了。一听到有好玩的，我又续了杯水，竖着耳朵听他们的下文。

“有下元节吗？我怎么没听说过？”在现代我只听说过上元灯节和中元鬼节，但从来没听说有什么下元。

“小姐怎么糊涂了？正月望为上元节，七月望为中元节，十月望则为下元节。”阿如有些嗔怪地说。

“那下元节玩些什么啊？”我问出我最关心的问题。

“下元节，水宫解厄之辰，原本没什么，但近年来大家都在水上放艇游玩，还有放灯放烟花的，在长安怕是还有庙会什么的，怕是极好玩的。”

半懂不懂，反正那天是用来玩的就对了。我且安下心来看看那些人说的热闹是什么。

“听说如意坊今年下元节又要选花魁。”

“还选什么？年年都不是若妍姑娘独占鳌头？”

“哟，这话说得，那小娘们有什么好的，还不如我那相好的菊翠。”

“就是就是，仗着有人撑腰，摆着一副花魁的臭架子，说到底还不是一个婊子么？”

“你！你说话可放尊重些，如此唐突若妍小姐，那可……那可真是罪过！”

“是啊是啊，若妍小姐才貌双全，高雅端庄，万不可以秽语玷污。”

“穷酸！要不是有长安第一名士李书予帮衬着她，这花魁的位置早让别人坐去了，哪还任凭她年年风光！”

五雷轰顶！他们每个字我都听得很清楚！李书予，好残忍的三个字！我整个人一下子被抽空了，他，我的步月，那样淡定干净的一个人，那样古雅风流的一个人，竟然和妓院的妓女相熟！我茫然起身，走到那群人中间，哗地掀翻他们的桌子！

不可以，绝不可以！全天下人都可以去妓院只有他不可以！忘记看那些人的反应，我不知所措地蹲下了身。

第八章·我要当花魁

CHAPTER 08

一回到家我就软瘫在地上。院子有些脏，感觉天也有些脏，周围一切都很脏。

“小姐。”阿如抱着一大包东西，颇为同情地看着我，“我想你可能是误会李公子了。在长安，达官贵人，文人贤士都和妓女有来往，他们很可能只是朋友知己。而且长安城的妓女并不全以色相事人……”

她说的我都知道，也可以这样寄托希望，只是她不可以理解步月在我心目中的地位，他是那样神圣而不可亵渎，至少……不可以是被别人亵渎！

“阿如！”我突然抬起头，“我下元节也要去如意坊！给我定做一套最漂亮的男装，我要去……”

“小姐？”阿如有些惊恐地看着我。

“我要去泡他的妞！”我痛下决心，“是的，我要去抢他的风头，还要抢他的女人，总之我不准他再去那些地方！”

“可是小姐……”阿如有些踌躇地说，“你根本没办法和李公子比。”

是哦，就算我变成泷泽秀明、金城武也不一定可以盖过他，况且他还那样才华横溢。

“再说，就算李公子不和你争，其他人未必不会，到时候我们的处境会很尴尬。”

越说越有道理了，看来我真不可以冲动，不然到时候会很糗。但那怎么办，难道叫我忍气吞声？做不到！

我 150 的 IQ 在痛定思痛后发挥了它的光辉，我忽然有了点灵感。

发现无论在什么时候过节都只是全民娱乐的借口，下元节那天的长安车水马龙，鱼龙尽舞。庙会、灯会、夜市和穿梭其间态度暧昧的情侣让我感觉无比空虚，因为除了我的心，周围所有的缝隙都被填满了。

如意坊可以算得上是长安最大的妓院了，豪华富丽自然是不必说，但它最大的特色不是色，而是风雅。我也不知道这个风雅是不是附庸的，但里面的工作人员有的是教坊被放逐的内人，有的是优伶，这些人技艺高超并不单以色相事人，显得相对高雅。

今晚的如意坊从大门外铺了条波斯来的绣金地毯供各大妓院前来夺取花魁头衔的妓女入场。弄得挺严肃的，像奥斯卡的星光大道。

等到所有人都入了场我才从马车里下来，阿如在前搀扶着我，我穿了一件类似阿拉伯妇女穿的那种白袍子，只把眼睛留在外面。但也并非完全相同，因为我把小腿裸露在外面，脚上穿的是特意在锦绣阁买的用金线编成的坡跟鞋。这双古代版的坡跟鞋的式样是仿造LV最新款宴会鞋设计的，图纸当然是我提供的。如今它在灯光下通体流光溢彩，衬得我的小腿格外纤细嫩白。我想阿拉伯妇女要敢这么上街一定会被扁个半死。

可以想象我这样出现在文明还不怎么发达、思想还不是那么开放的唐代会造成怎样的视觉冲击。

当时的情况是，看到我的乐师立马忘记了手中的活计，音乐顿时停了下来，那些正在饮酒作乐的客人们全部望向了我这一边，更夸张的是连那些花枝招展的妓女们都停止了搔首弄姿打量着我。我就这样站在地毯中心，承受着四面八方的目光，姿态是伪装的高傲。

我很快在人群中发现了步月，他一身宝蓝袍子，不沾风尘地坐在一边，并没有看向我。我怔怔地看着他，看得时间都长了茧子。他大约认不出我吧？

他身边的就是长安的花魁若妍吗？她真美，美得让我无力形容，只是觉得这样的女人配得起我的梦幻王子。

那一刻，我想退缩。阿如似乎觉察到了什么，轻轻捏了下我的手。

是的，我怎么可以临阵脱逃，我出卖所有尊严站在这里就是要告诉那个人我爱他，如果走了，我就一无所有。

“有谁想知道我这件袍子下穿的是什么吗？”我拿捏着腔调问。

听见我的声音，步月的目光终于看到我这边了。神啊，多看我一眼啊，我愿意在这样的目光中万劫不复。

“我出 50 两。”

忽然传来一声令人毛骨悚然的怪叫把我从彻底的沦陷中拉了回来。

“我出 100 两！”

唔？他们好像在冲我喊价？难道还要有这个过程？

价位开始不断攀升。我想可能是谁出价最高今晚我就得陪在谁身边吧。切，我才不稀罕呢，我刚刚那么说完全就是在炒作自己，为下一步做铺垫嘛，要他们那些脏钱做什么？不过第一次发现自己身价这么高还是蛮让人开心的。

就在场面有点混乱的时候，一个高亢充满炫耀意味的声音响了起来：“我们爷出白银千两。”

白银千两？还真有混蛋愿为自己的放荡花大价钱买单啊！我顺着声音探了过去，先映入眼的是一个人饶有兴趣的懒散笑容，再才是那个帮他喊出千两天价的奴才。

鄙视一个先！本来打算卖个关子就脱掉袍子的，要这样我就不脱了。

听到白银千两，所有人都露出震撼的表情，就跟我当年在电影院看《黑客帝国》时的表情一样。

那个人拽拽地起身：“白银千两买你不准脱外面的袍子！”

顿时四座皆惊。

疯子吧？我打量了一下他，虽然我很不情愿，但还是要说他长得很养眼，健康的肤色，和谐精致的五官，185cm 的身材还算玉树临风。不过就这小样还敢抢步月未来的心上人，活该是想被伤自尊。

“为什么啊？”对于看不惯的人我向来口气不善。真不明白为什么帅哥们都放着王子不当要当……妓院就有那么好？

“因为我看上你了。”他说话时带着自信的笑意，同样的笑在陈风脸上看起来很舒服，但放在他脸上就多出了好些邪气，“所以你袍子下的秘密只可以让我一个人知道。”

老痞子！没见过这样的，脸皮比我的还厚耶。

我开始对他微笑，一边微笑一边很有风情地脱外面的袍子。那袍子质地很好，刚解开就从我的肩头滑了下去。

"哗！"

周围一下沸腾了，我穿着一件金色吊带晚礼服，有点不好意思地说，基本上，露的还蛮多。虽然没有 Tube Top 原版的好，但我还是要赞一声锦绣阁的工匠，他们实在太有创造力了！

"肖姑娘！"

步月蓦然起身，目光底下有质疑、有惊讶、有喜悦，也有隐忍的心痛。

我就知道他还是很在乎我的！他虽然不说，但他的眼神骗不了人。我挑衅地白了那个人一眼，冲步月喊道："步月，我专门来陪你过节，感动吗？"

步月离席向我走来。哇，我的心跳得好快，他会不会要吻我呢？他应该感动得要命才对啊！

这时候有人在下面议论："李书予当真占尽长安风流啊！"

是啊，是啊，我家步月配占尽长安风流，怎么样！我乐得心花怒放。

"你去了什么地方？"他只是很关切地问，"我很为你担心，你还好吗？"

"好，当然好，这里不是说话的地方，我们到外面一边玩一边说吧！"见到他我就已经把所有不快都忘记了，跟我从这里出去，我们好好相爱，什么都不要管了。

"这……"他有些犹豫。

"月！"

就在他犹豫的当儿，不知道何时若妍已经来到了我们身边。她用含情脉脉的美眸欲说还休地看着他。

"在下此时不能离开。"他看了眼若妍，充满歉意地对我说。

我要的不是你的歉意。她刚刚叫你什么？月，为什么这么美的名字我听着如此酸楚？你还是在意她多点不是。

就在这时，如意坊的老鸨摇曳生姿地走过来探探情况："哟，这位姑娘好生标致，如此人物我竟没留意！"

"我家姑娘刚在百花楼挂的牌子，自然还没能拜见您。"阿如在旁边帮我搭腔。

"那还不快快入席？"她笑眯眯地对我说，"花魁大选马上就要开始了。只是这李公子是我们坊难得一见的佳客，此刻还不能走。"

"你真的不走？"我冷冷地问他。

他在沉默，沉默算个什么意思？

若妍看着我，曼声说："姑娘可别见怪，李公子受我之邀而来，如此走了他怕是

会觉得歉疚。是以,还请姑娘多体谅些才好!"

我别过头看了眼老鸨说:"我的位子在什么地方?"

顺着她的指向,我快步走了过去。

留了个冷场给他们,让他们自个收拾去。

"呵呵!"

那个被我白了一眼的人轻轻摇头,笑了出来。

传说在古代当妓女必须要有几把刷子。

看到场子里面列的那么多各种乐器,我表现得非常无知。数数我认识的,好可怜就那么两三样,歇菜,她们肯定是要搞什么才艺表演,那我怎么办,吹口哨算不算才艺啊?

一个作男装打扮的女主考官示意大家可以去选自己拿手的乐器,大家便起身去乐器栏选乐器。

乐器栏分八格,上面写着我不太认识的字。(沫沫不识繁体字,应该是:金、石、土、革、丝、木、匏、竹)里面的乐器细细辨认好像还是认识一些,有古琴、筝、洞箫、瑟、琵琶一些常见的,还有从探索频道里见过的土鼓、陶铃、钟、磬、埙、箜篌什么的老古董,估计连他们唐朝人自己都不会玩。哎,怎么没有钢琴呢,那东东我会弹一首永恒的《秋日私语》,要不吉他也好,我哥哥就是玩这个的,我总不能拿着琵琶当吉他弹吧?手足无措间,我瞄了眼若妍,她好像对乐器很在行,拨弄了几件后选了一把古琴。其他人也都陆续选好了,怎么办呢?算了,就选那个古筝好了,我表妹是这方面的高手,我也跟在她后面学过一阵子,那技术蒙外行还行,内行的人听听就要笑掉大牙了。

那些女的见我挑了架古筝,纷纷窃笑起来,我想可能是古筝相对简单吧。

"初试胜出者为若妍小姐!"主考官面带喜色地说,"她从这些品质参差的乐器中挑选出了最佳者,东汉绿绮琴。"

原来这也是考试!我怎么知道有这些规矩?看来她们刚刚取笑我可能是因为我挑了里面最次的一样吧。

唉!后面的才艺比赛我简直都想逃脱了。

我有些哀怨地看着其他人吹拉弹唱,觉得这些音乐格外刺耳。轮到若妍了,我强打精神看她表演。只见她并不急着抚琴,而是向坐在一旁的步月点了点头,步月便拿过无心手上的洞箫。

天，他们要琴箫和鸣、笑傲江湖吗？

“此曲为蔡邕所做《长清》，妾身慕李公子之雅欲与其合奏，只怕技艺粗浅辱没公子的箫声，扰了诸位清听。”

若妍介绍了一下她将要演奏的曲目，反正我闻所未闻，只知道蔡邕是蔡文姬的老爸。

我不是很懂音乐，她弹的曲子古韵十足但我真听不出好来，步月的箫声和得倒是很不错。我环视了一下四周，周围的人似乎都很陶醉，难道古代的人都那么有品位？正疑惑间，眼神却落在了那个人身上。他似乎听得很不带劲，低着头玩弄手上的一个玉扳指。反正他也不知道我在看他，那就多看一会儿吧。正当我出神看他的时候，他猛地一抬头，将我的目光生生折断，我一惊，脸色尴尬地看着他。他看了我一会儿，露出了一个孩子般的笑容。我连忙把脸转开。

不消说，若妍自然赢得了满堂喝彩，顶红踩白，大多数人的天性。

到我的时候我有些紧张，虽然我的目的又不是当什么花魁，但我总要想个办法下台啊？我无奈地回头看了眼阿如，阿如也是同样的无奈表情。

“需要妾身襄助否？”

若妍似乎看出了我尴尬，微笑着向我询问。

“不用。”我还在逞强，“我故意选这架筝是有用意的，因为我想突出的不是乐器而是我本人！我现在就填新词作新曲！”

听我这么一说，周围的人都静了下来，连步月都略微诧异地看着我。

豁出去了，看来我只好使出无比惊艳、无比惊悚的穿越文女主的杀手锏——《但愿人长久》了！

我清了清嗓子，盗版东坡兄的词，梁弘志的曲，还有王菲的唱腔，曼声唱道：“明月几时有，把酒问青天……”这首歌的曲子相对简单，以前也有练习过，所以弹起来还算得心应手。

要是21世纪的人我一开口别人就知道我在唱什么，但现在是在唐朝，随便盗版一下救命也还是说得过去。

刚唱完最后一句“但愿人长久，千里共婵娟”，果然按照一般规律那样传来了满堂喝彩。

我想他们的喝彩一大半是冲着词去的，至于我那半吊子“王菲音”搁在现代，

拿天桥上卖唱，一分钱七段都没人听，也就别指望糊弄古代人了。

托那几位伟人的福，我竟然赢了这一轮，还顺便一雪前耻。

这样我就有和若妍竞争的资格了。

第九章·恶魔在身边
CHAPTER 09

比赛的第三场是舞蹈，幸好是舞蹈而不是勾引男人，因为我想后者才是一个合格的妓女应该擅长的。舞蹈，好说好说，我以前就是专门学这个的。

不知道大家对中国古典舞蹈的感觉怎么样，我个人不是特别喜欢，但用舞蹈专业生的眼光看若妍的舞蹈，确实很棒。

既然有了和她竞争的资格，我自然也不会胆怯。虽然我的舞蹈学得不怎么成气候，但绝对不会太丢人现眼。

跳什么呢？以前在学校演出时我一直是大型舞蹈的跑龙套，永远跳不出主角的阴影，现在主角们又不在，这么大个场子还真不习惯。还有，没有音乐我跳什么？跳神还差不多！

就在我六神无主的时候，一个坐在客人身边金发碧眼的胡姬闯入我的眼帘。有办法了！

“阿如，叫那个老鸨过来，我有话对她说。”我如释重负地吩咐阿如。

那个老鸨在阿如的牵引下扭到我身边：“白姑娘叫我过来有何事？”

忘记说我的花名叫做白牡丹，很白痴的一个名字。

“借你们坊内的胡人乐师一用。”我很直接地说出了我的意图。

她一听说我要借用胡人乐师，脸上显现出一副倍儿有面子的表情，立刻叫了所有胡人乐师列队伺候着。

我简单地对他们说了下我的意图，为首那个目光深邃的胡人很绅士地点头表示已经领悟到我的用意了。

到我上场的时候，为了防止摔倒，我脱掉了脚上的金丝坡跟鞋赤脚走到场地中心，此举更是引来一片哗然。大家都知道古代女人的脚有多么隐晦的意味，我虽然无知但也是有点了解的。当然我一点都不担心步月会因此瞧不起我，因为我清楚他是怎样的人。他是君子，真正的君子是不会拘泥于那些假模式的规矩的。

乐声一起，我随便舞动了一下找节奏，嗯，这曲子很适合跳桑巴。一找到节奏我就如鱼得水地热舞起来，哈，像是回到现代的舞场了。自由和奔放还有青春，那久违的感觉让我狂喜不已。

乐声将落我伴着余韵来了一段 LYRICAL JAZZ，把刚才的热烈平和下来，嗯，舞得真舒服。

谢幕之后，我惴惴不安地看着那些被我石化的人，等待他们给我一点反应。哇，好冷的场面。

掌声最先是几个胡姬给的，然后是那些乐师，最后所有的人都开始鼓掌了。掌声持续了很久，弄得我热泪盈眶，成就啊！我把目光投向步月，他微笑着，目光中跳动着欣喜的光芒。我就知道他一定不会鄙视我的出格，他会欣赏我的一切。再看看若妍，她也是很真诚地为我鼓掌，被这温馨的一幕感动了！眼神游走了一圈，不由自主地落在那个人身上，他流露出来的表情和步月的很相似，虽然还是有点邪气和玩世不恭，但看上去顺眼了好多。看起来成功的喜悦真的可以改变很多东西。

今晚的花魁是谁我不太肯定，但我确定我是最大的赢家，因为我的荒唐，我的不惜一切换回了我想要的东西，这样，之前的一切付出就真的有了价值。

花魁的最后人选是我和若妍还有一个叫素馨的女子，我们三人坐在鲜花堆成的椅子上，等待客人们将手中的评选筹码放在我们脚下。我也是事后才知道如意坊发放了 100 枚刀币状的筹码给长安城的名流，让他们来决定最后的赢家。

素馨的表现相对平凡了些，所以根本没有什么竞争力，我和若妍两人的胜算较大，我一直关注着彼此的筹码变化，倒是若妍显得云淡风轻。其实在交锋过程中，我对她的看法已经有了很大的改观，她是个很有风骨的人，值得被看重。

主考官清点了一下筹码，我和若妍竟然是一样的数目！不会吧，平局，要不要搞加时赛啊？

“不对！”主考官发现了什么，失声说，“少了一枚筹码。”

几位主事的人慌忙起身查点，果然少了一枚筹码。

其实也没什么啊，又不是什么大事，正当我准备起身退出花魁之选的时候，刚才那个出天价买我不准脱外袍的臭小子站了起来。但见他不慌不忙地走到我们身边，慢悠悠地亮出了一枚筹码。

切，样子好踱哦！爱投谁投谁！不要用那样的眼光看着我，你以为自己是在钓鱼吗？

“公子，这……”主考官指着他手上的筹码，一时间也猜不透他在打什么主意。

他凑近我的脸，在我耳边轻轻地问：“你，想不想要？”

近距离看他的脸还真是完美得无懈可击啊！我先花痴了几秒，回过神来立刻把身体往后面倾。搞什么啊，大庭广众之下把气氛弄这么暧昧。

他盯着我的脸，嘴角微微上扬：“你怕我？”

怕他？我为什么要怕他？我坐直了身子，仰起脸对他说，“我不想打击你哦，你的睫毛很难看！”

我敢肯定这是诽谤，他的睫毛好得可以给植村秀打睫毛膏广告。

他笑了笑，略微让开了点。

这个筹码的出现让我暂时放弃退出比赛的决定，毕竟我也为之奋斗了很久，没得到个明确的答案我不甘心。最重要的是，我想知道在我和若妍之间到底谁更棒。

“如果我没记错，他……”他直起身，指向步月说，“应该没有投过！”

老鸨连忙解释说：“李公子并非前来坊中玩乐的客人，是以并不用拿筹码。”

“呵呵，这枚筹码在我手上，可是我现在不想投。”他顿了顿，“不过，我很乐意他代我投。”

什么？让步月投这一票？我一下紧张起来了，到底在步月心目中我和她孰轻孰重？

看了看若妍，她似乎也很紧张，秀美的眉微微地颦了起来。她应该也很在乎步月吧？其实我能理解，像她那样的人儿沦落风尘，心中的痛苦不是我可以想象的，强颜欢笑数载后好容易找到步月那样的知己，即便不敢奢求，到底还是放不下的。

“公子,这样做怕是不妥吧?”老鸨为难地看了看步月又看了看他说,是人都知道我们三个现在的尴尬处境。

“那……”他收起那枚筹码,转身便准备离开。

“慢!”步月制止了他,冷冷地对他说,“给我。”

他在想什么啊,真打算代他投?他难道不知道这枚筹码无论偏向哪一方都会伤害另一方吗?

在我质疑的目光中,步月沉静地接过了那枚筹码,顿了顿,默默地朝我们走来。

步月的脚步声似乎落在我心上。

他手微扬,筹码便在我放大的瞳孔中落了下去。

他选择的,原来是她!

筹码落在若妍面前的瞬间,我似乎听见“叮”的一声,重重的,余音波及开来,震得人耳朵生生的疼。

在若妍欣喜的泪光中,在众人的议论纷纷中,我侧过了脸。以前有个人说我是属鸵鸟的,最懂得自欺欺人。是的,我现在不看他们就可以以为没有人窥得见我脸上的支离破碎。

“肖……”

我强笑着打断步月尚未萌芽的安慰,让这些没有任何意义的话语死去吧,我根本不需要。

“没关系,你要说的我都知道。”

有些落寞地我站起身,走到了那个人身边,他难得严肃,脸上没有愧疚也没有畏惧。我深深地看进他的眼中,在他的眼眸中我看到自己的右手高高扬起,毫不留余地地划下了一道弧。

他抓住了我的手,我看到他身后有几个人藏在腰间的剑已经出了鞘,气氛一下剑拔弩张起来。

我用力挣扎,他却越抓越牢:“你不要拿自己的命开玩笑,这个耳光你打不起!”

“我从来都不觉得我的命有多值钱!”我咬住嘴唇,他们怎么会懂得我的心疼?“你懂不懂什么叫做一无所有?你知道什么都要不到,什么都留不住的无可奈何有多绝望吗?”

他诚然不懂，因为这世界上的人除了知道我是一个一无是处的神经质以外，什么都不知道。

“他不可能爱你，我只是不想看到你那么傻。”他慢悠悠地说，样子高傲得像个神。

“你以为你是谁？不是谁都有资格来规劝我，来可怜我的！”

“跟我走！”

他霸道地拉着我，打算带我离开这里。

“呵！你不知道带我走是要付钱的吗？”我一边卖力挣扎一边狠狠地讽刺他。

“放开她！”

第一次看到这样的步月，他话语中的威慑让那个人也惊了一下。

“呵，原来你还不是那么懦弱！”片刻后，他才回过神来还击，“我原以为你什么都不敢要呢！”

步月毫不理会他言语中的讥讽，快步走到我们跟前，推开他的手，将我一把拉入怀中，那一瞬，我像找到了着落似的安心。步月，别放开我，如果你要放开我就先用剑刺破我的胸膛，待我血冷后再遗弃也不迟。

那个人身后的随从纷纷拔剑，领头的人怒喝道：“李书予，你好大的胆子！”

那个人摆了摆手，示意他们不要轻举妄动，意味深长地看着步月和我，玩味了半晌，眼中闪出了一丝痛意和愤恨：“当年你要肯这样对洛琳，她就不会死了！你不是说你此生不会爱任何人，不会给任何人承诺吗？你难道把这些全都抛诸脑后了吗”

“我……”

听到洛琳这个名字，我明显地感觉到步月颤抖了一下，他紧紧地抱着我，似乎惧怕着什么，他不知道我也正在惧怕，我惧怕要像失去以前的所有那样失去他，片刻他松开我说：“我，没有忘记。”

我轻轻推开步月，握住他的手。我一定要把我心中所想告诉他，让这里所有的人为我做见证者：“步月，我爱你！”

让那些人喧嚣我的离经叛道吧：“从见你第一面开始就爱上你了。”

我跑到刚才的椅子旁边，拿着一捧鲜花快步回到他身边，然后单膝跪下：“和我成亲吧，我要一辈子在你身边，不停地爱你，不停地缠着你，直到我们死掉。”

我再也不要失去他了，失去他我还有什么？我根本就不想回21世纪拿那些钱，根本不想要去什么美国。爸爸妈妈很好，他们有一个很乖巧的博士儿子，失去我他们根本不会在意——我原本就是哥哥的玩偶。那根本就是个伤心的世纪，在它彻底抛弃我之前我抛弃了它，逃亡到了这里，这里只有他了。

步月没有接过那些花，只是扶起我说了句“对不起”。

“我不要听对不起，我不缺这三个字。”我勉力保持着我的镇定。我从来都没求过什么，但这次我一定不会放弃。

“对不起，我……想你误会了，我从来没有爱过你，我们也不会有什么结果。”

他一定是在骗我，我在他眼睛中寻找有关欺骗的蛛丝马迹，可是找到的只是我绝望的脸。

我尽量让自己平静些：“敷衍我一次也好啊？”

他摇了摇头，轻轻打碎我的幻想。

他的身影开始在我的泪光中模糊，都快要看不到了。

他不语，不语也好，省得再伤我一次。

我习惯性咬了咬嘴唇，仰起头，挤了个微笑给他：“没想到你无情的样子原来也这么帅！”

说完，我拉着那个人的手，转身就走——我将要用这个使我爱情过早夭折的混蛋殉葬。

“喂，你要干什么？”那个人有些不明所以地甩掉我的手。

“别冲我扮纯情。”我再次抓住他的手，“不是要带我走吗，这就走啊？”

“你要去什么地方？”他似乎惊诧我的反应。

“开房间啊？你不正是这样想的吗？”

我冷冷地盯着他，一字一句地说。微一吸气，我果断地拉着他离开了这个明媚而光鲜的地方。

第十章·恶作剧之吻

CHAPTER 10

“你闹够了吗？”

等我的理智稍微回归了点，他才有些愤怒地问。

刚才拉着他气冲冲地往前走了好一段，不想竟走到一座桥上。今天是下元节，河上浮了很多竹筏和彩灯，偶尔有几艘载着歌女的画舫经过，断断续续的靡靡之音就会飘进耳朵。

我扶着石栏杆，开始不怀好意地打量他。人我已经骗出来了，就看怎么收拾他才解恨了。

“别存那个心思了，你打不过我的。”他一边说一边从袖子中拿出一柄匕首玩弄。

晕，他还是不是男人啊，居然还拿兵器恐吓我！

真后悔当时一时冲动把这个家伙给拉了出来，典型的引火烧身，我懊悔着，转过身不看他。

“喂。”

他在背后叫了我一声，见我没反应便未经同意地把魔爪搭在我白白嫩嫩的香肩上。

真是找死，我回过身去照着他脸上就是一拳，他没想到我会在这时动手，着实地受了这一拳。

“你干什么！”

他一手抚着脸，一手拿着件毛茸茸的白披风怒视着我。敢情这人是想没事献殷勤给落难美女披上爱心披风，结果被暴打，真是很可怜也很没面子耶。

我有些不好意思了，只好说点好听的圆场："咦，你手上那什么看起来还蛮暖和的哦。"

天，我怎么说出这么没水准的话来。

他忿忿地将那件披风扔了过来："披着，穿成那样不被冻死就奇怪了。"

对哦，他不说我还没觉察，原来古代的十月有这么冷，我立刻把那件披风严严实实地裹在身上。哇，这是什么皮毛做成的，好轻好软哦。

"你好些了没？"他走近我身边问，气焰收敛了很多，看起来他的同情心还满强烈的。

"没事了，失恋嘛，我们做妓女的不讲究这些。"说的时候，心猛地一缩，难为自己还可以笑得如此天真无邪。

他看了我一会，伸手帮我理了下耳边的乱发："别骗我了，我感觉得出。"

我有些小委屈地吸了吸鼻子："你的披风好舒服啊，送给我怎么样？"

见我故意岔开话题，他也不再追问，点了点头。哇，这么轻易就骗到了件极品披风，看来这人是个值得交的朋友。

"对了，适才你说的开房间是什么意思？"他想起了什么似的问。

噢哦，完了，我窃喜的笑意马上凝固在脸上："好冷啊，我要回家了。"一回过神来我就决定马上开溜。

他一把拉住我，一脸坏笑地凑近我问："今晚你是我的人了，所以别打算溜！"

唔？他在说什么哦？

"我手下已经把银子送到百花楼去了，今晚你得留下来陪我！"

"不要啦，熬夜不睡觉会长黑眼圈，对身体没好处的，回家啦，乖哦！"

我一边往后躲一边乱找理由搪塞，不过找出来的都是以前哥哥哄我的话，不知道为什么眼前这个人让人有想去宠爱的冲动。

"休想！"他斩钉截铁地封杀了我的企图。

"那，你想怎么样？"我惊惧地问。

他也不回答，神秘地笑了笑，拉着我就走。

"喂！喂！你走慢点，我的鞋子很脆弱！"我的话还没嚷完，不争气的右鞋鞋跟应声折断。没这么巧吧？

"你也看到了，没鞋子我怎么走，大哥你就放我一马吧！"我拾起断掉的鞋跟

在他眼前晃了晃说。

他俯下身，瞪了我一眼，拦腰将我抱了起来。

“你要干什么啊？”相信我已经被他整得面无人色了，我激烈地反抗他这种暴行，毫无风度地嚷了起来，“完了完了你叫我还怎么见人？”

坐在一个破落的小面馆里，我长长地舒了口气。

他的豪华马车和这个小面馆好像不怎么相称。还有，最可怕的是吃个面嘛，还带那么多随从！不过这家的老板也奇怪得很，明知道他是个有钱有势的主儿，也并不怎么热情，只是询问要些什么就走了。

“哎，有没有觉得你的手下很鸡婆？”我悄悄地问他。

他刚抱起我不一会儿就来了辆豪华的马车，然后就出现了一大班子人。来的人不光给我带了双精美的绣鞋，最可怕的是他们还给我准备了换洗的衣服。搞什么啊！

他在那边一脸愕然，看来他不是很理解鸡婆这个词语，算了，等和他说清楚什么叫鸡婆，他又会问为什么要说他手下鸡婆，要是我把理由说出来他没准以为我在勾引他。

面很快端了上来，热气腾腾的，闻起来很有食欲。

“为什么带我来吃面条？说实在的很没情调。”我一边毫不客气地吃面条一边不解地问，要泡妞起码也要风花雪月，鲜花钻戒，吃面条这么土。不过我正饿着，有美味的面条也算是正中下怀。

“以前洛琳总说这里的面好吃，好容易出来了自然该尝尝！”

他拣了几根面条，很斯文地吃了一口。

丢人现眼，大男人吃东西吃出了太监的派头！这面的卫生程度虽然值得怀疑，但我敢保证死不了人的。我很不爽地看着他吃：“你要是不饿的话给我吃好了。”

他不怎么理我，又挑了些：“果真不错。”

“对了，你刚才说的那个洛琳，她是谁啊？”

我假装漠不关心地问，但其实对这个名字很耿耿于怀。

“亡妹！”他眉头微皱，吐出了两个字。

“她和他是不是曾经相爱？”我迟疑了一下，还是问出了这个问题。

“他？你说的是李书予那小子吗？”见我点头，他眼神一黯，“也许吧，至少洛琳很喜欢他！”

“她……”虽然有点残忍我还是说了出来，“是怎么死的！”

“自杀！”

听到这两个字，我不由打了个寒战，她和他到底是什么关系？她为什么要自杀？我有千万个问题想问却怎么也说不出口。

“他那么对你，你还爱他？”

说这句话的时候，他目光炯炯地看着我，看得出他很在意我的答案。

爱不爱他，我现在真的已经说不上来了。或许他说得对，步月是个懦夫，爱我却不敢接受我。也许他真的有什么苦衷，但对不起，我已倾尽所有力气再也给不了他什么了，唯一可以做的只是逃。

摇了摇头，吃掉碗中最后一口面条。

原来这人也并不是那么无可救药，吃完面条后他就带我去游湖！

此时皓月当空，湖面上波光粼粼，美酒佳肴音乐伺候着，风都没那么冷了。

画舫很大，只有一个划舫的姑娘和两个弹唱的丫头。

我吃着喝着，眼睛却一直在打探周围的环境。

“对了，你叫什么名字啊？”和他相处了这么久我竟然还不知道他叫什么呢。

“异天行。”他抿了口酒，沉吟了下说出自己的名字。

“异天行？艺名吧？有没有异这个姓氏都还是问题。”我才不相信他会有这么有型的名字。

“呵，古代不是有叫异人的吗？”

是哦，秦始皇他爹，将就着相信了吧：“异天行这个名字不好听，不过要是把中间那个天字去掉就不一样了。”

“去掉天字，那就是异行喽，我没觉得有何特别之处！”

“没见识了不是，异形在我们那个年代很火的！”我很郑重地说，耍他都不知道。

他听不懂也就当我是胡言乱语。

“你会游泳吗？”我终于问出了这个关键问题，“我很怕水的，万一这船要是不牢固漏了水我就死定了。”

“不会！不过此舫牢固得很，漏水应当不至于，劝你不要庸人自扰了。”

不会游泳那就好。我先在心中窃喜了一下，啃呵，我的前途还是一片光明的。

“你在想什么？”他忽然把手伸了过来，将我一把拉进怀中，半是温柔半是粗暴地拈起我的一缕头发把玩。估计他是在琢磨我的头发怎么会那么柔顺吧。

“我……我没想什么。”我正吞吞吐吐呢，那两个丫头竟然起身退到后舱去了，情况不妙啊。

“我们该就寝了！”他温柔地对我说。

“就……就寝，你要干什么？”挂了，我的计划还没实施的呢，怎么办，我可不能这么糊里糊涂的和一个一点都不爱的人发生什么关系耶！

他环住我，手指在我的脖子上轻轻地画了一下，然后贴着我的耳朵一字一句地说：“干什么，难道你不知道？”

定力，这个时候我一定不可以丢失了定力，别以为你很帅就可以欺骗清纯美少女的感情。

“好热！你没觉得吗？”我大声地说，心里紧张得要命，“所以放开我！”

有时候发现我这人还真是挺幼稚的，像他那样的花花大少在这种时候还会放开我？原来还以为他不会对我有非分之想，看来是判断失误。

“想逃吗？你逃不掉的。”他开始亲吻我的脖子，用一种戏谑的口吻呢喃着。

我的心怎么跳得这么厉害？我是想逃啊，你别太自信，我肯定逃得掉！

“慢点！”我奋力推开他，“我们还是先去船头赏月吧，今天的月亮很好看的！”

我说话的时候声音有点发抖，原本以为他不会答应，但他似笑非笑地看了我一眼，还是依言放开了我。

船头的风吹得可真清爽啊！我的计划终于有落脚点了。为了表示诚意，麻痹对方，我主动依偎在他怀里，脸上倒是笑得甜蜜，心中却是在狠狠咒骂，等着吧臭小子，一会儿有你好看！

“问你，如果今天我一定要坚持，你会不会恨我？”他握着我的手问。

废话！你以为我真是妓女，你想怎么玩弄就怎么玩弄？

“会让你恨我的事我都不会做。我喜欢你，第一眼看到你就喜欢上你了，李书予，他不配得到你的爱情。”他轻轻吻了下我的头发，“相信我，总有一天我要堂堂正正地把你从他身边夺过来，让他为自己的犹豫付出代价。”

早知道你小子动机不纯，原来是利用我打击步月！好，别怪我了。

我把手慢慢移到他的腰上，趁他还没有产生警觉，一把抱紧他纵身跳进湖中。

刺骨的寒意一下吞没了我。

就知道你小子不会游泳，我可是在水边长大的，游泳破过市纪录，看你还怎么抓得住我。

一落水我就松开他，迅速往湖岸上游。过一会儿船上的划舫女发现他落水一定会救他的！

我卖力地游了一会儿忽然发现情况不太对，他一落水连扑腾一下都没有就没了声响，还有画舫上的人也没有任何动静！怎么办，再没人救他他就死定了！

唉，还是回去救人吧！

我潜到水下，到处摸了一下，还好，他还没沉入湖底。我朝准他的方向游过去，一把揽住他的腰，奋力往湖岸上游。他纹丝不动地靠在我怀里，安静得吓人。这混蛋不会死得这么透彻吧，扑腾一下也不会吗？

一想到这里我马上紧张起来，他可千万不能有事，好端端害死一个大帅哥，心里有阴影了以后看恐怖片就有问题了。

费了好大的劲才把他从水里拖到湖岸上，累得我彻底崩溃，好半天等气儿喘匀了，我才走到他身边搭了两根手指在他鼻子下面，好像还有点气息。

我先在他胸口上拼命地按了两下，他果然按照一般规律吐了几口水出来。

奇怪了，水也吐过了，人怎么还不见醒过来？我有些着急地半跪在他身边，东摇西晃地摆弄了一圈还是没有见效。看来要使用 FIRST AID 的杀手锏——人工呼吸了！

虽然一百个不愿意，我还是把嘴凑了过去，总不能见死不救吧。

痛下决心后我吸了口气，缓缓往他口中送，正当我准备换气的时候，他猛地睁开眼睛，一口咬住了我的嘴唇！额的神啊，他……不是要死了吗？

我被这个忽然袭击弄蒙了！趁着我发愣的当儿他竟然还敢得寸进尺！我对此罪恶行径表示了强烈的反抗，无奈我整个人都被他拥在怀中，此次反抗以失败而告终。

好不容易等他松开了我，我连扁他的力气都没了，天，又是失恋又是落水还被袭吻，难道命运之神还跑到古代来“眷顾”我吗？这可是我的初吻，绝对的初吻，以前那会儿我和我男朋友恋爱得那叫一个单纯啊，早知道便宜了这混蛋还不如草草送给他好了，搞得现在连回忆的余地都没有。

他一边欣赏我的狼狈一边坏笑着说："这可是你主动要吻我的。"

看来这根本就在他预料之中，我还傻傻地赔上自己的初吻。

我没好气地白了他一眼，用仅存的一丝力气支撑起身体，跌跌撞撞地往陆上走，懒得理会这家伙，最好以后都不要碰到这家伙。

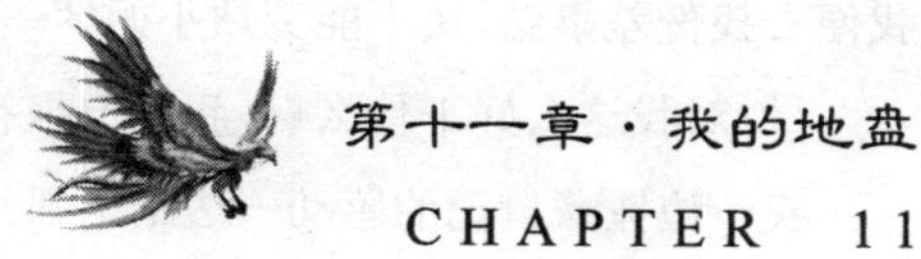

第十一章·我的地盘 CHAPTER 11

在家里玩了几天游戏后，某个清晨，我面容憔悴地推开窗，象征性地对着旭日反省了一下自己的荒唐。

昨天阿如告诉我一个非常不幸的消息——我们的银子已经所剩无几了。这正常啊，上次花魁大赛的那套行头已经弄得我倾家荡产了。

要是在现代的话，我可以去兼职做服务生或者打个什么小工的，可现在是在大唐，连出门晃悠都不太自由，更别说找工作养活自己了。怎么办？

"阿如，你现在是不是很生我的气，都是我不好，不然……"

阿如照例在12点给我送来盥洗的用品。我盘坐在床上，看着她忙碌的身影自责地说。

"怎么会？"她停下手中的活计说，"要不是小姐收容阿如，阿如还不知道漂泊何处呢？"

她越是这么说我反倒越不好意思，自己的荒唐导致两个人吃饭都有了问题。我倒是有想过把房子卖掉，可是对着阿如我怎么也开不了这个口。

"后院有几顷田产，虽非沃土，卖了怕还是能换些银子度日。"阿如帮我拧好毛巾，递到我手边说。

啊？把我的桃花岛卖了？看来扮黄老邪附庸风雅的希望要落空了。我抓过毛巾随便洗了下脸，穿起鞋就往后院跑，一推开后门，满目枯黄。

“不会吧，草都长成这样还怎么种庄稼？谁会要它？”我指着眼前这片大荒地表示了强烈的怀疑。

阿如低下头，叹了口气说：“并不指望能卖个好价钱，换点钱缓缓也好，过几日我便去找份差事做，决不能劳烦小姐。”

晕，对我这么好干什么啊，我不但报答不了你，关键时刻还会连累你的。

我一边掩藏自己的感动一边踏上那片荒地。

这片荒地被几道沟壑划成了五大块，中间那块最大也最规则，长度大概是110米，宽度大概有70米，看上去是个规则的长方形。我踩着脚步一边在心里暗暗计算这块地的价值，刚算好这些数据，一个很伟大的计划也慢慢在脑海中形成。

“小姐，你笑什么？”阿如诧异地拉了拉我的衣袖问。

“唔？我有笑吗？”我无辜且茫然地看着她问。

“不但有而且还笑得很奸！”看来这丫头已经尽得我损人的真传。

我志满意得地对她说：“阿如，你找几个人来，我自然有办法解决我们的生存问题。”

阿如将信将疑，但她对我的吩咐一向都是遵从，犹豫了一下还是跑出去找了一帮人来。

“付完这些人的工钱，我们的银子就全花完了。”阿如小心翼翼地对我说。

我点了点头，这些钱迟早也要花完，破釜沉舟了。

“小姐你葫芦里到底卖的是什么药啊？”阿如有些气恼地说。

其实有些体育常识的人看到刚才的数字会很自然领会我的用意。

“阿如可听说过蹴鞠？”

“蹴鞠？”

“蹴鞠在我们那儿叫足球，是个很好玩的游戏。”我神秘兮兮地说。

“可那和我们有什么关系？”

“关系大着呢！我们将要靠这个来谋生啊。”

我在地上画了张图纸，告诉那群工匠该怎么做，他们听了一阵又彼此商讨了一阵，对我所说的大致有了个了解。我分别给他们介绍了中圈、球门区、罚球区、罚球点、罚球弧、角球区的大小和所占比例，他们理解后便开始动工了。

我来长安这么久，发现这里虽然是当时的国际大都市，但娱乐场所的设置不但无聊而且腐朽，要不去妓院学坏，要不去茶馆学得异常三八，总之就是你别玩，要玩就得堕落。现在我建一个简单的足球场，既能赚银子又可以顺便宏扬一下运动精神，防止古代青少年堕落，真是很不错的想法，搞不好唐代的政府还给我颁一个年度贡献奖什么的，那就赚大了。

也不知道是不是豆腐渣工程，才花了三天那些家伙就把唐朝第一个足球场建好了。我巡视了一下场地，确实中规中矩，没太大毛病。阿如也在我的授意下用牛皮蒙了一个个性十足的足球出来。现在是万事俱备只欠东风了。

我写了很多传单说是开张大吉，免费三天试玩，每天还给抽奖，让阿如去各大茶楼散发。众人都是爱贪小便宜的，所以一时间很多人都来凑热闹试玩。为了生计，我耐心地教那些人基本规则，以及我懂得的一些技巧，他们起初还不当回事地玩着，但一掌握了其中真谛就立刻沉溺其中。

一时间我这里门庭若市，人气暴涨。看家里面那么热闹我也乐得开心，有时候心情好我和阿如还会换装上场踢几场。别看阿如那家伙平时淑女得很，一旦玩起来也疯得厉害，我们两个一起驰骋球场，放肆地出汗，闹够了就和球员一起喝他们带来的烈酒，醉了累了就把什么往身后一抛倒头睡在球场上，半夜大家被冻醒了就三三两两的散了，日子惬意爽快得很。

三天免费期过了以后，人不但没减少，反倒越发多了起来。有时候各路玩家为了争场地还会发生摩擦，我就很大佬地去解决纠纷。在我的训练下，不久以后长安就有了三支很不错的球队。球队的队员们不知道我是女人还封我做他们的老大。虽然我知道他们封我当老大的目的是想打八折，但我还是爽得很。

“公子，你真是聪明得很，想出这么个主意，又能赚银子又好玩，这些天是我这么多年里过得最开心的几天。”

那天我带着“唐风”和“常乐”打完上半场比赛，中场休息的时候，阿如一边捶腿一边满目崇拜地对我说。

“怎么，你以前不开心吗？”我一边喝水一边漫不经心地问。

阿如眼神似乎黯了黯，不再说话。

“肖老大不但聪明长得又英俊，百花楼那群女人都暗地把老大封为长安第一帅呢。”坐在我们附近的八卦男阿易从来不放过拍我马屁的机会，“说实话，肖老大你收了那些女人多少东西，有没有肚兜啊什么的？”

我喷了口水出去，大力推了他一把：“真下流啊你，再废话打得你趴下。”

他一边揉着肩膀一边嘀咕：“别人且不说，常乐那边的骆飞每次下场都收到很多东西。香囊手帕胭脂什么的，听说还有人送肚兜给他。不过他为人一向孤僻得很，臭着张脸不收，怜香惜玉都不懂！不过，听说他的风头不比老大你弱啊！”

听阿易这么说，我下意识地看往骆飞那边。骆飞坐在一个偏僻的角落，眼神悠远地喝着茶，大概是感觉出我在看他，他微微侧了侧脸，用余光扫了我一眼，起身走到别的地方去了。

“真不给老大面子！”阿易撇了撇嘴说，“对了，老大可不可以借我点银子？”

阿如一听这话，戳了下他的头说：“就知道你小子不安好心，且不论你还欠我们公子多少钱，又来借银子。”

“算了，阿如。”我扔了点银子给他，“给你母亲买点补身子的东西，还有别瞎混了，找份正经差事做。”

有听队员说阿易在妓院端茶送水，为的是照顾卧床多年的母亲。他这人没什么优点，但我对孝顺的人还是颇有好感的。

虽然说和这些人相处的时间不长，但我对他们都有了一定的了解，当然，除了那个骆飞。他这人和阿易说的一样，整天自命清高，大家也不知道他的来历，只知道要踢球的时候他才会出现。

“多谢老大，说实在的，老大不但人聪明英俊心地还好，明年坊间再评长安公子时，只怕那个什么李书予就要退位让贤了。”

一听到这个名字，我脸上的表情顿时凝住了，好久都没去想也没听到过这个名字了，突然间听到，心先是一紧，然后就酸酸涩涩的，原来一切都可以变得如此陌生。

“废话，上场了，踢不过那边把所有银子还给我，加八分利！”

蓦然起身，挣开这些翻转不停的是是非非、暧昧不明，李书予，我再也不要他了。

常乐的那个骆飞球踢得还真是不错，要不是我经验比他足、队友协助得当还真赢不了他。

我一边洗澡一边感慨，刚刚那场比赛还真是激烈，赢了他们后，汗都流到决堤。

幸亏他们比赛完都已经散了，不然洗完澡后还要穿闷死人的男装见人，热都热死了。还是女装好，轻轻柔柔，我一边穿新做好的浴袍一边感慨。

梳洗停当，我端着盛放梳篦铜镜的竹筐拉开了门。

"你！"

今天的阳光很好，到了傍晚，夕阳也显得格外有情调，但是看到湿漉漉的骆飞矗在这样的余晖中，一切和谐都被打乱了。

看到他我先是慌乱，再是有些惊奇。我不是很讨厌他，所以并不想给他难堪，于是大大方方地掩上房门，再笑着对他说："站在女孩子的浴室外面是很不好的习惯，当然，你不知道我是女孩子，所以值得被原谅。"

他垂下眼帘，不敢看我。又一个不敢正视我双眼的古代男人，看到他我想起了两个人，一个是书予，还有一个就是那个叫异天行的坏小子，其实细想想，只有那个坏小子才敢用那样放肆而坦荡的眼神打量我吧。

骆飞脸上的线条感很强，鼻子高而挺，嘴唇有些薄，眼睛狭长略往上挑，不知道为什么，看到他我总会想起漫画中的剑心。要是换作以前，我肯定会告诉他我想把他画下来，但是现在我不会了，因为我的热情曾炙伤一个我想好好去爱的人，同时也炙伤了我自己。

"我，知道，我知道你是女孩子！"

他说话前习惯先抿一抿嘴，我对他这个习惯有很深刻的印象，听说这样的人内心很丰富，容易羞涩。

"这么说你是不想要我原谅？"我拈起一小缕湿发问他。

大概是不知道怎样回答我的话，他顿了一下，抬起头，看着我的眼睛说："有人想见你，他现在在蹴鞠场等你。"

他的眼睛很澄澈啊，像一片湖水。我点了点头，离开了那片我还想伫足的湖。

我是一个追求画面感的人，所以我觉得在这样的夕阳余晖下，这样纷乱的枯草中他的样子应该是这样的：白色的T-shirt，米色的休闲长裤，坐着玩手边的那个足球，最好我是一种漫步的姿态，MP3中响的是后街那首很安静很舒服的《How did I fall in love with you》，然后我的脚步打断他的思绪，他抬头对我微笑，那么我会爱上他。

而事实是什么物质基础都没有，他穿的是白色的古装，长发垂在肩上，微笑看着我。我想我如果是他女朋友就一定要休整他的长发，那么，他再次站在夕阳下对我微笑的时候我会想起谢霆锋版的花无缺。

我情不自禁地走到他面前，淡淡地看着他。我想，在这样的光线下，我的脸一定和他的一样好看。

"你骗我。"

异天行轻轻吐了三个字，语气中却没有太多的嗔怪："找你找得好辛苦。"

我骗他？他是说我冒充百花楼妓女的事吧？

不知道为什么，天气好的傍晚，刚洗完澡出门的我心情会很好，人也相对温柔，所以看到他我会先有一大段关于美的联想而不是暴力与血腥。

"找我干什么？"我低下头不去看他，眼前闪现的是那下元夜有关他的很多画面，他是一个笑得像天使的恶魔，不太爱和别人说话，但说起话来会惹人生气或是心疼。

他轻轻抬起手，掠过我的脸："有些想你，想找到你，看看你，和你说说话。"

这人，典型的自我意识膨胀，想我了，想看我了就跑到我家后院来不管不顾地说出来。

"你知不知道我们中国人其实是很传统的，像我们这样的关系，你是不能随便对我说想我这样的话。除非你有绝症，快死了才可以如此唐突。"

我敢肯定说这话的不是我，而是我的涵养。

他今天显得很安静，没那天那么野蛮，看来他和我是同类，多半是个自大的狮子座样板——没有固定的行为模式，按心情来支配言行。

他看着我说那些话的样子很高贵，眼神柔柔的，和冬日的阳光一样舒服。

"如果快死了才说给你听，我会后悔。"

他说话的口吻是很真诚的，我喜欢用真诚这个词，因为这个词本身很让人信任和有安全感。

"你怎么找到我的？"

我不可以拒绝他的话，只能避开他的话。

"是我让骆飞找你的，他找到你后我立刻就从洛阳赶来了。"

"他是你的手下？"我对这个比较感兴趣，"他一直在监视我。"

他点头承认。

发现如果不和他争吵我就不知道该说什么，于是他承认后我们就开始静默。

“和我一起去北疆吧，取道敦煌！”他忽然打破沉默。

北疆，敦煌，这两个词一下吸引住了我：“你是说去塞外？”

北疆就是拍《天地英雄》那地方，我在现代就神往已久，可惜没攒够钱没去成。

“是，我以前听人说那里很漂亮很开阔，一直想去看看，如今有了机会自然要和心爱的女人一道去看看。”

打住打住，什么时候我又变成你心爱的女人了？

“对不起，我不感兴趣，我还要打理生意，要赚银子养活自己，没闲心旅游。叫别人吧，像我这样的女人长安一把抓十个。”

我真的不太喜欢别人自以为是，或者因为我很叛逆的，我今年十七，没过叛逆期。

他似乎被我触怒，一把抓住我的手，目光炯炯地看着我。

“放开我，女人的手不是随便就可以抓的。”发现我在他的目光前变得很爱躲闪，见他没放开我的意思，只好妥协道，“有种我们比试一场，你胜过我我就陪你去北疆。”

“一言为定！”

他松开我的手。我知道他这人向来自信，一定会答应我的提议，现在我要做的就是难倒他，可是我又怎么能难倒他呢？

第十二章·异 天 行
CHAPTER 12

“给你三天。”

我先松了口气，伸脚把他身边的球勾了过来："赢我一场球！"

情急之下我也想不出别的办法，想来想去就这方面还有胜算，我球虽然踢得不怎么样，但功底和身体素质都在那里，到时候再让阿如吹吹黑哨什么的，就可以摆脱这家伙了。

"好！"

他眉微微一扬，爽快地答应了。

"你的队员自然是我来帮你挑，还有，既然要上场踢球就要买我设计的球服，10两一件，不打折！"

说完这句话，我便转身离开，因为我知道在某些人面前不可停留太久，否则变数会很大。

回到卧室，我愁眉苦脸地把刚刚发生的事情告诉阿如，指望她给点意见，就算没意见帮忙恶语中伤一下对方也好。

"其实我觉得异公子这人来历相当不俗。"阿如坐在我身边一边挑着灯芯一边说。

她的侧面很好看，看她挑灯芯的妩媚样子，我很自然地联想到《青蛇》里面的张曼玉。

"我也知道他有点背景，弄得不好是哪家大官的败家子，不过我倒真不怕得罪他！"我说得自然很轻松，但我知道异天行的背景绝非如此简单，我只是想听听阿如的意见。我知道她其实比我聪明得多，我得在她面前装得笨点她才肯说出真心话。

"怕是不用怕的，异公子对小姐绝无恶意。"

她竟然没有接过我的话茬，按道理她应该把那个姓异的好好分析一番才是啊。

"小姐为何不给他一个赢的机会？女子还是内敛些好！"阿如说这话的时候，眼光流转，真猜不透这家伙的心思。

"那是不可能的！输了的话一是没面子二是没自由，陪他去一趟北疆，天知道会发生些什么，搞不好……"

我斩钉截铁地截断了她的话头："让阿易他们和他一队，阿易自然知道该怎么做，还有，到时候你来当裁判，哨怎么黑怎么给我吹。"

阿如瞪大了眼睛："小姐，你好阴险啊！"

切，这叫什么阴险，这叫策略！

这两天异天行犯了长安百姓的众怒，原因很简单，他给了我一笔钱，包了整个足球场，不让别的队打比赛也不让观众进场，一时间断了一些赌球人的赌局、说球人的谈资。我无所谓，他愿意掏钱我也乐意租场地给他，得罪人的是他不是我。

他练得很卖力，这两天他几乎是泡在球场中度过的。

阿如经常去球场看他，并和骆飞一起指导他踢球的技巧，我却若无其事地到处乱逛。阿如偶尔会说点埋怨我的话，我就当做没有听到。我不爱他，起码现在还不爱，那么就不要给他太多温存和幻想，如果他真的够本事就来打动我的心，让我愿意不顾一切地去爱他。

"小姐，你去看看异公子吧，他的脚受伤了。"

第二天的傍晚，阿如在饭桌上对我说，目光中有哀求的意味。

"那正好啊，重不重，要重的话让他弃权！"我一边夹菜一边说。

阿如看了我一眼，放下碗筷，一声不吭地出门了。很少见她动真火，一动起来就是为了男人，女人的天性啊。

吃完饭，我拿着一个雪梨往球场方向散步，一边咬着梨一边看异天行踢球的样子。他个头很高，身材也很好，球服穿在他身上显得他的气质很磊落很洒脱，败笔就是他的头发，虽然修饰过了但我看着就是不习惯，毕竟我的审美观来自21世纪啊。

过了很久他才发现我，大老远地笑了笑，扔下球跑了过来。他的脚好像真的受了伤，跑起来有点不太自然，但我看着却蛮舒服。

"满身是汗，脏死了，离我远点。"我说话向来刻薄，我妈说我长了林妹妹的嘴。

他小心翼翼地用两个指头抢过我手上的雪梨，我正诧异着，他那边已经咬了起来，一边糟蹋我的美味一边得意地说："你来得正好，我渴了。"

我倒！

"这雪梨是极品，一两银子一个！"我没好气地对他说。

"那我还要一个。"他吃完梨，象征性地找了下垃圾筒之类的东西，发现没有就把核还到我手上。

我撇了撇嘴:“练得怎么样了？”

不等他回答就抛下他径直往球场中心走去,阿如和骆飞在那边看着我,逆光,看不清楚他们什么表情。

“看你有没有本事把球从我这里抢走。”

他没想到我变化如此之快,还没回过神我已经把球带离他身边几米开外了。这动作是以前练了N久的带球前进中45度变向,估计他这种菜鸟是跟不上的了。

由于起步起得好,他来抢球我躲闪得游刃有余,他似乎很不甘心,抢球的动作也越来越霸道。我被他逼得急了,只好闪身让一个空当给他,他也没想到会有阴谋,自然地探脚来踩,结果我用脚底将球向后一拉,他没掌握好平衡摔倒在地。

我先是一惊,惊讶为什么在他面前我的好胜心那么强,关键时刻竟然连这样的动作都用了出来。

骆飞和阿如见他跌倒,慌忙赶过来扶他。

也许是摔疼了,站起来的时候他已经一头冷汗。看他这样,我心一软,默然片刻后冷冷地说:“放弃吧,你不行。”

他神色黯淡地看了看我,轻轻推开阿如和骆飞,抱着球慢慢地往球门边走。就知道他不会轻易放弃,看着他笨拙的射门动作,一种莫名的感觉油然而起。

“咦,雨这么大,球场那边怎么还有灯光？”

晚上大概九点的样子,和阿如下棋下得累了,推开阁楼上的窗子打算看看夜雨,结果却看到球场那边亮了一排灯,不下50盏。阿如疑惑地探头来看,似乎明白了什么似的,抓起一把雨伞就往楼下跑。

还真是个固执的人啊。眼前闪过傍晚他汗湿的略显狼狈的脸。撑了一把伞,点了一盏琉璃气灯,我缓缓向楼下走去。

也不知道他从哪里弄来这么多人,连阿易他们也都来了。此刻他们正在雨中打比赛,个个一身泥泞。

有钱人真好,想怎么样就怎么样,只要肯花钱,雇50个人为自己掌灯,再让别人不休不眠地陪自己冒雨练球,一切都那样随心所欲。

我怔怔地在雨中看着。这是这个男人为了我一个承诺所愿意付出的,这辈

子，未曾有过。

呆呆地看了20多分钟，中场休息的时候，阿如跑到他身边对他说了些什么，他看往我这边，我转身打算离开。

"肖沫沫！"

他的声音从身后传来，我乖乖地停下脚步，转身去看他。他已经到了我身边，很自然地拿过我的伞替我撑着。

"这么冷跑出来干什么，回去吧。"

我的灯烤得他身上冒出许多白气，氤氲得彼此有些失真。

"你也是啊，这么冷在这里干什么？"我抚着自己的肩膀说。

"呵呵，想骗得某人感动啊。"他半真半假地说，笑了会儿又接着说，"你刚才两个动作我都已学会，明天再练一天就有机会赢你了。"

我在心里叹息一声，瞟了一下他的侧脸，他的眼睛很亮，流动着自然的兴奋。

"那很重要吗？"

"重要。"

他回答别人话时总欠一个解释，单纯说结论。

"回去吧，把别人冻病了怎么办？"

发现我这人说话还真有点绝情："还有，病了就更没机会赢了。"

比赛那天我心情有些复杂。

他们那个队表现得还可以，尽管我看得出阿易在中间使了很多阴招，故意传错球或是犯规，但其他人却竭力在补救阿易的过失，阿如也没有按我的意思吹黑哨，看来我有点走到众叛亲离的份上了。

上半场打完，平局，我郁闷地坐在场地边缘喝茶。阿如惭愧地给我递了张毛巾。我接过来随便擦了一下扔还给她。

戏剧化的是，下半场双方的分跟得很紧，不知道为什么，我今天一点状态也没有，以前想好的损招全没用上。

在场外看球的一些女花痴拼命地冲我喊肖老大加油，但没用。

原以为这场球赛就要在稳稳妥妥中平淡DOWN了呢，不料到最后竟然发生了一个关键性的转折。

先是对方骆飞来了一个外侧假射，被我揭穿后，却被阿易那小子一脚铲了出去。完了，帮倒忙了不是，瞎着急什么啊。就在我郁闷的当儿，对方一个不需要让你们知道名字的人竟然搞了个挑球过人，眼花了，这时候要是什么罗纳尔多、范尼、亨利的在，来一个凌空射门，那就好玩了。结果是这些人没来，那个叫异天行的初级学徒把这个完美的梦想给实现了，那一脚，好漂亮的一个弧度，在我视线中骄傲地划下，我听到嗖的一声，那个球带着万夫莫当的气势射向我方的球门，布冯在那球还能接得住，可是布冯在吗？不在，所以那个球就进去了。

"你输了！"

他在众人面前走到我身边，带着点自豪，带着点温柔说。（理论上是这样修饰，其实我当时觉得就是小人得志。）

我冲他翻了一个巨大的白眼，飘也似的离开了这个伤心地。

北疆，请用你博大的胸膛迎接我这失意的路人吧！

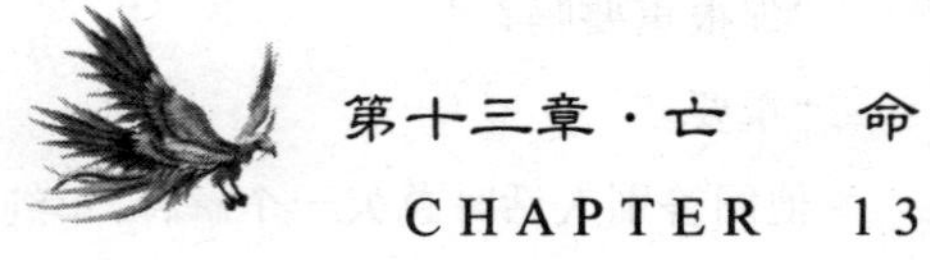

第十三章·亡　命
CHAPTER 13

异天行打算取道丝绸之路，游览一番再进入北疆。

大致路线就是从长安经河西走廊，走北道自玉门关西行，经车师前国，沿天山北行。我不清楚那些地名具体指的是什么地方，又不想问他表现自己的无知，只好回去在电脑里面找到唐代版图看了下，对照一下中国地图就知道他说的玉门关指的就是敦煌一带，而车师前国就是吐鲁番了，好耶，赶过去的时候有哈密瓜和葡萄干吃了！

出发那天，看到他竟然带了一车队。我对他的车队表示了强烈的不满："真没品，旅游要带这么多人干什么啊？旅游是去贴近大自然，接受震撼去的。带这么多人,你以为是在搞巡回演出吗?"

他很有耐性地听我发完牢骚,叫了个人过来,吩咐了几句。

那个长了管家相的人面露难色地说:"少爷,这怕是不妥吧?那位爷可盼着机会对您……"

他脸上闪现一抹隐痛:"他应该还不至于!有骆飞跟着,想必无碍!"

"少爷!"

"就这么定了!"

那个管家样的人一脸焦急无奈地退下,离开时抬起头愤怒地盯了我一眼,看来我又做错了什么。

起程时,阿如把一个包袱递给我,依依不舍地向我道别。我有叫她和我一起去,目的是想撮合她和那小子,我自然看得出她对他很有好感。奇怪的是她竟然拒绝了,原因是球场现在生意很好,她要留在家中帮忙打理。这丫头,真是过于理性了,白给的机会都不要,万一以后我后悔了,对那小子有了好感,她可就再也没机会抢走他了。

出发后,他的车队居然没有跟上来,只有一个储放食物饮水的马车跟着。他的马车很豪华也很宽敞,地上还铺了很厚的波丝地毯,所以坐着也不算辛苦。只是和他这样对坐着感觉很不自在,我时不时地避开他的视线往窗外看。

窗外,骑马随行的骆飞安静地赶路,从不侧目往我这边看。听说他是一个剑客,他的样子还真的很有侠客的味道,嗯,像西门吹雪,冷酷无情。我对面的那家伙在他的映衬下,感觉有点像叶孤城哦,要是他们打上一架,那就精彩了。

我伏在膝上开始幻想他们比武的样子:先是这辆马车的盖子忽然被掀起,在天空中打了无数的旋儿,然后飘来很多花瓣,一阵箫声传来,一个白衣冷峻的侠客御剑而来,踏上那个在半空中悬浮的马车顶。

"西门吹雪!"坐在我对面的叶孤城轻轻吐了四个字,然后温柔地对我微微一笑:"公主,坐着等我,我须臾即回。"

说完他飞身掠上不远处的一棵枯树,风吹乱了他的发,带得他的衣衫翻飞不已。

二人同时拔剑,一时间剑啸龙吟。

场景转,一片浓密的江南竹林,二人飘飞其上,动作柔美中带着杀机,《月光爱人》响起。

就在这时，我忽然腾身而起，将一柄剑没入叶孤城的后背。

“你！”他们的动作都停了下来，竹叶翻飞中，“为什么！”

“城主，我欠西门吹雪一千万两，真对不起！”泪从我的眼中滑落。

“你骗我，西门吹雪的家产没有那么多！告诉我真相！”

我拔出那把剑，飞身在竹林中舞起剑来，刷刷刷，写出了“天下”两个字。

“天下！原来你是为了天下！”(《英雄》配乐起)

就在我捧起他的脸，打算亲吻他的时候，他的眼中忽然露出了恐惧，一柄剑无声地刺进我的身体中。

西门吹雪！我回过头去，不可思议地看着西门吹雪。

“对不起，我爱他！他只能死在我的手上！”西门吹雪冷冷拔剑，侧过脸去。

我愤恨地痛斥他：“你背叛了组织，难道不怕飞刀门宋大姐追杀吗？”

他冷冷地摇头：“我没有背叛什么，我是卧底！”(《无间道》配乐起)

啊，真是好精彩哦！想到这里，我兴高采烈地鼓起掌来。

“你在傻笑什么？”

眼前忽然出现了一张被我忽视很久的脸。我一惊，马上抬起头，茫然地喊了声叶孤城，晕，马车还是那个马车嘛！

马车走了四个小时就在一个镇上停了下来，他说要住客栈，这个提议我很喜欢，刚刚冲他抱怨说和他在一辆车子里是上天给我最大的惩罚，他竟然说后面那辆装食物的车子还可以装得下一个人。

吃饭的时候问小二还有多久能到玉门关，小二说最快也得八天，而且，越往那边走越荒凉，客栈没有不说，搞不好会被困死在大戈壁中！天，难道我注定要过不了这个郁闷关？

“真希望玉门关就在眼前啊，早点结束这个漫长而无聊的旅程！”

“这位客官，话是不能这么说的！要是玉门关就在眼前，咱们老百姓就没安生日子过了！”那小二立刻打破了我的幻想。

“玉门关外，那可就是突厥人的天下了！”

“突厥人？突厥不是被李世民派人给灭了吗？”

一听我说李世民，正在喝酒的异天行似乎被噎了一下，脸色异样地盯着我，连骆飞的脸色都变了。

"小姐,慎言啊,会杀头的!"

那小二吓得够戗,脸都白了。对哦,古代皇帝的名字是不可以乱叫的,连民风都要因为避忌李世民改成人风,我直呼其名,要是在长安,死一百次都不够。

我贼眉鼠眼地打量了一下四周,还好,没人留意,耶。我吐了吐舌头,端起一杯茶喝了口压惊。

异天行摇了摇头:"东突厥确已为圣上所剿灭,但其余孽仍有所动作,加之大月氏、吐蕃等番邦外族对我天朝存有异心,只怕这太平盛世未能安泰啊!"

"哇,看来这些人从古到今都很难搞哦。"我随便感慨了一句就结束了我们晚餐的谈话。

为了防止在路上无聊,我买了盘围棋,还自己做了两副扑克,打算教他学会然后赢他的银子。

没想到这人这么有赌博天赋,刚一学会就开始赢钱,我白花花的银子啊,就这样流进他的口袋,真是郁闷!

"不玩了!"

输到第五十两银子,天也有点黑了,我意兴阑珊地扔下牌。

他移到我身边,凑我很近,看了我一会儿问:"这东西你是从哪里学的?"

"自己天生会,不用学!"我一把抢过那些扑克,懒得答理他,自顾自地靠着窗子唱歌。

"如果流浪是你的天赋,那么你一定是我最美的追逐。
如果爱情是你的游牧,拥有过是不是该满足?
谁带我踏上孤独的丝路,追逐你的脚步?
谁带我离开孤独的丝路,感受你的温度?
我将眼泪流成天山上面的湖,让你疲倦时能够扎营停驻;
羌笛声　胡旋舞为你笑　为你哭,爱上你的全部　放弃我的全部
爱上了你之后我开始领悟,陪你走了一段最唯美的国度……"

"你在唱什么?"他移到我身边,靠着窗户,摆出和我一样的姿势,"很好听!"

他这个动作让我感到很亲切,以前我哥哥总是喜欢摆和我一样的姿势说话,

那时候我会感觉整个世界都是我们的。

“我很喜欢听你唱这首歌，再唱一次给我听好吗？”

看来他是真的喜欢听这首歌，他的神情充满了渴望，不知道为什么，他认真起来整个人身上就会流露出一种令人无法抗拒的气质。

我温顺地点了点头，忽然想起什么似的，我从袖子中拿出一条手绢，示意他蒙上眼睛。

他按我的意思照做后，我便打开电脑。陈风千叮万嘱说不要让古代人接触高科技，但我是冲动派的，我现在很想让他听听原版的，让他感到开心，就这么简单。

“这是？”

他戴着耳机，看不到外面的东西，一听到音乐就想把蒙在眼睛上的手帕拿下来。我抓住他的手，阻止了他。

曲尽，我收起那些东西，将他眼睛上的手绢拿了下来。

“是不是以为自己听到了天籁啊？”我得意地问。

他看了我一会儿，没说话，点了点头。

“觉得我很神奇吧？告诉你哦，跟着我混，好玩的事情会很多。”我一边吹嘘一边心虚，这人的反应不对劲啊，也不说话，傻子似的瞅人不放，“以后我要不在了，你跟别人说起我来都是面子啊。”

我说话的声音越来越小，最终我停止了聒噪，于是这个世界清静了。

“你，怎么啦？”我拿眼睛瞄了他一下。

他猛地抓过我的手，把我拥入怀中。

“喂，你干什么？”难道这小子兽性大发。完了完了……

“什么叫以后你不在了？”他一把勒紧我，“我不爱听。”

“我错了，我错了，要不你先把手松开。”考虑到他这个拥抱没有什么恶意，我也就没采取过激的反抗。忽然觉得这个人很可怜，好像个穷光蛋似的，什么也没有。想到这里，我的母性忽然泛滥起来，伸出手，在他背上轻轻拍打起来。

命运的转折很可能就在短暂的一个瞬间。

当刀光从车窗上闪过时，正在马车中谈笑的我们立刻僵住了脸上的笑意。我断然没有想到，古代的破刀也能带来AK47般的杀机，主，原谅我在死亡的边缘还要想到CS，问题是我也管不住我这该死的脑袋。

死亡的气息在车窗断裂的纹路上蔓延。

还是异天行反应敏捷。他拽过我，拉着我飞身跃下马车。

在这样的突然袭击中，我的大脑暂时性地出现了真空。我躺在地上，看着这完全陌生的夜，没有霓虹。关键时刻发现，原来一切都很陌生，那个我流浪的城市，那个叫陈风的人，那场穿越，长安，那个叫步月的人，还有眼前、身边将我紧紧拥在怀中用生命来保护我的人，全都一派陌生。只是死亡，那些黑衣人，那些月光下闪着生冷光辉的刀，他们是真实的，他们会用我的死亡来结束唐朝这个梦魇。

我这是怎么了，关键的时刻竟然发起蒙来了，当我从怔忪中清醒过来，我立刻羞愧起来。陈风那么辛苦培训我是让我在一个男人怀里逃避危险吗？

当一柄刀逼近我胸前的时候，我推开异天行一把抓住那个刺客的手，反手一折，夺过他的刀，毫不犹豫地刺向他的小腹。这是我第一次杀人，没有太多感觉，人都麻木了，我只知道我应该好好保护自己，不要再让任何人伤害我。

"沫，小心！"

正当我看着刀尖不断下垂的血滴发愣的时候，他的声音在身后传来，那声音好空灵，像一场救赎。我侧身一闪，手上的刀斜划一道弧，动作很快也很急，我不要给偷袭者任何伤害我的机会。

人倒，我的刀也坠落。

不知道为什么，这一刀让我觉得自己好残忍。我瘫坐在地，我不是这样的，我真的不是这样的，难道面对死亡我的选择是那么残忍而毫不留余地的吗？终于明白自己为什么会一再失去了，原来说到底我始终自私。

当第三把刀从我头上落下时，我没有想要反抗，我真的畏惧了，畏惧自己内心深处的决绝，那一刀快些落下吧！

"沫！"

他几乎是扑了过来，用自己的肩膀为我挡住了这致命的一刀。

同时，骆飞的剑电一般刺进那个刺客体中，一道血雾喷射出来。我睁着空洞的双眼，伸出手去接那些在月华下闪着妖异光芒的液体。

原来一切真实，这夜，这血，这人。

"沫，你怎么了？"

他惊异我的反应，用力抓住我的肩，他的脸离我好近，好苍白，心倏地紧了一下，以为不会流的眼泪毫无征兆地落下来。

“异天行。”我喃喃喊出他的名字，“你流血了！”

血从他的肩头汩汩流出，我伸出手，按住那个触目惊心的伤口。

不远处的刺客一个接一个倒下，骆飞的剑像疯了似的，那简直不是在杀人，那是在摧毁，用一种我不能理解的能量在摧毁。他这样下去，自己也会疯掉的！

我轻轻伏在他肩上，用下颌抵住他的伤口，不让血流出来，这是我可以给他最大的温柔。

骆飞支持不了多久了，他身上已经被刀割开十几处，此刻他完全是在凭借意念动作，此念一消，只怕他的性命也保不住了。

“沫！”一直在我怀中做最后静默的他推开我，拾起我掉在地上的刀，“真想就这样死在你怀中。”

对我说完这句话，他傲然起身，冲那边喝了一句：“住手！”

一直倚在一棵大树上的刺客头子忽然将手放进口中，一阵怪异的哨声响起，余下的几个刺客立刻收了刀，快速撤退到几丈开外。骆飞一剑刺空，直直地扑倒在地。

“我知道你们是大哥的人！”他拿着那柄刀，一步步走向那个刺客头子，“要我的命现在我就给你，我兄弟和我女人你们不可以动。”

他要干什么？是要自杀吗？我蓦地起身，不可以，这一切都是我造成。要不是我，他的车队一定紧紧跟随，那些刺客也不可能有机会这么轻易伤他！

我冲过去，抢过他的刀，话已经不知道该怎么出口了，只是冲着他绝望地摇头，他不可以死，否则我九死难赎其罪！

骆飞刚刚的心情我忽然有了了解。

那个黑衣头子被我激怒，噌地拔出长剑，破月斩来。

我惨淡地笑了笑。

你猜我想到了什么？武侠片里常见的凌空一刀斩，动作很漂亮，比徐克片子里面的不会逊色。

那一刻我以为自己要死了，没人可以保护我了，连我自己都不可以保护自己了。

听，那是什么声音，像风袭过。

叮的一声脆响，然后我看到一个黑影从眼前掠过。

呵，安全了。像所有片子里面的主角一样，在最后关头我被刀下留人了。

和我一样，所有人都忽略了一个人，一个车夫，一个年老的车夫。

他用的是一根铁刺，那根铁刺刚好没进那个刺客头子的心脏，这真是场漂亮的杀戮！想鼓掌一下，发现手抬不起来，还是算了吧。

他收起铁刺，看都没看我一眼从我身边走过，先给异天行那小子止了血，再才把地上的骆飞扶了起来。

不理我没关系，只要他们都平安，我躺在这里比躺在天堂还开心呢！

"公子爷，按大爷的为人，想必他已经把后路给堵死了，退回长安怕是不行，您和这位姑娘继续往北走，不出三十里就有人接应了。我和骆飞往西走，引开大爷的追兵。"

那车夫说话的样子还挺像一将军的，我一边躺在地上一边开心地听他们说话，死里逃生的感觉真好，最重要的是他和骆飞不用死。

"这都是李大人安排的，只是没想到他们那么心急，提前动手，让公子爷受了伤，真是罪该万死！"

见异天行不说话，他又继续说，口中说的是罪该万死，但也没见他多害怕，估计他了解自己主子是个善良的人，不会拿自己怎么样；也有可能他是真的什么都不在乎，只凭原则做事，功过留给别人评论。

异天行果然没有说什么怪罪的话，只是询问了一下骆飞的伤势，听说无碍后便沉着脸不说话。

奇怪，这反应不太对，按照常理他应该跑到我身边扶我起来问长问短，心疼得半死，怎么对我不理不睬？中邪了，这人？

第十四章·追　杀

CHAPTER　14

事后我才知道那个救了我们的车夫名字叫尉迟晦，长安第一杀手组织“蜃楼”的楼主。

按照尉迟晦的吩咐，我和异天行骑马往北走，不出三十里就会在惠安镇上得到接应，再转道回长安。他就和重伤昏迷的骆飞乘马车往西走。

最大的问题是我不怎么会骑马，受伤的异天行根本就不可能驭马。但在性命攸关的时刻我也顾不了太多，只能硬着头皮试试了。末了，尉迟晦给了我一把匕首，说是让我在关键时刻在马臀上放血，这样马可以跑得更快些，只是到了一定时候马血流尽了，它自己便会抽搐而亡。

跑了一段路程，发现那马还挺乖的，跑得非常平稳，看来骑马也不是什么难事嘛！以后回现代训练一下去当个马师，又赚钱又跩。

那个异天行也不知道是怎么回事，一直都不和我说话。

“喂，你怎么了？不说话，这可不是你的作风啊？”我一边驾轻就熟似的骑着马一边逗他说话。

他先是沉默，然后抢过我手上的马缰，把我圈在怀中：“真不知道你是在骑马散心还是在逃命！”

说完“驾”的一声，那马就飞也似的跑了起来，天啦！原来它可以跑这么快的吗？

大约跑了二十多里地，他忽然勒住马。

这是一片树林，也不算太大，树长得也不算密集。

"是不是有埋伏？"我侧脸问。

我发现这人很怪异，关键时刻话也不会说了。他神色冷峻地盯着那林子看了片刻，右手将我的腰搂紧。我想告诉他右手不能太用力，因为他右肩上的伤口刚刚止血不久。但话还没来得及出口，他左手上的马缰一抖，整个人就如腾云驾雾似的飞了起来。这次，我感觉那马是在用生命的速度在跑。

一定是有危险，我伸手探进自己的腰间，那里面放着一些防身用的东西。

我瞪大双眼在黑暗中探询危险的蛛丝马迹，但一切都掩藏得很好，我只感觉到越往前就离死亡越近，我几乎闻到死神的味道。

近了，近了，我的直觉刚告诉我危险的到来，刀光已经迎面而来。我下意识地把手中的闪光球抛了出去，电光火石间，先是一声惨叫，再就是嗖嗖的冷箭声。真是很不错的杀局，先用一个人正面刺杀，只要我们一分神，林子里面的冷箭就立刻把我们射成豪猪。

就在这避无可避的瞬间，身后的异天行一把将我拽下马，原以为我们都会跌在地上摔死，回过神来却发现人已经在马腹底下藏着了。我第一反应是马师就别想当了，第二反应是他的右肩，刚才拉我下来得使多大的力气，伤口肯定又裂开了，这人，真以为自己是铁打的吗？要是换做别人，多半会把我推下马引开追杀的人，然后自己藏身马腹，那么逃生的机会就大得多。

可能是刚刚那些闪光球起了作用，散开的白雾挡住了那些杀手们的视线，因为他们是暗伏，打算给我们致命一击，所以不会有马匹之类的东西在附近，不能马上追上来狙杀我们，那一时半会我们还是很安全的。

不知过了多久，他才带着我翻身跃上马背，我立刻回头，他的脸色比先前更加苍白，已经隐隐泛青了。

"停下来，你给我停下来，这样你会死的！"我抓住他的手，又心疼又焦急地叫起来。

"停下来你也会死！"他推开我的手。

"那总比你一个人死好，你再不停我就从马上跳下去！"这话我说得斩钉截铁，不留回旋余地，"我肖沫沫言出必行！"

马终于停下来了。这是一个岔路口，一个不知名的岔路口。

我扶他下马，检查他的伤口，一见到他的伤口，先是一颤，然后就开始不明所以地骂了起来："你是猪吗？真不知死活！你以为自己有很多血可以流是不是，血流干了会死的，你死了那我该怎么办，你说要和我去北疆的啊……”

乱七八糟地骂了他几句，我从他怀中拿出尉迟晦给的金创药，抹上后又撕了一块裙子给他包扎上。也不知道会不会得破伤风，这里又没有疫苗，真要愁死我了。

“我们走这条路，把马赶到那条路上，那些人不久就会追上来。”

血刚刚止住他就开口说要上路，男人还真爱不把自己的性命当一回事！我气冲冲地站起来，走到那匹马身边，掏出匕首，犹豫了一下还是没舍得下手。只是拍了它一下，把它赶走了。

“马儿乖，自己跑快些，别让那些人给追上了。”

搀扶着他走了大概三里路就到了一条大河边，看到水我就有种莫名的亲切感，那让我有了家乡的感觉。

“渡口上横了一条船！”我惊喜地发现一条救命的船，“上面还有渔火，看来人在里面歇着。”

我放下他，快步跑到船边。叫了几声才有个老头回应了声：“这么晚了不开船！”

什么？不开船，不开船等下有追兵到了我们不就死定了吗？

“给你50两银子，你就勉为其难开开船吧！”我低声下气地说。

“姑娘，这天寒地冻的……”

“100两！”

钱总是可以结束一些不必要的废话，这是我喜欢钱的一个重要原因，那老船夫很快从船上下来，帮我把异天行弄上了船。

“这里是200两，到了对岸把这个公子送去医馆好好照看，待这位公子好了必然还有重谢。”

刚把他安顿好，我就准备下船，已经在半昏迷状态的他忽然睁开眼睛抓住我的手。

“你要干吗？”

没打算干什么，学你逞英雄啊，你上船逃命我下船往回走，回到岔路口去等那些人抓啊，帮你争取点逃命时间。我可不想欠你什么。

懒得回答他，站起身就准备走。

也不知道他哪来的力气，一把把我拉了回去：“想都别想！跟我一起走！”

我看了他一会儿，挣开他的手。

“好好照顾他！”

给那船夫扔下这句话我便义无反顾地下了船。

“肖沫沫！”

他在身后叫了我一声，我没回头。

“你要再走我就从这里跳下去！”

我犹豫了一下，还是打算离开，他应该还不至于。刚迈开步子，就听见“扑通”一声响，我心里一阵咯噔，立刻回头。

他竟然跳下水了，他不要命了吗？为什么他是这样的一个人！

那船夫已经跳下水去捞他了，所幸的是水不深，很快就把他找着了。

“你疯了！”

在船舱里，我一边手忙脚乱地替他看伤口，一边帮他拧衣服上的水。他真是个疯子，受了重伤流了那么多血竟然还敢往水里跳，他难道不懂得心疼自己吗？

“不只有你才懂得言出必行。”

他话已经说不太清楚了，但眼神底下却跳动着微弱的欣喜。

我把他搂在怀里，努力控制眼泪和情绪。

“不要离开我，要死，我们也在一起！”在我怀中，他梦呓般呢喃。

“傻小子！”含着泪，我轻轻拍了拍他的头，“我不在这儿吗？”

上岸前，那个船夫找了身干的中衣给他换上，并帮我把他抬上了岸。他说自己还要做生意所以不能陪我们进城。我向他道谢，多给了他一些钱，并嘱咐他不要说见过我和天行。那船夫唯唯诺诺地应承了。

我不懂得计算古代的时间，进到镇子里估计也是凌晨了。我先找了一家客栈，店家已经打烊了，我拍了很久门才有个小二睡眼惺忪地来开门，一看到天行那样子，马上把我们迎了进去。

“这位是怎么了？”

他一边引路一边关切的问。我原以为他会不让我们进客栈呢，想不到还是个善心人。

“受伤了。给我们一间上好的房间，还有，帮我请个大夫来！”

我掏了锭10两的银子给他，简单地吩咐了几句。

“这么晚了大夫怕是不肯出诊！”他接过银子，帮我扶住天行。

“帮我试试吧，告诉他我们这是等着救命，诊金从厚！”我有些着急了，要是没大夫，他怕是会很危险。

“好咧，那小的去试试！”

把我们引到房间，他就合门出去了。

房间给我的粗略印象还算大方得体，来不及怎么打量，先把他扶到床上躺着。

等了大概一刻钟，厨房值夜的人就送来洗澡的热水和两碗姜汤，看来也是那个小二嘱托的。看来这家的服务态度还真的不错！

先喂他喝完姜汤，接下来得帮他洗澡了。这个，这个好像已经超过我的服务范围了，但是要不帮他洗澡，他身上还有湿的东西没换下来，过一个晚上还不得冻死啊？算了，我豁出去了。我吸了一口气，像做贼似的扒下他的外衣，然后一鼓作气把他的中衣脱掉，眼看一个大好青年被我摧残成了半裸，剩下的实在是没勇气了！把他扶到浴盆边，费了九牛二虎之力才把他弄进浴盆中。洗澡也不一定要脱光的哦！

我拿起毛巾在他背上擦洗起来，感情我都变搓澡工了，郁闷！不过看到他肩上的伤口，心中不免又酸又软，看了一会，忍不住凑过去轻轻吹气，这样应该会没那么疼了。

这个澡洗了很久，直到那个天才救命小二带着一个大夫回来才结束，之所以会洗这么久是因为我不知道怎么帮他换衣服。

那个小二很善解人意地帮他找好衣服换上，他的善心为他赢得了一笔相当可观的小费。其实吧，我也不是那么庸俗的人，只是除了钱我找不到更直观的表达谢意的东西。

那大夫颤巍巍地帮天行号了脉，又检验了伤口，扎了针还开了方子，说是失血过多且寒气入侵，那几针稳住了他的脉，待天亮后再去抓药帮他调养。如果调养得当，不出十天就能康复大半了。

等到人都走后，我终于长长地舒了一口气，坐在他的床边，帮他掖好被子，然后呆呆地看着他。现在他的脸色很苍白，那是一种很让人惧怕的苍白，我甚至都不敢去碰他，生怕一触碰他就会立刻在我面前破碎。

“冷……好冷……”睡梦中他忽然开口喊冷，几乎没有血色的嘴唇翕动着，好看的长睫毛开始不断抖动。

我探手去摸他的额头，好冷啊！我猛地缩回手听说失血过多的人很畏寒，看来是真的了。

我推开房门打算找人送棉被过来，可是外面黑漆漆的，灯火也没有，贸然在晚上又将人吵醒，那就太过意不去了。

失落地掩上房门，回到他身边坐着。

他虽然已经没有喊冷了，但看他脸上的表情就知道很不好过。抚了抚了他的脸，触手的寒意让我下定决心，躺在他身边，拥抱住他给他温暖。

在他身边，闻着他身上淡淡的清香，感觉很舒服，很安稳，真想就这样安安静静地拥着他，天也就不用亮了。

第十五章·秀　女 CHAPTER 15

不知道有多久没看过清晨的阳光了。

我是一个相当懒惰的人，却偏偏喜欢追逐一些必须勤劳才能得到的东西，所以有些东西只能缅怀，而无法得到，就比如清晨的阳光。

对于自己理想的生活，我有两个构想，其中一个就是在一座用清冷的铁搭造的不规则房子生活，床必须是白色的，安置在窗户旁边，床前有一个玻璃桌子，桌子上必须有一大束暖色调的玫瑰，阳光中，我看着我心爱的人沉睡，看着，笑着，然后用手指轻轻摩挲他的脸。他醒来，会对我微笑，不需要说太多的话，因为彼此懂得。我们是两个被世界遗忘的人，不要被人注意，也不要被垂怜，我们相爱，冷的时候相互取暖。

如果真的可以拥有，那我就会很满足，满足到心甘情愿地溺死在这样的幸福中，挣扎都忘记。

此刻我就有这样的有关幸福的错觉！

阳光下，他的脸上有种略带憔悴的光泽，让人想去接近。我伸出手，抚过他的额头，停留在他的眉峰上。他的表情好安稳，好恬静，嘴角隐隐上扬，像个孩子。我琢磨着把他的样子拍下来，以后回到现代可以经常看到，那就不会那么容易被韩国的那些偶像轻易迷惑了！

就在我按下戒指开关的同时，他睁开了双眼，我忽然感觉天真正地亮了起来，他的眼睛像夏天的天池，同样的美却不寒冽。我屏住呼吸，目不转睛地看着他。他开始微笑，原来他真的会在醒来的时候对我微笑。他笑的时候，眼睛弯出了一个漂亮的弧度，看上去特别干净舒服且无辜，这让我很自卑。人说我笑的时候和哭的时候一样难看！

“早啊！”

他先开口，语气有点微弱，声音蛮飘忽的。

“早。”

我慌乱地说了个早字，马上从他身边起来，逃跑似的下了床。

“你先等等，我去帮你叫早餐，还有我要帮你去抓药，你等着我。”

我转过身跑到门外，背对着他说，还不等他回答就把门给掩上了。天，我怎么会这么紧张呢？

出了门才发现还没梳洗，转了一阵子跑到厨房，那里有热水，我随便洗漱了一下，吩咐人给他送去早餐和热水。

到了大街上发现这个镇子还算蛮大，也还热闹。我问了问人，找到一家大药房，按方子抓好药，无非是些当归、何首乌、人参什么的补血药材居多，还有些大约是辅佐着驱寒的。

回到客栈我就开始煎药，药房的大夫比现代的要负责，不但告诉我煎药的细则，还建议我用甘澜水熬药可以扬药性，那慈眉善目的大夫还说是甘澜水是他偶然发现的，见我不知道什么是甘澜水，他便给了我一壶。

买了药还有礼品送，真是比较会做生意，怪不得能把药房开这么大！

好不容易才把那些药给煎透，端回房的时候都快到中午了。

他的精神不是很好，喝完药不一会就睡下了。我呆了会儿觉得无聊就跑出去遛弯，顺便去打听情况。

镇子上的流动人口还算多，我小心地打探，看有没有像杀手的人出现，结果打探了很久发现基本上都是良民。我也问了惠安镇的情况，他们说就在10里外，不算远，比这个镇要大些。在惠安镇还可以转道去长安，一路就是官道了，太平得很！等他伤好了些我们就去惠安镇，找到接应他的人我们就可以安全回到长安了。说到惠安镇，我还是比较有感情的，以前玩《月影传说》时，里面就有个惠安镇，我遛得倍儿熟，把该拿走的东西都拿走了，比鬼子扫得都干净。

异天行恢复得很快，没几天就可以下床活动了，让我感到很欣慰。不过有点郁闷的是，他仗着是病人，老是剥削我的劳动力，有时还给我玩点小脾气。考虑到是我欠他，所以也就忍着，伺候着。我琢磨着等他好了，这账还得找他要回来。

在这个给我留下挺多好感的镇子耽搁了七天后我们就动身去惠安镇了，临行前那个大夫又来复诊一次，他很惊异那小子的恢复情况，因为按照正常的药性断然不会恢复得那么快。我想到了那什么甘澜水就顺便问了问他，结果让我很诧异也有些感动，听说就是把水放在大盆中不断挑动上扬数千次，等到水性变了才可入药。我不懂什么水性之类的话，但知道要上扬数千次是很麻烦的事情。

到了惠安镇，我们先安顿下来，等到晚上，我把尉迟晦给我的响箭放了出去。

我好奇地看了眼那支响彻寰宇的响箭，好奇古代的冲天炮怎么可以冲那么高。

也不知道异天行的手下是怎么定位的，他们很快就找到了我们的落脚处。

他安全了！终于不用再忍他了，再忍我都要变忍者神龟了！

晚餐的时候，一大帮人在边上伺候着，其中还有那个在长安见过的管家样的人，他不怎么喜欢我，这点我看得出来，但请客吃饭的又不是他，所以我在他的阴霾下依然吃得笑靥如花。

“沫”，异天行不怎么吃，只是帮我夹菜，“你瘦了。”

“真的吗？”我故意无视他的温柔，惊喜地说，“减肥成功！我现在是不是很骨感很漂亮啊？”

他的温柔与深情顿时被我扼杀在萌芽状态。

入夜，我独自躺在房里面发愣。这些天异天行总是用伤口疼痛、身体不舒服等借口留住我在他房里面陪他，我就只有陪着，本来都是强打精神打算坐到天亮的，结果天亮的时候发现都是我霸占了大半个床！

现在没他在身边还真是不习惯，周围似乎过于安静。打开电脑，发现什么都不好玩，折腾半天发现自己点开了《丝路》。我抱着膝坐在床上听，一遍又一遍，想起我们一路走来发生的故事，嘴角不禁泛出些许笑意。

他真是个笨蛋，不过长得还真是蛮帅的，不如把他拐去现代，找陈风把他捧成偶像，我就当他的经济人，跟着他捞银子。有钱赚那自然好，不过一旦他当上偶像就会有很多女明星纠缠着他，那我就该郁闷了？

打住，我为什么要郁闷呢？

想起什么似的，我忽然从美梦中惊醒了！难道？

怎么可以？好了伤疤忘了疼！爱情这东西根本就沾不得！这回不可以再犯傻了！

其实那小子各方面条件那么好，虽然现在对我还不错，不大可能像李书予那样冷酷，但那又怎么样，以后他难保不会爱上别人，我还得和人争风吃醋，那我真是闲得慌！说实在的，那段时间对李书予的迷恋几乎掏空了我所有的感情蕴藏，现在我才刚刚复原，要再受一次重创，保不住崩溃。算了吧，呆两年，拍点东西回现代给陈老大交了差，拿笔钱去美国。等年纪大了，找人嫁了在家帮小孩子做点馅饼、苹果派什么的算了。爱情，这东西，注定夭折！

想了大半个晚上，决定离开他！

离开的时候天还没亮。在客栈附近找了辆马车，让车夫把我送上去长安的官道。晃悠到已经是中午了，车夫告诉我可以在驿站租用马匹，入夜还可以在驿站休息，不至于露宿荒郊。

在驿站弄到马后我没怎么休息就开始赶路，我要赶紧回长安，把家给搬了。地方我已经想好了，就去洛阳，洛阳也是一座有玩头的城市哦。本来也是一帆风顺，可到了傍晚，居然莫名其妙地下起大雨来，要命，我没有带伞，这路上也没瞧见有凉亭，是哪个家伙误导人说长亭更短亭的？

冒雨走了很久，山风还凉飕飕地往身上吹，再这样下去我肯定得挂掉！真不明白我到底发什么疯要离开。跟着那小子一路吃穿和安全都有保障，现在倒

好……如今得出一个教训就是，女人最好别玩矫情，尤其是像我这样没有几把刷子的。

所谓天无绝人之路，这话一点都不错！就在我体力透支的时候，前面忽然出现了很多火把。人言马嘶声不绝于耳！那一刻我仿佛看到了天堂，歌颂一下我主！我快马加鞭地跑到那边，翻身下马打算求救，结果人刚一下马脚底一虚就倒下了。朦胧间感觉有很多人朝我围了过来，很多女人在惊叫，还有人在摇晃我，好烦哦，让人睡一下都不行吗？

醒过来的时候，发现自己正靠在一顶轿子里，一个老头正在我脸上拔针，获救了！我虚弱地打量了一下四周，雨还没有停下来，几个看上去很年轻漂亮的女孩子围在轿子外面窥视我，时不时还交头接耳地议论什么。

“呀，于公公来了！”

那些女孩子似乎看到什么人往我这边来了，连忙退到一边。

给我施诊的老头探出头看了看，拱手施了个礼：“于公公！”

“那人怎么样了？”

轿子外传来一个标准的太监腔，说话的口气倒是不徐不疾，很有点派头。

“已经苏醒了，只是……”那老头捋了捋胡须，话到一半就停下来了。

“既然已经苏醒，那就该让她离开了。”

我第一反应就是还得继续装晕，这公公还真是没同情心啊。

“不成，这姑娘受了寒，老夫刚给她施针，若再受风雨只怕性命难保，就让她歇着吧！”

这老头还真不错，为了我竟然敢去和那公公较劲，这恐怕就是古代人的医德吧？

“赵大人怕是有些糊涂了，在这里的可都是未来的娘娘，你以为只是一般的宫女、采女么？她们要出了岔子，谁来担当？”

那公公冷哼了一声，开始拿话来压他。

“这位姑娘重病在身，赶她离开，见死不救实在有违天理，这个恕老夫不能遵从！”

那个大夫说话不卑不亢，坚持自己的信念，风骨颇佳啊！

就在两个人陷入僵局的时候，一个温柔的女声传来。

“于公公，眼下风雨正急，我们亦无法赶路，暂时留下这位姑娘又有何妨？待天亮雨停，将这位姑娘送入前方驿站，相信不会给公公您引来太多麻烦。”

“这……”

“不好了，公公！”

就在那个于公公犹豫的时候，一个慌乱的声音打破了现在的格局。

周围安静了一会，然后于公公的口气骤然紧张起来：“带我过去看看。”

暂时逃过了这一劫难，希望他等下遇到的麻烦让他脱不了身，那我就可以在这休养一会儿了。

早上醒来的时候我的头很重，四肢也酸软无力。可能是老天爷忽然肯眷顾我了，那个于公公竟然一夜没来打搅我，清梦无扰啊！我勉强起身，走出了轿子，这一出去大吃一惊，没看错吧，不知道的还以为是在拍《金枝欲孽》呢！

只见一大队马车挤在这个山谷中，马车里面隐隐见到数十位女子，环肥燕瘦的，情态各不相同。原来这队人是选去长安皇宫做宫女的，听昨天于公公的口气，这队人很可能还是其中的佼佼者。

那个姓赵的大夫来给我复诊的时候，还顺带给我送了点早餐过来。早点过后，车队就起程上路了。大约走了3个多小时我们就到了一个新的驿站，真希望就这样坐顺风马车坐到长安。

到驿站后，我恋恋不舍地下了车，那个公公好像还不放心我，居然专门跑来看我走了没有。

本来不打算见他的，但想起来觉得他太可气，所以便从荷包里拿出一锭十两重的银锭递到他手上：“昨天的过夜费用，按长安的豪华包间的价钱算的，不够的话尽管开口！”

看到我的时候，他的神色明显有异常，他身后跟的小太监也贼眉鼠眼地打量着我。

他伸手接过我的银子，这倒让我出乎意料：“多了！”

嗯？他搞什么？

“如果再加一些，咱家甚至可以直接带姑娘你回到长安。”他说话的时候和电视里面的很多太监一样喜欢翘着兰花指，仿佛不这样就显示不出他们的变态似的。

他为什么忽然想要把我留下来？难道是觉得我长得还可以，把我骗到皇宫里面去？不对吧，太臭美了！况且古代的宫女什么的都是入了名册的，不可以私自增减。他到底什么意图？不过眼下我的病还没好，待在这个什么都不齐备的驿站很有可能会一命呜呼，要是跟着他们，路途上怕是要安稳很多。管这老头有什么阴谋，先顺着他的意思来，他想玩什么我当然敢奉陪。想到这里，我又从荷包里拿出一锭银子递给他，我们各怀心事地相视一笑，然后就达成了协议。

回长安的路途让我非常疲惫，想不到路上的规矩那么多，不但不让大家互相交流，连下马车都要得到允许才可以。

进入长安的地界我强打精神，开始寻找溜走的机会，只是很奇怪，吃了太监送来的药后，我的病好了不少，但却越来越犯困，每天都晕晕乎乎的。我也私下请求要见赵大夫帮我复诊，但赵大夫检查过我的身体后却并没有发现什么异样，对这个赵大夫我还是相当信任的。

看来药被做了手脚的可能性不大！

就这样半梦半醒地走了几天。等我清醒的时候发现自己躺在了一张古色古香的雕花牙床上，我扫了一下四周的装潢和格局，看似简约朴素却流露出一种高贵的气韵，我起身下床，疑惑走到梳妆台前，诧异地发现自己穿着一身标准的唐代宫女装！完了，我还是被弄进皇宫了！

我急忙出门，打算看看情况，结果刚一出门，一个面容清秀可人的小宫女迎面和我撞了个满怀。

“奴……奴婢是无心的，还请武才人不要怪罪可人！”

那个宫女连忙欠身来扶，面色焦急，口里念叨着让我不要生气的话，只是她刚刚叫我什么？

“你，你刚才叫我什么？”

“武才人……”

第十六章·我是武则天？

CHAPTER 16

武才人？这个称呼也太如雷贯耳了吧？我怎么变成武才人了？

"这个……才人？"我嗫嚅着，想把心中的疑惑问出来，但了解这是皇宫，说错了话很可能会引来很多麻烦。

"哦，武才人你进宫已经三日了，前日本该去见驾的，于公公说你路上着了风寒，禀告了上面，得到了通融。"

"我既然没去见驾，怎么还被封了才人？"要知道才人好歹也是个女官，怎么可以随便就封了？

那个叫可人的宫女笑了笑，拉我进房，从柜子里拿出了一个卷轴，展开一看，上面赫然是一个和我有几分相似的娇俏美人，旁边已然御笔朱批了：婉转风流，正五品才人。

"皇上还给姑娘赐名武媚呢！过几日便可去御书房伺候笔墨，能时常见到皇上，这可是天大的福分啊。"

武媚？看来就是她了！一代女皇啊，怎么忽然和我扯上关系了？我不要当那个凶女人，我也没有本事当她，神啊，救救我吧，只要让我回到现代，要我做什么都可以。

我一边在心里唏嘘，一边还苦笑着指着那画像说："这画师太没水准了，把我画成那个样子，哪里像嘛！"

"这是姑娘从家中带来的画像，想来广元的画师的丹青术较宫内的是要逊色不少，但昨儿个上头催画像催得急，你又在病中没法子打点那些画师，所以吃亏了

些。想不到此次皇上定得这么快，短短三天就定下了二十七个世妇，听说最高的还封了个充仪！”她一边帮我卷画像一边絮絮叨叨地说，真佩服她，年纪这么轻就这么八卦。

“对了，可人就是于公公拨来伺候武才人你的！”

介绍自己的时候，她笑得很甜，感觉挺单纯挺讨巧的：“还有，既然主子你醒了，我要告诉于公公一声，他说你醒来后一定很想见他！”

那确实，我非常想见到他，见到他我得踹他，不然还真消不了气！

我点了点头，示意她可以去找自己的真正 BOSS 了。

于公公来的时候，我摆着谱儿临镜梳妆。虽然我很想跑过去扁他一顿，但那样会让我表现得很愚蠢。我如今和这老东西较上劲了，先把他弄服帖了我再想办法离开这个皇宫！

“于公公，怎么我的银子那么好使，您老人家不但把我带回了长安，还顺带把我送进了皇宫。才人都被封上了，那我都不知道该怎么谢谢你了。”

我一边梳着头发一边从铜镜里观察他的反应。

“武才人你太过客气了！咱家今天来是想给你提个醒，怕你病久了忘记什么，到时候出了岔子。”他不动声色地说。

我搁下梳子，起身正视他说：“不用了，忘不了，进宫前家父武士彟已经提点过了，不消劳烦！”

一听到我这话，他显得有些惊异：“你？你怎么知道的？”

按常理我确实不应该知道“自己”的身世，可惜谁让她是武则天？我不但知道她的过去，我甚至知道她的未来，不光是她，还有这整个皇宫的未来。别看丹凤门很堂皇很雄伟的样子，21 世纪后它附近就是西安的火车站，南来北往，是人都可以践踏这煌煌王气！

“我当然知道，我还知道你在我的药里面做了手脚，还知道真的武媚娘去了哪里！”我开始赌他，我赌他相信我知道一切。然后就可以套出事情的真相了。

他果然开始紧张了。

武则天，历史上确实是进了宫，做了才人，可为什么现在变成了我？那真的武则天呢？她去了什么地方，为什么这公公那么紧张地帮着掩饰，不惜犯欺君之罪把我送进皇宫顶替？他一定是怕什么！看来武则天走失事件一定和他有关系，搞不好还会连累到他。

“你以为我是什么人，怎么会那么无缘无故地出现在那个雨夜？公公那么聪明，就没觉得其中有些怪异吗？”

哪有什么怪异咯，分明是在引起他的疑心，先让他觉得我这人有点来历，不那么好摆平，这样他可能还会露出更多的马脚：“其实公公你也不用害怕，那件事情我不会说出去。我们现在是一根绳上的蚱蜢，谁也离不开谁。现在我既然是武媚娘的身份，那也只好将错就错下去了，以后的日子还请公公多扶持点，我怕我不小心真的糊涂了，把事情说出去，那……”

老痞子，头疼死你！

“你这是威胁我！”他的口气一下冷起来了。

“怎么，你以为我没威胁你的资本吗？”我拈起一束头发，傲然瞟了他一眼，“我人被你弄进了麻烦堆，那你也就别想太轻松。”

“真该在那些鹿茸丸子里多加些金刺籽！”

他哼了一声，抛下一句话后拂袖而去。

金刺籽？晚上借着太医院的人来给我诊脉的机会，我顺便问出自己的疑惑，原来金刺籽本身是驱风良药，但是遇到性热的鹿茸或是人参，就会产生毒性，具体情况视用药量的多少而定，要是放得少，只是让人昏昏沉沉；要是多了，人就会死在睡梦中。怪不得让那个赵大夫来看，他也没看出什么不对，看来是那个老太监和我玩阴的。

病好后不久，执事太监分派下人来指点我们宫里的规矩，帮我们了解各宫各殿的设置。要是给那些人银子，他们还会告诉你哪家的主子最得宠爱，哪家主子需要避讳。这可是拍下唐代皇宫的大好机会，甚至还有免费的解说员，拿到这些资料，陈风估计要开心死。想了想，也就不怎么恨那个于公公，毕竟他给了我在唐朝的另外一个开始。

第一次见到李世民，我还是相当激动的，这可是我生平见过最有名的人了。他长得和书上说的差不多，丰神俊朗，气质不俗，看上去很有帝王的气势，记得有人说他有天日之姿，龙凤之表，还真不是阿谀奉承。在御书房伴驾几天，发现他晚上批阅奏折要到很晚，而且神色总是很凝重。他对我们这些宫人都不假以辞色，我负责给他磨墨，离他最近，但我敢肯定出了太极宫，他就不一定能认识我。这点

让我感到非常安心！好在我的工作有人帮忙换班，所以也不算特别辛苦，不然要我把时间全花在为一个人磨墨上，别说是李世民了，换做耶稣都免谈。

每晚回到掖庭宫的时候都是深夜了，可人那家伙总是问我有没有得到皇上的垂青，发现她真是比较无聊，我才不要被他垂青呢，要垂青也要是我先垂青他还差不多！而且他那人非常不好接近，上次有个新来的宫女给他送茶，没有及时退下，结果被廷杖。他甚至都不让御书房里面伺候他的人用香粉，更不可以打扮得过于漂亮，免得影响他，让他分神。

白天我不当值，于是就能很闲地在皇宫里面到处走动。只要你走路的样子规矩点，走的路线讨巧点，皇宫的每个地方都可以去，阻碍不是很大。我甚至还偷偷去过东宫，看看太子住的地方，没怎么敢进去，只在外面徘徊了下，里面丝竹之声乱耳，和太极宫一片清明的影像大不一样。如果没弄错，现在的太子是李承乾，是个历史口碑不怎么样的人，在父亲面前言必称忠孝，回宫则荒淫骄奢，看来确实是这样。

在宫里混了段日子，觉得超级无聊，那个于公公的也不怎么来招惹我。我现在都快郁闷死了，还以为来皇宫会有点什么际遇，结果……唉。

这天实在无聊了，便从宫城跑到了皇城，出了皇城那可就是我朝思暮想的长安城了，到这里虽然还是不自由，但起码离外面要近得多。

沿着宫墙走了很久，感觉累了，便寻思着往前探探，看有没有歇脚的地方。刚过了一个转角就发现有个园子的大门敞着，我兴高采烈地跑了过去，不想却进了麻烦堆。

一大群宫女太监正跪在地上，一个雍容华贵的少女正拿着一马鞭冲马厩中的一匹白马撒气。一个白胡子眯眯眼的老头跪在她身边，不卑不亢，一副冷眼旁观的样子。见我贸然闯了进去，他们全都看向了我这里，那个少女也停止抽打那匹马，怒容满面地盯着我。一看这架势我已经把她的身份猜出了八九分，我连忙跪倒在地，真是委屈了我的膝盖，没事给这些人下什么跪，讨厌的封建制度。

她快步走到我跟前，扬手准备打我，我一闪，躲过了她这一耳光。

"你竟然还敢躲？"

她的脸色变得异常难看，举起鞭子就要往我身上抽，我一把抓住她的鞭子："当朝规矩，不得随便打骂宫人，且不论我是有品衔的才人，就算我只是一般的奴婢，公主也不该任意妄为！"说这话的时候我还是象征性地跪着，没办法，谁叫我这么倒霉遇到了奴才杀手高阳公主呢，而且还是在她的地盘上，要是在外面我非得小修她一顿不可。

“一个小小的才人也胆敢如此放肆么？来人，拿下她！”她一把抽过我手中的鞭子，扔在地上，指着我说。

她身边跟的太监立刻围上来打算捉拿我。我心中怒意一起，想都不想就站起来把他们打倒在地。

“你反了！”高阳公主大为光火，眼中杀气大盛，真不知道她一个小孩子，哪来的暴戾习气！

“小人进宫数日来未曾听说太监可以捉拿宫人的。我主圣明，废除前朝后宫私刑的弊端，难道公主想开先河吗？如果小的真有过错，可直接禀告皇上，让刑部来处罚我。否则这私刑我是断然不肯受的。”

冲动归冲动，可说话还是不怎么敢嚣张，弄不好那可真是要掉脑袋的。至于是不是废了私刑我不知道，但加个罪名在前头，她应该也不敢怎么样。

场面一下僵了起来，我看到她的脸都变白了。周围的奴才都吓得半死。

就在这时，马厩中的几匹马不知道怎么的忽然脱了缰，横冲直撞地向我们这边奔来。眼看就要撞过来了，我眼明手疾，一把拉开吓傻了的高阳公主。想不到那白胡子老头身手好得很，跃到我们跟前一把抓住了那几匹脱了缰绳的马。他的力气毕竟有限得很，那几匹马又正犯野性，眼看就要拉不住了。回过神来，我放开高阳公主，跑上前去帮他。

高阳到底是小孩子，经不得吓，见我们制伏了马，连忙带人跑出了园子，临出了门还让人从外面把园门给关上。

高阳公主刚走片刻，那老头就腾出手在为首的马额上拍了几下，那匹马立刻安静了下来，连后面的几匹马都停止了躁动。

我抹了抹汗，对他笑了笑。他见我笑，很赞许地点了点头：“丫头，好样的！”

不知道为什么，他一声丫头叫得我怀念亲切，我对他一下有了好感。

“这些马怎么忽然发起疯来了？”我拍了拍手，松了口气说，“不过还真救了我，要不是它们这一闹，我都不知道高阳公主会把我怎么样！”

“嘿嘿，别以为她就放过你了，以后你见她得绕着走。”他从腰上解下个酒葫芦，灌了一口后说。

“对了，这是什么地方啊？”我跟上他问。

"庇驹所，就是给皇上喂马的地方，名字起得文绉绉，厌烦得紧。"

走到刚刚的马厩边，他放下酒葫芦，开始系那些马，就在这时，我发现一个问题。我捡起一截断掉的马缰，凑到他面前说："哦，刚刚你是故意救我的，你用暗器割断了马缰，放它们出来的是不是？"

他没好气地抓过那截缰绳："真滑头。"

"喂，这里这么大，看起来好像可以出宫外哦？你也知道我得罪了公主，呆在皇宫里多半会有麻烦，所以就好人做到底，把我送出去吧！"

说真的，这个园子还真是大哦！

"前面是围场，有重兵把守着，你想都别想。回去吧，这宫里你要是进了就出不去喽！"

他抿了一口酒，摇了摇头，叹息了一声。

难道真的就出不去了吗？我的长安，我的足球场，还有阿如他们，还有，还有异天行那小子，我现在好想他哦！

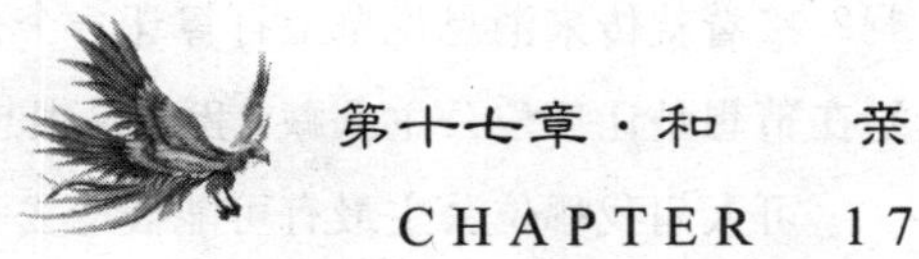

第十七章·和　亲
CHAPTER　17

认识庇驹所那个老头后，我的事情就多起来了，因为我觉得这老头子很厉害，不像普通人，在好奇心和无聊岁月的驱使下，我开始频繁接触他。

他似乎也嫌宫里面的日子无聊，见我肯去找他，表现得十分开心。跟在后面小厮似的折腾了几天后我就提出向他学功夫的要求，要拜他为师。想不到他答应我拜师的请求后就把教我功夫的事情抛到了九霄云外，整天把我当丫鬟使，一会儿帮他喂马，一会儿帮他驯马，累得我够戗。不过在和他的交往过程中，我倒是越来越景仰这老头，他不但功夫好，还熟读兵书，精通奇门遁甲之术，简直是武侠片里面的模范高手前辈。

有时候闲下来，他还会带我去他用沙土模拟出来的“战场”打仗，也不知道他花了多少工夫才用那些简单的材料模拟出大唐的疆土风貌。

他总是在我面前豪气干云地指点江山，我不大怎么爱听，我管他哪里有不平哪里有隐患哪里该怎么守哪里该怎么攻干什么？

说了些时间，他发现我根本就不感兴趣就开始教我一些功夫了，由于个人有点底子所以学得很快，他对我的跆拳道倒很感兴趣，从我这里学会后就开始研究其中的精髓，没过几天他就钻透了，改进过后他把升级版的跆拳道传授给我，这下我才觉得所有的辛苦有了点回报。

一个月后的一天，一个人的到来让整个无聊的皇宫甚至长安都惊动了，那就是传说中的吐蕃国王松赞干布！起初听到了这个消息，我使劲地眨巴了一下眼睛，太让人激动了，这么有历史意义的事情要是被记录下来，陈风得给我多少奖金啊？接着就传来消息说皇上打算让一个公主和亲入藏，后宫是八卦中心，大家纷纷在猜想是让哪位公主入藏。我倒是很想让高阳公主去和亲，可那是不可能的。

可人问我哪位公主最有可能被送去和亲，我摇头说不知道。可人神秘兮兮地告诉我是晋阳公主，因为她最不得皇上宠爱。她还说 4 年前也有位不得宠的公主和亲去突厥，结果不堪忍受路上艰辛自尽身亡，现在哪个公主听到要和亲都惧怕得要命。

我对这样的八卦向来就姑且听之。

松赞干布入宫后，天朝盛宴欢迎，一时间皇宫里热闹非凡。

大家都忙活呢，我也享受不了清闲，整天就陪着李世民这宫那殿的跑，有一次还遇到了冤家对头高阳公主，碍着圣驾她也不敢把我怎么样，只冷冷盯了我几眼。

为了显示天朝上国的威仪，李世民打算在围场大宴群臣，宴会过后就会有类似现代大阅兵的列阵舞，按照常理，场面上的东西做足了，肯定还有和藏胞们的各项比试，一是炫耀人才，二是给那些番邦小国下马威。

那天天气倒是格外的好，随驾到了围场感觉一切焕然一新，喜庆的感觉充溢四周。皇帝的御驾自然南面天下，高高在上。妃嫔列座其后。座下右侧是皇亲贵

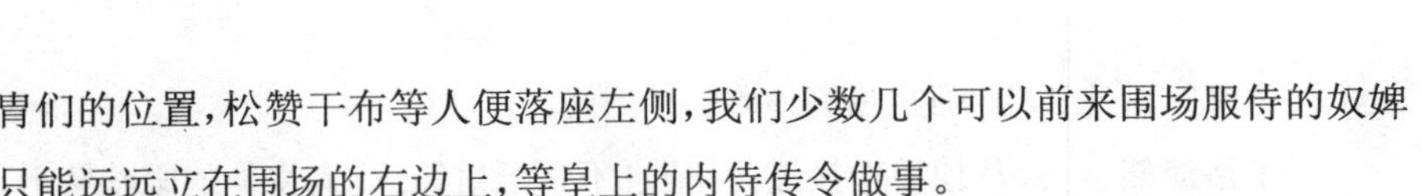

胄们的位置，松赞干布等人便落座左侧，我们少数几个可以前来围场服侍的奴婢只能远远立在围场的右边上，等皇上的内侍传令做事。

大家歌舞看得倒是热闹得很，我呢却在想办法找角度拍摄，由于松赞干布离我很远我也看不清楚他的长相。也不知道文成公主来了没有，那些公主的背影中就高阳的还勉强认识。

果然不出我所料，酒酣耳热，歌舞方休后，李世民就向松赞干布提出比试的要求。远远看见松赞干布起身行礼，点头称是，他的举止不卑不亢，显示出了自己的尊严和诚意。

第一场的比试是箭术，松赞干布派出了一个叫仁青卡达的勇士上场。那人身高大约有一米九，相当的健硕，立在场地中央显得非常有威慑力。也不知道李世民会让哪位上去和他较量。

李世民喝了杯酒，赞了声壮士后便示意臣子们主动请缨上去同仁青卡达较量。场下的各个武将们互相交换了一下眼神，却没人敢去领这个差事，要知道做得好自然是头功，要做得不好那可就是侮辱了国体。

好在没怎么耽搁，坐在太子和魏王身后的吴王李恪起身请缨，表示要和对方较量一下。我猜也应该是他，太子承乾沉湎声色，武艺荒废多时，而魏王李泰则根本不擅骑射，其余王子我不知道是否在行，但精通射箭又敢和太子爷抢风头的恐怕只有皇帝私下最宠的吴王恪了。

传说吴王恪是帅哥，他下场时要从我们身边过，我便抬头瞄了他一眼，果然帅气得很，不负美男子之称，只是觉得他的眉眼间过于沉郁，显得有点难于接近。

不知道为何，一看到他我就想起了异天行，他们不但身形相近，连样子也颇有点相似，只是天行眉眼间流露的气韵较他要开阔也要温柔，浅显一点说，如果他们站在你面前，吴王很容易让你想起那些商战片里面胸有成竹的高智商型男，而天行会让你觉得很舒服，像偶像剧里面那些让人很想靠近的感性主角。

吴王恪虽然没有卡达高大，但长身立于场上，气宇轩昂，一股与身俱来皇家的贵气顿时将卡达的莽夫气压倒。

什么百步穿杨，在卡达手上简直不值一提，他挽弓搭箭，毫不犹豫地放箭，一箭中的自然不在话下。

场上一片喝彩，我也忍不住叫好，那人眼力臂力果然惊人，要知道他挽的弓那可是从匈奴人那里得到的传世神弓桑碣，很少有人能拉满，更别说是射中靶心了。

太宗此番拿它做比试用，确实也有为难他的意思。

吴王恪淡然一笑，从他手中接过弓。他也不急于射箭，让人将他的眼睛蒙上，待一切停当后，这才拉满了弓将箭射了出去。

那一箭我瞧得仔细，不但没入靶心，力道还差点震脱那个箭靶。

周围的人先是一惊，还没反应过来，高阳公主已经带头鼓起掌来："恪哥哥，好样的！"

卡达为人却也不小气，看到吴王箭术胜他，便行礼退下，心悦诚服得很。

李世民龙颜大悦，当场就把那桑碣弓赏给了吴王恪。早知道吴王魏王还有太子间关系微妙，如今见吴王独领风骚，真不知道太子他们的脸上是什么表情。

李世民眼见目的达到，便见好就收，让人牵了一匹通体雪白的异种良驹过来。那马体格较一般马要强壮很多，奇特的是它的鬃毛竟然向四周伸开，让人一见忘俗，只是看它的肋下和背部就知道它还未能被驯服。可能是帮师父驯马驯出了职业病，一见到这马我就非常有兴趣，心痒痒地想去会会它。

那边皇帝已经下了令，说这是西域昆仑部落擒获的狮子骢，野性难驯，如果在场的勇士谁可降服它就将此马赐给他。

名马如名车，一向是男人们的最爱。太宗话音刚落，将军薛万彻便立刻请命上场驯马。

像这样的宝马怎么可以凭借蛮力和血勇来降服，所以薛将军刚刚跃上马背不久就被它给抛了下来。好些人不服气，纷纷上场驯马，但情况并没有好转。

"莫非真没人可以降服这匹马了吗？"太宗龙颜不悦，起身拂袖说。

场中武将面面相觑，但再没有人敢去碰这个钉子。我想松赞干布贵为吐蕃国王，驰骋沙场，应该可以降服这匹马吧？但我看他并没有揽这差事的动向，想来是不愿抢天朝的风头。我倒是很想请命去驯马的；但我身份低微，加上我又是一个女人，怎么想也不符合礼仪，所以只好压下这个想法。

"既然此马野性难驯无人能降，留着便没太大的用处，拉出去宰杀了吧！"李世民神色泰然自若地下令，一点都没觉得不人道。

容不得我再犹豫了，怎么说都要去试试，不然这马就要无辜送命了。

"皇上！"鼓起勇气，我走了过去，跪倒在地，"可否容臣妾一试？"

此举引来一片哗然，太宗神情一变，脸色阴晴不定。

我大胆地抬头仰视他，只好赌一赌了。

就在这时，松赞干布忽然站了起来，冲我鼓掌。然后满脸惊喜地对太宗说，“松赞未曾想到天朝的女子竟然也可这般有胆识，实在让我等大开眼界！”

听了松赞干布的话，李世民心中芥蒂顿时烟消云散，转而饶有兴趣地打量我：“你，真有办法驯服此马？”

我斩钉截铁地说：“是的，皇上！”

我让太监给我拿来驯马的工具，只身走到那匹马身边。那马高傲得很，看我过去，将头别了过去，自顾自地吐着气。

我按照师父教的拂穴手法拍了拍它头颈上的痛点，拂穴时手法一定要温和，这样可以让马安静下来，并且对人产生好感和依赖感。

经过这番敲打后，它果然温顺了很多，并开始用耳朵轻轻蹭我的脸。趁这个机会，我从怀中拿出师父特制的丹药塞进它口中，听他说，马的体质越热，野性就越重，还有就是可能它们的血液中有毒物，热毒相冲，马就会狂性大发。他研制的药可以在一定的时间内控制住这股热毒，让马彻底安静。

马吞了药以后，我牵着它走了一会儿，看药力渐渐发生作用了，我才翻身上马。待我到了它的背上，它才反应过来，嘶了一声，打算反抗，我用手拉紧缰绳，身体稍向后仰，紧蹬马镫，平衡它的力量，不至于被扔下来。哎呀，这小马还真是凶悍哦，师父的独门秘技都用上了竟然还没完全安抚好它。我轻轻地夹了一下马腹，开始驱赶它原地跑圈，起初它还踌躇不前，不停地打响鼻，折腾了一阵，它终于肯服帖了，按照我的命令跑到太宗面前。

我拍了拍手，大功告成！

见我一弱质女流竟然降服了悍马，众人皆叹服当场，喝彩声不绝于耳。松赞干布一脸敬服地走下座位，从怀中拿出一个小挂件，双手递给我，那东西我认识，就是藏族人用来保平安的降魔杵，他们用来送给自己欣赏的人，表示愿意让保护自己的神去保护对方。我一向觉得藏族人很爽朗，待人真诚，现在更加如此觉得。我很自然地接过那个礼物，并向他行了一个藏族人的礼，然后很真诚地对他笑了笑。他的面容和历史书上的铜像差不多，挺和善的，像个大哥哥。

见我立了功，李世民的眼中流露出满满的赞许，很难得地，他笑容可掬地询问我:“你叫什么？”

“回皇上,臣妾武媚,在御书房伺候皇上笔墨。”我小心翼翼地回答。

“哦？”

他这一声“哦”的蹊跷,颇惊讶似的。

然后就是打赏,金五十,明珠一斛,好大的手笔啊！他还给了我另外一个恩赐,让我向各位在场的各位皇子敬酒,我不理解这个算哪门子的奖赏,但还是欣然接过太监端来的御酒,往右席走去。

坐在席首的自然是太子承乾,趁敬酒的机会我好好打量了他一下,他面容憔悴得很,眼睛布满了血丝,眉宇中隐隐也透露着英气,但其眼神却有种落寞慵懒的气息。见我来敬酒,他连头也没抬一下,更没有和我碰杯,默默地一口将手中的酒干掉了。

接着就是吴王了。李世民有十四子,有三人早夭,除了稍微在历史上有点名气的几个,其余的也都不怎么成器。吴王恪文韬武略,颇具君王之姿,李世民也曾经称他“类己”。他的风采我刚刚也有所领略,加上他长得像天行,所以对他颇有好感,敬酒的态度也比到太子那边诚恳些。

吴王恪待人比太子要客气些,对我点了点头,先干为敬了。

坐在他旁边的就是我最不愿意看到的高阳公主,这小欧巴桑仗着老子的宠爱,无法无天,视皇室礼节如无物,原本应该坐在公主席上的她竟然越礼上坐,还沾沾自喜得很。见我向她走去,便傲慢地把脸偏向一旁,等我低声下气地去敬酒。我看了她一眼,并没有停下脚步,径直走到魏王面前。李世民说让我给皇子敬酒又没有说向公主敬酒,本来还打算给她个面子,但瞧她这样,我还真没心情去迁就她。

魏王见我前来敬酒,满面堆笑,连说了几声好。

我对阴险小人一向讨厌,看他满脸堆笑的虚伪样子,心中冷冷一笑,也假笑着与他客气。

应付完了他,我舒了一口气。走到了晋王面前,一抬头间,天旋地转。

“天行！”我脱口喊出这个名字,怔怔地看着他,竟然有了恍如隔世的感觉。

他今天穿着一件淡紫的华丽长衫,整个人显得格外温文儒雅,要不是他的眼神我简直不敢去认他了,那眼神有惊有怒有喜,惊的是我会出现在皇宫,怒的是我不告而别后,竟然成了他父亲的姬妾,喜的是彼此还可以再次相逢。这眼神我认

得，还是那么热切，那么专注，只是怎么多了一分我不认得的隐痛，这样的隐痛怎么可以出现在他澄澈的眼中，又怎么可以出现在他或是得意或是轻慢或是忧郁的脸上？

“晋王！”怔忪间，我才注意周围人都看着我，于是我定下心神，恭谨地喊道。

他淡淡地看着我，嘴角微微一扬，仰面一口喝尽杯中之酒。

我低下头，抿了一小口酒，口中苦涩苦涩的，连心里也是。

第十八章·文成公主
CHAPTER 18

第一次见到历史上很有名气的文成公主是在御书房内，一个晚上，灯影幢幢的，她跪倒在地上，脸上流动着温婉沉着的气韵。

上次在围场时我就想过要去找她，看看她是什么样子的，后来失望地发现原来李世民根本没有一个女儿被封做文成公主。今天她却出现了，作为一个亲王的女儿，在这样尴尬的时刻出现在皇帝的书房请命和亲吐蕃，这到底需要什么样的勇气和决绝？

“你不后悔么？”李世民忖度了一下，意味深长地问。

她摇了摇头：“只是，臣有一事相求！”说这句话的时候，她犹豫了一下。

李世民会意地将我们屏退。我退出的时候非常不情愿，我真的很想知道她向皇帝提出了什么要求，为了这个要求，她竟然可以舍弃自己的国家、自己的亲人、自己的梦想，和亲到一个遥远而陌生的国家，为此付出自己的一生。

出门前我摘掉右耳环，小心地将它扔在一个不起眼的角落里。

第一次窃听别人的谈话，感觉很紧张也很兴奋，陈风的窃听装置很先进，不但可以窃听而且可以打开录音开关进行录音。听着听着，我的手心渐渐发冷：那是一场怎样的阴谋，权力和血腥在她口中娓娓道来时居然也可如此安详，诡异到极点的安详！我知道不久以后的长安格局将会因为她的一席话而发生翻天覆地的改变，有毁灭，也有重生。

当她从书房出来，我情不自禁地伏地，这样的女人，这样的光芒，不由人不去折服。

她温和的眼神从我身上扫过，微凉，就像冬天即将过去的最后一场风，带着华丽的尾巴冷艳的心境，缱绻着不甘着，无可奈何地提着裙裾谢幕。

从含元殿到朱雀门间有一条凌空的栈道，站在那上面可以俯瞰整个宫城，我曾经去那里拍过宫城的全景。

一直觉得那是个让人觉得舒服的地方，那里没有人把守，也鲜有人肯从那条古旧的栈道上走过。如果需要自由，需要平等，那么去那里，没有人的地方就能给你精神上想要的一切。

不知道为什么，来这个沉闷的皇宫久了，我也开始有点沉闷起来。

加了装饰的绣鞋踏上不安的狭长通道，人也随之晃荡。

那是谁的灯？橘黄的一小片，温柔的光芒照得人也暖暖的。

加急走了几步。终于看清了，那是他的灯，他的白衣，还有他的酒。

“晋王。”

这人，跟谁学来喝酒解愁的寂寞姿势？

“怎么，几天不见，就生分了？”他斜眼看了我一眼，眼光扫来，清冷冷的，然后一抬手，饮尽了杯中的酒。

再斟一杯时，我已经上前接过它，代他喝了下去。

长安城很平常的清酒，却喝得出一种寥落的况味。

“没想到会在这里遇到你，这可一直都是我的地盘。”我说的倒是真心话，我甚至有些吝啬地以为他闯进了我的秘密花园，但他的到来却让我感觉到由衷的喜悦。从现在开始，这里是我们的花园啊。

“我早你很多年就开始来这里，那一年我8岁，长安国丧，因为我母亲的离开。那时候，整个宫廷只有这里才让人安心。”

说着，他接过我手上的酒杯。这让我想起那个雪梨，很久前一个傍晚的雪梨。

“你怎么来这里了？”他背靠着栏杆问我，见我没回答又自言自语似的说，“你说过不离开我的！”

有吗？在脑袋里面搜索了一下，发现我好像没有做过这么荒唐的承诺。

“有。”他看了我一眼，“本来以为我们会在北疆生活得很好，我甚至买了一片很大的牧场。我本来没打算回来的，但我知道你在长安。”

这人今天说话的样子很反常哦，他受了什么刺激了吗？要不是知晓他的身份，我还以为是遇到李白了呢。不过好像李白不是现代派诗人。

“她刚刚走吧？”

无言以对，只好这样问。刚从窃听器中听到的，文成最后提出要去晋王府拜别晋王。嗯，她叫他九哥哥，和以前看的很多故事一样，带着青梅竹马的古代色彩。她要走了，去一个陌生的地方，好好地活着或者好好地死去。

他点头，表示默认。

天际一道流星划过，很耀眼的样子。他扬起好看的下颌，认真地看它离开。

“以前洛琳也是这样离开的。那时候我还庆幸地以为她自由了。”

他说的是齐悦公主，那个四年前和亲暴卒途中的可怜公主，一生唯一的价值就是给别人留下了有关和亲的恐惧以及增加坊间谈论有关皇家薄情的饭后谈资。

其实她是死于绝望。在她身体里面蔓延的绝望，纠缠不休，其实只要一把小小的刀，从腕上划过，就可以把一切切断了。

我知道这和步月有关。

步月，这个名字我都要忘记了。其实他们之间的故事我完全构思得出来，那个在皇宫中孤寂的女孩遇到了同样孤寂的少年司天监大人，然后就是承诺以及等待。有关他们的相遇，我想应该是一个雨后的春天，紫藤下的积水打湿了公主的绣鞋，惊诧失神间，那个才貌冠绝长安的人出现了。我是个局外人，知道了结局，更改不了，只能给他们一个好的开始，我唯一可以做的就是这样。

“喂，要变天了，回去吧。”

很奇怪的，抛下这句话，就把他，我的天行扔在了漆黑的夜里。

第二天，皇宫里面就有了消息，说是皇上下旨让文成公主入吐蕃和亲。皇宫的高层已经知道这个公主是内定的，而下人们就面面相觑，什么时候跑出来的文成公主？最终大家也只敢把疑问揣在心里，直到公主和迎亲的大队伍都离开，大家才开始议论。

和历史书上写的没什么区别，文成公主入藏，带去了许多工艺品、谷物、菜子、药材、茶叶以及历法、生产技术与各种书籍。她走的时候面容安详且幸福，她知道自己在做什么，将来要做什么，这样的人，在什么历史高度都是伟大的。

不久后的四月，我在窃听器中听到的一切都成了现实。

密谋已久的太子承乾终于按照历史正轨开始谋反，整个皇城一片惶然，但我却安之若素。发现有时候洞悉一切真是件很无聊的事情。

紧接着就是平乱，这本来就是李世民喜欢做的。

那个有着疲惫双眼的太子承乾从恒山王到庶人，最终的结局是流放黔州，死于囚所，简单的几个字就把他给终结了。

事败后的某天，我跟随太宗去了囚禁他的右领军府。他的面容一如既往的憔悴，双眼中再无半分神采。

看到太宗驾到，他动也未动，蜷缩在地上。

李世民诚然是个好皇帝，但作为一个父亲，他有太多的不称职，从太子到公主，连同天行都有着亲情和伦理上的误解和空白。

李世民看到他这般光景，一阵心酸，但还是厉声问道："你为什么做这大逆不道的事情？"

"父皇。什么叫做大逆不道？"

原来还以为他不会答理太宗，没想到他竟然一脸鄙夷地回答了："我只是为了活下去。"

幸亏他没有拿玄武门的事情反驳太宗，不然他就真的完蛋了。

太宗神色陡然一变。

毕竟那是自己的亲生儿子，说出这样的话来，怎么让他不痛心？

"儿臣自幼就被立为太子，受尽恩宠，岂敢有反心？只不过是遭李泰这个伪君子处处算计，不得已以图自安罢了。"

"还拿话来中伤他人，当真无可救药！"太宗怒道。

我算是理解什么叫做哀其不幸，怒其不争了。

李承乾也不辩解，漠然笑了笑："儿臣自始至终都只是个废人，在东宫是，在这

里亦是。无父无母，无兄无妹，无亲无故，坐在一个岌岌可危的位置上受您的睥睨和旁人的觊觎，那是怎样的生涯？不错，我是要反，要反你，也要反整个皇城底下道貌岸然的天理人寰。你看，现在天下人不都知道了吗，你有个逆子，不但这天下，将来千秋万代的人都会知道。”

李世民闻言，脸上的神情变了几变，最终没说什么，拂袖离开。出门的一刹那，李承乾在后面哽咽地叫了声父皇，李世民顿住脚步。

“您终于肯正视我一次了。”

这句话从他口里说出来我听着莫名地心疼了一下。这个皇帝正视着八荒六合，俯瞰着芸芸众生，却忘记了最起码的天伦。太子像个叛逆的孩子，不惜离经叛道也只换在乎的人片刻的正视。是呵，这一刻，皇帝眼中应该没了江山舆图，没了御辇丹墀，有的只是他。

不久后魏王李泰也被贬谪，去均州前，他一脸冤屈和不甘。是啊，他当然不甘，起码承乾太子还把自己的谋划付诸行动，好歹还能换一声半声骂名，在历史上供人褒贬，而自己做的一切却像发了一场梦，梦醒后空落落的像个孤单的小丑。

“别以为我不知道你做了什么！”太宗冷冷地抛了句话给他，彻底将他扼杀了，“你从小都想和你哥哥争，凡是他的你都想要，你的一切才华横溢、你的克己温良现在在孤看来全是一派道貌岸然。”

第十九章·阴谋与爱情
CHAPTER 19

贞观十七年的四月，因太子造反在皇城里引起的阴霾终于过去。

而天行(确切的说应该叫他李治,但我比较喜欢叫他天行)终于按照历史正轨被册封为了太子。

入主东宫后,他为人倒越发低调起来,我可以肯定这是褚遂良和长孙无忌那两个老头子的镇压结果。虽然天行能当上太子和他们的努力是密不可分的,但我觉得天行并没有就此对他们生出感激之心,谦恭倒是做得很好,但眉目间的倦怠之意却是藏也藏不住的。

"他们要的只是一个傀儡罢了。"

那天晚上和天行在翠微亭赏月的时候,他懒懒地说了一句。

"此话怎讲?"我故作不解,其实就算我不知道历史,但在太宗身边伺候那么久,怎会看不出长孙无忌他们的心思?

他玩弄着手上的酒杯,看了我一眼说:"难道你不觉得吴王更有帝王的威仪吗?"

我略一犹豫,还是点了点头,天行更适合一身白衣笑傲江湖而不是居于庙堂之高。

"但长孙无忌他们却一力进谏,鼓动父皇封我为太子,说到底,只是因为我在他们心目中是个软弱没主见的傀儡。"天行说这些话的时候,语气很平淡,但说到傀儡二字,他目中闪过些我看不真切的光芒,"沫,我不喜欢别人对我指手画脚。"

"那么你打算?……"他的话让我有些琢磨不透。

"或许想与你一道去塞外呢。"他自然地拉过我的手,似笑非笑地看定了我。

我也没怎么矫情地挣开,只是侧过脸去:虽然经历了这一系列的悲欢离合后他的性格变得有些阴郁,但说到底他还是以前那个天行,他还是会一如既往地对我好。这种好我会全盘接受,因为在皇宫里能和太子有个好交情是件非常不错的事。如果可以,我将一直这样功利地和他交往着,直到离开。

五月的一天,我有意无意地向他抱怨宫里的丫头不尽心,像眼线似的让人不自由,还顺便隐隐表达了我对阿如的思念。他对我一向有求必应无微不至,所以不到半个月我就在东宫看到了新来的歌女班子中多了一个朝思暮想的身影——阿如。

进宫的时日虽不多,但寥落的日子越发催人改变,那些熟或不熟的人一个个都在岁月中沉郁了起来。阿如清减了,目光变得很坚定,双唇习惯性地紧紧抿着,我感觉到了她的紧张但最终无能为力。

又过了些天，阿如才被安排到了我身边。她比以前更加悉心地照料着我的起居，但话语明显地少了很多，笑容也隐匿起来了。这样她就更加像初见时候的小倩形象了，幽怨着，沉默着，压抑着，让人瞧了心疼。

让人奇怪的是，她仿佛具有天生的政治敏锐力，来皇宫不到一个月就把所有的人际关系弄得清清楚楚，大明宫的主子奴才上下都被她打点得非常妥当。

这样一来我就省了很多事，当然她有本事摆平很多人，但却没有办法帮我摆平一个超级冤家——高阳公主。

原本以为那女人已经把我忘记了，但在那个阳光明媚的下午，我才知道我犯了一个多么愚蠢的错误，那就是低估了女人有关仇恨的记忆。

翠微亭的狭路相逢，她只是叫住了我，询问了一些无关痛痒的问题。

看来经过太子事件后，所有人都学会了拐弯抹角和笑里藏刀。我其实更喜欢那个一看到我就摆出掐架姿势的高阳。

我知道她不会轻易放过我，所以这样的相遇并没给我带了太大的不安。

但是和她并肩的一个华服女子却引起了我的注意。那个女子姿容华贵，眼神淡然却睿智。

她见了我先是一惊，然后就拿一双妙目不断打量着我。我不明白这个女子为什么会对我产生好奇，但希望她不要给我带来厄运，因为高阳公主似乎也发现了她对我有着很浓厚的兴趣。

"徐充容认识她？"高阳最后的那个她字带着一点轻蔑的意味。

哦，原来她就是徐充容，一直听说她与先皇后长孙氏神似，因而深受皇上宠爱。此番见面，她身上确实有一番与众不同的气度与风采。

见高阳问话，徐充容婉转一笑，拿宫扇半遮了面道："不曾见过，只是觉得武才人颇似我一故人。"

我垂下头，心里有些忐忑，虽然这徐充容我并没见过，但她的声音却熟悉得很。如今她和高阳是一气的，我果真有什么把柄落在她手里，那可真是大大不妙啊。

高阳也似在揣度，过了半晌才轻轻哼了一声，摆驾回宫了。

我把这个疑问告诉了阿如，阿如想了想问我是否和她有过交际。我确定没有，但她的声音真的很熟悉。她的声音很好记，有点带鼻音，但很嫩，很动听，而且从她看我的表情也知道我们肯定见过。

“算了，应该不会有什么麻烦吧。”我躺在床上懒懒地说。

“但她和高阳公主走得很近！”

阿如立刻粉碎了我的幻想。

“555，死人，就不会说点好听的安慰一下我破碎的心灵。”

我埋怨道，心中隐隐有点不安。

“这几日伴驾，眼瞧着小姐人也清减了，气色也欠佳。”阿如不理我的牢骚，用银调羹拌了一下桌上的汤碗，“今儿特地做了黄芪气锅鸡，就上这南瓜糕，对身体是有好处的。”

哈哈，我家俏阿如真是比花花解语啊，绝对的好主妇！正有些饥饿的我贪婪地闻了下气锅鸡的味道，把所有阴霾都暂时忘掉。

当两个从南薰殿过来的宫女奉高阳公主之命请我前往南薰殿时，我在心里喊了声苦，晕，躲是躲不掉的，但没想到这么快。

这还用想，肯定没什么好事情。半夜让我过去，这很容易让人联想到假太后在慈宁宫打算秘密处死韦小宝的经典桥段。

我向阿如使了个眼色，示意她去东宫找太子帮忙，见她有所领会方才收拾了一下就跟着她们出去了。

在路上我故意想了点招数拖延时间，但现实总是无情的，穿过一些园子回廊，还是进入南薰殿的地头了。

进到大厅，先是赞了一声里面的富丽堂皇，然后才委屈自己的膝盖朝那个欧巴桑下跪。

不幸的是在这里我竟然发现了多日不见的于公公，那个把我拐进皇宫就不管事的老太监。他也正跪着听命呢。

我抬头，看到一脸飞扬跋扈的公主以及不日前有过一面之缘的徐充容，徐充容略带尴尬地冲我微微一笑。

“于公公，听说你从小就入宫伺候父皇，极得父皇恩宠。”

真受不了这些人拐弯抹角的样子，好像不废话就不能显示自己多胸有成竹似的。

“能伺候万岁爷那是老奴的福气。”

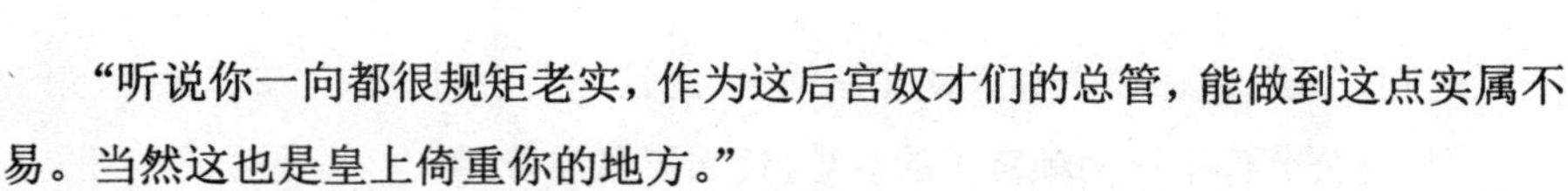

“听说你一向都很规矩老实，作为这后宫奴才们的总管，能做到这点实属不易。当然这也是皇上倚重你的地方。”

有吗？他那样到处安眼线还能说规矩老实？

“那是奴才的本分！”于公公伏在地上并不抬头，冷静地应对着。

“可是……”高阳语气一沉，冷冷地说道，“最近本宫发现你做了件极不规矩的事情，不规矩到可以株连九族！”

她最后那句话经常可以在古装片里面听到，无聊。

“这，这可真是冤枉老奴了，奴才进宫多年一向忠于职守本本分分，不敢错了规矩。”

“呵，不敢？我问你，禁军于福和你什么关系？”

唔？这是哪号人物？要是和我没关系就先别找我来啊，害我白白跪了那么久。

“那是老奴的侄子。”

听到这个名字，于公公的身子明显一颤，语气也弱了下去。

“听说今年选秀时，护卫队里面也有他，但回宫后他却被报到兵部说是在途中暴病而亡。”

于公公听了只是唏嘘不语。

“不过本宫的人在公公你的老家江州找到了本来应该暴病而亡的于福。”

高阳公主说这个的时候，一副很得意的表情。

哦？原来那人没死，但作为禁军私自离宫那可是死罪，搞不好还要牵连到自己的亲人的。

“不光如此，本宫还找到了一个本来应该在御书房伺读的人，武媚，武才人！”

听到这个名字，我莫名地惊了一下。诧异地看了眼身边的于公公，又看了眼高阳公主，这？

于公公双目紧闭了片刻，旋又睁开。

这可是阴谋暴露后无能为力的常规反应啊。我想我已经大约猜到我糊涂被骗到皇宫来的原因了。

“经过盘查，于福已经招认了一切。当然，他见到武媚颜色过人，蓄意挑逗，而武媚年幼不知轻重，二人罔顾礼法纲常、越礼私逃，本来也不怪公公，只是……”

呵呵，搞笑，高阳公主和人谈礼法纲常，而且还义正词严。

"只是公公你不该罔顾宫里的规矩，让人冒名顶替。"

听到这里，我已经明白。这只是一个很简单的故事：于公公的侄子勾引秀女私奔，犯下株连九族的大罪。于公公为防牵连到自己，所以把面目与武媚有几分相似的我带进宫来冒充她，这样大家都可以相安无事，只不过这高阳公主怎么会知道了其中的曲折并且查到了于福头上？

高阳公主冷冷说完这几句话后，睨了他一眼："你可知罪？"

"奴才冤枉！"于公公开始喊冤。

"你冤？那个雨夜徐充容可是亲眼瞧见过这个假的武才人，她那时重病在身，徐充容为她向你求过情，次日还将家传的驱风丹托太医给了她。这过节怕你还不知道吧？"

原来是这样，当时徐充容为我求情我迷糊中听到她的声音，当时记得格外清楚，所以后来遇到才会觉得听起来耳熟，只是没把这事情给联系起来。

说到底，这事我最冤枉，明天高阳把这事情往皇帝那一禀报，我冒名顶替那可就是绝对的死罪。

真是的，怎么死不好，给一个老太监陪葬。

于公公沉默了，但脸上并不见惊慌："此事……老奴原有隐情要私下禀告公主。"顿了顿，他枯黄的面上闪过一丝诡谲，"此事事关重大，早先在丰庆宫吴王就示意老奴告知公主了。"

什么隐情，还牵扯到了吴王？这老东西在这时候说吴王，貌似牵强得很。莫非，那老太监是吴王的线人，秘密到连高阳公主都不知道？

想到这里，我打了个激灵。

听到吴王二字，高阳的神情变了一变，眼中一轮似有别的思量。她对手下的太监使了个眼色，便迤逦起身，往偏殿去了。

那些太监得了她的命，手脚麻利地将于公公架进了偏殿。

大殿中就只剩下我和一脸歉疚的徐充容。

说实在的，她是一个很善良的人，说出我的秘密大约也是在高阳的软硬兼施下就范的吧。毕竟，在这样的地方，自保永远都是最重要的。

"谢谢你的驱风丹，不然我肯定没那么快恢复。"

这是我能给的最大的宽容。

她点了点头，微微一笑，居然很坦然："不消客气。"

然后就是死一般的沉寂。

偏殿的问话结束后，当于公公垂着首，半含笑意地跟着高阳公主从偏殿出来时。我就知道形势改变了：我不用给那个老太监陪葬了，因为我要独自去死。

高阳公主漫不经心地给我定了罪。

我成了居心叵测的女刺客，谋杀了真的武媚，混进秀女堆中进宫来欲行不轨，而于公公事先并不知情。

我冷冷地听着。

这也太无耻了点吧，事情的真相咱们谁不知道，结果一转身就把事情改头换面给我另定了罪名。

我盯着高阳不断开合的樱唇，难为这么漂亮的嘴竟然可以说出那么无耻的话语。

"你招不招？"

她最后这句话说得声色俱厉，把我的思维从有关她樱桃小嘴的辩证思考中拉了回来。

招，招什么？我是刺客？这不早就内定了吗，还需要我招吗？

我就冷眼看着，看她恼羞成怒的唤人拿了刑具进来。

要上私刑吗？有针有鞭子还有夹手指的那东西，再多点就凑够十大酷刑了。

拍《还珠格格》吗，我又不是夏紫薇！

当一个阴恻恻的老宫女拿着针准备刺我肩膀的时候，我顿时火起——狮子座与生俱来的骄傲与霸气绝对不容许这些宵小对我动手。于是，我一把将她推倒在地，蓦地起身，将她联想成还珠中的容嬷嬷，端足了张铁林的架势，一脚踹了过去。

还真以为自己是谁。踹完了这一脚，我头也不回地往大殿外走。

还没走出门外我就被数十个内侍拿了下来。

我被强按在地上，却始终不肯低头，冷冷地看着面色铁青的高阳公主。

我胆敢忤逆至此，我蔑视了她，蔑视了整个封建社会的天授皇权，于是她愤怒。

高阳拿着一柄匕首快步走到我面前，毫无公主的风范地叫嚷着。她的脸迫近至我眼前，亮起那柄匕首，对准我的心脏就要往下刺。

这一刻顿时漫长起来，我内心一片迷茫，隐隐又有些恐惧，生怕就这样死了，但又不想让别人看见我怯懦的样子。

就在匕首落下的一瞬间，大殿的门被撞开了。

传说中的英雄救美和刀下留人出现了，我就知道我不会死，我多不容易才来了唐朝，啥都没发生就挂掉了，那也太没传奇色彩了吧？

觳觫的我被一把拉进一个温暖的怀抱，不用回头我也知道是谁。我抓过他的手，紧紧扣住他的十指。

“九哥，你怎么来了？”

高阳收回那柄差点结果了我的匕首，脸色难看，干笑着问。

“谁给你用私刑的权力？”

他同样紧紧地拥着我，用最冰冷的眼神看着她。

“她是刺客，欲行不轨！我建议太子最好不要和她牵扯上关系。”

见天行来势汹汹，语气不善，高阳也就不虚与委蛇，态度强硬起来。

“收起你这些无聊的言辞。”牵着我，他看都不看高阳，转身就走。

“你想为了这样一个女人陪葬吗？”高阳在身后尖利地叫了起来。

他停下脚步，猛地转身，一股我从未见过的威严从他周身散发开来：“不要再打她的主意，不然我决不会放过你。”

高阳恼羞成怒地迈近一步，一手指向天行：“李治，你折辱了我的自尊，你们都要付出代价的。”

她的话语像个怨毒的诅咒。

扶着我的肩，他温柔地在我耳边说：“我们走。”

那一刻，我无比安然。

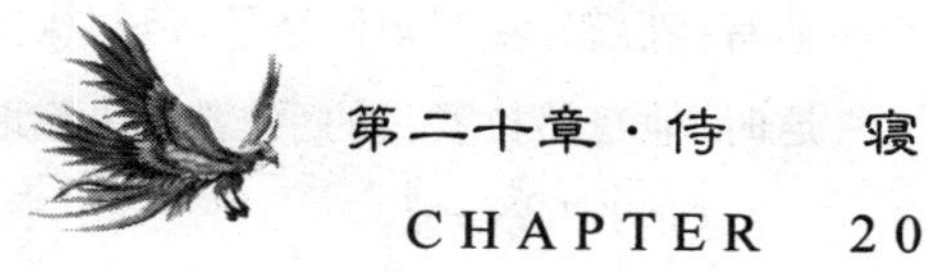

第二十章·侍 寝
CHAPTER 20

出了南薰殿，一股冷风迎面而来，凌厉地将现实剥落在我面前。我打了个激灵，有些不安又有些惊恐。

“你在做什么？”我推开异天行，仰面看定了他，“我是你父皇的女人了，你这样做会死的！”

话刚出口，我又有些后悔，如果错，也是我连累他的。

他见我气鼓鼓的样子，先是一怔，微微一笑，笑容温和从容。他展开双臂，然后用一种不可抗拒的力量揽过我的肩：“再说一次，你是我的！”

“你是我的。”我微微一怔，呢喃道。

“对，你是我的，只是我一个人的。”

他双手力度加强，似乎要将我烙印进他身体中去。

他的怀抱总能给人以安稳，我屏住了呼吸，闭上双眼，生怕自己会有什么异动扰乱了这幸福的滋味——在这个孤独寂寥的宫廷里，我随时随地都感觉到不幸福。可是此时此刻，巨大的幸福感将我包围。我感觉他的怀抱像是一个沼泽，而我是一个在沙漠中迷失的孩子，被引诱，最后沉沦其中不愿自拔。

半晌，我轻轻推开他，先前的紧张和惶惑逐渐平息，用惯有的无厘头来掩饰自己的感动：“原来做附属品的感觉这么好。”

他眼中已然有了愠怒之色：“什么叫附属品？你是我的女人，这辈子，下辈子，上天入地都是。”

我别过脸：“你说的又是什么？我们永远也出不去了，除非死，我们都只能在这似海深宫中循规蹈矩。”

他有些愠怒，我明知他怒了，但却执拗地低头，避开他的眼神。

这时，他忽然拉紧我的手，毅然决绝地往前走。

“你这是？”我一惊。

“从这里出玄武门，出去我们就自由了。”他头也不回地说。

我心里一酸，这个孩子气的家伙，我们出不了玄武门，因为那里有无数的弓弩等着试图挑衅皇权的人。

不过我什么都没说，离玄武门还有很长的一段距离呢，我可以跟在他身后，感受一种叫做幸福的东西沿路蔓延，一直吞噬整个宫廷。

玄武门越发逼近，那边的守卫正不明所以地向这边张望，责任与使命让他们握紧了刀枪。

我睁开眼，拽住异天行，细细看着他完美的侧脸。

他回过头来，给我天真而又富有挑衅意味的笑容。

“你可愿意为我一直走下去，即便万劫不复？”我咬了下嘴唇，旋问道。

只要我们一踏出那个门就会被捉拿下，甚至会被箭射成刺猬。我很想用我的生命赌一把，看看眼前这个又让我陷入爱情的男人是否和我一样勇敢。

他没有回答我，事实证明他是敢的，他的步伐那么坚定，我甚至可以听到他每一步落下去的声音。

那边的侍卫已经有所警惕了，他们拿着武器开始往这边拥来。

如果我们被抓住，我们会很耻辱地死去或者被流放，流放是我很喜欢的一个词语，但它仅仅适用于圣人。

我停下脚步，拉住他，他正诧异着，我已经踮起脚，扶住他的肩，开始吻他，这次是当真的，不是恶作剧。

那些侍卫离我们还有50米的时候，我抓住他的手飞快地往回跑，就像他拉我过来的时候一样。

那些侍卫穷追不舍，叫嚣着让我们停下。

我一边上气不接下气地往回跑，一边回头冲那些侍卫做鬼脸。我才不要死呢，我玩够了，要谢幕了，你们就必须和我一起谢幕。

我想这是我这辈子跑得最快的一次了，我想没人可以抓住我们，我一边幸福地跑一边自信地想。

原来运动也那么刺激。

路过一个斜坡时，身后的他猛地拽过我，带着我顺势滚了下去。

静下来的时候，发现我们摆了一个武侠片中男女主角经常玩的暧昧 POSE，遗憾的是我发现我非常不羞涩地抱紧了他而不是垂下眼帘推开他，他是我的爱人，我愿意这样抱着他。

“为什么要逃回来呢？”

他凑近我的脸，在我耳边问，他呵出来的气息弄得我耳朵有点痒，我认真地说了句：“让我们的爱情苟且偷生吧。”

他怔了怔，幽黑的眸中闪过喜悦的光芒，才片刻，他的唇上就抹开了笑纹。

我心跳滞了滞。他不是李书予，自然也不是谦谦君子，这样的笑怕是别有意味的。我下意识地侧过头，不料这一动作更加暴露了我的愚蠢。

他轻笑一声，掳劫似地将我拉进怀中。我晕乎乎地看着他，直到他的吻落下来，双眼还惊诧地看着漫天的星光。这是他第二次吻我，第一次的吻带着水的味道，他的眼神狡黠，笑容邪恶。可这一次，他是当真的。我迷茫了一会儿，慢慢合上双眼，这个吻像夏威夷的樱桃冰淇淋，甜腻得粘得住暗中偷换的流年。

过了好一会，他才松开我。

“沫，我爱你！”他在我耳边呢喃，柔软而温暖的唇在我唇上辗转，“我们一辈子不分开好么？”

这是他第二次问这个问题了。

尽管我很想大声说好，但久违的羞涩还是在我脸上蔓延。我微微挣了挣，过了好一会才轻微点了下头。

这一回，我是当真了的。

回去的时候，阿如早就挑着宫灯候在门口了。为了考虑到阿如的感受，我便放弃了和天行吻别的想法。

“小姐，你？”

她一脸焦急地迎了上来，拉着我的手问。然后瞟了一眼站在我身后的天行。

“放心吧，我没事，最后关头天行赶来了。不过刚刚真吓得我半死。”我笑吟吟地反握住她的手。

"太子,阿如真不知该如何感激你才好。"

阿如眼中满是真挚的感激之色。

天行含笑对阿如说:"傻丫头,该说感激的人是我,否则……"说罢,他爱怜地抚了抚我滚烫的脸颊,"闹了半宿,早些歇息吧。"

我温顺地嗯了一声,然后看他转身离开。回过头来,才发现阿如正怅然若失地看着他的背影,眼中闪烁不定。

我有些愧疚,不敢看她。两个人就这样沉默着,我找了个由头正打算开口,她却抢先道:"我去准备浴汤。"

说罢,她扭头跑进屋内,余我一人怅然。

第二天就有消息传来说太宗皇帝要去洛阳行宫休养。我松了一口气,真怕高阳立刻就上奏皇上说我是刺客什么的把我问罪。

皇上一走,我这个伺候御书房的才人就轻松多了。

皇上出行,不知道有多少宫人为了争取到随行的机会而不择手段。我自顾偏安一隅,自得其乐。

天行的头发第二天就被我打短了些,弄出了我喜欢的层次,可惜没有染发剂,不然挑染两缕白色还满不错。我现在发现维多利亚真是个幸福的女人,有个帅哥老公被自己打理成自己想要的样子。

天行脾气还不错,懒洋洋地听任我弄他的头发,温顺到死。哈哈,我一边看着镜子中的他一边傻笑,哇,真是又帅又乖巧,以后我们的儿子会不会也是这样子的啊?那真是招人疼啊。

"肖沫沫!"

天行忽然叫了我一声。

我回过神来。无辜地看着他:"干吗?"

他一把将我拉进怀中,迫近我的脸,用懒懒的腔调一字一句地说:"我只是想提醒你,光天化日之下,不要笑得那么淫邪。"

什么?淫邪?我算是……彻底无语了。

宫中盛传初七会有星陨,也就是流星雨。听到这个消息时,我心中暗喜,以为可以制造一个浪漫。看流星那肯定是要去观星台,我准备好烟火提前到观星台,俗是俗气了点，不过一般人还是比较乐意看的。

当然，我们要去的自然不是新建的那个观星台，那里人太多，去了基本上是在找死。以前废弃的那个荒凉是荒凉了点，但也还是可以将就着理解为凄美的嘛。

我兴冲冲地沿着台阶一步步往上跳。

唐宫里面到处辉煌古朴，但我却嫌笨拙。这座观星台呈锥形，台阶是由青石砌成的，因为多年没有人走动，石头缝隙中已然有了杂草，踏上去窸窸窣窣的，感觉有些惆怅的意味，就像走在一座荒城那样没着落感。

正跳着，一阵箫声隐隐随风从台顶传来，音律淡苦，如泣如诉，我微微一怔，心忽然狂跳起来。那竟然是久违的一曲《蝶恋》，我放慢脚步，缓缓拾级而上。

箫声越发清晰了。

我犹豫着是否要走近，又有些想退却，但却觉得这退却的念头太过荒唐。

当那身青布衫子映入眼帘时，心里却安宁了很多。

“司天监大人也来观赏星陨？”

我看到他单薄的双肩明显的一颤，片刻，他将洞箫放在石几上：“肖姑娘亦有此雅兴。”

口气平淡，听不出是疑问还是陈诉。

我还在品味它话里的意味，他已然转过身来。

记忆中刻意淡漠的眉眼，一刹那真实起来，就像刚从水里浮起那么干净那么突兀。

他总是容光照人的。

以前震慑于这容光，便孩子气地想去攀折，现在看到只是淡淡的欣赏，知道有些东西是没办法靠近的。就算自己不服气，拧着性子胡来也改变不了什么，徒增笑柄罢了：人就是这样老成、老道、老去的。

“怎么，你不奇怪我为什么会来到皇宫？”

这就是天行和他的不同，天行会对我的一切都很好奇很关切，而他，对任何事情都漠不关心，仿佛对这个世界已经失去了激情和向往。

“任何人都可以在任何地方出现，你在这儿了，自然有在这儿的理由。”

他这话倒是有些刻意了。

我一哂，不再看他，反转身去，坐在台阶上等天行。

大凡电视里面到了这里就会有男女双方误会或者旧情复燃的桥段，但我却丝毫不担心，我和天行都是赤诚之人，不会期期艾艾，疑神疑鬼。

这样也好，三个人的约会，把酒言欢倒也不错。

远远的就看到天行的身影了。他走得不徐不疾，似乎还在对我微笑，夕阳的余晖镀在他脸上，给人一种温暖的遐想；回首看了眼书予，他的身影在这样铺天盖地的暖色调中依然清冷得突兀。

略微为他心伤，但见得天行越发近了，心中的欢喜掩盖了一切。我起身快步越下台阶，扑入他怀中。

半晌他松开我，拉着我的手问道："吹箫的可是李书予？"

"是。"

他略一沉吟，对我笑了笑："我们不要去打扰他了。"

我知道他的意思："不碍。难得有流星雨可以看，怎么就放弃了？我们岂是小气人？我已经唤阿如备下点心美酒，晚上我们四人不醉不休。"

故人聚首，喝酒自然别有意味。我们三人虽然心里毫无芥蒂，但局面颇为尴尬。倒是阿如在席间谈笑风生，先谈音律再谈天象从而引导天下大局，以前没发现这丫头懂得这么多，今天怎么换了个人似的，看她指点江山的样子，眉目中竟然有势在必得的霸气，和她柔弱的样子丝毫不称。一谈到边疆之乱，天行就有了精神，和阿如就此争论起来。他们两人各执己见，天行挥洒自如，但神色间却咄咄逼人，也难怪，他是太子，对天下大势早已经沟壑在胸，今日竟然遇到阿如如此劲敌，征服欲便流露出来了。阿如今日却偏偏不秉承往日谦恭的习性，据理力争，说话虽然慢条斯理，但丝毫不落下风。

我和书予对视一眼，便不再说话，饶有兴致地看二人相争。

我眼神一直放在阿如身上，原来褪掉一身温顺，她竟然有这般夺目光华。她难得有机会可以和天行如此平等相处，今日有了机会，自然要让他刮目相看，她的意思我当然是懂得的。

就在争论白热化的时候，一直沉默的书予忽然抬手指着天际说："看，火流星！"

流星看上去非常明亮，像条闪闪发光的巨大火龙，非常的壮观。

这颗火流星持续了三分多钟，然后天琴座附近显出一个耀眼白点，然后无数流星便从中辐射出来，如千万丝带滑落，煞是好看。2003 年的流星雨我也看过，一个人裹着被子在阳台上看的，远没今天的壮观好看。哇，天还是古代的蓝，星星也还是古代的亮。我当然没忘记陈风的差事，但不知为何，我心里隐隐感觉回不去了，或许能回去，但我却不再想走。我走了，天行怎么办，我又怎么办？想到这里，不由黯然，冲着这漫天的流星，我很幼稚地打算许愿，双手一合十，却说不出自己到底渴望是去是留。

书予看得很是仔细，因为这是他的工作嘛，呵呵，古代的天文学家。可惜没个天文望远镜给他。

“此次枉矢，预示兵乱，先前那火流星大而又光，定有贵人，只是东天有星近月，蛇形而下，怕是有奸邪之事，而且今日天朗气清，星陨如此持久，怕是要有风灾。”

书予这话是说给天行听的，似乎在向他警示。天行气定神闲地笑了笑，端起酒杯，泰然饮下：“我从不信天象之说。”

这回我顶天行，不要说我偏心，现代的气象预报还出错呢，就他肉眼看的就能当真？古代那些奇怪的学说，我可不能理解。

书予看了他一眼，不再说什么。

夜深露凉，我便建议大家各自回去。阿如惊异问道为何我今日要这么早回去，一点都不符合我夜猫子的本性。

天行淡淡地说：“夜凉露重，沫是怕李公子着凉吧。”

太宗不喜玩乐，去东都才半月就起驾回宫，于是我的完美假期就这样结束了。

那个送厚礼让我把伴驾机会让给她的赵才人并没有如愿春风得意，她愁云惨雾的样子告诉我她亲近太宗的心愿未能达成。本来嘛，太宗本不好女色，加之国事繁忙，哪那么容易让你们这些小狐狸有机可乘？徐充容之所以得宠是因为她面貌气质和已故的长孙皇后颇为神似，加上个人修养也不错，才被宠幸。

我摇了摇头把这当八卦讲给阿如听。

阿如一边帮我卸妆，一边若有所思地说：“那也不一定，只是她们没手段。”

哈，这丫头，口气倒还不小啊。

卸妆完了之后，阿如照例给我端了一杯玫瑰露。她这杯玫瑰露馥郁芬芳，但味道并不纯正，似乎加了什么，不过却更好喝了。我怜她对我一片心思，让她把这些事情交给别人去做，她也只是含笑听着。

奇怪的是，太宗从东都回来后，第一次伴驾御书房，在我给他磨墨时，他竟然中途停笔，看了我一眼。我有些不知所措，只好低着头不去看他。

"朕还记得你！"

第一次听遇到他批阅奏章时和旁人说闲话，我瞪大眼睛看着他，不知如何应对。

"智降狮子骢，功劳不小啊！"他看着我意味深长地笑了笑。

我没了应对，唯唯诺诺对付过去，回到寝宫，心里还发虚。他的眼神我自然是懂得的，以前混迹灯红酒绿之所，也没少见这种眼神，他这是想……

以后每日太宗都会同我闲聊几句，有一次居然问我用的是什么香！我那个寒啊！看来他是婉约派的，习惯慢慢培养感情。

天行听后烦恼度并不亚于我，听到我说到香，他轻轻抽气，不由也疑惑道："你用的什么香？香得如此怪异？仿佛有种勾魂夺魄的味道。"

"什么嘛，我用的香不就是一般人用的蔷薇膏吗，有什么好特别的？"我惊异道。

"有，当然有特别的了，你过来点，我告诉你。"他似笑非笑地对我说，双眸中有种异样的光芒在闪烁。

小样，笑那么奸诈干什么？我正愣神间，人已经落到他的怀抱中。

平静被打破，预示着有什么事情要发生，我忐忑伺候着，一边真诚地祷告上天千万别发生什么才好。

但厄运要降临，任凭你再虔诚的祷告也没有用，当"皇上今晚驾幸蕤廷宫武才人"的旨意传来时，我无可奈何地翻了个大大的白眼，然后一字一句地说："天、灾、人、祸。"

我在半晕厥状态看着几个太监宫人往房里更换内务府拨下的新物件，整个人浪里沉浮似的恍惚。

"哟，才人这是乐傻了吧？"一个太监凑到我面前打趣。

这简直是在找死！要不是我意志够顽强，理智的堤坝还坚固，我一定揍扁他："是啊，哪能不乐，乐得都跟您一德行了。"

我咬牙切齿，阴恻恻地对他说。

那太监见没讨着好，也只有悻悻退下了。

“小姐，”阿如近前来拉着我的手安抚我，“这可怎么办？”

怎么办，我怎么知道怎么办？真看不出来哦，原来李世民也是个老色鬼，老牛吃嫩草，连自己的准儿媳妇都不放过。好，看我怎么修理你，大不了舍得一身剐，也得把这个皇帝拉下马。

“怎么办？我哪知道，晚上人来了再说呗。哦，对了，别把这事情告诉太子，他一时还得不到消息。”我强压心中惊怒，一脸镇定地说。

“这……”阿如愣了一下，似乎没想到我会说这样的话。

告诉他又怎么样，让他发疯着急做出些不理智的事情来？他拿什么反抗？自己的命吗？

我吁了口气：“今夜子戌时，皇上阅完了折子就会驾临。好歹过了今晚，一切明天再说。”

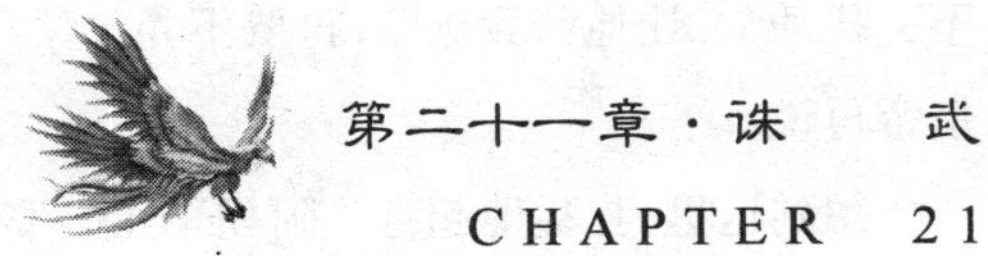

第二十一章·诛武 CHAPTER 21

入夜，内仆局的宫人早早前来迎驾，听她们说陪侍御寝的一定顺序，按照月圆月缺来定。每月的前十五日为渐满，后十五日为渐缺，所以从初一到十五就由地位低的轮到高的，十六到月底前则反由地位高的轮到低的。皇后及三夫人有优先权，九嫔以下则九九而御，即每九个人共同承恩一夜。反倒是皇帝自己没什么自主选择权，必须按规矩办事。

那个慈眉善目的女史轻言细语地教导我怎么伺候皇帝，我听得大是不耐烦，心中又是焦急又是悲伤但更多的是恐慌。我一边心不在焉地梳着头发，一边盯着妆台上的沙漏看。

“啊，才人不要焦急，这时分，皇上须臾就到了，我已经使人去外面迎灯了。”

她躬下腰安慰我。

我面无表情地听她说，是啊，还有半个时辰皇帝就要来了吧？那我该怎么办？我现在好想天行，只要他一出现我就立刻和他一起逃走，我反悔了，真的反悔了，我不要逞英雄了。

阿如仿佛看见我眼中的挣扎，走上前接过我的梳子，一边给我梳头发，一边用眼神安抚我。

天行，你快点来吧，不带我走也可以，让我看看你也好。

我心里哭喊着。我承认我脆弱，自私，但我真的不愿意陪一个陌生的老头子上床。也许我应该表里如一的坚强，为了天行和我的未来忍辱负重，淡然面对一切。可是说到底我又怎么能甘心？

对，我现在就走，皇宫这么大，能躲到哪里就是哪里，先逃过这一劫就好。要不去找师父，让他帮我逃跑，再要不弄包蒙汗药什么的，等会在酒里面下药，迷倒皇帝再说。

想到这里，我猛地起身。阿如正专心致志地给我上妆，我冷不丁的起身把她吓了一跳，她下意识地按住我，目光只有一种意思：你不可以走！

她的目光很决绝，很冷酷，陌生得我都不敢去认。

不知为何，我下意识地一把掰开她的手，用力推开了她。

“哟，才人，您这是干什么？”那个女史紧张地凑上前拉住我的袖子。

“我要出去！”

“这可不成，可不能坏了规矩！皇上马上……”她攥住我的手，双手像铁箍一样箍着我的手。

说话间，一盏宫灯已然飘入院内。

我脚一软，坐在椅子上，无力挣扎，给皇上开路的灯已经到了。

“呀，皇上来了。我们这就去接驾。”

那女史松了手，放开我，带手下的宫女去门外迎驾。

屋子里面就剩我和阿如两个人。

屋子一静下来，我才发现原来外面早已起了风雨。雨打在窗外的芭蕉叶上，沙沙做响。屋中的灯光微微摇曳，晃得人很不安。

“你刚才是什么意思？”

我开口阻止了正打算退出去的阿如。

“小姐，你不可以拿自己的性命当儿戏。”她的眼泪一下涌了出来，跪倒在地。

“那你就舍得看我留在这里，以后再也不能快活？”我冷冷地说。

“小姐，对不起！”她声音颤抖着，楚楚可怜的样子让我于心不忍。

“放心吧，就算我要走，也不会去东宫。”我淡淡地说。

她想保住的是他吧？她知道他肯定会为我奋不顾身的，她知道我一定会连累死他的，所以，舍得我痛苦，也要成全他吧。

“武才人，皇上有谕，让你伺驾承乾宫。”先前那个女史走进来，口气有些忐忑。

怎么皇上不来，让我转而去承乾宫？我看了眼窗外的风雨，是了，哪有皇上为一个女人承受风雨的道理？

“你先退下，待我化了晚妆自然跟你们走。”

看着她退出门外，我颓然一笑。我不会跟她们去的。

一个连风雨都要我去承受的陌生男人凭什么得到我，就凭他是皇帝吗？别说我是现代人，就算是古代人我也决不信服这一套。我不爱他，我甚至没看上他，所以，我也绝对不会接受这次从身到心都不公平的交媾。

“小姐，你！”

阿如当然看出了我的心思，因为我拿出了松赞干布送给我的藏刀。我没答她的话，把刀藏在袖子中。

放心，我还没节烈到打算自杀的地步。我等会直接坦荡地跟他说我不愿意，让他放我走。要是他不答应，我就制住他，用刀劫持他，我一身武功自然不是骗小孩子的。

就在这时，我忽然听到外面一阵吵嚷。

“您不能进去啊！”

我似乎听到人倒地的声音。

“太子，您不可以没了规矩！”

太子！

我的心一震，呆立原地：他到底还是来了么？

门被推开，一阵风卷着雨打了进来，他就站在门口，看着我。

我怎么像几百年没见过他似的，他好像我遗失多年的珍宝，在我垂危时忽然回转我身边。我觉得他很不真实，马上就要被这风这雨带走一般。我想伸手碰触他，但怕他一碰就碎了。

“跟我走，我就原谅你今天的过错。”他口气异常坚定、异常犀利地说。

“如果不呢？”

我收起泪水，哽咽着说。

你来了，你说要带我走，我才发现这只能加剧我留下的决心。我不走了，因为你在这里。我会去陪皇帝睡觉，那没什么，只要不让我们分离。

原来，到现在，我才发现，你远比一切重要。

“别违抗我！”他喝道，走上前攥住我的手。

我一边抽泣一边抚摩他的脸：“别这么凶好不好。”

“不好！”他决绝地打断我的话，“你又想像上次那样把我一个人丢下吗？告诉你，上次我可以为你跳进水里，这次我就可以为你倾覆整个天下。”

呵，我苦笑一声，扑进他怀里：“什么时候我也倾国倾城了？”

“肖沫沫，你好狠。”

以前我总听到一句话，情到深处情转薄，天行，你知不知道，其实我也爱你的狠啊？

“太子，你是如何得知今日之事的？”

阿如忽然插嘴问道。

“高阳专程来东宫告诉我的。”天行看定了我，“若非如此，我将抱憾终生。”

阿如“哦”了一声：“早知是她，她知道太子爷对小姐用情至深，今日皇上生生拆散鸳鸯，她早就在等着看戏了。”

阿如这一说，我自然也明白。高阳知道天行一定不会让我去伺寝，要我不去伺寝，要不就带我私奔，要不就犯上作乱。这样一来，她不费吹灰之力便对付了一个劲敌。

“我自然知道她的借刀杀人之计，不过我就是中了她的计了。”他温和地替我将散乱的发丝往后拢，“今天我们就离开！沫，你说可好？”

我想如果我现在说个不字，我得遭天打雷劈。于是我展开幸福的笑容，望向他双眼深处：“好，无论生死，我都跟你走。”

见我们二人如此，阿如脸上神情有些惨然。她似在犹豫，但最终还是开口：“爷，你真的什么都不要了么？”

天行看了她一眼，却并不答话。

“原以为爷是天下第一的英雄人物，到头来也不过是个傻子。”说到傻子两个字的时候，阿如声音一咽，但眼泪始终没落下来，“你如此走了，弃了江山，就果真能逍遥自在吗？只怕连这玄武门半步都出不得！”

我匪夷所思地看着阿如，她今天反常得很。

我明白她的意思，即便我们出得了皇宫，只怕吴王和高阳公主也不会放过我们，如此去了，横竖都只有一死。

死，我是不怕了，我和他都是骄傲的人，在这种事上不会容忍半点苟且。况且，就算我们粉身碎骨，至少还能留爱情一个全尸。

天行抱紧了我，淡定地对阿如说：“谢了。”

听到这里，阿如的眼泪夺眶而出，跪倒在我面前：“小姐，这就是你爱太子的方式么？”

爱的方式？爱又怎么会有方式，爱怎会有那么多算计套路，只是由心而发，率性而为罢了。能和心爱人毫无芥蒂地过一生，哪怕短暂，也是无悔。

“和心爱的人一起死也很好呢！”我幽幽地说，嘴角浮起淡淡的笑意。

天行知我心意，拉着我便往门外走。不料我刚迈开几步，忽然觉得背上一麻，紧接着全身都麻痹起来了。身边的天行也不动了，看来也是被阿如点穴了。

我有些紧张，不知道阿如此举的目的是什么。

阿如缓缓走到我们面前，神色有些木然：“也并不是没有办法，何苦这样？”

接着，她目光凄婉地看着天行说，“我怎能看着你离开，你受苦？你是太子，贵胄天生，自然永远高贵，我不要看你落魄的样子。这皇宫是你的，只能是你的。”

说罢，又看着我，犹豫了半晌，才轻叹了一声：“你说这世界的情谊都表里如一般干净该有多好？”

说完，她自嘲似的笑了笑，随即把我们移到了幕帘后。

我不知道她要干什么，心里紧张得很。

大概过了十分钟，阿如掀开了帘子，款款走了进来。

天！她这是要干什么？

“你！”

看着易容成我模样的阿如，我顿时惊得怔住了。

“阿如，我们不需要你做如此牺牲！”天行即刻明白了她的意思。

原来，她竟然要代我去承乾宫。

“这样也好，总比我们三个都痛苦要好。”

她眼神复杂地看了我一眼，从怀中拿出一颗药丸塞到我嘴里：“吃下去，于你无害。”

“阿如！”

我将药含于口中，吞咽不得，只觉得有些清凉有些清苦。

“说到底，人算不如天算。不必为我可惜，我……原也不稀罕旁人怜惜。”

说完这句话，她伸手点住我们的哑穴，转身卷帘而去。

这时，我听见她在帘外叫那群女史进来。

“好了，我已化好晚妆，可以走了。”

“只是，太子爷……”

那个女史犹豫着说出心里的疑惑，太子还没出去呢，他人呢？

“什么太子？太子也是由得你们胡乱挂在嘴边的么？”阿如一句话便将她堵了回去，“我们做奴才的，要懂得分寸，眼睛里面看到什么，看不到什么，什么可以说，什么不可以说，前辈们都有教过，怎么嬷嬷还要我提醒吗？”

“是！”那女史听见厉害处，忙说了点头称是。

“对了，我桌子上那盏燕窝羹，是皇上新赏的极品血燕，大家先分着吃了再起程吧。”

外面先是静了静，然后我就听见她们在外面喝汤的声音。

“才人不喝么？”

“我先前喝了，觉得好方才请你们吃，怎么，味道可好？”

不知道怎么的，听阿如说这话我觉得身上冷飕飕的，背上毛骨悚然，一种直觉告诉我，那羹中肯定有古怪。

再过了片刻，她们都走了，院子里面静悄悄的，只有微雨沙沙声。

过了半个多时辰，我手上渐渐有了知觉，又过了一会，穴道才完全解开，虽然可以行动，但四肢还是麻木得很。

我的穴道刚解开，天行也可以活动了。我们像两头受了伤的幼兽，很有默契地紧紧相拥。

"我们再也不要分开了。"我伏在他肩头说。

"嗯！"他的唇轻轻碰触我的耳垂，"我们……不分开……"

他的气息如此迫近，如此温暖，又给我那种沼泽的感觉，让人期望沉沦。

他温热的唇游走至我唇边，顿了顿，然后轻柔而细密地吻我。

"沫，做我的女人。"

闻言，我脑中一阵轰响，随即陷入了混乱。我笨拙而委屈地贴紧他，不知道该如何回应，只是紧闭着双眼，感觉他一面沿着我的脖子吻下，一面褪去了我的外衫……

天快亮的时候，雨才停下来。

我早就醒了，躺在天行身边一动不动。我怀揣着快乐而隐秘的心事仰面躺着，不自禁的喜悦从我的嘴角边流露出来。

我偷偷地拿眼睛瞟他，他还在沉睡，裸露在外的皮肤在熹微中闪着诱人的光泽，而他周身散发着的芳香和温暖让我异常沉醉。

过了一会儿觉得这样很费力，于是支起手看他。

这已经是我第二次在清晨看他的脸了，他睡得很安稳，不像以前眉总微微皱着。

我伸出手指，在他结实的臂膀上轻轻一点，见他没有被我惊动，又小心翼翼地将手移到他漂亮的锁骨上来回抚摩：

"我的男人。"我认真地看着他的脸说，心里无比幸福。

他是我的了，我们终于可以永远在一起了。

天行动了动，他快醒了。

我赶快缩回手，躺着装睡觉。

我要等他 KISS ME。

他翻了个身，靠近我，然后他果然按我所期许的一样，亲吻我。

"沫，我爱你！"

当他如是说，我仿佛听到来自天堂的梵音。

阿如回来时，天色已然不早了。

她面色平和，看不出来她在想些什么。

以后的一段日子里，她照旧伺候我，但不怎么说话。

我怕她怨怼我，但看她眼睛中却瞧不出什么端倪。

有时候，她会拉着我的手表示亲近，但她的手好冷。我很怜惜她，但又不敢说什么，生怕触到她的痛处。

很显然，我们之间的距离越发远了。我现在发自内心的有些怕她，她心中似乎有种强烈的力量，这样的力量在焚烧她，让她无法平衡。

我以前觉得自己极端，但现在我才发现，我那只是意气，而真正的极端是她那样的。

那晚后，皇城陷入了新的恐慌。

内仆局有六个宫人得了怪病，全身多处长斑，口不能言，神情涣散，其中就有当晚的那四个宫人，包括那慈眉善目的女史。

太医说是瘟疫，接触到她们的人都会有事，然后，她们就消失了。

听到这个消息，我一阵胆寒，阿如只安静地做自己的女红。

她什么都不说，我也不能问什么。

瘟疫不久，皇上就开始生病，宫中有人说皇上病得怪异，除了时常犯困、胸闷外，没有别的症状。太医也查不出病症所在，有说是中气不足，有说疲乏过度，有说饮食有误，还有另一种议论，说是中了毒。

但不久，又传了新的谣言，说宫中有妖孽，侵扰了皇上的龙气。

整个皇城一片惶惑。

太宗的病情，我们做下人的自然是不知道的。但我知道他的身体已经出了大岔子，因为他已经接连数晚没阅折子了。天行也因此有了监国的特权。

过了半月，太宗才恢复早朝。

他的面色枯灰，神情有些委顿，但眼中精光丝毫不见削减。

也就在太宗临朝后的第二天，高阳公主便让人抬了一块天外奇石上殿。之所以称之为奇，自然是因为上面有“龙行有雨，泽被江山，帝传三世，武代李兴”这四句话。

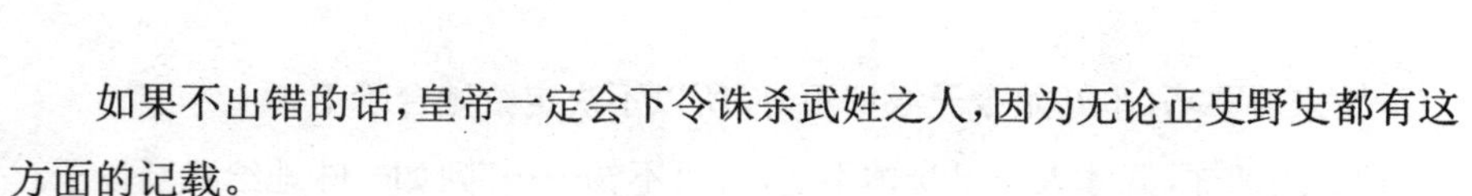

如果不出错的话，皇帝一定会下令诛杀武姓之人，因为无论正史野史都有这方面的记载。

“民间杂谈异述，不足采信。朕倦了，退朝。”

太宗目光中果然全是倦怠。看惯他高居紫宸，睥睨天下的样子，如今生出这样的倦怠，让人心中不忍。

“父皇！”高阳公主顿足叫道。

“退下吧。”太宗离开前，忽然回首道，“此事因你而起，你便追查此事吧。既是天象，那司天监的人自当协助于你。可惜李淳风不在，不然……哦对了，朕倒忘了袁天罡，你请袁道长协助，早早平息了此事。”

说完，他退回内殿，我们跟着鱼贯退下，只听他叹了一声：“这人心总是要平定的，枉死数人换天下人心安定，倒也上算。”

那段时间枉死了无数武姓或者与武字有关系的人，大凡与高阳公主他们作对，且不大怎么上得台面的小角色都死在了这场诛武运动中。而我，又怎么逃得掉？宫中已经神秘失踪 6 个武姓宫人了，下一个就要到我了。

当高阳他们一伙人进来时，我正在房中和阿如玩双陆，见得他们来，阿如拜倒，我只是稍微福了福。该来的总要来。

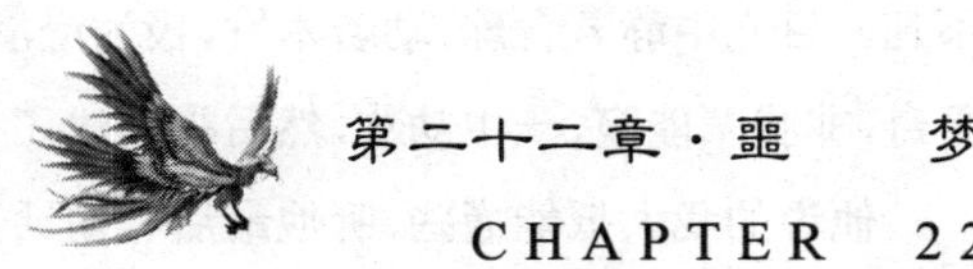

第二十二章·噩　梦
CHAPTER 22

“怎么，见到本宫也不行礼么？”高阳公主秀眉微挑。

她一路行来威风八面，不想却到我这里碰了个钉子，脸色很是不好看。

她来得不巧，本姑娘今天心情不好，所以不决定给她台阶下。

“公主恕罪，武才人今日身体不适，言语不畅……”阿如一味地给我圆场子。

“哪里来的奴才，主子说话岂容你置喙，退下！”

高阳厉声喝道，把对我的怨气全撒到她身上。

阿如咬了咬嘴唇，起身往门外退去。

就在这时，一个熟悉的身影进得房来。

是李书予，他怎么来了？是了，此事既是天象之异，定然也少不了司天监的提点大人。在他旁边的是个穿葛黄道袍，长髯飘逸的道人。看他仙风道骨、目光炯炯的样子，想必就是袁天罡了。

高阳公主看到李书予前来，脸上忽然飞起一朵红云，眉目含情地对他说："李大人来了。"

阿如低着头从他们身边走过。

“慢！”袁天罡忽然发话，“这位姑娘且留下来。”

他拂尘一扫，拦下了阿如。

阿如温顺地说了声“是”，垂首走到他面前。

“袁上人，今日本宫叫你来是看看武才人的骨相。”高阳可以把武字加重，“漏掉了谁，父皇那里不好交代。”

袁天罡看了我一眼："此女骨相清奇，如渊藏明珠，天地之灵气所生，际遇自当不凡。目光中静若含珠，动若木发，极为澄清，乃纯正之相，并非奸邪。日后际遇更奇，非我辈能窥，一生劫难，然后福不浅。"

他说的我大抵能懂些，听他最后一句话，我心里稍微安慰了些。

“袁上人，你可要瞧仔细了，对武才人我得要多加关照，你我二人共事时日不浅，我的心思你应该也是明白的。”高阳不阴不阳地说。

“怎么公主不懂？山人之意是这位武才人面相忠正有福，绝非灵石上所指之人。”他看了我一眼，微微向我颔首，然而转向阿如时，目光中却有凛冽之意，“这位姑娘的骨骼倒是让山人有了意趣，你让我瞧瞧。”

阿如颇为犹豫，但还是顺从地抬起头。

“够了，袁天罡，本宫让你看武才人的骨相，你纠缠一个小宫女做什么。你不要再与我作对了，前日那些人我便不和你计较，但今日此人我是势在必得。”

高阳的耐心终于用尽，俏脸一沉，口中再也不那么恭敬了。

看来袁天罡并不是很配合她的工作，已经违逆她多次。想来袁天罡只是按公道来看骨相，而生杀大权是在高阳手上。不过要是袁天罡不松口，程序上过不去，高阳也不敢明目张胆地对付我。

我看了一眼跟在旁边的记述官员，想必他们也不敢在袁天罡的论断上做手脚，那么我只要装作楚楚可怜就好了。

“好，好，好。”高阳冷冷说了三声好，忿忿看了我一眼，目中闪过一道凶光。

原本她并不想急于置我于死地的，只是不曾想我小小一才人处处得贵人相助，偏生克住了她，如此一来反倒激起了她的征服欲，非得要了我的命才肯罢休。

“袁上人处处与本宫作对，忠奸不分……”高阳面色阴沉，“我自会秉明父皇，由他圣裁！”说罢，她广袖一拂，愤然离开。

袁天罡他们见此也只好作罢，一同走了。

李书予临走之前，回首瞧了我一眼，目光中有些焦虑，有些怜惜，但颇是隐忍。

我装作没看到。他一向如此，不敢爱也不敢恨，总是暧昧不明。我不想和他再有所牵连，于是就装作一切都不知道。

高阳果然没有放过我，明的不成就来暗的。

所以当我发现自己躺在南薰殿的地下室里时，我就知道这是传说中的劫数难逃。

我揉了揉昏沉的脑袋，过了很久才想起来是那天回蕤廷宫的路上着了道，被人劫持走了。我强忍身上的剧痛，挣扎着起来，走到石门前，试图寻找打开的机括。但找了一圈，还是没有任何发现。于是我颓然退回密室中央坐下，打量周围的环境。这个密室布置奢华异常，光看我脚下的金丝地毯就已经很绚眼了，更别说那个玛瑙吞云炉和密室顶上由近百颗大东珠制成的晓露芙蓉吊灯了。

闻闻这密室里面暧昧不明的甜腻味道和其他比较有情趣的装饰品就知道这里是干什么用的了。

过了好一阵，地下室的石门轰然一响，我转过头，故意不看她。高阳公主绕到我面前，我才见她赤着一双脚，云鬓飞散，仅穿了件暗红露肩半长睡裙。

她咯咯娇笑着，手上玩弄着一把匕首。

看她的样子和眼神，她肯定和他某个情人幽欢过，此刻心情不坏。因此我暂时死不了，她会像猫玩老鼠一样玩弄我一阵子再说。

她蹲下身子，似笑非笑地看着我："怎么，你不是一向都很厉害的吗，今天却不说话，也不挣扎了。"

"公主。"我故作正经地说，"小的想提醒你，你走光了。"

她一怔："你胆子倒还真不小。"

"你的胸围也不小啊，36D哦，要是在我家乡，凭你的身材样貌，再加上惊人的气质，只怕叶子媚也混不过你啊。"我不惧怕她，继续无厘头。

"你胡说些什么？"

她似乎听得出我是在夸她性感，也不怎么恼怒。

"说实在的，公主不去做A片女皇，真浪费人才啊。"

"什么女皇？"她脸色一冽。

完了，看她的样子，我这回是说错话了，她肯定是把我的话和她勾结李恪谋反的事给联系上了。

"你还知道些什么？"

她把匕首往我面前一送。

我还知道什么，我什么都知道啊，我来这里之前什么都背下了。你那点事情我什么不知道。但我现在可不能说错话，不说话的最好方法就是装晕。

于是我啊了一声就扑倒在地。

"好，你大可以给我装蒜，看我先毁了你如花似玉的俏脸蛋，看你还怎么勾引男人。"

她话音刚落，匕首的寒气就已经到了腮边。

我心里一惊，这疯女人被激怒了什么事情都做得出来。要是真让她毁容，那可真是……

就在此时，暗道上面传来三声低沉的敲门声，高阳一听，狠狠瞪了我一眼这才收起匕首，丢下我就出去了。

我这才长长地松了一口气。

看现在的情形，天可能快亮了，阿如见我一夜未归，一定会告诉天行，天行知道了就一定有办法来救我。所以我还不担心。现在我要做的就是不要激怒她，免得这个疯婆子对我下毒手。

我挣扎着起身。哇，也不知道这个疯女人给我下了什么药，难道就是江湖上鼎鼎有名的十香软筋散？好厉害好厉害，我一起身就"啪"地瘫在地上了。看她刚

刚衣衫不整的样子就知道这里一定和她的内室相连，要是这样就麻烦了，天行应该没办法仔细搜查她的卧室就更别说找到这里了。

那就真是天要亡我了。我颓然地闭上眼睛。

天行果然没能很快找到这里。

这都已经三天了，我困在这个斗室里面三天两头被高阳折磨。她耐心好得很，不是削了我的头发就是用匕首在我手臂上刻字，最可耻的是她还叫她暗蓄的几个男宠来伺候我，幸亏我坚定地跟一柳下惠似的，否则我这清白之躯(好像也不那么清白了)就保不住了。总之这几天里我过得就跟紫薇格格似的。

如是几天，我的意识渐渐模糊起来。有时候我已经分不清楚在我面前的是谁，他在对我做什么，身上似乎又在受刑，但似乎也不那么痛了，一切就像做梦。

我梦见了我爸爸妈妈，还有哥哥，他们在我身边忙着自己的事，我叫他们他们也不理会我；我梦见了天行，他总是和我擦肩而过。有时候我又清醒着，起先觉得饿，但渐渐也不觉得饿，只是口渴得厉害。

不知过了多久，一滴苦涩的液体忽然流进我的口中。

我涣散而干涸的意识在这滴苦涩液体的滋润下复苏。

我感觉自己在一个人怀里，他的怀抱有些陌生。我想看看他，但却无力睁不开眼睛。我想知道他是谁，但脑袋里却是一片混沌。

我在他怀里，感觉他的心跳。他抱着我一路狂奔，我在他的怀里颠簸得有些不适。

过了好一阵，一股清新的空气灌入我的鼻腔中。

周围的微风告诉我，我自由了，我还活着！

我渐渐有了知觉，这时，我觉得身上有点冷，于是就喊了出来："天行……我好冷……"

那个怀抱的主人微微一颤，然后牢牢抱住我，用他的体温温暖我。

又有一滴液体滴在我面颊上，热热的。

啊，是那个人在流眼泪么？

不去想那么多，他的身体好温暖，像个很大的壁炉，让人沉沉想睡，于是我就迷迷糊糊地睡过去了。

醒来的时候，我安稳地躺在自己的床上，手被紧紧地攥着。

我侧过头，就看到仿佛千年未见的天行。

我张开口想喊他，但嗓子哑哑的，没有声音。他睡着了，伏在我肩膀旁边，露出的侧脸有些苍白了，但依旧是我最爱的那个样子，那深刻进骨髓中的样子。

天行，你可知道，我好怕失去你，这世界就你对我最好，就你宠着我，纵容我，没有瞧不起我。可是，我差点就要死了，你知道吗，死了我就再也看不到这么好的你了。所以，就算是下了十八层地狱，我也会一步一步地爬回你身边，这个世界有你的地方就是天堂。你一定要好好爱我，要不就恨我，但不可以不想着我，不记挂着我。

我的脸抽搐着，控制着不要哭出声音。

我早就学会这个技能了，没人知道我在哭。

“沫。”他含糊地叫了一声，眉深深地皱着，“不准离开我。”

嗯，我使劲想要点头，但头似乎也不听使唤。

我收拾好脸上的残局，等他醒来，我要给他一个最灿烂的笑容，不要他为我有丝毫的担心。

但当他睁开眼的那一瞬间，我仿佛看到天堂的门为我而开，万道光芒将我包围其中，我扯开嘴角，终于哭了出来。

候在一旁的太医见我醒来，上前搭脉的把脉，看舌苔的看舌苔，我想这回我吃的苦算是吃大了，身上手上到处都是伤。

入夜，我的伤势才有些好转，隐藏在骨头缝中的那些疼痛才显了出来。

天行一直不肯走，守在我旁边，阿如多方劝说也不抵用也就不再说什么了，只是让我宫里的人把好口风。

如是半月，我的身体才见了些起色。这时，我才想起问天行是怎么找到我的。

正在为我剥荔枝的天行愣了一下，神色有些黯然地说：“对不起，沫，不是我找到你的。”

我怔住了：不是天行，那？那是谁抢了我家天行的功劳。

我忽然有些紧张起来，那个人的怀抱，那个人的温度，还有他涩涩的眼泪，并不完全是一派陌生。我当时就知道不是天行，只是隐隐排斥这样的意识。

我不需要别人拯救，我只要我的天行。

“是李书予。”

是他？听到这个答案，心中的猜疑落到了实处，却生生在心头砸下一个无法弥补的坑印。我苦涩地笑了笑，装作漫不经心地问：“他人呢？我们要去谢谢他。”

“他辞官回故里了。”

辞官？我的心跳漏了一拍，我刻意地想去回避什么，但已经猜想到的种种在慢慢将我凌迟。

我面无表情地说了一个哦字。

“是阿如找他帮忙的。没想到他真的把你救出来了。”

“别说了，别说了！”

我忽然没来由地叫了一声。

李书予，你这个混蛋，为什么要我欠你这么大的情。你好恶毒的用心，你要我以后一直都不能快活吗？我不要你救，我死了，也不要你这样救我。

他早已模糊的样子又一次出现在我眼前。

他在水边吹箫呢，一身白衣。他清清瘦瘦的，冷冷淡淡的，孩子般孱弱却想着怎么独当一切。

我想起他的笑容了，有点凉，但很干净。

是啊，他就是很干净，我曾经打算要一辈子保护他的干净的，甚至他不爱我也没关系。

可是他现在为了我竟然去向高阳低头，屈服于她的淫威，成了她的入幕之宾。

我恨恨地压抑着眼泪看着阿如，一字一句地问：“谁、让、你、找、他、的！”

阿如慌乱地退了一步。

你好聪明是不是？长安公子，名冠长安，岂能不被人觊觎？那日你低眉顺眼却早已发现那疯女人眼角眉梢对他的欲望了是不是？所以你想到了他，只有他才有可能晋身为高阳的新宠，然后把我从那肮脏的地方解救出来。可是，可是，脏了他，拿什么来赔偿，我的命吗？

心中的愤怒在咆哮，但一句话也没有说出来，没什么好说的了，一切都是我的错，凭什么责怪别人？

我颓然坐下。似乎看到他是怎样找到高阳卧室内的机括怎样找到我的，然后他带我逃跑，逃离的时候他的眼泪是怎样流进我嘴里的。

为什么，为什么你偏要在我不爱你的时候才让我知道你爱我呢？

噩梦刚刚过去，宫中就传来了大选太子妃的消息。

起先听到太子妃，我刹那间还没明白它的具体含义，然后才从戴安娜身上转回来，哦，太子妃，太子的老婆，也就是天行的老婆！

这个该死的皇宫，要将人的心神全毁了才善罢甘休是么？

我简直无力抗拒了。

我知道他绝对不会爱别人也不会娶别人的，这点我很有信心，我和他的感情坚贞得都跟杨过小龙女似的，任谁也没办法破坏的。

于是我就安静地等着，等天行的决定。他如果要离开，我就陪他一起走，从此浪迹天涯便好。

但我也有些忐忑，天行这回表现得有些反常，他已经有两天没来我这里了，他难道不知道我在等他的答案么？

就在这样的忐忑中，东宫那边传来了消息，太子选中并州王氏为妃，婚期就在这个月初八。

这个消息传来时，阿如手上的针一偏，扎中了自己的食指。她胆战心惊地看着我，不知道我会做什么样的反应。

我也不知道该做什么样的反应，大哭，大笑，还是大闹。

他需要给我一个理由的是吗？

我不要！我不会去问他为什么。他一旦做了这样的选择，我就永远不会原谅他。

我或者去死，或者走掉，理智告诉我该选择后者。

于是，我忽然想到，来唐朝已经两年了，是时候回去了。

这世界原本全是背叛，只余我一人天真。

第二十三章·天行的大婚

CHAPTER 23

一直没人来给我解释。

眼见初八迫近，我的心如沉冰湖般寒凉。

我很冷静地做着我该做的事——冷静一向是我内心狂乱的掩护。

初八的大婚很是热闹。

新娘子从玄武门进到太极殿内，途中一派繁华。

我去看了他们的婚礼，我只看他，克制着不去看他的新妇。全天下的人我只在乎他一个，其余的人我不要放在心上。

他的样子很冷漠，似乎一切都不会让他动心。我原本以为他的眼神会在人群中找寻我的存在，他却只那么漠然地在高处听众人的欢呼与朝拜。

我躲在一个石狻猊后面，眼睁睁地瞧着他，他的一举一动那么远也那么近。我什么都不敢去回忆，回忆的结果一定会使我发疯。

我张开嘴，想去喊他，但瞬间失了声。

收拾好了一切，包括我从现代带来的，在古代收罗的，然后把带不走的我用过的一切都烧毁了。我要像来时一样悄无声息地离开，用那一把火把彼此焚烧得透彻，然后两个人隔着时空一起痛苦。

我找到庇驹所，径直找到师傅，求他告诉我离宫的路。

他叹息着劝我不要一时冲动。

我摇头，我就是这样一个人，从来不给任何事回旋的余地。

“丫头，你真的考虑清楚了？莫要后悔才好。”师父破天荒神情郑重地说话。

两仪殿前应该是普天同庆的热烈场面吧，都躲到这里来了，喜气洋洋，恢弘大气的《大得胜》还是清楚地在耳边回响。

眼前全是他们大婚的情景，漫天的花瓣，漫天的百合莲子，他在上中礼时拉着他的太子妃，皇太后、王爷，还有各国大使临场观礼；王公大臣三跪九叩，呼声山响。

“师父，你让我走。”忘了多久没有说过话了，这声音冷漠如冰。

“这……”

“让我走，否则我会杀了他的。”

说到这里，原本缓慢跳动的心忽然一痛，然后剧烈跳动。是的，他如果还不让我走，我会发疯似的跑到他的婚礼上刺死他然后陪他一起死，无关乎恨，只怕我会忽然舍不得离开他，舍不得他娶了别人，舍不得他在没有我的世界独自孤苦。

“你是知道太子对你的情意的，怎么不能沉下心来弄个究竟呢？你这样一走，从此两人天各一方，再也无法相见，日后思来，必定痛彻心扉。”

我也不知道我为什么不能沉下心来。我内心很恐惧，你不知道全心全意爱一个人，信任一个人，依赖一个人，却忽然发现那个支撑着你的人某天也开始不安稳起来时的感觉。我只能这样毫不理智地对伤痛做最原始的反应，逃避。

我拔下头上的玉簪，对准颈动脉：“让我走。”

手上的力道已经不是我可以控制的了，玉簪刺透我的皮肤，血已经开始往外沁。

“师父，纵容我一次。”

在师父的叹息中，我的眼泪终于落了下来。

从师父在马场尽头挖掘的地道离开，终于回到以为可以让我安稳的长安大街。

可是，耳边始终不散的《大得胜》噩梦般纠缠。

买了酒回到朱雀路的旧宅。

宅子里的事物已然蒙尘，我推开自己卧室的窗户，那边就是我曾经风云过的蹴鞠场。那时候我还是一身男装，装作玩世不恭的样子缅怀步月。

而现在，所有的人都离开我了，步月辞官回故里了，那些和我踢球的兄弟怕是没有往日激情了吧。蹴鞠场上荒草连天，硌得人眼酸涩不已。

我已经不敢再看，我怕球场上忽然跑出一个穿着白衣，意气飞扬的影子对我说："有些想你，想找到你，看看你，和你说说话。"

关上窗黯然坐回榻边，打开电脑，打开 WINAMP，歌里面在唱：

谁也听不见这种孤单真可怜

多爱一次　就多些寂寞

你为什么还是不懂我要的自由

一句话就让你离我远了

别让我以为　快乐最后会粉碎

人最孤单的时候决不会掉眼泪

说爱我

在我的耳边对我说

我已经真的太久忘了这种心动

爱太难了解了

我们还看不懂

那一些心酸快乐有多少还很真呢？

我倒了杯酒，一口干尽，心痛一句，那一些心酸快乐有多少还很真呢？

物是人非，人间哀凉，莫过如此。

找到藏着时空机器的那座山。

听山麓中伐木的人说这座山叫做冷岚峰，真好的一个名字。

记得当时步月吩咐下人把我的时空机器藏进东南方的一个山洞了。我凭记忆找到那个山洞，拨开洞边的杂草，沿着蜿蜒狭窄的路往里面走，山洞不大，刚走几步就开阔了。

那个时空机器还静静地呆在那里。

此时看到它，心中百感交集。短短两年，我的心因它而生因它而死，诸多得失，宛若黄粱。

我用手轻轻扫去时空机器上的尘埃，在开关处对上我的指纹，输入密码。

它通体忽然闪起淡淡的紫色光华，我本能地一怔，往后退了一步，仿佛那是一个巨大的陷阱。过了半晌，我才明白过来，这是要回家了。

我摇了摇头，将映在脑海中的天行的影子摇得支离破碎后，长长地舒了一口气。好了，我们回家。回家就好了，我这回出息了，不但赚了一千万给爸爸妈妈，还可以去美国读书，怎么说也不会丢他们的脸了，他们肯定会疼我多一些，哥哥也不会看不起我了。有了钱，那花花世界爱怎么享乐就怎么享乐，失恋算什么？男人嘛，哪里不是，随便挑就是，到了21世纪，一切问题就只是钱的问题了。

自我宽慰了大段后，我才踏进去。就在转身合上盖子的时候，我发现不远处的石头上有一张字条。

这里怎么会有字条？

其实我心里已经有了答案，徘徊着要不要去看。

怎么会，难道真会有言情剧里面的桥段，我过去看到里面写的内容发现天行是有什么苦衷，然后我回心转意大团圆结局？那就怪了！我在长安大街上徘徊了五天，根本没等到什么人找我回去，我根本就是被遗弃了。

但拗不过好奇，我还是把那张字条拿了起来。那字迹我认得，是步月的，他曾经跟我说他腕力使得巧，练的是灵、飞、轻，很好辨认。

沫，见字可好？知你终会来此一遭，故留字补偿未能当面道别之憾。

太子待卿情深，见子飘零之心聊得安慰，余亦自得安心。

余一生优柔，自当见弃天下，前日之事切莫因此挂怀。

今日去国，最难舍之人，唯子一人。

善自珍重。

李书予上

我拿着这张字条反复看了几遍，先是失望，失望它也没有能给我一个留下的理由，然后就是怅然，呆呆地坐在地上，抱着那块大石出神。

打开主开关，所有程序开始运行，大约过了30秒，大屏幕上传来一行英文

Mo, I waitted for you for so long time. Wilson

看来他们那边已经有了信号。

陈风的等待两个字让我有些感动。

我吁了口气，按下发射键。

就在按下键的那一瞬，天行的影像忽然出现在我眼前，那般清晰，那般真实。他站在远处，回眸看向我，眼中全是刻骨铭心的痛。

心脏猛地一缩，我忽然感到一种天摇地动的错觉。

“沫，不要离开我……”

“沫，我们相爱好不好……”

恍惚间才发现自己已经泪流满面，定神一看，机器已经开始运转了，我下意识地按下终止键。

不，不是这样的，一定是哪里出了问题。如果就此走了，永不相见，我肯定会后悔一辈子的。

这时，大屏幕那边立刻传来一行字，MO，what are you doing？ please come back，you should not do this！

我才不管什么 should not 不 should not，我现在马上就要回去，不管怎么样，一定要再见他一面。

我匆忙把电源关掉，跑出山洞。

我一路狂奔，直到路过山麓的时候，才放缓脚步。怪了，刚刚上来的时候这里还有个小木屋，那个男的还在这里伐木，怎么才半个时辰的工夫就全没了？

我越想越觉得奇怪？难道刚刚遇到的全是幻觉？没那么邪门吧？

想到这里，我玩命似的往山下跑，好容易跑到山下，见到有个小茶摊，我用找到组织的热情窜了进去。

“老板，上好的龙井！”我气喘吁吁地说，“加一钱珍珠粉！”这回可得好好压惊啊。

那个小二嬉皮笑脸地看着我说：“呀，这位可是豪客。对不住了，我们路边小摊可没有上好的龙井，更没有什么珍珠粉。嘿嘿，要有，乌龙茶。”

呀哈，这家伙，竟然这么刁钻！算了，我正渴着，就不和他计较了。

一口饮尽那碗乌龙茶，我方回过神来：咦，此处怎么多了一个茶摊？

“小二，你们这茶摊什么时候摆的啊？”

“嘿，姑娘，我们这茶摊在这里摆了三年了。”

三年？那可真是撞了鬼。

懒得在此处浪费时间，我掏了一锭碎银子给他。

他接过银子，扔了些铜板给我。

我接过铜子，扫了一眼，这一扫，我立刻目瞪口呆，上面赫然印着：永徽通宝。

永徽？怎么可能，这不是贞观年间，怎么？

“小二，现在是何年？”

“永徽二年啊，姑娘怎么连这个都不知道？”那小二惊异地说。

天，永徽二年，那岂不是天行已然登基两年了，那我离开也有六年了！怎么会这样？

我慌乱地起身，脚步混乱地往长安城里面走。

起身时我听见后面有人在议论，说我长得倒还漂亮干净，但脑子不好使。

我无暇和他们计较。满脑子都是疑惑。

看来一定是那个时空机器已经运行过了，虽然没把我带回现代，但肯定把时间往前移了一点。

那现在，对于天行来说，我岂非已经失踪了六年？六年，他会不会？

不会的，我安慰自己，他不会忘了我的，也不会怨我的。他那么爱我而且心胸那么宽阔，一定不会有什么事情的。

我茫然地四处在大街上游荡，这六年，长安变得更加繁华了，有些路口也有了变化。

我找了家客栈，先行住下再做打算。

我在客栈先洗了个热水澡，加了N多花瓣的那种。

先洗澡，睡上一觉才有精神考虑问题。

当务之急是怎么回皇宫，就算我可以从地道回到皇宫，但想来现在我在宫中的户籍已经消了，拿什么身份回去。皇上可不是那么好见的。

如果按照历史书上所写，武则天在太宗皇帝过世之后在感业寺做尼姑，最后才被高宗接了回去。

看来我明天就要去感业寺看看。

打定主意，我便安然睡了。

第二天我打听了去感业寺的路线，心中计划了一番便上路了。

路上我一边走一边寻思该怎么说。

感业寺地处偏僻，越走路越是荒凉，我的心也莫名其妙地有些惊慌。

“这鬼地方！”

走到一个树林的时候，我不由抱怨起来。

就在我打算找地方坐下休息的时候，两条人影从树上落了下来，蹿到我面前，迅速伸手封住我的穴道。

我一惊：挂掉，遇到打劫的了。

“我……我没钱的啊！”我故作惊慌地说。

眼前两个人一胖一瘦，胖的那个板着一张脸，瘦的那个眼中净是狡狯之色。

那瘦子见我打量他们，便嬉笑开口：“没钱，有别的也行。”

别的？看来，他的意思就是劫色了。

“赵忠，别同她废话，带了去向主子交差。”那个胖子脸上全是不耐烦的神情。

“好的，马二哥。不过说来，这个妞和画上头的那个人还真是像，把我们先前找到的那些全都比下去了。”

什么主子？他们要把我带去见什么人？这该怎么逃？

那个瘦子是个贪色之徒，而那个胖子多半贪权。我该怎么马上打动他们，让他们放我走。天啦，我还要去感业寺当尼姑呢！

“嘿，我说小丫头，别动心思了，我们马上带你去个好地方。”

那个瘦子说话间就用张黑布捂住了我的嘴。

这些天杀的畸形男，又给人下迷香。按照一般规律，待会醒来我肯定已经在某妓院某房间的某床上了。

这个念头还没转完，我就倒下了。

我眼睛还没睁开，一股甜腻的异香便传入鼻中。

闻到这样的香味，我第一反应就是还得装晕。

哎呀，我躺的这是什么床，怎么这么软。我感觉我像是躺在童话里豌豆公主躺的那张床上，身子底下全是厚厚的天鹅绒。

“醒了就不要装死了。”

一个有些中性的声音在耳畔响起。

咦，这个说话的到底是男是女，难道是个太监？管他是什么人，总之不是个好东西。

我把眼睛睁开一条缝，眼前先是漫天飞舞的华丽帐幔。

“美人，来，让我仔细瞧瞧，看你到底有多美？”

一把扇子伸到我下颌，将我的脸扳了过来。

一个穿着华服的小白脸正不怀好意地打量着我的脸。

“你，你要干什么？”我装作天真无辜的样子对他说。

这个小白脸虽然让我很讨厌反胃，但长得确实不坏，就是阴阳怪气让人反感。

“不过如此。”

他鉴赏完了我的容貌，然后颇为不屑地说。

“什么！你说我不漂亮？”我掀掉被子，跳了起来。

“身段还可以。”他接着打量我的身材，“也算是个不错的美人了。”

我简直要气得爆炸，要不是迷药的劲没过，我真想揍他一顿。不过现在人在屋檐下姿态还是不要太高的好。

我打量了一下周围的布置，问道：“贵宝号叫什么名字？”

“宝号？”他一愣。

“也就是这家妓院叫什么名字？”

“妓院？”他又一愣，紧接着就哈哈大笑，“有点意思！”

就在这时，外面传来一阵敲门声音：“爷，明珠堂那边有了新货色。您要不要去看看？”

他看了我一眼，在我脸上捏了一把：“美人，我去去就回，等着啊。”

说着就大笑了一声，出门去了。

第二十四章·舞　娘
CHAPTER 24

那个人一走，我就立刻从床上翻了起来。

走门是不理智的，还是翻窗户。

我推开窗户一看，才发现原来我呆的这个破地方是个圆形的大宅子，我的窗户下面是一个环形的大厅，厅里面有个大水池，看样子像是游泳池。

不过这个地方还真是高，我体力还没恢复，要是用飞的话，估计下场就是半身不遂了。

我返回床边，撕了半幅帐子，将它扯成条结好，一端系在桌腿上，一端系在自己的腰上。我跃上窗棂，深呼吸一口。

我飞！

我先在心里得意地叫了一声，然后摆了个很帅的POSE跳了下去。

真是如沐春风啊。

咦，怎么搞的？腰上一紧，我慌忙睁开双眼。挂掉，绳子不够长。现在我悬在半空还真是处境尴尬啊。

“怎么，姑娘不在房里面呆着反倒喜欢挂在天上现眼？”和所有电视剧里的桥段一样，那个该死的娘娘腔在最关键的时候出现了。

他一边玩着折扇一边似笑非笑地打趣道。

有没有搞错，这个该死的娘娘腔说话还真是刻薄。

“什么啊，我锻炼下身体不可以？”我赠送给他一个招牌白眼。

他哼了一声，示意手下把我放下来。

那个姓马的胖子得令后便扔了个飞镖把绳子割断，于是我就直接掉水里了。

在内室换过干衣服后，我就被人带到了明珠堂。明珠堂里面有3个女孩子躺在一张大床上。看来也是着了道的，此刻还没醒过来，我好奇地凑上前去看了看。

说来奇怪啊，那3个女孩子彼此都有些神似，看着有点面善。啊，对了，她们和我都有那么点像。

发现这一点，我张大了嘴。

“这丫头如此不老实，献上去也没什么前途，不如……”

姓马的胖子向主子提意见，边说边做了个杀的动作。

那个娘娘腔冷冷瞪了他一眼：“我什么时候要你来指点？”

说罢指着我说：“除了这个，其他的都送到枫三娘那里去。”

“为什么要把我单独留下？”跟他回到房中，我忍不住问道。

难道要给我什么VIP待遇？

“因为我看上你了，你是我的了！”他志满意得地说。

这话怎么这么耳熟？对了，第一次见到天行的时候，他也这样对我说，那时我虽然不喜欢天行，但他无论说什么都不会使人觉得讨厌，他似乎有种力量和气势，给人一种言出必行的磊落感和霸气。而眼前这个人，说这话只让我觉得他是个小丑。

想到天行，我又仔细看了他一圈，这人的一些言行举止还真有些天行的影子，只不过没天行那般磊落自然，倒像是在模仿。

“凭什么我就是你的了？”我反问的时候语气并不怎么强烈。像这样的人我并不害怕，所以连强调句都不屑用了。

我大马金刀地走到一张椅子边坐下，跷着腿看着他。

他见我这样，反倒愣住了。

“因为你有钱，有势，还是因为你有足够多的迷香？凭借这些你就可以轻易地对别人说‘你是我的’这样的话吗？”我继而说，“你让我觉得可笑。”

他似乎有些愠怒，将折扇一收：“好个牙尖嘴利的丫头。”

“送我去枫三娘那里。”我懒得和她逞口舌之利，直接说出我的意图，“放心，无论你打算培养什么人才，我都可以做到最好，无论你想要我做什么，我也都可以帮

你达到目的。”

我一向自信，我可是从21世纪那些惨无人道的训练中摸爬滚打出来的哦。

“好狂妄，我就给你一个月，一个月后你要是能够顺利留住那个人，你从此平步青云，我再也不干涉你。但要是留不住，那……”

“成交！”我爽快地答应。

总之先解了眼前的燃眉之急，以后再想办法，一个月时间，要做什么都可以了。只是这个人收罗了这么多女子来，是打算取悦谁？

见到枫三娘的时候，我才彻底被惊艳。

眼前的女子化着艺伎妆，一头乌发随意地绾了个髻，斜坠一支红木镂花簪。我进去的时候她在窗边拨弄一张箜篌，一种幽冷的光华从她那一身大红曳地长裙上泻下，给人一种庄严肃立的感觉。

带我进去的人并不敢走进她的房中，见她正在弹琴，更是不敢叨扰，只是静静候在外面。

我乐得在外面打量她。

她的轮廓有点深，鼻梁颇高，并不是唐朝普通观念里的那种美人，但正因为如此，更显现出她与众不同的美。

我欣赏了半天，见她一曲终了，于是就开口：“你是枫三娘？”

她将头微侧，看了我一眼。

她的眼睛倒是很古典，是那种细长的丹凤眼，上了一层红色颜料后，显得很是诡异妖媚。

早先从旁人的态度中已经看出她性子高傲得很，看来她定是不屑回答我的问题了。

“我叫肖沫沫，很高兴认识你。”

对付冷漠骄傲的人，最好的办法就是热情加上礼貌，嘿嘿，对方要是道行高，还可以抵挡，要是道行浅，就非得在我表现出的雍容大度下自卑而亡了。这招我是从日本漫画MM身上学会的，大凡冷酷型帅哥都是被善良热情加白目的女生摆平的。

大约是为了不在礼节上输给一个即将成为她下人的家伙，她俯下腰身，很恭敬礼貌地说：“你好，在下小山枝子，很高兴见到你。”

啊？日本人呐？

不过在唐朝的长安遇到日本人，实在是件很稀松平常的事情，所以我马上就不惊讶了。

我立刻用以前在日本料理店打工学来的日语向她打招呼，虽然文法和她们现在用的有点区别，但大致上还是差不多的。

她一听见我用日语说话，静若寒潭的双眼立刻泛起了波澜。

“你是我们扶桑人？”

“不，不是，但我去过你们国家。那真是个很不错的地方！”我开始不着边际地吹牛。

她轻轻点了点头：“是的，虽然我们国家没有天国富庶，但我仍然很想回去。我思念我的国家，还有我的家人以及木村君。”

哇，木村拓哉吖？

不过看她无限缅怀的样子，我也不好意思无厘头：“你怎么会来这里？”

“我的父亲希望我能成为全国最好的舞者，于是就让人带我来大唐学习舞蹈。我已经来这里七年了，现在很想回去！”

很显然那句日语让她对我有了亲近感，所以她才会对我说那么多东西。

我们平淡地说了几句话之后，她便给了我一个竹牌，上书：十二簿　海棠。

我接过那块有点像清朝皇帝晚上翻的东西，冲她点了个头，有点心虚地跟着一个穿月白衣裳的婢女出了门去。

完了，凭我的经验和睿智，我敢肯定我进了一个妓院……没搞错吧，我似乎没这个潜质哦。

来这座大院住了几天后我才明白这里并不是妓院，确切地说是那个娘娘腔培养私人舞娘的地方。而枫三娘就是这些舞娘的教师。

院中的舞女很多，前六簿的都是已经出了师的舞者，有时候也会有达官贵人来院中喝酒，那个娘娘腔会送出一两个当做礼物。

我猜想那个娘娘腔肯定是朝廷中的大员，这里就是他的“红楼”，他用这些女子来拉拢朝廷官员和各地巨富，从而达到某种不可告人的目的。以后我要是能出去，我一定得把这事给捅出来！

再次见到枫三娘时已经是五天之后了。

她身着一身繁复的五彩舞衣，依旧化着那浓墨重彩的艺伎妆。

这回她是来教导我们十二簿的舞者舞蹈的。

后六簿都是新人，以十二簿为甚。说来奇怪，十二簿的9个人长得都有点相似，而且似乎都是被迫来到这院里的。她们各个面上都有抵触神色，有几个甚至因为反抗过甚被人打伤了，玉臂舒展间，青紫淤痕触目惊心。

乐声一起，枫三娘便旋开了身子，舞蹈起来。

她跳的是《绿腰》，时下很流行的一支舞。我见过很多人舞过，但没有人能舞出她这样的风致。

所有人都呆住了，眼神随着她舞袖翻飞处而游动，一时间都屏住了呼吸。

她的舞腰轻盈至极，舞袖娟秀至极，姿态典雅至极，动静处都各有情态。

以前老师教我们跳舞的时候也有拿名家的舞蹈让我们观摩，当时老师还秀一首古诗赞美那些人的舞姿："南国有佳人，轻盈绿腰舞。华筵九秋暮，飞袂拂云雨。翩如兰苕翠，宛如游龙举。越艳罢前溪，吴姬停白苎。慢态不能穷，繁姿曲向终。低回莲破浪，凌乱雪凌风。堕珥时流盼，修裾欲朔空。唯愁捉不住，飞去逐惊鸿。"

现在想想那诗说的正是眼前这位用灵魂在舞蹈的小山枝子。

一曲终了，满堂俱寂。那些女孩想必都和我一般惊艳了，神色间的倨傲不屑之色都变成了心悦诚服。

小山一曲舞罢，向我们鞠了一躬便寂然退到一旁看我们舞蹈。

我心里很佩服她的舞技，因此便挑了一段我最拿手的桑巴秀了起来。

我不太喜欢也不怎么擅长跳软舞，要是在古代，我肯定也会学《胡旋》《柘枝》之类的舞蹈。

小山看到我的舞蹈，神情激动起来。

就知道这招肯定吃定她。像她那样痴迷舞蹈的人，一旦见到新的舞种，必然会心动。那样我就有接近她的机会，一旦能接近这里的BOSS，赢取到她的好感，好处一定不少。

"海棠，你跳的是什么舞蹈？"她的眼眸中射出夺目的光辉，"它很美。"

"这是桑巴，异域的舞蹈，在大唐并不风行，所以你可能并不知道。"

"那你可以把这舞蹈教授于我吗？"她诚恳地问道。

那当然是可以了，我求之不得。

那以后我能单独见到小山枝子的机会就更多了。

她对舞蹈的执著并不是一般人可以望其项背的，我教了她很多舞蹈，包括探戈、伦巴，甚至连两个人跳的国标、小狐步舞都教给她了。她学得很快，不久就超过了我，并且已经隐约有了现代大师的水平。

她最近表现得很兴奋，她说等回到日本，她要把从大唐学到的一切带回去，拓展本国的舞蹈文化。

她每次说完后就会在墙上添一朵梅花，她说等梅花满一千朵了，王大人就会放她回去了。

我数了数，墙上大约已有800多朵梅花了，她不久就可以回去了，而我呢？想要找的人还没找到，想要问的话还没问清楚，陷在这个地方，生不如死地学跳舞。

说到跳舞，小山让我学的是一段《柘枝》，这个属于健舞，比较适合我来跳。为了达到那个王大人某种不可告人的企图，小山把这个舞蹈做了点改编，刚中有柔，柔中带媚，于是就有了"急破催摇曳，罗衫半脱肩"的绮丽风情。

我学得很快，不久就把这套《柘枝》舞得炉火纯青。

那个姓王的娘娘腔偶尔也会来看我们跳舞，他看我的神色中多了几分玩味和不确定，但总而言之，他对我的进境还是很满意的。

眼见一个月之期日近，是时候跑路了。可是这院子里面守卫颇多，光大狗都不知道养了多少，加上我每日的饮食里都放有微量的药物，所以想凭功夫逃跑是不可能的。

于是我就一边焦急着一边陪小山跳舞，有时在她屋里待得晚了，她便留我住下。

从她的饮食起居和吃穿用度来看，她在那个王大人的心目中肯定有很高的地位。不说别的，光看她香炉中烧的，那可是皇帝用的龙涎香，我也就跟在太宗身边才有幸闻到过。

"姐姐，你的中国名字是王大人给你取的吗？"

那晚暴雨，我便留宿在她的听风轩。

"是的，他见我着红衣而舞，于是赐名枫；又因在以前的教坊中排行第三，所以他们就叫我枫三娘。"

"不好不好，这个名字又土又俗，一看就知道那混小子没念过什么书。"我对看不顺眼的人向来没好评，“一看就知道是个二世祖。”

“不，你误会他了。他其实很能干，也很聪明，也不算坏。”

“哇，你不会喜欢上他了吧？他强迫你不让你回国，不让你见木村君，你不恨他么？”挑拨离间是女人的特长。

“我不喜欢他。他强迫我留下，并对我有非分的要求，我很讨厌他。但如果没有他，我现在肯定在混乱不堪的地方经营下贱的营生。你要知道，不是每个人都能懂得艺术，也不是每个人都懂得尊敬艺术。他其实也是个很可怜的人。”

“可怜？”

“是啊，她是个很可怜的女人？”

什么？再重复一遍？我没听错吧？那个娘娘腔是女人？

小山见我表情诧异，郑重地点了点头。

女扮男装混到我都认不出的境界，果然是高人啊！

“那她还？”我指了指小山，有些犹豫地问，“她有断袖之癖？”

小山并没有对此做出回答。

“她出身世家，父亲虽然只是一个小小的县令，但她的背景却很让人吃惊。她的爷爷就是当朝有名的镇远大将军，她舅舅是吏部尚书，而她伯父则是盐运使。这些背景都不足以让人惊奇，你可知道大唐第一富贵的人是谁？”

我离开已经六年，哪里知道现在第一巨富是谁。

“说来你肯定不相信，唐朝最有钱、最会赚钱的居然是一个女子。她的生意不但遍布大唐，而且海上的交易也都为她垄断。你现在知道她是谁了吗？”

我当然知道了。我以前听太宗提到过，后来天行也有跟我谈起过他，因为他们提到他的时候只是夸他是个奇人，长袖善舞，精通陶朱之术，并没有特意提起他的家业和身世。听小山这样一说，我就想起他来。

“你说的可是洛阳葛巾紫？”

“不错，正是洛阳的苏葛巾，苏老夫人。”

不是小山说，我真不敢相信鼎鼎大名的苏葛巾竟然是个女人。

“咦，海棠，你怎么了？”

我先定了定神：“啊，没什么，惊喜太多了，有点吃不消。对了，苏葛巾是不是就是那个人的母亲？”

这点联想能力我还是有的。

“是的，苏夫人巾帼一世，唯一的遗憾就是不能为丈夫生下一个儿子。所以恩卿从小就被当做儿子养育，管教颇为严格。她十四岁的时候就已经把自己的生意从洛阳做到了长安，当真了不起。”

看来恩卿就是那个人的名字了，王恩卿，还过得去。

“十四岁要把自己的生意做到长安，换做我起码要从娘胎开始做，做到现在没破产我就得谢天谢地了。要真是这样，那她还有什么童年和青春可言？”

后半句我就没说了，大意就是，怪不得落了个断袖的毛病，原来是性别不清。

“最可怜的是，十五岁那年，她被卷入了一场政治婚姻。她也抗拒过，但丝毫也没有用，责任感让她不得不出嫁。”

“唉，陪一个一点都没感觉的人那什么，真是……”

“不，她爱上了自己的丈夫，她说他是一个了不起的人。可惜他的丈夫另有所爱，多年来一直不曾释怀，所以对她尊敬爱护有加，却始终不肯亲近她。”

小山叹息着说完娘娘腔的故事，我就给了两个字评语：孽缘。

我原来以为自己够传奇了，没想到还有比我更传奇的。翻个身看外面，雨已停下，外面暗夜如晦，心中纷乱得很，终究还是抵不住睡意，沉沉睡着了。

醒来时，天刚微亮。身边的小山已然起身。

我探询着找她的身影。

她一身素白，正提着笔在墙上画梅花。

这时她并没有化妆，一张脸澄澈分明，在晨曦中发出玉石般温润的光泽。

她画完梅花，皱着的长黛舒展开来，微微一笑，眼中全是孩子般单纯的向往。

“小山，你真漂亮。你一定可以回扶桑的，那时候你肯定是全扶桑最优秀的歌舞伎。”

我认真地说，像是清晨最虔诚的祈祷，祈祷上帝可以听到。

第二十五章·帝后妃
CHAPTER 25

那天王恩卿告诉我有贵客要我伺候时，我就知道练舞的安宁日子终于还是结束了，一个月的约定也是时候兑现了。

也不知道是什么人让他花了那么多心思想拉拢，王恩卿精心筹备了一个饭局，饭局上只有我一个人献舞。

我不知道她为什么要在这种关键的时候让我出去撑场面，难道真的只是为了那个一月之约吗？

为了让那个神秘的贵客动心，她命小山重新编了支舞，名为《谪仙》。为了衬托主角谪仙的身份，舞台上影影幢幢地飘着无数纱缦，池中更是遍布莲灯，希望可以通过光影的暧昧华丽衬托舞者谪仙的飘逸。

初见这个舞台，我为之心动不已。

这自然是所有舞者都渴望拥有的，只属于自己的舞台。

排演时，小山先给我做了一次示范，看她身着素色羽衣，从天而降，轻盈翩跹时，我心神迷醉，恍然若梦，眼睛不由自主地探寻纱缦里早已熟悉的身影。

一曲终了，方才从中醒悟，心中不由叹服。

我心中对这次献舞的抵触情绪全然消融了，我被这样一场华丽的舞蹈盛宴折服了。那是怎样的一种唯美，那是怎样的一种诱惑，我不可以去抗拒，人的一生能有几次机会将自己完美的姿态展现出来。

于是我改变了自己的计划，跳完这支舞再跑。

宴会就要开始，我奉命去后台更衣。我摸着身上柔软的羽衣，那完全是鸟羽最柔软的部分用金丝连缀起来的，摸上去，那种柔软妩媚得可以化去你的手掌。

外面已经有了丝竹之声，我在一个小厮的牵引下来到大厅的顶层，那个小厮在我腰上系上一种柔韧的金属丝，并简单地告诉我怎么操纵身上的金属丝来实现上下飘飞。我一看就很快明白，无非是几个滑轮组成的简单机括，我拉了几下，发现很好操纵，心中很快有了计量，退场时利用这个飞身上屋顶，然后再行逃跑。

这时，大厅里传来击节声，那个小厮开始往下面扔花瓣，于是，我轻身往下一跃，便伴着那些花瓣一同旋转于半空中了。

落到台上时，我伏身水边，做临水自照状，眼神刚一掠过水面，不由一阵恍惚，那里面的人是我吗？我的手从自己光滑的发髻拂过，用手指微微碰触髻边插的那朵洁白清秀的白色芙蓉，额间的明珠此时散发着温润如水的光华，我的脸似乎都在这样的光华中荡漾起来……

那场舞蹈是我这辈子最大的光彩，我记得我的一举一动，我腰系冰丝，口含玫瑰，随落花在半空旋转落下。我的水袖挥舞间，落花也随之起落。我像一个在月华中舞动的精灵，又像是在兰若寺外优游的倩女，全然忘记这世间凡俗所在。

我想这五分钟是我此生最全神贯注也最心满意足的时刻，我忘了一切，甚至忘了去看台上一眼。我的舞步停止在由急转缓的鼓点中，我伏在水边，看着自己的倒影，心中完全是自豪和对自己的爱恋。我真想像纳科索斯一样沉溺在自己的倒影中，化身水仙。

此时，数道白练从舞台中心射了出去，我想起还有最后一步，就是踏练过去，向那位贵客敬酒示好，以期承欢。

可是我怎么可能那样做？我拉住一条飘舞的纱缦，抬头看着顶上自由的天空，那里的人还在往下撒着花瓣，我吸了口气，腾身而起，借助腰间金属丝连着的机括飞身出去。

我觉得此时我像一个真正的仙子，正飞身抛开这些尘世束缚。

“沫。”

在半空中，我身形一滞，这是谁的声音！

“是你吗？”

那是我魂牵梦萦的声音，此刻，它有些苦涩，甚至有些哽咽。我的整个灵魂顿时被这声音击得魂飞魄散。

“你又要离我而去吗？”

我人还未回头，心中一酸，一行欠他六年的清泪顿时蜿蜒而下。

六年了，我一时意气，让他生受这六年的别离，我现在又要离他而去么？

松开手上的纱缦，反转过身躯，身体又开始下坠。如果说我现在是返回天堂的天使，这回就算折了双翼，也要为他沉沦凡世，日后永生纠缠，不离不弃。

坠势不快，因此我得以看清楚他。

入眼的他，神情清苦，他已不是初见那个神采飞扬的少年了，目光如以往专注，却不再澄澈纯粹。他学会隐忍了，他学会克制了，他整个人在颤抖，但却拼命地保持着惯有的沉稳。

我终于停下了，我站在一条白练上等待着，天行，过来拥抱我，你一贯都是这样做的。

他如我所期待的那样，飞身上前拥住了我。

进入他怀抱的瞬间，所有的知觉和情感才又回到我身体里面，我捧着他的脸，细细打量他。我的天行，我们才数月不见，为何你却已过尽千帆般沧桑？

“六年了，沫。”他定定地看着我。

六年了，天行，这六年你孤独吗？想过我吗？

“天行，你老了。”

我细致地抚摩他的脸，他的眉目，他的鼻子，他的嘴唇。六年的时光没有改变他外在的一切，但我却从他的眼底看到的时光的痕迹，年轮般印记在那里。

他抓着我的手，开始亲吻：“你还是以前的样子，好像从来没有离开。”

就在这时，我们听到王恩卿的咳嗽声。

我顺着声音看了过去，她今天难得地换了女装，气度雍容，和一般女子情态无异，完全没有男装时的气焰和暧昧不明，整个人明艳多了。

天行揽着我的腰，掠至她身边。

厅中的人很少，除了小山，还有天行随行的一个年轻男子。

“原来她就是皇上一直在等的人？”王恩卿看了我们一眼，“武才人？”

听到这话，小山轻轻啊了一声，眉眼中全是惊讶。

天行点了点头。

“那妾身岂非有功于皇上？”她似笑非笑地看了我一眼，目中却是苦痛之色，

"皇上拿什么赏赐妾身？"

天行看了她一眼，目光中有些许愧疚之意，但随后又是一片开阔的释然："皇后要什么赏赐？"

怎么？她竟然是天行的妻子，王皇后！

一种酸楚和阵痛将我淹没，我知道他是有夫人的，我一直在刻意地回避这点，但现在他的妻子就在我面前，我将要和她一起分享他。可是以前，我们中间谁都没有啊！

她勉强地笑了笑："皇上还能给我什么？权势富贵？这些皇上都给我了。"

见到天行的尴尬，她又笑了笑："皇上已经很纵容我了，给了我那么多自由。从古至今，哪个女人能像我这般活得自由畅快？"

她说完，递给我们一人一杯酒，"敬你们二人一杯，你们原是有情人，当得白头。"

说罢，一口干掉杯中酒。

她喝酒的样子让我心中怜悯疼痛，半是为她，半是为我，端起酒，我也一口干掉，酒是好酒，上好的鹤觞，传闻曾经醉倒过偷酒喝的仙鹤，不知它是否又能醉倒我？

当整座大宅只剩我和天行两人的时候，不知缘何，我竟然紧张起来。我很想亲近他，但是那让我觉得可耻。他是我最爱的男人，他也同样爱我，但他现在已经是别人的男人了。我不能再像以往一样随便在他怀里撒娇，享受他给我的一切甜蜜，不是道德观的问题，而是一道天堑把我们生生隔离。

于是我垂首端坐，面上一片刻意的漠然。

天行似乎在揣测我的心思，安静地看着我，唇边漾着一抹为我所熟悉的笑。

"沫，你过来。"

我不知道他从我眼中看出了什么，他似乎并不想理会我心中的那些矛盾。

"我不。"

我把头转向一边，掩饰自己的慌张。

"你过来，坐我这边。"

我对他一向没有抵御能力，无论什么事情，他重复到第二遍的时候我便不忍拒绝。

"哦。"

于是我就委委屈屈地走到他身边，仍然不去看他。

我刚到他面前站定，冷不防却被他拉入怀中。他将我抱起，温柔地将我放在流云堆砌的牙雕床上。我的心一阵悸动，他的温暖他的气息，熟悉的一切，我本能地接受却又理智地抗拒：我不要他吻我，他已经有了别的女人了，他甚至还娶了她。

他双手牢牢地箍着我，霸道而热烈地亲吻着我。我不断躲闪着，却觉得一切闪避都失去了意义。

"你放开我，她，她看到了会……会生气的。"

我觉得我简直是在故作清纯，人已经在他怀中了，却道貌岸然地为她考虑。

天行的动作滞了一下，睁开眼睛看了我一眼，紧接着却是更加激烈的动作："这六年，你一点都没想我吗？"

六年，是啊，他和我是不一样的，我才离开他短短数月，而在他，却是刻骨铭心的漫长六年。他思念着我，已经把这份思念熬成了毒，可是我却在他的怀里谈论另一个女人。

"想，当然想，怎么会不想呢？"

其实失去最爱的人，那份思念和疼痛，个中滋味，六天，六月，六年，甚至六十年，都是一样的。

一念及此，我心里又软又痛。我仰起头，揽住他回应他的吻。我对不起他，欠了他的，或许他也有对不起我的地方，但是在我看来，我的错总是更甚。

感觉到我的回应，他的表情渐渐柔和起来，以往的温柔又一次绽放，他翻转身来，将我包围。

他热烈的眼神炙烤着我，他将我的手放在自己的心口，我感受到了他强健有力的心跳。我将耳朵贴了上去，我要听，听它跟我说的一切。

"沫，我们之间没有她，从来都没有。"

这句话使我彻底沦陷。

回到皇宫，我依然是武媚娘的身份，因为这根本就是我众所周知的身份。

一回去，皇后就请旨封我为昭仪。

朝野一片反对，说我是先皇的姬妾，不能再伺候皇上。

天行并不理会这些反对。什么先皇的姬妾，且别说我不是先皇的女人，就算是，他也不会因此而有所顾虑。

朝臣们沸沸扬扬地吵嚷了一阵子，见皇上并没为之所动，便只好偃旗息鼓作罢。

自此我专宠后宫，圣眷日隆。

但是我讨厌后宫两个字，异常讨厌，一说到后宫我就会想起阴暗处闪着狡猾慌忙的眼睛，一说到后宫我就想起陈年不散的抑郁和怨怼，一说到后宫我就想起无数的钩心斗角和背叛。我不要专宠后宫，我不要在我和天行身后缀着那么多女人的视线和口舌。

“天行，我好孤独啊。”

不只一次我在枕边对天行说出我心中的惶恐不安。

他总是爱怜地安抚我，再有些忐忑地说对不起。

“沫，给我生个儿子吧。等他长大了，我们就可以离开了。”

“你好狠心，让我们的儿子受罪。我不要，要生我只生女儿。”

他不能离开，起码现在他不能抛却这个皇宫，这个天下。

我终于学会了忍耐，忍耐这个后宫，毕竟我们还能在一起，所以，哪怕就是在地狱，我也可以忍耐。

六年后的皇宫已经物是人非。

因为专宠，我被后宫的人说成是妖女。

妖女？我微微一哂，什么时候我也成了一个可以媚惑旁人的妖女了？

她们既然都避开我，我自然也不会去生是非，闲暇时就找王皇后戏耍，虽然我们是有芥蒂的，但起码来得坦荡。

我从而得知天行当年选择大婚的真相。

当年太宗已然病入膏肓，时日无多，而高阳公主行为越发出格，“金宝神枕”事件使沉疴中的太宗皇帝龙颜大怒，当查出与高阳私通的竟然是长安高僧辩机时，太宗下旨将辩机腰斩于长安。高阳见到辩机的死状如此凄惨，心中对太宗大为仇视，便联合起早有反意的吴王李恪发动了变乱，将太宗软禁，其大军也控制了整个京畿。但因朝中主要兵力并未在吴王的控制中，他们也不敢轻举妄动，立刻逼宫，只是一边使人前往各地软硬兼施地夺取兵权，一边不动声色地等待时机。

天行多日不见太宗，心中起疑，不久便从自己藏在吴王和高阳公主身边的线

人那里得到真实情况。

然而朝中的兵力已有半数为吴王所有，且镇远将军的二十万大军已经从边关撤回长安，据线人所说，镇远将军已被吴王说动，此次回京是来助其成事的。

天行手中并无兵力，在此时局下，他也是回天无力。

就在这时，镇远将军忽然派人请太子前往长安西郊秘密饮宴。长孙无忌一伙极力反对，以为那是场鸿门宴。

天行却慨然孤身前往。

王恩卿亦男装在爷爷帐中，她说那日天行孤身前来，对酒当歌，面上毫无惧色。

酒过三巡，他竟然直指镇远将军鲁莽糊涂，为一黄口小儿蒙蔽，犯下谋逆大罪。

当时气氛一下剑拔弩张。

但天行转而开始游说镇远将军。当日时局，吴王全部胜败只在镇远将军一人，如若镇远将军肯倒戈相向，那么改变长安时局便易如反掌，如此一来，将军成了本朝最大的功臣，非但可以名垂千古，受人景仰，而且吴王所许诺的种种也可以更有保障地兑现。

当时镇远将军大笑三声，拜倒在地，说有此太子是我朝之福。

镇远将军一生忠君爱国，怎会谋反？他应承吴王只为安抚他，免得他狗急跳墙，仓皇起事伤到太宗与太子、亲王。他连日赶赴京畿，却在长安外驻军，邀见太子，一是看太子有否胆略，二是方便在应对时看太子有没有应对能力和气节。如果此刻太子不来或者见了面卑躬屈膝，他便会另找皇子拥戴，助他勤王，日后取代太子的地位，成一国明君。

天行知道真相后，方才放下心来。

但镇远将军却又在此时提出让自己孙女做太子妃的条件，当时事态紧急，天行斟酌再三，只是承诺王恩卿日后一定是太子妃，他心中的筹谋是先让镇远将军出兵，日后向父皇禀明此事后挂冠而去，无论太子是谁，太子妃务必册封王恩卿便是。

但镇远将军说他的五十死士只有在太子大婚之时才有机会潜入皇城，先保皇上周全方能起事。

于是，一场政治婚姻就在三方的阴谋权衡下产生。

结果大婚那天，仅靠混进送嫁队伍中的五十死士便将整个皇城的局势扭转。

日后的政变还没发生便在镇远将军的倒戈下终结。

这场政变来得秘密，走得更加秘密，民间并不知晓，史官也并不知其中内幕。

太宗行将就木，不忍诛杀子女，只软禁了高阳和吴王二人。

直到太宗驾崩，天行即位，后来终于找了他们的错处，分别赐死，当时朝中官员更替变动，甚是惊人。

听完这段变故，我惆怅了很久。

就我而言，短短数月，个人变故遭际竟然有如此变化。而王皇后那句终于找到他们的错处，分别赐死，让我甚为胆寒。

晚上天行见我抑郁不欢，问我缘故，我犹豫了很久才把王皇后告诉我的事情说了出来。

“你当时为什么不把真相告诉我，你难道觉得我不会支持你吗？”

我将头埋在他的怀里。

天行先是微微怔了怔。

“如果你把缘故告诉我，我们又怎会分别六年？你也不用受这六年的孤独。”

“沫，你难道没有接到我的字条？”

天行将我的肩扶正，质疑道。

“什么字条？”

我一脸茫然。

“我大婚前夜派人送了字条约你见面，打算向你解释，你却爽了约。当日时局紧张，我根本没时间去找你当面解释，等拖到事情结束，你却从此失踪。”

“可是我根本就没见过什么字条。”

“事后我问阿如你的去向，阿如说南薰殿曾经使人宣过你，我一直以为是高阳将你拘了去，但一直没有证据，我终日忐忑，怕你遭受不测。后来高阳忤逆，被我处死。其实我本有心饶她的，可在行刑前，我再一次问你的下落，她恨恨地说已经将你沉湖……当时，我怒不可遏，便再不留情。”

“你冤枉她了，她根本没找过我，我是自己逃出皇宫的。只怪我当时太冲动，连阿如也没有交代，以致你如此担心。”

说到高阳，她人已经死了，我便既往不咎，想起来对她还颇为同情；尤其是李恪，他死得就更为冤枉了，但人是天行下令杀的，我就不想个中曲折——那是他们皇家的事，我根本就不想去管。况且若非他们当日咄咄逼人，非要置我们于死地，也不会有今日之祸。

皇宫里的日子很单调，来了一个月，平平当当的，觉得时间都停止了似的。

那日正在东宫陪王皇后下棋，忽然听到外面有人通报："萧淑妃求见。"

我的心骤然一紧：萧淑妃！

我不在的时候，六宫中唯有她得到天行的恩宠，她到底是个怎样的女子。

外面的通报话音未落，一个娇柔的女声传了进来："皇后姐姐，妹妹已经多日没来请安了。"

说话间，一个装束华美，步态轻盈的女子已经在众人的簇拥下走了进来。

她同我打了照面，我们彼此一惊。她打量了我良久，原先的神采全黯淡下去，一双妙目中有妒忌有愤恨但更多的是一种深深的绝望。

她竟然和我长得非常相像。

我又细细看了看她，她比我要胖，皮肤也比我白，个子没我高，一眼过去，不知道的人真会把我们当做亲生姐妹。

我看了一眼王皇后，她目不转瞬地瞧着萧淑妃，嘴角微微上扬，眼色中大是得意。

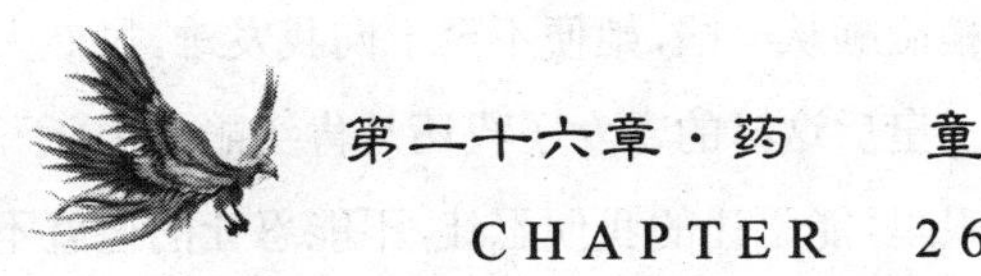

第二十六章·药　童
CHAPTER 26

"这位就是新进宫的武昭仪？"萧淑妃并不看我，语气平淡地问，"倒和本宫有几分相似，无怪此时能得到皇上欢心。"

我就知道萧淑妃绝对不会坐视我抢走她的荣宠，不过就算她以后冲我玩什么阴谋手段，我也悉数奉陪。

王皇后仰面一笑："确实有几分相似，无怪皇上当年看到妹妹会失声叫你沫。"

我听任她们唇枪舌剑，只是安静地端坐着。此刻我的内心一片释然，萧淑妃带给我的阴霾全然消逝。原来天行心中始终有我，只有我。

我从而也渐渐明白当日为何会被王皇后手下擒拿。

萧淑妃初入宫的时候势必乖巧温顺，然而当她发现皇后和其他宫人都没能得到皇上恩宠时，气焰便越发嚣张起来，不把后宫众人瞧在眼里，横行无忌。这点从她见了皇后并不行礼，不待召见便擅自闯入皇后寝宫这些小细节上可以看出。我和王皇后相交多日，知道她从小心高气傲，决计受不了别人对她无礼。如今她贵为皇后，自然更是受不了别人的挑衅，因此她便处心积虑地对付萧淑妃。

她当然知道要伤害一个女人，就要把她最宝贵、最引以为荣的东西夺走，否则凭王皇后的手段和势力，萧淑妃这个不知收敛的傻子死一百次都嫌少。王皇后深谙天行的心思，知道他对萧淑妃另眼相看的原因，只要找到一个比萧淑妃更像我的人就有可能彻底将她打败。于是她便按萧淑妃的样子和天行对我的描述绘制好丹青，派下属四处收罗这样的女子。我多半也是在长安大街上晃荡的时候被那两个人看中的。

想通这一关节，再看王皇后，心中就有了点微微的凉意。不过只要对王皇后稍微顺从一些，她便不至于向我发难。虽然人说我天生反骨，不会顺从别人，但像王皇后这样的奇女子我还是肯买账的。至于萧淑妃，她使手段和计谋我并不放在眼里，能忍让的我便忍让，不能忍让的也就不动声色地悉数挡了回去。

有了这一层心思，我们三人倒也相安无事。

五月己巳，太宗皇帝的忌日，天行让我伴驾前往感业寺拈香。我本不打算去，但拗不过他。加上我也好奇，历史上的武则天是在感业寺被高宗接回皇宫的，我倒想看看那个感业寺有什么特别。上午，在通往感业寺的街道上，全程戒严，到处都布满了禁卫军。四五队先导人马过去后，步辇才蹒跚而行。

我们到的时候，感业寺门口已跪满了接驾的僧尼。

皇家的礼节颇为繁重，皇上皇后在宣礼官的主持下一步步进行祭祀。

祭祀完成之后已经是两个时辰之后的事情了。

此时，天行先前赐下的素宴也已经从宫里送到了。

所有僧尼都在大殿外享用皇上御赐的素斋，我们便在偏殿品茗。折腾了这么久，天行脸上早有疲态。见王皇后不在，我便拿出绢帕替他擦去额上薄汗。

“都是些繁文缛节。”

我一边擦一边心疼地抱怨。

他呵呵一笑，轻轻握住我的手：“心疼？”

就在这时，一行太监已随王皇后鱼贯而入。

“皇上臣妾尚有一愿未还，今日趁此机会，把愿还了。”

王皇后面色自若地指使那些人将一些大箱子搁在偏殿。

“里面是些新的僧袍和鞋子，都是施给这些僧尼的。”

紧随而来的住持先颂了阿弥陀佛，然后才喜滋滋地道了谢。

饭后便有僧人前来领取布施，我因嫌无聊，便退出殿外。

天行见了，吩咐了几句，屏退护卫，同我一道出来了。

我们二人并肩而行，并不说话。自再见以来，我们已经很久没这么自由地并肩行走过了。

想到这里，我主动拉起他的手，冲他微微一笑。

“前面池塘中有莲花。”

顺着天行手指的方向看去，一溜台阶下果然是田田的一片荷花，上面突兀地冒着几支早发的白花，十分秀丽。

“啊，可惜是白花，没有莲子吃。我很久没吃新鲜莲子了。”

我抽了抽鼻子，贪婪地嗅了下空气中的花香。

天行眼中隐隐有笑意，一双乌黑的眼睛闪烁着惯有的慧黠。他伸手揽着我肩，一只手在我鼻梁上轻轻刮了下：“多少年了，孩子气丝毫没少。”

他本意爱怜，我却心头一酸，一把抱紧他，哽咽着说：“臭小子，你说你有多久没像今天这样笑过了？”

我明显感到他在我耳边轻轻叹息了一声。

“沫，不说这个了。时光最是催人老，无须为此感伤。无论怎么说，还是要感谢老天，六年了，我的沫一点都没变。”

我听得动情，强忍多时的泪水再也忍不住，只得任其泛滥。

就在这时，一阵捣衣的声音从底下莲池传来。

“不是所有人都去领布施了吗？”

天行摇了摇头，示意离开这里。

我们的步子还没迈开多远，只听下面有人“啊”的惊呼了一声，紧接着就是人落水的声音。

我们对视一眼，急忙往下面赶。

但见那莲池边是一深潭，一篮洗涤好的衣服散落在地上，水上飘着一些碎的皂角。

不远处有一着僧袍却蓄着长发的女子在水中沉浮。

我心中着急，脱了外衣便要去救人。天行一把拉住我，不由分说地跳进水里，迅速游到那人身边，将她往岸边带。

我赶紧冲上面喊来人。

片刻，一队护卫便赶了过来。

侍卫见此情景，甚是震惊，一伙人纷纷入水接过天行手中的女子。

一伙人折腾了半天，七手八脚地将那女子弄上岸来。

我忙着帮天行擦水，无暇顾及其他，直到王皇后来了，我才停下手向她福了福。

王皇后见此情状，神情中也有些慌乱，看了我一眼，转过身去冷冷质问侍卫统领米兴为何擅离职守。

天行冲她摇了摇手，示意此事无须追究。

说话间，天行无意看了地上的女子一眼，一眼过去，先是一怔，才脱口而出：“阿如？”

我乍听这个名字，大为震惊，扭头看了过去。

那女子双目紧闭，脸色苍白，一头乌发掩映下的小脸瘦瘦尖尖的，不是阿如是谁？

我快步上前，扶起她，按住她的胸口。她吃水不多，不一阵子就吐了出来，幽幽睁开双眼，见到我，脸上尽是恍如隔世的惊诧。

她轻轻挣了几下，口中却说不出话。

“此人是谁？”

王皇后发话问那住持。

“回娘娘话，这是寺中带发修行的弟子，法号唤做明空。这孩子平日里极稳重的，不料今日竟惊了圣驾，当真……阿弥陀佛。”

我握住阿如的手，触手处全是茧子和裂口。

我怒气不由冒了起来：这寺里的贼秃好生欺负人，敢情所有的杂役都交给阿如一人做吗？今日皇后布施，他们都不让她前去领取，平日里如何待她可想而知。

想到这里，我腾地起身，走到那住持面前：“人说出家人以慈悲为怀，如此苦役旁人就是你们的慈悲为怀吗？”

那住持并不答话，低头念了声阿弥陀佛便退到王皇后身后。

“妹妹且别动怒，救人要紧。”

王皇后和住持私交颇厚，自然是要打圆场的。

我按下心头之气，冷冷看着众人将阿如抬了上去。

阿如经太医诊治后，神智清醒多了，见我在她身边，拉着我的手便不放开。

她的眼神中尽是惊恐，生怕我抛下她离去。

太医说她是气血不足，缺乏营养，于是便开了些调养的药材。

听了太医的诊断，我自然怒气更甚，刚要发作，阿如却一把抓住我，只是噙泪看着我摇头。

“阿如，这六年里你一直呆在这里吗？”我心疼地问。

她没有回答，转过脸不看我。

“这么多年，你受苦了。你不要再呆在这个鬼地方受罪了，跟我回皇宫！”

我扶住她的肩，急切地说，生怕她不愿同我回去。

阿如看了我一眼，缓缓地摇了摇头。

“你干吗还要留在这里？”

“先皇遗旨……”

“什么先皇，什么遗旨，那些狗屁不通的东西休要去理会，我这就去告诉皇上带你回去。”

我心里急切得很，不等阿如说什么，便径直去了天行小憩的禅房。

天行刚换完衣服，一个太监正在帮他梳理头发。

“沫，你来得正好。”

天行看到我，挥手示意那个太监离开。

“天行……”

“我的头发一直是你来打理的。”他第一次打断我的话。

我默默接过木梳，犹豫了一下还是把想法说了出来。

“沫，我可以恩准她离开感业寺，但她不能再回皇宫了。”

“为什么？”

我很诧异地打量着他：“她是我们的朋友，我的好姐妹。你忘了她是怎样帮助我们的？”

“我没忘，只是，带她回皇宫她就会幸福吗？沫，真为了她好就让她离开。”

我有些不相信自己的耳朵：“那你让她去什么地方？她一个弱女子，怎么可以在外面颠沛流离？”

“弱女子？”天行顿了一下，神情变了变，口气颇为悠远地说，“阿如的智谋身手都不输于男儿的。像她这样的人，除非自己愿意，否则谁又能欺负得了她？”

我深深吸了口气，愤然地说：“好，好！我和阿如是姐妹，今后她去什么地方我就去什么地方。”

天行神色一痛：“沫，值得吗？”

我一时语塞，见他神色苦楚，心不由软了下来，正打算开口，门外忽然传来人倒地的声音。

我第一反应就是阿如，慌忙打开门，果然是她。

她倒在地上，脸上一片绝望之色：“小姐，我……”

“你什么都别说。”我一边安抚她，一边向天行使眼色。

天行看了我一会儿，终于点了头：“阿如，随我们一道回去吧，沫在宫里总需要个人陪她的。”

带阿如回到皇宫，我沉闷的后宫终于有了点起色。天行处理政务时，我便带了阿如在皇宫到处闲逛。

阿如年纪见长，人也越发沉默起来。一般等我说话说得都要冷场的时候她才偶尔搭上两句话。

“小姐，多年不见，你却似丝毫没变。美丽如往昔，无忧无虑如往昔。”

在师父的马场打完马球回来，阿如一边伺候我更衣一边说，神态有似自语。

听她这样一说，我才惊觉她的手已经不再如往日细滑柔软，而她的眼角已经有了一条不太明显的纹路。记起初见，她如飞仙般出现在我眼前，清丽的脸上笼

罩着淡淡的光华，那般美丽。而此时，她清瘦而憔悴的脸上满是一种隐忍的坚强。她这一生，似乎是为我而活，似乎又在为一种隐秘的感情而活，更似乎是在为一种理想而活，小心翼翼地韬光养晦。她所有的光华都磨损在岁月的辗转中，轮廓越发清晰，却越发坚硬。

一念至此，我不免心头酸楚，伸手握住她握住木梳的手。

她似乎一惊，旋又平静下来，手干燥而冰冷。

“这么多年，你都一个人在寺里面么？”

还是情不自禁地问了出来。

她叹息了一声，将手抽了出来，继续为我梳理头发：“就那般过吧，起初有些不甘，渐渐也就习惯了。但我并未放弃离开的希望，所以蓄着发等着你或者皇上把我从那地方救出去。”她顿了顿，看了看镜子，“我也记不清楚等的日子到底有多长了，也有怀疑，也有彷徨，但到底没放弃。这不将你和皇上盼来了？”

她的语气很轻松，但我知道，她的人已经从那场禁锢中逃脱，而七情六欲却永远失落了。

“那次的落水你是故意的吧？”

“是！”她毫不犹豫地回答，“听闻皇上要来，皇后要布施，我寻思有机会见到皇上了。不料平日里不得师姐们的喜欢，那日连领布施的资格也没有。我本来打算在烧饭的时候把厨房点着，惊动了圣驾便有机会见到他了，只是想不到那日厨房并不动烟火。见她们让我去洗衣服，心中大是失望。”

“没想到正洗着却听到上面有人说话的声音，于是你就故意落水，以此惊动圣上是吗？”

“是！”阿如淡淡地说。

“没想到却把我们给引来了。呵呵，阿如你真聪明！”

其实这件事情是天行发现的。在救她上岸的时候，天行发现她洗衣的地方有一大片青苔，要是失足滑进水里的话，青苔上面一定会有痕迹，而那天的青苔上面却并没有这样的痕迹。

阿如并不搭腔，只是笑了笑。

见她笑了，我心中也豁然开朗。

“小姐，今天点个梅花妆吧，最近很时兴，皇上看了应该会很喜欢。”

阿如给我化完晚妆，似乎也起了兴致。

我老早就听过这个，但没化过，于是兴冲冲地答应了。

阿如调好胭脂，提起笔，刚要在我额头上落笔。我忽然想起来什么似的站了起来。

“阿如，今天几号？”

“嗯？几号？”

“哎呀！我把小山给忘记了，这几天她就要回日本了，我回来这么久却没想过要去看她！”

见她疑惑，我便把我和小山、王皇后间的那段过节说了出来。只是隐去我要回现代的那段不说，免得节外生枝。

向天行征得同意，我带上阿如换了装直奔听风轩。

小山见了我大是惊喜。

我来不及说别的，先把我给她准备的礼物都拿了出来，典型的暴发户情态。

“送我这么些东西，教我如何带回扶桑？”她看了看那一大包东西，“呀，还有生鱼片和寿司？”

“嗯，我专门为你做的。你尝尝怎么样？”

小山和阿如都尝了点，看小山满意的表情就知道以前我在料理店打工偷师学的几招还没荒废。

“你是什么时候回去？”

我径直走到她画梅花的地方数了数。

“恩卿说一月后为我送行。”

“她答应得那么爽快？这不像她的作风啊？”

我拈了一片生鱼放进口中。

“她起先一听我说回去的事情就很生气，但我说了，要是到时候还不能回家乡我就宁愿一死，遣我之魂回归故里。”

小山说到这里，脸上一片凛然，转而又是无限的柔思：“回到家乡就可以见到爸爸妈妈和木村君了，那时我会是很出色的舞师。每年樱花开放的时候，我便与木村君去看樱花雨，从南到北游历，直到樱花落尽！”

小山说这番话的时候，脸上是无限的遐想。直到多年后我想起她此时的表情，心中还是隐隐作痛。

和阿如从小山那出来时，已经傍晚了。夕阳下的长安折射着静谧和庄严。

步行过长安街时，有些人家已经开始造饭了，一个挽着衣袖的妇人端着淘米水往河里倒，瞧见我和阿如走过，笑着冲我们赞了声好俊俏的丫头。见惯了现代妇人们的横眉冷对，她的笑容让人心里暖暖的。盛唐就是盛唐，人物风情都是那般大方丰腴。

行到宫中，经过太医院时，阿如的脚步滞了滞。

"怎么了？"

我停下脚步。

"昨天夜里似乎受了点风，想去太医院拿点药，想着又不愿意耽搁小姐的行程。"她顿了顿，"阿如有个不情之请，请小姐先行回大明宫，我须臾便回来。"

"那怎么可以，你身体不适，我怎么可以不陪着去瞧瞧？"我佯嗔道。

"您也是知道的，太医院办事的程序，看一个小小的病怕是没小半个时辰是离不了的，您又何必和那些人去掺和？"

阿如对我的提议总是有些疑虑和推辞，我看不惯她满是顾虑的样子，拉着他走向了太医院。

太医院的小太监是很有眼色的，见是当宠的武昭仪到了，一个个凑上前阿谀奉承，看得那些颇有风骨的老太医直是摇头。

我总觉得在皇宫里做主子比做奴才还来得辛苦，时刻端着架子接受些机械的顶礼膜拜。

林太医看看阿如的脉象，并不提风寒的事，只是说忧思过度，郁结于心，开了些通窍的药材，偏有味药很是贵重，不能开给下人，林太医斟酌着打算另找药来替代。见我开口阻挠，硬是要拿那味药，也不敢得罪，只好说要去药材库通过徐公公才能领到这药。

我问好药材库的方向，拉着阿如拐进了一处幽静的别院。

院门没关，帘子也没放下，因此我们刚一进去就看到了院里的情景。

一个老态龙钟，枯了面皮的老太监斜在一张梨木大榻上，赤着双布满斑点的脚，让一个跪在地上、清清瘦瘦的小太监给他按摩足底，另一个面容俊俏的小太监正冷着张脸一边打量地上那个小太监一边给那老太监按摩肩膀。

阿如看到厅中的情景，手不由一紧，往前迈了一步。

就在这时，那个闭目养神的老太监喉咙中闷响了一声，随后翻转过身来，地上那个小太监似乎很害怕，身子一颤。

“怎么，来了这么久还不懂得规矩么？”

那个站着的太监面色嫌恶地说，见那个小太监不动，便恶狠狠地喝道：“怎么还想被调教调教？公公嗓子堵久了，还不上来吸掉？”

于此同时，我心中一阵恶心，传说慈禧太后就有把痰吐在宫女口中的恶习。这是何方太监，在背着皇上的地方如此奴役旁人作威作福？盛怒之下我仔细瞧了那太监一眼，一瞧之下，心头的火气更盛，这不就是那把我弄进宫里，和高阳他们串通一气祸乱宫闱的那个混蛋老太监吗？他倒真是成了精，无论谁当权他都能保持屹立不倒呢！

我立刻冲阿如使了个眼色，阿如心领神会地大声喝道：“武昭仪到！”

那老太监一听是当红的主子到了，立马从榻上滚了下来接驾。

其余的人也跪倒在地喊着参见娘娘。

“怎么所有人见了娘娘都见礼，唯你这老奴才不开口？”阿如走到那老奴才面前，喝道。

我从来没见阿如那么凶过，她的声音因为激动开始发抖，手也抖了起来。

那奴才显是骑虎难下，只好吞下嗓子里的污秽，颤悠悠地开口：“问娘娘安，奴才犯了迷糊，自己掌嘴！”

说完了就不轻不重地掌起嘴来。

这老奴才一向这样刁滑，他既然要掌嘴，今天我就不叫他停了。

他掌了有一阵子，见没了声息，便悄悄拿眼睛瞄我，见我冷冷瞪着他，忙低下头加重了手上的力道。似乎是想起了什么，他猛地抬头，盯着我看。

“于公公，有些时候没见了。”我不紧不慢地说，“其他人起来吧，前边跪的小子，你去给我端杯雨前毛尖来，主子我嗓子不舒服。”

那个小太监低低地说了声喳，便低着头退了出去。我看了他一眼，瞧不见脸，但觉得他瘦瘦的，身上有种让人疼惜的气质。

“娘娘可曾叫你停吗？”

那两人虽然心中怨怼，但到底还是不敢逆了主子的意，只好跪的跪，掌嘴的掌嘴。

眼瞅着戏要得够了，心中的气也消了小半，于是我曼声说：“起来吧。”

那个小太监听见得赦，忙上前扶起那老太监。

于老太监一边捶着腿，一边凑上前来："娘娘此番前来所为何事啊？"

见我不怎么答理他，他又说："奴才瞧娘娘的气色比做才人的时候要好，什么事情劳动您到这儿来了？"

这老东西好了伤疤忘了疼，拿我做过先皇才人的事情来羞辱我。我且不与他争这口气，只是拿了方子，让他开仓取药。

他眯着眼睛看了看方子，指使那小太监取药去，那小太监得了命，刚走到门口险些和我唤出去拿茶水的小子撞上。

"呀，小信子，端了茶就不长眼睛了么？"

那老太监直了身子就骂。

那个叫小信子的太监捧了茶，并不理他，径直送到我面前。

他似乎格外胆小，始终都不敢抬头看我，我反倒开始打量起他来。

于老太监见我也不喝茶，只是打量小信子，于是不阴不阳地说："这孩子长得倒还干净。"

他说的不错，眼前的人儿真干净漂亮得不沾烟火气。一对细长的丹凤眼斜挑着，浓密的长睫毛向上翘出些许柔媚。本是极柔媚的面相，却被他紧抿着的刀锋般的唇生生地划出道残酷的意味。

真像日本视觉系里面的那些俊秀小生啊，无怪那老太监要变着法子玩弄他。多好的一人儿啊，真是……

"抬起头来，你叫什么名字？"我有些好奇，想把他的脸看清楚些。

他很自然地抬起头来，一双眼睛漠然地看进我眼里。他的眼眸是深黑色的，像落在白玉棋盘上的子，更像是最深的夜，掩藏着什么，又在闪烁着什么。

这时，夕照刚好射进窗中撒在他脸上。于是他冰冷的脸上又有了些许鲜活，这雕像般完美的人啊！

"狗东西，娘娘问你话呢！"

老太监跳起来打了他一耳光，气喘喘地说。

我莫名一怒："放肆的东西！"

那老太监竟不怎么害怕，只管弯着腰身咳嗽，屋里的气氛一下紧张起来。

门外刚取了药的太监进也不是退也不是。

"小信子，拿了药随我去大明宫。"我顿了顿，"以后就留在那儿，伺候我，赐你个新名字，就叫子夜吧。”

“至于这老东西。”我冷冷看了那于老太监一眼，“告诉上头，他冲撞了本昭仪，我自按宫中规矩，做主撵了他出去。”

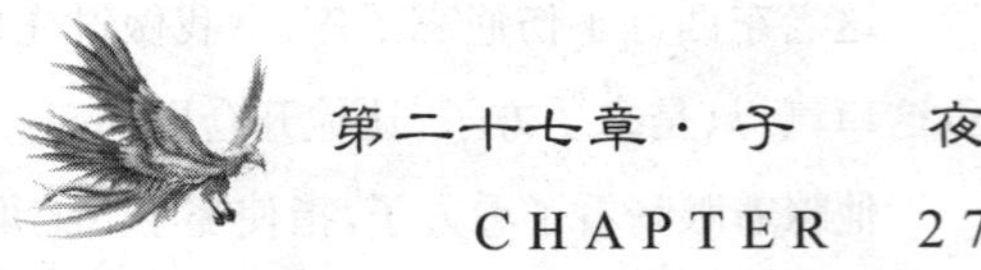

第二十七章·子夜

CHAPTER 27

把那个叫子夜的小太监带回去后，我一时也想不出给他分派个什么职务。瞧他干净漂亮，于是就让他负责我的膳食。

他的话不怎么多，平日里冷冷的，像个男版小龙女。所以我也只在用膳时才能看见他的身影，问上几句话。不过自从让他负责膳食后，我的胃口竟渐渐好了起来，平日吃不了几口东西的，这会儿倒能吃下大半碗饭（不是我娇气，而是宫廷里饭局实在太多，加上随时供上的小点瓜果，见到食物能不吐已经表现得很草根了），我想这大约就是秀色可餐吧。

因为忙着打点半月后天行生日的事宜，我闲适的生活终于充实起来。与此同时，整个朝廷都纷乱起来。那些很有眼风的朝臣见王皇后派人前往江南西域寻找奇珍异宝用以祝寿，并未被一向事俭的皇上阻止，一直苦于没有机会献媚的王公大臣们纷纷效仿，一时间把整个江南闹得鸡飞狗跳。

我就此打算向天行提点意见，阿如却阻止了我。在她的暗示下我才想起按史书记载，不久天行就要向西突厥阿史那贺鲁发兵了，如今国库虽然充实，但按照现在的账面，军饷依然是个大问题。如此推算，天行是想借这次寿宴做点文章。

既然揣度出了天行的用心，准备礼物的方向就很好确定了。我和阿如合计了半天，终于有了想法。为了防止别宫的人设计破坏，我开始做些表面功夫。

我向王皇后要人,组了个歌舞班子,并派人把小山接到了宫中,名义上是指点这些人排演舞蹈,事实上是可以借此机会和小山叙旧。

其他宫的人见我把歌舞班子组织好后也不怎么调教,只顾着和小山嬉闹,纷纷暗笑我也不过如此。而我的心腹小顺子婉转提醒我此时编排歌舞可能不能得到皇上的欢心,如此懒散行事,只怕到时会出问题。

我和小山只是相视一笑。

我自然有我的心思。

和小山厮混在一起,口味也随她,不自觉地爱上了日本料理。我因嫌无聊,就缠着小山教我,小山竟肯纵容。于是我二人霸占了御膳房,将里面弄得乌烟瘴气。

我做的寿司大多质量欠佳,粉绵软烂毫无味道,对这东西的轻视也就少了很多,不再要小聪明偷工减料,粳米饭自是耐心晾好,蟹柳、火腿、黄瓜也用小银刀分别切成细粒与粳米饭拌匀。这样下来,做一道寿司怎么也就要1个多时辰了。

各宫里的人一向对我有兴趣,在这节骨眼上,不惜余力地安插眼线在我身边,于是御膳房一时间多出许多陌生面孔。

我也不去理论这些,只管埋头做我的寿司。要做好这个因日本太过贫瘠而产生的简易食物还真需要下工夫,和日本茶道一样。

往往下午过去折腾的,要到晚膳时分才可吃到做好的寿司。天行听着有趣,往往便移驾到我那里品尝,三人倒也自得其乐。

那日,我与小山坐在塌塌米上吃寿司,一边闲聊着。我见小山不喜闲杂人等围着,便统统摒退,只留了那个叫子夜的小太监候着。

小山乍见子夜,有些失神,言谈间视线也总是有意无意地落在他身上。

我看见了也不以为意,因为是个正常人都没办法忽视他的绝世容颜。

吃得正开心的时候,我停下手向子夜吩咐了一句:“把绿芥末和醋姜递给我。”

话音刚落,子夜已拣好这两样递了过来。

我一时还未反应过来,接着同小山侃着先前的茶道。倒是小山停了下来,若有所思地看着他。

这时我才想起私下里,我和小山的交流也是用日语的,不为旁的,只为自己日语水平近日见长,对日语有了兴趣。而先前说得顺口了,让子夜拿绿芥末和醋姜时，说的是日语。

我诧异地回头看了眼子夜，他的眼中明显有了一丝惊慌。

“你也懂得东瀛话？”

小山饶有兴致地起身，走到他身边坐下，并示意他也坐下。

子夜并不回答，面色冷淡。

“啊，你一定去过东瀛是吗？”小山显是很激动，“你可曾在会津跟渡边先生学习忍术？”

“我从未去过东瀛。”

“只是……”小山有些失望，“我有个冒昧的请求，能否看看你的右手腕？”

子夜摆出老僧入定的样子，半眯着眼，长睫低低地垂下。

我也对这小子有了几分好奇，他既然不予以反驳，看来就是这样了。

见他不回答，小山略微失望：“那么，我真是失礼了。”

我不想场面太过尴尬，就挥挥手示意他退下。

目送他出门，小山才拉着我的手说：“他真的和我幼时的玩伴高桥君长得很相似，刚才见他能听懂我们的话，才敢贸然询问……只是……”小山幽幽一叹，“也许，他忘记我了吧。不过，我们要找的人真是远在天边，近在眼前，他不就正是你所需要的人么？呵呵，他长得太完美了，如果是个女子，当真是倾国倾城。”

小山说得不错，那真是个神仙般的人物，若真是女子，当得起倾国倾城这四个字，只是作为男子，稍嫌阴柔内媚。不过也好，他正是我要找的人！

天行的寿诞刚好遇到新科前三甲登科，天行破例在他的寿宴下加了一席烧尾宴。

皇帝寿宴的豪华自然是不必说的，大殿中千列黑色的几案坐榻，沉厚古雅，几案上摆满了精美的食器，食器中盛满菜肴、酒水，宫女太监环列，殿下诸臣均正襟危坐。堂下虽然丝竹乐舞纷呈，但皇上还未驾到，任谁也不敢有所恣意的。

皇上皇后驾到之后，听得同乐令下，场面上才活跃些了。歌舞完了又是杂耍，什么跳丸、倒立、走索、舞巨兽、耍大雀、马上技艺、车上缘杆、顶竿，应有尽有，我待在一旁看着也觉得有些意趣。等到一伙人进来耍大雀的时候，宴会的气氛已经到达最高潮。皇上在最高处看这臣子们的乐趣，整个殿里反倒是他被冷落了。

天行心疼我站着，让我先去流光榭那边候着：反正好戏还在后头。

流光榭那边戏台已经搭好了，鼓点子已经敲了起来，我的人都已经开了脸。我一眼就从人群里面找到已经戴了面具的子夜，他穿着白色长衫，鲜红夹衫，长长的水袖安静地垂着，一头乌黑顺滑的头发夹着一根红缎带子垂着，整个人就像是工笔画勾出来的。

不错，这个就是我送给天行的生日礼物，一场好戏！

远远看着皇上摆驾过来了，锣鼓点子就敲得齐整规范些了。一帮人手忙脚乱地给我化妆更衣，我却在担心演出的效果。

私底下这个天阙班的班主见我不点传统的段子，不按传统上戏，连行头都不对就已经有些忐忑了，此番见皇上驾到，嗓子一颤，愣生生没把那句“皇上驾到”喊好。我轻轻喝道：“你怕什么？有当主子的担待呢！”

席上的宾主都已经坐好。

踏着《麻姑拜寿》的点子，我翩然上到台前，底下的人为了讨好我，自然是不遗余力地鼓掌。

原本大家都等着我开唱腔呢，我却只说了几句拜寿的虚词，话锋一转道：“吾皇圣寿之日，臣等谱写新戏以兹恭贺。”

天行听了，微微朝我颔首。

听说有新戏，台下的人都停止议论，看看我这个宠妃能做出什么新戏来。

我退回后台，一个穿着本朝官服的大员带着随从踏着鼓点“锵”“锵”“锵”地上了台，底下的人一见这身行头，已经很吃惊了，再一看那面目画的，分明就是当朝盐运使朱中贵，他们一时间交头接耳，议论纷纷。

主角念白后，一个奴才嘴脸的丑角引了一大溜的美人儿上台。那官员斜着眼睛瞧了一圈，示意他们纷纷退下。那唱丑角的奴才便一番自白，说这整个大唐的姑娘都已经入不了大人的眼了。

底下的人见惯了歌舞，这类有剧情的戏让他们很是新鲜，等到这丑角说白时，他们都笑得人仰马翻了。

看来这出戏唱得有点意思，唱出了新意。

就在这时，两个士兵带押着一个戴着面具的男子上场。那奴才在旁边补白：

“杀了80几口人，才将这正主抓了。”

那白脸官员一见这人，顿时有了神采，跳将起来夺下他的面具。

这一掀，底下的人都噤了声。

好标致的人儿！

底下的人都是饱览色相的，见到这样的人还是惊了又惊，那眉那眼，冷清清的却偏挑着人心底那根弦儿。

子夜果然没辜负我的期望，我微笑着欣赏着唐朝版的孔吉，心想要是他在现代，定然不会输给李俊基。

子夜作势旋了几旋，一头乌发便披散下来。

那官员说白道：“乌家小姐，今日我朱某人让你逃无可逃。”

这一幕唱完，幕布落下。底下的官员一边等下一场戏，一边各自怀着忐忑心思，看到这里，他们已经发觉这戏不寻常。

下一折戏唤作鉴宝。说的是那官员为讨好乌小姐，搬出满室珍宝任其挑选的事。那些宝物样样奇特珍贵，有些是连皇上都没见过的。

一幕戏还没唱完，座下的盐运使朱中贵已经爬到皇上脚下谢罪去了。

这时候整个流光榭安静至极，台上的戏子们一时也不知道该不该把戏唱完，纷纷呆立原地。

由不得朱中贵不怕，戏中的每个细节，连人物站的位置都丝毫不差，他自己心里应该清楚皇上是在他身边插了人，把他一举一动都记录了下来。

那些上了戏文的宝物换了钱可能是全国一年的用度，这样的罪过还不该杀该剐？

龙袍在身的天行眉目间云淡风轻，一边的王皇后沉不住气，起身朝着朱中贵就是一脚。

朱中贵是王皇后的表亲，贪赃枉法成这样子，不但自身没了性命，只怕会牵连到皇后党的人。

这边厢还在僵持中，那边的御前侍卫已经跟着赵将军到了，托病的宰相也到了，手上握着厚厚的清单，那是抄家抄来的。

我不耐烦听，转身折进了后台。整个园子里静如窒息的，饶是我在后台，宰相的声音还是清清楚楚地传了过来。

大约半个多时辰宰相才念完那本清单，那些宝物折合卖价大约有八百多万两银子。

这蠹虫，比鳌拜还厉害！

天行听完，起身背向众人下令将朱中贵斩首示众。不料皇上话音未落，王皇后却清冷冷地喊了声慢，“这样的贼子，斩了不足以醒世，当剐于东市，百姓分肉而啖方才痛快！”

一句话下来，所有的人都吸了口凉气。

阿如在后台听了半晌，这才悄然出声：“小姐，这到底是怎么回事？”

其实，早在一月前天行就和我提到了这个人，天行有意动他，但他是皇后党的重要人物，又是盐运使，仗着权势危害一方。这朱中贵遭到弹劾不下百次，但朝中要臣总是竭力维护，连皇上都动他不得。我见天行烦恼，一直也在想办法对付他。直到天行下令今年寿诞要普天同庆，我才想到了《王的男人》里面的剧情，向天行献计把他的罪行排成戏演给文武百官看，在文武百官的面前将其罪恶揭发，料来那时候断然不敢有人来求情。我的保密工作做得很好，除了几个戏子和子夜知道剧情外，别人都以为我只是在排演歌舞。

我简单地把中间过节说给阿如听，阿如思量了很久道：“他们都没想到会有这一出，真真赢得漂亮。只怕朱中贵一倒，那些贪赃枉法之辈都要人人自危了。”

“我要的就是这个结果。”我笑了笑，这招还是跟韦小宝学的呢。

寿宴上的风波刚刚过，一大批官员纷纷上朝请罪，自动捐出贪污的钱款作为军饷。不久吏部那边就下了一批贬谪令和调令，宫中盛传光那些捐出来的银两就可抵国库三年收入。这样一来，朝廷里的官风肃清了不少，天行也有了精力考虑出兵突厥的事了。

几天不见他，心中始终牵挂，我准备了点夜宵去承乾殿看他。

去的时候，整个大殿冷冷的，他一身明黄绣龙袍子伏在案前批着奏章。

见我来了，他放了笔快步上前拉着我的手将我揽到怀里，牵我到案前坐下，神色颇为关切：“傻丫头，这么冷的天你跑来干什么？”

我放定手上的食盒，并步回他的话，翻开他批的东西：“可惜我不会批，否则冒着牝鸡司晨的骂名也要帮你了。”

这话是忌讳，但我却不忌讳。他是皇帝也好，是贱民也罢，我只想为我心爱的人做点什么。

他没说什么，只是把脸贴着我耳朵，替我捂着。见我拿着奏章不放，就调皮地往我脖子里面呵气。

我将折子丢到一旁，起身拉他：“我们出去走走吧？整天在里面怪闷的！”

他也是宠我宠惯了的，虽然有点犹豫，但还是起身由我去。

我们一路晃晃悠悠，一边吃着我带的食物一边闲聊，感觉满自在的，挺像校园情侣。行到以前我们常去的那条栈道，不由地停了脚步。

秋风瑟瑟地吹，那挂在飞檐上的蔽旧铜铃叮当地响着，也不清脆，闷闷的。

我背靠着栏杆，依在天行怀里，轻声哼着歌，一时间两人都很怡然。

“瞧你累得，脸色都憔悴了。早知道那年就和你在丝路那边留下了，让他们争了这劳人差事去，你我关外牧马放羊，好不自在！”

我腾出一只手，在他脸上轻轻地抚摩着。

“那你给我生个儿子，让他做皇帝，我们去逍遥快活！”他箍紧了我，将头埋在我肩上，“好么？”

我一时竟答不上来，就轻轻笑了笑。

半夜，我从梦中惊醒，下意识地往天行怀中缩了缩，想起他说要个孩子的事，心里一阵发紧。并非我不愿意，只是我内心深处有一种强烈的不安在涌动：我毕竟不是历史上的那个武则天啊！

我真的看不出自己和那个女人的共同处，如果我是，我生下的孩子终是死路一条；如果我不是，那我到底该何去何从？

想到这里，我没来由地一激灵，天行动了一动，呓语般唤了句：“沫，别走！”

第二十八章·惜　别

CHAPTER 28

许是昨晚没睡好，早晨起来头有些昏沉，心中烦闷不已。信手拈来一支青雀头黛，细细地画了起来。

阿如知道我的习性，但凡觉得我心情不好，就不再多话，只是静静地垂手伺立一旁。

我透过铜镜默默打量她，半晌才开口："也不知道现在时兴画什么眉，你来帮我，但千万不可画成卧蚕。"

她安静地走上来，一股极淡极清的香味顿时扑鼻而来。

她动作麻利地将我散乱的长发结成髻簪上，方才在我眉上细细描绘起来。

"你画的这可是拂烟眉？"

我看了一眼，唐朝和现代不一样，画个眉也有些复杂的名堂，如今我身在皇宫，自然不能像刚来时那般随性。

"这么多年了，小姐的样子一点都没变。"

阿如一边给我贴花钿，一边淡淡地说。

"阿如姐姐也没变，只是穿得过于素净，且不爱说话，便显老成了。"我很满意那对蜻蜓翅描金的花钿，贴上去整个人多添了几分妩媚，"月色短襦，墨绿罗裙，又怎么是你这个年纪穿的？前日皇后送了我一幅淡紫纱罗，姐姐拿去做衣裳吧！"

"谢小姐了，那纱罗来得不易，我这样拿去了岂非糟蹋了皇后娘娘的好意？"阿如轻言细语地说。

"那又有什么稀罕的，说到底就是一块布，你拿去，明天我可不待见你这副老妈子打扮！”我佯嗔道。

这时，门外忽然有人传报说王皇后驾到，打断了阿如还未来得及出口的拒绝。

我有些没好气地起身，换上衣服迎出厅去。

“妹妹真是贪睡，这光景了居然一副慵懒样子。”

王皇后见我出来，笑着放下刚端在手上的茶杯，起身拉过我的手，打趣道。

“我这样胸无大志的人，早上不用来睡觉还干什么？”

我一向不喜欢和不投缘的人虚与委蛇，今天心情不好，也不管她的身份是否尊贵，漫不经心地说道。

“呵呵，妹妹真是直率可爱，无怪皇上喜欢呢！”

“姐姐今日来我这不毛之地做什么？”随她坐下，终于找到应该有的状态，于是打起精神应付。

“也没什么，前日高丽进贡了些明太鱼，我吃着觉得好，就拿来送妹妹尝些。”

王皇后说完，示意身后的小太监奉上食盒。

“我听御厨说，就着香米粥吃很好，这时候妹妹也该传早膳了，不如我们一起过早？”

我瞧了眼那鱼，顺水推舟地说：“皇后肯在我这儿用膳，于我也是荣光。”顿了顿，“子夜，你去御膳房传膳，皇后喜欢清淡的食物，不必按我的喜好传太辣的，尤其选今日上好的粥传过来。”

一直低着头的子夜听得吩咐，低声说了声“是”便往外走。

“慢着。”

王皇后忽然叫住了他。

“这是？”她探询地看了眼我。

“这是我新要来的一个小太监，负责我膳食的，很是机灵的。”

“哦……”王皇后意味深长地看了眼他，“你抬起头来。”

子夜似乎有些害怕，一直犹豫着不敢抬头。

“这小奴才一向胆小，见不得娘娘威严，还是让他下去传膳吧。”

“如果没记错的话，上次皇上寿诞上的那个‘绝代佳人’就是他吧？”王皇后并不搭腔，端起茶杯浅抿了一口，“我看着怪合眼缘的，不如妹妹做个顺水人情，将他送给我？”

王皇后话音一落，我明显感到身边的阿如身体微微一颤。

我并不回话，斜了一眼阿如，但见她面色苍白，满是恳切地望着我。

“我这里没办法和姐姐宫里比，统共就有这么个灵醒人儿。”我收回眼神，半笑半嗔地看着王皇后说，“姐姐也真忍心问我要。”

王皇后见我这样，一时也说不出什么，但脸上明显有些挂不住了。

她的脸色我可不待看，假装没瞧见，冲子夜挥了一挥手：“哎，说你灵醒怎么今儿个倒笨起来了，让你走你还留在这里干什么！”

子夜一走，大厅里倒是静了一会儿。

我从来不喜欢做打破僵局的事，僵局既然是她造成的，那就让她打破好了。

“三娘初八便要回家了，前日专门使人进宫问妹妹要不要去送行。”

“送，当然要送！”

一听到这个好消息，我立刻激动起来，情不自禁地抚案而起。她，终于等到回家的一天了吗？那满墙梅花的怨怼终于有了烟消云散的一天了吗？

“阿如，今儿初几来着？”

我激动地拉着阿如的手问。

“回娘娘，今天已经初六了！”

阿如往后退了一步，很自然地抽开手，并轻轻咳了一声。我这才想起此举动甚是失仪，于是笑了一声才回到椅子上。

这该死的皇宫！这喜也喜不得，悲也悲不得的皇宫！

“那就是后天了，明天一早我跟天行说说，让他准我出宫一宿，好好陪陪小山。”

我一激动就容易忘记敌我，对王皇后也就不设防了。

“天行？”王皇后低低地说了一句。

我心想一时失语，也就不搭那个话茬，随便说了点东西就把话题支了开去。

一顿饭吃完，好不容易将王皇后打发走，我立刻从椅子上跳了起来，一把拉住阿如往内室奔。

“当当当当，你看这个翠翘金雀玉搔头怎么样，这支四蝶嵌宝簪呢？多挑几样送给她让她带回去做个纪念，你也来帮我挑挑嘛。”

我一股脑把赏的、送的宝贝全倒在床上，拿出两支我最喜欢的首饰伸到阿如面前。

“莫如那支没名头的珠钗，偌大一颗长成泪状的明珠，天下绝无仅有，如此送了过去方才显诚意。”

阿如脸上露出久违的俏皮样子，抓起那支单放在玉奁中的珠钗在我眼前一晃。

“这可不行。”我一把抢过那支钗，脸不由自主地有些红了，“这个是御赐之物，不兴送人的。”

话音刚落就想起那天天行给我描眉的情景，想起他唯有此钗堪配我一头青丝的温言软语，看来那天怕是被这丫头撞见了，只是我们不知道罢了。

“如果没记错，这玉搔头也是御赐之物吧。”她凑到我面前，明知故问道。

我懒怠回她，免得越说越错，于是就从那些首饰中挑了一支最细致的紫玉钗，轻轻插进阿如的发髻中：“再没有比这更衬你的东西了。”

灯光下，阿如瘦如莲萼的脸上，似是有种别样的清辉在流动不止。

也不知为何，两人居然沉默了起来。

“这钗……”阿如摘下它，“太过贵重，阿如怕是受不起……倘若小姐真有意，不如答应我一件事。”

“戴上再说话，否则可没商量。”我撅起嘴，佯嗔道。

“我瞧子夜这小孩怪可怜的，命比纸薄却生了副倾城容貌，怕是不好。也不知道为何，心里总是疼着他，就收了他做义弟。今儿瞧王皇后指明要他，怕也是不怀好意的……我只请小姐答应，千万保他一个周全。”

看她神色凝重，我也不好打岔：“且不说你专门说好话，即便不是，我也决不会让我手下的人受半点委屈。王皇后要动他就先来动我好了，总之你别担心就是了！”

阿如见我这么说，也就放下心来，有些欢喜地陪我挑给小山的礼物。

也不知道为什么，挑着挑着，我心里忽然有些闷闷的，有种说不出来的情绪堵在心口，上不去也下不来氤氲在那一块，让人难受。也许，这是惜别吧。

初八这天早上，传说中的天高气爽，一溜马车跑到渡口，王皇后专门为小山备的渡船已经在岸边等待了。码头上已经戒严，来往的工人们不停地往船上运小山的东西，多是些大唐的特产，也有些是达官贵人们平素的赏赐之物，更多的是天行御赐的经卷、香料、药材、金玉之物。这些东西是天行授意小山带回送给日本天皇的，不过在我的劝阻下，这些东西的数量已经大大减半——再怎么说也不能便宜了小日本。

一切都已就绪，只等小山一行到来便可扬帆直奔黄泗浦了。

“看来我们来早了……”一向喜欢睡懒觉的我语气遗憾地说，“真不明白天行为什么不让我提前出宫陪小山一晚上。”

我一边无聊地玩着车上的珠帘一边不满地冲阿如和子夜抱怨。

“皇上自然有他的深意，小姐需得体谅皇上才是。”阿如一边为我打着扇一边安慰我说。

“你自然是帮着他的……”我没好气地转过脸，刚一回首就看见子夜低眉顺眼地跪在一边。

“这又不是春秋战国，不用时时刻刻都跪，小心膝盖上的角质磨厚，影响美观。”我抓起一颗冰镇荔枝一边漫不经心地打趣他一边往嘴里塞。

他依然不言不语，眼睛中一片迷蒙，看不见底。虽然他总是以最卑贱的姿势出现在我面前，但我依旧可以感觉得出来，他的灵魂高傲得像个高高在上的天神。

真不明白小山为什么那么喜欢他，说他像自己幼时的一故人，连离别都要叫上他。小山也就算了，连阿如这样的人也居然将他宝啊玉啊地宠着爱着。

他听了不动声色地起身端坐在一旁，坐相非常的幕府，还说没去过日本，骗骗古老的中国人民也就算了，骗我这个来自21世纪的人精，哼哼……

“小姐，皇后的凤辇已经打南边过来了。”

“哦。”我把视线从子夜身上挪回，欠出身去观望，果然，皇后的杏黄缎帷绣凤礼舆已经往这边开来。

“铺张浪费！轻骑一乘也就过来了！”

我嘟囔了一句，跳下车去迎接。

“妹妹今儿个倒肯起早了。”

帷幔里，王皇后人没露面，爽朗的笑声倒是先传了出来：“免礼吧。”

说话间，小山的车已经驶过来了。呵，王皇后居然用皇后的仪仗将小山接了过来，幸亏这是在大唐，要是在小穿们老爱穿的大清国，后果真是不堪设想。

“海棠妹妹……”

身着大红十二单的小山一见我，眼圈便情不自禁地红了。她拉过我的手，哽咽了一声，抓住我的手也有些微微颤抖。

不知为何，看她这样，我也莫名激动悲怆起来："傻瓜，可以回家了，惆怅什么？"

小山听了只是微侧了脸，不去看我，长睫不住地抖动，悲伤、不舍带来的凝重为她明艳的脸上更添了绝色风姿。

今天的她好美啊，美得有种让人心碎的力量。

我忽然感觉有些什么不对，她的神色里多了一分我说不出来的怨怼，少了一分回家应有的快乐。

良久，她才止住眼泪，勉强一笑，走到子夜身边拉起他的手，殷切地对他说着什么。因为她说的是日语，且海上有风，我听得断断续续、半懂不懂的。但隐约听小山叫他高桥君，问他是否还记得她。但子夜看着她，却并没有回答。

小山见他不答，便自言自语似地说了一句："……回不去，也要……在回家的途中……"

这时，子夜的肩头忽然一抖，骤然抬头，抓住小山的肩膀，张开嘴，似乎想说什么但却开不了口。虽然相隔甚远，但我还是可以明显感觉到他眼中的乞求、绝望以及隐忍的悲愤。

"没用的。"

小山轻轻地叹息了一声，将子夜拉到我跟前，把他的手放进我手中："请妹妹代我照顾好高……子夜君，他从来都很孤苦，我很希望他能有幸福的将来，答应我好吗？"

我微微一错愕，托孤？

"姐姐尽管放心，我……"

"怎么，不共饮一杯吗，东归路上无故人呵！"

我话尚未说完，王皇后带着一抹我琢磨不透的笑意，款款走到我们身边。她的贴身使婢紧随其后，端着一描金托盘，奉着三杯清酒。

我接过酒，小山却不动，也不看她，只是看着船上的帆，眼神很是悠远。

"三娘，你我故交一场，我于你，心有仰慕；你于我，惺惺相惜，今日分离，天涯永隔，当真让人惆怅得很。"说完，王恩卿仰头干尽杯中酒。

这时，小山微颦了秀眉，表情决绝坚定地看向她："在下很感激尊驾的高义，却断然未料人心始终看不透。今日与君诀别，烟水永隔，你自珍重。"

说完,她一仰首,爽快地干尽杯中之酒。

"时辰也不早了,小山枝子就此别过!"

说完,小山阖上双眼,怆然转身。这时,王恩卿忽然探出手去,一把抓住小山的左手,眼神中闪过一抹陌生的阴狠之意:"你当真要走?"

小山站定,却不回头,冷冷抛下几字:"九死不悔!"

王恩卿这才有些不甘地收回双手。

"除了三娘,我平生还没有留不住什么。"她故做平淡地说,见没人回应,她自顾笑了几声,"当真憾煞。东风已起,我也不再强留,三娘一路走好!"

说罢,她松开小山被捏得有些淤青的手,转身回到自己的凤辇中。

小山见她松手,毫不留恋地往船上走去。

我总感觉有些不对,但也说不上来哪里不对,于是跟着小山一直送她到船上,见起了锚才依依不舍地往回走,一步一回头地看着船的动向。

船已经起航,正缓缓地驶出港口。小山仍站在船头往这边张望,我不知道她在看什么,仿佛什么都在看,仿佛什么都已经不在她眼中。

我回到车中,正欲让车夫赶车回宫,却见王皇后叫人摆了一沉檀椅在岸边,半含着笑看着海边,玩弄着手上的酒杯。

"怎么皇后还不回宫呢?"我好奇地让车夫将车停在她身边。

"不,不,三娘与我感情如此深厚,没看她彻底离开,我是不舍得走的。"王恩卿也不抬头看我,仿佛自言自语一般。

"小姐,你看。"

这时,阿如忽然指着远方激动地喊道。

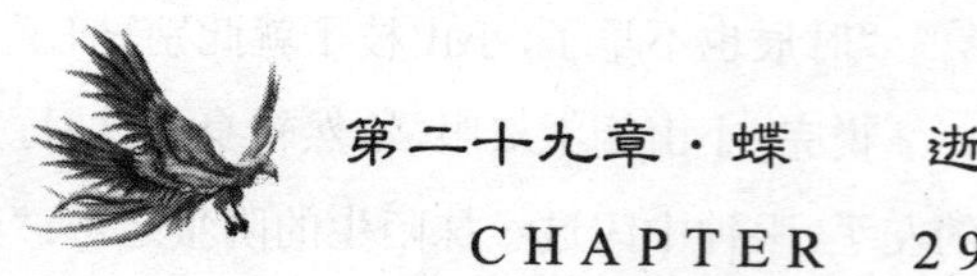

第二十九章·蝶　逝

CHAPTER　29

我顺着阿如手指的方向看过去，船头的猎猎红衣在风中漫卷飞扬，我依稀看出来小山正在逆风起舞。因身上衣服繁重，她的举动颇受牵绊，但这丝毫不影响她舞姿的曼妙。

我依稀辨得她戴着面具，舞的正是赫赫有名的《兰陵王》。不知为何，见她跳起这样的舞蹈，我原本平和的心忽然揪着一般的痛。

济江岸，狼虎盈川路断。王方悟，词罢曲凋，利剑闲悬孤长叹。心伤故国倦！谁怨，盈朝重宦，兵符手，羞触祸边，空哭江山剩悲幻。

长河写神卷。仰傲首曾啸，楚天犹换。平生如纸清江撰。虽六国舟发，四方兵至，文章千古骂世乱，道吾嗟身患？

休看！子浮现。唤汨水低吟，忧诗长灿。江边劲草书君传。只几许人读，多曾谁见？轻歌长赋，且就酒，恨也嬿。

她要回家了，为何偏要跳这样悲壮乃至悲怆的舞蹈，为什么我感觉她的一举一动都充满了控诉的力量？

“小姐……”正失神间，阿如递了一方罗帕至我面前。

我回头，目光并没有落在她的脸上，而是不由自主地落在子夜身上。他紧抿着嘴，素日里慵懒狭长的双眼此刻正紧张地盯着海面，里面全是一片星辉般的清冷明亮。那双眼睛，此刻就像极具诱惑力的魔镜，吸引我漫溯下去。

安静的海洋，澄明的天空，我几乎被蛊惑。

忽然，那片澄明中绽开一片茫茫的火色，他的双眼中，全是血色的火焰。

我听到很远的地方传来一阵轰响，天地间千百万年的积尘漫天飞扬。

我听到，什么破碎的声音。

我难以置信地回过头，那一瞬很慢，我看到了蓝的天，黄色的凤辇，王皇后诡异的笑容，灰蒙蒙的天际，还有那忽然从海面上蔓延开来的烈火。

“小山姐姐！”

一声长啸在我耳边炸开，我方才惊醒！她死了吗？死在了那片仿佛瞬间从地狱中窜出的烈火中了吗？可是，她，她刚才还好好在跳舞，我仿佛能听见她的歌声呢！听，至今还在耳边盘旋着不肯散去呢。

“我要回家了……即便回不去，我也要死在回家的路上。”

刚才没听清楚的话忽然清晰地出现在耳边。

我抓住子夜的肩膀，哽咽着说不出话，也流不出泪。他肯定知道些什么，可该死的我却什么也问不出来。

这一刻，我一定很丑，因为额上的青筋一定多得像愤怒中的张柏芝。

子夜已经顾不得理我了，他的脸抽搐得很难看，泪大颗大颗地往下落，我从未见一个男人哭成那个样子。

阿如将他抱住，阻止了他的某种冲动。

我无力地瘫坐在一边，看着这一切，刚才的艳阳高照忽然间风雨如晦一般。那边，明亮的黄色车辇正心满意足地起驾。

那是一个刽子手！

直觉将这个可怕的概念狠狠地钉在我的脑海中。我要报仇！

入夜后的大明宫虫唱连绵，我安静地坐在院中的荼蘼架下。

忘记是怎么回宫的，回来以后，我就一直坐在这里，将这石凳从温热坐到清凉，将那血色残阳坐到灯影幢幢。阿如不安地在走廊上悄然走动，其他的宫人都跑到别处避风头了。

天行早在我回宫前就听闻小山的船莫名爆炸，亲自出宫来接我。一路上，我什么也没对他说，仅用空洞的眼神漠然地看着他。

这事本与他无关，奈何他爱我，所以就必须承受这无端的怨怼，否则，我将被这泼天的怒、泼天的怨溺死。

“小姐，皇上……”

阿如终于按捺不住，走至我身旁，刚说了几个字，就被石桌上我用金簪狠狠刻画的“王恩卿”三字吓了一跳。她捡起石桌上的金簪，眼神沉静地在桌上刻了一个“忍”字，然后不动声色地将所有字迹抹去。

“没有人能动她，除非小姐能替代她母仪天下。”阿如眼中跳跃着幽冷的光芒，这是我所不熟悉的。我缓缓扭过头，看定了她。

“这是后宫，任凭皇上再怎么宠爱小姐，它也是后宫，是后宫就必须去斗。”阿如的眼神鬼魅而悠远。

我缓缓眨了一下眼睛，想将她看得更加明晰一点。

后宫里到处都是暗箭，我自然知道，但我并不想做放暗箭的那只手。从来不可能有什么能改变我，包括环境。以前是，现在依然是。

自古杀人者死，所以，即便对方贵为皇后，她也必须受到应有的惩罚。我不会用什么鬼蜮伎俩，我要堂堂正正地将她拉下皇后的圣坛。

“我倦了，让小顺子给我准备香汤沐浴。顺便替我回了皇上，说我安好，不用记挂。”

我避开她的眼神，疲惫地起身。

一夜噩梦，仿佛自己置身火海一般。

那满墙的墨梅随着墙体的坍塌射出凄厉的漫天花瓣。

小山在遥远的地方舞动着细软的腰肢，却木然着一张脸不理会我。

惊醒时，天已经微亮了，隐隐听见有人在走动的声音，心里踏实了很多。抱膝坐在床上，怔忪了很久，我才把大脑中的纷乱整理清楚。

我换上短窄的衣服，紧束了青丝，动作很是轻微，连倚在床边打盹的使女都没有发现。

出了大殿，一个人都没惊动。我推开殿门，古老沉重的大门发出喑哑的声音，我眼前先是一亮，再是一惊。

那是——

“怎么不多睡会儿呢？”

天行正坐在我昨天坐的地方，满眼爱怜地看着我说。

我怔了好一会儿，心里又酸又软，但强忍着转过脸去：“什么时候来的？”

“宵禁后，听了几声残更，越发睡不着，就自己过来了。”

他缓缓起身，走到我面前。刚一近身，我就闻到他身上露水的味道，带着蔷薇的芬芳，微微潮湿。

“露水这么重，你站在外面干什么？衣服都湿了，老了得风湿，别指望我来伺候你。”

我捏了捏他的衣袂，潮湿一大片。

“你不让我见你，我担心你睡得不踏实，就在外面守着——听说天子的龙气镇得住八方妖邪。”他拉过我的手，眼中淌过一弯明亮的笑意，“怕你一时冲动又做什么事，于是就当一次镇宅驱魔符。这不，一身这样的装束，又打算干什么去？”

他的芳香的怀抱冲昏了我的头脑，听他这样一问，我才想起：“还有几时上朝？”

“一个时辰。”

“那你跟我去一个地方。”

清晨的马场里全是泥土与花草的味道，间杂还有着马的骚味。但不知为什么，我觉得这味道很不错，于是抽动了几下鼻子，大口呼吸这自由与庶民的味道。

师父并没有看到我们，正专心地在远处洗一匹马。那匹棕色的马在熹微中显得格外健美，惹得我真想狠狠地摸上几把。

我对天行做了个嘘声的动作，让他先别动，独自悄悄地从师父背后绕了过去打算给他一个漂亮的偷袭。

不料手刚探出就被他抓住了。

“力道太弱，速度太慢。”

他头也不回，漫不经心地一手抓着我，一手给马擦身体。

我有些不服气地抽回手，一把夺过他搁在地上的酒葫芦。他果然松开手来抢，我就地一旋，冲他叫了声：“看镖！”

他下意识一闪，我已经逼到他面门。说老实话，一看到他的山羊胡，我就很有扯几根的欲望。只是我还没来得及够到他的胡子，就已经被他用小擒拿手拿下。

“哈，六年不见，你这丫头死性不改，还算计着师父这几根胡子呢？”

他慢悠悠地拿过我手上的酒葫芦，一边抿着一边得意地用他的小眼睛打量着我。

“是啊，六年不见，你也不见老哦。”见他手上的力道卸了，我微微一挣，站起身冲他扮了个鬼脸。

“老透了，老不动了哦！”

他慢吞吞地坐下，叹了一口气，拧了一把水盆中的抹布。

“老先生老当益壮得很呐，何必自谦？”

天行面含笑意，走近我们身边，冲我师父拱手为礼。

“这位大人是？”

小老头抬头看了他一眼，眼睛一亮。

“哦，我一朋友，听说师父文韬武略，智计无双，特意前来拜访。”

我悄悄用手肘撞了一下师父。

师父连咳了几声，摇了摇手：“老了老了，比不过你们这些年轻人了。”说完，他转过身去，低声对我说：“死丫头，净给为师找麻烦。”

“喂，这可是个机会，你要不要。别告诉我你打算放一辈子马。”

我也压低声音，一边看着天行傻笑一边对师父说。

他冲着我奸笑了一声，然后伸了个懒腰，冲天行唱了个诺儿：“放马好啊，一生逍遥自在。”

说着，提了一桶脏水往远处走去。

“老顽固！”我嘟囔了一句，拉着天行便欲追他。

“这是？”

天行却指着地上的一些沙垒，反拉住我，将我牵到那边，用一种难以置信的口吻问道。

不待我回答，他已经蹲下身去，仔细瞧那些沙垒，脸上满是惊喜交加的神情：“这是，这是我们大唐的疆土啊！”

我也随他一起看这些精致的沙垒，但我想的不是什么大唐的疆土，我想的是用手指点一下，那些山川会不会倒塌，而且越看越想伸手试试。

“这我看多了，六年前就见过了，那时候还没这么大，没这么细致。喏，那边还有更好玩的呢！”

说着，我指着东边的木头架上的沙土模型，颇为得意地说。

我话音还没落下，天行已经轻身掠到那边，掀开模型上的白色纱布看了起来。

我见此情状，在心里对自己比画了一个V字，假装天真无邪地跑上去，一脸疑惑地问："这又是什么？"

天行似乎全神贯注于那些模型中，并没有回答我的话："前面看得倒是清楚了些，可为何将曳咥河西这块大平原留此通天大道呢？想来先生还没有布上骑兵，莫若……"

天行看得兴起，拈了面代表3000骑兵的小红旗作势插进沙垒中。

"赶快给我放下！"

天行还未来得及将旗插上，我师父已经在大老远的地方高声叫了起来。说时迟，那时快，真没想到这年逾花甲的老头居然跑得那么快，只一眨眼工夫，就已经近到我们身旁。

他见天行举了一面小旗正在往西面放，不由喝道："小毛孩子懂什么？南面才是该布重兵的地方，你将这支重兵布在敌人的风口上，是想让全军殉国吗？"

天行也并不恼怒："老先生高见，不过堵住入口，再将敌人往后赶，不是更好些么？"

师父愣了一下："这是镇远将军的意思吧？没想到数年不见，他竟老糊涂了。"

天行有些诧异："怎么，先生认得镇远将军？这正是镇远将军的意思。不过，我也认为此举有些激进。"

"镇远将军，想当年我苏……"

师父话还没说完，忽然意识到什么，忙住了口，没好气地挥了一挥手，将我和天行赶开，小心翼翼地将那些模型盖好，态度很像在赶两只苍蝇。

好在我家天行涵养不错，换做别的帝王，只怕师父他老人家的脑袋不保。

"先生姓苏，莫非？您可认识苏定方将军？"天行表情一凛。

苏定方？听天行的意思，我师父很有可能就是苏定方哦！不会吧，历史上没有记载他曾经当过马夫……不过要真是苏定方，我这次的计划就毫无悬念地胜出了。

"什么苏定方，我不认识。"师傅转过头去，闷闷地喝了一声。

"喂，师父，论武功呢我是不如你，论起撒谎来，你可不如我了。谁不知道苏定方将军的大名，您这么热衷军事，不大可能连他都不知道吧？"我绕到他面前，晃了一下他的手臂说。

"连点姑娘样子都没有，真不知道当年你是怎么做上才人的。哦，对了，你怎么又回来了？"

哎，不服老不行啊，六年这么长的分别，他居然才突然想起来。

“这您就甭管了。”

“苏爱卿，朕不知当年你因何事获罪先皇，屈身于此，这些年来可让朕好找啊！”

关键时刻，天行明智地表露了自己的身份。

“您是？”师父见他这么一说，身子巍巍一颤，眼中隐约可见泪花，“皇上？”

话刚说完，他就跪倒在地。

天行见势，忙将他扶了起来，并对我使了个眼色，示意我退下。

虽然我出于好奇不想离开，但又不能不退。不过还好，最起码我可以确定，师父就是赫赫有名的大将苏定方。

向天行告退，我远远地站在一旁逗弄马儿。我一边给马吃着草料，一边不时地注意那边的情况。从他们的对话中我不难判断师父是受到了太宗的猜忌才蒙冤获罪来此放马，这点历史上并没有记载，否则我早就知道师父的真实身份了。这样也好，起码我少走了很多弯路，一早过来的目的也达到了。

看情形，他们君臣二人先是叙旧，然后就指点沙垒上的江山。

谈到兴起了，天行索性让我带口谕回去，说是今日罢早朝。

我也懒得待在一旁伺候两个正在谈论政治和军事的男人，于是欣然告退。

第三十章·疫　瘴

CHAPTER　30

我一脸欢欣地回到宫中，不料甫一进宫门，我宫中的那些下人已经乱做一团。

“怎么了？”我眉一扬，有些不悦地问离我最近的绢儿，“怎么不见阿如？”

"回娘娘,阿如姐姐她……"绢儿一向胆小懦弱,此刻连话都说不周全了。

我一凛,上前一步问道:"阿如怎么了?"

"回娘娘,先前主子不在,萧淑妃带着一伙人来这里,子夜敬茶给萧淑妃,也不知哪里伺候得不周全了,惹得萧淑妃发怒,说是要替娘娘教训奴才,拿了子夜便往凌波殿走。阿如上前阻止,不料却被萧淑妃掌掴数记,此刻正在房中上药呢!"

小顺子怕绢儿惹我生气,忙抢先答了。没想到萧淑妃居然会在这当口来我这里撒野。我心里着急阿如的情况,连忙赶去她住的荻香阁一探伤势。这不看还好,一看就憋了一肚子火。但见阿如涨紫了半张脸,云鬓飞散,看来所受非轻。

"好你个萧淑妃,居然敢对我的人下此狠手。"我怒不可遏地拍了一下桌子,"你们且在这里看着阿如,我去凌波殿会一会这萧淑妃!"

说着,我一拂袖,转身直奔凌波殿。

没想到我刚到凌波殿,就看见王皇后的凤辇停在殿外。一见这熟悉的凤辇,我就恨得牙痒痒,奈何我此刻就是动她不得。

既然皇后在此,那不得不做另一番打算。于是我暂压下心中的怨恨与悲愤,款步走了进去。

进去的时候,王皇后和萧淑妃正在对弈,四个着红绡的使女正在一旁打着扇子扇风,见我来了,王皇后倒替萧淑妃尽起地主之谊来。

"妹妹可是这凌波殿的稀客!"王皇后姿态雍容地命人看座。

萧淑妃却不拿正眼看我,一双妙目似有似无地看着棋盘。

我不知她二人是何时联手起来的,这后宫,只要你想斗想争,就不免愚蠢。我一向虽恨王恩卿,却认为她是个人物,想不到却也这么愚蠢。

"无事不登三宝殿,我一早就听说淑妃来我宫里拿人,此刻,罚也罚完了,自然不能劳动淑妃送回去,只好亲自来要人。"

王皇后故做惊讶状:"怎么,有这等事?"

萧淑妃看了我一眼,漫不经心地说:"一个奴才,将茶水泼在妹妹身上,却嘴硬得很,不肯认罪。妹妹一恼怒,便带回来替武昭仪管教下人。"

"奴才有罪自然当罚,只是为何牵涉到我的贴身使婢,让淑妃下此狠手。"

我尽量克制自己的火气。

"本宫正欲带那奴才走,不知从哪里蹿出一刁钻丫头,居然敢拦本宫的道,偏说是杏蕊伸脚绊倒那奴才的。如此大逆不道，掌掴倒算便宜了她。”

说话间，萧淑妃腾地起身，走到我身边，充满挑衅地说。

“打的是谁？”

王皇后将萧淑妃往身后拉了一把，询问道。

“就是常跟着武昭仪进进出出，模样傲慢的那丫头。”

“哦？如此说来是阿如了。”王皇后做恍然大悟的样子，“她可是媚娘宫里的大丫头，不看僧面看佛面，原不该动手的。”

“怎么？本宫贵为淑妃，教训一个奴才的奴才，都不成么？”

奴才的奴才？

我冷冷地看着萧淑妃，刀锋一样的目光从她的脸上划过，若非考虑要为天行维持这后宫的等级次序，我非把阿如那几下还回去不可。多说无益，避免自己被怒火冲昏头脑，我淡淡地说：“皇上一直在我面前盛赞萧淑妃贤良淑德，他多半不赞成淑妃因些鸡毛蒜皮的事处罚下人。如今皇上忙于边关战事，淑妃大约也不想因此惊动了皇上。不如将人交还给我，我亲自调教便是。”

“呵。昭仪此刻想调教奴才，只怕没那个机会了。”

萧淑妃脸上绽出一个刻毒而妩媚的笑容：“想不到他身子骨如此娇弱，才鞭背三十，就已如废人一般。既是废人，宫里自然留他不得，我做主撵他出去了。”

“你！”

我眉一挑，不由大怒。鞭背三十，平常壮汉都皮开肉绽，九死一生，何况子夜……

“哦，对了，私自撵人未经过皇后姐姐，还请皇后恕罪。”萧淑妃做出一副楚楚可怜的娇俏样子，“不过，妹妹听说，仿佛不经过皇后便撵奴才的先河并不是妹妹开的。”

我一怔，她说的应该是我撵走于公公的事，想不到那老东西竟然和萧淑妃有关联。听说宫里的老太监总是在得势的时候可以栽培些新人，指靠着这些新人受宠而显贵。看来，萧淑妃曾得过于公公的好处，这中间的过节不用细想，我已经很清楚。

“怎么，淑妃说这话，是要皇后按规矩办事吗？”

我看王皇后面色为难，沉吟犹豫的样子，知道她们是想联合起来拿这事给我个下马威，也并不惧怕：“妹妹可还记得《明堂针灸图》的典故？”

“这……”

萧淑妃神色大变，愤愤不语。

当年，太宗有看医士用的《明堂针灸图》，发现人的五脏都靠近脊背，针灸时若扎的穴位不准确，就会误伤人命，因而联想到鞭背的刑罚也会致人死地。因此，他下诏禁止对罪人鞭背。如今萧淑妃要和我理论规矩，只怕她自己就过不去这一关。

“两位妹妹又何需为这些鸡毛蒜皮之事伤神。”王皇后莞尔一笑，且笑且在棋盘上下了一粒子，顿时将萧淑妃棋盘上的白子逼入了绝境，“那些个规矩是做给外人看的。媚娘，既然只是个小太监，也别和淑妃妹妹在此纠缠了，以免伤和气，我待会就拨批新的奴才去你那里伺候，如何？”

我在心里冷笑了声，不禁又有些悲凉，也懒得与她们浪费唇舌，平淡地告退。

一路风凉，人却愈觉疲倦。

见我回宫，早迎在外面的阿如忙问我情况如何。

我轻描淡写地把在凌波阁的事情说与她听。她一听，又是气又是急，看得出她已再三克制了，终究克制不住，只将银牙紧咬，半日说不出话来。

见她这样，忽然联想到子夜，有些后悔为什么不争它一争，将这后宫践踏在脚下，出了这口窝囊气才好。如此一想，心神反倒有些不安稳。

回到房中坐定，将前因后果细细一想，萧淑妃明显是故意发难拿走子夜，目的多半和王皇后有关。前日王皇后在我这里要人吃瘪，想必早已传遍后宫，已经和王皇后结成同一战线的她自然要拿出些什么献媚讨好。

这样一来，子夜多半不会有性命之忧，但落在王皇后手上，他那样的性子，只怕……

我叹息了一口，怔怔地放下梳子。

这时，却听门外珠帘拨动，回首一看，阿如正红了眼圈站在那里徘徊。

我自然知道她所为何事，于是示意她进来。她刚进得房来，便跪倒在地。

“阿如。”

我忙起身扶她，她却按着我的手，摇了摇头，还未说话，眼泪先涌了出来：“小姐，阿如从未求过你什么，这次只求你救救子夜。”

我微微叹了口气：“我有心救他，只是他现在在王恩卿手里，我一时也奈何不了她。”

“可是您有皇上……”阿如扭过头，紧阖了双眼，强忍着抽泣。

"皇上的恩宠不是万能的,如今这当口,他也无暇为了一个奴才伤神,这你是懂的。"我顿了顿,有些想问的话一时找不到头绪问。她,对子夜的关心略显过头了些吧,"人我一定要救,小山临终前托付给我的,我不能不管。你且安下心来等等,我总有办法的。"

次日早朝一下,整个大唐都陷入了一片紧张和肃穆中。

因为安定了数十年的大唐又要开战了,丰腴的大唐人民有些担忧当朝的年轻君主是否能够为他们赢得这场战事。

粮草已经自各大漕运先行,操练好的新兵已整装待发,大明宫外,皇帝与皇后南面天下宣告了这场战事。

也许出于职业习惯,明明知道已经不可能回现代去了,但还是拍摄下了这一幕。我违背禁令,躲在城楼上看着楼下的将士、臣民,第一次感觉到皇家的气势恢弘。

镇远将军依旧意气风发地带着他的二十万心腹大军先遣西征突厥,左卫大将军程知节率军辅佐。

一切好像和以前一样。

朝会后,王皇后宫中门庭若市。她自然风光了,外祖父代表大唐西征蛮夷,风光无限,母亲则捐出一半家当以做军饷,功勋卓著,连皇上似乎都对她格外恩宠一些了。

我宫里的人倒还忠心,纷纷替我抱不平,并发誓诅咒地说王皇后只是回光返照。

我姑且听之。

是的,也许就我一个人知道,王氏一族真的是回光返照了。

几日后,皇宫里关于战争打响后的骚动终于平息下来了。

然而,恐惧,悄无声息的恐惧却开始在宫廷里蔓延。

先是王皇后莫名其妙地生起大病,症状和当年太宗临死前患的怪病颇为相似,紧接着萧淑妃也得了重病,整日在宫里说些胡话。一时间,整个后宫都对此议论纷纷。

这日，我因闲在宫里和阿如等几人在宫里做桂花糕玩，殿里凉风习习的，很是畅快。我做得累了，便斜在沉香榻上一边把玩手上的扇子一边听下人们说着各宫里的闲话。说到兴起，他们也忘了忌讳，不由地把话题往王皇后和萧淑妃的怪病上扯。

“听说不单王皇后，连她素日的几个大宫女都得了这种怪病，整日里委委顿顿，呼吸不畅，太医都说是气不和。若真是气不和，那岂不是要闹瘟疫了？”小顺子乖觉得很，一边摘桂花一边神秘兮兮地说。

“那依你看，不是那个又是什么？”大宫女菊儿先沉不住气，将头一歪，停下手上的工夫。

“依我看是……”小顺子低下头，“是犯了煞！”

众宫女一听，顿时面色一紧，纷纷扯着小顺子的衣袖欲打听下文。

“平日里没见你做些正经事，尽说这些捕风捉影的闲话。”阿如手上的工夫做得慢了些，听到小顺子说是煞，方才开口说了他几句。

“阿如姐姐，你可别不信。”小顺子正得意呢，听阿如这样说，梗了脖子，“前儿皇上才赐了一对双角玉貔貅，若非是撞了煞，为何偏又赏赐双角的？”

我知道一角的貔貅称为“天禄”，双角称为“辟邪”，不是很常见，听小顺子说的有些来头，便也好奇地听着。

“左右只是个玩意儿，听说是给葛巾老太太趋财旺财用的，哪里是用来解煞的，不过……”素来性子爽快的雅言有些不服小顺子独占了风光，抢过话头，“要说正是犯了煞，只怕是凌波殿里的那位娘娘。”

“言姐姐，莫非外面说的那些都是真的，萧淑妃她……”菊儿急忙将手上的桂花往盘里面一扔，支着头等着雅言续下文。

“可不。”小顺子立刻抢过话头，“听说那天她去王皇后宫里看皮影戏，一时贪看，误了点，这回去的路上就撞见了不该撞见的东西。你们说，这入秋以来，哪天不是秋高气爽，偏她回宫那晚没来由的凄风苦雨，也不知道她遇到了什么，回宫就病了，连说胡话。听说是遇见小蝶了……”

但见小顺子脸色凝重，煞有介事一般，我不由拿了扇子挡住脸就笑，也不好笑出声来，只想听他们把这八卦说完。

“那就是她活该了，小蝶是多老实的人儿，偏被她给沉了井。”菊儿摇了摇头，叹息一声。

"谁叫小蝶长得水灵，招了她妒忌，整日价地以为是王皇后故意派到她身边来勾引皇上的，好端端的一人，就这么死了。听说啊，小蝶死的那天穿的是大红衣服，只怕是化身厉鬼前来索命了。"

我听到这里，几乎要忍不住笑出声来，瞧他张牙舞爪的样子，活像个穿大红衣服索命的厉鬼。真想不到，萧淑妃居然有杀人的恶胆，要是让天行知道他亲封为淑妃的人在背后做了这些勾当，只怕要恨自己有眼无珠了。

"够了，别在这里聒噪了，去领些糖来。"

一向好脾气的阿如愠怒道，她一向是受不了聒噪的。

萧淑妃遇鬼的事我听天行说了，多半是人故意做的。只是王皇后的病来得蹊跷，听说连袁天罡都奉旨千里迢迢地赶赴长安了。

第三十一章·秋　术

CHAPTER 31

傍晚，我沐浴更衣毕，绾了半干的头发看天外的晚霞。阿如侍在一旁，有些心事重重的样子。

"小顺子说鬼故事倒也绘声绘色，日后出宫玩，定要带上他解闷。"我将檀香扇往汉白玉的桌上轻轻一磕，惊了一只无名小虫。

"小姐，我知道瞒你是瞒不过的……那日萧淑妃遇到的女鬼原是我扮的。"阿如的声音有些苦涩。

我浅浅一笑，半嗔怪地说："故技重演，谁都想不到平时里谨慎老实的阿如姐姐居然也会如此顽皮。"顿了顿，我收起笑容，"你这番动作是为了替子夜报仇吧？"

阿如别过脸，半晌才沉闷地说了个“嗯”字。

我心里早有疑惑，但表面还是不动声色：“你没留下什么让旁人起疑的蛛丝马迹吧？宫里可不缺心思缜密之人。”

“不曾留下什么。”她轻轻摇头。

“如姐。”不知为什么，一喊起这个过往的称呼，我心里就说不出的惆怅，昔日的单纯姐妹什么时候也尔虞我诈起来，“王皇后的病可与你有关？”

阿如的脸色惨变，犹豫了会儿，只咬住了嘴唇不语。

早年太宗的怪病和那些内仆局的宫人之死，我从没忘却，那碗诡异的燕窝羹和太宗临幸阿如后得的怪病，一直像条毒蛇般缠绕在我心头。

“袁天罡一进宫就去看了王皇后，开了药却不肯说是什么病，皇上再三盘问也未得结果。”我絮絮说着，“你说，该是种怎样的忌讳，袁天罡才不肯说出来？”

见阿如还是不肯招，我漫不经心地说：“不过王皇后是什么病，别人不知；但得了袁天罡一番耳语后，她不会不知。依她的性子，害她的人只怕会生不如死。”

阿如听到这里，身子一颤，跪倒在地：“小姐，你救救子夜……他还在王皇后手中，但……”

“你为什么确定子夜在王皇后手中？”

“这……”阿如嗫嚅了一下，“王皇后的病是在与人交合时中了东瀛秘术，这种秘术，只有子夜懂得！”

我一惊，万万没想到是这样：“子夜他是？他不是太监么？”

“他并不是，他习的秘术可以在朔望前后两日形成那种假象，蒙骗过去。”

“这么说，他真是小山口中的高桥。”

“是的，他自小便归化瀛川，从信浓派习忍术，后来有了旁的际遇，便改修从中土流传过去的秘术。袁上人见识不凡，大约识得这种秘术，因涉及宫闱丑闻，不敢宣扬出去，但王皇后只怕已知真相了……子夜只怕……”

“子夜是你的？”我垂下头，盯住阿如的眼睛问。

“他正是我的亲弟弟。”

听到这里，我方长吁了一口气，原来真是这样。那日她去拿药我就觉得有些不对，后来的一些举动更看出她和子夜的关系不一般，只是，他们姐弟为何要潜入宫中，图谋的又是什么？多日的疑虑这会反倒清晰起来，可谈到图谋二字，我的心重重地一跳，我和阿如相识多年，并不曾看出她有什么不对的地方；贸然问这话，只怕我们姐妹两人的嫌隙会更深。

但不问，我心里又硌得慌。太宗那莫名的怪病，我一直未能释怀。

“那真只是秘术吗？”我隐隐觉得哪里有些不对，但又说不出来，“中了那种秘术又会怎样？可否有救？”

“中了这种秘术，无药可救。先是精神委顿，然后就会体力不济，最后会产生幻觉，衰弱而死，再好的身体左右也拖不过三年。我也不知袁上人给她的是什么药，最多就是吊命，活不过五个年头了。”阿如冷冷说，“也好，当是给小山姑娘报仇，当日，原本就是王恩卿在舱底安的炸药。”

听到这里，我遏制不住心里的惊痛与震怒：“果然？”

“小山姑娘走的前晚，王恩卿去挽留过她，隐隐说过绝对不会让小山姑娘活着回去的话。小山姑娘临走前也同子夜说过这个，她说即便是死也要死在回故乡的路上。”

我哑然了半晌，唯紧紧握了拳，寸许长的指甲深深地掐入掌中。

良久，我才缓缓开口：“那你又可曾习过这种秘术？”

这才是我想问的关键。

“未曾。”阿如淡淡地吐了两个字。

“那么，当年太宗驾崩前的病症缘何与王恩卿的如此相似？”

这不但是我的疑问，更是天行的疑问，当时因为各种原因，一直都未能问出口。

阿如抬起头来看了我一眼，眼中有种我说不出的意味一闪即逝：“当年内仆局的那几个人确实是我下毒毒死的，这也是为了皇上和小姐的安危着想。至于先皇的病，和阿如并无半分关系。”

“你我姐妹一场，既然你说没有，我自相信你。你先起来吧，你弟弟我自然会帮你找。不过，不要再动王恩卿和萧淑妃了，她们不是你我所能动得了的。”

我且说着，一边将她扶了起来，探手处，方才发现她已瘦得不成样子，心中有些怜惜，最终也只能轻叹一声，别无他话。

渭水边的几家酒肆错落有致一沿街排了开去，我着一身白色襕衫配上一顶玄色幞头，摇着柄雅致纸扇，感觉自己俨然成了一翩翩公子。

我一路闲逛着，确定身后没人跟踪，方才折身进了秦记。一进门，就被他那里的黑漆边座平金九龙宝座屏风吸引住了，我缓步上前，细细观摩，暗叹，这屏风的明黄用得倒比皇宫里的大胆。

“客人，请。”

小二哥见我风仪不俗，态度也格外好些。

原来，凡是开门做生意，不管主子是谁，下人都一个德行。

我摆了摆手，径自走到柜台前，冲那个白发驼背的老掌柜微笑。

那老头自顾着打算盘，眼睛也不抬一下，仿佛不知道面前有人。

我也不和他绕弯子，掏出一块牙雕牌子，往他面前一扔。他这才眯着眼睛打量了我一下，小心翼翼地拾起那牌子。

“公子，楼上请！”

小二是极有眼风的，立刻弯下腰，冲我吆喝了一嗓子。

秦记的二楼，一般人是不可能上得去的。

沿着楼梯拾级而上，先入眼的就是窗边那个白衣男子，正不紧不慢地喝着一杯酒，古旧的桌上，一把同样古旧的窄剑放在他的右手边。

偌大一个宽敞的地方，只有他一个人，不免显得空旷寥落。

“来了。”

他没有抬头，淡淡地说。

我将折扇一摇，大马金刀在他面前一坐。

“多年不见，肖老大气势不输往日。”他看了我一眼，眼中露出些笑意。

很久没听见人这样叫我了，游玩长安的日子随着这个称呼鲜活起来，禁不住也是一笑。

眼前的人显然成熟了很多，再不是以前那个青涩却冷酷的“剑心”了。

“十万两的牙雕牌子，怎么，有人为难你么？”

“有，就是你们咯。”我端起他为我斟的酒，“十万黄金买一个小牌，未免太黑。”

骆飞呵呵一笑，眉一扬：“如果没记错，肖老大的那块牌子是楼主送的，并不曾花钱。”

这时，楼梯间传来一阵轻盈的脚步，说话间，一个穿紫色衣服的女子便映入眼中。她看了眼骆飞，又看了我一眼，微微一笑，拣了个角落坐下。

“怎么，她也是杀手？”

见她坐的是主位，我不由一惊，真看不出这个娴静温柔的女子居然也是蜃楼24杀手之一。

“正是内子。”骆飞淡淡地说，眼底流过一层温柔。

“哦，原来紫衣白裳是她。怎么，她也有牌子要接？是牙雕的还是赤金的？”

“玄铁。”

蜃楼一年只发出24面牌，3牙雕、9赤金、12玄铁，分值黄金10万、黄金8万、黄金5万，买到牌子的人可以找蜃楼的杀手帮他做相应价位的任何事。

我递了卷丹青给骆飞：“画上的人，活要见人，死要见尸，挫骨扬灰也要帮我把那飞灰找到。”

骆飞接过画卷，扫了一眼：“十日内来此处。”

“那就好，告辞。”

正欲离开，骆飞又续了一句：“楼主昨天飞鸽传书回来，回去转告爷，那个人果有异动。”

但见他神色颇为凝重，我心一沉，点了点头，就此与他别过。

策马回宫后，天色已经渐晚，刚进我住的天香殿，就看见门外停了皇上的龙辇。此时正值晚膳时分，看来天行要在我这里用晚膳了。

我继续扮足了我的公子相，款步踏了进去，粗着嗓子说：“皇上又到臣这里蹭饭吃来了？”

话音刚落，几个下人已经掩嘴偷笑了。

一直跟着天行的李公公见我到了，才尖着嗓子喊道：“传膳！”

“今儿玩得可还尽兴？”天行眼中带着笑意看我在他旁边坐下。

“还好。”我举起袖子擦掉额头上沁出的细汗，“长安城还有个菊花展，我策马过了，并未瞧得太仔细。不过我当时就想，这会子怕是又可以吃螃蟹了。”

就在这时，第一道菜已经上了上来，李公公将盖子一掀，顿时异香扑鼻。

“阳澄湖的蟹，你的心思，左右不过这些。”

“武昭仪，这可是刚快马送到京城的上等好蟹，统共就一篓。皇上想着你爱吃，就特命厨房按你喜欢的口味做了。”

李公公习惯性地彰显皇上对我是多么恩宠，听得我有些不耐烦。

“你们都退下。”

大约是瞧出我不开心，天行将所有奴才都屏退了。我这才舒展了眉头，伸手拎了一只满黄的肥蟹，飞快地剥开，将蟹黄放进大银勺中蘸了酱，在自己嘴边虚晃了一下，递到天行面前。

天行正看着我，被我冷不丁的举动惊了一下，反应过来后才一脸贼幸福的样子吞下了那勺蟹黄。

“好像看不够似的，时刻盯着人家，也不害臊。”

我低下头，认真地用银勺挖蟹壳里的肉。

“总觉着心里不安稳，不瞧着你，就感觉你时刻会飞了似的。”

“典型的葛朗台，整得我跟个国家宝藏似的。”我就了菊花酒吃了口蟹黄，只觉得口齿生香，忍不住食指大动。

“孩子气，小馋猫似的，既然喜欢，天天吃也都有的。”

“别，我不当杨贵妃，不连累你做个昏君。”

“杨贵妃？”天行停下筷子，“这是哪朝的妃子，怎么未曾听说？还有那葛朗台，又是什么？”

我一听，顿时后悔自己口快，把不该说的说出来。见他问起，我就胡乱编，说是家乡的故事，那葛朗台原是个西域地主，而杨贵妃则是故事里面的妃子。

天行饶有兴趣地听我把两个故事简单说完，方才感叹：“怎么沫的家乡有这么多奇怪的故事么？你的家乡在什么地方？”

我心里一咯噔：“这个……小地方，你肯定没听过，喝酒，喝酒！”

天行见我不想说，也就没再追问，把话题扯到今天出宫的事上。

“骆飞，他说了些什么？”

听天行提起，我才想起，忙把一个小纸筒递给天行：“先前阿如她们在，没能说，这会儿才想起来。”

天行接过纸筒，一边拆一边说：“今日传来捷报，苏大将军出了奇策大败贺鲁那逆贼，这可是件大功啊！”

“我就说我师父踋嘛，有了他，不愁西突厥不平！”我一高兴，仰头灌下一杯酒，“可惜现在他不能出面，只能出谋划策，上不了战场，否则，那贺鲁的首级就是自家园里的西瓜了。”

“真是委屈他了，待局面定下来，我自然命史官记下他的功劳……”说到这里，天行已经将那个纸筒拆了开来，他只看了一眼，唇边的笑便僵住了，但见他眉越皱越深，我的心也随之紧了起来。

“怎么？”我虽然知道点大概，但不知道确切内容。

“那王镇远果然有不臣之心，我原以为是尉迟晦冤枉了他……”

我接过他手上的纸条一看，上面是程知节的笔迹。

“怎么，三位大将军兵分三路出征，王镇远为何要钳制程大将军，甚至连粮草也不及时运至？”

“食无宿粮，每月伙食杂用，皆临时东凑西挪，拮据度日。我堂堂大唐将士，居然衣不蔽体，食不果腹！”

天行一向静若寒潭的眼中泛起了阵阵狂澜，他仰起脸，下颌微微抽搐，显是忍又再忍。

我且心疼着且害怕着，这样的天行我从未见过，以前，他永远是那么疏懒，那么波澜不惊，如今，这天下在他心里，原来也这么重要吗？我心中莫名一恸，走近他，轻轻伏在他胸口：“至少我师父那边还算安康……”其实我是知道的，我师父那边的安康并不是真正的安康，但此时只想找点话安慰他。

“定方公那边……”天行轻轻推开我，示意我他心情已经好转，“只怕王文度那厮要多方阻挠作战计划了。”

我一听，心里微微一惊，看来天行当真明察秋毫得很：“那？”

“之所以任王文度为副总管，也只是安抚王镇远，让他以为我不曾怀疑他，局面尚在他掌控之中……”顿了顿，“他自然不知道，此次出兵意图就不在贺鲁，而是先平他这内贼。”

第三十二章·骨　醉
CHAPTER 32

接连几日，边关战报频传，虽然都是捷报，但明眼人还是看得出来，镇远将军的心腹大军似乎并没有什么动静。

“你说，这王镇远按兵不动到底是什么意思？”我私底下问阿如。

“无非是坐山观虎斗。”阿如正在灯下绣花，听我问起，停下针线，凝望着灯芯出神。

“如是三军齐发，不愁贺鲁不破，王镇远却在这会子钳住了大军，不进不退，玩的怕又是当年勤王的那套把戏。”我有些烦躁。

要是真如尉迟晦的密报所言，王镇远有意造反，只怕就是想勾结贺鲁了。

“听说贺鲁生平最恨王镇远，只怕他是不肯和王镇远联手的，只是那贺鲁身边有一个高人，是个叫做刘霍然的汉人，却也不知道这人是什么底细，他多半会唆使贺鲁与王镇远联手。”

听到刘霍然这个名字，阿如没来由地惊了一下，拈针的手也有些不稳。

我打趣了她一番，也没往心里去。

为了了解历史上这场战争的真实情况，我找了电脑里所有关于唐朝的资料，结果发现那些资料都语焉不详，漏洞百出，一时也找不到什么头绪。

算准十日期至，我再次出宫，去了趟蜃楼在长安的总坛秦记酒楼。

骆飞一向准时，接了邀约，已经早早地候在那里。看见我，他眼中闪过一丝歉意。

我隐约觉得有些不安："阿飞……"

骆飞把上次我给他的丹青交还给我，神色有些黯然。

"怎么，他？"我的眉心一跳。

"他……"骆飞顿了顿，"他在梳香苑。"

一听梳香苑三个字，我禁不住有些气闷：王恩卿居然将子夜卖进那种龌龊的南馆，供那些最下贱肮脏的男人玩乐。

"他，可还好吗？"虽然知道王恩卿不会让子夜好过，但我还是禁不住声音一涩，子夜干净的面庞再一次出现在我面前。

骆飞微皱了眉，摇了摇头。

"带我去找他。"我豁然起身。

我曾亲眼见骆飞手起刀落斩下数十人头颅依然神色自若，如今，他居然微皱了眉，想必子夜的处境必然苦不堪言。

梳香苑隐在一条长巷中，因道路极窄，我们二人弃了马，沿巷子走了过去。这一路都是些秦楼楚馆，莺莺燕燕之声不绝于耳。我心中焦急且愤怒，这八方软语此时听来便如枭鸣般尖锐刺耳。转过一个弯，前方不远处便出现了一长溜红色灯笼，一些有名的妓院便显了出来。我跟在骆飞后面快步而行，终于来到一座黑瓦青砖的大宅前。但见这宅前大门紧闭，旁边两个古旧灯笼上用篆体写了"梳香"二字。

骆飞上前捶门，片刻才有一玲珑狡猾的童子出来应门。他圆溜的眼睛一转，打量了我们几眼，确定我们是有钱的主才作了个揖，将我们请了进去。

"你们这里最红的是哪个？"我稳定住自己的情绪，摇了摇扇子，淡淡地问。

"爷不常来？以前最红的是绛唇，如今是……"童子一边将我们往园子的深处引一边说。说到这里，他顿住了，鼻子中哼了一声，似笑非笑地说，"骨醉娘子。"

我一听到绛唇二字，心中已经有些恶心，好端端的男儿偏要叫上这等香艳的名字作怪。等到这童子说到骨醉娘子后，我没来由地打了冷战，只把双眼看向骆飞。

骆飞看了我一眼，示意我镇定，从容稳定的神情也给了我些许安慰。

随着那童子转过假山，走过几道回廊，这才隐约有丝竹之声入耳。

骆飞抛了锭银子给那童子："等下就在我们身边照应着。"

那童子正巴不得在屋子里头看热闹，得了这差事，自然高兴得很，脚下也越发肯使劲。走了一会后，终于到了梳香苑的正厅。

一进大厅，几个穿红着绿的柔媚男子便拥了上来，骆飞用剑一挡，挡开围在我面前的男子，将我带到了一个僻静处。

坐定后，一个穿桃红抹胸的肥胖女人便来招呼我们，其余的男客人也看着我和骆飞窃窃私语，不时地对着我们淫笑。

我顿时觉得龌龊，恨不得当场抽那几个男人耳刮子。

"两位客人面生得很呐，不知道有没有相熟的相公？"那肥胖女人上下打量了我一眼。

"听说你们这里有个骨醉娘子，带来给我瞧瞧。"

我打开扇子，厌恶地扇开扑面而来的脂粉香气。

"哟，这个……公子好眼光，不过骨醉娘子您一个人是消受不起的。"那肥胖女人扭捏一笑，听她的语气，大约是看出了我的身份，以为我是个花钱买乐子的富家太太，"要不，十两金子一鞭，今儿就剩五鞭了，您要出得起价钱，就全给您了。"

我一怔，听不懂她话里的意思。

周围离得近的客人听到骨醉娘子四个字，纷纷有了兴趣，看我做何反应。

我看了眼骆飞，骆飞冲我轻轻地摇了摇头。

见我犹豫，那女人又说："这个机会可不大好等，五天才有一次。今天，他身上刚好利落，痂刚落下，皮肤嫩得跟没有似的。"

这一听，我大约才知道了些意思，按捺下愤恨，从囊中掏了两锭金子，扣在桌上。

"好，价钱都出齐，带他出来吧。"那女人冲几个龟奴喊了声，遂又赔笑，"买得起五鞭的人不多，要不公子讨个好彩，先耍他一耍？"

见我默许，一个奴才端了盘子上来，我一瞧，是条行鞭笞之刑的藤鞭。我接过那条鞭子，手微微一颤，心里大约有些明白，但又不肯相信，心中压抑得紧。

这时候，几个彪形大汉抬了口汉白玉大缸出来，放在拼起的八仙桌上，刚一放稳，一阵酒香便传了出来。

"这是？"

我问身边伺候着的那个小童子。

"所谓骨醉，就是把那些受了鞭笞的不听话的东西放在酒里泡着。这酒是有讲究的，又要让那不听话的人痛彻心扉，又不能让他死了，所以里面加了秘制的药。”那小童子抓了一把瓜子嗑着，一边嗑一边卖弄。

他说的那些字一字一句地敲在我心头，逼得我手足发冷，半天说不出话来。

“这几十年来，这法子就用过一次，受过这刑的人，任凭他当时如何倔强，也都乖乖地从了。”那童子顿了顿，“这回这小子的骨头真硬，无论如何都不肯接客，图谋着想死，哼哼，死？那可就便宜大发了。这都泡了四回了，还不肯低头……”

那童子越说越愤愤，索性连瓜子也不嗑了，就抱着膀子在一旁冷眼看着。

周围的丝竹之声也小了很多，那些人都圆睁了眼睛，屏住了呼吸，等着看那几条大汉把人从酒缸里捞出来。

我也屏住了呼吸，一个劲地在心里对自己说，千万不要是他。可是越是这样想，我的心中就越酸，除了他，谁还能有这样的傲骨与顽强？一念及此，当日的疑惑又清楚了些，他当时肯屈从王皇后，只怕早就图谋着为小山报仇了吧？

正思量间，那几个大汉已经将一个奄奄一息的人赤条条地捞了上来。

“嘿嘿！”我身边的童子见状，将声调往上一扬，“这下好了，挨完这回的30鞭子，他就该见阎罗王了！”

我恨恨地剜了他一眼。

“我说你这孩子，骨头也太硬了。你若肯答应随便接下哪位爷，也不用受这皮肉之苦了……上头的那位，本也不打算要你的命。”

那女人弯下腰，冲那个人说了一句慈悲话，这时，瘫在地上的那个人忽然有了动静，缓缓地抬起头来。

这一抬头，我顿时跌坐在凳子上，先前已经做好的心理准备全都崩溃。子夜苍白的脸上此时写满了怨恨的轻蔑，他半咬了下嘴唇，奋力一挣，依旧起不了身。

我的目光扫过他的身体，他身上泛着一层红光，皮肤怕是早就被酒腐蚀掉了吧！

“那也就怨不得我了。”那女人摇了摇头，转身朝我走过来，“公子，呆会下手轻些，别几鞭打死了，那后面的大爷们可就不依了。”

那些已经被暴力和色欲迷惑了心窍的人显得格外激动，纷纷起哄：“是啊，下手轻些，最好还能玩上一次。”

我目光冰冷地流过那些人，他们的面孔在我眼中扩大。纷乱，扭曲。

我举起藤鞭，扬了起来，却始终没有挥下去。

我咬住嘴唇，跃到台上，轻轻地蹲在子夜身边。

他已经没有力气抬头了，安静得像具尸体。

他们，这些人，真的，忍心往这样的躯体上，施加如此残酷的刑罚吗？

我探出手，轻轻地抚摩过子夜的肩头。他的身体微微一颤，是恐惧亦或是惊悸。这时，我再也忍不住，先前压抑住的泪水汹涌而出，一滴滴砸在子夜身上。

“子夜，你痛吗？”

没来由地问了这么一句话。

这时，子夜的身体又是一颤。我拉过一条白色纱幔，轻轻地裹住他的身体，又轻轻地将他抱起，仿佛抱着一个新出世的婴儿般，生怕哪里一不小心就会弄疼他。

他睁开眼，空洞的眼神好久才找到焦点，凝在我脸上，一动也不动。

那些人大约是看出了问题，纷纷开始起哄。

子夜微张开了嘴，仿佛想说些什么，但喉咙中只是发出嘶哑的抽气声。我觉得不对，细细一看，不由悲从中来：子夜的舌头被人割掉了半截！

他们这是要他求生不得，求死不能呢，连这最后的自尽机会也不给他。

我转过脸，狠狠盯住那个胖女人：“说，是谁让你这样做的？”

那胖女人见势，给周围那些汉子使了个颜色，示意他们拿下我。

骆飞见那女人有异动，飞身掠到我面前，剑光过处，那些大汉还未来得及行动，已经被割破了喉咙。

我抱着子夜，践踏着那些肮脏腥臭的血，一步一步往外走。

那些还胆敢阻挠我的纷纷在我眼中的火焰前却步。

“肖老大，这里的人如何处置？”

骆飞在我出门前的一瞬，横剑挡在门口，语气肃杀地问了一句。

我顿了顿，用一种连我自己都陌生的口吻一字一句地说道：“杀、无、赦！”

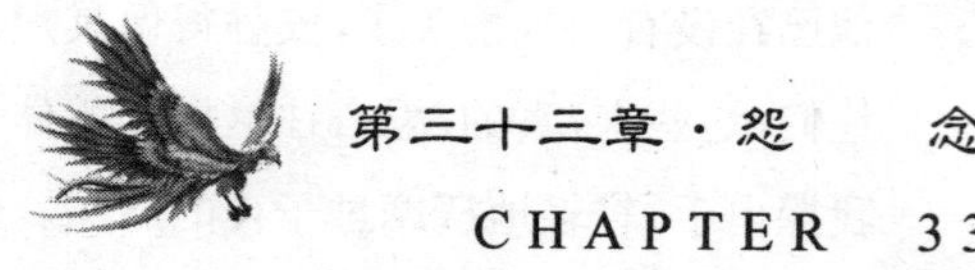

第三十三章·怨　念
CHAPTER 33

出了梳香苑的大门，我随便找了辆马车，将子夜平放在马车里。这期间，他始终睁着虚无的双眼，无悲无喜无恨无怨，仿佛他所有的情感都被这场劫难抽离掉了。

我抛了锭金子将那马车的原主人赶走，然后执着马鞭看着梳香苑的大门出神。

小半个时辰后，骆飞推门而出，一阵凉风滑过，我隐隐嗅到了血的腥味。

骆飞跃上马车，夺过我手中的马鞭，一言不发地赶车沿着条宽敞道路驶了出去。走出了老远，方才听到有人在后面喊："失火了，梳香苑失火了……"

我回头一看，那黑瓦青砖的大宅上空果然冒出了滚滚浓烟，仿佛一群封印千年的恶鬼在那里纠结盘旋。

再回首，子夜清瘦透明的脸上，一大滴眼泪悄无声息地滚进了铺在车里的毛毡里。

马车平稳地跑了一阵终于停在一座宅子前。

骆飞接手将子夜抱了出来，我便去敲门，应门的是个玄衣少女，模样清淡。

走进一看，才发现是个五进五出的院落，偌大的院落冷冷清清的，半个人影也没有。

骆飞告诉我这是他的旧宅，让子夜暂时在此养伤。

穿过大厅，骆飞在玄衣少女的带引下将子夜抱进了一间布置雅致的房间里。那玄衣少女见一切妥当了才上前伸出几根玉葱般的手指往子夜的脉上一搭。

我看她这样，估计是个懂医术的，于是提着一颗心，紧紧盯那少女的表情变化。

她搭完脉，清冷的脸上依然波澜不惊。

“纳兰，他可还有救？”

骆飞抢先问道。

“骆大哥，你们且出去，我要给他用针。”

这个叫纳兰的女孩声音很温和，和她冰冷的外表大不相称。

我见她风仪不凡，猜她肯定是个高人，见她这样说，心里安定了很多，默然和骆飞退了出去。

出了门，我才看见园子左边有个花圃，里面种了很多奇怪的花草。我半倚在门廊边的柱子上看着那些花草出神，紧绷了一天的神经终于松懈了下来。

“纳兰肯用针，那就是还有救。”骆飞嗫嚅了一下，才找到话安慰我。

“你们这些江湖人。”我淡淡地回了句，有些词不达意地说，“都奇怪得很……不过也着实让人觉得安稳。”

在回宫的路上，我一直想逃避，因为我不知道该如何面对阿如。

出了车辇，我放缓了步子，低着头，心跳时紧时慢的。不过我也很佩服我自己，在这样的情况下，我还能盘算怎样撒谎，先把阿如蒙骗过去。

话刚想到一半，心里又疼痛不安起来：子夜口中那半截舌头实在让我触目惊心。

我摇了摇头，定下神来，继续编织谎言。

“小姐……”

就在这时，一个清冷的声音冷不丁地在耳边响起。

我猛一抬头，才发觉我已经不知不觉地走到天香殿前，阿如正幽怨着一双眼看着我。

一见到她这样的眼神，我不由得方寸大乱，仿佛还没说出口的谎言已经被揭穿了一般。

她看到我的脸色，心里已经明白了一些，顿时愣在了宫门口。

“如姐。”我握住她冰凉的手，轻声安慰道，“子夜，他没事。”

“真的？”阿如触电般反扣住我的手，原本黯淡的双眼忽然亮了起来。

“真的。如今怕是不方便见他，过些日子我和皇上说，让他准你出宫见他。”我偏过头，不敢看阿如。

“不要过些日子，我此刻就想看到他，他真的一点事都没有吗？”

阿如握我手的力气很大，她内心汹涌的情绪仿佛借着这股子力道传入了我的体内。我一时没忍住，眼眶悄然地红了。

他怎么会没有事？他整个人都废了，他只是没有死，但无时无刻都生不如死。

“如姐，真的……”我的声音一颤。

“你骗我！”阿如忽然狂暴地推开我的手，“我们是姐弟，我能感觉得到！何况……他要没事，你不会是这个样子！”

“如姐……”我一时没防备，被她推倒在地上，“他会好起来的。”

阿如逼近我，一把抓住我的手臂，哽咽了很久，却出不了声，半晌，她才扑通一声跪倒在我面前：“求求你，让我看看他……”

这时候，宫里的下人都听到了动静，纷纷跑出来，见此情状都大吃一惊。他们惊叫着拉开阿如，将我从地上扶了起来。

阿如挣开那些拉她的人，怔怔地看着我，僵硬的脸上满是紧张和悲痛，仿佛一时间失去了正常的应对。

“如姐？”我叫了她一声。

她脸上的僵硬顿时崩塌，整个人失去支撑一般瘫坐在地上，她也不流泪，只是将十指深深没入土中。

“如姐。明天我就带你去看他，他真的没事。”

我忽然很害怕阿如这个样子，我见过人悲伤时号啕大哭的，见过失去理智大嚷大叫的，却没有见过她这样的。

“你说……”她机械地转过脸，嘴唇颤抖了好久，“明天我可以见他么？”

我重重地点了点头，抽了口气，将她从地上扶了起来，不知为何，每次扶她的时候，我的心里都会有种莫名的悲伤与不安，总觉得冥冥中有种宿命的力量在给我某种启示。

夜里，我特意让阿如与我同榻而眠，我蓄了一肚子的话，却烦恼这些话不知道从何处说起。

其实，自从将阿如从感业寺带回来以后，我已经隐隐觉得她有些变了。她整个人很沉稳，但这种沉稳总让我觉得像是蓄势待发的海，我甚至莫名觉得身边的

风平浪静终究会因她变得云诡波谲起来。

屋子里焚了香，烟雾缭绕的，这香是阿如调的，我一直都不怎么闻得惯，总觉得气闷。

我下意识地挥了下扇子，已经闭上双眼的阿如身子猛地一惊，倏地睁开了眼睛。

我有些尴尬，冲她笑了笑，然后起身将窗推开支上。

"如姐还没睡着？我还以为你已经睡着了呢？"

"已经睡了，只是觉轻，一有动静就醒了。春天还好些，一入夏天，总睡不安稳，能睡上两个时辰就要谢天谢地了。"阿如睁着眼睛，看着床边的绞绡喃喃自语，声音轻灵得像浮在半空中一般。

"你这样怎么可以？"我翻了个身，有些担忧地说。"老想些闲杂的事情干什么？落得个林妹妹似的多愁多病身。"

说完，我想想又觉得这话差远了。

"有些事由不得你不想……有时候还真是羡慕小姐，仿佛什么都能看开一般。"

"也不全然是。"我接过话头，"比如情字，无论爱情、友情、亲情，我是最放不下的。"

这话倒是真的，我素来把感情看得比命重，为了情字，我什么疯狂的事情都做得出来，这大约也就是命中注定的那份执念吧。

"哦？"阿如看了我一眼，似有探究的意味。

这时，清风阵阵穿过，屋子里先前那让人气闷的香味散了很多，我倦倦地打了个呵欠："真的，其实……我是个孤儿啦，小时候总想做到最好，分到爸爸妈妈的爱，结果发现还是不可能。他们也真是奇怪，明明又不爱我，就因为哥哥在孤儿院里看中了我，所以就把我捡回去当他的玩具娃娃。切，还当我不知道……"

说着，我的头越发沉重起来。久远的21世纪的事情在我大脑中晃荡了一下就又飘过了：那些不好的事情，就让它腐烂在某个角落里好了……我的处世哲学就是，对于那些不想面对的，唯一要做的就是永远永远不要想起。

次日一大早，我和阿如换了男装，拿了天行给的牌子一路出了宫。为了不让阿如知道蜃楼的事，我没有通过骆飞，直接去了西郊那间旧宅。

在阿如见到子夜之前，我一直都不敢和她说明子夜到底遭受到什么。好在隔了一天见到子夜，他的情形比昨天已经好了很多，只是整个人还像个没有灵魂的傀儡娃娃。

阿如见他这个样子，心疼得几欲晕倒。这期间，我一直惴惴不安，生怕子夜一张嘴，就把那个残酷的真相暴露出来。

“轩儿……”

阿如挣开我的搀扶，走到他床边坐下，探出手，轻轻地在他瘦削的脸上抚摩了一下，然后骤然抽回手，捂住嘴痛哭。

子夜缓缓扭过头，阖上眼睛，不去看她。

我轻轻掩上门，安静地站在门外等候。

这个偏僻的地方，有着让人神伤的色彩，蓝的天，枯黄的树叶，半残的花草，越是明艳就越让人伤怀。

他们姐弟之间现在会是怎样的情景？他们之间似乎有很深的隔阂，子夜甚至从心底恨着这个姐姐。

我倚着柱子坐在栏杆上，拈了朵菊花把玩，心里始终放心不下里面的情况。

但屋子里面一点声音都没有，耳中一片死寂。

也不知道过了多久，里面忽然穿来阿如撕心裂肺的尖叫，我心跳一顿，连忙撞开门，冲了进去。一进门就见子夜的喉咙上插着支流动着光辉的紫玉簪。那簪子我认得，是那日我送给阿如的，她一直戴在头上。此时，一股细小的血流从子夜的创口中汩汩流出，阿如则死死按着子夜的双手，一边按一边胡乱地喊着救命。

纳兰大约是听到了动静，很快就赶过来。她一见这样的情景，眉头先是一皱，然后快步上前封住了子夜的穴道。

这时我才明白过来，心里又痛又恨，恨子夜怎么可以如此伤害自己。

纳兰叹息了一声，一手摁住创口附近，一手飞快地拔出簪子，撒上药粉，用纱布缠上。这几下动作很快，不到三十秒就完成了。

“七日内须得封住他的穴道，否则创口裂开，神仙难救。”纳兰轻轻抚去额上的细汗，淡淡地说。

她是见惯生死的，临危不乱，阿如却早已虚脱般瘫坐在地，痴痴地咬着嘴唇，连沁出了鲜血都不自知。

“过了这七日，一切都能好了么？”

我强压了心中的痛苦，颤声问道。

"只怕他的身体撑不到七天后……"纳兰摇了摇头，"他的食管已割破，进食只怕成问题，再说……他从昨天到现在，一直都不肯进食物……"

"你们都出去……"

这时，阿如忽然开口。

她慢慢从地上爬起身，拢好散乱的头发，安静地坐在子夜身边："你以为死了就可以解脱了吗？"问完后，她惨然一笑，"若真是这样，死了也好……这么些苦处，阿姐早就不愿意扛着了。有好几次，我都调了药，打算和你一起死的。可是，这样死了，我们一家近百口的冤魂谁来安抚？你知不知道，我每退后一步，心里就害怕一分，生怕他们从哪里钻出来把我撕成碎片，你是真不知道……我根本退无可退啊！"

阿如说完了这几句，转过脸，幽幽地对我说："小姐，我不回去了，我就呆在这里，和轩儿一起，他活几个时辰我就活几个时辰……"

听到这里，泼天的悲愤涌上心头，小山的死和子夜所受的屈辱灾难在我眼前交叠，搅得我的心阵痛不已。我冲上前去，一把拉起阿如，在她耳边一字一句地说："你不能死，子夜更不能死，该死的是那个人！"

阿如面色麻木地站着，仿佛听不进我在说什么。

"告诉你，王镇远就要造反了，王氏一族马上就要灰飞烟灭，永世不能超生了！我们谁都不要死，等着看她怎么死！"

"王……"阿如的嘴唇动了一下，死水般的眼睛中起了丝涟漪，"王镇远……"

念了一声这个名字，阿如整个人仿佛回过神来一般："可是……"

她看了一眼子夜，忽然狂暴地大喊了一声："可是轩儿就要死了！可是轩儿就要死了！就算全天下人都死了又怎么样？"

我抓住精神失控的阿如，重重地晃了一下她的身体，然后扳过她的脸，看定了她说："相信我，有我在，子夜他不会死……这几日，你先在这里陪着她，过了这几日，你随我一道回去，看那个贱人如何遭报应。"

阿如凝眸于我，直勾勾地看了我好久，苍白木然的脸上忽然浮出一抹有些诡异的笑容："回去？是啊，要回去……有冤报冤，有仇报仇！"

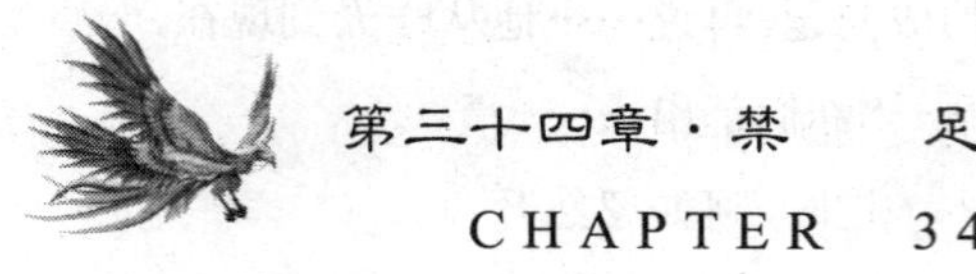

第三十四章·禁　足

CHAPTER 34

好不容易安抚了阿如，我独自策马去了趟奇巧轩。那家店的门面不大，但招牌边写的“天下奇巧第一，古今淫技无双”的对联当真不只是自吹自擂，当年我的足球就是在这家店做出来的。

下了马，我心里有些忐忑，不知道这家的老匠人是否还在。

走进店中，一个面如桃花的垂缳丫头爽利地招呼我。我心里有些紧张，顿了一下问：“院子里那个……师傅可还在？”

“噢，我们这里师傅有好几位，不知道公子说的是哪一位？”小姑娘笑道，一双含情大眼看得我倒有些不好意思，感慨世风日下，当年都是我扮男装调戏女孩，如今沦落成扮男装被女孩调戏。

“呃，就是那个，老头，胡子长长，脾气特倔强的那个？”我比画了一下。

“哦，你是说蒋师傅！”小姑娘恍然大悟，遂笑道：“你且随我来。”

我随她穿过偏门，一路到了满是木头杂物的大院中，院中有好几个匠人专心地做着手上的活计，刚走了几步，一股浓重的漆味便熏得我直往后退。

我扫了一眼他们做的东西，有的给待嫁闺女做妆奁，有的是首饰，手艺确实高超得很。

那个姑娘转到西边的一间小屋前，笃笃地敲了几声门。过了一会，屋里才传来一声低咳：“英姑娘，我这把年纪了，做不好活了，怎么又带客人来？”

“是一位专程来找您的年轻公子。”

这时，我看见门边放了一辆木制的单车模样的东西，心里不禁好笑：“老人家，

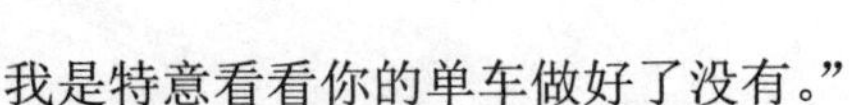

我是特意看看你的单车做好了没有。”

当年我找他做足球的时候，顺便和他提起过单车这种用两个轮子便能代替马的交通工具，他听了很感兴趣，问了我很多细节，没想到，他居然一直没放弃做这个。

“你说？咳、咳……”里面那个漫不经心的声音顿时高昂起来，“小姑娘，你等等，我这就出来。”

“姑娘？”

那丫头一惊，拿眼睛瞅了我几眼，等她瞧见了我的耳洞，顿时羞红了脸。我看了就装做没看到，见门开了，就作了个揖：“老人家，别来无恙啊？”

“咳……好……你且看看，我这单车做得怎么样？”他一出门，立刻拉着我看他的单车，看架势还想骑给我看。为了防止闪了他的老腰，我坚决阻止了这一行为。

“我这回来带了个新鲜玩意给您老琢磨。”我一边说一边捡了根树枝在地上画了起来。

子夜那样的伤，在古代确实是没得救的，可是在现代，只要每天给他输葡萄糖，七天不饮不食是没什么大碍的。

我一边说，一边向那个老人说输液器的原理。

周围几个匠人听见有新鲜玩意，也凑了上来听。中国古代人民的智慧真不是盖的，我有很多闹不清楚的地方，他们一听就能指出毛病。大家讨论了小半时辰，才将图纸和原料定了下来。

“这个，你们可以一起弄，三个时辰后我就要拿货，工钱自然不会少……”我掏出一锭十两的金子丢给英姑娘，“这是订金！”

也不知道是不是钱能通神，不到三个时辰，一副完美的古代版输液器就拿到手了。我搜索了一下脑袋中有关葡萄糖的记忆，还好，比率我还是清楚的。加上陈风给我的一些特效BT消炎药，只要子夜不乱来，他的小命就算保住了。

我一路策马狂奔，赶到西郊的时候，天已经快黑了。

纳兰见我风急火燎地赶回来，微微有些诧异。我也顾不上她是否诧异，给了她药物和比例，让她按我说的调配。

她略微一看我写的方子，有些明白又有些不明白的，但还是按我给的比率调好了。

扎针这样的事情还是交给纳兰来做，我稍微和她说了一下注射的原理，她就了然于心了。等到扎完针，看着药水一点一滴流进子夜脉中，我心里既安慰又喜悦。

一瓶水输完，子夜的状态稍微有了点好转。阿如见了，这才松了口气，脸上终于见了喜色。我看了眼天色，虽想在这里陪阿如、子夜一晚，但终究还是不怎么敢，因为天行那家伙一天看不到我都会不快活的。于是我也匆匆地嘱咐了纳兰，让她按时给子夜注射药水，便起身告辞了。

回到宫中的时候，天已经大黑了。一路到了蕤廷，我觉得自己简直心力交瘁，娟儿小心翼翼将我扶下了车辇，一边打听阿如的行踪。

小顺子见我回来，这才传了膳。

“娘娘，先前皇上来了一遭，脸色似乎不太好看。”

见我坐定，端了香茗细品，小顺子才恭恭敬敬地上前禀道。

“怎么？”

我一口茶喝得差点呛住。

“奴才也不知道，不过听人说，王皇后因什么和皇上吵了起来，皇上一怒之下便罚她禁足了。”

“哦！”我怔了怔，半天才回了个哦字，“晚膳别传了，我不吃了。”

我简单地换过衣服，直奔清思殿。凭感觉，我知道此刻天行一定在那里。

这时分，宫里还很热闹，一路经麟德殿、三清殿，这些宫里还有些欢声笑语传来，等车行到清思殿后，周围才静了下来。

李公公大老远见到我的车辇急匆匆地从台阶跑下来拦我，人还没到跟前就听他气喘吁吁地说道：“娘娘，这会子您可不能进去打扰皇上。”

我掀开帘子，绽了个笑颜给他：“怎么，皇上下了圣旨，谁都不让进么？”

“这倒没有，不过……”李公公拈起兰花指道，“皇上特地来这里求个清净……”

我素来不喜欢这个规规矩矩、患得患失的太监，但也不讨厌他，因为他对天行确实忠心。

“我并不是没规矩，只是有要事要禀告皇上，半会都耽搁不得。”换做以前，我真没那么好的心情跟一个挡在我和天行面前的人啰嗦，不过现在我终于明白，很多东西都比爱情大。

“如此，那你就随我来吧……”

李公公其实并不相信我所说的，但他知道我的脾气，不敢太难为我。

一路沿着数百级台阶上到清思殿时，我累得几乎晕倒。

清思殿的大门敞开着，无比宽敞的大殿里听不见任何响动，若不是有烛火，我是不敢靠近的。

踏进大殿时，我有片刻的恍惚，脚底有些轻飘飘的。远处，天行褪去明黄的龙袍，一身白衣，静立在一幅大地图前。

“沫，你来了？”

他没回头，依然静静立在地图前。

我本想嗔怪道“如今要见你也是没规矩了”，但话到嘴边，又吞了回去。

“怎么一个人在这么冷清的地方？”

秋夜已经有些凉了，我下意识地对双手呵了口气，抬头四下看了看这宏伟的大殿，庄严倒是庄严得很，只是没了人就太过冷清。

“习惯了。”他回转过头，淡然一笑，但纹路中却有太多我说不清楚的苦涩。

我总觉得他和李书予那小子越发像了，同样的俊逸，同样的淡然，以前那股子天生的霸气和小小的骄横固执再也看不见棱角，多出来的是一种高深冷清的皇气。

我低下头，将这份心思细细地想了一想，觉得归咎的无非是苦衷二字。当年的李书予和现在的天行都有着太多太多的苦衷，只是好在，虽然我错过了李书予，但在对的时间遇到了天行。

“想什么呢？”他揽过我的肩膀，低下头温柔地问。

“没什么……怪冷的。”我仰起脸，仔细看着他。此刻他的脸离我很近，他依然还是那样俊朗，柔和的唇线展开的全是给我一个人的温柔。只是不知为什么，他越美好，我心里就越苦涩。

他握了我的双手，轻轻放到嘴边呵气，样子很专注、很宁和。看他这样，一股暖流从手心蔓延到心里，情不自禁地漾开了笑容。

“孩子气的笑容，从来不曾变过。”他抽出一只手，在我鼻梁上轻轻刮了一下，“你说，我们这样可像寻常的夫妻？”

“嗯……”我抿了嘴，眼睛一转，“像得很，你是个清贫的读书人，我就是那添香的红袖。”

“若真是如此，我倒肯做个清贫的读书人，就我们两个，再无旁骛。”

我呵呵一笑，摇了摇头。这些假设的美好，说多了，只是徒增伤感。

“禀皇上，淑妃娘娘求见！”

李公公尖锐的声音在殿门外响起，打断了这片刻的尴尬。

天行微皱了眉：“她不在凌波殿养病，来这里做什么？”

“奴才不知，只不过央不住她求，又怕她大声吵闹惊动了皇上。”

“你让她回去吧。”天行转过身去，不再说话。

“遵旨。”

李公公弯着腰倒退出了宫门，殿里又安静了下来。

“为何不见她？”我明知故问。

“无非是哭闹求情，怕她惊动了这里的安静。”天行无意识地皱了皱眉。

“不见也是好的，皇上刚下旨禁足了皇后，她又来挑衅这金口玉言的威严。”

“你知道了？”天行眉一扬，问道。

“听人说了，怪挂心的，于是就跑了过来。我感觉自己越来越像RPG游戏里面的玩家了，每天不是跑这就是跑那！”我嘟囔了一下，“到底是为了什么争吵起来的？”

“无非是为了苏爱卿。”

“我师父？他们知道我师父的身份了？”

“这倒不是，苏爱卿一直戴着铁面，以谋士的身份常伴着程知节大总管身旁出谋划策，旁人决计想不到他就是当年风云一时的苏定方。只是，昨日王文度忽然上奏折，说苏卿扰乱军心，其罪当诛。”天行缓缓说道，“今日皇后忽然朝服来见，也是劝说我下旨诛杀苏爱卿，言语间，还有些不恭谨的地方，我这才禁足了她，算是给那些不安分的人一些警告。”

听到这里，我算是弄明白了，王氏一族深以屡建奇功的苏定方为忌，希望在这当口除去这个唯一在认真打仗的家伙，弄不好，我师父的人头就是王镇远与贺鲁联手的桥梁。

“难道你不怕禁足了皇后，反倒加速了那些人的行动？”

“怕？”天行轻轻地反问，旋即仰了头，指着那幅地图说，“这江山只容得下输赢得失，没有什么怕与不怕。”

听他这么说，我微微一怔。眼前的江山舆图与年轻帝王，一时让我有些怅然迷惘。

这时，门外隐隐传来更鼓之声，提醒一个时辰后就要宵禁了。

“还不回去么？”也许是条件反射，听到这更鼓的声音，我就疲乏起来。

他揽过我的腰，目光流转，附在我耳边低声说道：“我们一起回去。”

第三十五章·巫　蛊
CHAPTER　35

是夜难眠，心里一直想着天行未想完的事情。

他已经熟睡了，然即便是熟睡，他微皱的眉头依然没有半分开解的迹象。

听天行说，程知节和我师父的大军已经行进至鹰娑川附近了，鹰娑川地形奇特险峻，容易设伏，天行很担心在此处会有变故。

事实上，他的担忧是对的。虽然历史上对这次战役的记载才寥寥几笔，但结合当下情形来看，我不难想出王镇远一定是在鹰娑川叛乱的。

其实，我一直有些想不通，王氏一族权倾天下，天行对他们家族也算不薄，王镇远为什么要在这个当口造反。若是为权，当年的王镇远大可不必全力勤王，等到天下一乱，凭他的实力，江山自然唾手可得；如是为财，那就更荒谬了，谁人不知王氏一族富可敌国？

我左思右想，心里不免烦躁。我努力让自己闭上眼睛，但一些以前没上心的片段忽然一幕幕从眼前闪过，这时，一个莫名奇妙的想法忽然蹿了出来，我越想越觉得惊怕。我极力安抚自己，对自己说不可能，但宫闱皇权背后的血腥却无时无刻不在讽刺我的自欺欺人。

我翻过身去，尽量靠近天行。我蜷了身体，让自己陷入他的怀抱。

夜越发安静了，在他怀里，我心里平静了很多。那些纷乱的杂念慢慢地在耳边他的呼吸声中渐行渐远了。

次日，我一早便换装出宫。我将连夜写的短笺交给骆飞，让他飞鸽传给尉迟晦。蜃楼原就是天行在做晋王时蓄的一股势力，楼中各人无不以天行马首是瞻；否则，像他们这样的杀手组织，朝廷不剿灭了才怪。

在骆飞的陪同下，我去看了子夜，所幸他的伤势没有再加重，看来陈风那小子给我的药果真是上品。

我私下和阿如说了王皇后被禁足一事，阿如闻言，心里方觉畅快了些："如今她失势了，小姐为何不推她一把，早些替小山姑娘和轩儿报仇？"

"只怕，皇上有别的心思……现在还不是对付她的时候。"我搁下茶杯，淡淡地说，"况且他是个有情义的人，杀伐决断间也总是格外留情。罢了，让老天做主吧……"

说完，我竟有些怅然，昨晚那些晦明晦暗的思绪不经意间又浮上心头。如果事情真是我想的那样，王恩卿也只是个可怜女人。

五日后，子夜伤势大好。我再去看他的时候，他的伤口已经愈合了。纳兰很好奇我给的药到底是什么东西，能有如此奇效。我一时也解释不清楚，只好推说是西域进贡的奇药——在古代，一切不能解释的东西都可以归结到西域两个字上。我也是被逼的，总不能写个分子式给她吧？

我看了眼子夜，有些担心他的状态。迄今为止，子夜一直没有开口说话，他不是昏睡就是睁着眼睛，木然地看着床顶。

他是嫌自己肮脏吧？他那样个高傲清冷的人儿，又怎么会想到此生会遭逢如此奇耻大辱。

我示意所有人都退下，房间里就剩下我们二人。

我在他床边的凳子上坐下，拿过架子上的毛巾，为他拂去额上的细汗。

"轩儿，昨日想着要来看你，便学着小山的样子给你做了些东瀛的料理。"我轻言细语地说，眼前这个孩子真让人心疼呢，"我给你解开穴道，但千万不要像上次那样做傻事,好不好?”

说着,我探手,认准他的章门穴,敲打了两下。随之,我小心翼翼地扶起他,在他身后垫了两个靠枕,这才将他整个人放稳。

“来尝尝,做的是豆面酱汤,听小山说,以前的你很喜欢喝她做的豆面酱汤,我笨手笨脚的,做不出她那种味道。”我打开食盒,端出微热的汤,用银勺舀了半勺,轻轻吹了吹,“喝小小一口就好,别牵动了伤口。”

汤勺递到他嘴边,他却侧过脸去。

“你好幸福,有人喂汤喝。我小时候病了,就只能自己胡乱吃药,因为没人会在乎我的生死。有次哥哥病了,妈妈也是这样喂汤给他喝,我在门外看着好羡慕,于是等哥哥喝完汤,我偷偷去厨房拿起那把勺子,学妈妈的样子对自己说,乖,喝一小口,然后就装出一副很幸福的样子舔掉勺子上剩下的汤汁。现在想起来觉得好恶心……”我絮絮地说,思绪也逐渐遥远起来,“后来我一个人离家出走,在北……哦,在京城混了很长一段时间。因为找不到工作,就去酒吧卖酒。你不知道了吧,酒吧其实就是和梳香苑差不多的地方。那些坏男人总会在接过酒的时候揩油,不是摸下你的手,就是拍一下你热裤下的翘臀。我很反胃那些人,但没办法,只能装做不知道,因为17岁的我必须要靠自己的力量活下去。我也不觉得自己肮脏了……因为我的心很干净呢!”

说到这里,我声音一涩。来唐朝以前的生活真的不堪回首,我记得第一次卖酒,被人占了便宜,年少气盛的我动手打了那个混蛋,结果差点被那帮人侮辱,好在老板求情,他们就只在我手心里用烟蒂烫了个伤疤就算了。那以后,我忽然明白了很多东西,也看透了很多东西。我一直巧妙地混迹在那些形形色色的人当中,也不觉得自己有什么不纯洁的。我觉得人只要有颗干净的心,死了以后可以毫无愧疚地面对天堂的大门,就足够了。

回过神来,这才发现子夜正看着我,我连忙收起那些无聊的悲伤,重新舀了勺热汤,递到子夜嘴边。

子夜盯着那勺汤看了一会儿,终于抿了一口。

“其实呢,人最重要的是为自己以及自己所爱的人活着。有很多人都看不开,执念也太多,于是就不能快活。其实,要爱自己就要自私些。”

不知道阿如她们家族是如何被灭门的,但看得出来,他们两姐弟一直活在仇恨的阴影中,始终不能释然。我自然不敢在这关头提仇恨的事,于是拐弯抹角地劝解他。

“你看对面墙上挂的那墨荷，看到荷花，我忽然就想起一个小和尚说的故事来。那个小和尚住的地方有个大荷池，池塘里的水虽然也有少量的山泉汇集，不过大部分还是靠雨水，所以并不是很干净，季节到的时候也有一些莲藕，他们就会去池塘里捞一些莲藕。

“不过，无论池塘的水多么混浊，这些莲藕只要用小溪里的清水稍微冲洗一下就可以食用了。而且用小刀去掉薄薄的一层外皮，藕里面雪白剔透。

“荷池里不仅仅有植物，也生长着一些田螺，田螺有一层坚硬的外壳，还有一个小小盖子，盖住躯壳，它显然比莲藕更容易抵挡混浊池塘水带来的侵犯。不过有些施主们告诉小和尚，他们会把田螺捞回家去，放在清水中，再在清水里放几滴香油。不久之后，清水也会变混浊，因为田螺把它们内心的脏东西吐了出来。”

我曼声说完这个长长的故事后，一小碗汤也喂完了。

“你猜，这个故事是想说什么呢？”我话刚出口，不由黯然，子夜他，永远也不能说话了。怕自己这负面的情绪影响到他，我故做尚未察觉地说，“外界的环境对事物是有影响的，但并不是绝对的，比如脆弱的莲藕即使在混浊的池塘水中依然可以高洁不染，被侵蚀的只是外壳。而有着坚硬外壳的田螺，内心的肮脏即使在清水中依然无法完全清洗。莲藕始终是莲藕，不管它曾经陷于何种污淖，都不会变成田螺。”

就在此时，门外剥啄有声。我知道阿如是觉得我在里面呆久了，怕我说了什么让子夜更添伤感。

我拉开门，阿如匆匆看了我一眼，便关切地看往子夜。当她看见桌上的空汤碗时，顿时掩嘴而泣。

“如姐，最近宫里多事，你该回宫陪我了。轩儿有纳兰照料，你不用担心的。”

临了，我淡淡地和阿如说。回过头去，我又看了眼子夜，我的心，希望他能明白！

由于最近大明宫里多事，宫里人人自危，才过了戌时，宫里已没了热闹。

我宫里的人见到阿如回来，极为高兴，纷纷拉着阿如的手说闲话。

阿如默然听着，时不时点头。

我知她心累，便分别派了事给他们做，他们这才三三两两散开。

“都是我平日里惯的。”我自嘲似地说了句。

入夜，我依旧召阿如同寝。我轻描淡写地提出自己的疑问，天行为何在这当口禁足王皇后。

“你说，王镇远既有反意，皇上自然要安抚才是。为何在这当口反倒与他们撕破脸，这不是逼他造反么？”

我支着头，斜靠在枕头上，一边扯着绞绡玩一边说。

“只怕。”阿如顿了顿，妙目中滑过一抹莫测的光，“皇上正是要逼他们造反呢！”

我没想到阿如一语中的，直接把我为之不安的心思说了出来：“胡说了不是？”

“这当口了，旁人或许猜不透，但里面的关节，小姐难道就不曾疑惑？”阿如看了我一眼，又垂下眼帘，“小姐就是宅心仁厚，这时候还不肯动她。”

见阿如又来说动我动王皇后，我松开已经被绞得纷乱的绞绡，侧过身去，只是不答。

“小姐是顾念昔日情谊？说到底，她只是利用小姐你对付萧淑妃。像她这样居心歹毒的人，且别说她有没有害死小山姑娘，早就该除去了。”

“什么时候俏军师也有了这份算计？”我笑了声说。

“小姐！”阿如有些着急，“皇上只怕等着人帮他一把呢！”

“皇上的心思又岂是我们能揣度的。”我滞了一下，“夜也深了，不如早些睡吧。”

说着，我怀着心思，叹了口气阖上了双眼。

我这是怎么了，在这个大好时机却犹豫起来了，当初可是发了毒誓要为小山报仇的。我微皱了眉，可是落井下石害人从来不是我所愿意的。

迷蒙间，我轻轻地对不知道是否已经入睡的阿如说了句：“人总是要死的，作了孽的也总是有人收的。既然她气数已尽，不如给她这最后的安宁吧。”

半夜，我正在酣梦中，忽然有人推我，我迷茫地睁开眼，眼前一亮，煞是刺人。我连忙起身，问阿如出了什么事。

“娘娘，兴庆宫那边出事了！”

阿如还没来得及说话，雅言一边系衣带一边跑了进来。

“慌张什么？你好好说吧。”我定了定神，“是不是皇上出事了？”

这几天天行彻夜阅奏章，怎么劝也不肯歇息，晚间累了，他便宿在兴庆宫里。

这时候我听见外面人声嘈杂，我起身下床一看，各宫都亮了灯。

“起驾兴庆宫。”

来不及听下人啰嗦，我草草穿了衣服便直奔门外。宫门外，机警的小顺子早已驾好了车辇。等上了车，我才问小顺子发生了什么事。

“先前兴庆宫的人连夜急传太医，说皇上腹疼难耐，可是去了一批太医后，非但没给皇上止住痛，手忙脚乱的反倒惹得皇上病情更重了。现在所有的太医，都已到了兴庆宫，但那些蠢材会诊了小半时辰，还是诊不出结果。如今，外大臣也都进宫了，长孙大人他们都在。”

我且听着，忽然发问：“袁天罡，袁上人可曾入宫？”

“娘娘有所不知，袁上人前日入宫与皇上谈天象王道，一直居于凝阴阁，不曾离去。不知这会子他有没有听到消息赶过去。”

“哦。”听到这里，我紧握的手才松开，“阿如，你先回去，叫宫人把门窗关紧了，好好守着，别让人进去。还有，到处搜搜，千万别有什么不好的东西。”

阿如领了命，嘴角微微一扬，恭身下了马车。

赶到兴庆宫的时候，那些太医已暂时控制住了天行病痛的加剧。我进去的时候，一大群太医跪在寝宫外头，有些还算镇定，有的已经觳觫不已了。

“什么人？”

我正要进到里间，一朝服老儿挡住了我，声色俱厉地问。

“长孙大人。这是武昭仪！”小顺子赔笑答道。

“小小一昭仪，未经传诏便私闯皇上寝宫，该当何罪？”

“怎么，这当口大人不关心皇上的病情，反倒与我论罪。”我冷冷一笑，“皇上是臣妾的夫君，夫君病了，我这做妻子的不应当来看看吗？再说了，大人只怕也不知道‘未经传诏便私闯皇上寝宫，该当何罪’吧？”

我知道那群朝臣恨我入骨，而我也恼他们动不动就拿话压人的盛气凌人，于是毫不婉转地回了过去。

“是……媚娘？”

屋里传来天行的声音。

“是武昭仪。”李公公尖着嗓子答道。

“让她进来。”

我听令，也不看长孙无忌，径直进去看了眼天行，但见他脸色苍白，双目神色暗淡，豆大的汗一滴滴往下落。

“这些该死的庸医。”长孙无忌喝道，“全拿了，待皇上大好后处置。”

“长孙大人！”我瞧了眼天行，看他有阻拦的意思，于是我提高声音喊道，“没了这群‘庸医’，您来给皇上开方子么？”

长孙无忌愣了下，拉长了张脸不再说话。

“小顺子，快去凝阴阁传袁天罡过来。”我快速吩咐小顺子。

“不用了！”

这时，门外传来一洪亮的声音。

“山人已经到了。”

话音未落，一身葛黄道袍的袁天罡已经飘然进来了。

数年不见，他还是精神矍铄，眉宇间隐然有了些仙风。

我向他福了一福，他看了我一眼，微微颔首，旋至天行榻前，也不问脉，只是看了眼他的面相。

“怎么，宫中竟然有妖人胆敢做法伤害皇上龙体！”

袁天罡抽了口气，大惊失色道。

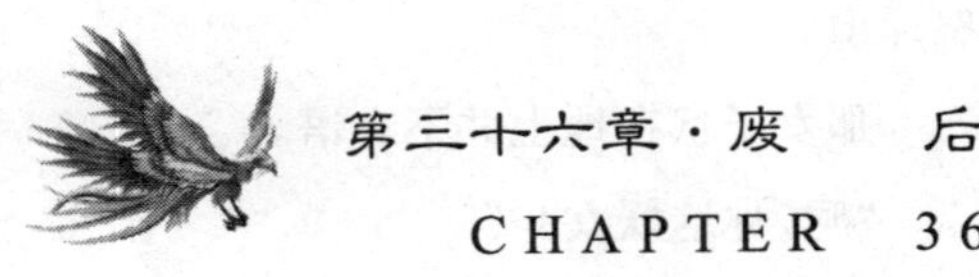

第三十六章·废 后
CHAPTER 36

听袁天罡说是有巫蛊，所有人都大惊失色。自古巫蛊便是宫闱大忌，西汉武帝晚年，奸佞江充诈称武帝得病是由于巫蛊作祟，以预先埋设的偶人诬害太子，结果造成太子及其家属全部遇难，连累而死前后共数万人的大冤案。大唐自开国至今，一直国泰民安，不期竟在这个暧昧时期出了这样的事情，只怕这江山又要起风波了。

长孙无忌到底老辣，听说是巫蛊，立刻下令搜宫，并调动禁军围住兴庆宫，将我们这些风闻巫蛊的人暂时禁足。

我安静地坐在天行身旁，握住他的手。他的手很冷，似是贪我手心那些许热气，他紧紧地反扣了我的手。

时间缓慢地流淌着，我第一次感觉时间和生命的纠结，仿佛再这样流下去，我的生命也将会随着更漏里的流沙流出我的躯壳。

大半个时辰，内侍头领押了个黑衣巫女进来。

那巫女以长发遮面，身量极瘦小，腰几乎不盈一握。

侍卫是不懂得怜香惜玉的，他们将那巫女重重往地上一推，那女子便应声倒在地上。

“回禀长孙大人，这名女子乃是皇后宫里的宫人，我们进去的时候，她正在案前拜月作法。这个是我们缴获的。”

侍卫长将一个插了银针的厌胜娃娃交给长孙无忌，我瞥了一眼，只觉得那小娃娃身上流淌着说不清楚的怨念。

“你这妖女，胆敢作法损伤皇上龙体，你可知该当何罪？”长孙无忌迫近一步，怒斥道。

那女子伏在地上并不言语。

“呵，你这妖女！”

大约是觉得这女子轻慢了他，长孙无忌脸色大变，指向那女子的手也开始颤抖。

“大人……”

这时，那女子缓缓起身，抬起头来。她伸出纤细的手指，用寸许长的指甲掠开挡在面前的长发，曼声唤道：“我不叫妖女。”

她挑开面前长发之时，所有人的心都为之一颤，面前这女子实在太让人惊心动魄了。

我自诩是见过美人的，但这样的女子我着实没有见过。她的脸并不美艳，却妖异，仿佛每个角度都透露着诡异的诱惑。

她见众人失神，掩嘴吃吃一笑：“我叫阿胜，恩卿便是如此唤我的。”

“你为何做此妖法祸乱宫闱？”

长孙无忌的语气稍微弱了一些，不再看她的眼睛。

这时我才发现，她的双眼是波斯人的深碧，因为太深了，反倒不容易发现，只有细瞧了，才觉得出那里面透着的寒意。

“因为你们的皇帝囚禁了我的恩卿，所以我便要戏耍一下他。”

“大胆妖孽，我朝皇帝陛下岂是可以随意……”

长孙无忌正欲发话，我却制止了他，因为再这样说下去，本朝的元老只怕要失了尊严与气魄了。

“阿胜是吗？”我蹲下身去，在她耳边低声说，“我相信你说的，但这不是我们要的答案。”

说完这句话，我敛住唇边的笑：“是谁主使你的？”

长孙无忌这才回过神来，厉声道：“是谁主使你的？”

我见长孙无忌明白过来了，也就不做这些逼供的龌龊事情了，安心退到天行床边。

“我要说没人主使，你们多半不相信，咯咯。”女子依旧是笑，笑得明艳不可方物，“但我也不好冤枉别人，只好什么都不说了。”

“你这刁奴，看来不用刑，你是不肯招的，来呀，把这刁奴押送刑部。”

长孙无忌越是气恼就越想在气势上压倒对方，无奈之下，不得不搬出了刑部。

我也不阻止，毕竟事情发展到这种情况，无论是谁操纵的结果，我也无力回转什么了。这天下乱就乱他的，这大明宫乱也就乱他的，只要我的天行好好的，一切我都不想理会。

一伙人将那女子架了起来，那女子在众人的挟持下，神态自若。临了，她忽然回过头来，看了我一眼，冲我展开一个美艳绝伦的笑，那笑仿佛是讥诮，仿佛是欣赏，仿佛又是玩味，看得人有些气恼，又有些无地自容。

那边妖术既破，天行体内的剧痛也渐渐缓和下来。

直到破晓，这些人才散的散了。

我扶起天行，给他喂新敬上来的药汁。因为只有我们两个人在，他的表情很温和，一边温顺地喝我喂到嘴边的药汤，一边盯着我看。

我故意无视那目光，只盯着他的唇看。往日他的唇都是饱满的、流动着健康光泽的，此刻他的唇却苍白，仿佛药汁的浸染也能将它染成玫瑰红。

“你在盘算什么？”

天行大约看出我眼里的企图，禁不住笑了。

“没盘算什么，只是你落难了，想趁机欺负你。”我也忍不住笑了，为我总容易夭折的阴谋。

我原本打算咬一口他的苍白嘴唇的，就当是报复，不料还是被他捉住了我眼中流过的狡黠。

“皇上！”

就在这时，长孙无忌与刑部的张大人等一干重臣在外求见。

“沫，你去屏风后面。”

我放下药碗，躲进了屏风后面。

那些老臣不止一次抱怨我在君臣共商国是时不知避讳了，天行怕是被说得头大了。

“皇上，那女子招了。”

张大人一向单刀直入，行完礼后，不待天行询问，便直接回话。

“是谁主使的？”天行声音微扬。

“是……”张大人沉吟了一会，“是皇后。”

“什么？”天行有些激动，起身下床。

我在屏风后，有些怆然地笑了笑：已经明知道的结局，何苦要去演戏？

我垂下眼去，收起这些思绪：奈何我的男人是个皇帝？

“经证实，那女子和皇后过从甚密，最近两月，竟至同榻而眠。”

张大人且说着，呈了份诉状给天行。

天行看了良久，叹息了一声。

寝宫里静了半晌。

大家怕是都有些紧张，决定，只怕在皇上心中了吧？

“此巫女，依律当何罪？”天行问道。

“我朝律法规定，对蛊人者处以斩刑。不过此女祸乱宫闱，危及我主，理应罪加一等，当处凌迟！”

“罢了，先皇向主仁政，早拟废除凌迟。自今日起，这凌迟还是废了吧……白绫、鸩毒，由她选吧。”天行背对诸人，阖上双眼，表情有些沉痛，过了好久才又说，“另，由长孙大人代朕拟废后诏书。”

"皇上……"

天行话一出口，众臣皆匍匐求情。

"怎么，朕的旨意，众卿家尚未听明白么？"顿了顿，天行睁开双眼，"朕倦了，你们退下。"

废后的诏书一下，朝野议论纷纷。

有少数几个人斗胆上奏说皇后宅心仁厚，绝对不会以巫蛊祸乱宫闱，要求皇上彻查。

彻查的结果依然是铁证如山。

被废为庶人的王皇后居于掖廷深处的一所偏僻宫殿中。

挑了一个午后，我前去冷宫看她。

她见了我，漠然的双眼骤然一缩。

"皇后。"

她披散着一头长发，裹着一袭半旧的白袍，看了我很久才开口："怎么，你也学着做那些落井下石的行径？"

"本来是不打算做的，可落井的人是当朝皇后，那便有趣了。"我不紧不慢地回答。

冷宫的奴婢远比别的地方的人势利，一个奴才手脚麻利地为我擦干净桌椅，我自顾着坐下。

"呸！"她啐了我一口，冷冷地说，"你以为我一直会在冷宫里么？镇远将军不久就要得胜回朝，那时候……"

"别自欺欺人了，事实是怎样你最清楚不过。"我微笑着说，"他们回不来了。"

她一怔，眼中滑过一丝凄楚："呵，自欺欺人？"

"你们一族受尽皇上恩宠，却偏偏生了异心，在这节骨眼上作乱，我实在有些为皇上心痛。"

"你何苦装模做样？你难道会不知道？"她看定了我，半晌才有些落寞地说，"皇上是忌讳我们一族功高盖主。"

她话语虽平淡，但在我听来却心惊肉跳。我微微失神，嘴角的笑意凝成只有我自己才懂得的苦涩。

数日缠绕在心头的疑惑终于得到了证实，心里抑郁得很。

王镇远的造反，是天行一步步逼出来的吧？什么时候开始，我那个疏狂散漫的男人变得这般处心积虑了？

“王之重、侯君集、王伯渊……太多太多了，但凡是王氏一族，哪个有好下场了？”王恩卿凄然一笑，“说到底，皇上要的只是个借口。如今，连我这个挂着虚名的皇后也被废了……”

这几年来，王氏一族的势力确实在逐步被天行剪除。如今，朝中当实权的王氏族人就只有王镇远与王文度了，这两人一向军功显赫，从未行差踏错；可是皇上若是容不下他们，找个错处也要让他们错。

原来，一切都在他掌握中，只是我不知道，白白担忧了这么久。

“那个铁面人是你举荐给皇上的吧？”王皇后话锋一转，“记得初次见你，你仿佛是个未谙世事的懵懂少女，不料我居然也有看错的一天。”

听她这样说，我只侧过脸去。

“你选人倒是有些眼光。不出三年，只怕皇上最倚重的就是他了。你原是想不动声色地削了王氏一族的兵权，对吗？”她冷笑了一声问道。

“是，我原本就是要让他取代王镇远。就算这次皇上不动你们，我也不会放过你们。”我回答得很坦白，“我要把你身边的保护伞全部清除，这才动得了你。不过这下好了，不用我算计劳心了，以后你就是一个再无依靠的孤家寡人，守着这冷宫忏悔去吧。”

“真看不出来你有这份心机。”王恩卿一怔，“阿胜也是你的人吧？”

“我并不认识她。”我一凛，但仍然不动声色，缓缓说，“我也很好奇你为什么会自掘坟墓这么蠢，原来，你也是被算计了。”

王恩卿听我如是说，身体一颤，双眼瞳孔骤然放大，原本平静的眼神忽然翻江倒海起来，固有的那份高贵与淡定在脸上支离：“不是你……不是你？”

我默然。

如果我听了阿如的话，设计害她，或许她还没这么痛。

“一定是你！你这毒妇。”她怨恨地指着我说。

“毒妇？”我一哂，“那也狠不过你炸死小山、骨醉子夜！小山做错了什么？她只不过想回家，只不过没顺从你……”

说到小山，我微一哽咽，先前对她的同情全都死灭在汹涌的仇恨里：“害你的人不是我，而是——皇上！”

她一听，颓然坐在地上，神情犹如死灰。

“你骗我……”好久，她才说。

“我骗没骗你，你心里自然清楚。”我不想见到这个样子的她，转身离开，临了才说，“作了孽的，总是要还的。”

出了冷宫的门，外面忽然起了阵寒风，漫天的烟尘迫得我往后退了一步，头顶，宫檐上的铜铃骤然做响。

过了好久，这风才稍微小了些。

“恭送娘娘。”冷宫里的执事太监恭敬地对我说。

我回头看了眼冷宫里的王恩卿，她还怔怔地坐在地上，因为逆光，瞧不清楚她的神色。

我微皱了一下眉，对那个太监说：“好歹是主子，别怠慢了。”

“奴才路光寿遵娘娘懿旨。”

懿旨？我玩味了一下这个词。

奴才们是最有眼风了，谁将是能下懿旨的皇后，他们比谁都清楚。

“娘娘，起风了，我们赶紧回去吧！”

见我从冷宫出来，雅言忙冒着风，迎上前来为我披披风。

“先不回去。带我去看看那个巫女。”

不知道为什么，我记得她最后的那个笑。那笑像是烙在我心里似的，挥也挥不去。

虽然事情的真相我已经想明白，但终究忍不住想要去瞧瞧。

“娘娘，那可是将死的人，您还是别去沾那晦气吧。”小顺子从车上跳下来，一边搀我一边说，“况且还是个异国的巫女。”

“怎么，你知道她？”我眉一挑。

“追究起来，她比您还先入宫呢！是皇上亲自给带回来的……”小顺子伺候我坐定，才笑着说。

“你说？”我莫名烦乱，右手暗暗扯住裙子的下摆，“皇上亲自带回来的？”

那样一个有着妖冶魅力的女人，她是天行从外面带回来的。我心中一下堵了起来，想见她的欲望就越加迫切。

“应该是前年，我还在御药房当值。皇上亲征高丽回宫后，便宣太医为这个女子看病，她当时身上的箭伤发作了，险些就死了。当时应诊的是赵太医，我跟在后面伺候着，因此见过她。”

“那后来呢！”我语气莫名紧张。

“后来我就不知道了，我还以为她走了呢。昨天听人说下蛊谋害皇上的是个绿眼睛的妖女，我猜是她。我还记得皇上叫她阿胜公主。”小顺子说罢，一扬马鞭，便将车驶出了冷宫的地界。

第三十七章・阿胜公主 CHAPTER 37

听完小顺子的话，我抿了唇，端坐在车辇中，不发一言。

阿胜公主？这个女人她到底是怎样的人。

还有……我控制自己不要去想，可这个想法不时冒出来，压抑得我格外难过：她和天行是什么关系？

一个是年轻英俊的帝王，一个是神秘美丽的公主，他们共同从遥远的战场回到大唐，这中间有怎样旖旎的故事，使我妒忌得发狂？

见到她的时候，她在一间宫房里梳头。她握在玳瑁梳子上的十指修长红润，长长的指甲上涂着淡淡的凤仙花汁，见我进来，她冲我柔媚一笑。

“即将死了，但还是要死得漂亮些。”她先开口，“大唐到底是大国，对将死的犯人也会留下体面。”

我不知道该和她说什么，有些气闷地坐在一边看着她梳头。

她的动作轻缓柔和，心情仿佛很惬意。

“你经常这样嘟着嘴巴吗？”她透过镜子对我说。

我这才意识到自己的情绪又流露出来。

“你这样的女孩很招他那样的男人喜欢呢。换做是我，我也很想亲吻你这样的嘴唇。”她理了理头发，拈起盘中的白绫，在身上比画了一下，“这缎子做衣裳很好。”

“皇上来过？”我问。

“你闻出来了？”她将白绫放在一边，坐在妆台前说，“他身上的龙涎香太浓郁了。”

她看了我一眼，双眼注满了柔媚与挑衅。

“那天晚上，我就是闻着这样的香味入睡的。他睡觉的样子很美好，像个小孩。他的肩膀坚强有力，让人感觉很想依靠。”她看着窗外说。

“我不是来听你说这个的。”

我先在心里揍了几拳天行，这才开口。

“你咬着嘴唇吃醋生气的样子好无辜……”她掩嘴笑道，“他周围几个女人里，就你稍微有些意思。无怪他会那么爱你，甚至连做梦都叫你的名字。”

“他做梦叫我名字和你有什么关系！”我又下意识地咬了下嘴唇，该死，她连他说梦话叫我的名字都知道，这太……岂有此理了。

“我只是说说，这是在夸你。”

她笑了笑，飘然走到我身边，俯下身，伸出长长的手指在我锁骨上一划，眼中滑过些调皮的神色：“你的锁骨很漂亮，就像他的一样漂亮。”

“你想惹我生气！”我看定了她，有些愠怒地说。这个该死的女人，真让人手足无措呢。

“怎么你生气了？”她疑惑地看了我一眼，样子是孩子般纯洁。

古龙说，拥有性感的身材加上孩子般的无知的女人是充满绝对诱惑的。那么这个危险的女人肯定诱惑过我的男人做出些什么让我发疯的事情。

“你若再说下去，我会在你纤细的脖子上狠狠地咬上一口。”

道行是不够，我的妒忌与愤怒彻底暴露了。

“那我不说了，虽然我即将死去，但被咬死，死状比较难看。嗯，白绫和鸩毒，到底那样好呢？不如你帮我选选。”

这个泥鳅般狡猾的女人很会调动我的情绪。

“白绫吧，我很想看你吐舌头是什么样子。”我完全没了风度。

“那我先让你瞧瞧。”

她一边说一边吐舌头冲我做了个鬼脸。

我被她气得怒极反笑。

“我想我们是时候谈论一些正事了。”过了半晌，我才想起我此行的目的，“说说你和王恩卿以及皇上的关系，还有这次巫蛊事件的幕后情况。”

“这说起来太长了，我甚至不能说好你们国家的话。”她耸了耸肩膀，笑着对我说。

“你是哪国人？”

“确切地说，我是高丽人。”

我点了下头：“你的眼睛为什么是那个颜色？”

千万不要告诉我是用了博士伦。

“我母亲并不是高丽国人，她和我们不一样，碧绿的眼睛，金色的头发，皮肤很白，身材也高挑，她是我们部落里最美的女人。”

慢慢地我已经习惯她随心所欲的说话方式。

“你怎么到大唐来的？”我觉得用引导的方式交谈会比较轻松，于是把我刚才那个冗长的问题肢解了一下。

“你们的皇帝陛下把我从战场上带了回来。”她侧了一下头，似在回忆，“该死的高丽王听说我父亲有个美丽的女儿，贪婪的他便打算用我来充盈他的后宫。我们一族人很有骨气，绝对不会用一个女人换来暂时的和平，于是我们双方开战了。不过结局很悲惨，我们一族人几乎都快死光了。所剩的一些武士遵照我父亲的命令带着我往大唐逃亡，逃到渤海的时候，我们被追兵赶上。正当我打算和那几个武士一起自杀的时候，他就来了……”

说到这里，她的双眼倏地被点亮了，妖冶的双瞳中跳动着爱情的火焰。

“他带着千军万马把我从绝境里面救出来，当时他的样子帅极了！”

说到这里，她兴奋地笑了笑，脸上浮起了一抹羞涩。

“这个我同意……”虽然我心里很泛酸，但不用想也知道那个家伙英雄救美的样子很不错，“后来呢？”

“后来我就一直跟着他，因为我要看他打败高丽王，为我们族人报仇。当时我想，等他为我们族人报完仇，我就嫁给他做妻子。嗯，做他的新娘，那简直太幸福了。”说到这里，她重重地咬了一下嘴唇，表现得非常花痴。

真是没见过这样的，居然当着我的面 YY 我的男人……

“再后来呢？”我没好气地说。

“再后来，他打败了高丽王。当时高丽王已经被包围了，但他还是不服气，认为天朝是仗着人多才取胜的，于是李治就下马和他比试剑术。我一直在旁边瞧着他们比剑，看他怎么打败我的仇人。”她顿了顿，“可惜，虽然他为我和我的族人报了仇，却不愿意接受我。我当时沮丧极了。”

听到这里，我心里窃喜了一下，但表面还是装做一本正经：“那你为何还要来大唐，那个箭伤是怎么回事？”

“这个是我的秘密，我不告诉你。总之，我没了家，也没了亲人，他到哪里我就到哪里。”

像阿胜这样的女子，她若不愿意说，那怎么样你也不能让她开口了。

我沉默了一会：“是他让你用巫蛊嫁祸皇后的吗？”

这是我的猜想，我知道王恩卿一定不会做那样愚蠢的事情，而且她也不会做伤害天行的事。王皇后此番获罪，表面看来是我嫌疑最大，实际上，真正得益的人是皇上。

我内心很排斥这样的想法，我不希望我那磊落的男人为了某种目的去害一个深爱他的女人。

“如果你这么以为，那他就要失望了。”阿胜收起嘴边的笑，“因为你似乎没有给他对等的爱情和信任。”

“我只是不想因怀疑与他产生嫌隙。”

“很明显，这是我做的，因为我要为我爱的人分忧。”她侧过脸，目光淡淡落在窗外，“皇宫里没人知道我的存在，我把自己当礼物送给了皇后，再背叛了她。现在所有人都认为是失宠的皇后指使心腹谋害皇上。”

说到这里的时候，她的眼中滑过一丝疲倦的意味！“也好，该是时候终结了。在这里看着自己的爱情枯萎，还不如放生自己。如果我死了，他会记得我，记得一个叫阿胜的女人爱他爱到不惜死亡。”

这样的真相是我所不能猜到的。听完后，我微微怔忪。她最后那句话一直在我耳边回荡。

爱到不惜死亡？我可否做到？爱是种微妙的东西，初见天行的时候，他在我心目中只是个无赖加浪荡子，而我则是一个惊世骇俗的妓女，我们两个人就那么单纯地相爱上了，全然没有阿胜口中的卑微。说到底，她只不过爱得太深，于是就卑微了。

“你把这个给他，这是我唯一能留给他的。”她并没有悲怆，也不知道我心里的感慨，她只知道这样做她很幸福。

我看她从袖中拿出一支红色短笛。

“为什么不自己给他？”我问。

她狡黠一笑：“你给他的，他才能记忆深刻，这个，你不明白。”

我沉默了一阵子，看向她的眼光有了丝怜悯，但又生怕这怜悯折辱了她。因为，为所爱的人做一些疯狂的事，根本不需要怜悯。

“好！”我点了点头，起身前，我看了眼托盘里的毒酒与白绫，“如果要选，还是选那瓶酒吧，别浪费了别人的心意。”

一直候在外面的老太监，见我出来，这才恭敬地冲里面喊道：“时辰到了，上路吧。”

几个小太监应声进门伺候。

门关上的时候，我心一沉，好一会才对那太监说：“皇上怎么吩咐的？”

“皇上说了，这女子的尸身由专人送往北邙山安葬，说是巫女不祥，需得超度了才能入土为安，因此不让我们按惯例处置。”

“哦。”我若有若无地说，拉了拉披风，几步走出院外。

小顺子见我出来，忙从车上跃了下来：“娘娘，这会子该回宫了吧？”

“去兴庆宫。我去看看皇上。”说罢，我握了握那支红色的短笛。

第三十八章·幽 欢
CHAPTER 38

马车驶过复道，绕过龙池停在花萼相辉楼前。

花萼相辉楼隐在一片树林里，造型古雅别致。天行很喜欢这处风景，夏天酷热时便会带我来这里消暑，这两日天行便一直在楼里。

李公公见是我的车辇，也不再阻拦，只是引我上楼。

天行好静，而且他还有种奇怪的自私心理，凡是他最钟爱的地方，旁人绝不许踏入半步，因而整个楼里空无一人。

我上到楼顶，忽然起了阵风，挂在楼檐四角的铜铃叮当做响，一些纱幔随着铃声飘飞起来，漫漶了我的视线。

在唐朝，我感触最深的声音就是铜铃声，总觉得它和爱情、寂寞、伤感有关，正如旧北京的鸽哨一般。

我轻轻推开门，数丈外，着一身飘逸白衣的天行正在书案前挥毫书写什么，乌黑的长发只用明黄缎带系了随意披在肩头。

许久没见过这样的他了，仿佛江南烟雨中的男儿，飘逸俊秀。

我喜欢这样的他，因此以手扶门，细细瞧他。

他还没发现我，只是低头专心致志地写字。写得动情了，嘴角微微一扬，一个好看的笑便绽了开来。

我放轻脚步，绕到后门，蹑手蹑脚地走过去，打算吓他一吓。不料刚走到他背后，他猛地转身，捏住我的手将我拽进怀中。

冷不防被抓住，我心扑通直跳。

“老早就闻到你身上的香味了，只是装做不知道，作弄你这个促狭的小家伙。”

我微微一挣，目光落在他的胸口。他胸口健康的淡棕皮肤裸露在昏黄的夕阳余晖里，细小的纹路里跳跃着金子般的光泽，如琥珀般通透诱人。视线落进他衣襟深处，看见他清奇突兀的漂亮锁骨，想到阿胜的话，不由来气，于是垂下眼帘，别过头不去看他。

“怎么了？”他轻笑着用手抚过我的嘴唇，“谁惹你生气了？”

“喏！”

我别扭地掏出袖子里的短笛，递到他面前。

他一怔，旋即明白了。他笑着接过那支短笛，将它轻轻放在书案上，冷不丁将我打横抱起。

“放我下来，你这个无赖！”瞧他笑得那么邪魅，我心里更是来气，指不定对那个女人也是这样一副死样子。

“嗯？”他凑近我，“吃醋了？”

“谁稀罕吃你的醋？”被他说中了心事，心里有些慌乱羞愧，但嘴上依然不肯服软。

他眉轻轻一挑，俯下身来封住我正打算辩白的嘴唇。

他的呼吸声就在耳边，偏生周围又很静，我没来由的心跳加速，一双手没出息地紧紧圈住他的脖子。我想我多半脸红了，又庆幸他吻得专注，无暇发现。

他的嘴唇滑过我的下颚，那感觉微痒。我心里虽明知道这家伙是在引诱我，而我还没和他算完账，但脑袋一片混沌，那些质问和恼怒仿佛被这突如其来的温柔击碎。

“你脸红了。”他用轻不可闻的声音对我说，语气有些戏弄的味道。

“哪有？”我狡辩。

“从未见你吃醋的样子。”他语气一顿，“我很喜欢。”

“我吃醋时可是会撒泼的，到时候你就知道厉害了。”我的思维又被他牵扯得胡乱起来。

“哦？那朕倒要见识见识了。”话音未落，他抱紧我快步走至南窗下的梨木镂花软榻边。

“喂，我还没和你算完账呢，赶快放我下来。”我心虚地说。

他轻轻将我放在榻上，似笑非笑地看我，一只手在我脸颊和脖子来回游走。

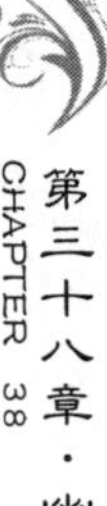

"你干什么？"

我羞恼地挣扎起身，不防又被他按倒在榻上。

"怎么？"他故做疑惑状，"你这时分来，不是来侍寝的么？"

他一说我才想起，过了这个点，嫔妃们是要在宫中候旨的。

"你无赖。"我嗔道。

大约是力度不够，他无视我的恼怒，一边用身体按压着挣扎的我，一边专注而急切地解我腰间的丝绦。我推了推他，他却越发用力，须臾便褪掉我披在外面的白色罗衫，露出大红织花凤舞牡丹的肚兜。他一手按住我有些颤抖的肩，一手拔去我头上的簪子，一头流云般的青丝如水般泻开了。

"我不依！"

我一改往日的温顺，偏过头去："如果说王皇后你是逼于无奈娶回来的，萧淑妃是你酒后纳的，那阿胜公主怎么解释！"

"她是我的知己。"

"你骗我，他连你做梦会喊我的名字都知道，知己成这个样子倒也新鲜。"

"终于肯说了！"俯下头，长发与那明黄缎带悉数垂在我的胸前。

他这样的笑我未见过呢，仿佛一个绝世的精灵正在用笑来蛊惑人的灵魂。

"她为我挡过箭，我怕她所乘小辇太过颠簸让伤势加重，特命她在我的龙辇里养伤，不料她受了伤居然也能把我的梦话听了去。"

"我会相信，那就怪了。"

他不解释倒好，一解释我就更来火。虽然他的行为无可厚非，但妒火中烧的我就是不喜欢看他对别人好。我似乎能看到那些天晚上，阿胜是怎样如一个小猫般蜷在他身边，悄悄用手指滑过他的脖子、锁骨、胸膛。阿胜那样的女子，他又怎能不被媚惑？

他大约是感觉出我内心的思潮澎湃，微微愣住了。

我猛地起身，揽住他的腰，反将他按倒在榻上。

"嗯？"他大约没想到我会饿羊扑虎，有些吃惊，片刻才笑了。

我也不管他笑不笑，分开他的衣襟，俯身在他锁骨上重重地咬了一口。

他吃痛，闷哼了一声，却不推开我。

我虽有些不忍，但依然咬得决绝。

过了少顷，我觉得差不多了这才松口。看着他锁骨上留下的深刻牙印，我这才喘了口气看定了他。

我这口咬得很深，他面色些微白了。

我有些做贼心虚，但还是一仰头把我的道理说了出来："在古代，主人新买了奴隶是要烙上烙印的，那个印记的寓意就是忠诚。你是我的男人，我也要为你留下我的印记，防止别的女人觊觎你漂亮的锁骨。"

我原以为他要发怒，结果听我说完，他半天没有动静。

"嗯，要是痛的话，我现在给你上药。"

我瞧了眼他的锁骨，被咬的地方已经透出了淤紫，我又有些愧疚，于是乖巧地依偎过去。打一棒头给颗糖的驯服道理我一直很懂得的。

"臭丫头！"他冷不丁地起身，一把拉过我，"又拿这套蛊惑我。"

说完，他的眼中泛起一层莫测的意味："那么，你是我的女人，是不是也该留下我的印记呢？"

看着他狐狸般的笑容，我已经混乱的脑中飘过四个大字：在、劫、难、逃——

入夜，我披了件纯白曳地睡衣下楼，坐在龙池边发愣。

龙池碧水粼粼，湖光楼色尽汇于此，让人心怡。我探出一只脚，试那池中水，刚一接触，一股清凉便从脚底蹿上脑中。我微微一笑，继续戏脚底的水。

玩了会，觉得腻了才拿出那支红色短笛把玩，见它小巧纤细，如她主人般惹人怜爱，心里很是喜欢。念到阿胜与天行，心里有些惆怅，将笛子送到嘴边，轻轻吐气，一时间悠扬的笛声便在这寂静的池边迂回荡漾。

"这是什么曲子？"

一曲将要收尾，一只温暖的手将我揽入怀中："半夜听来怪凄清的。"

"韦小宝也嫌它听起来像鬼夜哭呢。这叫《故乡原风景》，是小山故乡的乐师作的，是凄清了些，但我偏偏喜欢。"

说着，又淡颦了眉，将笛子放在唇边。

而他则一言不发地静听。

这一刻，我感觉很悠远，那曲子中原有的幽怨的味道淡了很多。

"那是什么？"

我放下笛子，指着水边一大丛紫色的草问："真好看，不比薰衣草逊色。"

"那是醒醉草，叶紫而有香，醉者嗅之即醒。"

“真有那么神奇吗？”

“嗯，你稍微等一下。”天行脸上显出难得的顽皮。

说完，他起身，走到不远处的池边，在花草中寻找，好一会儿才折了一朵白中透粉、娇俏异常的花回来。

“这个又是什么？”

“这个我也不知道，不过听御医说这也是芙蓉的一种，它的香气极其馥郁，嗅久了就会醉人，和醒醉草相生相克，是这里唯一的妙趣。”

说着，他坐下，将这支灵芙簪进我的发髻中。

“我们这样像对江湖儿女，这江湖不是骆飞的江湖，而是杨过的江湖。曾经总觉得上天薄待我，戏耍我，此刻我却觉得上天是真正的厚爱我呢。”这一幕，总让我想起断肠崖上的杨过与小龙女，我何时也这么幸福，能得良人如他。

“傻丫头！”他轻笑，接过我手上的短笛，细细看着，看得很深。

“在想她？”我问。

“嗯。”天行沉吟了片刻，“其实我是个薄情的人。”

“我们是同类。”我没来由地笑了笑，我们都是薄情的人，匀不出半分给别人。

“她很爱笑。第一次见她，她被一队杀手追杀，落入绝境的她却依然言笑晏晏，调侃那些追杀她的人。后来的两年里，她依然谈笑自若，但那笑里隐着的清苦情思，我只能装做不懂得。”

“为什么？”

“她曾问我你永远都不再回来了，我会不会纳她，我的答案是不会。或许我会纳旁人为妃，但也绝对不会纳她。”他顿了顿，“因为我的心在你那里，不能全心待她了。那样的女子，应当有更好的男人全心全意地爱她，就像我爱你这样。”

“我懂得。”我将头依在他的肩膀，笑了笑：他对她是动过心的，但我不介怀。

“希望她日后回到高丽，能遇到和她一起纵马高歌的男子。”天行语气悠远。

“我就知道你不会真让她死。”

“那酒中下的是紫茉莉，能让她假死七日。我已命心腹在北邙山接应，将她送回高丽妥善安置。”

“她未必领情。”

“我也不愿欠她的情。”

天行说着，起身拉我往池之南走去。

“也好，从今往后我这一身情孽全都勾销，你也终于可以做我名正言顺的妻子了。”

“你说？”我心骤然一紧。

“等边关事了，我就下旨封你做皇后。怎么，你不高兴吗？”

“我……”

历史一步步都在我身上落实了，那么，我们未来的命运和爱情真会像史书上写的那样走向穷途末路吗？

“我不要做皇后！”我摇了摇头，“我只要这样安静地做你的妻子，你的女人。”

他揽我入怀：“我知道你的意思，然而男人一生筹谋倥偬，无非是想把最好的给自己的女人。我的皇后不是你，那做皇帝还有什么意思？”

“傻瓜！”我佯嗔，心里却微微感动。

“你做了我的皇后，日后史册记载时，你的名字就会在我的旁边，那样我们就能永世相伴了。”

“呵呵，净想这些东西，不做言情小说男主角真浪费人才了。”

我笑了笑，挣开他，心里却暖和得很。

他从背后轻轻环住我：“东都皇宫竣工，边关战事一稳，我们就去东都。”

乍听他说起东都，我一时没能明白，片刻才想起，早在太宗时期，因漕粮运输不便，朝廷就有意迁都洛阳了。迄今十数载，那座秉承长安旖旎的都城应该已经建成了吧？只是我好舍不得长安，因为我喜欢长安这个名字，让人感觉仿佛是置身在一个美好的希冀中，长安幸福。而洛阳，那是一个陌生的地方。

第三十九章·暗　箭 CHAPTER　39

就在皇宫各部忙碌着为皇上起驾东都的事宜准备打点时，从塞外传来了一个尴尬的消息：突厥出动了大批精锐骑兵突袭在鹰莎川停驻的唐军，镇远将军竟与突厥阿史那贺鲁勾结作乱。就在唐军连连败退之际，阿史那贺鲁却忽然退兵，改作壁上观，任由王镇远与程知节两方自相残杀。就在此时，忽然出现一神勇异常的铁面大将，仅率五百骑就逼得王镇远贼众大溃，最后杀敌一千五百人，获马二千，不但逼退虎视眈眈的突厥，更是将反贼王镇远擒拿。

天行当朝将消息冷冷宣告，朝臣摇头的摇头，叹息的叹息，有的甚至潸然泣下。这到底算是胜利还是失败？死的亡的无非是大唐的将士！

下朝前，天行下旨让所有大军撤回，意在调整军队，休养生息。

半月后，数万大军无功而返，大总管程知节、副大总管王文度等人皆因胆怯畏战被撤职查办，而那个铁面大将的真实身份才为天下人所知，苏定方因主战、平叛有功而被提升为行军大总管。

在朝堂上，宰相声泪俱下地痛斥倨傲不跪的叛臣王镇远。

王镇远只是傲然昂首道："只怪我心软，不肯听谋士进言早早起事，否则又怎会受制于李治这忘恩负义、心胸狭隘的黄口小儿？"

朝臣听了纷纷惊恐万分。

我在偏殿偷偷看了眼天行，他面前的冕旒不停地晃动，将他隐在五色彩玉后的神情晃得暧昧不明，但我还是看得出他依旧那般自得、自若。

"尔结党营私，欺蒙君主，朕皆念你功勋卓著予以宽恕，此番你因一己之私乱我军心，祸害大唐基业，可谓十恶不赦，论罪当诛！"

"哼哼！"王镇远冷冷一笑，"你无非是忌讳我功高盖主，这才步步紧逼！老夫何罪之有？皇后何罪之有？大唐由你这目光短浅、心胸狭窄之人统掌，不出十年必定亡国！"

"大胆！"

跪倒在地的宰相猛然起身，目眦尽裂地指着王镇远喝道："乱臣贼子竟敢口出不逊辱骂当今圣上！当拉出去斩了！"

"慢！"天行喝断他，一步步走下丹墀，在王镇远身边站定，看了他良久才缓缓开口，"朕知道你不服，但你不得不服，因为站在你面前的是你的主人。朕不想杀你，亦不得不杀你，因为皇帝脚下容不得任何人怀着野心地称臣！要杀你的不是朕，而是整个大唐的尊严！"

"你……"王镇远怔了怔。

"你安心伏罪吧，朕不会迁怒你的九族，你一生的功过荣辱亦不会为史册记录，不为后人褒贬针砭，这是朕能给你的最后安宁与体面。"说罢，天行冷冷回转身，广袖轻挥，"斩立决。退朝。"

退朝后，我满怀心事回到天香殿，我宫里的人都喜气洋洋地帮我收拾行装。

"娘娘，这次我们做奴才的也托您的福，早些去东都。别宫里的人可没这等福气！"小顺子一边搀着我一边喜滋滋地说。

"是么？"我淡淡地问。

"谁不知道，皇上起驾前往东都，整个后宫只带娘娘您一人前往。"

"这些荣宠和福气都是虚的。"我没来由地说，"你们在外头也别张扬，这说到底是为你们自己好。有很多东西都容易时过境迁……"

王氏一族的瞬间崩塌让我感悟很深。

小顺子很懂得我的心意，低下头说："是，奴才记住了。"

雅言见我坐定，照例端了香茶给我。我顺手接过，掀盖轻嗅，一股菊花的香气蹿入鼻中，不知为什么，一闻着花香，我的心猛然一悸，紧接着心越跳越快。

"娘娘，你怎么了？"小顺子察觉我脸色不对，急道。

"没，心悸得厉害，一会儿就好了。"我捧着胸口，大口喘气，但越发难受。

一屋子的人见我这样，顿时乱成一团，叫的叫太医，给我擦汗的擦汗。好一会，这阵震颤心悸才平息下来。阿如扶我躺下后，太医一行人才赶来。

太医给我把了把脉，半晌才道："所谓忧思过度，劳心伤脾，使心神不能自主，发为心悸；或肾阴亏虚，水火不济，虚火妄动，上扰心神而致病。然而娘娘的脾肾并无大碍……"

说完，他摇了摇头，拿出针囊，在我的内关、郄门等穴上下针。针灸完后，他问我以前是否有过病史，我摇头道："我以前没有这个病，就是最近几天才有的，昨日半夜醒来就忽然悸了一阵，一会儿便好了。当时还不以为意，不料今天又加重了些。"

"哦？"老太医有些疑惑，"这就奇怪了。"说着，他忽然像想起什么似的，欲言又止。

"臣施针后，娘娘可曾觉得好些？"

"其实你下针前，我就觉得大好了。"我也很奇怪这莫名的心悸来得快去得也快。

"听小顺子公公说，娘娘是喝了菊花茶才心悸的，可否将茶水给老臣一验？"

小顺子机灵得很，连忙把那杯茶水端过来递给太医。

太医看了半天，又用舌头舔了一舔道："这茶并无问题，那娘娘的病就有些蹊跷了。老臣回去和各位大人会诊后再过来为娘娘诊脉。"

"你下去吧！"我淡淡地说。

送走了那个太医，阿如关了门窗在我身边坐下，从袖子里拿出一支银针："这老东西真狡猾，明明看出来了，却怕惹是非不肯说。"

"怎么？"

"你看！"她把针递给我，"这是我趁他不注意拿的！"

我接过来一看，心又慌了起来，那针头处竟隐隐泛黑。

"你说他知道我中毒了？"

"他一起针只怕就知道了，娘娘应该是中了慢性毒，血液中也有了毒质，才使得银针变色。"阿如有些忿忿，"知情不报，真是个混账东西。"

"哦。他们也是要自保。"我有些颓然地靠在枕头上：后宫很多隐秘都是后妃和太医们炮制出来的。

"自保也不看看如今是谁在后宫坐大，没眼力的东西！我这就告诉皇上，揪出下毒之人，可千万别让毒性加重了。”

“暂时别去，皇上那边的烦心事很多。再说了，我也不知道是着了谁的道，怎么着道的，万一惊动了那下毒的人，她一害怕加重用毒，我不明就里地搭上小命可不划算。你赶紧派人将子夜带回来，他肯定知道我中了什么毒，也必定知道解之法！”

不到一个时辰，小顺子已经将子夜从宫外秘密带了回来。守城之人见是小顺子驾着我的车，都不敢怎么盘查。

有些日子没见子夜了，他恢复得很好，整个人仿佛自一夜间成熟起来，以前的内媚被一些旁人不懂的沧桑冲淡了很多。

他仔细端详了一下我，然后又示意我伸舌头，这才拿出一套空心金针。我细细一看，那套针正是纳兰的。

“子夜，你轻些哦，我最怕打针了。”我一想到要被针插成刺猬，心就扒凉扒凉的。

子夜垂下眼帘，隐藏住眼中的笑意，用手指了一下床，让我躺下。

我刚躺下，他就自然地抓过我的双脚，除去袜子，轻轻为我按摩。

“喂……哈哈，不会吧，你要我吗？”

“小姐，少安毋躁。”阿如安抚我道。

子夜按摩了一阵子，用那些空心针细细地为我引出毒质，小半时辰后，我的手腕和脚底全插满了针，一些黑色的毒血慢慢地从管中沁出。

大约半个时辰，我意识有些迷糊起来。去针后，子夜从箱子中拿出一条白色的干瘪虫子，将它放在一个不停流血的创口上。那条恶心的虫子一见到血，顿时生猛起来，一口吸住我的创口，恶心得我半死！我一边强忍痛苦，一边心想要是逮住害我的人，非把她扔虫堆里去！

子夜那小子似乎很乐意见到我痛苦的样子，得意地在一旁看了满久，眼神迷蒙，似笑非笑。见那虫子吸得够了，他才轻轻拍了拍我手腕，将虫子取下，放回药箱。

阿如默契地端来纸笔，子夜于桌前安静地写着药方。方子开完后，我接过来一看，药物竟高达数十种，药引竟然是陈醋一盆！

“饮牛吗？”

“小姐，这是醋蒸法，配合刚才的子午流注针法，可以排净体内残毒。”

"哦,原来是洗澡。吓我一跳。"我这才放下心来。

不久,我房里就架起了一个硕大的蒸汽浴盆。

"你们都出去吧,我自己来就好。"

武侠片里面经常可以看到这样的药浴，中毒的多半都是MM。导演的镜头在MM羞涩的脸上一扫，然后落在罗衫半褪的滑嫩肩头，最后MM用漂亮的小腿试下水温,觉得合适了就坐进去摆几个风情万种的POSE。

我宫里的人知道我说一不二的性格,除了阿如外都火速退下,唯独子夜淡淡地站在一旁。

"这个我会,你出去吧,我不习惯有人在旁边洗澡。"

子夜半仰了头,挑衅似的看着我,意思再明显不过,他要留在这里。

"小姐,这药浴是要讲究火候的,轩儿需得瞧着。"

"你瞧不行？"

"我不曾学过药浴法。"阿如摇了摇头,"其实小姐不用在意,一会儿会用桶盖盖住小姐全身,避免药效扩散出去。"

"听上去像蒸五花肉……"我脑袋中香艳的幻想立刻被击得粉碎。

被蒸得半熟后,我被人弄出浴盆,躺在床上生不如死。到了后半夜,身上的热力退掉,整个人都清爽起来,浑身流淌着飘飘欲仙的怡然,我打了个长长的呵欠恍惚睡去。

次日中午,我才从酣梦中醒来,头有点晕,但整个身体很轻松。

阿如服侍我梳洗完后,才引我去前厅用膳。中午的膳食居然全是碧绿的野菜和香米粥,一看这作风就知道是子夜亲自弄的日式药膳,我顿时食欲全消,懒洋洋地喝了一口菜汤。不料那菜汤一入口,一股异香就沿着舌尖扩散入整个口腔,让我神清气爽。

"子夜呢？"

"他回纳兰居了。如今他身份特殊,不能在宫里伺候小姐。"

阿如见我喜欢,又用小银碗给我盛了些,看我吃下。

我吃毕午饭,摆了棋枰和阿如下围棋消遣,一边下棋,一边却屡屡走神。毒虽然解了,但下毒之人还没有抓到,我能防她一次,未必能防她第二次。

下了几盘,皆是我输,于是懒懒地收拾棋子耍赖。这时,宫外忽然传来通报,说于美人求见。

“于美人？这又是谁？皇上什么时候封过美人？”

“这位于美人是萧淑妃当年得宠时求皇上封的，她一向和萧淑妃走得很近。为人话不多，见人总是笑着的，对下人也不算苛刻。”小顺子连忙答道。

“她来做什么？”

我看了眼阿如，阿如先是怔了一下，略一思量旋即明白过来，冲我微微一笑。

第四十章·妇人心
CHAPTER 40

正疑惑间，一个宫装美人已被簇拥着进殿。我定睛一看，对方确实是个眉目如画的美人。

她见了我，行足礼仪方才开口：“妾身听说娘娘不日起程前往东都，有件私事想请娘娘襄助。”

“妹妹客气了。”我与她一同坐下，雅言恭谨地奉上香茶。

“说来惭愧，妾身入宫前曾去洛阳白马寺请愿，求菩萨保佑能在有生之年得到皇上垂爱，当时许诺三年期满一定前往还愿。如今期满，按照宫里规矩妾身无法抽身前往，是故托娘娘将妾身所抄经书带往洛阳，捐给白马寺，还了妾身的心愿。”说着，她命人奉上一个红木箱子，亲手打开，取了本递给我。

我接过经书，但觉入手颇沉，翻开一看，眼前顿时一亮：“妹妹描金写的？果然用心。我到了洛阳，一定帮你还愿。”

“如是就拜谢姐姐了。对了，妾身近来闲适，绣了一幅《百鸟朝凤图》。”说着，她接过侍女手中的卷帛，轻轻展开。

“这是？”

“这是墨绣，是送给姐姐聊表谢意的。”

我探出手指在百鸟上轻轻抚摩，触手间才发现那些绣线居然是人的头发，无怪看起来和别的绣品不一样呢。

“妹妹好巧的手，乍一看就像是工笔画出来的。”

阿如也在一边瞧着，看了会儿，忽然插嘴道：“于娘娘的绣品细若蚊睫，果然高明！不过奴婢有些不明白。”

“哦？”于美人笑吟吟地看向阿如。

“奴婢见过此图绣谱，百鸟朝凤，凤凰立在山石上，顾盼生情，四周则群鸟围绕，或展翅飞翔，或栖息枝头，为何娘娘这幅图上凤凰却是盘旋九天之上呢？”

于美人看了眼阿如，意味深长地说：“古语有云，良禽择木而栖，更何况非梧桐不栖的凤凰呢？图谱上让凤凰立于山石之上，则有些荒谬了。”

“那娘娘为何不绣上梧桐？”

“良禽虽有意，却不知道梧桐肯不肯以供其栖。”于美人笑了笑，转向我说，“打扰姐姐了，妹妹这便告辞。”

说罢，于美人起身告退。

她走后，我将卷轴卷起，放置一旁。

“果然是萧淑妃下的毒。”我淡淡地说。

“小姐怎么知道？”

“于美人百般暗示无非是想投靠我，要投靠我就要拿出诚意来，所以她手上肯定有我感兴趣的东西，才赶着来示好。你说在这个当口，除了这个，还会有什么别的事情么？”

“小姐说得有道理，我晚上去她宫里一趟。”

“嗯，该怎么样，你自己处理。”我随口说道，将那绣品扔进大瓷瓶中。

入夜，窗外飕飕地吹着寒风，隐约有雨落下。我在窗前悬一盏灯，凭窗瞧窗外有些残了的芭蕉。雨下得越明晰了，一滴滴打在芭蕉叶上，又轻悠地滑落。

好一会儿，门帘才被挑动，我回头一看，是阿如。

“如姐。”

心中无助时，天行和阿如便是我最亲的人，对他们，我心底总是温柔的。

阿如似乎淋了雨，头发半湿，一张脸被溽得有些发青。

我连忙拿起我的披风给她披上："先去沐浴再说。"

"那些丫头们被惯坏了，见下雨就懒了手脚，也没烧水。不过，小顺子已经去了，过会儿就去沐浴。"

"哦。她怎么说？"

"她说话极其小心，步步为营，套出她的话真难。不过，价码已经谈妥，小姐到时只要在皇上面前美言几句，封她为婕妤即可。"

"萧淑妃用心险恶，祸乱后宫，是时候让她还债了。只不过这于美人，我心里很厌弃……"

"一个可以为荣宠背叛主子的人确实危险，但用得好，也是一个得力帮手。"

"呵，像她那样的人，最后的结局逃不过狡兔死，走狗烹。好好的女孩，花样的年纪，何苦这样算计，让人憎恶！"我冷冷地说。

"小姐打算？"

"你来处理吧。"

我懒懒地挥手，头疼不已。

阿如办事从来不会让我失望，第二天于美人就将萧淑妃数年来毒害宫人的罪证呈给皇上。天行听完当即龙颜大怒，厉声斥责于美人为何不早早上报。

于美人当殿呜咽道："臣妾早先受萧淑妃蒙蔽，一心以为她贤良淑德。那年臣妾无意撞见她将一无辜宫女投入井中，被她发现后，她便胁迫我不许说出去。臣妾胆小懦弱，迫于其淫威，一直噤若寒蝉，不敢声张。"

我坐在一旁冷冷看她演戏，她哭得梨花带雨，我见犹怜。

"那今日你为何又肯说出来了呢？"天行大约深谙后宫女人的心机，言语间有些厌恶。

"自那宫女死后，臣妾夜夜噩梦不断，总是梦见她死前凄厉的哭喊，心中很是不忍，又恨自己不能为她伸冤，是故常年为其抄经祈福，希望她能得以度化，从此也消了我的罪孽……不料近日萧淑妃竟又施毒计，这回要害的却是武昭仪。"

天行听到这里，神色一凛："她为何要这样做？"

"皇上不日起驾东都，却只带武昭仪一人前往。她心中妒忌，于是打算让人在武昭仪的饮食中下砒霜。我生怕她真的这样做，害了武昭仪，于是……于是提议

让她下慢性毒，为的就是行缓兵之计，寻找机会向皇上告发。”

“她果然听了你的，向媚娘下毒了？”天行按捺住心中的怒气。

“是的，她下的是媚青丝，接连下了三次都未被察觉。”

这时我才问道：“我的膳食送来前都经小顺子验明无毒才用的，她是怎么下毒的？”

“这媚青丝之毒无色无味，但用银针是探得出来的。因此她并没有下进娘娘的饮食中，而是下在娘娘浣发的水中，毒质便慢慢浸入头皮中，既而扩散全身。即便娘娘再心思缜密，只怕也不会在浣发前试探那水是否有问题。”

“哦。”我一怔，没想到她们下毒的手段挺有技术含量的。

“这个就是媚青丝？”天行拿起太监呈上的小盒子，看了眼里面的粉末。

“这正是我从萧淑妃那里偷偷取来做证物的媚青丝，此毒发作缓慢，平日里看不出来。然而中毒之人只要一闻到菊花的香气就会心悸，胸闷。”

天行且听着，眉宇间有了些肃杀之气：“来人，去凌波殿将萧淑妃拿来问罪！”

“不消皇上差人，臣妾已经到了！”

门外忽然传来一声娇斥，我们回首看去，原来是一袭宫装的萧淑妃。

萧淑妃今日出奇冷静，她走上前向天行请安，然后走到于美人身边，对着她的脸就是一耳光。

“萧淑妃，你！”我故做惊慌。

“皇上，这贱婢含血喷人，臣妾并不曾做过那些伤天害理之事，请皇上明察！”萧淑妃目光凌厉盯着我说。

“如今铁证如山，你还狡辩么？”

“这贱婢所呈之证据亦可以是伪造，难道皇上为了袒护武昭仪便黑白不分，非要冤枉臣妾？”萧淑妃步步进逼。

天行一时有些语塞。

“皇上！”被萧淑妃掌掴在地的于美人缓缓道，“臣妾还有证据！”

“你说！”

“臣妾知道萧淑妃将媚青丝之毒藏在什么地方，只消皇上派人搜查，定然真相大白。”

萧淑妃闻言，神色一变，恨恨看向她。

于美人看了她一眼道：“媚青丝就藏在萧淑妃近日用的脂粉盒中，那脂粉盒底有一巧妙夹层，我曾亲眼见她从中取出毒药。”

萧淑妃闻言，泥塑木雕般愣在当场，浑身不自主地颤抖。

“来人，速速抄查凌波殿。”天行看了一眼萧淑妃，冷冷下旨。

“臣妾冤枉！”萧淑妃忽然跪倒在地，声嘶力竭地喊道，“那脂粉是于美人送给臣妾的，臣妾根本不知道盒子底下还有夹层。”

“你认为朕还会信你吗？”天行冷冷道。

“皇上，你当真如此绝情，为了那个女人不顾我们的恩情么？”萧淑妃指着我厉声叫道。

“你若真当得起淑妃二字，朕自然是会顾及当日之情。”天行言语中隐约有些痛惜。

“皇上又来骗淑儿了。你心中没有我，自始至终都没有！”萧淑妃怆然起身，神色苦楚，“毒是我下的，我恨这个女人，她的出现破坏了淑儿最后的幻想……我真的不介意皇上抱着我时叫她的名字，只要皇上还肯在我身边，偶尔还看我一眼，叫我一声淑儿……”

说罢，她走到于美人身边，扬起手，却又无力地落下：“本宫虽然有愧很多人，但自认待你不薄，没想到你居然卖主求荣……我不打你，也不说你，自然有人收拾你这个绵里藏针的贱人！”

说着，她转过身再次跪下：“皇上，毒虽然是我下的，但媚青丝之计却是她出的，臣妾并无她这般心机！臣妾恳求皇上将她与我按同罪论处！”

天行沉吟片刻：“天子犯法与庶民同罪，你既然杀了人，自然要按国法处置。至于于美人……”

“皇上……”我盈盈拜倒，“萧淑妃虽然论罪当诛，但她乃大唐皇妃，因罪处斩有辱国体，还望皇上能格外容情，赦其死罪。”

忽然有些同情那个和我面容相似的女人，换做我，在如此寂寞的宫廷中永失我爱，怕是也不能甘心的吧？

“昭仪言之有理，萧淑妃祸乱宫闱，着废除封号，贬为庶人充掖廷宫，以饬后宫！”

殿下侍卫听完旨，上前拿下萧淑妃，萧淑妃恻然一笑，任由他们拿了去，再不回头。

“于美人此次揭发有功，当……”说到这里，天行神色倦怠，一时也拿不准给什

么封赏。

“于美人入宫时日已久，敦厚纯良，不若进阶其为婕妤吧。”

我看着脚下的于美人说，她闻言脸上颇有喜色，然依旧克制着，保持其端庄仪态。

“如是，也好……查于氏之功，册封为正三品婕妤，入主凌波殿。”

“谢主隆恩！”于美人恭敬地谢恩。

“皇上……”我微微一笑，“臣妾还有一个小小的请求，此番东都之行，可否带上于婕妤？”

于婕妤在殿下一听，顿时喜不自胜，她没想到我居然肯提这个。

“于婕妤对臣妾说她曾在白马寺许了愿，希望能前往寺中还愿。臣妾见她向佛之心虔诚，故此请求皇上应允。”我看着殿外的天空，缓缓说。

“果有此事？”天行问道。

“回皇上，如娘娘所言，臣妾确实欠佛祖一个三年之约，不过，臣妾并不敢以此扰乱皇上心神。”于婕妤福了一福道。

天行看了我一眼，一时难以决定。

“婕妤此言差矣，礼佛是大事，怎可言而无信？况且……”我看定了她，“妹妹当日许愿乃是为求社稷安稳，龙体康态，更是耽误不得！”

于婕妤闻言，神色微变，眼中多了些许探询和不确定。

“哦？卿有如此忠君爱国之心？”天行闻言，言语中有了些欢喜的意思。

“臣妾……”于婕妤嗫嚅了一下。

“是啊皇上，于婕妤当日许愿若我佛能保佑国泰民安，皇上福寿绵长，愿终身茹素，长伴青灯，于白马寺中修行。婕妤妹妹能有这等心胸，当真让臣妾敬仰。”

我话音刚落，于婕妤的脸色已经发白，她强自定下心神，勉强一笑道：“皇上、娘娘过奖，臣妾……愧不敢当。”

天行微微颔首，赞许道：“想不到你竟然是个如此有风骨的奇女子……你既有心为社稷祈福，朕自当恩准。传朕旨意，册封于婕妤为正一品德妃，奉饬代朕于白马寺中出家，徒御金塘，终身受皇室颐养！”

天行宣完旨，于婕妤木然跪下，半晌才道：“臣妾谢主隆恩，皇上万岁、万岁、万万岁。”

我心中冷冷一笑，表情却很柔和。

“德妃，你跪安吧，回宫收拾行装，三日后随驾前往东都洛阳。”

“是。”

“皇上，不如臣妾随妹妹一道回大明宫，路上也有个伴。”我福了一福，婉转笑道。

“嗯，你也倦了，回去吧。”天行爱怜地看着我说，眉梢眼底全是真挚的情意。

我有些愧疚，侧过脸，涩涩地一笑，旋即告退了。

一路上德妃木然着脸，不发一言。我与她并肩而行，淡定地看着前方泰然而行。

过了好久她才恻然开口：“我小瞧你了！”

我并不看她的表情，因为我知道一定不好看。

“我真不明白，你为什么一定要和我过不去，我已经向你投诚示好了……”她顿住脚步，仰面迫近我问道，“难道你想独霸后宫？”

“不，我并非想独霸后宫。”我亦停下脚步，“我只想独霸皇上。”

“你觉得凭你一个能镇得住这个后宫吗？”

“我不打算镇住这个后宫，我只要镇住皇上的心就可以了。”

“哼，鼠目寸光！皇上此刻是宠你，但难保有一天你不会人老珠黄。后宫佳丽无数，你一个人能留皇上到几时？”

“妹妹礼了那么久的佛，怎么还没看破一个贪字？”我平静地审视她，并不正面回答她的问题。

她一怔，片刻才忿忿道：“在宫里，不贪就是输，我用一辈子的自由换取我想要的，又有什么错？”

“你没错，或许你只是找错了合作伙伴，我和你不是一类人。”

“你以为你的胸有成竹能撑多久？你仗着一时的骄傲，无视他人，迟早要被人斗垮！”她斜视着我说。

“你知道我为什么从来不和你们争吗？不是因为皇上爱我，我就轻视整个后宫。而是后宫斗争需要大智慧，这样的智慧我没有，你也没有！”

说完，我不再看她，继续前行，忽然想起一些事情，回过头对怔在原地的德妃嫣然一笑：“你连升两级，想要的荣华富贵都已经有了，我并没有食言，对得起你。而将你这么危险的一个人赶出后宫，保一时安宁，也对得起我自己。你或许后悔没把我毒死，与其后悔不如反省如何做人。我转送你一个忠告，在这个世上，有人想一脚踏两船、左右逢源，如你。有人想不问是非、抽身世外，如我，但只有立场坚定的人，才能活得长久一些！”

我长长地舒了口气，将这个属于后宫的女人抛下。

或许，有一天等她明白过来，她会感谢我。那一天总会来，但起码不是现在。

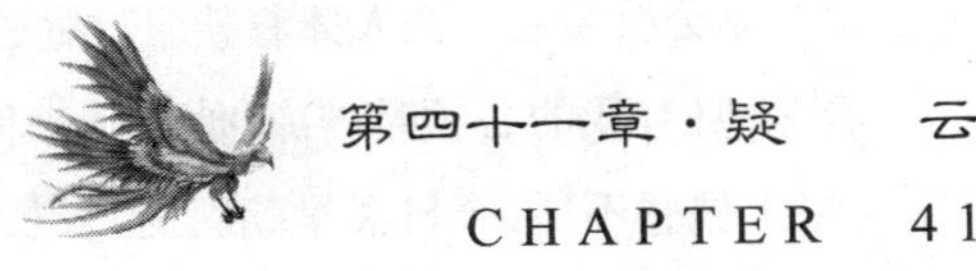

第四十一章·疑　云
CHAPTER　41

寒露这天，从长安开出一队浩荡的皇家车马，长安的百姓都沿途观望。虽然朝廷没有明下旨令迁都，但皇上此行已经是迁都的预告了。

出发前两天，天行诏告天下，封我为皇后。和史书上记载的一样，我成了众矢之的。天行的狡猾是选在这个时间下诏，事情一多就容易乱，那些大臣尚且自顾不暇，无暇做太激烈的抗议。

我在丹凤门接受的册封，当重重的后冠压在我头上那一刻，我的心突地一跳，又是欣喜又是紧张，更深的则是忽如其来的恐惧。

东都洛阳的宫城并没有给我带来惊喜，各宫各殿的建筑规模略小于长安，旖旎有余却没有长安的超然。

我与天行居于上阳宫，我住惯了大明宫，一时不习惯这里的环境，总觉得别扭。

后来很多时候我经常会想，如果没有去东都，我的命运是否会不同。不去东都，天行就不会失踪，我也不会因此去塞外……而一切都会像在长安一样完美，我与天行将白头偕老，一起死去。

霜降的第二天清晨，我从睡梦中醒来，下意识地去抱躺在我身边的天行，没想到却摸了个空。我骤然睁开眼睛，有些惊慌。因为这么多日来，我们一直同眠同醒，他一定要我伺候完梳洗再帮我画上眉才去早朝。

我连忙起身，脚一软，险些摔倒，我挣扎着过去拉开殿门，门外昏昏欲睡的内侍受惊，发现是我连忙跪下请安。

“皇上呢？”我脱口问道，话一出口方觉不妥，“如今是几更？”

一个太监答道四更。

这时李公公带着一众人捧着朝服冠冕过来，见我穿睡衣立在门口，有些惊讶。

看见他们，我的心顿时一凉，他们是来伺候皇上上朝的。

“皇上偶感不适，今日罢早朝。另，宣长孙大人，苏将军、骆常侍晋见！”我强迫自己冷静，镇定地下旨。

“娘娘，御医尚未宣呢！”李公公小声提示我。

“宣！”

我冷冷地说完，转身掩门入殿。门关上的一瞬，我的心扑扑直跳，天行失踪了，种种迹象表明他并没有离开大殿。

我怔怔坐在床边，一把抱住床上的被子，衾褥上还残留着他身上的香味，床上还有我们欢爱过的痕迹，然而他却失踪了——大唐的皇帝失踪了！

半个时辰不到，所宣四人已在殿外候旨，我正装出迎，看到师傅和骆飞，眼圈不由发红，心里的恐惧和不安也似找到了安稳。

“娘娘，何事急诏？”师父看了我一眼，又看了眼龙床，“皇上他……”

“皇上他失踪了。”

我竭力用最沉稳的口吻说出这个事实。

“什么？”

长孙无忌倒吸一口冷气，一双眼睛满是警惕地看着我。

“皇上怎么会忽然失踪？”师父问道。

“我也不知，一早醒来，他已不在我身边。”我径直走到龙床前，掀开帷幕。

骆飞若有所思，走到床边，俯下身敲打龙床，听了一会儿，一把掀开层层衾衽。

“怎么，有什么问题？”师父问道。

长孙无忌快步上前：“东都戒备的坚固严密，远在京城之上，怎么可能有人闯进来带走皇上，怕是有人居心叵测，意图不轨！”

我知道他一向恨我，这时我也没时间计较他的含沙射影，只等着骆飞说他的

看法。

骆飞皱着眉说:“这与防卫无关,这龙床底部有暗格,下面必有暗道。我看早在修建东都之时,已经有人混进工匠队伍中,做了手脚。背后操纵这一切的人,势必大有来头!”

说着,他凝神在窗边寻找,不到一盏茶工夫,他便找到了机括。他拍了拍一处床底龙凤呈祥雕花,龙床上果然裂开了一道一人宽的裂缝。

“啊?这……”长孙无忌一惊,指着那道裂缝半天说不出话来。

“丫头,你太大意了,依你的功夫,这点动静早就能察觉了!”师父责怪道。

我很后悔昨晚和天行喝了太多酒,以致睡得太死。

“我们进去看看。”

骆飞翻身跳了下去,我和师父尾随而下,长孙无忌略犹豫也随着我们跳了下去。

龙床底部虽然宽敞,但容下我们四人,便显逼仄。

骆飞不愧是走江湖的,不一会便寻到暗道的机关,随着一声闷响,地底一道石门缓缓打开,一股湿潮之气迎面而来。

进了暗道,里面虽然简陋但很宽敞。骆飞点燃沿路的灯,一直往前走。这暗道修得很长,走了几里路才走到尽头,尽头处有两个闸门。我们便在这闸门外止步。

“到底选哪一个呢?”我问骆飞。

“两个都不选!”骆飞在一张石桌边坐下,“我已经知道他们的路线了,地道出口在凝碧池。当初修建宫城时,为了保证凝碧池中是活水,便引了洛水进来。皇宫守备森严,除了走那条水路以外,别无他法。”

长孙无忌一听,急忙道:“那赶紧追上!”

“不可!”骆飞阻止道,“已经追不上了,这两道门不能随意打开。”

“那又是为何?”

我摇了摇头道:“凝碧池中既然是活水,活水就要有进有出,进池的水是洛水,这大家都知道,出水口却无人知晓,你道这是为什么?”

“老夫正有此困惑!”

“自然是从地下引走了,这两条路只怕一条就连接着凝碧池的出水暗道,一旦选错,水就要涌进来了。”我淡淡地说,说罢就随着骆飞往回走。

“苏将军,你看是谁如此大胆,敢掳劫皇上?”长孙无忌问出了关键问题。

"是啊，若能得知是谁掳劫了皇上，我们才能有方向去找啊。"我亦附和。

师父沉默半晌，摇了摇头。

见师父也无头绪，我们都有些失望，于是各怀心思往前走。

这时，走在前方的骆飞忽然顿住脚步，蹲下身去，从地上拾起一块白色的东西。

他细细一看，然后把东西递给了我师父。

我师父接过来，才一打量，眉宇顿时舒展开来。

"这是什么？"我接过来一看，只是一块呈三角形的白骨。

"如果没猜错，是突厥人劫持了皇上！"师父用力握住那块白骨，若有所思地说。

听师父如是说，我又细看那块白骨，这块骨头被打磨得很细滑，触感不错，除此之外并无特别之处。

"这是什么骨头？"

"这是羊肩胛骨。"师父答道，"你没去过突厥，所以想不到。突厥人信萨满教，他们那里的萨满都用羊肩胛骨作为卜具，通过观看羊肩胛骨就可以预测吉凶。近年来突厥战乱连连，有人为了保平安便带上这象征吉瑞的羊肩胛骨上战场，希望能得到主神腾格里的保佑。"

"噢，这是突厥人的护身符啊！"我松了一口气道，情绪稍微放松了一些。

出了地道，长孙无忌仍然满面愁云。

"天子一日不临朝尚可，可如今……"长孙无忌对着我师父叹了口气说。

"苏大人，你怎么看？"我问道。

"唯今之计，先命人封锁住参天可汗道和居延道的各个关卡，对过往行人严加盘查，卡住突厥人出关的要道……"师父顿了顿，"臣则带兵再征突厥，务必早早迎回皇上。"

"不妥，刚刚收兵回朝，又大举出兵，只怕会引来将士的不满；况且皇上不在，你擅自出兵就是死罪！"长孙无忌道。

"我担心的倒不是这个，只怕在两兵相接时，突厥人会用皇上牵制我军，到时情况就不妙了！"我凝眉道。

"这仗一定要打，如今草木凋黄，突厥人粮草缺乏，马疲人倦。况且他们现在正在窝里斗，各部人心不齐，正是一举拿下的好时机！"我师父志在必得地说，"为防他们以皇上胁迫我们，在开战前一定要救回皇上。不若骆常侍先带一队精兵化

装成商队先入敕勒川，打探皇上下落，伺机而发。”

骆飞点了点头：“领命！”

“至于皇后……”师父看着我，略一沉吟。

“我随骆飞一道前去敕勒川！”我连忙说出自己的想法，继而看向长孙无忌，“朝中之事就全交由长孙大人主持，对外则称皇上龙体抱恙，御医说要长期静养，暂罢早朝一月。我们则竭力将皇上迎回！”

“这，皇后乃大唐国母，怎可在外抛头露面，和莽夫厮混一处！”长孙无忌提出异议。

“长孙大人，你白糟蹋了无忌这个好名字！”我冷笑道，“除了皇上，我便为尊，我说的就是旨意，尔为臣子要做的就是遵旨。”

长孙无忌神色颇不好看，铁青着一张脸，不发一语。

“再无异议就这样定了，我们分路准备。骆飞，我们今天就出发！”

“是！”

三人微一拱手，各自退下。

他们一走，我就开始收拾东西，换上久已不穿的贴身防弹衣，带上闪光球和陈风给我的特效药，一个简单的包裹就把一切搞定。

出宫前，我简单地把一切事务交代给阿如，让她留守宫中，不料她却执意要和我一道前往敕勒川。

“小姐，你独自在外，没个体己人照料怎行？再说阿如懂些粗浅功夫，不但不会拖累大家，更能保护小姐！”

她说得有些在理，再说她见识不凡，关键时或许能为我分忧，于是点头答应，转将事务交给小顺子。

一路轻车到了洛阳秦记分舵外，一队车马已经整装待发。

我和骆飞拿着地图商量了半天，决定沿着参天可汗道进入丝绸之路北道上阿史那贺鲁的核心领地——孛罗城（今新疆维吾尔自治区博乐、温泉县境内）。

在我的要求下，骆飞临时找了一个精通突厥话的人给我。我认为未来有很长一段时间要和突厥人打交道，如果听不懂他们的话，不懂得他们的习俗就很容易错失很多机会——这是地道里遗失的羊肩胛骨给我的启示。

拉车的马匹都是良种，赶路也格外快。我每天待在马车里，不是学突厥话就是看一些兵书，虽然有临时抱佛脚的意味，但我认为临时抱佛脚也总比不抱的好。

突厥语和英语有些共通之处，语法也颇为相似，由于有在现代被英语摧残的经历，学起来倒还顺畅，数日后，当我们抵达突厥边界一个不知名小镇时，我已经能听懂突厥语的日常会话了，只是还不能顺畅地说。

我们在这个小镇休整了一晚上，补充了粮食和水源。由于此去孛罗城要经过一片大沙漠，我们只好托客栈老板为我们联系到骆驼贩子，购置了一批骆驼代步。同时，为了适应这里的环境，我们换上了突厥人的秋装。出发前，善心的客栈大妈给了我们一些干地椒草，她说沙漠里很多水源都是盐碱水，不能饮用，但用这种草煮过后不但可以除去水中盐碱，更可以防止一些热病。

我感激地同淳朴的客栈老板夫妇道别，随我们的驼队进入了危险的沙漠地带。

第四十二章·沙　暴

CHAPTER 42

初进大漠，我心里对沙漠的恐惧立刻被眼前开阔的景象一扫而空，我骑在骆驼上，看着前方的万里黄沙，心中顿生豪情。

我们翻过遥远前方的第一座沙丘才稍做休息，我赤脚站在沙丘上，偶尔吹过的热风曳动我的衣袂裙裾。我以手遮目，遥望前方，此时烈日高照，天空在通透的阳光下显得格外湛蓝亮丽，淡淡的几抹白云，浮游天边，又添其悠远。

“好漂亮啊！”我笑着对立在我身旁的骆飞说，然后大声地对着前方喊，“沙漠，我爱你！”

骆飞难得地笑了笑，依然内敛。

小半个时辰后，我们又起程，在烈日下赶了大半天的路，我渐渐疲乏起来，但

周围黄沙起伏，茫茫无垠，四周都是一样的颜色，一样的物体，单调乏味，令人目眩……初见的美好全然没有了。

骑在骆驼上，我唯一想做的就是把牛皮水袋抱紧，时刻喝水。

沙漠日头短，我搂着骆驼的驼峰睡了一阵子后，周围就已经凉了下来。我茫然睁开眼睛，太阳已偏西，收起其身上的光芒，带着火红的余温挂在云霞间不动声色。

骆飞下令全队人稍事休息，再星夜赶路。

沙漠的夜格外凄清寒冷，但为了赶进程和节省体力，我们必须赶夜路。

披星戴月五日后，我们终于越过了沙漠腹地，我们都很庆幸，一路过来竟未遇到半分危险，听队伍里经验老到的人说只要不迷路再走个三五天就能到达突厥人的地方了。听到这话，我们都很振奋，赶路的积极性也高了很多。

我虽然不知道是否能顺利找到天行，但我知道我的每一步努力都在向他靠近。这个信念在沙漠上支持着我，在未来路上也一直支持着我。

这天午后，我们一队人在地上休息，不远处的骆驼忽然躁动不安起来。

骆飞放下水袋，和几个人前去安抚，不料一向温驯的骆驼们此刻却格外倔强。

我和阿如对视一眼，有些警惕地看着周围。

这时，从南头吹过来一阵风，身边的零星的矮草剧烈地摇曳起来，一股子聚集在太阳下边的白色烟尘，快速向我们这边移动过来。

“不好，是沙暴！”一个人大声吼叫起来。

不是吧？我在心里叫苦，刚刚我还打算把这个沙漠起名叫太平漠呢，太讽刺我了。

骆飞等人大约也觉察不对了，连忙赶回我身边。

就这一会工夫，眼前的天空骤然变色，由原来的瓦蓝瞬间变成了土黄，遮天蔽日的黄沙犹如翻腾的潮水一般在空中翻卷着，高速向这边奔涌而来。随着黄沙越发迫近，一大队沙漠中的野兽向我们狂奔而来，其中有体形比较大的独峰骆驼、沙狐，也有沙鼠和蜥蜴等。遇到我们这些人马，它们自动兵分两路，从我们身边绕开了去。

我们的骆驼经过驯养，相对忠诚，只是不安地在我们身边徘徊。

“怎么办，骆飞？”我眯着眼问，一开口，满嘴都是黄沙。

骆飞拍了拍领头骆驼的头，给它指了个方向，那骆驼首领便带着大部分骆驼迅速逃离。骆飞把剩余的几匹骆驼牵到我们身边，那几匹骆驼识趣得很，温驯地蹲下身体。

"我们排成环状，一手拉住骆驼，一手拉紧彼此的手，以防被吹散了！"

在这种情况下，我们别无他法，只得照做。这时沙暴的前锋已经袭来，从沙漠里蒸腾出来的热气被大风裹卷过来，犹如火舌炙烤着我们。一些沙砾在狂风中旋转，不时落在我们身上，我被眼前的沙迫得睁不开眼，一双手只紧紧地握住阿如和骆飞。

"小姐，这风太大，只怕我们要被吹散了！"

沙暴的中心终于到了，我忽然感觉周围开始旋转，仿佛有一股不可抗拒的力量在推动着，撕扯着我的身体，我第一次体会到大自然的残酷和肆虐。

我几度想开口，但飞来的沙土堵住了我的眼耳口鼻。

"大家听着，要是失散，一律往西边走，我们的骆驼在那边！"骆飞催动真气，声音比往日还要雄浑。

"领命！"

周围的人亦抵抗着大风答道。

这阵沙暴似乎不满我们的抗拒，加大了它的威力，狠狠地将我们卷入了半空。我但听"啊"的一声，阿如松开了我的手，往上飞去。我一把拽住她，不料自己却脱掉了骆飞的手，只觉身体被一阵猛力托上了云霄……

不知道过了多久，这阵沙暴才停，我浑身被埋在沙子里，半天才有力气动弹一下。好不容易从沙土里挣扎起来，眼前的荒凉顿时硌伤了我的视线：周围的一切都很颓败，漫天的黄沙，绵延不绝，我目力范围内瞧不见半点人烟。

"骆飞……"我低低地喊了一声，委屈的眼泪顿时就要漫出，"这回挂了！"

想到这里，我索性倒在沙漠里，放平四肢。过了很久，我才重新收拾心情，沿着太阳落下的轨迹一步步漫溯。

骆飞说失散了往西边会合，也不知道他们是否已经会合了。独自往前向西走了很久，天渐渐阴沉下来，一阵阵古怪的寒意将我包围。好在我们已经走出沙漠的腹地，我不时能看到一些小面积的戈壁。

走得累了，我便停在一片胡杨林里。我找了棵大枯树，用匕首削了堆树枝下来引燃，熊熊的火立时驱走我身上的寒意。

“好饿！”我靠在那棵大树下，对着火焰发呆。虽然我在发呆，但曾经在密林里训练出来的敏感让我感觉到了危险的迫近。我仔细一看，不远处果真有几道凶狠的绿光正紧盯着我。

“看什么看，本姑娘也正饿着！”我不耐烦地说，随手捡起快石头往它们那边丢去。

该死的，居然还在这时候遇见狼。我坐直身体，打起精神应对。我深知狼的耐心极好，如此对峙不是办法，于是从怀里掏出匕首和闪光球，做好迎战的准备。

那边的狼感觉到我的异动，开始低低地嗥叫，听声音数量好像并不多，所以尚且不至于被狼踩死那么悲惨。

这时，明月高悬的天空中飘过一朵乌云，周围刷地暗了下来，我蓦地起身，将手上的闪光球抛出。十几颗闪光球顿时绽开了一阵耀眼的白光，照得方圆数丈内无所遁形。

狼群被这莫名白光一吓，全乱了阵脚。我趁机飞蹿至它们身边，手上的匕首毫不留情地割向它们的喉管。前几只狼尚没做出反应便丧了命，后面几只大抵是闻到了血腥，越发彪悍起来，我几次挥匕首砍过去，却只伤了它们的皮毛和利爪。

这阵闪光很快过去，一只二米长的黑狼从一个土墩上扑下来。它嘴里喷着腥臭的气体，露出白森森的獠牙，敏捷的身体轻轻一动，跃起二米多高，张嘴便向我的喉咙咬来。我侧身一避，一口气还没呼出，另一条狼便从背后袭来。我就地一旋，射出一粒闪光球，只听“砰”地一响，那狼“嗷”地一声叫唤，凌空腾起。我毫不犹豫地跃出去，在它未落地之前，一刀割破了它的肚皮，温热的狼血淋了我一身。

对面那条狼虽然在闪光中暂时失明，但它的锐利丝毫不减，循着这股新鲜的血腥味扑来。我一弯腰，它便贴着我的背部飞蹿而出。

我一惊，背上直冒冷汗。一时扑空，那条狼也不再轻举妄动，一边以爪蹬着地面一边怒视着我。我知道它这是蓄势待发，万不能让它休息，于是闪身上前，抬脚对准它的脑门踢去。它长身游脱我这一脚，反扑上来，它阴狳的眼中满是残暴和狡诈。我横刀抗击，不想它忽然一张嘴，一股黄沙向我喷来。

我侧脸一避，一股带着死亡气息的腥臭顿时迫近我。

这畜生当真狡猾凶险，居然含了沙来射我眼睛。一念滑过，我再无暇招架，只是抬起手臂，下意识地一挡。

就在这时，耳边一阵风响，只听"嚓"地一声，一股狼血喷射到我的脸上，紧接着就是重物落地的声音。

我警惕地回过头，眼前一片血色朦胧，但见不知何时起，一队人马已经到了我身后。

"颇黎的箭法还是那么准！"

一个男人雄浑的声音响起，他说的是突厥话，但我能听懂。

我擦去眼睛上的狼血，这才看清他们。为首的是个高大男子，看不清面目，刚才说话的是个戴着毡帽的臃肿男人。

"咳……"

为首的那个男人并不说话，咳了一声。

"你这个女人，杀了这么多狼，倒是厉害得很。不过你不怕天神降罪吗？"那个臃肿男人在骆驼上问道。

我知道狼是突厥人的图腾，一般人和狼都井水不犯河水，若是狼大举袭击，也是由萨满和狼王交涉，献出一定牛羊换取和平。总之，不到万不得已，人是不能伤害狼的。

我正想开口求他带我离开沙漠，话到嘴边才想到不妙，我说不好他们突厥话，一说话势必穿帮。那些人要知道我是唐人，必然不会对我客气。

于是我指了指自己的嘴巴，摇了摇手，示意我不会说话。

"哦，原来是个哑巴！你的骆驼呢？"

我摇了摇头，又指了指他的骆驼，示意他们带我走。

这时，为首的那个人忽然开口："你当真是突厥人？"

我知道他心里怀疑，因为我身量比一般突厥女子要小，面目虽然被污秽盖住，但他们还是看得出我的轮廓和正常突厥人不一样。

我灵机一动，连忙掏出从秘道里捡到的羊肩胛骨，朝他抛了过去。

他接过来，仔细一看，遂把东西丢给旁边那个人。

"这就对了，不是我们突厥的女人，还有哪个族的女人能这么悍勇？"那臃肿男人仰天一笑，"你坐在最后那匹骆驼上吧，顺便帮我们看管粮食和水！"

我对他行了个礼，快步跑到他指的骆驼边上，翻身而上。

（下）

薇哂◎著

重庆出版集团
重庆出版社

目录

第四十三章·伏　击
CHAPTER 43

骑上骆驼，我这才长长地舒了一口气，死里逃生的后怕让我的手脚不自主地颤抖。我前面的一个汉子丢了个羊皮水袋给我，咧嘴冲我笑了笑。我拧开喝了一口，居然是羊奶。我知道一口羊奶抵十口水，在沙漠中珍贵得很，因此只喝了一口后就抛还给他。

一路冷月，四周寂静无言，只不时传来为首那汉子的咳嗽声。

他到底怎么了，这样的一条汉子怎么也学李书予那样弱不禁风起来？

我抱着骆驼驼峰，趴在上面出神，思绪一点点荡漾开去，渐渐在他的咳嗽声中睡去。

半梦半醒间，我隐约觉得自己回到数年前的那个月夜，我和天行共骑一马，当时他受伤着了凉，也是这样咳着，我依在他怀里，满脑子非分之想。

不知道过了多久，我忽然听见四周有人大声呼叫。我赶紧坐起身来，揉了下惺忪的眼睛，天啊，怎么搞的，难道今天是耶稣受难日？走个路咋恁不太平呢？但见不远处的沙丘上潮水般涌出一队黑衣人，他们高举着弯刀，气势汹汹地向我们杀来。

我正凝神间，刚才给我羊奶的那个汉子嘴里叫骂了一句，立即拔出弯刀跃下驼背，红着眼睛加入了混战。

我也随着他从骆驼上跳了下来，藏骆驼下暗自逍遥。反正这场混战和我没什么关系，他们杀他们的，我躲我的，最后要是对方赢了，我再想办法脱身。

大约是那群伏击的黑衣人过于强大，这边的突厥人渐渐抵挡不住，战场往后退了不少，甚至有人杀到了我面前。

我趴在骆驼下瞄着战况，眼见一个突厥人被黑衣人放倒了，我才拔出匕首窜出骆驼，偷袭那黑衣人的下盘。

那黑衣人断然没想到他背后的骆驼底下还藏着一个人，应对不及，当场被我削去了一大块肉，倒在地上哀号。

我心里有些不忍，暗怪自己残忍，但放眼一看，这沙漠里哪个又不是在下狠手置对方于死地呢？我叹息了一声，旋又缩回骆驼下。

“喂，你……”

那个被我从刀口下救了的突厥人冲着我大声叫唤，我听声音熟悉，探头一看，原来是那个臃肿男人。

“小兔崽子，你出来！”他一把拎住我的耳朵，抛了把突厥刀给我，“不准躲着，赶快去杀敌人。”

有没有搞错啊？我是女人耶！让我去杀人？

我伸出脚去一腿踢在他的手臂上，冲他扮了个鬼脸。

那男人疼得龇牙咧嘴，样子极其搞笑。

“你这个女人！”他嚷了一句，丢下我继续加入战斗中。

我得意地拍了拍手，继续看我的热闹。这时，我才发现那个领头的叫颇黎的人没有战斗，他身边围着四个武艺极高强的男子，电光石火间便能让企图涌上来的人身首异处。

我打量着他，但见他端坐在骆驼上，一动也不动，冷静得像在王座上观看手下练兵的帝王。

“好气势，不输给我家天行。”我赞了一句。

这时，几个黑衣人发现了我，提着刀冲了上来。我也不惧怕他们，他们动作虽然有力且快，但缺乏灵活性，也没有中原武人的狡猾，因此还好对付。我三拳两脚放倒了他们，没有伤他们的性命。如此反复放倒近十人后，这场战斗才渐渐收尾，双方的损失都很惨重，我看着周围的伤兵和尸首，心里半是哀凉半是恐惧。远处还有一些黑衣人在做殊死挣扎，寥寥地传来几声人的嘶叫。

我翻身上了骆驼背，赶着骆驼往颇黎那边靠拢。

“留下一个活口。”

眼见那群黑衣人快要被杀光，颇黎才冷冷开口。

他的手下得命，下手越发快了起来，很快，整个战场上就只剩一个黑衣人了。他提着刀，显然很慌乱，只是下意识地招架。

“放了他。”颇黎骑在骆驼上气定神闲地说，“你带个口信给额吉，跟他说，颇黎要他的命。”

那黑衣人听罢，恨恨地盯了他一眼，转身向来时之路逃遁而去。

“颇黎，你没事吧？”

那个臃肿男人一脸狼狈地问。

“还好。达尔，你老了！居然要一个姑娘拯救。”颇黎看了他一眼，又瞟了我一眼，发出一声轻笑。

达尔嘿嘿一笑，也不说话，翻身跳上他的骆驼。

经过一晚上的鏖战，大伙都有些犯困。我看着远处地平线上即将喷薄而出的光亮，长长地打了个哈欠便睡去。

这一觉一直睡到中午才醒来，那些人都围在骆驼边吃东西，我伸了个懒腰，跳下骆驼。

“嘿，这个给你。”达尔大老远看到我，连忙掰了块黑乎乎的肉，有些献媚意味地递给我。

周围的男人见此情形，纷纷发出暧昧的笑声。

哇塞，难道这个老大叔喜欢小罗莉？我大方地接过那块怪恶心的肉，毫不含糊地嚼了起来。

他见我吃了肉，笑着回到自己坐的地方，继续和那些人闲扯。

看来这个审美奇特的老男人真看上我这个面目污秽肮脏的哑女了，想到这里，我不禁好笑，也凑到他们中间去了。那些人见我过来，让开一个位子，把我安排在达尔身边。而颇黎就在我的对面，在阳光下我才看清楚他的脸。出乎我意料的是，他长得居然不错，典型的突厥人长相，肤色健康，线条干净利落，尤其是那双眼睛，锐利而睿智。

他见我看他，微微地笑了笑，继续吃手中的肉干。正咀嚼着，他脸色忽然一变，皱着眉头按住胸口，豆大的汗从他额上滚了下来。

“颇黎，你怎么了？给我看看你的伤口！”达尔扔掉手中的东西，关切地问。

“不妨事。大家吃完了就上路吧！”颇黎摆手道。

"该死的天气，只怕你的伤口已经烂了。快给我瞧瞧。"

达尔不由分说地拉开颇黎的衣襟，我抬眼一看，不由倒吸了一口气：他胸口裂开了一道大口子，上面胡乱地涂着些草药，如今伤口化脓，创口上的肉已经模糊得让人触目惊心。

周围的人一见他的伤势，虽没说什么，但目光中都有些怜悯和敬佩。

"苏鲁克，把酒和草药拿来。"

达尔大声吩咐。

一个精悍的男子连忙拿出两个皮囊递给达尔。

"你躺下，我来给你洗洗伤口。"达尔一口咬掉塞子，将烈酒倒在颇黎的伤口上。那酒的纯度很高，顷刻，伤口处便冒起了白泡。

"咝！"我倒吸了口气，皱着眉看着那些翻涌的小泡，一阵毛骨悚然。再看颇黎，他紧闭了双眼，将牙关咬得很紧，显是痛极。

达尔在一旁感同身受，表情异常痛苦，过了一会儿，他才从囊中倒出一些发酸的草药汁。

"啊，啊。"我装出哑巴的发音，拉了拉达尔，然后从怀里拿出一个小瓷瓶递给他。

"这个是什么？"他打开闻了闻问。

苏鲁克接过去一嗅，顿时眉开眼笑地说："这个是唐朝人的金创药，非常珍贵的那种，赶快给颇黎用上。"

"你从哪里得来大唐人的东西的？"达尔一脸狐疑地问。

我瞥了眼他，摆出一副"你爱用不用，打死我也不说"的跩样子。他被我一气，顿时黑下脸，一副憋屈样子。

苏鲁克从腰中拔出匕首，在自己手上割了一刀，然后撒了点药粉在伤口上，静待片刻后他喜滋滋地说："没事，没事，赶紧给颇黎用上吧！"

"噢，没事就好。"

达尔也真够皮厚，见那药没问题，赶紧珍之若宝地抢过来，小心翼翼地给颇黎涂上。涂完药，他得意地晃了一下，见还有大半瓶，连忙塞进自己怀中，生怕被我抢了回去。

蛮夷小人！

我又气又好笑地在心里说，见他冲我笑，我狠狠地飘了个白眼给他。

"达尔大人，颇黎伤成这样，我们还走吗？"苏鲁克一边给颇黎缠绷带一边问。

"这个……"

"当然要走。"颇黎拉好衣服，站起身道，"再往前就是穆尔奇克，我们的人可以在那里休整一下。"

"不过你的伤口……"苏鲁克有些担忧地说。

"呵，不妨。"

说话间，颇黎已经上了骆驼。

达尔和苏鲁克对视了一眼，摇了摇头。

我沮丧地抬头看了眼太阳，懒洋洋地跳上自己的骆驼，跟着队伍前进。那个颇黎也真是的，哪有大中午过沙漠的？再说了，自己受了那么重的伤，还要玩什么英雄主义？

走了大约三个时辰，领队的人指着前方欢欣地叫了起来："我们到了，穆尔奇克！"

队伍里面的人听说到了穆尔奇克，顿时欢呼雀跃。

我拍了拍骆驼，赶到领队人身边。

哗！

我眼前一亮，数日来的疲惫被眼前的绿色一扫而空。天哪，多美的一片绿洲！若骆飞他们在我身边，我大抵要叫出来了。

我回过头去，笑吟吟地看向跟上来的颇黎和达尔，他们的眼中也流动着欣喜的光芒。

"我们到了！"达尔激动地拍了拍我的肩膀。

我瞪了他一眼，这色伯伯居然乘机揩油，真恨不得一脚把他踹到下面的绿洲里去，不过那样太有损和谐了，试想柔美平坦的草坪上忽然砸出一个大坑，一定不会好看到哪里去。

颇黎对大家挥了挥手，一群人顿时如饿虎扑羊般冲进那片绿洲的中央地带，那里有一带新月状的湖水，蓝缎子般闪着光辉。而湖边则生长着一些柳树，柔柔的丝绦在微醺的风中摇曳，晃得眼前的景致仙境般失真。

我好奇地打量了眼四周的地形，奇怪这里为什么到了深秋居然还有春的韵味，但琢磨了半晌却也没明白过来。

达尔大约是饮饱了水，拎着羊皮水囊朝我走来，脸上洋溢着浓烈的欢喜，浓烈到让我闻出羊奶的味道。

“你这个清高的丑八怪，居然不去喝水。拿着这个喝。”他把水囊递给我。

我接过他的水囊，狠命用手擦了擦，这才用更清高的姿势喝光它们。

“你去洗把脸，瞧你脏得……啧啧，哪有女人是你这个样子的。”达尔不屑地说。

洗脸？美得你！老娘才不会让你们当成养眼的工具呢！

我看也不看他一眼，直接走到湖边的大柳树下坐下。不远处，颇黎敞着衣襟惬意地喝酒，金子般的阳光下，这样的男子看上去很舒服。我忽然想，要是对面坐的是天行，那该有多好？想到这里，心里莫名惆怅。

颇黎注意到了我，侧过脸来，友好地对我笑了笑，旋即把他手上的酒囊抛给我。我接过来拿在手上把玩，却并不喝酒。

这时，苏鲁克和两个汉子在一处点燃了篝火，达尔和几个人赤着上身在河里捞鱼。吃久了那些干巴的肉，肠胃比牛还牛的突厥人怕是也受不了了。

“哟嚯！接着。”

达尔抓了一条大鱼，高高地举起，冲我们叫了一声，旋即把那条鱼抛给了我。

我接过那条活蹦乱跳的鱼，手忙脚乱了半天才把它按住。

这条鱼长得真奇怪，通体红得像血玉一般。

“小心！”

我探出手，正打算抚摩那条鱼细滑的鱼鳞，却被颇黎的叫声打断。

我不解地看着他。

“这种蛰罗鲑牙齿锋利得很，一口下去能咬掉你半截手指。”

颇黎起身走到我身边，接过那条鱼，折下枝柳条从它鳃边穿过。他动作娴熟，仿佛一个很老到的渔夫。我好奇地看着他穿那根柳条，就在这时，一团黑影向我飞来，我一惊，下意识地一避，但还是被溅了一脸的滑腻冰凉。我擦掉眼睛上的水一看，一条鱼正在我脚下挣扎。我错愕地抬头看向颇黎，他的神情同样错愕，深潭般的双眼看定了我的脸，里面闪烁着我看不透的光芒。

“让你接住你没有听到吗？”

达尔从湖里上岸，大声嘟囔着朝我走来，刚走到我身边，他就圆瞪了眼睛：“真主啊。”

我愤怒地看向他，恨不得狠狠捶他一顿。

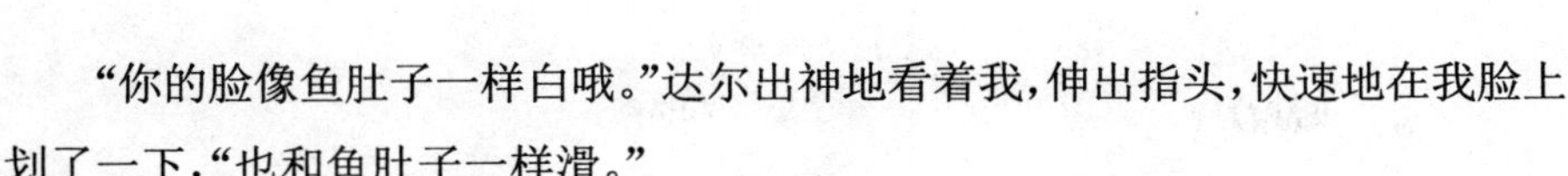

“你的脸像鱼肚子一样白哦。”达尔出神地看着我，伸出指头，快速地在我脸上划了一下，“也和鱼肚子一样滑。”

听他这样一说我才想到脸上的污秽只怕被刚才的水冲掉了，于是我怒视了他一眼，赶紧跑到湖边一照，哎，春光乍泄啊，都怨那混蛋达尔。

既然暴露了身份，我索性把脸和头发全洗干净了爽利上路。等我把清洁工作做完，那边已经传来了烤鱼的香味。

达尔看我走过去，有些不好意思地笑了笑，把烤好的两条鱼先递给颇黎和我。

“你是汉人？”颇黎淡淡地看着我，棕色的眼眸里是我所不熟悉的意味。

我半微笑地回看他，反正已经到了绿洲，就算他们把我扔下我还是有办法离开的，况且他们看上去也不像是那种不讲情面的人。

“颇黎，我们族里面有娶了汉人姑娘的，生下来的女孩也是她这个样子。”达尔连忙为我辩解。

“达尔，颇黎有他的看法。”苏鲁克阻断了达尔的话。

“带她离开这个黑沙漠吧，明天到了千泉，就让她离开。”达尔连忙请求道。

颇黎仿佛没听到他们说话，细心地挑着鱼刺，过了一会儿，他抬起头，把手上挑好刺的鱼递给我：“嗯，那就到千泉吧。”

我没想到他有这一举动，略一惊，还是接过他手上的鱼。

“嘿嘿，那就好！”

达尔欣喜地笑道，然后拍了下我的肩膀：“赶紧吃啊。”

我轻轻咬了一口脂香四溢的鱼，心里有些感动。达尔其实是个不错的叔叔，虽然有点自作多情……

第四十四章·沙钵罗可汗

CHAPTER 44

漫漫黄沙渐渐被抛至身后，一路无言，次日午后，越过一片草原，我们终于抵达了千泉。听师父说阿史那贺鲁将牙帐设于孛乐和千泉两处，此番看这里水土沃润，林树扶疏的风致，不得不赞他是个懂得享受的人。

入了城我才发现这里车水马龙，各地商贾杂居于此，建筑也比较汉化，宛如进了一个小长安。

我们在一个客栈里用完饭后分道扬镳，临分开前，达尔塞了一袋金币给我。

他们离开后，我找到这镇上最大的客栈，打算稍事休息再打探骆飞他们的消息，因为不出意外这几日他们也应该到千泉了。

这家客栈的老板是个蓝眼睛的胡人，他一见我立刻停下记账："啊……就是你了。"

他叫住我，从柜台里拿出一幅画像，"你是不是肖姑娘？"

我惊讶他的汉话说得如此之好，瞧这架势，定然是有人托他留意我，于是我点了点头。

"这里有一封信是给你的，你的同伴昨天留下让我给你的。"他确定我的身份后，将一封信递给了我。

我惊喜地拆开，骆飞熟悉的笔迹便出现在我眼前。

"谢天谢地！"我捧着信长长地舒了口气，"他们都没事！"

"老板，如何去但罗斯城？"

骆飞信里说隐藏在突厥的蜃楼线人在但罗斯城发现劫持天行那伙人的踪迹，

他们已经先行追赶过去，让我一接到信就赶往但罗斯城。

“不远不远，从此处往西行一百四十里就能到了。过了但罗斯城，就可以抵达孛罗了！”

“西边？那不是……”那不是达尔他们走的方向么，我略一沉吟，丢了块金币在他桌上，“谢过！”

出了客栈我立刻在镇中心的集市上买了匹良种三花马，快马加鞭地赶了过去。

入夜后，我一身疲累地赶到了但罗斯城，但见城里灯火辉煌，街头有许多穿着华丽的胡人美女巧笑着招揽各地旅人。

我下了马，在这异域的浮光丽影中孤身前行。

不久我就在一家大客栈前发现骆飞留下的暗号，我惊喜地踏入客栈，一个正在喝茶的[illegible]人[illegible]刻拦下了我。

[illegible]人于此处恭候多时了！请……”

[illegible]思量片刻后点头随他进了后院。这家客栈的后院颇为狭窄，[illegible]唐引进的花树。没走出几步，正对着我的大门开了，一个熟悉[illegible]。

[illegible]！”我不禁鼻子发酸：终于找到组织了！

他乍见我，眼中泛起一阵波澜。他还没来得及开口，另一扇门就打开了。

“小姐，真的是你！”

一身胡服的阿如一见我，禁不住激动快步上前拉住我的手：“我可担心死了！刚才在房里听到你的声音，还不敢相信是你！”

“嗯，我没事。”我拍了拍她的手，转而看向骆飞，“阿飞，你在信里说劫持皇上的人曾在这里现了形，可是当真？”

“不错，蜃楼的兄弟接到我们的命令后在各个关卡和客栈都安排了眼线，早在千泉时已经有兄弟盯上了行事谨慎的他们。等他们到了这里，我们的人上前插科打诨才发现了蛛丝马迹。”

“那当时怎么不救回皇上？”

“他们正要有所动作，忽然来了一队突厥士兵迎走了那些人，他们怕打草惊蛇，不敢轻举妄动。”骆飞顿了顿，“不过唯一可以确定的是，他们肯定受命于阿史那贺鲁，如今皇上肯定在阿史那贺鲁手上。”

"天！"我闭上双眼，半晌才激动地说，"我们这就去那狗贼的老巢，把皇上救出来。"

"不可！"

骆飞语气坚决地说，一边说一边将我往屋里让。

"如今孛罗城全城戒严，进出的人都要经过严密搜查才可放行。"

"你的意思是说汉人根本无法进城对吗？"

骆飞点了点头，我顿时失望透顶。

"苏大将军的人马已经进入突厥的地界，不日战争就要打响了，我们要等待时机，趁乱寻找机会混入孛罗城。

"不错！"阿如忽然插嘴道，"如今我们要做的就是等待时机，以免打草惊蛇。"

我不置可否地答了个"哦"字，心中却做了另一番打算。

简单地和大家吃完晚餐，我提议要出去散心，骆飞执意要与我一同前往，我推脱不过，只好有些郁郁地让他跟着。

但罗斯虽只是个小城市，但得益于处于交通要道，其纸醉金迷程度丝毫不逊色于长安这样的大城市。

"阿飞，你回去吧，我想一个人走走。"我无暇看街道两边的风景，挖空心思想把他支走。

"不可以。"他抱着剑，干净利落地否定了他上司的命令。

"孤男寡女一起散步，会有绯闻的。"

知道他这个人没办法说服，只得小声嘟囔一句作罢。

这时，前面街道上忽然出现了混乱，周围人纷纷跑上前去围观。

"哇，有热闹看，走……"

我一下有了兴致，拉起骆飞的手就往人群里钻。

"皇后，你！"

他还没来得及否定，就已经被我扯进了人堆。

"我给了你父亲十个金币，你现在居然想逃走，你是想让穆雅妲大娘我蚀本吗？"

但见街口立着一个美艳的波斯妇人，她手执马鞭不紧不慢对一个背影纤弱的

汉人少女训话。那少女匍匐在地上颤抖，说不出话来。

说着，那个叫穆雅妲的妇人蹲下身用纤长的手指托起那个少女的下颌，对面的人群立刻发出一阵惊叹。

“真不知道你们汉人怎么会有那么腐朽的贞洁观念……”穆雅妲居高临下地打量着她，“我把你献给沙钵罗可汗，你应该感到荣幸才对。愚蠢的东西！”

说着，穆雅妲恨恨地将她的脸扭向一旁，她半张明艳的脸顿时映入我眼中。我微有一怔，这少女真美，整张脸如羊脂玉般洁白温润。

那少女吃痛，长黛微颦，她挣扎着起身，拭去脸上的泪痕，凛然道：“我大唐子民的气节又怎是你这番邦蛮夷所能懂的？要让我伺候杀戮我父母兄弟的仇人，我宁肯一死！”

说罢，那少女猛地蹿上前去推倒穆雅妲，一头撞在石柱上。骆飞飞身上前抢救不及，只听一声闷响，那少女顿时香销玉殒。

周围人尖叫着退开数丈远，却不肯散去。

穆雅妲皱了皱眉，将马鞭弃于地上：“该死！”

一个胡人汉子叹息了声，凑近穆雅妲道：“听人说沙钵罗可汗喜欢端庄的女子，这个本来最有希望，居然……哎！”

“哼，不知好歹。”穆雅妲瞥了眼那少女的尸身，“你马上再找一个这样的汉人姑娘来，后天就是沙钵罗可汗寿诞，我得把这些礼物献上去。”

说着，她扭着水蛇腰进了街前一家披红挂绿的妓院中。

众人见热闹看完，三五成群地散去。我看着地上那少女的尸身，心中一阵悲痛惋惜：“阿飞，这个女孩有气节得很，我们断不能让她暴尸于这异国他乡。”

骆飞点了点头，抱起那个少女。我们一路无言，我不时看那少女褪去鲜活的脸，心中郁郁。回到客栈，客栈小二见我们抱着一死人，顿时大骇道：“客人，千万不能把死人带进我们客栈啊，我们这里以后还要做生意的。”

我和骆飞对视一眼，知他的话有道理。

“这样吧，街头有一家店可以火化人的尸体，你们将这个女孩火化了再带回家乡吧。”小二也知道我们得罪不得，于是提出了一个折中的建议。

“你先回去，这事情交给我去办。”骆飞淡淡地看着我说，“好好歇着，这么些天你也该累了。”

“说这么体贴的话干什么啊？”我嬉笑着拍了下他的肩膀，“去吧，我会好好歇着的。”

骆飞这才抱着那女孩随小二走了，我目送他们的背影消失在转角处，打了个响指，转身向来时之路跑去。

胡地的妓院颓靡俗艳，葡萄美酒的醇香熏得我几欲沉醉。我垂手立在一旁，装出矜持婉约的样子。

“就是你要见我吗？”穆雅妲奇特的口音再一次响起。

“嗯！”

“抬起头来。”她有气无力地说。

“是！”

我缓缓抬起头来，她那张浓墨重彩的脸顿时跃入眼帘中。

穆雅妲乍一见我，脸上懒散的笑意便凝住了，一双深碧的眼中不断跳跃着惊喜。

“哈……”她靠近我，拉起我的手，上下左右打量了我一阵才问道，“会跳舞吗？”

“会一些。”

“你会跳那些大唐的舞蹈吗？”

“自然会，奴家正是大唐人。”

“那就好！”她拍了一下手，笑逐颜开，“你打算要多少卖身钱？”

“我不要钱。”我微微一笑道，“因为我知道大娘一定有本事让我享尽荣华富贵，那点钱我要来何用？”

“很好，我要的正是你这样的人。”她满意地点了点头，“你跟我来。”

我低着头跟在穆雅妲身后，穿过长长的回廊，我们走进一间锦绣堆砌的宽敞大屋子里。

“你可愿意伺候突厥的沙钵罗可汗？”穆雅妲掩上门曼声问。

我故意犹豫了一会才点头：“既已进了这样的地方，伺候谁都是一样的。”

“很好。这才是聪明人。”穆雅妲的目光中满是赞许，“你去屏风后的浴池里沐浴更衣，我要看看你这个聪明人有没有做可贺敦的命。”

说着，她抛了件柔丝长袍给我。

我温婉地说了声是，步入屏风后，但见屏风后有一汉白玉砌成的大浴池，汩汩

热水从池边的金鼎中流出，无声地注入池中。

我褪去臃肿的匈奴衣服，跃入池中享受久违的沐浴。

一个时辰后我心旷神怡地披了浴袍出去，正在铜镜前描眉的穆雅姐冲我微微一笑。我在她的示意下走近她身边，她探出纤细莹白的手，轻轻地将我的袍子褪至肩头。

她的指腹从我的肌肤上不着痕迹地滑过，激起我一阵战栗。她似笑非笑地打量完后才发话："没有男人可以抗拒这样的身体，包括沙钵罗可汗，你实在太让我骄傲了。"

我继续扮我的内敛淑女，含笑不语。

"你换上这件舞衣，后天我会安排你献舞，一定要让沙钵罗可汗留下你，然后夺得他的心。要知道他和别的汗王不一样，身边一个女人都没有，几乎没有人会阻碍到你。"穆雅姐唇边的笑纹越发深刻起来。

见多了巧夺天工的舞衣，穆雅姐这件精致舞衣已入不了我的眼。她帮我层层穿好，引我至镜前，我这才发现这衣服自然有它的妙处，只见轻盈通透的衣料和巧妙裁剪使我整个身体如笼于薄雾轻烟间，满是圣洁的诱惑。

"再戴上这层面纱，他一定会和所有男人一样好奇面纱后的容颜。"穆雅姐有些激动，喃喃自语道，"这五年来，他总是拒绝各地敬献的美女，我就不相信他对他已经死去的可贺敦有那么深刻的感情。"

哦？如此说来，阿史那贺鲁倒是个多情种子？

"如果后天你能顺利留在沙钵罗可汗的牙帐里，把这个倒进他的酒中。"

我正出神，穆雅姐递了个小纸包至我的面前。

"是。"我接过它，低眉顺眼地回答。

"你不好奇这是什么？"她问道。

"我只知道应该这样做。"

"很好！这是一包神奇的催情药，至于有什么用，我相信你一定知道。"她暧昧一笑，脸上颇有得色。

次日一早，我和五个艳丽的西域少女被塞进了一辆大马车中，为了行路方便，我们都统一穿着有面纱的波斯衣服。

一路颠簸，直到午后我们才顺利到达孛罗城外。孛罗城的守城见是穆雅姐，略微检查了一下马车便嬉笑着放行了。

马车入城后，那几个西域少女纷纷探出头去看街上的风景，不时发出吃吃的笑声。我时不时瞟一眼街道两边，并不为其繁华所蛊惑。

马车行了半个多时辰，方才进入阿史那贺鲁的牙帐驻地。

"你说大汗为什么不住在城市里？"几个少女交头接耳议论道。

"不知道，草原有什么好的？到处都是牛羊，气味恶心得很。"

听到这里，我摇了摇头，不动声色地摸了一下我的靴子里藏着的匕首，见它还在，我心里安稳了很多。

就在这时，外面忽然传来一阵急促的马蹄声，我挑开帘看了眼，见是一群前来迎接的突厥人便厌烦地放下帘子。

"穆雅妲大娘，你还是像星星一样璀璨耀眼。"

一个熟悉的声音传来，我一怔，不由发笑。

"达尔大人，你也依旧英姿勃发，骏马般刚健漂亮。"穆雅妲媚笑道。

我且偷笑且听达尔大叔和穆雅妲大娘调情，真没想到达尔居然是突厥的高层，那么颇黎呢？忽然想起那个将我从狼吻下救出的颇黎，他的职位只怕比达尔还要高吧？

"今年你带来的姑娘在什么地方？"

"在那辆马车里，大汗选完后，最漂亮的那个自然要送给达尔大人你了。"穆雅妲赔笑着挑开我们乘坐的马车帘子。

我连忙低下头，生怕被达尔发现。

忽然，一只大手伸到我面前。我一惊，身体不由往后一倾，慌乱地看着打算掀我面纱的达尔。

"大人，你这是干什么？"穆雅妲也很吃惊，连忙拉住他。

"这个女孩的眼睛长得很像我喜欢的姑娘，让我看看她。"达尔挣开穆雅妲的手，探进身体来扯我的面纱。

我连忙缩到角落，背对着他，拼命用手护住自己的头。我倒不是怕他，而是怕他强行把我留下，那样一来我就见不到阿史那贺鲁了。

"算了，肯定不是她。那丫头凶悍得很，要真是她，这会儿我一定被她揍趴下了。"达尔有些失望地说，说完后还自我解嘲似地笑了笑，"你们过去吧，我专门为你们清理了两个最大最舒适的营帐，你们好好休息，明天晚上好好为大汗表演！"

说罢，他放下车帘。少顷，但闻车外一阵马蹄响，达尔一行已向草原更辽阔的地方驰骋而去。

第四十五章·风 月
CHAPTER 45

我们的营帐果然如达尔所说般宽敞明亮，我和那些胡姬没有共同语言，于是偏安一隅，练习舞蹈。

整个下午不断有远道而来的客人，帐篷外显得格外热闹。早就听说阿史那贺鲁总领十姓部落，控制西域各国，叱咤关外，这点从他寿宴的来宾就可窥一斑。

次日一早，草原上已经开始热闹起来，赛马的赛马，烹杀牛羊的烹杀牛羊，女人们则在帐篷里盛装打扮，装扮停歇后便去各个帐篷里串门，暗暗比拼谁家女人打扮得精致漂亮。她们似乎并不歧视妓女，反倒把我们这群人当作时尚的先驱，纷纷前来向我们学习如何画最时兴的妆容，调配最美妙的香料，将我们礼为上宾。

从她们口中我才知道，为了庆祝这次打败唐人，他们特地按“那达慕”大会的规模为他们敬爱的大汗庆生。

晚饭时分，我们终于获得出帐篷的机会，一群莺莺燕燕都围坐在帐篷外享受烤肉和瓜果，而我作为献给阿史那贺鲁的VIP人士，被要求呆在帐篷里化复杂的妆容。

不得不说的是穆雅妲大娘确实很懂得审美，完全了解怎么通过装束体现唐人的雍容与妩媚。两个时辰后，我在她手下脱胎换骨。

立于铜镜前，我恍惚了很久。

“你直鼻秀眼，眉细疏朗，美则美，却嫌太淡。我这些天一直在想，怎么保持你那秀骨清像，又增添媚人颜色。”穆雅妲在镜前絮絮道，“直到刚才我想到‘飞天’，你们中原式的飞天不正是你这样的长相吗？”

我点了点头，若抱上一支琵琶，立于风中，襟带飞舞的韵致倒真有几分像壁画上的飞天。

入夜，草原上空天幕幽蓝，上弦月清冷地俯瞰整个草原的狂欢。

突厥的舞台很简陋，但在那群妖艳胡女的点缀下，风情并不输给长安的教坊。

我坐在纱幔飘飞的高台内，听着外面传来的悠扬胡乐和男男女女的笑声，莫名觉得孤独。

这时，一阵悠扬的琴声传入我耳中，那琴音缠绵悠扬，意味却又孤独高远，仿佛和我此刻的心情丝丝紧扣。只不过那琴的音色却是我所不熟悉的，有点像琵琶，但没有那股子冷涩，更像是现代人弹的吉他。

自这琴声响起，整个大草原都安静了下来。

是什么人能有这般魔力，顷刻净化所有喧嚣？

我不禁好奇，恨不得探出头去观望。如是徘徊了一阵，还是怏怏作罢。

一曲终了，一阵叫好声和雷鸣般的掌声潮水般涌来。

“沙钵罗可汗的火不思弹得真好！”这时，从高台下传来几个女孩的议论声。

原来他竟然也精通音律！我不屑地摇了摇头，探出手去调我的古筝，宫廷生活里的长期拨弄使得我俨然成了一个古筝高手，用菲姐的歌糊弄众生的时代也早过去了。

在众人的欢呼声中，响彻云霄的西域音乐奏响了序曲，那几个艳绝群芳的胡姬踏着狂放活泼的鼓点旋转起来。我在高台之上虽然不能窥见太多旖旎的风光，但我完全能够想象出那场面是如何的惑乱众生。

音乐进入高潮后，我便开始为自己的出场做准备。

俄而，所有乐声停顿，我轻拨古筝，婉约流转出江南的柔媚：

“半冷半暖秋天，熨帖在你身边

静静看这流光飞舞

那风中一片片红叶，惹得心中一片绵绵

半醉半醒之间，伊人笑颜浅浅

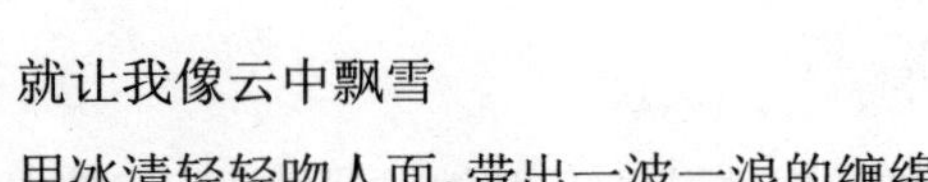

就让我像云中飘雪

用冰清轻轻吻人面，带出一波一浪的缠绵

留人间多少爱，迎浮生千重变

跟有情人做快乐事，别问是劫是缘……”

我并没有按穆雅妲大娘所说的在这高台上翩跹，我的舞姿并不是用来取悦那些不相干的人的，她要的只是迷惑，那么，声色就足矣。

我旁若无人地弹唱，乐声过处，尽是我和天行的缠绵。他的柔情，我的思念，此刻纠结于这靡靡之音中，催得我愁肠百结。

听人说燃烧记忆可以取暖，因此在这样高处不胜寒的地方，因为有他的回忆，鼓荡于我袖间的冷风便被漠视了。

曲尽，我提起身边的花篮，里面盛满了轻薄的金箔，穆雅妲的意思是做成漫天飞花的奢华之美，这样的美，往往才能打动世俗之人。

她的话有些道理，我迎风站于高台之上，撒下漫天金箔时，底下那些人这才沸腾起来。而先前的乐声，他们根本不懂。

撒完那些金箔，我已倦怠，回转过身去，不料一阵强风吹过，脸上的面纱忽然被掀了起来，远远地飞了出去。

我一惊，连忙回过身去抓它，不料它随着风越飞越远，径直朝席中最中央的人飞去。

我紧张地看着它，希望它千万可别表错情。一念还未转完，那面纱故意与我怄气般扑到那个人脸上，这才服帖温顺地落入他怀中。

周围人一阵哄笑，反倒把先前的热闹盖住了。

我有些羞赧，连忙从楼梯上跑下去，躲进自己的帐篷里。

这时，外面又响起震耳欲聋的颓艳曲调。

我没好气地坐下，恼火得不知该如何才好，又有些委屈，居然被那些臭突厥人嘲笑。

“臭异天行，你跑到什么地方去了？”我忿忿骂道，一想到他下落不明，不禁心中发酸。

“哟，姑娘，你这是怎么了？”

穆雅妲媚笑着进来，一阵浓艳的香风便迫到我面前。

“没……”

“别难过，旁人看不出来，我却知道你做得很好，那沙钵罗可汗肯定被你迷得七荤八素了。”她坐在我身边安慰我说。

“……”

她见我不语，又说：“自打你一露脸，他就目不转睛地盯着你看呢，我就在他附近坐着，他眼睛里的情意瞒不过我去。”

呸，肯定是一个老色狼！老色狼加老色女，你们才是天生一对呢。

我在心里啐了她一口，骂道。

“怎么，你不相信我说的？你们倒真该有一段情缘，不然那面纱怎么会偏偏落在他怀里？”说到这里，穆雅妲得意地大笑起来，“你就等着被他宠幸吧！”

什么？刚才那男人就是阿史那贺鲁？真后悔没仔细瞧他一眼！

“你准备准备，我去套他的口风。”她见我不接腔，也不见怪，起身扭到帐篷外。似是想起什么，她回过头来，意味深长地说，“待会别忘了那包药。”

穆雅妲前脚离开，我便跟着出去了。

帐篷外依然热闹，我望着那些几乎一模一样的帐篷有些犯迷糊，他们到底把天行关在什么地方了？

好在我心中早有了计划，虽然有些失望，但尚不至于绝望。如果真如穆雅妲所说，我就有机会接近阿史那贺鲁，到时想办法将窃听器藏在他的大帐内，不怕不知道天行的下落。想到这里，我安心地返回帐篷等待。

等了大半个时辰，几个面相淳朴的突厥妇人在穆雅妲的带领下走进帐篷，看她们统一着装就知道她们应该是有品阶的仆妇。

“跟我们走吧，还愣着干什么？”穆雅妲喜气洋洋地说。

“怎么？”

“香汤沐浴。”穆雅妲挽着我的手，“大汗看中你了，要你侍寝。”

“……”

这明明已在计划之内，但兀地听到香汤沐浴、侍寝几个词，我心中便有些抗拒厌恶。

“傻孩子，我们等的不就是今天吗？”穆雅妲劝导说，“可别辜负了大娘我对你的一片栽培，安心去吧。”

沐浴完毕，我在那几个妇人的引领下来到一个装饰精美的毡帐前，我在门口徘徊了一下。

“前面那最大的是可汗的大帐，是大汗居住和与大臣们商议朝政的地方，这个是夫人的毡帐。”

“是他让我在这里等候的吗？”

“大汗没有说。”

“那我不在这里，我要去大汗的毡帐！”

“这个……”为首的妇人犹豫了一下说，“这个并不符合规矩。”

我恋恋不舍地看了眼那豪华的穹庐大帐，若是现在能进去，我装完窃听器就直接闪人，免得和阿史那贺鲁那突厥老头子打交道。

进入帐内，一股幽香沁入鼻中，我定睛一看，这帐篷装饰得好似江南女儿的闺阁，琴案、妆台、香炉以及刚插好的香花，哪有关外的风情。

“是不是搞错了？这是哪位夫人的帐篷？”

“并不是哪位夫人的帐篷，这个帐篷原本就是空着的。”

“你们先退下，我在这里等待大汗。”

嘴边勾起一抹苦涩的笑意，我屏退她们。

怎么办？天行就在我附近，我怎么能放弃计划临阵脱逃？可是，如果留在这里，那阿史那贺鲁要是动了色心，结局肯定是鱼死网破。

我烦躁地来回走动一圈，最后决定留下。

枯等了一会，我走近琴案，但见一架上好的古筝放置其上，我轻轻抚那琴弦，一阵叮咚轻响。

“兰馨？”

我瞧见那琴边用小篆写着兰馨二字，不由得念出声来。

兰馨，名字真美，她应该是这琴的主人吧？

我若有所思地坐下，凝神弹起刚才的《流光飞舞》。

“蒙恬芳轨没，游楚妙弹开。

新曲帐中发，清音指下来。

钿装模六律，柱列配三才。

莫听西秦奏，筝筝有剩哀。”

一曲未尽，身后传来男子的吟哦之声。这诗我知道，是当世才子李峤的《筝》。我顿了顿，并没有回头，继续抚琴。

来人就是阿史那贺鲁吧？没想到他的汉话竟然如此之好。

他缓步走到我背后，默然看我弹琴。

蓦地和自己的仇人离得这么近，心里一阵慌乱紧张，指法一滞，琴音顿乱，于是索性停了下来。

他轻声一笑，俯下身来，微摇琴弦，接着我先前弹的地方弹了下去。

我没想到他会有此举动，僵直地坐在琴边。

他并不顾及我的尴尬，继续环住我抚琴。他的琴技较我还要出色，琴韵于细腻、委婉间又掺杂着悠远的孤寂。

我心中转过百般思量，又是羞恼又是憎恨，于是探手按住琴弦，漠然回头看他。

这一回首，心中更是没来由的气愤。

"颇黎。是你！"

他长身而立，不疾不徐地说："是我。没想到再次遇到，你竟然成为了我的女人。"

"你胡说，谁是你女人？"真后悔在沙漠时没能早日识破他的身份，否则当日早就想法子劫了他换回天行。

"怎么，难道不是你先以声色惑我的吗？"他揶揄道，淡棕色的双眸中是我看不透的意味。

"我……"我低下头，咬了下嘴唇说，"难道你看不出我是被逼的吗？"

"哈哈。"他朗声一笑，"我自然看得出来你是不是被逼的。"

"你什么意思！"我被他的态度激得有些恼火。

"故人重逢，你好歹要温柔些。"他避开我的问话，闲散地说。

"故人？我们算是故人吗？"我没好气地说。

"于我来说，算是。"他点了点头，却并不解释。

我侧过脸，并没兴趣揣度他的想法。

我该怎么办，若他是旁人，我不会如此尴尬，曼声诱惑便是，可……

"颇黎，放我走好不好？"

犹豫了一阵，被迫开口，算是讨饶：我无法在他面前上演美人计，也不太情愿把匕首送进他的胸膛。

“不好。”他一步步逼近我。

“……”

我坚持不退却，但不能否认他仿佛是个会蛊惑人的妖魔，一失神便会在他的言笑间无所适从。

“你不了解男人，更不了解男人的欲望。”他适可而止地停下了，漫不经心地从花瓶中拈出一朵冶艳的花，轻轻将它插入我的鬓边，“你不该出现，更不该回到我身边。”

话音刚落，他一伸臂，将我打横抱起，我整个人就落进他的钳制中。

“你放开我。”我圆瞪了双眼，怒目看向他，一边挣扎一边大声呼喊，但他仿佛没有听到，依然从容不迫。

“你放不放？”我对他下最后通牒。

“不放。”他看也不看我，径直往床榻边走去。

激怒之下，我死命一挣，一口咬住他的耳垂。他吃痛，手上的力道顿减。我趁势挣脱他的怀抱，迅速抽出他腰间的弯刀，向他进攻。他反应极快，身手也远好过我数倍，闪避过我的致命袭击后，才拆了几招后，就轻松地将我双手缚住。

“忘了你还有杀狼的本领。”他在我身后漫不经心地说。

“不错，再不放开我，我便连你一起杀。”我挣了挣，恨恨地说。该死，这混蛋力气怎么这么大？老天爷未免也太耍我了吧？

闻言，他猛地扳过我的身子，一把将我箍进怀中，我侧过脸，做出嫌恶的表情不去看他。

“你抗拒我？”他腾出一只手，抵住我的下颌，迫近我说。

我已经感觉到他身上传来的炽热，他的气息让我头脑发涨。我憎恶这样的感觉，一边躲避一边大声叫唤道：“救命！非礼啊！”

“傻丫头，外面都是我的人，不会有人来救你的。”

他似乎以调戏我为乐趣，右手的食指轻轻在我脸颊滑动：“晔兮如华，温乎如莹……你动了我的心，岂能让你潇洒了去？”

“非……”

话音还未曾落下，唇已为他所吸吮。我茫然睁大了眼睛，看着这个完全陌生的家伙。他居然敢吻异天行的女人？

他显然不知道我的仇恨和屈辱感，在他心目中，我只是一个被他看中的女人，此时虽抗拒他，但终将为他驯服。因此，他的神情那般陶醉怡然，连唇边都始终萦绕着化不开的笃定笑意。

良久，大约觉得心满意足了，他睁开迷醉的双眼看住了我。

我表情淡漠地与他对峙。

他一怔，眉头微锁。

我轻轻推开他，在他面前站定，木然地解开腰间的衣带，那如烟似雾的轻纱便如水般从肩头泻下，洒下一片莹白。

第四十六章 · 秋　狩
CHAPTER 46

"你……"

我目光淡淡扫在他脸上，无喜无嗔地说："如果你只是想得到我的身体，那么，我就在这里。"

他看定我，眼中似有恼意，我仰起脸，沉着而坚定地回看着他。

良久，他平平淡淡地开口："你赢了。"

说罢，他轻轻一笑，似是自嘲，回转身去，毫不留恋地离开我的帐篷。

见他离开，我连忙拾起地上的外衣裹住身体，这才长长吁了口气。

在帐篷里焦躁地坐了一阵，不见有人撵我，我就不客气地在帐篷里睡下。

一觉睡到自然醒，迷茫地看了眼透进帐篷里的白蒙蒙的阳光，好一会儿才想起自己的处境，立即翻身起来。这时，我才发现四个垂首而立的仆妇早已端着盥洗用品伺候在一旁了。她们见我醒来，皆冲我微笑，为首的一妇人轻言细语道：

“夫人，请让我们伺候您梳洗。”

我回了个微笑给她们，心中却防备得很，不多说话，只小心翼翼地将自己打理妥当。

她们伺候完我梳洗，鱼贯退下。不久，一些奴仆弯着腰进来，安静地将食物摆在案上，我定睛一瞧，心念一动。这是他为我准备的吧，虽然都是塞外食材，但做出来的都是长安贵族爱吃的花样，我抓起一个做工略显粗糙的玉露团咬了一口，香浓的奶酥顿时化在我的舌间，唇齿留香，心情大好的我面无表情地把桌子上的东西来了次大扫荡。

“味道如何？”

帐篷帘被掀开，阿史那贺鲁面色自若地走了进来。

阴魂不散！一见到他，我沉下脸把吃的放下，做正襟危坐状：“一般得很。”

他微笑着在我对面坐下，坦然得像什么事情都没发生过。

见他这样，我也不好意思太拘谨，否则就显得小家子气。拈了一个玉露团，大方地递给他：“喏，吃吧！”

他笑看着那个玉露团，并不接：“你们汉人说的嗟来之食，是否就是指这个？”

我内心小堵，恨恨地缩回手，一口吞掉那个玉露团。

“对了，你这么全副武装的样子，打算干什么去？”

看他身着紧身猎装，腰配短刀，不由好奇地问道。

“去塞里木湖打猎。”

“打猎？好玩吗？”我敢肯定我的眼睛又亮了。

“好玩得很。”他见我好奇，不徐不疾地答说，“塞里木湖很漂亮，这时节去能看到水鸟群集，镜子般的湖面上还有天鹅顾影自怜。湖滨碧草繁花，毡房星点，马嘶羊咩，是个游玩狩猎的好去处……此外，那里离金牙山也很近，在金牙山不但可以猎到天鹰、隼和雪豹，运气好的话，还能摘到雪莲。”

不是吧，这可是秋天！天鹅？烤鹅还差不多！

“听说雪莲花还是很漂亮的……”我撇了下嘴，然后无限神往地说。

“想看？”

“嗯。”我郑重其事地点了点头，“忘了是金庸还是梁羽生说那个吃了可以增加一甲子的功力，所以很想弄一朵尝尝。”

“……”

过了好一会儿，他才说："你可懂得骑射吗？"

"会一些。"

"那就好。"他有些喜悦，然后起身对旁边的奴仆吩咐了些什么。

他的突厥话说得很快，我一时也没听明白。

很快，一套突厥女子的猎装摆在我的面前。

"这个？"我指着那套衣服，仰面问道。

"随我一道去塞里木湖打猎。"他用半命令式的口吻说。

"不去。"

我偏过头，生平最恨别人命令我……

"一会儿我来这里接你。"

他没有看我，简单地吩咐了一句，转身离开，临了才回过头来说："不是要看雪莲吗？这会儿正是时候。"

紧窄的胡服穿在身上，整个人仿佛也英姿勃发起来，我满意地打量了下铜镜中的自己，还真像那么回事。

掀开帐篷的帘子，阿史那贺鲁背对着我，用一种遥望的姿态打量着他的草原和牛羊。

一只雄鹰从天际平稳的飞过，留下一声渐次隐没的啸鸣。

"阿史那贺鲁。"

他应声回头，先前的自得和惬意并没有掩藏好，见我一身猎装，正是他想要的样子，旋即满意地笑开了。

"像以前那般叫我，阿史那贺鲁用你们汉人的话喊出来很怪异。"

颇黎，我在心里念了一声这个名字，在突厥语中，这个词的意思是狼。

"你叫什么，女人？"

我淡漠地看了他一眼，随便诌了个名字："贺兰雪。"

"兰？"他语气一涩，锐利的眼神仿若折断一般，凌乱，"雪……"

"大汗，准备出发了！"

不远处，一行人朝我们走来，为首的是达尔大叔和苏鲁克。

快近至我们身边时，达尔放慢了脚步。苏鲁克快步上前，看了我一眼，微微一笑，对我行了个一般性的礼。

“大汗，一切都准备好了，我们要出发了。”

阿史那贺鲁恢复原有的平静，亲近却疏离，用惯用的姿态说了一个字好。

我一直看着他，见他看向达尔，我的目光也落在大叔身上。但见他黑着张脸，眼中隐藏着强烈的愠怒。

大约是感觉到我的眼神，他看了我一眼，脸依旧黑得可怕。

唉，可怜的达尔大叔，从今天起，他将要度过一段难熬的失恋岁月，直到把我忘记。

“老师不去狩猎吗？”

阿史那贺鲁的目光很快从达尔身上抽离，朗声问道。

“你们去热闹吧，我留在营地，想来不久就有更大的热闹了。”

这时我才注意到一个着汉人服色、年近五旬的男人，他神态不卑不亢，目光炯炯，我可以肯定他文士的外表下禁锢着枭雄的灵魂。

刘霍然！他就是那个在阿史那贺鲁背后出谋划策，与我师父抗衡的汉人军师刘霍然吧？片刻，我才恋恋不舍地将目光从身上收回，因为他也正在打量着我。

阿史那贺鲁听出了他的话外音，神色一凛，凝视了他半晌后，刀锋般的唇上绽开一个深刻的笑意：“有劳老师！”

说罢，他快步走进人群中，有意地拍了拍达尔的肩膀，然后搂着他的肩膀一起往马队那边走去。

我跟在他们后面，觉得有些好笑，达尔矮胖的身体在阿史那贺鲁臂弯里刻意想去挣扎，显得有些滑稽。也不知道阿史那贺鲁和他说了些什么，他慢慢不那么抵触了，肢体语言也趋向平和。又过了一会儿，他回过头来，恋恋不舍地看了我一眼，表情忧伤，然后又若无其事地看向别处。

我长吁了一口气，他好歹放下了，草原上的男子，心是最自由的。

只是……我看了眼阿史那贺鲁高大挺拔却分外孤独的背影，摇了摇头，为何他却始终放不下那个兰字？

一行人兴高采烈地在天高云淡的草原上驰骋，我不知前行的终点在何处，总是有些忐忑。

行了小半天，茫茫的草原尽头忽然冒出连绵的雪山，疲惫的双眼顿时被那带莹白刺亮。

目的地就在前方，大家都激动起来，纷纷吆喝着打马前进。

为首的阿史那贺鲁似乎并不和他们一样激动，反倒放慢速度。

我知道他的意思，却并不赶马上前，依然慢吞吞的信马由缰。

好一会儿，我的马才跟上他。两人并肩无言，彼此都有心事，谈不上坦然。

大约是近雪山了，周围的空气湿冷，却分外清新。

没走多久，眼前忽然出现一片耀眼的蓝，眼前的蓝色湖泊如镶在冰山雪原之中的宝石，闪动着静谧幽深的光芒，湖边的草呈黄绿色，一大片一大片的，颜色浓烈厚重，让人心醉。

"啊，那是塞里木湖吗？"我惊讶地看向阿史那贺鲁。

他微微颔首："是不是很美？"

"嗯！"我重重地点了点头，终于明白为什么当年天行执意要带我去北疆。

这时候，前面的那群突厥蛮子的马蹄声惊起了栖息在湖滨的水鸟，数只或白或灰或杂色的大鸟纷纷扇动翅膀往更远处飞去，听着翅膀鼓动的声音，我宛如置身天堂。

阿史那贺鲁见我喜欢，腾身而起，抓住一只沙鸥，将它递给我。

我高兴地接过来，用手摸了摸它灵活小巧的头，然后将它贴在我脸上磨蹭，好半天我才恋恋不舍地将它放飞。

阿史那贺鲁呵呵笑了声，一抖马缰，任由马儿自在地驰骋远去。

看着前面的热闹情景，原本高兴的我忽然有些失落，战争就要打响了，而我们这些快活的人最终不是你死就是我亡。

我凝神看定了阿史那贺鲁，下意识地摸了摸藏在腰间的匕首。

若是再不找到天行，我势必要发疯的，如果真到那个时候，我一定拉上这个男人同归于尽。

我一边思量一边将马赶往湖边山水相接处，抱膝坐在水面凸出来的一块白石上发呆。湖面的风微凉，耳边不断传来禽鸟与野兽悲惨的鸣叫，闭上眼睛听得久了，居然就麻木了。

傍晚，那群因为杀戮而兴奋的突厥人吆喝着从遥远的地方回来，我厌倦地收起鱼竿，看了看钓上来的小鱼，非常不满。

好一会儿，那些家伙终于从落日的阴影中迫近到面前。为首的阿史那贺鲁收获颇丰，马上挂了无数珍稀动物的尸体。

“这恐怖分子，要是搁现代，都不知道该枪毙多少回了。”我小声嘟囔了一句。

“哇塞，你真厉害，打到这么多东西！”到了他面前，我立马换了一套言辞。没办法，人在屋檐下，不得不低头啊。

他不置可否地笑了笑，但看得出来他心里应该很爽。

草原那边，苏鲁克他们已经利索地搭起帐篷来，达尔大叔不时地往我们这边瞟，过了好一会他终于忍不住叫了起来：“喂，那女人，过来搭把手！”

我正愁没机会逃脱阿史那贺鲁的魔爪，一听这话，兔子一般窜了过去。

“杀、不杀、杀、不杀……”

入夜，草原上生起了篝火，一群突厥爷们围着火喝着酒和羊奶说些小段子。我反正不怎么听得懂，于是独自坐在湖边，扯了一朵花，不停摧残其花瓣。

好一阵子，那些人渐渐散了，各回各的帐篷。

身后窸窸窣窣传来人的脚步。

“你在干什么？”

他在我身边坐下，柔声问。

我没回答，总不好意思说“我在琢磨晚上是不是要干掉你”吧？

“愁。”我委屈地说，一副甜美婉约的小可爱样子。

“愁什么？”

“……”

“喏，这个给你。”

见我不答，他静默地从怀中拿出一截毛茸茸的东西递到我面前。

我接过来，轻轻一抖，原来是条围脖。

“白天猎了只紫貂，用它的皮毛做的。”

我心里小小地温暖了一下，连忙岔开他的温柔：“这片湖真美，真想一直呆在这里。”

听我如此说，他神色微微一黯。

我知道大约是有人曾和他说过类似的话，勾起了他的伤心往事，正打算开口安慰，不料他神情忽然一凛，按在地上的手越发用力。

他制止我说话，一把拉起我："有一队人马往这边来了，应该是我的敌人。"

我还没有回过神，东边已经隐隐传来了混乱的马蹄声。

第四十七章·被俘 CHAPTER 47

火光猎猎，照透了整个草原的苍茫。

但见前方疾风般卷来一队人马，气势强劲霸道。为首之人大约恨阿史那贺鲁入骨，立于马镫上对准我们连放数箭，所幸距离尚远，均被我们躲闪了开去。

我们一边退，一边闪避，阿史那贺鲁手下的突厥武士早已经涌出帐篷，纵马迎战。

一场没有伏笔和前奏的战争就这样仓促而凌厉地展开了。

混乱中，一匹三花骏马如有灵性般朝阿史那贺鲁奔来，阿史那贺鲁一把抱住我，翻身跃上马背。

我惊愕回头匆匆瞥了他一眼，他紧抿着嘴唇，目光锐利地盯着前方。

生死攸关之际，我也顾不得尴尬，只怕自己成为他的掣肘，当下急道："颇黎，放我下去。"

他并不回答，以极快的手法引弓搭箭，须臾间，只听耳边飕飕数声风响，数支利箭带着暴戾霸道的气势破空而出。

我回首一看，敌人纷纷应声坠马，惨号连连。

"颇黎……"我哑然。

他眉一扬，大约是得意其例不虚发的箭法，肆意一笑才安慰我道："不妨。"

说罢，他又连发数箭，来敌为其凌厉之势所慑，一时不敢上前迎战，纷纷勒了马。

“额吉，别来无恙！”阿史那贺鲁策马上前，朗声问道。

我顺着声音看去，对方是个剽悍威猛的汉子，眉眼中杀机暗藏，半挑了抹狠辣的笑意：“很好！”

这时候，达尔和苏鲁克策马上前，苏鲁克看了我一眼低声问道：“他们如何知道大汗来塞里木湖的？”

阿史那贺鲁抬手制止了他的话，一把将我搂得更紧：“一会儿你和跋锋瓒兄弟从西边缺口攻入，务必搅乱他们的阵脚！”

“是！”

苏鲁克对后面挥了挥手，两个身材魁梧的武士已经跃马上前。

“寂月武士们，拿下额吉人头者，赏金十万！”

阿史那贺鲁振臂高呼，他身后的武士山呼响应，话音刚落，这群训练有素的武士已经旋风般杀入敌阵。

我凝神看着战况，额吉那边虽然人数众多，但论起实战经验和凶狠悍勇却丝毫不能和阿史那贺鲁的寂月武士相比，是故那边的敌人一路节节溃退。

在距额吉十数丈的距离外，阿史那贺鲁再次拉满了弓。对方一见他引弓，立刻分出一队人马高举盾牌挡于额吉之前。

我屏住呼吸，丝毫不敢动弹，盯着那道盾牌搭起的铜墙铁壁，觉得周围顿时安静了下来。

良久，耳边弓弦声动，一支利箭以迅雷之速鸣镝而出。只听”当”的一声，那道盾牌之墙应声零落，那支不辱使命的箭狠狠地插入额吉的左眼中。

我倒吸了一口气，脊背僵直。

数百步之外，他的箭是如何打开盾牌间拼接的缝隙，直击敌人的？

想到这里，我心念一动，手微微颤抖起来。

那边的兵士见头领中箭，军心大乱，寂月武士则斗志昂扬，手起刀落间敌方死伤无数。只不过敌方虽已是强弩之末，却依然仗着人多负隅顽抗。一时间草原上人声沸腾，血腥四溢。

“兰雪，在马上等我回来，这个你拿着防身！”贺鲁看得豪情顿生，不再安于马上观战，当即抽出一柄长矛，翻身下马，跃入阵中。

我些微一愣，握紧他给我的射远器，杀机顿生。我装上杀伤力极强的三叶镞，视线随着贺鲁的身形变化而迁移。

原以为贺鲁只擅长马战，没想到长矛这样平庸的武器落入他手中居然也可以变得如此狠厉决，不到半刻，对方前锋便被他剪除大半。看到这里，我除去他的想法就更坚定了。

“乱箭射死他们！”

对方的首领被贺鲁的悍勇震慑，仓皇下令，少顷，数十个弓箭手全体出动，手上的弩箭同时发射，飕飕破空之声令人心惊。

贺鲁等人顿时陷入了被动，只得以武器打落飞蝗般的劲箭。

我心里又紧张又欢喜，喜的是不用自己动手就有机会除去此劲敌，但看着他在阵中闪避，一种说不出的味道却涌上了心头。

一刻钟后，对方的火力减弱，贺鲁他们觅得机会开始回击。

“肖沫沫，别再犹豫了，再犹豫就没有机会了。”我自忖道，旋拉开手上的射远器，对准了阿史那贺鲁。

“该死！”

就在我射出三叶镞的那一瞬，我身上一紧，整个人落入了一个马绊之中。我惋惜地看着那三叶镞失去了准头和力道，在离贺鲁一丈地外落下。不待我挣扎动弹，套住我的人已经收了套，我应声落马，被马拖了十数丈地才停下。再一抬头，发现自己已落入额吉一伙人手中。

“雪！”

耳边传来贺鲁一声长啸，我强忍着手臂和后背的火辣疼痛看向他，他满脸惊愕痛惜地回望着我，看得太深，以致失了神。

这样的目光……我心头一涩，他怎么可以在箭阵中失神，不想活了吗？

我挣了挣，大声冲他喊道：“颇黎，小心啊！”

话音刚落我又后悔，明明是想要他死的，怎么此刻又关心起他的死活来？

就在这时，一支箭凌厉地射中他的左肩。

我心跳一滞，仿若自己的左肩被射中般，微疼抽搐。

“贺鲁小儿，若要你女人的命，便速速放下武器投降！”一柄冰凉的马刀架上了我的脖子。

“放了她！”贺鲁将长矛一横，眼中杀机大盛，令人胆寒。

这时，北边传来雷鸣般的马蹄声，星点火光迅速涌来。

“糟了，刘霍然带人马过来了，怎么办？”我身后的人大惊道，架在我脖子上的刀越发用力。

“额吉，拿女人当挡箭牌算什么英雄？”贺鲁喝道，“放了她，我就放你一马，否则我定要踏平你泥孰部！”

他且说着，目光一直落在我的脸上，表现得沉稳冷静。

“撤，有这个女人，他不敢轻举妄动。”

身后传来额吉微弱的声音，架在我脖子上的刀微一踌躇，力道略减。片刻，刀的主人一把将我掳上马，他的动作粗鲁野蛮，我的腰重重地撞在坚硬的马鞍上，痛得我满头大汗。

“贺鲁小儿，你的话我信不过。这女人我们先带走，要她的话就拿出你的诚意来换！”

身后那些人已经开始撤退，掳劫我的人一手牵住缰绳一手捏住我的脖子大声喝道。

刘霍然他们作势欲追，贺鲁却抬手制止。他冷眼看向劫持我的人，眼中的寒意让我有些犯怵，良久他才朗声道：“好好待我的女人，否则……”

话音刚落，他一抬手，还没来得及瞧见他如何引的弓，一支羽箭已经向我们这边射来。

完了，该不会发现我刚才想弄死他，现在报复我吧？

一念还未转完，只听“当”的一声闷响，那羽箭贴着我的头顶飞过，狠狠地钉在那人的头盔上。

“你……”

那人一愣，握在我脖子上的手有些发抖。

“撤……”

他慌乱地喊了一声，打马仓皇地往来时之路逃去。

颠簸了两三个时辰，这些落荒而逃的突厥人方才放缓了行路速度，开始骂骂咧咧。

“都到这里了，我看贺鲁那小子是追不上了。”挟持着我的那人抖了抖缰绳，粗声粗气地说，“我们原地稍事休息，接应的人一会儿就到了。”由于额吉受伤，这个人便有了发言权。

“雅库特说得有道理，大家休整休整吧。”额吉有气无力地吩咐道。

疲惫已极的众人得令后纷纷下马清理伤口。

“贺鲁这小子当真可恨！”雅库特正嚼着干粮，忽然拍着大腿骂道。

“这个女人……”他起身走到我身边，“贺鲁杀了我们那么多兄弟，此恨实在难以咽下，不如割下这个女人的头，让人送给贺鲁，也好报此一箭之仇！”

“不妥，这个女人还有些用处。”额吉哼了一声，冷冷地说。

雅库特显然很听额吉的话，见他如此说，恨恨地叹息一声，盘腿坐在地上暗自懊恼。

我并没有因成为俘虏而沮丧，安坐在马上环顾四周。此处虽亦是草原，但远不如塞里木湖肥沃，草长得极稀疏，估计再往前走就是戈壁了。

“大汗，他们怎么还不到？”

沉默了半晌，雅库特有些烦躁不安，长啸起身翻身上马往前赶了一里地，然后驻马久久矗立。

天边旭日初升，探出半边头来，在这样祥和的光芒中，所有人都有些失神，乃至迷茫。

“大汗！人来了！”

忽然，雅库特挥着马鞭风驰电掣地往回跑来，一边跑一边激动地叫嚷着。

很快他身后卷过一阵烟尘，一骑人马出现在地平线上，半轮明日下，他们沿着遥远的苍茫越发逼近。

等到那队人马近前，我才看清楚领头之人，但见领头之人红衣如霞，面若桃花，不是穆雅妲大娘是谁？

原来他们居然是一伙的，无怪她处心积虑地要送人到贺鲁身边。如此看来，上次她给我的药不但不是春药，更有可能是毒药，而贺鲁前往塞里木湖狩猎的消息也是她放出去的。

想到这里，我不觉心生寒意，本打算利用别人，反倒为人利用，竟然还茫然不知。

“大汗！”

马还没近前，穆雅妲已经看到额吉左眼的重伤，花容惨变，翻身从马上跃下，扑至其身边，痛哭失声。

“蠢女人，莫哭。”额吉显是动情了，探出手轻抚穆雅妲的头，“无碍的，无非是一只眼睛，下次再问他讨回来。”

穆雅妲呜咽了一阵，擦拭掉脸上的泪水，冷冷看向我这边：“你很好！”

我知道她是恼我没有按她的吩咐设法下毒，但说到底我也没欠她什么，于是坦荡地回看着她。

“莫在这里纠缠不清，先回部落。”额吉果然沉得住气，说话虽中气不足，但威严不损。

众人显然很信服他，心中虽迁怒于我，但都忍气作罢。

数百骑越过荒漠戈壁，终在晌午前赶到一水草丰茂之处，想来便是泥孰部的总部了。

我放眼四周，不由叹息草原上的人毫无安全感的生活，不若中原有山川天堑为防御，能暂拒敌兵于关外。

我正自叹息，雅库特已一把将我从马上拽了下来，我重重地摔在地上，呼痛不得。

“混蛋死男人！”我在心里骂道，狠厉地盯着他。

“大汗，这个女人怎么处置？”他大约为我的目光所慑，略微一怔，然后火冒三丈地指着我问。

“由你处置吧，难道我们还真能怕了贺鲁那小子不成？只是别弄死了。”额吉看也没看我便说。

“慢着！”穆雅妲冷冷喝道，“把她带到我的帐篷里去。”

第四十八章 · 游　说
CHAPTER 48

“大娘。”塞在我嘴里的布被扯掉，我脱口叫道。

穆雅妲肃容不语，只冷冷地盯着我。

“大娘可是在恼我？”我不知穆雅妲的手段到底如何，心里有些发虚，嘴上却装作很轻松。

“你可知道不听我的话会有什么下场？”她妙目微微一眯，碧绿的眼中放出妖冶凌厉的光芒。

说着，她懒洋洋地走至一个奇形怪状的圆篓前，探手拿出一条通体发黑、头顶肉瘤的怪异小蛇，然后邪魅一笑：“这是埃尔的后代，名字叫做阿难，它最喜欢从人的鼻孔中爬进腹腔，在里面吞噬你的心肝肚肺，你会慢慢慢慢地痛死，最后全身腐烂肿胀，臭不可闻。”

说着，她将蛇往我面前一送，顿时袭来一阵腥风，熏得我直欲呕吐。

你爷爷的，又拿上世纪 80 年代武侠片里那套来吓唬我。不过，还是别玩了，我最怕蛇了。

我半闭了眼睛，心里直发毛。

“我这里数十种让人求生不得、求死不能的酷刑是不会怜香惜玉的。”她冷哼一声，“梳洗、勒索、烙喉……你说用什么来对付你这个千娇百媚的美人儿才合适呢？”

OMG，我造了什么孽，居然遇到古龙笔下的BT美艳欧巴桑！不过换句话说，她可真是个搞逼供的天才，以后非得要把她聘回去代替来俊臣。

我寒了半晌，克制住心里的恐惧和恶心："大娘，我赌你不会那样做。按贺鲁言出必行的性子，不出三日，他必会来救我，若我死了，他猜他会怎么做？"

"你威胁我？"穆雅妲目露凶光。

"这倒不是。其实里面的利害关系大娘应当比我清楚，你们没必要为解一时之气，引来更大的灾难。"

"哼，贺鲁那小子有什么了不起，不日大唐的铁骑就会攻破他的老巢，只有他还蒙在鼓里暗自得意！"穆雅妲皱眉不悦道。

女人一生气就会说蠢话，当贺鲁是傻子么？贺鲁既然敢掳走大唐天子，自然不会毫无战争的准备，只是没想到战争会来得这么快罢了。

"大娘说这话只怕有自欺欺人之嫌！"我强自镇定，微微一哂，"战争若是打响，汉军一路长驱直入，直攻孛罗而来；而要直驱孛罗，势必要先灭了你们这挡道的泥孰部。"

其实，我师傅素来以德服人，刚柔并济，根本不可能如我所说那般残暴，说这话一来是吓唬她，让她认清形势，二来是想借她说服刚勇的额吉与我军联手，一起对付共同的敌人阿史那贺鲁。

显然，我所说的正是穆雅妲所担心的，她的脸色已经变得相当难看。

"如今之势，泥孰的处境非常凶险，西有贺鲁雄兵须臾即至，东有大唐兵马黑云压境。只有我能暂保你们部落一时安宁，也只有我，才能解泥孰部的围。"

"呵，你自身尚且难保，难道还能凭空变出千军万马来解我泥孰部的围？"穆雅妲不屑地说。

"你说对了，我正是能变出千军万马来。只要大娘能说动大汗，与汉军联手平了贺鲁这背信弃义的贼子，到时候这整个关外都是额吉的。"

穆雅妲一惊，眼波流转不定："你……"

"如果大娘还有疑惑，不若遣使者将这个送至汉军大帐。"说着，我掏出怀中一块玉佩，递给她，"他们见到这个，一定会主动前来，到时候我们大可共商联手大计。"

穆雅妲接过玉佩，一边抚摩一边研究，除了确定那是块绝世好玉外什么都看不出来。

"大娘务必以大局为重，请将我的话传给你们大汗。"我诚恳地说，不由得不诚恳，这个可关系着我的小命啊。

穆雅妲盯了我一会儿，诡异一笑，将那块破布塞进我口中，挑帘而出。

不知等了多久，我的肩膀和手臂已被勒得失去了知觉，整个身体都木木的。

"喂，有没有人啊？放我出去。"我在心里有气无力地呐喊。

回应我的只有营帐外的声声马嘶和浓郁的突厥语。

又过了大约半个时辰，意识模糊的我忽然听见营帐外传来一阵急促的马蹄，我顿时清醒起来：莫非，他们来了？

我立刻起身，一步一步往外跳，不料刚跳到门口，已经有些发虚的我一个踉跄摔倒在地。也就在这时，布帘被挑开。

"皇后！"

耳边是骆飞熟悉的声音，那样急迫。

该死，怎么让他看到我这副丑样子。

抬起头，绽了个尴尬的笑容给他，他的眉深深拧成一团，愤怒与痛惜纠结难解。

他扶起我，扯掉我口中的布，见我一身狼狈，寒星般的眸子幽光乍现。

剑起，剑落，身上的绳子终于跌落在地上。

我身子一软，几欲跌倒。骆飞一手揽住我，一手的拇指已将长剑挑开。虽然看不见他的表情，但那股子寒意我却能感受得到。

"阿飞。"我抓住他握剑的手，小声制止。他的手微微一颤，冰凉。

"早就觉得你必定不是常人，只是没想到你居然是大唐的皇后！"穆雅妲微转星眸，惊道。

"那么，我们是否可以谈谈先前的约定？"

"大汗已在大帐中设宴，恭候皇后陛下移步前往。"穆雅妲弯腰行了个礼，嘴角的笑意依然是妩媚和神秘。

回了个淡淡的笑意，示意她前往带路。

骆飞拉住我，解下身上的素白披风披在我身上，狭长的双眼难得的温柔。

"谢谢你，骆大哥！"

他微笑摇头，帮我整了整凌乱的发，真如哥哥一般。

帐篷里，群臣端坐在席子上，长长地排了两列。

我款步走到虚弱但依然精神的额吉面前，点头示意，坐下。

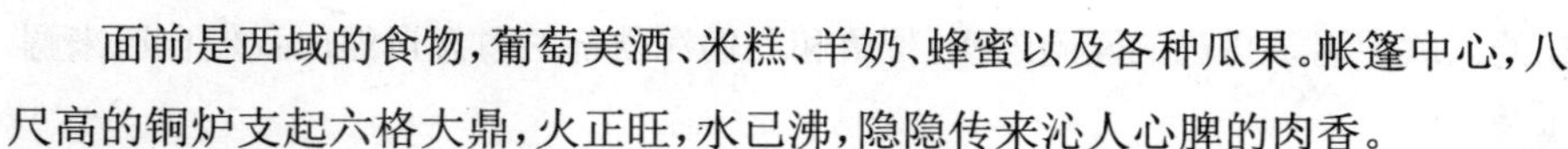

面前是西域的食物，葡萄美酒、米糕、羊奶、蜂蜜以及各种瓜果。帐篷中心，八尺高的铜炉支起六格大鼎，火正旺，水已沸，隐隐传来沁人心脾的肉香。

“贺鲁这个狼崽子越发狠心了，居然射伤了大汗您的眼睛！”一个干瘦的老者叹息道。

“贺鲁要收回我们手中的土地和奴隶，死在他手下的人已经太多了，残杀同类，万能的腾格里一定会收拾他的。”

另一个老者随声附和道。

“今天有贵客在这里，我们不谈那些扫兴的事，只看歌舞！”

额吉打断他们的话，拍了拍手，一队美姬踏着歌舞翩然而来，一时间满帐秾艳。

我端起酒小口小口地啜饮，骆飞则和额吉言谈甚欢。

宴会进行了两个多小时，额吉下令让众人散去，整个大帐内就剩我们几个高层。

额吉有些闷，只是喝酒，穆雅妲倒是三言两语的就把话题扯到了联手抗敌的事上。

“突厥归附以来，大漠南北已和中原完全统一，敕勒川上的各部百姓安康富足，突厥眼见日益强盛。”我放下酒杯，先摆清事实，“平定、富足，相信这是十姓百姓所期待的。然而贺鲁这个反复小人的野心叛变，不但破坏了天朝与突厥的友好关系，更是引起连年战乱与内讧，以致生灵涂炭，百业俱废……”

“不错，贺鲁这厮可恨得很！”额吉忽然发话，“他不但轻视我们各部的首领，甚至不把真珠叶护放在眼里。”

额吉说的这过节我是知道的，就在一年前，天行曾使丰州都督元礼臣前去册封颉苾达度设为可汗，不料一行人行至碎叶城居然被贺鲁派兵阻拦，没有能将册封旨意传到。这事差点没把我可怜的天行气死。

“贺鲁此人不得不除！”穆雅妲插嘴道。

“若大汗肯与唐军联手，不愁贺鲁不破！”我看定了额吉。

额吉猛地仰头，干掉杯子中的酒，并没有正面回答我。

我知道额吉的顾虑，若是帮着汉人杀害同胞，只怕就算赢得了战争也失去了人心与口碑。

“大汗！”穆雅妲看出额吉的犹豫，略带嗔怪地唤了声额吉。

“唉！”额吉将手一摆，打断了穆雅妲的话，“我无心违抗天朝，但也不愿和天朝的人联手屠杀自己的同胞连襟，贺鲁和我们泥孰部的恩怨自然由我们自己来解决。”

骆飞看了我一眼，我对他使了个眼色，示意他不要轻举妄动。

“大汗既然有此意愿，我们便不再强求。不过，大唐永远欢迎您的加盟！”我颔首一笑。

“时候不早了，在下和皇后就此告辞！”骆飞抱剑起身告辞。

额吉也不客套，将我们送出大帐。

出了泥孰部的领地，漫天吹着清烟尘屑。我听骆飞说再往东行三百里就是我们大军的驻地，心里顿时觉得很安定。

“皇后，为何……”骆飞欲言又止。

“你是说额吉？”我侧脸看他，他的长发兀自凌乱风中，剑眉微皱。

刚才额吉已经有些心动，如果我们再加大游说力度，只怕两军联手一事便成了。

“放心。”我扬鞭赶马，爽朗一笑，“他很快就会回来找我们的！”

骆飞打马跟上，不再言语。

日落之前，我们终于抵达大军驻地。师父见到我，虽然没说什么，但我看得出来他心里很安慰。

是夜，师父下令三军大宴，一是迎接接下来的残酷战争，二是为我接风。

多日没喝到故乡的酒，没听到故乡的音乐，鼓角争鸣，醇酒佳肴间，我不由泪落潸然。

就在我们这边丝竹并奏，酒酣耳热之际，三百里外的泥孰部正在遭遇一次惨绝人寰的屠杀，鲜血、火光、惨嘶，交相起伏。

制高点上，一个黑衣男子淡然睥睨着他缔造的修罗场，轻笑间，颠倒众生。

第四十九章·灭　族
CHAPTER 49

“小姐，行军大总管求见。”

早晨，我尚在酣睡，帐外传来阿如的通传声。

师父一早求见，只怕是有大事相商。我连忙起身，稍做梳洗，穿上长袍便出去接见。刚出帐篷，一队疲兵刺痛了我的双眼。

“可汗……”我脱口道。

那队人马正是额吉的精英，为首的额吉面色惨白，肩上插了半截羽箭。

“皇后陛下！臣额吉愿为您效犬马之劳！”

他一见我，从马上翻身滚下，拜倒在地，呜咽不起。

一见此情景，我已经猜到是贺鲁攻破了泥孰部。虽然我早已知道贺鲁会大举入侵泥孰，但万万没想到他会来得那么快，那么出其不意，连片刻喘息的时间都不留给对手。

“可汗请起。”我上前扶起他，“本宫自然会为你泥孰部乃至我大唐子民向贺鲁讨个公道的。”

“谢皇后，从今日起，我泥孰残部就是皇后陛下的人了，刀山火海，只凭您一句话！”

额吉欲再拜，我阻止了他。

师父一见此情景，心里已经明白了中间过节，忙唤来军医为诸位伤兵治疗，并差人将额吉扶进帐篷治疗箭伤。

一顿忙碌、安置暂且不表，接着便是洗尘宴会。

酒过三巡，丝竹声残，我问道：“可汗，怎么没瞧见穆雅妲大娘？”

正喝着酒的额吉面色一恸，半晌才道：“她和我的妻子们都被贺鲁掳走了。不但她，泥孰部所有妇孺家口都被他抓走当奴隶，其余不降者均被杀死了。我们九死一生才得以杀出条血路逃生。”

“这……”我一怔，没想到看上去洒脱细致的他残酷无情时居然也能残酷至这个地步，“那么，你的箭伤？”

“正是贺鲁所为！”他愤然道。

“可是，以贺鲁的箭法……”话到嘴边，我又吞了回去。以贺鲁的箭法，他完全可以一箭射中额吉的心脏，又怎么会轻易放过他？

看我神色颇有疑惑，额吉又解释道：“若非雅妲告诉他你的藏身之处只有我一人知道，只怕这一箭已经要了我的命。”

我有些不自然地收回眼神，却发现骆飞和师父都看着我，于是更加不自在，喝酒掩饰。

是夜，师父和前军总管、副大总管以及骆飞挑灯论兵，拟订作战计划。我执意旁听，师父一向纵容我，便让我听着。换做别人是皇后来胡搅蛮缠，只怕要被他军法处置了。

师父深谙用兵之道，他一番演示论说引得几位大将叹服。

“臣闻兵出无名，事则不成，明其为贼，敌乃可伏。是故……”前军总管听得兴起，不由插话道。

“薛大人……说白话文就可以。”我汗了一下，打断他。

“薛大人的意思是将贺鲁虐杀掳劫泥孰部的事散发出去，让突厥各部知其恶名，如此一来我们出师有名，容易使得各部降服。”骆飞对我翻译了下。

我点头称是：“那么这事可以让已经归顺的泥孰部人前往各部传播，并游说他们前来归降。草原上那些不满贺鲁，贪图天朝封赏的人只怕会动心。”

“不错！”师父颔首，“至于不肯臣服的部落，则要先晓之以利害，然后再劝服归顺，杀一儆百。”

“臣认为木昆部的独禄为人刚愎自用，只怕很难说服。”薛大人点了点头，又摇了摇头。

“这个先不讨论，这几日先行游说，再做打算。”师父略一沉吟道，“如此，各位

先回帐歇息，明日再议。”

眼见众人散去，我犹豫了一会才说：“师父，我想……”

“不可！”师父阻断。

“师父啊……”我开始撒娇，“大战在即，再救不出皇上，到时候他们拿皇上来钳制我们，我们的处境会很尴尬。再说了，天行可是皇上，落入他们手中，不知道在受什么屈辱。”

“你说的我自然明白。只是，凭你一人之力，不但救不出皇上，只怕连你自己都会搭进去。”

“我会小心行事的。”

“不行！”

“喂，我是皇后，这是命令！”

“这是军中，军令如山！”

“不是吧？师父啊……”

“没有商量！你回去吧。”师父挥了挥手，板着一张包公脸。

“我不管，今天让我去也去，不让我去也去。”我起身走到他旁边，重重地坐在他的椅子上，“你培养了我那么久，我还搞不定贺鲁那个黄毛大叔，那也太逊了吧。”

“……”

就在这时，布帘被挑开。

“苏大人，在下倒有一两全之计。”白衣骆飞缓步上前，“皇后所言有其道理，如今只有皇后才有机会接近贺鲁，救出皇上。至于皇后本人，在下可以保其周全。”

“你？”

“不错！”

醒来时，发现自己躺在个有些眼熟的帐篷里，左手被人握住，此刻有些汗湿。

“你醒了？”

怔忪间，一个男子温和的声音在耳边响起。

“是你？”我一惊，想起他对泥孰部的血腥杀戮，他的笑容也变得血色迷蒙起来。我下意识地抽回手，往后缩了缩。

贺鲁眼神微一黯，笑容依然温和。

该死，骆飞他给我吃的什么药，药性这么大，也不怕他亲爱的皇后被人那什么。不过看情况骆飞的计划已经顺利成功。

“我好害怕。”我收回思绪，装出楚楚可怜的样子。

“怕什么？是不是他们欺负你了？”他柔声道，先前的不悦一扫而空。

男人多是愚蠢，见不得楚楚可怜的女子，孰不知，要他命的也正是这些楚楚可怜的女子。

“若非我以死要挟，现在只怕……”我放柔声音，垂下头去，挤出两滴鳄鱼的眼泪。然而，这泪在他看来只怕就是那心头的刺。

他探出手，轻轻擦去我脸颊上的泪珠：“相信我，那些欺负过你的人都将死去。”

“嗯。”

我继续压低头，扮足偶像剧里惊吓过度后的女主角，实则心里快要笑出来。

“雪。”他忽然低唤我的名字。

我应声抬头，他灼灼的目光让我心中一慌：完了，这会子他肯定以为我对他有了爱慕之意，心里肯定有了别的想法。

我正想岔开话题，不料双手已经被他抓住。他十指长而有力，手掌很宽阔，因常年骑射，虎口处已经长了层茧子。正出神间，身体一轻，人已经被他抱在了怀中。

“雪，我思念你。雪……”他轻轻抚摩着我的背，低沉的声音缠绵温柔。

“我……对了，你是如何救出我的？”我连忙推开他，跳出他的怀抱，“他们将我藏得很隐秘。”

贺鲁一怔，眼中的热情凋零成一片苍白的落寞，片刻方才道：“是雅库特。”

“雅库特，他？”我故做不解状。

“在利益面前没有忠诚，额吉大势已去，雅库特当然会来效忠我。”

“这个，也不一定吧？”我心直口快地反驳了他。

他眉一挑，嘴角衔出一抹意味深长的笑：“那是你们女人的看法。”

“这么说是雅库特背叛了额吉，找到我的藏身之处，然后将我献给你的？”

“是这样，我赏了他金银，并封他做了什伐，他带来的人我也给了丰厚的赏赐。”

“什伐？封一个败兵之将做什伐这么高的官，是不是太……”我就事论事地说。

“这是他应该得到的，他找回了我的珍宝，理应得到这样的奖赏，况且他还带来了额吉的人头！”

“啊？”这个骆飞事先可没和我打过商量，怪不得贺鲁这么信任雅库特。不过

话又说回来，额吉怎么可能会因为我而献上自己的头颅？他可不是樊於期！

“那么，恭喜你了，除去了一个劲敌。”

说话间，我已经想到那个头颅多半是从死尸上找到的，经过阿如的妙手才易容成额吉的样子，借此蒙骗贺鲁。

“劲敌？额吉还算不上。”贺鲁言语中有些轻慢，悠然说道，“我倥偬半生，堪称我之劲敌者，唯有你们的太宗皇帝。”

“我们的高宗也很了不起！”我下巴微仰，有些骄傲地对他说。

“你是说李治？”他笑了笑，“他固然不错，但他和太宗比起来，着实差远了。当年我肯臣服天朝，是因为服气天可汗而称臣。如今，我没理由向一个不如我的人屈膝。”

“不如你的人？哼，听上去很有道理的样子嘛！”我心里气得要死，但又不能发作，于是阴恻恻地说。

“呵。你再歇息一会，沐浴更衣完毕后去我的大帐，和我一起为新来的客人接风。”

说着，他牵我回榻上坐下，见我安然坐定他才离去。

我看了眼身上褴褛的衣服，正是那日狩猎穿的，衣服上已满是脏污，心里一阵厌恶，飞速脱掉；跳进事先已经准备好了的浴汤里。

拾掇完后，耳边已经传来乐响。

我翻开一直贴身藏的小包，不料陈风给我的装备全在，唯独缺了那只窃听的耳环！

“去哪里了呢？”我不甘地再次翻看，结果依然没有。

这对耳环我一直珍之若宝，来大唐多年，一直戴着它们。天行屡次劝我换上更名贵更称我的，我始终婉拒。

我凝神细想，这才忆起册封大典前，东海渔民献了对号称旷世奇珍的黑珍珠，天行见我喜欢便让宫中的匠人做成耳环送给了我，我不忍推辞其好意，便在册封大典的当天戴了一回。这么说来，窃听器应该是那天闲置时掉的。我努力回想一番当时的细节，但想不出半点头绪，于是郁郁作罢。

一队妇人算好时间前来迎接我，我坦然自若地在她们的簇拥下走进了贺鲁的大帐，一时间，帐下所有宾客全都看向了我。他们一定在惊讶像我这样身材干瘪小屁股小脸，算不上艳绝人寰的女人怎么就偏偏被贺鲁看上了。

贺鲁见了我，沉郁的眼中多出些喜悦，冲我招了招手，示意我坐在他身边。

我傲然昂首，提着裙摆穿透那些不懂得审美的男人的目光走至贺鲁身边坐下。

醇酒，美食，艳舞，我一边高贵地蚕食面前献给大汗的甘美食物一边看西域舞娘的白色肚皮，自得其乐。

贺鲁的乐趣似乎不在那些丰满性感的舞娘身上，目光不时地瞟向我这边。为了避嫌，我的目光不时瞟向他面前的烤小牛腰肉上。

他看了我一会儿，拈起案上的小银刀，细致地切开那些卖相极佳的肉，然后递了片最肥美的在我嘴边。

一时间，底下无数目光向我投来。

我心跳一滞，暗暗骂了句该死，然后强笑着张口咬住那片牛肉。

底下的人尴尬地笑了笑，装做没有看到，继续对那些舞娘指指点点。

贺鲁干脆侧过脸，看着我狼狈的吃相，姿态优雅得像在鉴赏艺术片。

我一边咀嚼食物一边拿眼睛睨他："该死……唔……切这么大片……让人怎么吃？"

好不容易咽下口中的牛肉，我别过头去，底下，一张似笑非笑的脸出现在我面前。

"阿……"

怎么骆飞也来了？

我一怔，看他的座位，很快猜出他的新身份是雅库特的亲信。

我冲他不着痕迹地一笑，叉起一片牛肉心满意足地咀嚼起来。

酒过三巡，舞娘们柔软的腰肢渐渐没有了起先的激情，柔媚含情的大眼被疲惫和厌倦所取代。贺鲁喝完杯中最后一口酒，拍手示意乐队和舞娘们离开。他先是向前来投诚的雅库特一干人表示了欢迎，然后拉起我的手，平静而坚决地宣布："从今天起，她就是你们的可贺敦了。"

第五十章·打草惊蛇
CHAPTER 50

“恭喜大汗！恭喜可贺敦！”

众人闻言，纷纷起身，行礼致意。

我吃了一惊，看看贺鲁又看了看骆飞，大脑一阵脱线，好一会儿才喃喃道：“同喜、同喜，客气、客气！”

“你在说什么？”贺鲁一手自然地揽过我的腰，一手示意众人免礼，小声在我耳边嘀咕。

“没什么，太惊喜了！”我露出八个闪亮小牙，没想到我居然这么有做皇后的命啊。

说罢，我扭头看向一直安然喝酒的骆飞，骆飞察觉了我的目光，放下酒杯对我扬眉一笑，微微有些嘲弄的意思。

我顿时有了做贼心虚的感觉。

晚宴过后，底下的突厥人鱼贯散去。

贺鲁微醺，我无聊地坐在他身旁，探出手指玩弄桌子上的金樽。

“你不拒绝成为我的可贺敦，这让我很高兴……”他看了我半晌，笑道。

“颇黎，陪我出去走走。”

脑中灵光乍现，我拂倒桌前的金樽，一把拉起贺鲁，意兴高涨地说。

荒原上的月，和数日前的一样皎洁，只是更冷了些。

从未想过和除了天行以外的陌生男人在月夜下散步，脚踏在荒草上，绵软，窸窣有声。

“这里的风，很狷狂也很霸道呢，冷漠地到处呼啸，像故事里骄傲的刀客。”我轻声说，一句话被风吹得散乱四处去了。

他不语，陪着我，看着我，安静地听。

他真是爱我吗？他的爱情怎么来得那么让人猝不及防？我已经不相信有一见钟情的说法了。

“这附近最高的地方是哪里？”我问。

他指了指前方的一个小丘：“呵呵，那就是了。”

我看了眼那个寒酸的小丘，放开他的手欣然前往。他紧随我的步伐，然后陪我坐下。

“颇黎，你的火不思弹得很好。我在长安的时候就听说过你了，那时候我想你应该是个满面虬髯、目露凶光的野蛮人。不过见了之后，我才发现不是那样。还有古筝，没想到你居然会南国女子的乐器。”

我抿嘴一笑，侧脸瞥了他一眼，他正怔怔看着我出神，仿佛在看我，又仿佛透过我在看很遥远的人。

我从怀里拿出一支纤细的短笛，这是我问一个牧羊女要的，在吹之前，我试探性地问：“如此静夜，会不会把整个草原上的人都吵醒？”

“草原上的人睡得总是很香，除非是危险来临。”

我放下心来，微笑横笛，缓缓吐气，霎时间悠扬清远的笛声响彻原野。

贺鲁听得怡然，长长舒了口气，在我身边平躺下。

“怎么？你很想家吗？”

见我没有停的意思，他闭着眼睛忽然发问。

我一惊，他竟然听出了《故乡原风景》的内蕴。

“或者还是在思念亲人？”

我侧过脸，有些不屑地看定他，挑衅道：“为什么不能是情人？为什么不能是情人啊？”

说到这里，我语气一滞，有些心酸又有些愤怒，恨恨地把那支牧笛抛在他身上。

他拾起那牧笛，坐起身悠然道：“无论你以前有没有情人，你都该忘了他，因为现在你的情人只能有一个，那就是我。”

说罢，他横笛唇边，凝神吹着我先前吹的《故乡原风景》。他的气息精纯，吹出

来的曲子音色则更加清亮。

我郁郁抱膝而坐，心思在悠远的笛声中渐行渐远。

入夜，我静卧在帐篷里，睁大着双眼看着诡异的暗夜。

等到凌晨三点多，周围还是一片诡异的安宁。

刚才我用接头的笛声联络上了骆飞，同他说了我苦思多日的营救计划，命他今夜丑时实行。不料等到现在还是没有动静。

我按捺不住焦急，索性翻身而起，刚一起身，就听到一队人急促的脚步直往帅帐奔来。

我顿时大喜，连忙回榻上卧下假寐。

不出几分钟，营帐附近果然起了纷乱，隐约听到苏鲁克在调集人马，我侧耳倾听，只听说苏鲁克下令要人准备水桶前往西面储藏粮草的地方救火。

耳听得他们的脚步往南边去了，我连忙掀帘而出，紧跟他们其后。不料我刚至失火的帐篷就被一袭玄衣拦了下来。

“皇后陛下。”

来人暧昧不明地微笑施礼，双眸中寒意森然，正是前日所见的刘霍然。

我略吃惊，退后半步方才掩口笑道：“先生真会说笑话，这里哪里来的皇后？”

“在我们汉人看来，大汗的可贺敦便和天朝的皇后陛下一般尊贵了。”他目光炯炯地看着我。

“怎么，在先生眼里还有尊贵和卑微？”我漠然一笑，指着不远处的火光岔开话题，“好端端的怎么失火了？”

“只怕有歹人潜入营地，居心叵测……”

“兰雪。你怎么在这里？”刘霍然一席话尚未说完，贺鲁已在一众人的簇拥下前来。

“半夜听见外面人声鼎沸，有些好奇，于是出来看看。”我避开刘霍然，走近他说。

贺鲁微一颔首，抬眼盯着那片着火的帐篷，神色颇为凝重，似乎在想些什么。

好一阵，火势才被控制下来，满面烟尘的苏鲁克这才前来禀报损失。

贺鲁默然听苏鲁克说完，转身往帅帐走去。

我识趣地跟着他一并回去，见几个高层进了帅帐，我只好折进了自己的帐篷中。不一会儿，我门口传来一阵有序的脚步声，我不用出门看就知道贺鲁调遣了人来我帐篷外巡逻，免得我遭受意外。又等了半个多时辰，周围方才彻底安静下来。

眼见事情已经落实，我长舒了一口气回榻上躺下。折腾了半宿，我已再无睡意，无数扰人的事情纷至沓来，洋洋得意地看着我为它们焦头烂额。

伸手覆上眼，深深吸了口气，慢慢吐出，告诫自己此刻绝不能掉以轻心。

帐篷外有脚步声，和之前列队般的有序沉稳不同，细碎隐约，似乎有些急促，逐渐接近帐篷。

我坐起身来，仔细听了听，踌躇了一下，随即三步并作两步奔了过去。

在帐篷口停了停，我伸手拉开幕帘。

迎面随被夜风携卷的沙尘扑入眼中的，是一双潭水一样的眼睛。深深的，阴阴的，看不出深浅，一丝波澜不起的平静。

我没想到来人会是刘霍然，他似乎也没料到我会刚好揭帘出来，四目相对，稍纵即逝的短短愕然过后，那一潭水又恢复了波澜不起的平静。

我看着他："先生有事？"

"刚出了小乱子，可汗怕可贺敦这边有失，所以差在下过来看看。"他眼中滑过一丝寒光，"这时分，可贺敦要出去？"

我往外迈了一步，逼近他笑道："哦，有劳先生挂心了，我只是有些闷，打算出来看日出，要是先生也有兴致，不妨陪我一起看。"

来的不是骆飞，仿佛绷得紧紧的弦一下松开又再度绷得更紧了，没精神应付他，随口找了个理由。

他的表情不置可否，回头招来一个人，吩咐了几句。

"深夜风重，可贺敦久居南国，只怕容易受寒，还请小心身体……在下就不叨扰了。"

他语气平淡地娓娓道来，礼貌上不存在任何问题，听着偏很刺耳。

"如此，我便不留先生了。"我婉转一笑，不再看他那双令我心生寒意的眼睛。

眼见刘霍然漫步远去，没入遥远的暗黑中，我才一甩幕帘，转身回帐，不料走得疾了点，帐篷里又没有点亮，没几步便一头撞进一人怀中，但感着处柔软温暖，熟悉的气息直扑而来。

"阿飞？"我压低了声音探询道。

"皇后。"熟悉的声音，清清冷冷，没有丝毫波澜。

“可打探出皇上的下落了？”我松了口气，急急问他。

“如果没猜错，皇上被他们关在塔拉诺尔。”

塔拉诺尔是这片草原南面的一个大水泡子，为贺鲁他们提供了生活用水，因为紧要，塔拉诺尔一直有人把守，取水也是由专人去取，一般闲杂人等根本不让靠近那边。

“当真？”我又惊又喜，声音都开始颤抖起来。

“应该错不了，皇后这招打草惊蛇果然有用，方才贺鲁已经暗中下令派了一队精兵前往塔拉诺尔，想来是担心放火之人救走皇上。”

“太好了，你这几天继续盯好塔拉诺尔的动静，只要时机一到，我们就分头行动救出皇上……”我眉一仰，语气中掩藏不住的欢喜。

“嗯！只是……”骆飞略一沉吟，“我不在的时候，你要保护好自己，万不可低估了贺鲁。”

“我有分寸，你和其他兄弟也要小心行事，免得被瞧出了破绽。”我拍了拍骆飞的肩膀，示意他先回去。

迷迷糊糊地睡了两个时辰，天已大亮。

我虽然没睡多久，但也没感觉到困，相反，一股莫名的兴奋在心中隐隐的鼓噪。

梳洗停当，贺鲁那边已使人传我共用早膳。

进了贺鲁大帐，方才发现刘霍然、苏鲁克、达尔俱在，右侧坐着雅库特与骆飞，而贺鲁则神色凝重地看一份地图。见我进帐，刘霍然冲我微微一笑，神色暧昧。贺鲁只看了我一眼便将视线落回在地图上了。

我就近坐在贺鲁身旁，接过侍从递来的餐具，默默切着看上去还不错的熏肉。

“探子来报，苏定方率军在金山以北击破处木昆部，独禄那斯率万余帐归降，可汗，再不出兵只怕形势不利啊！”

苏鲁克似乎并没有胃口吃早点，几停其箸，终于忍不住开口。

贺鲁双眼一挑，看了他一眼又落在地图上，并不接话。

“苏定方此人奸狡如狐，派人前往十姓各部散布流言，说大汗你灭了泥孰全部，连老弱妇孺都不放过，如此戮杀同胞，只是为了一个女人，令各部弟兄都颇有腹诽。而泥孰余孽则四处活动，勾结一些有不臣之心的人意欲谋反……”苏鲁克见贺鲁不答，索性跪在席子上朗声说道，“大汗，别迟疑了。”

“苏鲁克,你既然这么着急,那你就带两万精兵帮我看好颉苾达度,明日就出发。”贺鲁终于看完地图,示意侍从收将起来。

刘霍然闻言,微微颔首。

我与骆飞对视了一眼,遂将目光落在了达尔身上,我师父的第二步计划就是与真珠叶护颉苾达度联手,不想也在贺鲁预料中。

“达尔,你率十万人,先去镇住苏定方,我一日未至,你便一日不可轻举妄动。”

“颇黎,这是不是有些草率了?”达尔有些疑惑地问。

这时,刘霍然抬起头,神态安宁地说:“大汗已与老夫计议多日,大人无须担忧。”

达尔的脸顿时黑了下来,闷哼了一声,不再说话。

贺鲁的大军两日后陆续开出,我虽然不能全知道他的安排,但我也能从一些细节感觉出他对整个战局已经了如指掌,而他安排的人马已经紧紧钳制住车师前部(西突厥驻地总称)所有不安的动向。

我好奇他为什么不亲自带兵迎敌,反倒把大军交给达尔,观察了他几天暗忖他定是要平息十姓的内乱方才肯安心与我师父决一死战:反正此刻天行在他手上,主动权完全由他掌握。想到这里,不由得微叹自己的无能为力。

第五十一章·降　雪
CHAPTER　51

时近隆冬,北国荒原上一片苍茫萧瑟,然天依旧蓝,太阳也依旧亮得刺眼,只是落在身上却不再暖和。

我隐隐期待着下雪,心想北国的冰天雪地一定是极美的。天倒是一天天冷下来了，有时眼见得外面已经黑云压城了，但雪就是不落。

我失落了阵子，便不再期待，只是隐约想被囚禁在塔拉诺尔的天行是否会冷。

终于有一天，一觉醒来看到帐篷外面亮得刺眼，而伺候我梳洗的年轻侍女眼中又满是藏不住的喜悦，我就知道外面一定是下雪了。

我兴奋得披上袍子，蹬上马靴飞快跑了出去，不料一出门却有些失望，雪刚下不久，细细碎碎如盐粒般飘洒着，地上的雪并不厚，如铺上了层白色地毯。

不过总算是下雪了。一见到漫天的雪，我依然会想起过年，想起安稳与沉寂，这世界仿佛就真的在这银妆素裹下变得很美很美了一般。

"可贺敦，外面冷得很，赶紧回帐篷里来。"

侍女那云布置完食物后，一边扇着两个炭火盆里的火，一边召唤我回帐篷里去。

"我再看一会儿，等酒温好了我再进来。"

话在嘴边尚没能落下，只见一身黑衣的贺鲁气定神闲朝我走来。在雪的映衬下，他的眉眼越发深沉明晰，更加神采飞扬起来。

我含了抹毫无防备的笑看向他，他在离我两尺远的地方停了下来。

"许久没瞧见你这样兴高采烈的样子了，眼睛明亮，双颊绯红。"他看着我，绽了个暖洋洋的笑，"孩子气。"

"下雪了，能不高兴吗？"我侧过头看他，笑逐颜开地说，"你陪我玩会儿吧。"

说着，我踮着脚往前跑了几步，弯腰掬了捧雪，小心翼翼地看了半天又吹了出去。来这个时空这么多年，雪也看了好几场，但自在的雪一旦落到宫廷里仿佛也不再自由，只是闷闷地堆着，让人瞧了压抑。

"北国的雪可真小气，窸窸窣窣地下，一点都不痛快！"我打了个旋，跑回贺鲁身边，不满地说。

"这只是刚落，所以气势并不大，一会儿落大了，漫天飞雪只怕连这天地都可漫淹了去！"贺鲁笑道，显然是被我的喜悦所感染，他的笑也明媚起来。

我有些不服气，拢了捧雪，揉捏成球，趁他一个不留神砸了过去，不偏不倚打中了他的右肩。

他一愣，遂笑着拍掉身上的雪。

我心想他肯定不会善罢甘休，扮了个鬼脸作势欲跑，不料没跑出去，腰上一紧，整个人已落入他怀中。

"顽皮鬼。"他从背后温柔地揽着我的腰，俯在我耳边说。

我暗暗恨自己当真孩子气，忘了他是谁也瞎胡闹。本打算挣脱他，但听得他在耳边叹了口气，极轻极悠，我不由心软，于是沉下心来看眼前的雪。

雪果然如他所说，越发大了。

"冷么？"

好一会儿，他才松开我，扳过我的身子，低头问道。

我慌忙摇头，心中却想着天行。每每我冷的时候，他总是握住我的手凑到嘴边轻轻呵气，我的手暖和了，他依然舍不得放开。

"想什么？"

正自出神，贺鲁兀地打断了我的思绪，我茫然摇头。

就在这时，他忽然握住了我的手，我一颤，抬头看向他。

他深深地看住了我，将我的手握紧，拉近他的唇边，轻轻呵气："好些了么？"

我的心忽然一痛，旋又有些恨他，忙抽回手，漠然垂下眼帘，盯着他的靴子看。

他不以为意，探手掠过我的脸颊，温暖的手指轻轻滑过，落在我的脖子上："上次给你做的围脖怎么不戴着？"

"一大早上的，戴它干什么？"

他默了会，悠然道："想戴的时候再戴。雪大了，我们回帐篷里去吧。"

我摇了摇头固执地还要再看会儿。

"下雪有什么好看的？"他有些不解地问道。

"你看这世界，有的地方沃野千里，有些地方贫瘠荒凉，很不公平。上天安排不同的人在不同的土地上生活，这些人也都做到了，各自安居乐业，生活得很快乐。后来我就想，原来公不公平其实是在人心。"我顿了顿，缓缓道来，"但总有人会觉得不公平，于是他就去争，他用他的势力拉上所有人陪他去争，争那万里沃土、大好世界，不惜血流漂杵，尸横遍野……何其残酷？事实上，悲剧的起因只是他一人觉得不公平。"

他一怔，脸上的安宁与快乐迅速褪去。

"我以前幼稚地想，如果天下都是一样的，那就没有纷争了。你看，这雪一下，天下可不就是一样的么？"

"你说的纵然不错，奈何这是个由人心主宰的世界。雪的假象只能粉饰一时的太平，雪化了，昔日的银装素裹下，全是斑斑疮痍。倘若你想救世，要么就拯救

世人的心，要么就统治他们的心，除此之外，别无他法。”

“这么说，你选的是后面那条路。”

“每个人都有自己的路，我走的是我自己该走的路。”他语气清冷地说。

我不置可否地一笑，打趣道：“毕竟，你不是佛陀，你舍不得的东西太多，救不了世人的心。”

他定定看了我好一会儿，眼中思潮涌动，半晌才道：“是，我舍不得你。”

我啊了一声，迷茫地看向他，但见他目光灼灼，我呼吸一紧，忙别过头去说：“有些冷了，回去吧。”

说罢，我三步并两步地跑回帐篷。

刚掀开门帘，一股热浪并着酒香扑面而来。

“可贺敦，你回来了，快些过来暖暖。”那云见我进门，忙起身迎我，帮我拍身上的雪。两人正忙着，贺鲁已经尾随着进门了。

“大汗。”那云连忙停下来行礼，有些不知所措。

我拢了拢身上的袍子，掩藏住了先前莫名的不安笑道：“定然是我屋子里的酒香将你引来的。如此，不如将就下在我这里过早。”

“求之不得。”他神色自若地对我说，仿佛没有先前的尴尬。或许他已经习惯了我的若即若离，早不以为意了。

我为他斟了一杯酒，然后半眯着眼悉心烤架子上的羊肉。他悄无声息地喝，我即便不看他也能感觉得到他的视线未能离我左右。耐心等那薄薄的羊肉烤得外焦内嫩，刷好酱用小银盘盛了递到他面前，算是曲意讨好。

见我笑靥如花地讨好，他似乎有些受宠若惊，怔着不动。

“怎么大汗嫌我烤的没那云好，不肯吃？”我唇边衔了抹明艳的笑，半嗔道。既然已经打算做间谍，那还是做个合格的间谍，哄得他喜欢我，胜算就越大。

眼看着他接过，慢慢咀嚼咽下，透过他的棱角分明的脸，我的思绪却飘向遥远的地方。“呀！”我忽然低唤了声，“你的衣服都湿了。”

收回视线，他貂皮大衣那圈毛领上的细水珠落入我眼中，我不自禁地探出手去抚去它上面的小水珠：“那云，快拿块干帕子过来。”

那云点头起身，递了方汗巾给我，我皱着眉，半跪着替他擦去发上肩上的水雾。男人总是以为这些是微不足道的，但又往往被这些微不足道伤害。记得那年冬落了大雪，我与天行在御花园里赏梅，瞧见墙边一树梅花开得格外好，便嚷着要。孩子气的他居然当真，卖力给我折来，却落了一身雪。待雪化了，也是这样一身的水雾。我劝他更衣，他毫不在意地说无妨，不料却因此病了一场。

“在想什么？”

贺鲁的声音将我拉回了现实，我收回心思，仔细给他擦肩头的水珠，以掩藏眼底的思念。就在这时，我的手毫无征兆地被他重重握住，耳边他的呼吸忽然粗重起来。

我愕然抬眼看他，但见他眼神炽热，心道不好，一边推说没事一边将手往回抽。他似乎被我的态度激怒，一把将我从席上拽起，拉近他面前。慌乱中，但听那云低呼一声，忙提着裙裾弓腰跑出了帐篷。

“大汗……”我只觉得面前如有一座高山向我压来，呼不出气来。

“你还要拒绝我到什么时候？”他扳过我的脸，质问道。

“大汗若不自重，那这拒绝就是永远永远。”我微恼道。

“自重？我要我的可贺敦也是不自重吗？”

他掷地有声地说，惊得我内心一阵战栗。是，我怎么这么糊涂，被封为可贺敦我便是他名义上的妻子了。他之所以不动我，并不是想要维持这种相敬如宾，而是要给我时间接受他。如今，他已经失去了耐心，或者说，我那些对他不设防的小动作对他来说是某些暗示，让他误以为一切已经水到渠成。

正自懊悔，猝不及防，我已经被他拦腰抱起。

我惊叫一声本能地挥动手臂想抓住什么，还没触到任何东西就被扔在了榻上。

他见我不停反抗，并没有如我所想那样恼怒，只用手揽起我的腰，用力揉按。

“你放手，你怎么可以这样欺负我？”我被他弄疼，不由发怒，但考虑到人为刀俎，我为鱼肉，我还是理智地把骂人的话暂时按下不表。

有了上一次被拒的经验，他大约已经知道我的套路，并不和我搭话，兀自动作，一手扶着我的腰，一手利落地褪我的衣服。

“你这个混蛋，你凭什么这样对我？”我这才慌了起来。

“天底下任何一个夫君都是这样对待他们的娘子的。”贺鲁挑眉一笑，贴在我耳边说。

说罢，他温润的唇已经沿着我的颊边游走至脖颈上，感觉微痒。

再这样下去真不行了，得想个办法阻止他！用上次那一套置之死地而后生肯定行不通，搞不好就是开关延敌。打吧，也是徒劳，搞不好激起他的兽性，那就死得更快了。

慌乱中，我痛下决心一手推倒榻边琴案上的琴，但听轰然一声，那张唤做兰馨的琴滚落在地上，发出一阵悲声。

正在动作的贺鲁脊背一僵，骤然回过神来，意乱情迷的眼神逐渐冷却澄明。

"你是故意的，对吗？"

"是。"我平躺在榻上，听着那久久盘旋不肯散去的悲音，满脑子都是它的嘤嗡，遂空落落地一笑，"我最恨人骗我，你却一直在营造假象骗我。"

虽然我并非真的悲伤，但忽然念及了他和我的种种，沙漠月夜的初次相逢，那场声色为媒的风月，塞里木湖边他的衷肠暗诉，一幕幕浮现眼前，颜色依旧鲜艳……想到这些原来并不是出自真诚的爱，心里终究觉得失落、凉薄。探出手去，轻轻覆上他沁满细汗的额头，他定定地看着我，目光中有说不出的隐痛。

真不忍心伤他，但终究开口："你骗我，你爱的是兰馨。这么多年了，你心里仍然有她，始终只有她。"

他默然不语，眼中的光亮渐次消逝，堕入一片黑寂绝望。

我侧过脸，强迫自己不要去看这样的他，同情这样的他："我和别的女人一样，只是她的影子，影子！"

不知为何，说到影子二字，我的心猛地抽搐，忍不住的酸楚。

他缓缓从我身边坐起，良久，清清冷冷地说："原来，我在你心里……竟然是这样一个人。"

"我……"先前伶牙俐齿，咄咄逼人忽然失语，一地曲终人散的碎片。

静，彼此无语，倒是那盆炭火没心没肺地继续热切。

"呵。"

他轻笑了一声，默默系上貂裘，决绝离去。

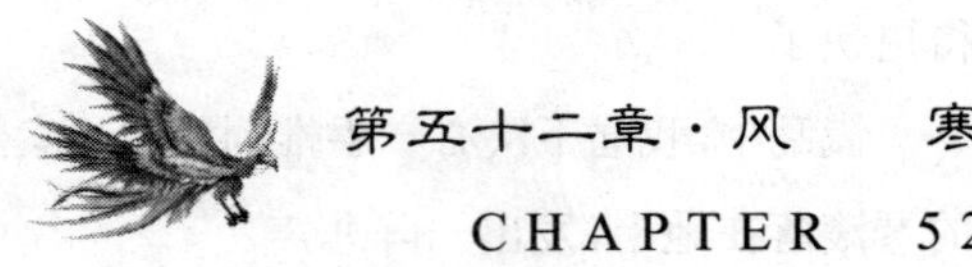

第五十二章·风　寒

CHAPTER　52

自那日后，贺鲁便再也不曾进过我的毡帐，那云这丫头总是一边伺候我一边愁眉苦脸地叹气，遗憾我的失宠。我不以为意，也懒得出去，只是裹着厚厚的袍子凭窗眺望，看着南面的塔拉诺尔，无尽思恋。

说来也怪，自那日后，塞上便再未下过大雪。于是，满目苍凉。

"可贺敦。"这日那云正为我梳头，犹豫了好几次方才开口，"你不该那样对大汗。"

"哦？"我抬眼，似笑非笑地看向她。

"大汗从来没有像对你这样对待过别的女人……你这样待他，他很痛苦。"那云双眉紧颦，低声道。

"呵。"我盯着她笑了笑，这孩子多半也和那些草原上的其他女人一样喜欢着贺鲁。

"你们以前的可贺敦是怎样的人？"

我起身走到那架古筝旁，探手滑过琴弦，目光落在琴上的兰馨二字上。

到底是怎样的一个女人才能让那样的他恋恋不忘至今？

那云茫然地说："她……很好，很好。"

"嗯？"

"她和我们不一样，她像雪山上的神女。"那云嗫嚅着说，"我阿妈伺候过她，说她人温和极了，对人很好。"

"她美吗？"我笑着鼓励她说下去。

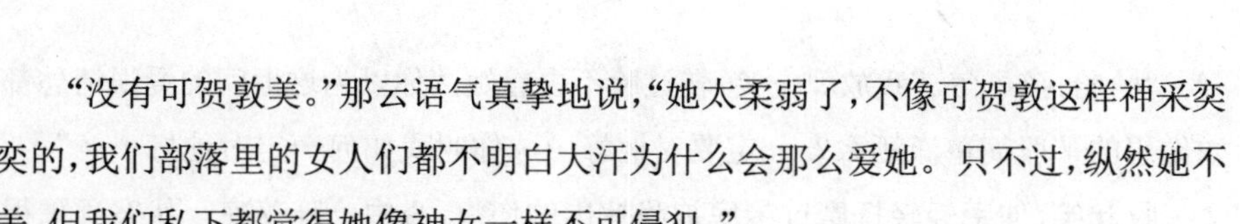

“没有可贺敦美。”那云语气真挚地说，“她太柔弱了，不像可贺敦这样神采奕奕的，我们部落里的女人们都不明白大汗为什么会那么爱她。只不过，纵然她不美，但我们私下都觉得她像神女一样不可侵犯。”

“呵呵。”从她凌乱的话语中，我已隐隐知道那是一种怎样的风华绝代。

“大汗很爱她呢，听说她喜欢兰花，便千里迢迢地赶赴她的故乡运回各种各样的兰花。知道她吃不惯这里的食物，便从长安擒来第一名厨为她准备食物。”那云一边往火盆里添炭一边出神地说。

“那当真是集三千宠爱于一身。”

“宠爱是自然的，听说大汗之所以待她好是因为她救过大汗的命。那年大汗带着人马从长安撤回，在凉州甘亭关受了伤。大汗出不了关，便让人偷偷劫了守城莫将军的女儿，也就是后来的可贺敦，以她为掩护这才逃出关去。”

“倒有些曲折。”那云说的是贺鲁当年叛逃出长安的事，因为避讳，她只说撤回。孰不知当年他的叛逃之旅走得多么艰辛狼狈，又怎会是撤回这般简单。

“在途中，大汗伤势发作，险些死了。幸好可贺敦精通医术，居然用针和草药把大汗救活了。”

“那后来呢？”我听得入神，不由追问。

“后来大汗封她做了可贺敦，两人……”那云想了一会措辞。

“鹣鲽情深。”我用汉话淡淡地接道。

“嗯！他们很恩爱，我小时候经常听见她为大汗抚琴，琴声暖融融的，很缠绵，羡慕死很多人呢。”那云笑了一笑，似想起了什么，眼神暗淡了下去，“只不过后来她居然刺杀大汗，一刺不中便饮毒药自杀了。听阿妈说，她死时已经怀有三个月的身孕了。”

“啊？”我一惊，手一抖，心中一阵剧痛，“为什么？”

“因为大汗在战场上射杀了她的父亲和哥哥，她便再也无法原谅大汗。”那云摇了摇头，“大汗当时并没有如我们所想般悲痛哭泣，只是抱着她的尸身不放，抱了三天三夜，任谁也劝不住。后来大汗将她的骨灰送回故乡安葬，目睹着她下葬，忽然咳出鲜血，这才流出泪来。”

“早知如此，何必当初……”我怔了半晌，喃喃地说。

“从那以后，大汗一直都没快活过。直到你出现，大汗脸上才又有了笑容。所以，所以你一定要对大汗好。”

“哈哈，孩子气。”我放肆一笑，转过脸不去看她，“你以为这世间的爱恨情愁都如你想的那般简单潇洒么？一定要对他好……你叫我如何一定对他好……”

收起笑，伸手轻轻抚摩过琴底被我摔出的伤痕，心中一阵苍凉。伏案犹豫很久，终于绝然起身，提笔在宣纸上写了封短信秘密传给骆飞。

又过了十日，达尔忽然差数百人押了一队粮草回来。

听那云说，这是达尔围歼汉军运粮队缴获的，特地运回来向贺鲁邀功，贺鲁检验了一番，确定那是上等给养，才收入粮仓。

“全是粮食吗？”我一边练字一边问那云。

“也不全是粮食，有好几袋……炭。”那云犹豫了一下说。

“他们千里迢迢运炭干什么？”我扬眉问到。

“我也不知道，我当时在场看了眼，觉得不像是炭，气味怪怪的。大汗起初也疑惑，不过刘师父说那可能是保证粮食干燥的东西，因此也就一并放粮仓里去了。无非是炭嘛！”

“不错。”我低下头，心绪复杂地一笔一画继续写道：此情可待成追忆，只是当时已惘然。

是夜，我听见帐外有响动，连忙警醒地翻身而起，但见白影闪过，骆飞已立于我床前。

“皇后。”他低呼一声，示意我无须害怕。

“阿飞。”我吁了口气，“上次让你准备的东西如何了？”

“字条上的方子我已传给苏总管，让他配好足够多的火药，混在那些粮草中故意让达尔截获。”骆飞顿了顿，有些疑惑地问，“只是，那东西真能有效？”

“放心，那些分量足够炸毁贺鲁的粮仓，另外那件东西呢？”

“亦已准备好，如今已被藏匿在塔拉诺尔外的芦苇荡中，不会被人察觉。”

“很好！”闻言，我心中顿时大喜，“若非你在孛乐城安插得有人，这些东西不会准备得如此顺利。”

“何时按计划行动，救出皇上？”

“如若一切布置妥当，三日后子时行动。”我微微一笑，一想到要与天行重逢，心中焦急且欢喜，只恨不得马上就能行动。

二人又静默了一会，骆飞如往常一般告诫我小心后才离去。

骆飞离去后，我再也无法安睡，于是点亮灯，坐在书案前发呆。好一会儿，因嫌无聊，复又研墨，提笔写字。不知为何，近日的冷落生活让我喜欢上了书法，嗅着墨香，一写便是好几个时辰。摹写了一幅《兰亭序》，我长舒了口气打算休息，不料刚一抬头却见帐篷上映着一个高大的人影。我的心一紧，有些慌乱地盯着那影子看。

他站了多久了？可否……我连忙压制掉后面的猜测，他的冷暖与我又有何干系？想到这里，我慌忙吹灭油灯。

冰冷的黑暗吞噬掉最后的温暖，我安坐在椅子上，与窗外的影子对峙。良久，几声沉重的脚步声渐去渐远。

听得他的脚步远去，我重重地靠在椅子上，头脑混乱地想了很多东西，遥远的，迫近的，彼此参半成另一派颜色。

清晨，那云的呼声惊醒我："可贺敦，你怎么睡在椅子上，要是着凉了如何是好？"

我这才惊觉自己居然伏在案上睡着了，连忙起身，不料刚一起身，脚底一阵虚晃，整个人顿时瘫软在地上。

"天哪！"那云又一声惊呼，探手抚上我的额头，"你发烧了，这可怎么办才好？"

"你先扶我起来，我并无大碍。"我勉力一笑，"你去给我熬些药来，可不要惊动别人，尤其是大汗！"

"可是……"那云一脸不解。

我马上就要离开这里了，不想再和贺鲁有任何瓜葛，更不想欠他太多情，以免在战场上相见时心软。

"记住我的话，任何人都不许惊动。"

那云将我扶回床上躺下，替我掖好被子这才郁郁答了声是。

半个时辰后，那云给我端来了碗气味刺鼻的药，我仰头喝下连忙缩进被子中睡觉，只盼着这一碗药就能将我立刻治好。

再醒来已是日近黄昏，我只觉口干舌燥，浑身阴寒阵阵。就在这时，那云端了碗药掀帘进帐，见我醒来，她连忙上前试探我的烧有无退去："怎么越发烫了？"

我一闻着她碗中的药，胃中一阵恶心，皱眉道：“不碍的，你先把药端出去，我不喝。”

“不喝药病怎么能好？”那云板着俏脸说。

“你这孩子，说了端出去就端出去。”

“不端，你先喝了。”说着，那云索性坐在我身边，舀起一勺药便往我嘴里灌，“我也知道不好喝，但是生病不喝药怎么行？若这会儿是夏天，我倒是肯去纳斯湖底下帮你采千叶莲……”

我由她絮叨，胡乱喝了一口那药汁，不期刚刚咽下就吐了出来。

“可贺敦。”那云手忙脚乱地放下药碗，用汗巾为我擦去药渍，“看来我要去找老萨满帮你驱邪了。”

“大姐，别整我了，你先出去就比什么都好！”我抓狂地说。

那云见我如此说，有些委屈：“那我先给你端些吃的过来。”

见她出门，我才长舒了口气，挣扎着起身翻开我的贴身小布囊，找到陈风给我的特效药，不料刚拿出一粒药丸，它就不成器地碎成几小块了。

不是吧？传说中的天妒红颜？怎么我一要用就过期？

我满腹怨念地将剩下的药全含进嘴里，一仰头吞下便又卧回被子中。才一会儿，我就觉得眼皮沉重，遂昏昏欲睡起来。

睡梦中，我隐隐瞧见天行在一带水湄边孤独矗立，我刚想伸手触摸他，不料陈风却忽然出现，欲强行将我带回 21 世纪。我一边哭喊一边挣扎，只觉身体一沉，猛地从时空隧道中坠落了下来。

“不要！”我从噩梦中惊醒，大力喘息着，眼前一片青黑。

“阿雪。”

耳畔有人低唤着我，我空茫地睁大双眼，却怎样也看不清他的面容。

“不要，我不要回去。天行，你在什么地方？”我一时悲苦，抓住他的手放声哭了起来。

“阿雪！”旁边的男子低呼了一声，紧紧抓住我的肩膀，将我揽进怀中。

“大汗，千叶莲的药汁已经提炼出来了，赶快给可贺敦喝下吧！”一个女子带着哭腔近前说道。

这时，一股奇异的药香蹿入我鼻中，我一颤，眼睛顿时看得分明了，一张熟悉却又陌生的脸出现在我眼前。

“颇黎？”我翕动着嘴唇喊道，经历了这一场又一场的黑色梦魇，气若游丝的我再也无力去爱或者恨。

他应了声，将我扶进他怀中，然后接过那碗莹碧的药汁，一勺勺喂给我喝。如此过了小半时辰，我方才将那碗药咽下。那药入口清苦寒凉，如一脉雪水注入我腹中，才片刻却又暖和起来，一股热流从体内渐渐散发出来，蒸得人好不舒服。

“好了，终于有血色了……真真吓死我了。”那云在一旁喜极而泣，“这都三天了，一直喊胡话。”

“什么？”我惊叫着挣开贺鲁的怀抱，“三天了？”

第五十三章·情　债 CHAPTER 53

“是啊。”那云颇为后怕地答道，“你昏睡了三天，一直说胡话，若不是大汗帮你拿回……”

“你先退下。”贺鲁微皱了眉，沉声喝退那云。

那云脸一红，羞愧地敛裾退出帐外。

那云一走，帐篷内的气氛顿时尴尬起来。贺鲁默然将我的身子放平，替我拉上被子，眼神平静清冷。

我斜眼看他，他脸色憔悴，眼神疲倦，仿佛得了大病的人是他而不是我。

“你……既然身子不好，便好好歇着，只是，遇事再不可瞒我。”他长叹一声道。

我翻转过身，背对着他，缓缓闭上眼睛，竭力按捺万般心思。耳听得他掀帘离去，我才咬着唇起身换衣。

刚穿完衣服，还没来得及下地，那云已提拎一个精致的食盒进来：“可贺敦，你要干什么？”

我并不理会她，强压着头中的晕眩，蹬上靴子，一把推开前来阻拦我的她，踉踉跄跄地跑到门口。一掀帘，一股冷风夹杂雪粒扑面袭来，我一个没站稳，整个人跌坐在地上。也不知道是不是疼，眼泪哗地流了出来。

“可……”

就在这时，背后一阵闷响，有重物倒地的声音。我回眸看去，却见那云倒在地上，一身黑袍的骆飞正一脸忧色地看向我。

见到他，我更是忍不住内心的情感，以手掩口，重重抽泣，眼泪大颗大颗地往下滚。

骆飞见状，飞身上前将我从地上扶起。

“阿飞，我们立刻就走，立刻就走，我一刻都不想……”我大力握住他的臂膀，颤声道，“我一刻都不想待在这里。”

骆飞并不听我的话，将我抱回榻上安置下。

我挣扎着起身，踢开榻上的被子：“我说过……现在就走！怎么，你不听我的？”

“不要任性。”骆飞捉住我的手，恳切地说，清明的眼中俱是我看不透彻的……感同身受。

看到他这样的眼光，我一怔，继而惶惑地摇头，他又怎么能懂得我：“是！我就是任性！可是我的任性从来都没有改变过什么！”

说到这里，我的心骤然一缩：“我若再不走，我会发疯的。我很怕……我很怕欠他的，越拖就欠得越多……”

骆飞闻言，稳如磐石的身体微微一颤，轻轻松开我的手，替我拭去颊边的泪水，略一迟疑将我拥入怀中：“你从来都不是无情之人。”

我没料到他会有这一举动，有些不可置信地愣在他的怀抱中。

“莫怕，明晚我们就走。”骆飞语气坚定地拍了拍我的肩膀，旋即松开我，温和地绽了个笑颜给我，“有些情，并不是背叛。”

我哑然看向他，他眼中的笑很清澈澄明，看着让人心安。过了好一会儿，我强压心中的翻滚的情绪，勉强笑了笑：“那，就明天。”

“我何曾失信于你？好好歇着，若是明天皇上见了你这副样子，只怕会心疼。”嘴角牵起一抹笑意，骆飞抱剑起身向我告辞。

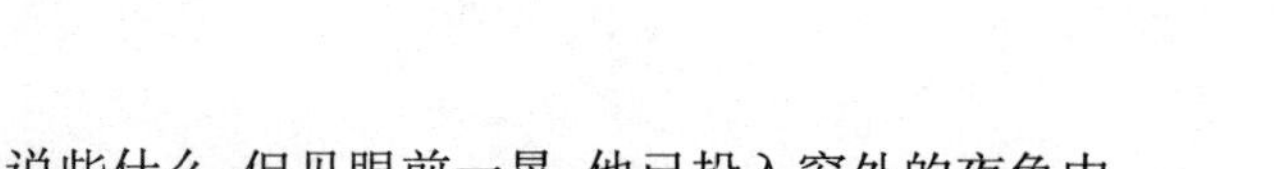

我还没来得及开口说些什么，但见眼前一晃，他已投入窗外的夜色中。

眼见骆飞离开，我擦干泪痕，解开那云的昏睡穴。那云嘤咛一声醒转过来，迷惑地看着我，想了半晌才大声道：“糟了，你还没吃东西呢，我怎么就睡着了？”

说着，她赶忙从椅子上弹跳起来，将食盒里的羹和粥端了出来。闻到食物的香气，我的胃一缩，这才觉得饿了，于是不等她伺候，自己端起来就喝。

“你肯这样吃东西就是大好了！”

见我狼吞虎咽，那云悬着的心终于放了下来，以手抚额说。

吃完东西，我温顺地由那云安排睡下。想了一会儿心事，终于敌不过睡意沉沉睡去。

次日，我一觉睡到晌午才醒来。

这一觉醒来，我心中清明，七窍通透，浑身轻快得很。想到晚上就能得偿多日来的夙愿，不由喜上眉梢。

用完中饭后，我命那云为我准备好沐浴香汤，仔细梳洗了一番。

“可贺敦，你今天似乎很快活啊？”那云撅着嘴看我在铜镜前梳妆，犹豫了好几次才开口。

我笑了笑，细细将脸上的粉涂匀，挑了少许胭脂悉心晕开，胭脂一晕开，我苍白的脸上顿时有了几分春色。我揽镜自照，虽觉这样已经很好，但左思右想尚觉得不够，遂用兑了朱砂的胭脂轻点绛唇。

“以前一直嫌这些东西伤身体，坚决抵制，现在用上才发现妙处。”我一边含笑自语一边添上一抹淡淡的红，提亮神采。

“可贺敦，你真好看。”那云一直在旁边瞧着，见我装扮停当，不由出神地说。

“你也很好看啊，只不过年纪尚小，还未及笄，不见妩媚罢了。”我感念她对我的忠心，拉过她的手，温和而诚挚地说。想了想，又从头上拔下根珠钗，塞进她手中，“这个你拿着，等明年能绾发髻了……”

说到这里，我忽觉不妥，也不知道他们突厥人有无唐人的风俗，于是连忙打住。

那云见那钗好看，也不推却，喜滋滋地收了。似想起什么，她脸上忽然又愁云密布起来。

“怎么了？都一下午了，一直苦着张脸，欲言又止的。”我嗔怪道。

“可贺敦，你去瞧瞧大汗吧！”那云忽然跪倒在地，“大汗他病了。”

我一愣，先压住心中震惊，故意漫不经心地问:“他体格那么强壮，受了那么多次伤也没见有事，怎么如今倒病了？”

“你怎么能这么说？如果不是为了你，大汗怎么会病得如此重？”

那云见我这么说，有些不忿，撅起嘴顶嘴道。

“没规矩！难道你阿妈没教过你怎么同主子说话？”我半真半假地嗔道。

“大汗见你病重，便让人去纳斯湖摘千叶莲。那些人刁钻得很，嫌冷都不肯悉心找，每次下去不一会儿就说湖底的冰层上已经没有千叶莲了。大汗只好……”

“够了，你先出去。”

昨天我已隐隐猜到这过节，心中寄希望那药不是贺鲁亲自采来的，今天听那云说，字字敲在我心头般疼。

“可贺敦，你是大汗的妻子，哪有妻子这样对待自己的夫君的？我阿爸受了一点点伤，我阿妈就会伤心抹泪，可是你却一点都不担心大汗。”那云不依不饶地说，“大汗从湖里出来就一直守着你不眠不休，给你喂药……”

我猛地回头，用极冷厉的目光看定了那云。那云见状，打了个冷战，忙噤声退了出去。

见她出去，我心烦意乱地坐回书案，提笔欲写字，但刚写了几个字就觉得心中更加烦躁，遂丢了笔，走到琴案边坐下。

“兰馨，你……”我满腹的话想对这琴的主人说，可话到嘴边又说不出来，遂轻摇筝弦，以琴声为心声，任凭它孤寂呜呜。

傍晚，那云才气冲冲地端了饮食进来伺候我。我驻足窗前，看着寡淡的日头一点点消失于地平线上。

草原的夜来得真突兀，我看了眼外面的旗帜，见风向没变，心中稍觉安慰，于是浅浅一笑，回到屋子中心一边烤火一边看那云摆晚餐。

那云是铁了心不理我的，只是黑着脸看我吃。我怡然自得地就着酥酪和香米粥烤着羊肉吃，一边吃一边盘算着时辰。

“真是的，大汗一口东西都吃不下，你居然还能吃得这么开心。”那云一边跪着一边低头嘟囔。

“你们这些……”我本想打趣她，但想到蛮子二字不合适，便掐了话头，“最擅长的就是跪着造反。你既然伺候我，就要忠心，不可有腹诽。既然有腹诽，就应遵从自己的心不再跪着！这点……贺鲁做得倒是不错。"

我絮絮说道，话题不由自主地又落在贺鲁身上。

"哼！"那云哼了一身，起身大步出了帐外。

我双眸一黯，再吃不下去。眼见天色越发晚了，再过三四个时辰就可离开，心里纵然欢喜，但总觉得有些不忍……不忍就此离去。

我郁郁放下银刀，含了口清盐水漱口，收拾一番，款步出了大帐。

大约是天要助我，今夜天高月小，一派干燥清明，而风力风向也正合我心意，正得意间，两个侍女从贺鲁的帐篷中出来，面色焦虑地说着话。

"大汗为什么不吃药？这么珍稀的千叶莲……"一个侍女看着药碗发愁道。

"大汗说了给可贺敦送去，那就送去吧。"年长的侍女叹了口气说。

"可是可贺敦的病都好了……千叶莲总共就这么几朵，给她用了，大汗的病怎么办？"先前那侍女埋怨道，"再说了，这次大汗的病可是带旧伤一起发的……大汗要有个三长两短，我们族人只怕又要被人欺负了。"

"胡说，赶紧住口。说这样的话，你真是……"年长的女子怒斥道，猛地抬头，看到我忙噤声请安，"可贺敦。"

"把药给我。"我伸手接过她手上的药碗，示意她们离开。

放轻脚步，轻轻掀开帘子，一股暖意夹杂着药香扑面而来，让人没来由地心软。

"退下。"贺鲁平卧在软榻上，并没有睁开眼睛。

"怎么，大汗不待见我？"我佯嗔道，语气婉转。

今日与君决绝，再见便是兵刃相见的仇人了，你待我的好，我只能婉转了一腔爱恨绞缠，曲意相报。

我收起满怀心思，款步上前，坐在他身边，半含了笑看向他。

他有些惊讶，目注于我，见我温柔婉约，苍白的脸上泛出一抹喜悦。

"药都要凉了，再不喝药性就减了。"我被他瞧得不好意思，绯红了脸，先在他背后垫了两个枕头，方才舀了半勺药递到他嘴边。

他微笑着喝下那半勺药，眼睛中全是满足。

我见他肯开口，心中安慰，浅笑着再舀了一勺，喂他喝了。他似乎沉浸在这温柔旖旎的氛围中，一时变得极温顺，任凭我将大半碗药喂下。

“今生只有三个女人喂过我喝药，一个是我阿妈，一个是兰馨，一个就是你。”他缓缓开口，淡棕的双眸中跳跃着欢愉的光芒。

我安静地听着，将碗搁在一边，拿出丝帕替他擦去嘴边的药渍。他先是一愣，待反应过来，他轻轻捉住我的手，拉近他唇边。

我微一怔，见他目光诚挚专注，不忍抽回，便任由他握住。

“今儿听见你弹琴了，我正在睡梦中，忽然听见一阵琴声呜咽，遂克制着睡意听，你猜我听到了什么？”他轻轻吻了吻我的手背，柔声问道。

我嗯了一声，心思全然不在他的话上，抬头见他情意绵绵地盯着我，忙不好意思地说：“无非是支普通的乐府曲子，你听到了什么？”

“我听到了一个人的心。”他顿了顿，“我听见你在为我担心，你在为我难过。”

“呸，真不害臊。”我心跳一滞，忙骂道。

“阿雪，你心里有我的。”他忽然拉紧我的手，将我拽至胸前，语气坚定而温柔地说。

我靠在他怀中，心紧一拍慢一拍地跳着，不知道如何是好。思量了一会儿，决定在哄他睡着之前，就当做戏，也要给这个男人最后的温柔。

“你是喜欢我的，我看得出来。”他轻叹了声，“不管你心里是否有别人，我都不介意。你是腾格里的恩赐，是专门来降服我的。我不放你走，拼着你一生恨我，我也要和你纠缠下去。”

我靠在他怀里，听他娓娓道来，心中微酸。

“怎么不说话？”他见我半天不回话，扶正我的肩问道。

“呵，我在想，莫不是我在沙漠里杀狼那会儿你就喜欢上我了吧？”我一想到他的小名就是狼，忍不住好笑。

“那时候只是对你有些好奇，真正动心是达尔将你脸上的污秽用水冲去那一瞬。那一瞬，我眼前一亮，心忽然就被你掳去。”他有些赧然地说。

“可见男人都是好色的。”我低头一笑，“瞧你目光灼灼的样子，就不是好……”

正说着，他冷不丁地伸手轻抚我的脸：“喜欢看你笑，喜欢你颊边的梨涡，这样的你真美。”

我别过头，避开他灼人的视线，本想开口说些什么，但细细思量一轮，除了谎言我还能对他说些什么？想到这里，猛地惊觉自己入戏太深，慌忙起身：“颇黎，夜深了，你也该休息了。”

他一时没看透我的心思，愕然不语。

“我先服侍你睡下，明天再来看你。若你乖乖听话，把病养好，我就应你一桩要求，怎么样？”

“呵呵，女人都喜欢用遥不可及的诺言哄骗男人。若要我听话，你现在就应我的要求，将靴子脱了来榻上陪我。”他笑看着我，有些无赖地说。

“去，你能安什么好心？赶紧换一桩心事。”我警惕地往后退了一步，讥诮道。

“来日方长，我不着急。”他衔了抹坏笑，定定看了我说，“去那边拿琴来，我要听我们再见时你弹的那曲子。”

我点了点头，退出帐外，望着冷寂空旷的大漠荒原，长长舒了口气。

第五十四章·逃脱升天 CHAPTER 54

为贺鲁抚了一阵琴，挑的都是些温和的曲子，他默然听着，过了好一阵他倦倦地问道：“这些是什么曲子？长安近时曲子皆为燕乐侧商调风格，曲意闲雅沉郁。而这些曲子则极尽空灵委婉，全是一派孤寂意味。”

“这是我故乡一位叫黄霑的师傅写的。”我起身走到他身边坐下，“原本用箫吹奏出来会更好，但这支曲子配上箫声，只怕会催动你的情思，再无法安睡。”

说罢，我主动轻抚他的额头，娓娓说些佛学故事，希望他好歹能听进些。听了小半时辰，他终于安稳睡去。我为他掖好被子，放轻脚步出了大帐。

帐外寒风凛冽，四野雀寂。

我深吸了口气，回到我的帐中。刚点亮灯却发现骆飞和几个泥孰部的人已在屋内等我了。

"皇后，一切已经妥当。只要我们引爆粮仓，埋伏在塔拉诺尔的兄弟就可以趁乱行动，一举救下皇上了！"骆飞上前低声道。

"哦……"我不置可否地说，"依你的安排行事吧。"

骆飞点了点头，简单吩咐了那几人如何行动后便带我直奔向南面的塔拉诺尔。

"那几人是死士吗？"跑了一段，我上气不接下气地问骆飞。

"不错，上次依你的意思运来了一桶石脂水，除去当作燃料的，其余的我们已经全洒在粮仓外了。"骆飞答道，"听苏总管说石脂水燃烧起来火势极猛，遇水则愈炽，他们一旦点着，断无机会逃生。"

"他们虽非我族类，但肯为皇上付出性命，日后定然不能薄待他们家人。"我强自镇定地说。

就在这时，只听北方主营驻地发出一阵惊天动地的轰响，我一怔，整个人身子一颤，矗在原地不敢回头。

那些火药可以毁掉突厥人大半粮食，连绵不灭的大火更可烧死无数突厥民众……而就在几个时辰前，我正在那片安宁的土地上听着马嘶羊咩，接受他们无上的尊崇。

"皇后，在这当口了，切勿妇人之仁。"骆飞深谙我的心思，一边拉我藏身草丛中一边劝解。

我强自克制自己的内心的负罪感，但克制好一会，依然忍不住声音枯涩地说："他，才刚刚睡下呢。"

骆飞脊背一僵，飞快看了我一眼便收回眼神，直视前方。这时，一队人马打南边跑来，手中拎着救火的水桶，脚步凌乱从我们藏匿处的正前方跑过。

眼见他们跑过了，骆飞才拉我起身。我步子一滞，静静回眸，望着北方被大火映红的天，良久才咬住嘴唇，毅然绝然地朝着塔拉诺尔飞奔起来。

也不知道过了多久，耳边终于听见了刀兵厮杀之声，我止住脚步，凝神看去，但见塔拉诺尔几处毡帐已被点燃，一队持弯刀的突厥人将数名黑衣人围困中央，而远处，五名手持利剑的黑衣人正挡着一个身量高挑、芝兰玉树般的白袍人。

是他……

"天……"我几欲脱口叫出声来，但嘴一张，声音却哑然，一行热泪立时蜿蜒而下。

身后的骆飞见此情形，手中长剑一抖，飞身跃入阵中，但见剑光过处，数名突厥人已经人头落地，滚烫的鲜血喷薄而出，直染得我眼前一片红晕。

阵中的僵局既已被打破，当下一阵鼓噪，形势顿时混乱起来。我静默地立在原地，透过那片恍惚的生死纠结，目光澄明地落在那一角白袍上。

悲莫悲兮生别离，况是重逢意转痴。我噙泪含笑看了他许久，他似有觉察，分开挡在他面前的人，抬眼看了过来。

天地瞬时明亮，一滴热泪滚下，潮水般的回忆就在那一眼中席卷而来。

“混蛋异天行！”我倾尽全力冲他喊道，喊完，我强撑多时的精神和意志立刻坍塌，眼前一黑，兀自带着甜蜜的笑倒下。

在他的怀中醒来时，烈火已经烧残，厮杀亦已结束，周围一片冷寂幽暗，空气中俱是烟火与血腥的气息。

我微睁眼睛，见他没有察觉我醒来，忙闭上眼睛，享受这一刻的安宁。

呵，荒原上真是安静极了。我能听见他呼吸的声音，不远处残焰噬木时发出的哔剥破裂声，以及骆飞他们扎热气球的声音。

当日骆飞瞧见我画的热气球，深深怀疑它是否真能如我所说般带着我们逃脱升天，但瞧我神色凝重，一脸肯定，加之又没有别的方法逃离贺鲁的属地，只好豁出去一试了。现在想起骆飞的样子，我仍然觉得好笑。

“醒了？”天行悠然开口问道。

“没醒。”我将整张脸埋进他怀中，嗡声回答。

“刚才你身子一颤，又想到什么乐事才忍不住偷笑了？”他用手轻轻抚摸我的头，宠溺地问道。

“懒得理你。”我闻着他身上熟悉的味道，一时懒得说话，“这都多久没见了，也不说声想我了！”

过了一会儿，终究不甘心地抬起头嗔怪说。

他薄笑着说：“你不在的日子里，我总是会想你。想过一个六年，这区区几个月算什么？”

“埋怨我啊？”

“你在我身边时，我总是患得患失，反倒你不在我身边时，回忆里的音容笑貌才更真实。这大约就是——情到深处情转薄吧？”他一边说，一边低头轻啄我的额头。

“你这个消极的家伙，怎么还是觉得我会离开你？”我有些不悦地问。

“总觉得留不住你，总觉得我这一辈子就是要思念你的，所以早些习惯了也好。”他自嘲似地一笑，玉般温润的脸上落满淡淡的月华，看得我有些发痴。

“没意思，我还年轻，你的心却老了！”收回心神，我站起身嘟囔，“他们的热气球已经扎好了，你背我过去。”

天行点了点头，自然地俯下身，众目睽睽之下将我背了起来。我满足地将头伏在他的肩膀上，任他背着我一步步往前走，心跳随着他的步伐起落。

那边骆飞他们装作没看到皇帝背女人这码荒唐事，照旧该干吗干吗。在追兵赶到之前，三架热气球已然缓缓升空，随风而去。

今夜风势平缓，因此这热气球驾驶得也不甚费力。顺风行驶了一个时辰，我们隐隐见底下的荒漠中有数点火光，遂渐渐往下降落。

等到我们安全着陆，我才瞧清领头的正是我师父，正欲叫他。却见一地人全跪倒在地，山呼万岁。

天行一路牵着我从他们身边走过，方才冷静地说了声：“众卿平身！”

底下众人这才谢恩起身，噤声而立。

“苏爱卿。”天行淡淡看向我师父，“你们做得很好。”

“此次救驾，皇后与骆常侍居功至伟，臣等不敢掠美。”

我师父和几位总管上前回话，言辞颇为谨慎。

“你能力排长孙无忌等人的阻挠，果断出兵，这让朕很是快慰。”天行且说着，登上前来迎驾的龙辇。见我迟疑，他伸出手将我拉上龙辇，将我揽于怀中。

我师父等人一时不知如何应对，对视几眼后将目光落在我身上。我知道师父他们一时吃不准天行的意思，于是说了些无关紧要的话后，低声耳语劝天行入车辇中休息。

龙辇中暖意融融，见惯了突厥人里外几层的厚实穿着，乍见他一身飘逸汉装，总觉得他应该很冷。于是，我执意为他披上了件宝蓝披风。

“天寒地冻的，他们竟然也不为你准备些厚实的衣物。”我如小猫般蜷在他怀中，满腹幽怨地说。

“大唐国君怎能以胡服示人？当年承乾痴迷胡服，为先皇厌弃，我还一直不能

理解。直到如今才知道，有些东西不但是体面，也是原则。”他轻声说，“就像贺鲁，他虽然热衷汉学，但你何时见过他着汉服？”

“啊？”猛听到贺鲁这个名字，我没来由一颤，有些不自然地问道，“他……”

“我年少时曾在长安见过他一面，两人有些渊源。因此他一直礼我为上宾，间或会找我下棋。多年不见，他变了很多，整个人身上有一种温和的凌厉。”

我低头咀嚼了一下这个词，正欲抬头答话，龙辇已经停了下来。

“嗯？”我掀开帘子环视了下四周，“这是？”

“启奏皇上、皇后，此乃千泉城。”师父和几位总管早已在车外恭候，见我发问，抱拳回禀道，“千泉城已被我军拿下，臣等以为此城攻守皆宜，便暂驻于此，方便三军休养生息。”

薛副总管见天行点头，忙上前献媚道：“臣等已将千泉城主的城堡收拾一番，将其作为皇上皇后的行宫，臣等恭请皇上皇后移驾前往。”

天行点了点头，意兴高涨地牵我下车，在几位要员的陪同下步行前往城内。

由于师傅一向主张怀柔感化，因此千泉虽已攻陷，但百姓尚且各自安居乐业，城内各部虽然冷清但还算井井有条。

沿御道走了一刻钟，终于来到了我们的”行宫”。这城堡外面看着虽然普通，但进到里面，我顿时被堡内的奢华所惊得目瞪口呆：但见大厅地板以五色彩玉铺就而成，厅内珊瑚玉器，宝石盆景更数不胜数，而更让人惊讶的是大厅内竟有一黄金砌成的大池，池中隐隐有馥郁的酒香传来。

天，我不会又穿到商朝了吧？现在难道身处商纣王的酒池肉林之中？

就在我瞠目结舌时，阿如领着一队轻纱遮面的西域少女从后厅翩然而来，向我们敛裾请安。

见了阿如，我欣喜握住她的手问寒问暖。

“皇上，臣已命人将楼上寝宫收拾一新，恭请皇上移驾前往歇息。”见天行神色有些疲倦，薛副总管识趣地回禀道。

“这些女子是怎么回事？”我扫了眼那群西域少女，有些不悦地问道。

“这是臣专门从城中找来伺候皇上皇后的。”薛副总管拱手答道。

“其他的留着也就算了，这些美人还是先遣散了吧！”

一看到这些肤白如雪、星眸璀璨的西域美人，我的醋缸顿时被打翻，且不管我是否合适代替皇上发话，立刻将手一挥，兀自下了驱逐令。

说罢，我挑衅似地冲天行扬了扬眉，昂首挺胸地拾级上了楼。

上了楼，我径直穿过走廊，走到一扇巨大石门外。

那石门外伺立着两个胡人奴隶，见我气度不凡，样子极度嚣张，便已猜到我的身份，忙跪下用半生不熟的汉语请安。

“皇后陛下，寝宫里面已经收拾一新，若您还有什么不满意的地方，尽管再做吩咐。”

这两个很绅士的胡人见我有意进去，连忙起身为我推开石门。

“哈！”刚进门我又被吓了一跳，“你们原先的城主还真会享受，连温泉都弄到卧房里来了？知不知道，我们大唐的皇帝也没他这样奢靡的。远的不说，你们的沙钵罗可汗生活也朴素得很。”

我一边训话一边走向卧室中心的浴池，围着它走了一圈，忍不住褪去靴子，用脚试那池子的水温。我的脚刚浸入水中，一股温热便从脚边漾开。因觉着舒服，我索性屏退他们，专心致志地嬉水。

正玩得高兴，一双手忽然圈住了我的腰，我一惊，险些掉进水里。我心知是天行，故意不理他，只是哼着小曲低头踢水玩。

“你将这里的美貌侍女一气全赶走了，如今朕要沐浴，连个伺候的人都没有，你该当何罪？”

他见我不理他，故意肃声道。

“耽误皇上沐浴大事，臣妾惶恐。”我强忍了笑意，故意盈盈拜倒在地，装腔作势地说。

他会心一笑，将我从地上抱起，好一会儿才敛住唇边的快活的笑纹，低头轻吻着我：“沫，我想你。”

我温顺地蜷在他怀里，伸手紧紧揽住他的脖子，细密地回吻着他，沉浸在一时的甜蜜心动中，不愿回应。

好一会儿，他微喘息着将我放在池边的软榻上，褪去我的层层衣衫，热切的吻如雨点一般，落在我的唇上，脖子上，胸上。

我心中全是甜蜜的紧张，隐隐也有些惆怅，随着他的动作越发激烈，我终于舒了口气，伸手揽住他的腰，婉转承欢：这是我最爱的人，至于旁人，纵然亏欠，那也只能叹一句无缘，一辈子亏欠下去了。

温泉热气氤氲,欢愉到了极处,那人的一切终于随着一句此情可待成追忆,只是当时已惘然……风流,云逝,冰消。耳边只余下一派浓情蜜意的浅吟低唱:

十里平湖霜满天
寸寸青丝愁华年
对月形单望相互
只羡鸳鸯不羡仙

第五十五章·对 峙
CHAPTER 55

次日午后,我们正在军营里听师父指点战局,忽然听得探子来报突厥大军已在五十里以外。我师父和几位副总管面面相觑道:"突厥人近来一直只守不攻,为何今日贺鲁竟率众十万压境?"

天行听说贺鲁亲自率人前来,眉一挑,半晌才微笑道:"正想会一会他,他这么快就到了,汝等随朕一同出征,一举拿下贺鲁。"

师父闻言,略一沉吟道:"事关重大,臣认为当从长计议!"

"皇上,苏总管所言有理,不若先听听各位大人的意见,再作部署?"我知道天行急于雪耻,不免冲动,于是温言劝道。

"突厥人此番前来颇是轻佻,我方只需固垒而待,三日之内,他们攻不下千泉,士气大减后必然会退去,到时我们再追击,必然能轻易获胜。"

早在我师父发话之前,宣威将军李蓟远已思虑良久,见时机成熟他才拱手回禀道。

"后发制人固然稳妥,但贺鲁此次盛怒而来,势必不会轻易言退。如此一来,我们很可能就会陷于被动。”

宣威将军话音刚落，骆飞就出言否决了他的看法。

“盛怒而来？”天行稍微诧异，诘问道，“他何来的盛怒？”

骆飞自知失言，一时语塞。

师父看了我一眼，微微摇头，继而摊开地图道：“千泉城外往北十五里处有一荒原，名唤麦尔吉，正是突厥人南来的必经之路。我们可列阵于此迎战突厥人，然此处太过空旷，无险关可据守，只能马战。”

“只能马战？”我脸色一变。

若是论马战，汉人又怎是突厥人的对手。再说，贺鲁高超的马战技巧我可是领教过的，如今想到他要用此来对付我方的人，我不由有些害怕。

“不妨，虽然论马战我方是不若突厥人，但老臣有计逼退来敌。”师父看出我的担忧，宽慰我道，说着，他指点着地图给我们解释了一下如何调兵部署。

见他胸有成竹的样子，我终于松了口气。

天行和众位大将听完师父的计划，纷纷表示赞同。师父立即下令三军整装出发，直奔麦尔吉。征得天行和师父同意后，我换上男子铠甲，与他们一同前往观战。

麦尔吉上空灰蒙蒙的，偶有游隼滑过，周围一片冷寂。

师傅度势调动上、中、下军及新军，正对北方突厥人的入口布下鹤翼阵。此阵以重兵围护，左右张开如鹤的双翅，大将位于阵形中后位置，是一种攻守兼备的阵形。

此阵法要求主阵大将有很高的战术指挥能力，这才能使得两翼张合自如，既可用于抄袭敌军两侧，又可合力夹击突入阵形中部之敌。除此之外，我师父还调动一万弓弩手分成内外三层，在道路两侧上好了弦，以此夹住贺鲁的前锋部队。

我们默不作声，静待了大半个时辰后，地面忽然大力震动起来，北方天边卷起一带黄云，雨点般的马蹄声敲响了整个荒原的寂静。

我师父一见其势，立即挥旗下令前方的弓弩手放箭。红旗挥处，万箭齐发，飞矢如蝗，破空之声遥遥传来依然惊心动魄得很。

我忙闭上眼睛，不敢看突厥人在乱箭下挣扎的惨状。

“不好！”

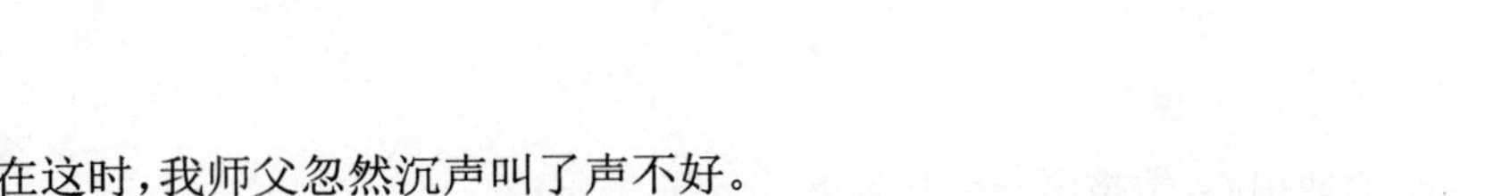

就在这时，我师父忽然沉声叫了声不好。

我睁眼看去，但见箭阵中有成千上万匹马在奔腾挣扎着，刚只一瞬，已经倒下大半，惨嘶悲鸣之声响彻寰宇。

“贺鲁已经猜到臣的部署，遂以马打头阵，坏我部署！”师父立于马上，目视前方道。

我微一颔首，如果没猜错，贺鲁真正的前锋部队就尾随在马阵之后。一念没转完，果闻北边传来一阵惊天动地的喊杀声，数千手持弯刀的突厥将士水泻般涌入原中，直接挥刀砍杀埋伏在路边的弓弩手。这些弓弩手撤退不及，于混乱中成了俎上鱼肉，纷纷人头落地。

我师父不紧不慢地将手上旗帜一挥，数百架霹雳车轰隆上前，不待那些前锋部队攻入阵内，射出的巨石已将他们砸得血肉模糊。

我不忍看此惨状，忙别过头去，强迫自己坚强，但身子依然忍不住颤抖。

大约过了一刻钟，霹雳车停止轰炸，前方战场已经平静下来。我迅速扫了一眼，但见前方尸横遍野，血流成河。我忍不住反胃，但为了不干扰天行他们的心神，我强自忍着，但悲恸的眼泪忍不住滚落。

所有人都警惕地目视前方，握紧手上的兵刃。

静，死一般的寂静。

时间分秒流逝。

就在日头往西又偏落一分时，地平线上忽然出现一队黑压压的人马。

我心一缩紧，睁大眼死死盯着打头的人。

师父呼了口气，飞快地挥动帅旗。阵中两翼部队变换阵形，让出数百架粗大的床子弩，对准北方入口。

来敌似已知道师父的安排一般，军队背后涌上一列盾牌兵，严实挡住领头的主帅。随后又涌出三层弓弩手，弯弓与我们对峙。

“几日不见，贺鲁此贼有所长进！”我师父捋须一笑，安坐于马上，直直盯着前方道。

周围依旧一片安静，在这样的境地中，尚能谈笑自如的人除了我师父还有什么人能做到？

我看了眼天行，天行目光平静地回视我。见到他那样的目光，我心中忽觉安稳，怕他担心，忙挤出一个微笑以示坚强。

阴沉沉的天，明晃晃的强弩。两军就如此静默对垒，任何一方都不敢有任何轻举妄动。

就在这时，对方忽然分出一道口子，一人手持长矛，驭马出列。

“大唐皇帝听好了，我们沙钵罗可汗要求与你比试武艺，不知你可敢应战？”远方，百十人齐声喊道。

“贺鲁要干什么？”宣威将军诧异道。

自春秋以后，战场上主帅一对一的较量已经很少再见，此刻贺鲁竟然提出战前单挑，不免让人疑惑。

我紧张地看着天行，双手紧紧握着马缰：不要，千万不要答应。我在心里哀求，但翕动着唇不敢开口。

天行双眼凛然看着那一人一马，半晌冷冷开口：“如你所愿。”

“如你所愿！”

附近的将士听天行如此说，士气大震，山呼回应。

我浑身的力气如被抽空一般，颓然默坐于马上：他们这是要拼个你死我活吗？

贺鲁听见此回应，不待天行出列，已策马飞奔而来。

我空茫着双眼看着他逐渐逼近，他深沉的眉眼，棕色的眼眸，苍白的脸，一时硌伤我的眼。

他在离我们十丈地外停下，双眼微瞑。北风轻拂，他纹丝不动地坐于马上任凭发丝衣袂翻飞，眉宇间有磊落洒脱之意，但我微笑含泪看着他，看透了他内心的狠厉决绝：他是要杀了他，或者杀了自己，用来惩罚我这个欺骗爱情的女人。

“天行……”我轻声嗫嚅，但终究没有开口挽留，只是偷偷将手伸进腰间，悄悄抽出一只随身藏匿的匕首，将其拢于袖中。

天行回首凝眸于我，眼神中全是柔情与不舍。我收起最后一丝脆弱，目光坚定地回望他。他微微一笑，将佰刀一横，慷然纵马上前迎战。

贺鲁似乎没有将天行瞧在眼里，并不急于出手，只是玩弄着马技，游刃有余地闪避。

他越是这样我就越是紧张恐惧，生怕在某个瞬间，他的长矛会突然贯穿天行的胸膛。

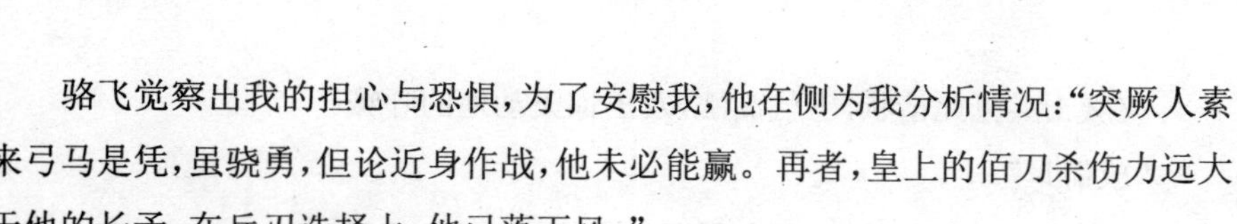

骆飞觉察出我的担心与恐惧，为了安慰我，他在侧为我分析情况："突厥人素来弓马是凭，虽骁勇，但论近身作战，他未必能赢。再者，皇上的佰刀杀伤力远大于他的长矛，在兵刃选择上，他已落下风。"

"不错，皇上有明光铠护体，无须持盾，行动上也比贺鲁灵活，是故娘娘大可不必太过担忧。"我师父一边观战一边接过骆飞的话头说。

我漠然听着，紧紧握着袖中的匕首，心境是一派苦涩苍凉。

过了半炷香时间，贺鲁似戏耍够了，转守为攻，手中长矛极快极狠地刺向天行。天行并不惧怕贺鲁来势凶猛，挥舞佰刀侧身格开直刺心脏的长矛，右手抽出一支长剑当做甩手箭打出，直射贺鲁胸口。见势，贺鲁腾空而起，避开这致命一箭，顺手挥矛刺向天行。天行使了个镫里藏身，从马腹下游过。贺鲁一刺不中，长矛过处，锋利地划断了战马的脖子。

战马倒地一瞬，天行腾身而起，手中多了柄短刀。刀光过处，贺鲁座下宝马已被截断前肢，贺鲁警觉地在战马倒地前翻身下马，借势攻击天行下盘。

天行没料到他能在此突变下突发狠招，连连闪身躲避，这才躲过了杀身之祸，但饶是我在远处观看亦不难看出，若无明光铠护体，此刻他胸前必然会被挑开数道口子。

看到这里，我的心跳已经停住，眼前早已一片晕眩。按照贺鲁一贯的路数，接下来的快攻不出二十招就能将天行拿下。

"运刀之妙，在乎一心，切不可分神躁进。"我师父已经看出了端倪，在马背上朗声指点天行道。

天行闻言，旋即收束心神，不再躁进，以守为主，沉着应战，以期在贺鲁凌厉的攻势下寻找到翻身的机会。

就在这时，薛副总管退于我们身后，暗中架起一张弩机。弩机不同于弓，它装有瞄准器和扳机，使用者可以从容瞄准，蓄积能量，从而射出更远的距离。突厥人的弓箭虽然强悍，但远不如弩机霸道。

大唐皇帝不能出任何差池，这点我们心照不宣。

转眼间，二人已纠缠了数十回合，天行体力不若贺鲁，此时已落下风。就在我心急如焚之际，阵中的贺鲁虎啸一声，长矛横扫，重重地格掉了天行手中的佰刀，挺矛对准天行的咽喉。

"大汗神武，大汗神武！"

突厥士兵见此情状，士气高涨，发出惊天动地的呼喊。

“放箭！”

在此千钧一发之际，我师父果断地指挥道。

“慢！”

一听到师父下令放箭，我心中忽然一紧，所有的心思和盘算全部搅乱，下意识地大声喝断，飞马直奔阵中，翻身下马，强自站稳方才快步走向贺鲁朗声道：“可汗，战争尚未打响，交战双方怎可失了主帅？”

“沫，你怎么可以……”天行嘶声问道，显是痛心疾首。

“可汗，如今你在我军的射程里，若是你敢伤及吾皇，到时万箭齐发，后果你我心里清楚得很。当今之势，我们三人可谓同生共死。是故，请大汗三思而行。”

“我们三人？”他冰冷的目光落在我的脸上，面无表情地反问道。

我坚定地回看着他：“不错！”

“呵呵。”他忽然轻笑一声，神情悲愤苍凉，侧脸望天，一字一句地问道，“我先杀了他，然后我们二人一起万箭穿心，岂不痛快？”

我一怔，顿时红了眼圈，好一会儿才收起眼泪，颤声道：“他死，我便死，上穷碧落下黄泉，我都追随他。”

他邪气一笑，好一会儿才将眼神落在我脸上，狂暴道：“你们的弩机厉害得很，大可以暗中要了我的命，怎么放着这么一举两得的好东西不用，反倒要来我面前演一出生死相随……夫妻、情深？”

说到这里，他身体一颤，大力咳嗽，苍白的脸上泛出一抹诡魅的红色。

“因为……”我看了眼天行，略一犹豫便斩钉截铁地答道，“你若这样死了，我也绝不独活。”

第五十六章·战　殇
CHAPTER　56

说完这句话，我别过头去不再看他，更不敢看天行的反应。

整个麦尔吉仿佛顷刻寂静了下来，我甚至能听见自己的呼吸和心跳声：纵然我知道说这句话一定会伤害到天行，但我却不能不说。

“我本打算纵容薛副总管一箭射杀你，然后自杀谢罪，用血偿还所有欠你的……”我竭力一派平和地说着，可后半句话尚未能说出口，心中悲恸竟至凝噎难语，“可是，我又舍不得将天行一个人留在世上孤苦。颇黎，你知不知道，我好为难，好为难！”

“呵。”

良久，他轻叹一声，定定看入我眼中。

我含泪颦眉回望他，见他眼神中有爱有恨，有怜有怨，纠结难解。

“我怎么肯让你为难？”他自嘲似地一笑，眼中所有爱恨纠缠在这一笑间裂成万千碎片，渐渐消散。俄而，双眸便如我初见他时那般澄澈冷静。

“李治，纵然我能赢你，却赢不了阿雪的心。想要的要不到，不想要的却纷至沓来，人生无趣，竟然至此。”

他冷涩一笑，收回长矛，决然挥手下令。一时，数万突厥士兵叫嚣着往阵中涌来。

我师父见势，亦振臂下令出击。

这时，我只听耳边残风呼啸，千军万马袭来的声势在这风中被扩大了数百倍。我扶起天行，漠然听着越发近却越发空寂的喊杀声，一时也心灰意冷地觉得人生如梦，了无意趣。

“大汗，上马！”

达尔赶着一匹三花宝马，甩开千军万马率先赶来，一边高呼让贺鲁上马，一边挺矛向我刺来。

我看着他挺矛刺来，一时忘了闪避，痴痴地想若是这样被刺中，我便睁眼看着天高云淡死去，再无牵挂。

“小心！”

这时，两只手同时闪电般探出，紧紧扣住达尔的长矛，因怕伤及我，他们同时握住了矛头，鲜血从他们指间渗出，触目惊心。

“皇上，皇后！上马！”

飞马赶来的骆飞长剑一挥，剑光过处，但听一声脆响，达尔手中的长矛生生被斩做了两截。

贺鲁慨然松手，飞身上马。在掉转马头前，他探手入怀掏出一方丝巾，似有留恋，好一会儿才闭眼松手。

北风冷笑着吹过，那丝巾如那晚一般，随风飞扬，最终嘲弄似的拂过我的脸，然后缓缓飘落。我下意识地握住，眼前全是再见他那晚的情景。

微熏的风。冷清的夜。篝火。火不思兀自悠扬。

我于高台抚琴，燃烧记忆取暖。

一样的北风，带着这方丝巾落入他怀中。我赧然而去，却不知他何时将它藏匿怀中，流连至今。

展开那方残存着他体温的丝巾，上面一行字迹侵入我眼中：此情可待成追忆，只是当时已惘然。

这是我在知道他和兰馨的故事后时常怅然吟哦或书写的，却不知他从什么地方听到、看到，一时有了和我相同的感念，方才写上去的吧？

“沫，上马。”

天行扶住我的腰，在两军相接时将我带上马背，驰马退回。我倚在他怀中，木然地想，当日吟哦时，虽是感念他与兰馨，其实心底只怕也有，也有一丝关于我和他的隐秘惆怅吧？

想到这里，我心中豁然开朗，原有的困扰全随之解开。是的，我对他动过心，正如阿飞所言，我从来都不是一个无情的人——有情无错，只是我将情字看得太

窄太浅，才有今日的矛盾痛苦。

忽然想起那夜，我和天行在龙池前相拥聊着阿胜，天行也坦承他曾对阿胜动心，那时我若真懂这个道理，也免去了日后的情丝纠结之苦。

这时，天行已策马回到师父身侧，安然观战。我轻轻挣开他的怀抱，拉过他尚在渗血的手，用那方丝巾仔细将他的伤口包扎好。

他没想到我有如此举动，身子一僵，欲言又止。

我回过头，朝他嫣然一笑。

他本是满面忧色，见我莫名一笑，先是不解，随后似有领悟，如获至宝地将我搂住，畅快一笑。见他笑了，我知道我们再无芥蒂，遂安心倚在他怀中观战。

此时虽说是混战，但我师父的指挥却纹丝不乱。

前方，身着重装的骆飞已击退达尔，左冲右突，率领全军最精锐的部队形成刃锋，切割敌阵，冲乱了突厥人的阵型。就在他快要冲至敌阵中央时，苏鲁克率众出列，挡住了他的去路。苏鲁克号称突厥第一勇士，其骁勇不在骆飞之下，双方酣战了数百回合，并不见胜负。

我无暇观看混战场面，视线紧随着骆飞身形的腾挪转移而动。虽然他与苏鲁克旗鼓相当，但却暴露在贺鲁的射程中。贺鲁现在虽然在悠然观战，但若是骆飞稍占上风，只怕他就要出手射杀骆飞了。因此，我不无担心地请师父派兵救援。我师父沉着指挥，并没有按我的意思派兵救援。

骆飞大约察觉到自己处境不妙，于是回马跃出。苏鲁克不依不饶地纵马跟上，意气飞扬地挥大食宝刀追赶，不料骆飞回马一剑，狠厉地斩落了苏鲁克的右臂。

“啊！”

我在马上看得真切，忽然见苏鲁克被斩断右臂，不由惊呼出声。

“莫怕！”天行抱紧我，沉声安慰。

“嗯！”我惊魂乍定，忙点头应承。

突厥人抢下受伤的苏鲁克，派出另一员大将与骆飞对战。那人虽强悍，但灵巧不足，才数十回合便被骆飞枭首阵前。

骆飞也不恋战，见好就收，带兵驰回阵中拦截砍杀突厥士兵，和其他几位大将相辅相成，堵住了突厥士兵的去路。

我这才松了口气，他杀伤贺鲁两员大将，若再逗留，只怕会引得贺鲁亲自上阵；而骆飞纵然武艺高超，却绝不是贺鲁的对手。

这时，一些杀出重围的突厥士兵冲杀了上来。

师父大笑一声，挥旗调上了劲弓强弩，分番迭射。一时万弩齐发，弓弦弹射，气势如虹。突厥人的装备本就没有大唐精良，没穿甲胄的突厥士兵根本扛不住箭矢射击，被箭雨杀得七零八落。

此时战局已初定，贺鲁见不能取胜，再斗下去讨不到半分好处，遂率军撤回。

我师父意兴高涨，亲自率军乘胜追击。

我不忍再看，于是向天行告退，翻身下马，疲惫地回到阵地后的马车中，提前回了千泉城。

回到千泉时，天已大黑。城内灯火通明，游人如织。我在车内挑帘看着，想着战场上的惨厉，不禁对这些及时行乐的人心有怨怼。

回到行宫时，阿如早已在外等候，见我从马车上下来，忙迎上来为我披上披风，送上暖手壶。

“怎么没瞧见皇上和大总管回来？”阿如一边小心伺候一边问道。

我摇了摇头，心绪低落地回到寝宫。

阿如见状，小心翼翼地跟在我身后，不再发一言。

独自临窗眺望了很久，白天的种种不断在脑海中翻滚，越想心就越乱。

“小姐，窗外风大得很，小心着凉。”好一阵阿如才在背后低低唤了一声。

“如姐。”

听她温言软语地劝说，我心头一酸，回头拥住她，将头轻轻靠在她肩上。

她轻轻叹息一声，轻轻拍着我的背，语气悠远地说道：“阿如跟着小姐也有八九年了，从未见小姐这样，我瞧在眼里，心里总觉得压抑得慌。”

我与她很久都没有如此亲近过了，此刻伏在她柔弱的肩上，听着她说些平淡的话，心里觉得很是安稳。

“我没事。”我本想笑着，云淡风轻地回答，但一开口，声音不由发涩，“只是有些累了。”

“从长安到洛阳，从洛阳到大漠，遇到过多少事？小姐何时说过累？”阿如轻柔地说。

“我原来一直以为自己不会累，可是我今天真的很累。”我沉默了会说，“如姐，

我想回家，我讨厌这里。”

“小姐再忍耐些日子，我看这仗打不了太久了，不日，你便可以回家了。”阿如娓娓道来，劝解我说。

“是我们都可以回家了，难道如姐不想家么？”

“阿如也很想回家呢，只是不知道家在何处。”阿如神色略一黯，不待我细看，她已不动声色地将那抹黯淡隐去。

见我默然看她，她有些不自然，浅笑着说：“小姐在外一天了，想必也饿了，我为你准备了些你素日爱吃的菜式，不如此刻先用膳吧？”

她见我也没反对，便招呼人端来饮食。

我任他们在我面前摆放食物，等到菜上齐了，我才放眼看去，一眼望过去，首当其冲的就是盘玉露团。我一怔，凝视着那碗玉露团。

“这里取不到太新鲜的长安食材，我对着一屋子西域食材思量了很久，方才想到这道菜。”

我淡淡听着，眼前全是贺鲁拿玉露团打趣我的旧事。想到这里，我轻轻地拈了一个，张嘴咬了一口。

才刚吃了一口，熟悉的奶香顿时在口齿间弥漫，我心一紧，莫名扔开那个玉露团，蓦地起身。

阿如一惊，身子一颤，问道：“怎……怎么了，小姐？”

我看了她一眼，她面容有些发白，眼神中有些慌乱。

“这味道不对！”

我一时不知如何开口，随便编了个理由掩饰我的失态。

“小姐，这玉露团有什么地方不对？”才片刻，她就恢复了平静，柔声问道。

“没什么，只是吃不惯这里的奶酪，味道有些怪。”

我若无其事地说，心中却有些疑惑，阿如一向冷静沉稳，遇到再大的事，她都能泰然处之，今日却为了这小小的玉露团变了脸色，当真让人纳闷。一念及此，我又恼自己变得太过敏感，竟然连自己的姐妹都怀疑。

“小姐既然不喜欢这味道，阿如这就撤下。”

“全撤了吧，我没胃口。”我倦倦挥手，示意他们全退下。

人散去后，我脱下身上的男子甲胄，投入温泉中，一股至柔的温热将我包围。我潜入水底，水底的静谧让我暂时忘却心里的牵挂与矛盾。于是，我自私地想，一切都从未经过，从未发生，今日所见所闻全是一场事不关己的疏离。

第五十七章·刺　杀

CHAPTER　57

次日天降大雪，鹅毛般的大雪纷纷扬扬地飘荡于天地间，旖旎的千泉铺满一地素色。我依窗看雪，一边按史料计算日子，心中忐忑。

这场雪整整下了三日，雪初停，好消息便传了回来：我军于金牙山一带破贺鲁牙帐，俘敌数万人。大军凯旋而归，已经在百里地外了。

“那贺鲁人呢？”不待我发话，阿如已抢先问前来报信的人。

“此次虽大获全胜，但并未擒住贺鲁本人。”那个前来报信的士兵如实禀报道，“不过纵然贺鲁此时逃脱了，但他大势已去，已然不足道也。”

听他如是说，我虽然高兴，但心底又不免微酸微涩。

“哦，你且与我说说详细情况。”我点了点头，示意阿如给他赐座。

他一边诚惶诚恐地落座一边绘声绘色地说那日战争的情况：“那日我们追击贺鲁大军直至半夜，敌方因熟悉地形，将我军甩下了数百里地。更为不妙的是，当时居然天降大雪，阻断了我们的去路。我军追击了一昼夜，早已兵疲马惫，几位大人纷纷请求苏大总管停雪后进兵。”

我仔细听着，一边听一边点头，按照师父的性格，他一定会趁贺鲁他们放松警惕时一鼓作气，直捣黄龙。

“当时苏大人认为正可趁天雪之机，攻敌不备，遂力排众议，下令冒雪星夜前进，昼夜兼程赶了两日，终于在金牙山赶上突厥逃兵，双方一场大战，击败贺鲁。贺鲁见势不妙，便带兵从伊丽水往西逃遁。苏大人命萧大人与回纥婆闰带兵追

击，一直追至碎叶水，终于大获全胜。”

“当今天下，论骁勇善战，智计无双，苏大总管绝非天下第一，但若是要打败贺鲁，首选唯他。”我淡淡对阿如说。

“不错，苏总管意志坚定，百折不挠，唯有他才堪与贺鲁较量。”阿如附和道。

“除了俘获士兵，可有突厥大将被俘？”感慨完之后，我复又发问。

“贺鲁手下大将骄傲得很，宁死也不肯被俘的……不过听说俘获了一个文士，是贺鲁的军师，也算是头等重要的人物了。”

“可是叫做刘霍然？”我一听，忙起身扬眉问道。

“这……卑职并不清楚，只知道是个汉人，气度不凡。”

“你报喜有功，赏金银各一百，珠一斛，下去领赏吧。”

我若有所思地点了点头，示意阿如带他前去领赏。阿如正在思量什么，见我唤她，方才回过神来，微微一笑带那人领赏去了。

晌午，连绵几日的大雪终于停了下来，天地放晴。

阿如禀报说天行与师父他们已经到城外了，我笑逐颜开地更换上朝服，亲自前往迎接。行至城外，但见数十万大军黑压压地列阵前来，一马当先的正是身着明光铠的天行。我含笑凝望着他，戎装的他英姿飒爽，英气逼人，看得我自豪不已。

见他近前，我盈盈拜倒在地：“臣妾恭迎皇上凯旋。”

他微露笑意，意气飞扬地跃下马背，将我扶了起来。

我言笑晏晏地随他登上高处，在他身后听他在三军前发言，这一刻，我头脑晕乎乎的，完全听不见他在说什么，幸福与对未来的憧憬彻底将我包围。

庆功宴上，全城军民尽欢。

宴会结束前，我醉意醺醺地告退，正要招呼阿如，却并不见她。

回到寝宫，我将门窗关紧，惊天动地的乐声，欢呼声终于从耳边散去。

除去头上繁重的璎珞饰物，放开满头青丝，一边缓慢地梳着头一边对着桌上的烛火出神。就在这时，大门忽然洞开，我一惊，忙放下梳子起身往门外探个究竟。刚走至门口，一阵邪异冷风吹过，将屋内数根蜡烛同时吹灭。我暗道不妙，拔出腰间匕首，退开几丈远，默立原处悉心分辨黑暗里的响动。

如果我没推断错，刚才那股冷风是一个练至阴内功的人以内力催出的，能同时发暗器打灭桌上蜡烛却不显身形，定然是个高手。而他既然用这种手段装神弄鬼，必然来意不善。

就在这时，我听见背后一阵风响，立刻侧身闪避，以匕首格开那致命的一击，只听叮的一声，匕首和对方的兵器碰出几粒火星。我借着微弱光芒一瞧，依稀辨得对方身量娇小，不像男儿。

“什么人装神弄鬼？”

我一边发问，一边跟随着她带出的风向进攻，她的轻功了得，轻而易举地避开我的攻势，身子如御风般往后飘退。

我恼她狡猾，低喝一声，腾身而起，底下则闪电飞出一脚。

她游刃有余地避开，但听“噌”的一声风向，一道寒风直取我肋下。

“沫！”

就在这时，门外传来天行的呼声。

那刺客略一迟疑，生生收回剑势，从窗外逃走。

眼前一亮，几个侍从已提灯进门，天行尾随其后而来。

我长吁了口气，抹去头上冷汗发问：“可曾见到阿如？”

“并没有，怎么也不点灯？”天行已有醉意，拥过我，语气宠溺地问。

我避而不答，心中却满是疑惑。如果我刚才没看错，那刺客的身形和阿如很相似，而且她身上有一股淡淡的清香，为我所熟悉。

“小姐，你怎么先回来了？”这时，阿如端了碗热气腾腾的汤，一脸疑惑地在门口问道，见天行也在，忙跪倒请安。

“哦，我有些倦，便先回来了。”我盯着她的眼睛，淡淡说。

“平身！”天行不明就里，笑道，“刚才沫还……”

“阿如，你端的是什么？”

我听天行话头不对，忙掐断他的话。

“我见小姐喝了很多酒，生怕明儿上头，于是去厨房煮了些醒酒汤。”阿如神色自若地答道。

“你有心了，我倒没事，把汤给我，我伺候皇上喝下。”

我走近她身边，接过那碗汤，轻微吸气。她身上散发着幽幽兰香，又夹杂着一些玫瑰的味道，和先前那人并不一样。我这才放下心来，笑着让她退下。

“哎，我也不知道怎么了，最近老是疑神疑鬼的，觉得什么都不对。”我叹了口气，有些无奈地说。

“怎么？”天行有些不解地问道。

“刚才有个女刺客刺杀我。”

我舀起一勺醒酒汤，略试了下温度，觉得适中便递给他喝。

“什么？”天行大惊，神色一凛，“可有伤到？”

我摇了摇头，若有所思道：“看身量是个女子，武功奇高，怪的是她似乎并不想杀我，下手的地方都不是重要位置。”

天行神色这才稍微缓和了些，将我拉至他腿上坐下。似乎怕我冷，亦或者有别的担心，他用披风将我裹得严严实实的，抱着我一言不发。

“我始终觉得有些不对。”我将头斜靠在他肩上，紧握着他的手说，“自你当日离奇失踪开始，我就隐隐觉得哪里不对了，可是总无法猜透。”

“那日我从昏睡中醒来，人已出了长安，我暗忖在被掳走之前，只怕已经中了迷药。”天行反握住我的手，冷静地说。

“不错，这也正是我所怀疑的。突厥人是从龙床下的地道进来的，以我们的警醒断然不可能对那么大的动静毫无察觉。”我点了点头，进而分析道，“宫里有突厥人的奸细，而这个奸细必然是我们贴身的人，否则他无法那么顺利地在我们的饮食中下药。”

说到这里，我不由脊背发寒。结合近日的种种，一个名字已呼之欲出。

“你怀疑……”天行压低声音欲言又止地问。

“不……不……”我摇头再摇头，“那不可能。我们自少年时便相识，情同姐妹，彼此一直坦诚相待。”

说到这里，我思维开始紊乱，多年来有关阿如的记忆全都浮上脑海：我们两人在一出闹剧中结识，从长安闹市到皇宫大内，再从洛阳到大漠，一同经历过无数风浪，彼此扶持，情同姐妹。

“不会的。”想到这些，我心头一酸，用力抓住天行的手喃喃道。

“我和她何尝不是自年少相识？当年的她笑容清澈，跟在你身后一起胡闹，哪有半分心机？而如今，她隐忍得连我都觉得陌生了。”天行悠悠叹了一口气，将我搂得更紧了些。

两人静了一瞬，一时都沉浸在对往昔的回忆中。

“沫，不要想那么多，明日我们就离开北疆，回洛阳去。若你不喜欢洛阳，我们就回长安！”他轻轻吻了吻我的耳垂，安慰我说。

“啊？”我些微一错愕，“战事尚未结束，怎么又要走？”

“国不能一日无主，这么些天没人主持朝政，朝中大事都交由长孙无忌他们，再迟迟不回，只怕又要生别的乱子。至于阿史那贺鲁，他大势已去，苏爱卿不日就能彻底歼灭他的余党，所以我决定明日就起程回长安。”顿了顿，他终于还是在一番托词后说出了真心话，“再说，我不想让你留在这里……回到长安，一切又都和以前一样了。”

听他如是说，我心跳一滞，正欲开口辩解，但唇却冷不丁地被他吻住。我睁着眼，怅然地看着他紧锁的眉头，良久，一滴眼泪不动声色地滚落。

次日一早，师父调动精兵一千护送我们回长安，另加派五十人随行押解刘霍然回长安受审。

出了千泉，一路走了数百里地，繁华渐远，眼前一片黄沙漫漫。日头偏西时，护送我和天行的归德郎将石胤下令人马在原地休息。我从天行温暖的怀中醒来，掀帘看着车窗外的沙漠，依稀辨得这片沙漠正是当日我被沙暴卷走的那片。

看着这片沙漠，我心念一动，轻轻挣开天行的怀抱，跃下马车，孤独朝着夕阳踟躇而行，走了很久，心中到底放不下，于是驻足回首，遥遥地看见天行长身立在马车边，一直看着我。

“他在等我回去呢。”我看着那轮火红残阳，微微一笑道，“我要回去了，回到他的身边。”

说罢，我掏出怀中一个暖融融的紫貂皮围脖，将它葬于沙土中，这才如释重负地回头，朝来路折回。

天行见我回头，便沿着我的足迹一步步前来接我。

“一、二、三……”

我顽皮地数彼此的脚步，在第三百四十二步时，我终于落入他的怀抱。

“怎么不往前走了？”天行拉过我的手，替我拢了拢耳边的发丝，宠溺地问道。

“前面的风景我看过了，知道吗，前面不远处有一座美丽的绿洲，叫做穆尔奇克，再往前就是一片野狼流窜的戈壁，在那里……”

我笑吟吟地说着，说到最后声音一滞，终究还是没有说出那句话——在那里，我曾经遇到一个叫做颇黎的，不该遇到的人。

第五十八章·玉门风云
CHAPTER 58

半月后，我们一行人终于越过了参天可汗道的西段，踏上了经阴山至内蒙古回长安的一脉坦途。

途中我和天行玩着少年时进北疆玩的游戏，快乐悠闲之余，我真恨不得这条路能一直走下去。

几日后，车队在一条下广上狭，烟波浩渺的大河前停了下来。我随天行下车前去河边观望，但见这条划过一马平川的大河烟波甚急，气势惊人，不由望着前方发愁。

"这是疏勒河，绕过这条河往南便是玉门关，过了玉门关，半月余就能抵达长安了。"

"原来我们已经到了这么有名的地方了？"

一听玉门关三字，我不禁激动起来。

天行微微一笑，将我揽入怀中，伸手指向前方道："玉门关号称天下第一关，横越南北，隔断塞外雄风。若是春夏之交，从这里往回望，可览群林草莽，郁郁葱葱。若从关口望去，又可见沙漠戈滩，辽阔无比，端的是天下奇景。"

我紧紧依偎在他怀中，听他指点江山，豪情与柔情交织于心间。

他低头见我一脸幸福满足，惬意噤声，只拥紧了我，任河风侵袭。

闻着微咸的河风，将头埋在他温热的怀中，我一时恍惚地认为这就是永恒。

石胤找了一个当地的向导，带我们沿着疏勒河道绕进了玉门关。我在车中听说玉门关到了，忙拉着天行骑马观光。他一向纵容我，见我兴致高涨，遂与我共骑一马，走在队伍前观光。行了大约 30 里，一座耸立在砂石岗上的四方形城堡映入眼帘。

“那可就是玉门关的关口了？”

天行“嗯”了一声后一抖马缰，马儿顿时奔驰起来。不一会儿，我就在马上将城内景观一览无余。

“不过是沙丘，一座连一座，看得人眼生疼。人说羌笛何须怨杨柳，春风不度玉门关，看来这真是一座被春天遗忘的城市。”

看了一阵，我有些倦怠地说。

“汉时这里是通往西域诸国的咽喉要隘，当时城中商队络绎，使者往来，一派繁荣景象。只不过自我朝始，玉门关地位不复从前，这才成了这副衰败样子。”天行柔声向我解释。

说话间，我们已经进入城中。城中一片荒漠寂野，鲜有人烟，我们见日已西沉，便决定在城中逗留一晚。

石胤得令后让人在原地挖灶架锅，准备晚饭。一时间炊烟袅袅，使得这座荒城平添了些人间烟火气。

我披着素色披风穿过这一片烟火气，驻足在关押刘霍然的囚车前。此刻他面色憔悴，衣衫破败，早已无我初次见他时的洒脱磊落。见我来看他，他抬眼，似笑非笑地看入我眼中：“可贺敦，别来无恙？”

我听出他话里的意思，并不去理会，只是淡淡回了句：“先生又错了。”

“呵，当日我已隐隐猜到你的身份，只可惜大汗听不进我的话，这才有今日。”

他说的东西虽然很颓废，但他娓娓道来，语气中丝毫不见颓败，仍然一副胸有成竹的样子。

“有人曾同我说，世间最厉害的武器不是别的，正是美人。此番看来，他并没有骗我。”

他看着我咧嘴一笑，眼中光彩流动。

我一时也琢磨不透，遂转过头去，不料刚一回头，却见一身青衣的阿如端着碗食物朝我们这边走来。

“如姐，这些事情交给旁人做就是，你又何必劳动自己？”

我见她连这些小事都躬亲，有些瞧不过眼，柔声劝说。

“这一路全是粗鲁汉子，他们是不愿意做这些的。我反正也是闲，不如替他们做些事情。”阿如淡然一笑，垂眼将碗筷递入囚车中。

我待她事了，便携她的手一路返回车队中央。她为我和天行布置好食物，便立在一旁静默伺候。

我竭力邀她坐下与我们一起用餐，她央不过我再三要求，小心翼翼地坐下，看着桌子上的菜肴发愣。

我见她拘束，便搜肠刮肚地说些陈年旧事哄她。但往昔不再，她再也不可能如那年星陨时一般意气风发，拼着一股年少豪迈同天行谈论天下大事了。

到底是什么改变了我们？时间还是人心？过去的，或许只能是过去吧。

入夜，我和天行于马车中相拥而眠。因为有心事，我久久不能安睡，又不敢辗转，生怕惊扰到天行，如此一来，心中烦躁就更难以入睡了。睁着眼直到后半夜，我才有些困倦。

打了个呵欠将睡未睡时，一阵奇异的金属啸鸣声忽然在不远处响起。我一愣，侧耳细听，但闻我方营中亦发出一阵同样的啸鸣。

不好，有状况！我警醒地翻身坐起。

天行一惊，从睡梦中醒转过来，正欲发问。我连忙掩住他的嘴，示意外面有情况。他立即明白我的意思，与我一起屏息听着车外的动静。

就在这时，车外传来一阵细细碎碎且整齐的脚步声，听声音，不下十人。若非在静夜中悉心听，我们根本察觉不到他们正在往这边移动。

是什么人居然知道我们的行踪，前来刺杀大唐皇帝？我探手入怀取出一粒闪光球，将它握在手中，紧绷了神经等待。

车外的脚步越发近了。

我在心里默数着，这时，车外传来两声低低的闷哼，一柄刀悄无声息地探入车内。我抿紧了唇，在对方掀帘的电光石火间猛地射出那粒闪光球。但听一阵轰响，一阵耀眼白光升起，将对方的行迹彻底暴露。

我和天行对视一眼，抢过兵刃跃下马车，以极快的速度割破离我们最近的两个刺客的喉管。

“有刺客！”

我一边与那群刺客纠缠一边高声叫道，顷刻间，整个营地亮起灯来，平日里训练有素的将士已持兵器往我们这边涌来护驾。

“尔等何方叛逆，竟然胆敢前来刺杀大唐皇帝！”我旋身刺死面前一个刺客，冷冷问道。

“哼，杀的正是这狗皇帝！”

领头的一蒙面汉子冷笑一声，眼中杀气一盛，横刀向天行劈去。

天行身手矫健远胜于他，长剑一挥已将对方手中兵器打落，才几招就将对方刺杀。

我方将士见状，豪情顿生，挥矛的挥矛，使刀的使刀，一鼓作气将那十几个黑衣人此刻斩杀当场。

我舒了口气，俯身掀开那个领头汉子的蒙面，疑惑地看向天行。天行仔细瞧了他一眼，摇了摇头，也看不出底细。

就在这时，一阵更为尖锐的哨声响起，但觉地底一动，前面脆弱的沙碛地忽然凹陷下去，数百黑衣人持弯刀从地底钻出，嘶叫着杀来。

“他们居然埋伏在沙砾下的地洞中！看来是早已得了消息的。”

天行将我拉至身后，沉声道。

“我们身边果然有奸细！这群人体形像是汉人，用的却是突厥武器，到底是什么来路？”

我紧紧盯着那伙人问道。

“我一时也不知道，先杀再说。”

说着，天行已飞身上前，挡住一方来敌。

我退回安全的地方，一边防守一边瞧着这场混战。这些刺客来得突然，气势又猛，一时占尽先机，将我军砍杀大片。

我沿着先前的思路想着，汉人，突厥兵器，脑海中冷不丁冒出三个字：刘霍然！

想到这里，我扭头飞奔至关押刘霍然的地方。

月光下，眼前的情景让我目瞪口呆。

囚车已被一人用剑劈开，刘霍然正在她的帮助下弓身从囚车中退出，那个人豁然就是——阿如！

“不……”

我难以置信地呢喃道，往后退了一步。

阿如似有察觉，蓦然回首。见是我，她先是一惊，立即又平静下来。

我盯着她一步步往后退：我此生遇到劲敌无数，但都能泰然自若地应对，而今日，面对着阿如，这个我视为亲姐妹的人，我第一次感到深深的恐惧。

她背叛了我，她是刘霍然的人！她瞒着惊天的秘密，长达近十年！这是一种怎样的城府，这是一种怎样的心机？我居然将一条盘踞在我身边的毒蛇当做至亲。

我脸色苍白地死盯着她，仗剑胸前，冷冷与之对峙。

她静静看着我，清亮的眼中看不出一丝波澜。

“你、背、叛、我！”

我一字一句地说，尽量控制嗓音不要颤抖。

她依然静静看着我的表情变化，良久，她轻薄的唇边漾开一抹极淡但无比邪恶的笑意。那抹笑纹在我的绝望中越扩越大，顷刻绽出最恶毒的花。

“你终于也有无能为力的时候了吗？”

她眉一挑，用极轻极柔的声音问道，眼中跳跃着兴奋的火苗。

“哈哈……”她忽然抬手以手背掩口，肆无忌惮地仰天大笑起来。

与她相处近十年，我见过她种种姿态，或温顺，或谦恭，或坚毅，或决然，但无论哪一面的她都在“隐忍”这个大囹圄中循规蹈矩，断然不会似今日这般自得、狂妄。

我以顽强的姿态持剑看她，虽然很想问一句为什么，但胸中的悲愤凄怆已让我发不出声来。

她身后的刘霍然见状，冷冷一笑后转身绕进一座沙丘背后，不见了踪影。

“你是不是很想知道为什么会这样？”

她收住笑，傲然向前迈了一步，漫不经心地睨着我问。

“我没兴趣！”

我低喝一声，按剑而起，掠至她面前，席卷全身的悲愤一剑刺向她。

她双目微瞑，手一扬，已经飘然避开我这一剑的锋芒。

我见一刺不中，就地斜掠而起，狠厉地刺向她的左肩。

她冷笑着从腰间抽出一柄软剑，化出数刀剑光，逼退我的攻势；临了，剑锋柔韧地从我脸边贴过，悄无声息地削落我一缕青丝。

“那晚的刺客果然是你。”

我见她步法轻盈诡魅，以守为攻，和那晚刺杀我的黑衣女子如出一辙，终究忍不住厉声问道。

“不错，原本想在千泉就拿下你，怎奈时机尚未成熟，不得不多等了这大半月。”

说着，她脚不沾地地掠过丈许地远，反手一剑，击落我的兵刃，欲扬长而去救援她的部下。

我无暇多想，一把抓住她的脚踝，拼劲将她拉回，使了个过肩摔，将她掷于地上。她一个没站稳，踉跄往后退了几步。

“我本欲暂时饶了你，你却不知好歹，妄想螳臂当车！”

站定后，她眼中杀机一盛，横剑冷冷说道。

我微微喘气，斜眼看她，亦冷笑道：“你欠我的还没了，这就想走？”

她一愣，有些不屑地看着我道：“你不是我的对手。”

“就算是死，这一架我也要打个痛快。”

我别过头不去看她，深吸了一口气，就地腾身，展开身法缠住她的身形。她一时施展不了那套上乘轻功，当下不耐烦地绷着脸与我游斗。

这一次，我们双方都不再手下留情。我功夫本就不敌她，才数十回合，她的软剑已若灵蛇般啄破我的左肩与右腿。我强忍着剧疼，反倒越战越勇，与她绞击纠缠。

“看不出来你还有这等烈性！”

她彻底为我激怒，娇叱一声，脱手将剑射向我的小腹。那剑来势极快，凌厉向我小腹刺来。

此时的我早已力尽，无暇闪躲，遂不再闪避，将目光落在她脸上，毫无感情地看着她，等着看那剑将我贯穿时她的表情。

那剑射出后，她脸上也有惊悔之色，探手欲夺回剑，但已来不及。

我见她有此神色，虽然知道她只是不想我死，而非对我还有余情，但心底终于有些慰藉，遂闭目受死。

就在这时，夜空中发出“当”的一声脆响，将那股致命的剑气打落。

我倏地点亮眼光，睁眼瞧去，但见阿如那柄软剑已被一块石头击下，落在离我半尺地外。

我愕然抬眼四顾，但见不远处的一座高台上立着一人一马，那人身着黑色大氅，以黑布蒙面，看不清面目，此刻正冷眼盯着阿如，与之对峙。

第五十九章·惊　变

CHAPTER　59

冷月皎皎，断垣千里。

刀光剑影中人喊马嘶。

抽身于一切事物之外，我们三人尴尬对峙。

良久，阿如冷冷看了我一眼，飞身掠过地面，拾取她的兵刃，闪避进了一座沙丘背后。

我警惕地看着高台上的那人，他虽然救了我，但并不代表他就是我的朋友。

他的目光从我脸上扫过，并无杀气，反倒让人觉得平和安详。

我见他对我没恶意，遂抱拳行礼多谢救命之恩，提起剑转身飞奔向前方的主战场：来敌人数甚众，我们要么突围，要么全军覆没。但，无论生死，我都应该在天行身边共进退。

回到主战场时，混战已将结束，我方伤亡惨重，此刻仅余一两百人勉力与对方抗衡。我杀开一条血路，回到天行身边，与他并肩而战。

“你回来了。”在这生死存亡的关头，他的语气依旧平静。

“嗯。”我与他背抵着背，困在阵中，观看情势。

“把手给我。”他柔声对我说，“正北方是个缺口，我们一起冲破那里。”

说着，他握住我右手，拉着我急速向正北那一薄弱环节杀去。

他手心很温暖，让我眷念不舍。我出神地想，若我现在死了，下辈子还要找到这双手，继续让他牵着我，暖着我。

那些黑衣人看出了我们的意图，纷纷返身赶来援手。一时间，铺天盖地都是刀气。

“这样斗下去不是办法，我们还是夺马走吧！”眼见天行体力有些不支，我不由得急道。

“好！”

说着，天行拉着我往右虚晃，避开对面劲敌的声势十足的一刀，闪电将长剑送入对方心口，探手从地上抢起一口佰刀，横扫过去，顿时扫杀对方十余人，杀开一条血路。

我们飞奔了几步，眼见离马近了，天行左手一提将我送上马背，自己随后跃上马背，一抖马缰，那马顿时扬蹄而起，嘶鸣着往前驰去。

就在这时，一阵尖锐的哨声吹彻胡沙，事先埋伏好的另一批黑衣人忽然从我们面前的沙丘中杀出，将我们团团围住。一时间，数百把刀密密麻麻地排成一圈，杀气森然。

“你们逃不出去的，莫要负隅顽抗了。”附近高台上传来一阵畅快笑声。

我侧脸瞧去，但见刘霍然与阿如驻马于高台上，此刻正冷眼打量着我们。

“阿如！”

我身后的天行身体一僵，有些难以置信地呢喃道。

阿如见了他，眼神一软，似乎有内疚之意，乖戾之气大减，侧过脸不敢看他。

“大唐皇帝陛下，身处绝境的滋味如何？”刘霍然悠然挥了挥马鞭问道。

我见他有戏弄我们二人的意思，当下大怒：“要杀便杀，老贼哪来恁多废话。”

“可贺敦……哦不，皇后陛下的性子还是这样火爆。你既然求死，我这里有一百多种方法让你慢慢死。只不过，现在还不是时候！”

刘霍然眼中杀气一盛，好一会才放缓了语速，缓缓道来。他的声音阴冷森然，在夜里听来，饶是我胆大，也不由惊出一头冷汗。

“天行，我们现在杀出重围，就算死在乱刀下也绝不能让他们活捉了凌辱！”我扭头看定了天行，慨然道。

“好。”

天行迅速看了我一眼，抿紧了唇，大力掉转马头，横刀往前砍去。

正对我们的黑衣人为天行气势所慑，不约而同地往后退了一步，片刻才涌上前来应战。

"住手！"

这时，高台上传来阿如的尖锐呼声。

那些黑衣人显是受令于她，当下收回兵刃防守。天行刀势已出，生生削去五六人的头颅，方才顿下。

"叔叔，你怎可乱我计划？"

阿如一边厉声责怪刘霍然，一边甩出两道马绊。我们闪避不及，双双落入套索中滚下马去。阿如见我们落马，双手将马绊一拉，登时将我们往前拖了两三丈远。

"天行！"

我不欲和天行分开，使劲挣扎，企图挣开身上的马绊，不料这马绊越勒越紧，如咬进我骨肉中一般。

见我吃痛，天行这才慌乱起来，一边疾呼我的名字一边挣扎着往我身边靠拢。

"放开她！你们要什么只管开口！"天行仰面怒喝道，下颌因悲愤而抽搐。

刘霍然从马背上跃下，走至高台边缘，半蹲下身漫不经心地问："我要你的命。你给吗？"

"放了她，朕的命你们只管拿去！"天行毫不犹豫地朗声答道。

"天行，你在说什么胡话？你若死了，我为什么还要活着？"我嘶声喊道，心中又悲又恸，只想立时抱着他一并死去。

"嘿嘿，你们倒还真的夫妻情深。不过，你们现在落在我手里，如俎上鱼肉，哪有和我谈条件的资格？"刘霍然喋喋怪笑，一副鄙夷的样子。

"你当真，当真什么都肯为她做？"

一直默然的阿如忽然开口，火光下，她神色凄楚幽怨，眼中隐有泪光。

"不错，你们是冲朕来的，只管按你们的意图行事。只要你们放了她，朕什么都可以答应。"天行昂首凛然道。

"那好！"阿如抽了口气，冷冷下马，走至刘霍然身边站定，"你只需依我两件事，我不但不会杀她，连你也可一并放过。"

我一怔，惊恐万分地盯着她的嘴看，一颗心被紧紧揪住，连大气都不敢出。

"我们刘家从我祖父开始便效忠于你们李家，当年我祖父得知李渊欲举大事，遂阴结豪杰，招纳亡命前去归附，为大唐开国立下汗马功劳。不料李渊那昏君听信奸佞裴寂之言，诬我祖父谋反，株灭我一族 87 口人。"

说到这里，阿如双手握拳，眼中大有恨意。

“你祖父是？”天行虽已猜到，但略一犹疑，还是脱口问道。

“哼！”这时，刘霍然忽然冷哼一声，痛心疾首道，“先父正是鲁国公刘文静！他一生忠于你们李家，为你们出生入死，到最后居然落得如此下场……好在老天有眼，留下念如和轩儿。今日，我们终于可以告慰刘家87口亡灵了！”

一听刘文静这个名字，我和天行登时一愣，对视了一眼，一时失了言语：早在现代时我就听过他妄言获罪的事，他与裴寂在大唐的开国战争中功勋卓著，同为李渊宠臣，然而他一直为自己功勋高于裴寂而地位却不如他耿耿于怀，处处与裴寂为敌。其弟刘文起甚至招来巫人行厌胜之术诅咒裴寂。刘文静有一不得宠的妾室便将这些事报告给裴寂。李渊听信裴寂谗言，将刘文静、文起兄弟双双杀害，籍没其家产，坐其族人，成为一大冤案。

“不错，鲁公肇仁确是含冤而死，高祖听信谗言株连你们族人确实对你们不住。你们若想报仇，此刻将朕斩杀，用朕的血告慰你们刘家亡魂，朕绝无二话。”天行坦然道。

阿如闻言，凄然一笑，半晌才开口：“我曾立誓要杀尽李氏子孙为我一家报仇，不过我现在改变主意了……”

说到这里，她眼中闪过一阵奇异的光彩。

“刘念如，李渊犯下的过错关天行什么事？你们口口声声说要报仇，说要为刘家讨回公道，那你害死……”

听到这里，我以前的所有疑惑全都解开，此时脑中一片清明。我怕天行因内疚乱了心神，糊里糊涂答应她什么，忙高声喝断她的话。正当我想说“你害死太宗皇帝，天行身为人子，又要找谁报仇，找谁讨还公道”时，一道鞭影飞来，重重打在我脸上。

“沫！”天行见状，心疼得无以复加，一张脸被愤怒悲痛所扭曲。

阿如这一鞭下手很重，此刻我胀着半边脸，再也说不出囫囵话来。

“阿如，就算我们李家有对不住你的地方，但沫视你为亲姐妹，待你一片赤诚，你怎可如此对她？”天行转而面向阿如怒喝道。

刘念如一怔，半晌答不出话来，只冷哼着不去看他。

“你先前说的两件事是哪两件事？你且说来，我一一为你做到，你便遵守诺言，放了沫。”

这时天行已经冷静下来，他克制住所有情绪，沉声绝然道。

周围顿时静了下来，整座荒城只闻风声，烈火焚烧声。

“你贵为天子，乃九五之尊，受万姓朝拜。”好一会，刘念如才缓缓开口。说到这里，她顿了顿，将目光盯在天行脸上，“我这第一件事……就是要你向我下跪求情，求我放了她。”

刘念如话音一落，我如受重创，整个人仿佛被掏空了一般，连连摇头，眼泪止不住地往下滚落，滚烫的泪流过先前被鞭打的伤口，灼得我疼痛万分。

天行，不要跪下，不要跪下！

我张口哀求，但喉头一紧，发出的只是可笑的呜呜。

“怎么，你不肯了？”

刘念如一字一句，冷冷探询道，见天行长身而立，她神色一缓，嘴边噙了抹得意的笑。

“异天行……你若跪了……我肖沫沫这一辈子都不会原谅你。”我看着他，声嘶力竭地说，“一辈子都不原谅！”

天行只是看着我不语，那神情极清苦，苦到我心底。

“她根本不会遵守承诺的！”我睁大双眼，凄然看着他，几近哀求地说。

天行置若罔闻，只是像往昔那般对我温和一笑：“只要有机会，我都愿意为你试一试。”

说罢，天行敛起嘴边的笑，平静地看着刘念如屈膝跪下。

浑身打了个激灵，我在他屈辱的姿势中失去了灵魂，只觉得天地都在这一跪中渺茫了。

“你终究还是为了她跪下了……”刘念如侧过脸去，冷然道。

好一会儿，她忽然狂怒起来，手中长鞭一扬，闪电般向跪倒在地的天行抽去：“为什么？为什么啊？”

“念如！”

刘霍然见她状如疯魔，一把扳过她的双肩，厉声喝道。

那条长鞭失去了准头，在天行面前无力落下。

我静静地看着她，看着天行，想着昔日我们的明媚笑颜，忽然觉得自诩聪明的我根本就是一个彻头彻尾的笨蛋。我以为我周围的人是快乐的，是幸福的，因为我一直很努力地爱着他们，直到今天，我才知道自己是那么的自作多情。

“很好，你果然如我所想般……愚蠢！”刘念如在刘霍然的安抚下渐渐平静，她拭去脸上的泪水，清冷冷地俯视着天行说。且说着，她纵身从高台上落下，刷刷几剑斩落我们身上的绳子。

我身上一松，钻心的疼痛顿时迫得我一声闷哼。我蹒跚着脚步，跌跌撞撞地跑至天行身边，拼尽全力拉他起来。但他兀自跪着，如雕塑般巍峨不动，任我怎么拉也不起身。终于，我的力气用尽，一个趔趄扑倒在地。

倒在地上那一瞬，我忽然笑了出来，从未有过的酣畅淋漓，却又肝肠寸断。

第六十章 · 鹊巢鸠占

CHAPTER 60

刘念如冷冷看着我，单薄的唇紧紧抿着，乌漆漆的眸子看不出任何感情色彩。

"第一件事我已为你做到，你只管说你的第二件事。"天行侧过脸不去看我，依然是平和冷静的语调。

刘念如恍然一笑，转过身默默往远方走了几步，意态踌躇。好一会儿，她才回过身冷冷道："我要你做的第二件事就是废了她，立我为皇后。"

我全身一震，抬眼久久凝视她。我一直有所希冀，我和天行是历史的关键人物，怎么可能违背历史死于玉门关？我隐约觉得哪里不对，但一时也说不上来，唯怔在当场。

天行听她如是回答，豪不犹豫地起身，将我从地上扶起，为我拭去腮边的泪水，淡淡说："我们走。"

我惊喜地看向他，尚且来不及绽放笑颜，人已紧紧被他揽在怀中。

"李治！你敢走！"

刘念如在我们背后厉声尖叫道。

"沫啊。"天行在我耳边温存地说，眼中全是一片安宁与憧憬，"这一路走下去，从生到死，你永远都离不开我了。"

"自私的家伙。"我含笑嗔道，仿佛这世界都被我们的柔情蜜意漫溢了去，融化了去。

"你真宁肯死也不愿意答应么？"刘念如兀自不甘，追上前喝道。

我和天行对视一笑，彼此携手，缓步前行。我一时觉得幸福满溢，只半咬了唇，低头含笑不语。

"哼，若让你们就这样死了，我这么多年的精心部署岂非白费？"刘念如冷如寒霜的声音在我们两三丈地外响起。

刘念如的话音刚落，一阵奇异的笛声响起。这笛声时而急促时而缓慢，诡魅异常。乍闻此曲，我腹中一阵痉挛，紧接着浑身血液有如被煮沸般翻涌，才瞬间，便仿若有成千上万条小虫在我血液中游窜，它们在体内各处乱咬，痛得我无法呼吸。

"沫，你这是？"天行一惊，忙将我放倒在地，把住我的脉搏听诊。

"天行，我……我好难受。"我大口喘息，体中的疼痛随着刘念如的笛声快慢变化而变化，我只道是中了毒，一把抓住天行的手颤声道，"快些杀了我！我不要死得那样难看！"

天行眼含热泪，将我搂入怀中，决然抽出佩剑，对准我的背部。

我含笑，不让自己发出半声呻吟，眼神迷离地看着天行。他专注地看着我，唇际的微笑略苦，但释然。

这时，一道鞭影破空而来，将天行手中的剑重重打落。

"我要让你们生不如死，永世相隔！"

刘念如高声诅咒道，长鞭一抖，灵蛇般将我卷至她身旁。刘霍然一把接过我，右手紧紧锁在我咽喉处。

我苍白着脸，双目半闭，茫茫然地看着广袤无垠的幽夜之幕，微微一哂：求生不得，求死不能原来就是这个滋味。

刘念如翩然起身，掠上高台，胸口微微起伏，将压抑着的怒气与怨气再度付与笛声。笛声一响，刚才那股万虫噬咬之痛再次发作，剧烈的疼痛在我体内翻滚。刘霍然一把卡住我的下颚，以防我咬舌自尽。

就在这时，另一阵清亮的怪异乐声从西边传来，势如潮生，汹涌地吞没了刘念如的笛声。一股暖流从我腹中升起，暂时逼退我血液中的阴寒，体内攒动的“小虫”亦暂时蛰伏下来。

我勉力睁开眼，但见先前救我的那个黑衣人立于西边，此刻正吹着一个牛角似的怪异乐器。

刘念如恨恨地看向他，催动内力，魔音大盛。一股阴寒又迅速滋长起来，与那股暖流在我体内冲撞起来。

我终于忍受不住这股剧烈的疼痛，眼前一黑，失去了一切知觉。

暖暖地睡在静谧深处，偶有颠簸。睡梦中看见少年时代的我、天行、阿如，那时候的我们风华正茂。我清楚地知道这些都只是梦，但我痴恋其中的美好，一再呢喃，不要醒来，不要醒来。

梦终究是梦。醒来时，我身处一所有着阴潮地气的囚牢里。我虚弱地透过一个小窗口看着窗外蓝色的天，同样虚弱的阳光落在我的脸上，不冷不暖，一片安详。

渐渐复苏的直觉告诉我，我回到长安了。

身上有些冷，我蜷起小小的身体，刻意不让自己去想很多人，很多事，因为纵然想得再辛苦，我也不能改变什么。

门外有响动，铁链叮当作响，不一会儿，囚牢的木门发出喑哑的响声。

“终于肯醒了？终于肯面对现实了？”一个我最不想听到的声音在我门口嘲弄着。

我懒得回头，继续看着窗外的天。

一张椅子放在我面前，环佩叮当间，她已在我面前坐下。

我目光轻轻落在她足上珠玉缀饰的凤头丝履上，那是我的旧物，是天行命人按我的尺码做的。她的脚比我的略大些，此刻挤在那双瘦削丝履中，显得有些怪异，但她似乎穿得悠然自得。我看得很仔细，仿佛只有那双鞋才是这世界上最好看的东西。

“你们下去。”她洋洋得意地一抬手，对左右说道。

“是，皇后！”

左右两个侍女细碎着脚步退下。

“你知不知道，你现在的样子很像丧家之犬呢！”

她起身，在我身边蹲下，讥诮道。见我不答，她起身打了个旋，不无得意地笑

道:“现在我是皇后了,你的一切都是我的了。你抬头看看,我身上穿的、戴的全是你最爱之物,甚至你的男人,他也是我的了。你起来和我抢啊?你不是很能抢吗?哈哈……”

我嫌她无聊,懒懒闭上眼睛。

“不过你不用担心,这些人和物,我以后会替你好好爱他们。”

她收起笑,一本正经地对我许诺道。

“娘娘,镜子已经拿来了。”

小顺子熟悉的声音传入我耳中。

“嗯,把她扶起来,哀家要给她一个惊喜。”

一双手将我从地上拦腰扶起,一面纹饰华丽的八角菱花形铜镜猝不及防地出现在我眼前。

“不,不……”我难以置信地摇头,沉默半晌的我终于嘶声尖叫起来,“啊……”

镜中那满脸暗红疤痕的怪物是……我猛地伸手,抚摸我的脸,镜中之人也做出同样的动作。我惊惧,她也惊惧;我尖叫,她也尖叫。

“不!”

我一把抢过那面镜子,将它狠狠地砸在地上,只听一声冷酷的脆响,散开一地丑陋的支离破碎。

“你下去!”

刘念如冷冷看着我,挥手屏退了面无表情的小顺子。

“哈哈……”刘念如尖利的笑声肆无忌惮地爆发开去,“从今以后你不再叫肖沫沫,也不叫武媚娘,它们都是我的。而你,只是最最低贱、最最卑微的无颜女!”

我惊悸着捂着脸抬头看向她,她信步从背光处走到我面前,噙一抹得意的笑:“而且,连你这张脸也是我的了。”

“你这个疯子!你以为易容成我的样子,就真的能代替我吗?”我紧摁着胸口,从地上起身,怒视着她。

“为什么不能?”

她模仿着我的声音,睁大双眼,俏生生地一笑,惟妙惟肖,宛然就是另外一个我。

“不但满朝文武认为我是,大明宫的宫女太监认为我是,连天行也认为我是呢！”

一听到天行这个名字，我心一紧，浑身无力地倚在墙上，后背一阵冰凉。

“你骗我，你纵然能骗过天下人，也骗不过天行！”

我掩住耳，努力理清思绪，玉门关外的血腥之夜一幕幕在我眼前回放：天行不会答应她的，绝对不会。

“他根本不在乎我骗不骗他。他已经答应我的第二个条件，将你抛弃，立我为皇后。你不会蠢到以为男人真的会为女人去死，蠢到以为一个帝王会放下大好江山为爱殉情吧？”她一步步逼近我，将我堵在墙角。好一会儿，她扳过我的脸，轻轻抚摸，“你有什么好？不过就是有张漂亮脸蛋！”

她的眼神阴毒寒凉，如毒蛇舌信般舔噬着我的脸。

“我先遇见他的，我先钟情于他的，你为什么要和我抢？”她凑近我，压低声音，“为什么你那么愚蠢，却那么好运？为什么你那么自私，却能让所有人都爱着你，宠着你？”

我避开她的眼神，大声喝道：“你疯了，你根本就是心理变态！”

“你抢走我最爱的人，你抢走我最好的年华……我甚至为你的自私献出了我的贞洁。最可恨的是，你连我唯一的亲人也要抢走。”

“轩儿？”

我在她泼天的怨气中寻强自抬头，嗫嚅道。

“若不是你让他抛头露面，他怎么会被那两个贱人算计凌辱？你倒好，害了他，事后反倒惺惺作态地讨好他，蛊惑他！”

“我承认我对不起轩儿，但我从未对不起过你，这一切根本就是你在咎由自取！”

就在这一瞬，我忽然通透起来，傲然抬头看向她道：“是你先遇到天行的，但爱情是不分先后的！我有给你机会陪他去北疆，是你自己要拒绝的。你错过了机会，奈何怨我？”

她一怔，好半天说不出话来。

“如今看来，当年你之所以会回长安旧宅，根本不是因为孤苦无依，而是另有企图。你之所以拒绝随我们去北疆，也不是为了所谓的生意！这条路是你选的，与我何关？”

“不错，当年我奉命回长安确实是为了找回一份名册……事到如今，我根本就

不需要瞒着你。”

她款步走到椅子前坐下，莞尔一笑，似乎有些得意。

我看着“自己的脸”上绽出那样陌生的笑颜，只觉得诡异寒冷。

第六十一章·真相大白

CHAPTER 61

刘念如端坐于椅子上，经年沉积下来的数重阴郁透过她的眼神折射而出，看得我有些心惊。似在出神地想些什么，她神情略微恍惚，好一会儿才收回心神，目光凝定地看着我缓缓道来。

“说起那份名册，只怕需得漫溯到隋末唐初时了。那时，烽烟四起，群雄各树旗帜，称王号帝。李渊起兵后，若非我祖父出使突厥，向始毕可汗请兵，再暗中游说各地豪杰为李家效命，凭李家的兵势，只怕没那么容易问鼎天下。”刘念如眼神透过我，仿若自说自话，“不料，李渊那厮居然恩将仇报，听信谗言……不过，他断然想不到，昔日各地豪杰之所以肯听我祖父之命，是因为他们皆受过我祖父的恩惠，发誓世代效忠我们刘家。我祖父生前曾将这些人列了一份名单，以备需要时起用这些人。”

听到这里，我猛地豁然开朗：只怕刘文静根本就是有反心的！当年刘文静在唐朝的开国战争中出谋划策，大多计策都可谓不择手段，算不得良善之辈。唐朝建国后，他不但暗蓄了一伙势力，而且很有可能和突厥人藕断丝连，否则日后的刘霍然也不可能如此轻易地取信于贺鲁。老辣的李渊察觉到了蛛丝马迹，遂假信了裴寂的谗言，借机灭了刘氏一族，以绝后患。只是这其中关节刘念如并不知道，一味以为他祖父是被冤死的忠良。

“只可惜事发突然，祖父尚未来得及将这份名单的藏匿地点告诉我们便获罪而死。幸亏我叔叔嗅到风声，提前将我和轩儿带离长安，否则我们刘氏一族真的要被灭亡了！”

我暗暗点头，当年刘霍然将子夜送往日本，一方面是为了逃难，一方面则是为了学习那边的各种秘术回来复仇。自己则带刘念如去了突厥，直到刘念如成年才遣她回长安拿回名册，当时的刘念如涉世未深，所以才和我闹出了那些荒唐事，结下姐妹之情。

“你当年拒绝去北疆，就是想趁我不在取回名册？”我故作迷糊问道。

“不错，就在我找到名册时，他派人接我进宫。我们本来就愁没有机会进宫，这个机会自然是求之不得的！这么说来，你倒是我的福星，若没有你，我们的复仇计划只怕没那么顺利！”刘念如瞟了我一眼，得意一笑。

“这么说，太宗皇帝根本就是被你毒害的！”

忽然想到了一件事，我心中一寒，不由脱口问道。

“你倒也不笨。上次你已经猜到其中关节，我不得已才暴露轩儿会东瀛秘术。其实，那根本不是什么秘术，而是一种慢性毒。”她漫不经心地看了我一眼，“这种毒有个特别之处，服毒之人在中毒十日内若与人交合，便可将毒质过给与之交合之人，而服毒之人则不会有事。倘若十日之内不得其解，那便会全身爆裂而亡。”

“你在我身上种了这种毒？”

“不错！我当时想借你之手除去李世民，便在你的蔷薇露里掺了催情香。这种香女人闻不出来，但在男人嗅来却是……那晚若非他从中作梗，我又怎会……”说到这里，刘念如眼中滑过一丝哀怨和恨意，“我又怎会将解药给你，自己服毒代你前去侍寝？”

我一怔，这才知道她原来爱天行那样深。如果她不是太在意天行的死活，又怎会投鼠忌器给我解药，自己前去侍奉仇人？

察觉到她眼中的一时怔忡，我恻然一笑道：“你倒是个痴情之人……不过，你作茧自缚反倒怪罪于我，不觉太可笑了吗？”

“若非你太自私，不肯稍做牺牲，硬要拉上他去死，我又怎会遭受那么大的屈辱与痛苦？”她冷哼一声，刀锋般的目光凌厉地从我脸上划过，“自那日以后，你我二人就已恩断义绝，往后诸多所谓的情谊无非是相互利用，惺惺作态罢了！”

“我再问你一件事……当年宫变，天行曾在大婚前夜使人传来字条，约我见面

解释，是不是你截下了那张字条？”我眉心一跳，清冷冷地看向她问。

“不错，我就是要看你痛苦！那日你伤心欲绝地离去，我一直跟在你身后瞧着，那条路真长啊，一路都是你嘤嘤哭泣之声……”

刘念如掷地有声地答道，说到后来，她再度失了神。

“过后他来找你，我骗他说高阳公主将你召了去，将你谋害，你这才生不见人死不见尸。他一怒之下记恨上了高阳公主一党，最终狠心将他们处死。你知不知道，我看着李家子孙后人互相残杀时，心里有多痛快？哈哈哈哈……”

“你好深的心机！”

我恨恨看向猖狂大笑的刘念如，不由又悔又恨。当年我和天行重逢后就谈过这桩怪事，那时候天行对她就有了疑心和戒心，是故在感业寺时，他执意不肯带刘念如回宫。若不是我愚蠢，又怎么会有后来的事端？

“我一直认为我的布局很完美，唯一做错的就是把轩儿弄进皇宫！否则，他就不会受尽屈辱！这一切都是拜你所赐！”

笑罢，她面目忽然一变，狠狠地抽了我一个耳光。

我咬了咬唇，强忍住心头的怨恨与屈辱，缓缓笑道：“如果我没猜错，你用的那些药根本就是子夜给你的，那些全是东瀛的秘方，你无法掌握，也没有时间提炼。若不是你想方便用毒，怎么会通过关系将他安排到御药房？他又怎么会被姓于的老太监欺辱？若非如此，我怎么会救下他，进而害得他被王恩卿觊觎？再追溯远些，若不是你害得我黯然离宫，我怎么会认识小山？子夜又怎会和她重逢，并为给小山报仇而牺牲自己？一切兜兜转转，自有天理。你种下了恶因，自然要吞这恶果的！”

“你……”

她一向将所有错误和罪恶归咎于我，此刻被我说中心事，脸色顿时煞白起来。

“说到底，是你害了你弟弟！有什么样的仇恨值得你咬着李家子孙不放？你和刘霍然后来的所作所为根本不是为了报仇，而是为了你们自己的欲望。子夜，他在这场欲望与阴谋交织中成了最大的牺牲品！”

“你住口！你给我住口！”

“你口口声声说爱子夜，但是你为他想过半分没有？他也是人，他不是复仇机器。但因为他是刘家的人，所以他不得不抹杀了自己的风华正茂，不得不抹杀了自己的七情六欲，痛苦着你们其实早已淡漠的痛苦！所以他恨你，深深地恨你！”

我畅快地说着，心里满是报复的快感，“是，你可以让我生不如死，让我痛苦万分，但你也永远不会快乐！因为你最爱的两个男人都爱着我，这是老天给你的惩罚，也是我给你的，永远的诅咒！”

刘念如听完我的话，浑身开始剧烈地颤抖，她猛地探爪，一把掐住我的脖子：“你给我住口，你胡说，你胡说！”

“你那么聪明，难道就没……没想过这……这些？你只是不……不敢……面对！你嫉妒我，你艳羡我……属于你的，已失去！”我的脖子被她掐住，出气已经很困难，但我依然咬牙说出最后一句话，“而属于我的，你永远都得不到！”

听到这里，她已经彻底失去理智，一边摇头一边泪流满面，手上越发用力。

我看了她最后一眼，安然闭上眼睛，微笑受死。这样也好，死得干净利落。只是，我亲爱的天行，对不起，我终究还是不能陪你走到此生的尽头。

“不……不对……”就在我快要窒息的那一瞬，刘念如忽然松开了手，冷冷道，“我险些中你的计了。你这是故意在逼我杀了你，你想求死？哼，没那么容易！”

我精疲力竭地软瘫在地，一边急促地呼吸，一边警惕地看着这个女人：她已经疯了，彻底疯了。

“属于我的已失去，属于你的我永远得不到……”她目光阴鸷地剜在我脸上，一字一句地重复我刚才的话，良久她才刻毒一笑，“不错，你说的有些道理。我今生是注定要痛苦的了，所以你也要陪我痛苦。既然你诅咒我，那我就让你看看天命到底向着谁，最后我们谁会更痛苦！”

“你丫变态！”

我绝望地闭上眼睛，说出了我这辈子最惊才绝艳的一句话。

刘念如虽然不懂我的意思，但听我语气不善，便知道是诅咒谩骂一类的话。她也不以为忤，鄙夷一笑走出囚牢。

“小顺子，你把她背去掖廷宫别院。”出门后，她轻描淡写地抛下一句话，“一会儿，哀家有出好戏要让她瞧。”

听得她的脚步渐渐远去，我这才睁开眼睛，幽幽看着那道低矮的门。

小顺子弯腰站在门口，犹豫着不敢进来。

“怎么，潘永顺潘公公想违抗皇后娘娘的懿旨？”我勉强起身，靠在墙角看着他，有些嘲讽地笑道。

"娘娘！"

他本名原来叫做潘永顺，我嫌这个名字平淡无奇便效仿满清人叫他小顺子，一来叫着顺口，二来觉得亲切。这样一来，大家都跟着我叫他小顺子，反倒将他的本名忘却了。如今他听我叫他本名，语气中有嘲讽的意思，再也忍不住跪倒在地谢罪。

"公公说什么胡话？还是速速遵命将我背去掖廷宫罢。"

他磕了个头，含泪起身将我负在背上，小心翼翼地往牢外走去。

"皇上可好？"

经过一番探询，我知道他心念旧主，这才问道。

小顺子身体一颤，哽咽道："皇上他不好。"

我的心跳陡然一滞，脱口问道："皇上怎么了？"

"皇上他颜色憔悴，整个人如……如行尸走肉一般，了无生气。"说到这里，小顺子再也忍不住低声啜泣起来。

"行尸走肉，了无生气？"我心中一恸，抓过他的衣领问，"这是什么意思？"

"奴才也不知道出了什么变故，自打皇上和……她从关外回来，一切都变了！这些时候我一直伺候那人，总觉得她有些奇怪，虽然言语相貌没错，但她看人的眼神却和您不一样！直到这几天我奉命来地牢看着您，才慢慢想透，外面那个是假的。"

"你倒细心。"

"宫里除了我以外，尚且没人瞧出来。前几日雅言她们还议论娘娘出了一趟宫，整个人的精神头变了，行事也格外乖戾狠辣。她们毕竟年纪小，又不了解娘娘您的个性，一直都没往深处想。"

他说的话我此刻根本听不进去，只颦眉急道："这些我暂时没法子和你说清楚，你只告诉我皇上到底怎么了！"

"皇上回宫后日夜笙歌饮酒为乐，将朝中大事全交给那位……皇后。如今朝廷里一片议论纷纷，连我这个在后宫的小奴才都甚觉不安呐！"

我点了点头，已然有些明白，原来，走到今天，武则天的历史才算真正步入正轨。

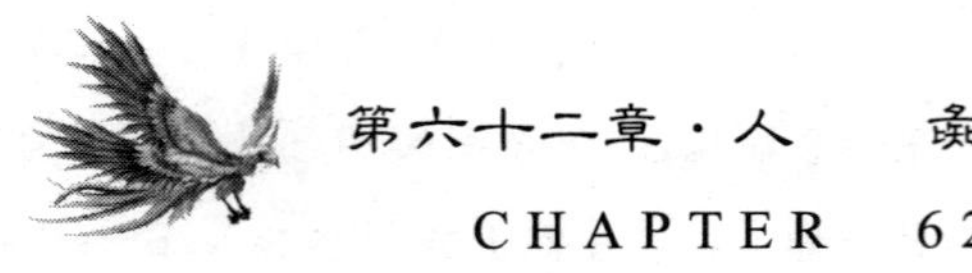

第六十二章·人　彘

CHAPTER　62

出了暗无天日的地牢，我眼前霎时一亮，强烈的光线刺得我双眼流泪不止。我倔强地睁着眼，好一会儿，眼前的翳昧才渐渐散去。

长安的暮冬和任何地方的暮冬一样，都是憔悴的。或许是上天怜惜我这个爱雪之人，此时天上悄然无声地飘起细碎的雪，不一会儿，宫里各条端正阔达的道路上便覆上一层轻白。

我伏在小顺子背上，看着沿路而去各宫各殿的屋顶出神，浑身一片浸骨的寒意。

“娘娘，到了。”

临近掖庭宫，小顺子低声打断我的思绪，提醒我小心应对。

我嘴角勾起一抹漫不经心的笑，听任他从小门将我背进关押王皇后与萧淑妃的别院。这所别院相较数月前更为萧条冷落了，此时更是一地稀疏的枯黄、残败。

小顺子按刘念如的意思将我扔在她脚边，我略一皱眉，忍着浑身的酸痛从地上站起，自顾自地走到院墙边扶一树白梅站着。

刘念如并不理会我的举动，只是得意地拢了拢身上的披风，斜靠在凤辇中，把玩着手中的紫铜袖炉，眼神冰冷地看着院子中的两个大酒瓮。

我一看这阵势就已知道将要发生什么，不由自主地往后退了一步。

就在这时，几个太监将王恩卿与萧淑妃从囚室中拖了出来，掼倒在地。

多日不见，她们两人已经形销骨立，不堪一看。王恩卿见到她，猛地从地上挣起，目眦尽裂地指向她骂道：“你这贱人，为何还要来此折辱我们？”

刘念如仰头鄙夷地看着她，好一会儿才漠然开口："掌嘴。"

那几个太监得命，一把抓住王恩卿，作势欲打。

"住手！你们这些狗奴才居然胆敢打皇后！"

这时，萧淑妃直起身子，撞到王恩卿面前，颤声喝道。

"皇后？"刘念如冷冷看向她二人，眉微一挑，杀气顿显，"你以为你们还是昔日的王皇后、萧淑妃？看来大半年的牢狱生涯还没能让你们清醒过来……"

说到这里，刘念如对手下挥了挥手："将这两个贱人每人杖责一百，看看她们是否能清醒过来。"

"武媚娘，你敢！没有皇上的命令，谁敢打皇上亲封的皇后与淑妃。"

萧淑妃脸色煞白地盯着她，勉强质问道。

"笑话！这天下如今还有什么是我不敢做的？哈哈……"刘念如轻蔑一笑，定睛看住她，"况且，你以为皇上还会记得你们，保护你们？"

"不错，皇上他回心转意了，前两日他还来瞧我们，许诺放我们出去。"萧淑妃犹不服输，说罢，她凄迷而又得意地一笑，苍白的脸上泛出了一抹甜蜜的潮红，先前黯淡的眼眸也瞬间明亮起来，"他，他还记得我们呢。"

刘念如闻言，瞳孔一缩，蓦地起身快速走到她身边，"啪啪"就是几个耳光，直打得她双颊肿胀，嘴角渗血方才罢休。

"打！狠狠地打！"

刘念如怒气冲冲地返回凤辇，将手中的袖炉狠狠地往地上一掼，双目通红道。

那一瞬，连我都不由一颤。我不忍卒睹，忙别过头去。耳听得一阵闷响，满院都是萧、王二人的惨叫哀号之声。我平日虽恨她们，但今日见她们沦落到如此地步，不禁悲悯同情，唯将手紧握成拳，默默忍耐。

小半个时辰后，那两个行刑的太监方才气喘吁吁地收手，向刘念如禀报杖责实数。

"很好，这一百杖的分寸拿捏得不错。小顺子，你过来。"刘念如颔首微笑，冲小顺子招了招手。

小顺子诚惶诚恐地走上前去，低头听命。

"拿把刀，去将那两个贱人的手足斩断。"刘念如看定小顺子，似笑非笑地说。

小顺子浑身一颤，半天没有回话。

"怎么，你想抗旨维护这两个贱人？"刘念如步步紧逼道。

"奴才不敢。"

说着,小顺子低下头,转身接过一把明晃晃的刀,神色痛苦地走到她二人身边。

王恩卿与萧淑妃惊恐地搂做一团,觳觫着,眼中全是濒死的恐惧以及一种让我心酸的绝望。

"小顺子,你等什么?"刘念如的语气怫然不悦,见他半天不动手,遂极不耐烦地说。

小顺子闭目狠心将刀举起,但一双手颤抖了好久就是不敢落下。

这时,一个太监已将地上的袖炉收拾好,点了一截西凉国进贡的瑞炭,毕恭毕敬地奉上。

刘念如接过那袖炉,眼神落在远处,不紧不慢地说:"你若不肯斩了她们的手脚,就自己斩掉自己的手足,替她们受过。我从来都不留心慈手软、不懂审时度势的人。"

小顺子闻言,不再犹豫,将唇一咬狠狠挥刀斩落萧淑妃的右臂。顿时,一股热血喷薄而出,将满地皑皑白雪溅出触目惊心的斑斑殷红。

"啊!"

萧淑妃发出一声凄厉的惨叫,瞧见自己的手臂落在丈许地外,顿时晕厥过去。

小顺子似乎杀红了眼,一边大声怪叫一边用刀斩落萧淑妃的手足。饶是我和王恩卿见过无数惨烈场面,此刻也是惊惧万分。

"住手!住手!"

我终于忍不住心头的悲愤大声喝道,冲到小顺子身边,一把夺过他手上沾满鲜血的刀,提脚将他踹倒在地。旁边那些太监见我面容恐怖,言行疯狂,畏缩着不敢上前来拉我。

小顺子被我踹倒,浑身犹如虚脱一般瘫倒在地,睁大着通红的双眼颤抖不已。

"刘念如,你丧心病狂了吗?"

我蹒跚着,横刀挡在她面前,颤声质问。

"丧心病狂?别忘了她们是怎样对待轩儿的!你曾经不是恨不得将这两个贱人挫骨扬灰吗?怎么现在又来作一副大慈大悲的菩萨低眉状?"说着,刘念如反手一折,顺势将我手中的刀夺过,将我狠狠摁倒在地。

"你不是武媚娘,她才是。"这时,已经气若游丝的王恩卿抬头看着刘念如,难

以置信地说，“真正的武媚娘不是这个眼神，你是……”

“你猜得不错。你们三个仇家斗了这么久，却从没有想过今天齐聚于此任我宰割吧？”刘念如好不得意地说。

她确实值得骄傲得意，隐忍着从一个卑微的宫女一步步走到权力的顶峰，主宰着这座华丽而森冷的皇宫，玩弄苍生如蝼蚁，日后扶摇而上履至尊而制六合，岂有不得意的？

“我和你有何冤仇，竟惹来你如此相逼？”王恩卿愤然质问道。

“你竟然来与我论冤仇……若不是你们两个贱人，我弟弟此刻怎么会成为一个废人，生不如死？”

刘念如说罢，手起刀落，已将王恩卿两条臂膀斩下。王恩卿悲鸣一声，扑倒在地痉挛瑟缩。刘念如猝不及防，浑身被溅出的血雾笼住，整个人都被染上一层妖冶的血色。

我眼睁睁瞧她的刀是如何落下的，那双臂膀是怎样被卸掉的，那片热血是如何喷溅出来的。此刻，那双苍白的手就落在我一尺地外，尚且微微痉挛着。见状，我胃里一阵收缩，忍不住干呕起来。

“若非因你一时荒淫，你们王家也不会落到今天这个地步。”刘念如抛掉手上沾满鲜血的刀，冷冷看着地上已不成人形的王恩卿道，“当日阿史那贺鲁在我叔叔的游说下欲和王镇远联手起事，若非你对轩儿下此毒手，我不会传书让叔叔劝贺鲁作壁上观，王镇远便也不会陷入绝境。”

此时，王恩卿已痛得奄奄一息，听她如是说，茫然凄恻一笑，终于不再哀号，安静地合上双眼。

“把地上的东西收拾了，铲些新雪来铺上。”刘念如面不改色，优雅地回凤辇中坐下，“起驾回宫……小顺子，把她送回地牢，好好看着。”

“那这两个……人怎么办？”

几个太监面面相觑，领头的好一会儿才大着胆子问。

刘念如冷冷瞥了他一眼，吐了两个简短的字：“骨醉。”

那几个太监得令后，手脚利落地将王恩卿二人丢进酒瓮中，只听瓮中一阵嗤响，已经晕厥过去的萧、王二人顿时被蚀骨的疼痛唤醒，不断哀号。

小顺子这才从恍惚中清醒过来，茫然走到我身边蹲下身去。

我盯着他看了好一会儿，恨不得啐他一脸，但我终究还是面无表情地伏在他肩上。

“武媚娘……武媚娘！”

就在凤辇将要驶出别院门外时，气息奄奄的萧淑妃忽然放声高呼，其声凄恻异常，仿佛怨鬼夜哭一般。

我回头看她，她惨白如死灰的脸上忽然罩上了一层光彩，我知道那是回光返照，不由哀叹。她抬头望天，虔诚高呼：“武氏狐媚，翻覆至此！吾愿为猫，愿武氏为鼠，吾当扼其喉以报！”

她悲戚惨厉的声音此时听来仿佛被放大了数倍，如鼙鼓动地，响彻宫阙九重，惊得凤辇中的刘念如浑身一颤。

“娘娘，要不要奴才送她一程？”一个太监在旁边低声问道。

“掌嘴。”

刘念如淡淡说了一句，放下辇上的帷幕。

萧淑妃怨毒的咒骂声终于在车轮辘辘中渐去渐远，一层新雪落下，纷纷扬扬间，天地俱寂。

忽然想起那个雪天和贺鲁一番争论，觉得他说的其实是另一种道理。这或许是长安暮冬最后一场雪了吧？因为经过，所以懂得。我想，以后的我将永远永远不会再喜欢雪。

回到地牢后，小顺子扑通一声跪倒在我脚边，磕头如捣蒜请求我原谅。

“公公又何须如此？我只是个落魄之人，还请公公看清时势，免得委屈了您的膝盖。”我重重咳嗽了几声，倦怠地阖了阖目。

“娘娘，奴才只是为了能活下去，保护您和皇上的周全，才……”他涕泪满面地爬至我脚边道。

我知他素日对我忠心，见他这样的情态，幽幽叹息道：“傻子，如今之势，你又能改变什么？”

“娘娘，你和皇上到底怎么了？怎么才半年不到，天地都变了？”小顺子见我语气温和了下来，仰面哀求地问道，“我前儿冒死把自己的怀疑告诉了皇上，并告诉他真正的娘娘在地牢里。他只是玩着金杯，看着歌舞放声大笑。可即便蠢钝如奴才，也瞧得出他心里苦……”

我颓然坐在地上，以手抱膝，将头轻轻枕于其上，心中空落落的无悲无喜：我不会相信刘念如挑拨离间的话，我自己的男人我最清楚。只是他和刘念如到底做了什么交易，让他居然肯如此为难自己？

第六十三章 · 曷　归
CHAPTER 63

在地牢里待了一段日子，眼前只有那一片逼仄的天和枯燥、缓慢的铁链曳地的声音。刘念如似乎已经将我忘记，天行亦然是。慢慢地，我也就习惯了这里的生活，吃着残羹剩饭，听着狱卒们无休止的赌博喧哗声。

这日晚上，平日的残羹剩饭里居然多了一大块鸡腿，我用手拈起它问给我送食物的狱卒今天是什么日子。

那狱卒因为常得到小顺子的打点，对我也还算客气，见我难得开口，便停在牢门外和我寒暄："进了这里，你还关心外面做什么？"

"呵，我只是好奇，怕这是断头饭呢。"我微微一笑，淡淡开口道。

"你放心吃就是，这顿不是断头饭。苏大将军他们班师凯旋了，西突厥被咱们神勇无双的苏大将军给灭了，听说连西突厥的头子，那个叫做阿史那什么的也被五花大绑押回长安了！"那个狱卒洋洋得意地说。

"不可能，他那样的人又怎肯让别人羞辱？"

我脱口而出道，眼中有些酸涩，但眼泪是再也流不下来的了。

"哼，你知道什么？那个阿史那……他身高九尺，碧眼紫髯，端的是威猛厉害，我可是亲眼在长安街上瞧见过的。"那狱卒见我不信，梗着脖子急道，"见苏大将军立了这么大的功，还把那么厉害的一个人物也生擒了回来，皇上一时高兴就大赦天下，这会儿宫里正大宴群臣，热闹得很。虽说你们是指望不到大赦，看不到热闹了，但加顿好菜总还是有的。”

“原来那个阿史那……居然是这个样子？”我哂笑道，才片刻又意兴阑珊起来。

“别苦着张脸了，有顿好吃的就吃。就算到了外头啊，日子也还是这样过。”那狱卒见我神色凄苦，有些不忍，临走前叹了口气好言安慰道。

我点了点头，将那个冰凉的鸡腿放入口中。很久没有碰过肉类的我居然觉得那块肉味道鲜美异常，遂认真地一口一口将它吃掉，然后回到草垛上睡下。

不知过了多少时候，我忽然被一阵奇异的响动惊醒。朦胧之中，一个黑衣人破门而入，一把拉起我，示意我跟他走。

我先是一喜，以为是天行来救我了，但仔细一看，那身形不像，遂倍觉失望，下意识地缩回手问道：“你是谁？”

他看了我一眼，伸手摘下面巾，一张绝美的脸出现在我眼前。

“子夜？”我怔怔看着他，好一会儿才转过脸去，“你回去吧，不要和你姐姐为敌。”

“跟我走。”

就在这时，舌头已断了半截的子夜忽然“说”道。

我错愕回过头去，诧异地盯着他看：“你……”

他如雪般明净的脸上没有任何表情：“我在会津跟渡边先生学习过腹语……跟我走。”

我听人说日本有种腹语表演，表演时，艺人一般操纵一具木偶，两者之间依据故事情节展开对话，以不同的语音、语调表现故事内容。除了日本，中国民间也有一些人懂得用腹语说话，所以一经解释，我便不再疑惑。

“我不会跟你走的，我要等人。”我且说着，坚定地摇了摇头。

“他不会来的。”

子夜深深地看了我一眼，霸道地将我拉近身边。我正欲开口制止，他迅速封住我的穴道，将我负于背上出了地牢。

地牢的甬道里横七竖八地躺了数十个狱卒，不知生死。地牢上层的门敞敞开着，依稀瞧见外面月色如水。

“不要白费工夫了，按照一般规律，现在外面全是等着捉拿我们的人。”我叹了

口气规劝道。

子夜顿了顿，将我从背上放下，看也不看我便连我的哑穴一并封了，这才又将我负紧：“乌鸦嘴。”

我摇了摇头，心道不听老人言，吃亏在眼前。我看过那么多古装片，没有哪次劫狱出门后不用打架的。

果然不出我所料，刚至门外，院中已是火光猎猎，数百明晃晃的箭头冷酷地对着我们。刘念如着一身大红朝服坐于庭院中央的一树梅花下，兀自斟酒喝着，看也不看我们。

过了好久，一阵些微寒凉的风拂过，几朵残梅纷纷落下，飘落在她的衣上。她冷冷抬眼看向子夜，不紧不慢地说：“轩儿，放下她。”

子夜脊背一僵，冷冷看着她，一手将我缚牢，一手缓缓探入腰间。

“说起来，阿姐见识过你的巫医之术，却没有见识过你的暗器和奇门遁甲，不知道是你的忍术强还是他们的弓箭强？”刘念如嘴边挑起一抹笑意，定定看着子夜问。

子夜默不作声，猛地一扬手撒出一把暗器，低喝一声：“破！”

就在这电光石火之间，庭院四角忽然传来数声轰响，升起一阵呛人烟雾。

对面的侍卫有中暗器者纷纷倒地，余者忙不迭地将羽箭射出。我心道糟糕，这回要变成刺猬了，不料一念尚未转完，身子一轻，人已随他掠上了院墙。

我正吃惊于他轻功的高妙，但见白烟中一道红影腾起，刘念如瞬间便追了过来。她一上来二话不说便探爪抓我。子夜身形轻灵远胜于她，侧身一避，抛出一把钩绳，钩住十丈外的一棵大树，带我飞纵过去。

刘念如正欲来追，脚底忽然打了个趔趄，差点坠下墙去：“轩儿，你一定要为了这个贱人跟我作对？”

子夜闻言，猛地回身，接连射出几把苦无。他的力道和方向控制得很好，这几把苦无均从其发髻边飞过，并没有伤到她本人。

“后会无期！”

子夜话音未落，我们已如御风般腾跃出了百余丈地外，在连绵起伏的宫廷屋宇间销声匿迹。

一路顺畅地逃离了皇宫，出了春明门，子夜才喘息着将我放下，解开我身上的各处穴道。

穴道一解，我浑身疲软，顿时瘫倒在地。好一会儿，我才回过神来，微嗔着看向他。

他彻底无视我的眼神，从怀中拿出一个瓷瓶，倒出一粒药丸喂我服下。

我猜是刚才的白烟有毒，于是顺从地吞下那粒清苦无比的药丸。

就在这时，远处树林中一驾马车踏月而来，径直跑在我们身边停下。

车帘边探出一只纤纤玉手，顷刻，一位清丽佳人掀帘而出，盈盈走至我们身边。

"纳兰姑娘，别来无恙。"

见是神医纳兰，我收回眼神，勉力一笑。

纳兰冲我点头莞尔一笑，温言细语道："你们二位赶紧上车来，出了渭河，你们便自由了。"

"多谢你们两位的美意。"我起身向她和子夜点头致谢道，"不过，我不走。"

"为何？"纳兰有些不解，冷声问道。

我摇头不答，走到子夜身边，轻轻握起他的手柔声道："轩儿，那日在玉门关外救了我的人就是你吧？你这般搭救我，我心里很感动……但我不能离开长安。"

子夜漆般的眸子一瞬不瞬地盯着我，神色中有些痛楚，但更多的却是清冷的克制。

"肖姑娘。"纳兰走近，轻声劝道，"轩弟弟近日来一直为营救你殚精竭虑，切不要拂了他一片好意才是。"

我微笑摇头，示意她不要再说。天行在长安，我也要在长安。生死我早已看淡了，我执意要呆在这里，只是想等他来给我一个解释。

子夜阴沉着脸看了我一眼，一把拉过我的手，霸道地将我往马车上拉。我还来不及开口，已经踉跄着随他到了马车边。

"你是自己上去，还是我送你上去？"子夜松开我，挡在我面前，一副胁迫的样子。

我怔了会，正欲开口拒绝。他眉头一蹙，粗暴地将我拦腰抱起塞进马车，一手扼住我的手腕，一手掀帘扭头道："纳兰，上车。"

纳兰轻快地应了声，拉着子夜的手回到车厢中，往日清冷的脸上多了丝调皮的笑纹："对付固执的女人就该这样。我们现在就去渭河，蜃楼的兄弟已经在那边候着了。”

马车夫见人都上了车，一抖缰绳，吆喝了一声，马车顿时飞快地往东边幽深的树林中奔去。

纳兰和子夜分坐我两侧，一唱一和地说着出长安的计划，彻底将我这个伤心人抛之脑后。那一刻，我忽然觉得我很失败，因为我从来没见过像我这样不招人同情且没有发言权的悲情女主角。

马车行了一个多时辰，穿过一径乡间小路，终于到了渭河渡口。

我既已知子夜的行事作风，便不敢再做徘徊，连忙自己下了马车。一下马车，一阵寒冷腥咸的河风迎面而来，我鼻中一痒，顿时打了个喷嚏。子夜见状，不动声色地替我挡住了风口。

此时夜色已深，天地间一片漆黑，好在渭河上渡船甚多，数盏于风中飘零的渔火将河面上洒下几泊橘红亮光，我因此也得窥出渭河的全貌。这时的渭河水面宽阔，烟波浩渺，全然不像千年后那般河砾滩涂，蒿草蓬生的冷落景象。

纳兰打了个呼哨，一艘渡船应声亮起了灯火。紧接着，一个舟子唱了个喏儿，操舟破雾而来。

“过此渡可通陇抵蜀，几位客官欲往何方？”船刚靠岸，那个舟子已经作揖问道。

纳兰从怀中亮出蜃楼弟子的腰牌，轻启朱唇，正欲开口，却已被子夜打断。

“哎，你想去什么地方？”子夜面向我问道。

到了这时分，我已无选择，于是木然一笑，去留由他。

“那我们去江南。”子夜淡淡地说，乌黑的眸子中闪烁着孩子气的喜悦光芒。

江南。

我曾经也以为那是个很浪漫很美好的地方，但现在我已经不这么以为了。

“你们这一去就是江湖寄余生了，好好保重。”纳兰情真意切地对我们二人说。

“也好。”我淡淡地回了两个字，迈过河沿，踏上船头，“就当是去散心。”

那蓑衣舟子笑了笑，欸乃一声，一篙点破千层浪。船过无痕，已经遥遥地驶向前途未知的前方。

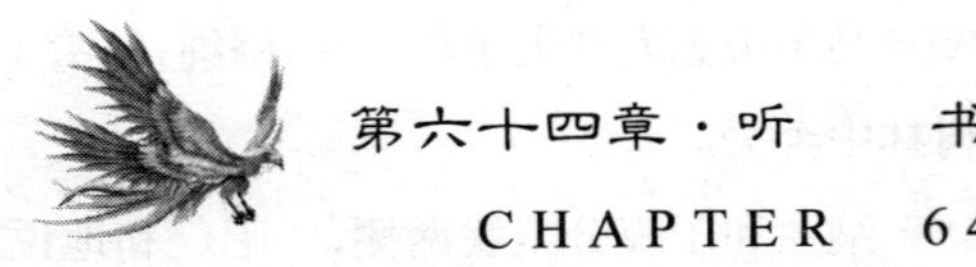

第六十四章·听　书
CHAPTER 64

出了长安城，子夜雇了辆马车，意欲前往苏杭。一路上我以轻纱遮面，生怕丑陋的容颜吓到周围的人。

子夜虽然不怎么说话，但对我的事极为上心，一直小心照料着我。我心中虽然感动，但始终无法振作精神，一直恹恹地坐在车内发呆。

如是走了七日，车至岐州。因我的身体一直虚弱得很，子夜便结了车钱，决定先在岐州城内休息几日再做打算。

我们俩从岐州的街道上走过，顿时吸引无数回头率，更有些登徒浪子索性缀行我们身后品评。

“带你这样的人上街真是没有安全感，小小年纪就学人家招蜂引蝶。”我身在病中，处境落魄至此依然忘不了打趣子夜。

子夜脸一沉，回头冷冷地看了我一眼后扫视四周。周围的人瞧他目光冰冷，面露肃杀之气纷纷胆寒，停止了指手画脚。

“不要这么扫兴好不好？小老百姓要见一次绝代佳人不容易。”我撇了撇嘴说。

子夜一向嘴笨，不会反驳我，每次被我气极了就只会冷着脸忿忿不语。我吃准了这点，所以每次都拿捏好分寸，既要让他内心小堵，又不把他彻底激怒。

岐州离长安较近，相对还算繁华，五花八门的摊点杂陈路上，显得很有生活气息。子夜见我有兴致，便陪我逛了一路。这一个月来，我都没认真吃过什么东西，难得见到满街美食，不免大开吃戒。子夜素来高傲喜洁，每当我吃那些小吃时，他都会皱眉离得远远的。

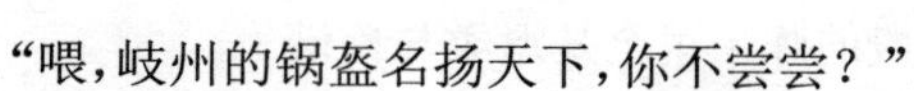

“喂，岐州的锅盔名扬天下，你不尝尝？”

“我从来不吃路边的东西。”

“装高贵啊？做人要随和……你不吃我吃。”

“如果我没记错，这已经是第四个了。”子夜一脸鄙夷地盯着我手上的锅盔说，“正常的女人吃一个饭团都有些惭愧了。”

“咳……”一口香酥还没下咽，顿时塞在喉咙口，“有四个那么多了吗？我明明记得这才是第二个而已。”

子夜摇了摇头，一把抢过我手上的锅盔，拉着我快步进了一家豪华客栈。

“客官，楼上请。”

小二见我们仪表不凡，衣饰高贵，弯腰作揖，将我们二人直接延上二楼雅座。

“客官，要些什么酒菜？”

我抢在他报菜名前答道：“免了，捡几样精致清淡的上，清酒一壶。”

那小二甚是乖觉，忙推荐了几样昂贵菜肴，得到我首肯后又为我二人将房间定好才退下。我一向喜欢聪明人，所以抢过子夜的荷包，掏了点碎银子抛给了他。

子夜漠然听我二人对话，兀自倾倒茶壶中的上等碧螺春清洗杯子，反复几遍后才斟了茶水递给我。

就在这时，二楼茶间忽然传来一阵拍手叫好声。我因好奇，放下茶杯走向外间探询，刚转过一扇屏风，但见一个清癯的说书人正在说书。底下众人按顺序男女排开，兴致勃勃地听那说书人娓娓道来。

“先生，各大茶楼酒肆都说《三国志》，你可有些新鲜段子说来给大家听听？”一个听客一边剥着花生一边发难道。

那说书先生折扇一摇，道：“要听新段子也是有的，这些天长安城到处都在说苏定方大将军铁骑破突厥的事，我就接着上回来说一说。”

说到这里，说书先生将鼓一敲，摇头晃脑地说开了：“上回说到苏定方令萧嗣业和回纥婆闰追击贺鲁，至金牙山，纵兵破贺鲁牙帐，俘敌数万人。贺鲁逃至石国苏咄城，本欲稍做喘息再图大计……”

猛不丁地听到师父和那个人的名字，我心头一颤，眼眶没来由地一红。

这时，子夜悄然走至我身边，默默守着我。

我故意用轻松的口吻同他说：“这些说书的，尽爱夸大其词。师父哪里是豹头环眼，他又哪里是碧眼紫髯……无知的人就喜欢把人脸谱化。”

子夜听了，并不回话，一双墨玉般的眸子里全是温柔与怜惜。

“贺鲁哪里咽得下这口气，不日后便重整旗鼓，伊塞克湖畔偷袭汉军。当时是，贺鲁有精兵数万，四面围住了苏定方部下。苏定方身经百战，怎会惧怕贺鲁那黄口小儿？当即布下阵法，令士兵站稳脚跟，所有长兵一概冲外。他本人则在北面高坡立马督战。突厥兵三次猛冲，三次溃败。所谓一鼓作气，一而再，再而衰，三而竭，这突厥人猛冲三次无果，早已勇气全无。这时，苏定方大喝一声，如猛虎般冲向狼群，一时间突厥人仰马翻……”

说到这里，周围人一阵叫好喝彩，纷纷喝道杀得好。

那说书人听了也颇为得意，捋须续道：“突厥人还欲再逃，苏定方哪里肯依？当下乘势击之，追奔三十里，杀人马数万，大获全胜！”

“那贺鲁呢？是否就此战死了？”一个剑客模样的人神情激动地问道。

说书人笑了笑，忙摇扇道：“这位有些没见识了。贺鲁怎么会死？死了又怎么能来长安？”

“噢？贺鲁来长安了？早先听关外故友说贺鲁此人桀骜不驯，是个宁死不屈的人物，怎么肯降服大唐？”一个白衣文士质疑道。

“桀骜不驯，宁死不屈？依老夫看，他只不过是个反复无常、贪生怕死的小人罢了。”

那说书人见有人质疑，有些羞恼，忿忿道。

我听到这里，再也控制不住，冷冷发问道：“先生说他是个反复无常、贪生怕死的小人，这又何以见得？”

那说书人一怔，好一会儿才义愤道：“当年的先皇万分器重贺鲁，晋封其为泥伏沙钵罗叶护，让他去招抚尚未服从的其他西突厥部落，次年又任他为都督。这等荣宠非但没能感化他，他反倒私下召集离散的西突厥部落，于先皇驾崩后叛变，自封沙钵罗可汗，谋夺西州、庭州，与我大唐朝分庭抗礼。你且说说，这般不知好歹、恩将仇报怎么不是反复无常的小人？此刻一旦落败，又归顺大唐，不是贪生怕死又是什么？”

“天家的荣宠又岂是单纯的荣宠？况且，有些人从来就不稀罕所谓的荣宠……”我听完他的慷慨陈词，漠然一笑道，“个人有个人的立场，世人不懂，却偏要妄下论断，可笑。”

那说书人听我冥顽不灵，还敢为反贼狡辩，当下气白了脸，大力摇扇不语。

"哪里来的妇人？还不速速出去，说这样的话，真是胆大包天。"

一个莽夫横眉冲我喝道，看架势恨不得将我从窗下扔出去。

子夜见他呵斥我，正欲有所动作。我一把拉过他道："走吧，这些原不是我们听的。"

说罢，我云淡风轻地一笑，退回我们的座位上。

这时，酒菜已上齐，那小二一边为我们斟酒，一边说些勿怪的话。

面对满座佳肴，我再无胃口，满耳朵都是那说书人的声音：

"经伊塞克湖一役，贺鲁大势已去，如丧家之犬般逃回苏咄城。那苏咄城主伊涅达干也是个识时务的人物，当晚就在贺鲁饭菜中下毒，把他五花大绑献给了苏定方。哼哼，至此，西突厥灭亡，苏定方则因功晋位邢国公。"

那说书人大约对我耿耿于怀，故意朗声说道，言辞间对贺鲁有侮辱之意。

我端起一杯清茗，淡然听着。

子夜知道我不愿和那些人一般见识，遂端坐椅上喝酒，只是眼中多了些我看不透的意味。

那说书人说完了这段，拿了不少赏钱。他一高兴就忘了先前的不快，说起了新的段子，照样嬉笑怒骂，照样耸人听闻，照样精彩绝伦。

回到自己的房中时，天色已经有些暗了。

我郁郁地抚了一阵琴，抚到最后总是晦涩难听，于是厌倦地起身，照例立在窗前看着窗外越来越暗的天。倚窗情渺渺，凭槛思悠悠。我也记不得是从什么时候开始，这凭窗独立的姿态已成惯常姿态。

门外剥啄有声，我心知是子夜，于是返身为他开门。

门一开，正迎上他那双灿如明星的眼睛。他见我盯着他看，慌忙别过脸，垂下眼帘说："我给你熬了药，你先喝了吧。"

我笑吟吟地注目于他，就是不说话。

他见我不说话，神色有些慌张，耳后隐隐绯红。

少男少女的心思总是这么显而易见，忘了自己从什么时候开始见到心仪的男生会脸红，目光闪避，也忘了自己从什么时候开始学会这么镇静地面对别人对我的思慕。

"看到这个样子的你，总让我想起一个人。"

我让开门，将他迎进屋子。

他看了我一眼，眼神有些潮湿，一派温柔迷茫，仿佛还沉浸在刚才的旖旎心思里。

“是骆飞，骆大哥。”

我自若地摘下面上的绯色面纱，泰然看向他。

他并没有回避或者同情，仿佛我的容貌和以前一样。我想在他眼中早已没有了色相，或者说，他是一个能痴迷灵魂的人。

“九年前的他和你年纪相若，一样冷酷，一样不善言辞。”我端过他熬的药，一勺一勺地喝了起来，“见了女孩子也会低头脸红。”

子夜目不转睛地看着我喝药，心思随着我的一举一动翩跹。我虽然没有看他，但毕竟经过，不用看也了然于心。

“贺鲁他还好吗？”

喝完药，我戴上面纱，起身走到窗前站定。

此时已经是初春时节，窗外淅淅沥沥地下着小雨，滋润着经过一冬苦寒的大地。

子夜随我走到窗边问道：“你，很关心他？”

“他是我的一位故人，我不该关心吗？”我探手窗外，轻轻接窗外的小雨，米黄的广袖褪至臂弯处，玉色的手臂顿时被料峭的春寒激起一阵战栗。

“他来长安后，皇上并没有追究他的罪过，很礼遇他。”子夜看着米色广袖下的那段皓白出神道，“听说皇上不时会去找他饮酒下棋，不醉不归。”

“哦。”

我若有若无地答道。这世界根本没有永远的江山，也没有永远的仇人，既然彼此有一段相同的回忆，不若把酒言欢。

“那西突厥其他人呢？”

想起了黑面达尔，想起了额吉和穆雅妲大娘，心里始终牵挂。

“苏定方一向仁善，突厥百姓并没有受到伤害，反倒安居乐业得很。皇上将西突厥划分为都陆和弩失毕两部，首领分别是额吉和阿史那达尔。”

“哦？达尔竟然臣服了大唐？”我一怔，笑了笑道，“这只怕是你姐姐的主意吧？草原狼族的秉性便是互相撕咬，安排这两个势不两立但又愚忠的人掌管突厥，纵容他们内斗，大唐可以安稳很久了。”

子夜默然不回应，算是默认。

“子夜，可不可以告诉我，天行和你姐姐到底达成了什么协议？”我回身抓住子夜的手，蹙眉恳切地问，“就当我求你，告诉我。”

子夜眼中的热切倏地散去，他缓缓抽脱我的手，摇了摇头转身离去。

第六十五章·故　人
CHAPTER 65

鎏金多足香炉中云气吞吐，满室沉香。

窗外一阵急雨后，雨势渐小，缠绵着点点滴滴，在此静夜听来格外空灵。

伴着雨声浓香胡思乱想了一阵，头脑渐渐昏沉起来。朦胧中，我隐隐看见刘念如着一身黑色纱衣，提着一盏宫灯朝我走来。她步履轻盈地走到屋中的鎏金多足香炉前，四顾无人，便从怀中拿出一枚猩红色香球，诡异一笑投进炉中。

一时间，满屋的沉香味又变成大明宫内经久不变的沉郁异香，这股香味如巨蟒般将我紧紧缠住，迫得我呼吸越发急促。

我以手抚胸，茫然问道：“如姐，你在做什么？”

刘念如缓慢抬眼看向我，冷冷一笑，双目中顿时流出两股鲜血，霎时化身成被削成人彘的王恩卿。

我惊叫一声从梦中醒来，大口喘息，浑身衣衫已经湿透。

我一把抱过枕头，缩在被子中，终于抵不过头中的昏沉，再度陷入云谲波诡的梦魇中，一身大红凤袍的刘念如静坐在我面前，红唇微启道：“恭候多时，请君入瓮。”

她话音刚落，我整个人仿若置身于一个散发着腐烂气味的炼狱中，周围起伏着阴森凄恻的惨叫。

“救我……”尽管我清晰地知道眼前的幻象只是一场梦魇,但我依然身不由己地颤抖挣扎,“天行,救救我。”

恍惚中,一个人坐到我的床边,探手轻轻为我擦去额上冷汗。良久,他温暖的手抚过我的脸颊,轻轻落在我的唇上。

“天行。”我将脸靠近他,低声呢喃,“抱紧我,刚刚做噩梦了,好可怕。”

他的手一颤,继而更加温柔怜惜地在我颊边轻轻抚摸起来。

我下意识地抓过他的手,习惯性地枕着他的手,如此一来,我内心顿时安宁了很多,遂沉沉睡去。

一夜无梦,睁开双眼就见子夜倚在我床边熟睡着。我些微一惊,再看自己正紧紧攥着他的手,忙抽回手回忆昨晚之事,但大脑中一片茫然。

“你醒了?”

子夜被我惊醒,有些不知所措地看向我。

我点了点头,勉强一笑。

他伸手覆上我的额头,眉微皱道:“怎么还没退烧?”

经他提醒,我才发觉自己头中一片昏沉,浑身滚烫无力,显是发烧了。

子夜冷静地拉过我的手,细细为我把脉。良久,他取出随身携带的针囊道:“这病起于忧思郁结,加之寒邪外束,阳不得越,只怕要一些时间才能好转。”

“我哪来的什么忧思?”

我自欺欺人地哂道,扭头不去看他。

他也不和我争,干净利落地扶我躺下,略一犹豫,褪去我肩头的薄薄衣衫,小心地扎下第一针。

落针时,他的尾指若有若无地从我肩头滑过,带过一抹温暖的触感。

他有些尴尬,捏着第二银针踌躇。

我自若一笑道:“还不下针,难道你想好好体验一下把我扎成刺猬的惬意?”

他淡然一笑,收回心神,仔细沿着我的穴位下针。

一顿针砭后,我只觉胸中一阵舒畅,头脑也清明了很多,不免佩服子夜的医术。吃完他亲自为我做的药膳后,我强制自己放下心中的诸多烦扰,蒙头睡了一觉。

再醒来时已是傍晚,我恹恹起身,强打精神去前厅吃饭。

子夜替我把完脉后,脸上终于有了喜色。瞧他的样子,不用问我也知道病情

有所好转。

随便吃了几口东西，我斟了杯茶，懒懒地扶着栏杆闲看楼下的游人。此时天上淅沥地下着春雨，一些晚归的游人撑着油纸伞穿行其间，我看得入神，仿佛在看一幅古风浩然的画卷。

就在这时，楼下街道转角处姗姗行来一个着素白衣裙，撑紫色竹伞的女子。我一怔，只觉得她的身形和步态异常眼熟，但一时又想不起来是谁。

子夜见我神色有异，起身走到我身边顺着我的视线看过去。

这时，那女子步入一家药铺，返身当街收伞。

是她？就这一会儿工夫，我已将她的面容看了个清楚。

我稍一迟疑，还是迭步跑下楼去。穿过人声鼎沸的大堂，我正欲冲进雨帘，左臂已被人拉住。回头一看，是子夜，他撑着一柄四十八股油纸伞，在我的惶惑中展颜一笑。

我心领神会地躲进他的伞中，默默跟着他穿过雨水弥漫的青石板路，停在那家药店外。

"大夫，相烦你按方子抓药，只不过有几处要改，党参五钱，云苓五钱，木香三钱……"她的声音照样婉约动听，只是低沉了很多，当年的棱角已然不复存在。

"怎么，你家相公的病……"

抓药的掌柜一边按吩咐抓药一边搭话，说到这里，忽觉不妥，于是摇了摇头作罢。

子夜见我神色关切，沉吟道："都是补气养血，润燥通窍的药，看用量和用材，用药的人已经……病入膏肓。"

"什么？"我身子一晃，好一会儿才回过神来，呢喃道，"病入膏肓？"

"大夫，按方子抓五副药。"她的声音依旧很平静，仿佛没有听出那大夫的弦外之音，"对了，我家相公最近脾胃不好，再帮我拿味娑罗子。"

旁边一个不谙世事的小厮听了，一边帮助掌柜的拿药，一边打趣道："听人说久病成医，原来说的就是李夫人。"

"这药虽能舒肝理气，宽中和胃，但你家相公气虚，还是谨慎些用。"那掌柜的包好药，瞪了眼那小厮，"我另外给你配些药，晚会儿让远志给送到府上去。

"如是，多谢大夫你了。"

她接过药，取过柜台边的伞，刚一转身就同我们打了个照面。

数年不见，她依然清丽，只是面容有些憔悴，神情多了许多凄楚和落寞。她见我和子夜盯着他看，忙别过头去，打算绕开。

“苏姑娘，别来无恙？”我忙伸手拦住了她，沉声唤道。

她一怔，难以置信地看着我道：“你是……”

“苏姑娘将我忘了么？当年的不速之客，肖沫沫。”

闻言，苏紫卿顿时豁然开朗，展颜欲笑，但一丝笑纹刚刚抹开就有了清苦的涟漪。

“李公子他可好？”

我不忍看她这样的笑，收回眼神，轻声问道。

“他……很好。”

她言不由衷地说，不想话刚出口，眼圈就忍不住红了。

“苏姑娘，如若方便，我想过府探望李公子。”略微斟酌，我还是冒昧开口。或许这是一个不情之请，但这时若不能再见他一面，只怕我会抱憾终身。

“也好。”她引袖擦去眼角点点泪光，淡然道，“他也是很想见你一面的。”

李氏一族久在朝中为官，虽然算不得显贵，但其府邸隐隐透露出的贵气却是一般豪富人家难以比拟的。

看门的童子见苏紫卿带着两位客人归家，忙上前小心伺候，将我们迎进府中。

令我好奇的是，入门后并不见楼台厅榭，只见一片松涛吹翠竹，偶有假山嶙峋其间。

苏紫卿默然不语，只在前方引路。行过了一片竹林，一片湖泊跃入眼中，其余精舍沿湖而建，错落有致。

子夜顿住脚步，四下打量一番，眼中满是惊叹之色。

“怎么了？”很少见他有这样的表情，我一时好奇不禁开口询问。

“这里住的可是旷世高人？”子夜低声问道。

我一怔，有些不解。

“这里依两仪五行布局，阵法高明独到。如果没有她带路，我们根本过不了刚才的竹林。”子夜缓缓道，“此间主人造诣之高，只怕连我的恩师渡边先生都要甘拜下风了。”

苏紫卿听见我们议论，也不回头解释，只是冲湖对岸招了招手。须臾，一个小

厮便应声驾舟而来。

“少爷醒了么？”苏紫卿先将我们送上船，方才问那小厮。

“小的不知，不过先前听见公子在屋内抚琴，才抚了一半就断了。”那个小厮唯唯诺诺地答道。

我听他这样说，没来由的方寸大乱，先前平静的心忽起狂澜，只恨不得立刻能看到他，仿佛看到他心就能安宁了一般。

说话间，船已徐徐靠岸。两个青衣婢女早已迎在湖畔，伶俐地将我们扶下船。

苏紫卿在湖畔沉默了会儿，深吸了口气，拍了拍我示意我随她前行。那两个婢女乖觉地冲子夜一笑，将他引往客厅。

与苏紫卿这个昔年情敌并肩走在竹影扶疏的卵石小径上，彼此无言，仿佛陈年的尴尬还盘桓在心里似的。

我们二人一直走到一所名唤“霰雪坞”的别院前，苏紫卿才停下泫然地看着遥远的天际说道：“相公独自在坞中静养，你去看他吧。”

好一会儿，她苍白的脸上泛出一丝苦笑：“天可怜见，没想到相公他还能再见你一面。”

我一阵缄默，侧首看她，终究未置一词，快步走向那间让我忐忑牵挂的屋舍。

犹豫了好久，我才抬手轻轻叩门。笃笃的敲门声刚一响起，反倒将我自己惊了一下。

屋内没有回音，死一般的沉寂让我莫名紧张，几乎想要退却。

“可是紫卿？”

这时，屋内隐隐有人作答。

听见他熟悉的声音竟然那般虚弱，我心中一涩，不管不顾地推门而入了。

“紫……”

正撑着床沿下床的他猛地抬头见我，先是一怔，幽邃如静川的双眼看定了我，苍白近乎透明的唇微微一颤，仿佛极轻地吐了一个字。

我蹙眉回望着他，两人视线刹那交缠，一时都失了言语。

他静默着保持那个下床的姿势，好一会儿才阖上双眼，复又睁开，见我还在，暗淡的眸中终于有了丝亮色。

“公子。”

终究还是我先开口，步月，书予，十年的流年光转，只余下一声似远非远、若即若离的“公子”。

他胸口猛地一阵起伏，忽然大咳起来，一丝刺眼的鲜红从他嘴角沁出。然而他犹自如当年般云淡风轻地微微一笑，仿若一切都未曾经过，未曾错过。

第六十六章·奇　人
CHAPTER 66

是夜，我与子夜留宿于李府的听风榭内。由于天色尚早，我心中又装了些事，越发不甘闷在屋中，遂披上披风，移步庭中。

转过几处石矶、立峰，行至一弯人工湖前，依稀看到假山背后有座木构亭，四周萦绕流水，岸柳低垂，竟有江南庭院的韵致。

我顿时有了兴致，信步绕过湖畔踏上湖上的木拱桥。不想刚踏上木桥，就看见披着黑绒斗篷的苏紫卿端坐在亭子中烹茶，银风炉边的茶盘中放了成窑的秘色茶具。

“苏姑娘好雅兴。”我轻笑道，不待她招呼便走到她身边坐下。

她抬眼看了我一眼，似笑非笑道：“无非是寂寞人做寂寞事罢了，哪来的什么雅兴？”

“寻常人喝茶哪能讲其色，品其味？这不是雅兴是什么？”

“从前年起，每每傍晚，我总要来这里烹一壶茶，跟旁人说我是在求道，其实无非是打发时间。”

她自嘲似的一笑，用鎏金银匙从三足盐台内挑了些盐，搅入初沸的水中。腾腾热气登时扑了她一脸，蒸得她苍白憔悴的脸上微微泛红。

闻言，我笑容微滞，收了声仔细看她巧手烹茶。

“时隔多年，我还记得肖姑娘不喜早睡，性好热闹。”她见我不说话，便岔开话头说道，“那时我自持老成端庄，瞧不得你的轻浮……现在想想，我应该是妒忌你，妒忌你怎么能那样洒脱随性。”

“时光最是催人老，现在的我也不是以前的那个我了。往昔的唐突之处，还望苏姑娘能谅解。”

接过她递给我的茶，因贪恋那点暖气儿，所以并不喝，只是用掌心紧紧贴着杯子。

“见了你，相公的精神好了许多，破例去前厅用了膳。说起来，这真是要感谢你了。”苏紫卿啜了口茶，缓缓道。

我有些尴尬地低了头，默默地看杯中琥珀色的茶水，半晌才咬唇问道：“李公子的病怎么来得这么急，这么重？”

苏紫卿正端着茶壶往自己杯子中添茶，手微一晃，强笑着将茶倾满，无限忧然地答道：“相公的病并非忽然而来。”

我正欲再问，她却没有再说下去的意思。

两人静默地喝完一盏茶，天已彻底暗了下去。

她借着炉火打量着我，目光落在我脸上，好一会儿才犹疑着问：“为何肖姑娘一直以面纱示人？”

“呵呵，因湿热长了疹子，脸上也起了些斑点，所以用这个遮羞。”我竭力想回避长安的恩怨情仇，所以轻描淡写地骗了过去，“我原以为李公子认不出我，没想到他居然一眼就看出来了，倒比有些人强。”

“他怎么会认不出肖姑娘你？”苏紫卿一哂，有些清冷有些无奈，“即便他认不出自己，也不会认不出你。”

说到这里，她的声音终于有了些波澜。

我听出了她话里的意思，为免其误会，握住她的手劝慰道：“莫要胡思乱想，他心里终究只有你。”

苏紫卿眉一扬，有些咄咄逼人地问道：“何以见得？”

见话已经说到这份上，我也不兜着心思和她拐弯抹角：“男人心中总是装着两个女人，一个是他娶回家的娘子，一个是他得不到的执念。他最终还是娶了你……”

说到这里，我心中有些酸涩与怨怼，当年的恩断情绝历历在目：他就是这么一个当爱不爱、当断不断的不纯粹的人。

苏紫卿没想到我会这样说，些微一愣，最终又摇了摇头："他是那样固执的人，怎么会放得下？娶我，无非只是同情我二十余年的不离不弃、形影相随罢了。"

她说他是固执之人，她自己又何尝不是？

既然无法说服，多说无益。我只好含着一抹清淡的笑，盈盈起身告辞。

次日一早，我与子夜一同前去霰雪坞向李书予告辞。去的时候，苏紫卿正在屋中服侍他喝药。我客套地同李书予寒暄了几句，便推说欲前往江南，打算就此告辞。

李书予听说我要走，静淡的眼中泛起一阵凄恻不舍，他看了我好一会儿，正欲开口，不料苏紫卿抢先挽留道："肖姑娘，你与我们是至交故友，好不容易久别重逢，怎忍就此别离？"

"我……"

苏紫卿见我犹豫，忙上前握住我的手："我看肖姑娘你面色欠佳，时常咳嗽，想来也是抱恙在身，何不多留几日，调养好了身子再南行？"

我正欲开口推托，见苏紫卿目光恳切，似有哀求之意，于是生生咽下拒绝的话。

"如是，也好。那我与舍弟就再打扰几日，等到李公子身体康复再行告辞……"

就在这时，门外传来一阵有些急促的步伐，打断了我的话。

"少爷，少夫人，老爷回来了。"一个小厮在门外回禀道。

"当真？"苏紫卿大喜过望，声音微颤地问道。

"是，如今已在前厅歇息，命小的来通传。"门外小厮小心翼翼地答道。

"可是李上人归来了？"我听得分明，不由问道。

李书予微微颔首："正是家父，肖姑娘不妨与我们一道前往，见见他老人家。"

初来大唐时我就听无心提起过李书予的父亲李淳风，一时没往心里去。昨天听子夜分析李府布局时，才猛地忆起史书记载李淳风精通推步、卜、相、医、巧，实乃旷世奇人。

我和子夜对视一眼，含笑点头道："理当拜见前辈高人。"

随他们一路曲折进了大厅，一眼便看到一个年约五旬，华发长髯的道人安坐堂前。我细细打量了他一眼，只觉他丰神绝世，周身如有和风股荡，令人望而生敬。

"父亲大人。"李书予与苏紫卿二人双双上前行礼道。

李淳风哈哈一笑，将他们二人搀起，目光却落在我和子夜身上："这二位是？"

"小女子肖沫沫，这是舍弟。"我福了福身，笑吟吟地介绍我们二人。

子夜怕用腹语露了行藏，只是欠身行礼。

"二位从何方而来？"李淳风目光炯炯地落在我脸上，眼中精光流转。

我大方地走上前去答道："从长安而来，过府探望李公子。小女子久闻上人大名，今日得见，当真有幸。"

"你二人面相极贵极异，尤其是这位姑娘……"李淳风定定地看了我良久，挥手屏退四周下人，微笑冲我招了招手，"你过来，山人有些疑惑欲向姑娘求个明白。"

不知道为什么，一见他和蔼地招呼我，我便无法拒绝，于是温驯地走到他身边。

他又端详了我一阵，当下奇道："姑娘这等面相……请恕山人唐突直言，你只怕不是今人。"

他话音一落，在座除了李书予都吃了一惊。苏紫卿难以置信地看了我一眼，往后退了一步。

"不是今人……是什么意思？"苏紫卿神色不安地问道。

"肖姑娘你的面相看似和我们无异，但全身骨相却大异于常人。"

"怎么，我的骨相有什么不对？"我也惊讶于他居然能一眼看出我背后的玄机，试探道。

"古人与今人的骨相差异极大，其中演绎过于繁复，一时难以道明。依山人看来，姑娘只怕是后世之人。"李淳风略一沉吟，依然坚定道。

能看出我不是当世之人已让我对他佩服不已，而他又肯如此坚持自己的论断，将这犹如痴人说梦的论断说出，让我更生了一层敬意。

"妖言惑众！"

子夜闻言，只道他是在侮辱我，当下震怒道。

我轻轻拉住冲动的子夜，再拜道："上人的意思是，人的骨相也会进化？"

"进化？"李淳风双眼倏地一亮，忍不住击掌喝彩道，"正是这词！姑娘见地非凡呐！"

"上人谬赞。"我慌忙摇头，要是抢了这荣誉，不知道人家达尔文肯不肯干，"我本没想到这点，不过经您提点，不由想到人自猿猴而来，脊椎四肢皆在不断进化。你我相隔千年，骨架构成只怕是有些不同的。"

"相隔千年？"三人皆一惊，相视一眼，不约而同道。

“不错，既然上人已看出我的来路，我便不再隐瞒。我并非当世之人，而是来自千年以后的中国。”

“中国？果然是有的！”李淳风欣喜地高呼一声，“老夫果然没推断错。”

我诧异地看着他，他不会连这个也推断出来了吧？那岂不是半个神仙？难不成他也是个穿越的，穿久了就把现实和历史搞混淆了。

“没想到老夫算准的贵人竟然是姑娘你。走走走，随老夫来……”

激动之余，他一把扼住我的手腕，将我往厅外请。

“父亲！”苏紫卿与李书予异口同声地叫道，急忙上前拦住了李淳风。

“父亲大人，好歹先休息片刻，用完早膳才好同肖姑娘谈论古今。”苏紫卿温言劝说道，“再说，相公的病……”

说到这里，苏紫卿眼中隐有泪光，语气中也有了些怨怼的意味。

李淳风捋须沉吟：“这半年来山人特意前往吐蕃求了味秘药，或可延寿。只不过，生死天道，强求不得。”

说着，他从随身携带的药囊中拿出一乌木小方匣，将它递给苏紫卿。

苏紫卿难掩面上喜色，如获至宝地将那方匣贴身藏了。反倒是李书予本人云淡风轻得很，并没将那盒奇药放在心上。

吃罢早饭，李淳风诚邀我前去茶室畅谈一番。我难得遇到高人，也正想和他聊聊，于是柔声安抚了下子夜，欣然前往。

李家的茶室和长安贵族家的茶室风格迥异，其外部造型好似草庵，极其简朴。进了茶室方才发现里面别有洞天，不知道是哪家巧匠在屋内用凹间、窗户布置气象万千的古雅空间。

我们刚落座，他便示意我伸手让他把脉。

我知道他必然是为我好，于是爽快地把手递给了他。

他把完脉后又让我将面纱除去，我一一按他的意思照做了。

他又细细看了一阵，这才有了计较，起身在背后的柜子中取出一些药物，用刚刚烧沸的水冲开，递给了我：“我见姑娘你印堂发青，神色异常，有中蛊的迹象。此番验看一番，更是确信。”

“什么？中蛊？”我一惊，好一会儿才反应过来，“是什么蛊？”

“是蝶蛊。此蛊不伤人性命，只是会让中蛊者面部长出暗红蝶斑，通晓之人很

容易就能解去。”

我且听着，闻了闻那杯药水的味道，只觉刺鼻异常，令人作呕。

“用雄黄、蒜子、菖蒲冲水，足可以解了此恶毒，此后每日以糯米水洗面，七日便可除去脸上斑痕。”

听说可以恢复容颜，我顿时大喜，连忙拜谢。

“举手之劳而已，不过你需得防着你身边的那个东瀛忍者。”李淳风谦和一笑道。

“上人如何看出轩儿是东瀛忍者的？”我诧异地问道，默了一会儿，摇了摇头说，“我与轩儿情同姐弟，他是不会害我的。”

“他的步态、呼吸瞒不过我，如果没看错，他应该是会津渡边昌弘的门人，长于制药与奇门遁甲之术，不事暗杀。”李淳风缓缓道来。

不是吧，这也看得出来？你干脆说你是神仙好了，我没意见的。

他见我不答，细啜了口清茗复又道：“渡边昌弘门下的忍者皆是受过严格训练的绝色少年，这些少年往往被送入宫廷，扮作女子保护天皇和后宫内眷。东瀛皇室女子有善妒者曾让身边的忍者调配出这种蝶蛊，用来毒害其他受宠佳丽。事发后，天皇便下令将所有和此蛊有关的人通通烧死，此蛊从此绝迹，不被外人知晓。”

“原来如此。”我这才恍然大悟，“所以上人怀疑是轩儿下的蛊，在前厅时便没有提起此事？”

“不错。”李淳风微微颔首，仿若想起了什么，他一脸忧虑地说，“除了这种蝶蛊，姑娘体内仿佛还有另一种……异物。”

“何谓异物？”

一听异物二字，我顿时毛骨悚然，浑身发痒，脑海中全是恐怖片里的异形、吸血虫之类的东西。

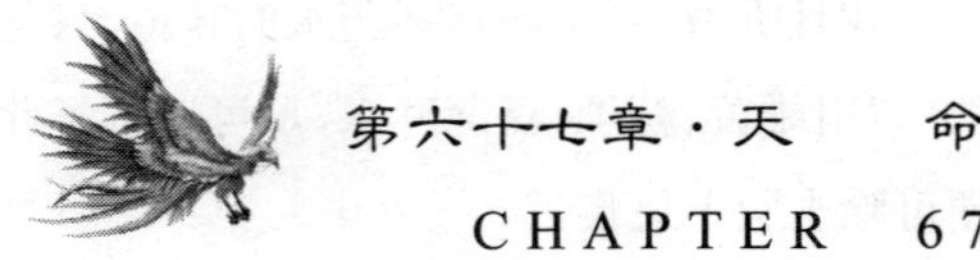

第六十七章·天　命

CHAPTER 67

听李淳风说我体内有异物，恐惧之余，更多的是翻江倒海的恶心感，仿佛此刻血脉中正有一物在缓慢蠕动。

李淳风猜出我的心思，和颜悦色地宽慰道："并非活物，姑娘莫要害怕。"

我这才稍觉好些，惨白着脸问道："上人可知道是什么？可否能解？"

"这……"李淳风面有难色，叹息道，"这个我也看不出来，只觉它如附骨之蛆，凶险万状。"

我怔了怔，心中转过百般心思，最终淡然一笑道："生又何欢，死亦何苦？由他去。"

"难为你小小年纪，居然能勘破生死。"李淳风赞赏道。

我心情寥落，也懒得辩解，唯端起那杯解药一口口喝了起来。

"我甚是好奇，姑娘是如何从千年后回到大唐的。"李淳风沉思片刻问道。

我一口干尽杯中的解药，简单地同他讲述了一下我的穿越经历，他听了，自然是连连称奇。

我见他兴致很高，便趁机问道："我听说上人游历南北，致力于撰写一本奇书，小女子一直很好奇，不知道那是怎样的一本书。"

因和我聊得投契，李淳风便不再隐瞒，直言道："山人所写的乃是一本禁书，上悖天道，下违皇命。"

说着，他从布囊中拿出一幅长卷，仔细在桌上摊开。

我凑过去凝神一看，却见长卷上全是一些奇异图像，旁有小字注解。我对古

代易学一窍不通，全然不知他画的、写的是什么东西。为了表示对他的尊重，我还是耐心从头看了下去，但见卷上内容共分六十象，第一象写着甲子乾卦，底下有谶有颂，用词生涩隐晦，我读了几遍都未读懂，只知道他是要预言自唐起至后世的兴衰更替。

估计他认为后世文明发展到上天入地都可来去自如，我看他这本书那还不是跟看漫画似的，所以此刻见我若有所思，还以为我有什么高见，便满心期许地等待我开口。殊不知，我只是在琢磨他是怎么在不用圆规的前提下把圈画得那么圆的。

“呃，上人推断得很准确。”

我装作一副很高深的样子，一边敷衍一边一目十行地看着。到后来，耐心尽失的我干脆直接跳到最后一象念道：“茫茫天数此中求，世道兴衰不自由。万万千千说不尽，不如推背去归休。”

这段话我倒能读懂个大概，遂问道：“上人推断了近两千年的兴衰更替，为何却在此处停笔了？”

李淳风闻言，神色微变，似有难言之隐，良久才道：“能窥天道者，自古不乏能人异士，你可知为何天道始终没有外泄？”

猛不丁地听他问起，我一时也不知如何回答，于是胡乱说：“所谓天机不可泄露，想必中间是有些约束的。”

“不错，上窥天道过多，会折损寿数和福泽。故非到万不得已，人不能擅自窥探天道。”

我半信半疑地听着，不置一辞，毕竟我是不信这些的。

“贞观十二年时，我与家师一同推算大唐国运，本只是一时技痒的玩乐……”他眼神落在墙上的松柏图上，语气悠远地说，“然而我自此沉迷，一发不可收拾。待到我推算到第十二象时，便再也忍不住发下宏愿，要将我所推算的公之于众。”

“那岂非有违天道？”

听到这里，我不禁急道。

“家师也曾规劝过我说窥探天道过多已是大罪，将之公之于众只怕会遭到天谴。更有甚者，只怕会殃及子孙后世的福泽和寿数。”

听到这里，我忽然一怔，心里隐隐有些不安起来，一个我不愿意面对的事实仿佛正在浮出水面。

“那时我仿佛已经痴迷了，根本听不进恩师的教诲，执意撰写了此书的前十象。就在这时，元儿……也就是书予的兄长，忽然一夜暴毙，身怀六甲的淑和也因此滑胎。”

李淳风脸上隐有悲痛之色，无可奈何地叹息了一声。

“啊？”我低呼一声，悲悯地看向他，怔忪难言。

“师父闻讯赶来，劝说将焚去此书，祷告上天以求脱罪。我终究还是没有答应。所谓君子有所为有所不为，我既已认定要写成此书，就算是悖逆天命也在所不辞。”

说罢，他脸上的悲痛已不动声色地化去，取而代之的是不变的谦和与宁定：“此后，我又愤然写了七象。所谓报应不爽，书予亦因此受了牵连，罹患奇疾，久病难愈。”

这时，一道灵光从我脑中闪过，破碎的陈年往事全都浮上心头。我胸中一闷，好一会儿才翕动着嘴唇问道：“原来是这样吗？他自己是知道的。”

“不错。书予他智慧锋锐，通晓天命，只怕早已推算出自己的命数……难以长久。”李淳风略一失神道，声音枯涩，“他的身体早已经枯竭，但他内心仿佛有一股强大的执念，一直让他撑到今天。而我，也该好好休息了。”

而我，心思已完全不在他的话上了。

眼神恍惚地看着一派虚空，依稀瞧见水湄边那袍带飞扬，淡然沉静的人儿，依然美好如初，只是我却永远也碰触不到。

傍晚，折了支竹枝一边把玩，一边漫无目的地沿着曲折的小路漫步院中。行过繁华处，却见后院乱石中有一座爬满紫藤的小石亭，一阵清冷缠绵的箫声从亭中传出，如怨如慕。

我循声漫步而去，却见一身素白锦袍的他独坐一隅，手执长箫，凝神吹奏，清倦的身影氤氲于淡淡的忧悒与落寞中，苍白，脆弱而又孤独。

多年来，他与他的箫声从未变过。

我悠然踏着月色与箫声走到他身边坐下，安静倾听。一曲未能终了，他气息已续不上，缠绵音韵片刻便呜咽着断了，散了。

唇边漾起一丝自嘲的笑意，他抬手将那管箫轻轻置于桌上。

“没想到这里居然有架紫藤，我最爱的就是紫藤花了。”我抬头看了看头顶的紫藤花架，认真地说，“几次春雨后，紫藤花开，满架都是让人心动的紫色，若有风吹过，片片花瓣坠落，唯美如梦。”

少女时代，我就喜欢幻想这些华而不实的场景。在这样的场景中，我遇到了让我惊慌失措的那个男人。因此，我将他与齐悦公主的爱情编织于紫藤花架下，当做自己得不到的安慰。

他静静听着，眼神绵绵密密地在我脸上交织。

我不敢看他，因为我不知道该用怎样的姿态面对，生怕伤了他或者我自己。

“我知道，你无意中和我提起过。”他收回眼神，刻意看着冥色的天际。

“我却忘记什么时候和你说过。”我将那支新绿的竹枝置于桌上，起身幽幽地说。

他亦随我起身，在我身旁临风站着。

“公子可还记得我们初见时的情景？”我拂了拂凌乱的发丝，侧脸看着他问道。

他定定回看着我，忧悒的双眼坚定而纯粹，终于不再闪避：“记得。我记得姑娘从水中出现，恍若洛神临水——始终记得。”

“呵呵。”想起以前的调皮，我低头一笑。

“如此明媚生动的笑，我从未见过。”他喃喃道，“那一刻，我竟生贪念……”

说到这里，他情绪复杂地止住了。

这时，一阵似暖还寒的风迎面吹过，扬起一阵尘埃。我引袖遮面，避开风沙，却听耳边传来几声咳嗽。

“公子。”

我紧张地看了过去，但见他身上的素色披风已被风吹得半敞。我心一紧，下意识地将手伸至他胸前，为他拉紧披风。

“沫……”

他忽然开口低唤我的名字，我抬眼看去，正迎上他炽热绝望的眼神。那眼神我懂得，当年在百花楼中，我也是用这样的眼神看着他，哀求着他，希望他能给我的爱情一条生路。

我怔了怔，这才意识到这并不是我该做的，于是收手道：“真是失礼了。”

他忽然伸手，握住我尚未收回的手：“如若今生没有遇见你，我会淡然接受天意，了无牵挂地死去。然而，我却遇到了你。”

我淡淡抽回手，摇头道：“公子，你错了。”

“错？”他茫然看向我。

“我曾经一直固执地以为你是爱我的，但是你却一次次回避我，拒绝我。我等你太久，渐渐以为一切只是我的错觉，遂心死。”

我幽幽看着他，祭奠着我曾经的爱情：“直到今日我才知道，原来你心里自始至终都有我。只是你害怕无法给我一辈子的幸福，害怕我被天命所牵连，所以你选择一次次伤害我，以为那是在保护我。可是公子，你错了。”

“真爱是不分长短，只争朝夕的，更加……更加不怕被牵连。”不知为何，明明已没有当年的心境，但我心中依然一阵酸涩，“奈何你自始至终都不懂得。”

“只争朝夕……”

他泫然呢喃，眼中一片灰蒙蒙的死寂。

“你辜负了齐悦公主，辜负了我，也辜负了你自己。”我咬了咬唇，终于说出这句意味绝然的话。

“相公。”

这时，身后传来一声清冷柔婉的女声。

我愕然回首，只见苏紫卿手撑一柄略旧纸伞，落拓地立于风中，透彻的眸中有一种似是而非的伤感，更多的是已然看破的淡然。

“相公，落雨了，我接你回去。”她莞尔一笑，站在亭外等候。

“我为你植了这架紫藤，初春花开，春末花败，我不时来看，仿佛植你于心上。紫卿只道我爱紫藤，每每趁我不在时便前来看花，仰望着一看就是一春。”李书予并没有回头，出神地看着未知尽头的远方，“爱情，原来竟然是这样的一场纠缠。”

我回望他一眼，他玉色的脸如浮于薄雾之中，昏晕莫辨。

我不忍再看，仓促说了声“与其收拾未了情，不如惜取眼前人”，迭步跑进了一筛细雨中。

在雨中蹒跚奔走，耳边全是李书予顿悟绝望的话语。

眼泪顺着眼角滑落，与脸上的雨水汇聚一线，暧昧不明。

直到步入听风轩，我才放缓脚步，慢慢弯下身，蹲在越发密集的雨中。

良久，一阵雨打伞面的急促脆响从头顶传来。

我茫然抬眼，双眸清亮的子夜提着一盏灯，撑着那柄四十八股油纸伞默默看着我，细碎地悲悯着。

见我抬头，他把灯置于雨水弥漫的地上，将手伸到我面前。那灯兀自倒在地上，没心没肺地撒出一团橘红，照见一地纷繁涟漪。

我不愿让他瞧见我的狼狈，更不愿惹来他的悲悯，收拾了狂乱的感情，缓缓起身，牵一抹清冷傲然的笑，一步步走出那把伞的荫蔽。

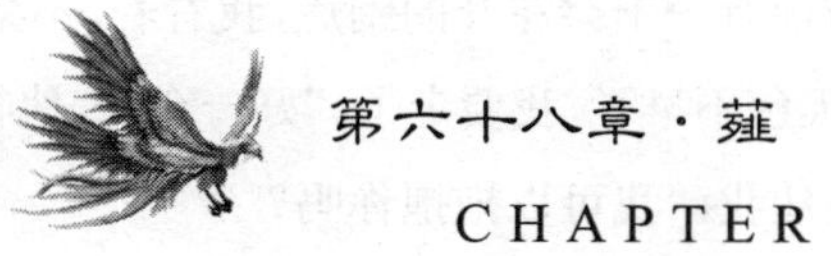

第六十八章·薤　露
CHAPTER 68

换了身干净衣服，抱膝坐在床上想了很久，直到更鼓三点我才迷糊睡下。半梦半醒间，我听到一阵风响，阁楼上的窗户忽然洞开，数道明亮的白光从窗外射入，耀眼得令我不敢逼视。好一会儿，这阵白光才渐渐散去，我微眯着双眼，但见一身锦弁华服的李书予正立在窗前。

"公子，你怎么来了？"

我隐隐觉得哪里不对，但头脑中一片恍惚，当下喃喃问道。

"来看看你，同你道别。"

他的眉宇间透着浓化不开的愁绪，寂然的目光缓缓流转。

"公子，你的病好了么？"

我见他面色红润，光彩照人，哪里还有半分的苍白病态？遂惊喜地问道。

他微微颔首，温柔一笑，从袖子中取出一串带露的紫藤花。那串花美得有些异常，仿佛沾染了天地的灵气一般，让人见之心醉。

"送给你。"他爱怜地看着我说，眼中弥漫了一层宠溺的笑意。

"真好看，这是今春第一串紫藤吧？"我小心翼翼地接过那串花，但却没有实质的触感，只觉得它仿若是无形的一般，"怎么开得这么早？"

"我问那架紫藤要的，它居然慷慨，居然给了我这朵报答我多年的栽培。"

"听上去像是神话故事，不过真的很感激你送我这么漂亮的花。"我垂首轻嗅那花，温柔一笑。

“能博得你一笑，此番并没有来错。”

他开怀一笑，声音清朗，说不出的好听。很少能见他如此自在洒脱，他俊逸的脸上仿佛有一千朵花开的绚烂，我看着，不禁有些痴了。

“天色不早了，我要走了。”好一会儿，他收住笑，飘然走至我身边，清明的双眼定定看住我，“我可以抱抱你吗？”

我仿若被他的温柔蛊惑，茫然地点了点头，温顺地下床，轻轻投入他的怀中。

他的怀抱有些虚空，隐隐透着紫藤甜腻湿润的香气。我忘乎所以地沉沦在这片似真似幻的温柔中，而他的身躯却越来越薄，越来越虚无……

无端从酣睡中醒来，天还未亮。隐隐觉得自己做了一个很长的梦，但一时又想不起来到底梦见了什么，顿觉怅然若失。

披衣下床，冷不丁地瞧见窗半开着。我轻轻捶了一下头，记得昨晚一夜风雨，我特地关好了它，怎么这会儿竟然自己开了？

我疑惑地走过去，看着窗外暝蒙的天色，启明星的光芒已经黯淡，一抹亮色在东天蠢蠢欲动。

这时，一阵暖暖的风流过，轻轻熏在我脸上，引得我心底一阵柔软。

那风留恋了一阵子，终于在启明星隐去那一瞬远去。

就在这时，不远处的霰雪坞忽然传来一声惊天动地的悲鸣，紧接着，两个青衣婢女惊慌失措地从竹林中跑了出来，跑得近了，我才瞧见她们脸上都挂着泪水。

我的心遽然下坠，脸色惨白地扶窗软瘫在地，心中一片清明：他走了，他的心在勘破爱情那一瞬死了，再无留念。

我茫然换上一身素白，脚步虚浮地下楼，在满院人忙乱的脚步和凄恻的哭喊中踏入了霰雪坞。

他的门敞开着，里面传来女子嘤嘤的啜泣声，却并不是苏紫卿的。

我静静地站了很久，希望耳边一切都是幻觉，更希望自己周遭一切都是幻觉，只要一摇头，一切就都会回到以前的轨迹上。

半响，我终于惨淡一笑，返身原路折回。

我们已经诀别过了，所以就不用再次诀别。我不要见他最后一面，这样，哪怕只是一个幻觉，他也仿佛永远活着一般。

“他羽化了，去了天堂，那是他该去的地方。”

“他没有死，他只是回家了。死亡是每个人的家，没有人有资格怜悯死亡。”

……

我喃喃自语，竭力让自己觉得宽慰。我甚至努力地挤出了一个笑容，但面对心底不断蔓延的悲伤，自欺欺人显得如此的荒唐。

行至昨日听他吹箫的那座石亭，猝不及防地看见满架紫藤一夜枯黄。

一身黑衣的苏紫卿坐在昨天他坐的地方，像一只静默的黑色蝴蝶，面容安详，窥不见半点哀凉。

“他是今天一早去的。”她淡淡开口。

我点了点头，不语。

“我照常熬好了药，给他端了去。我见他安稳地睡着，脸上还有笑意，于是就喊了声相公。”她絮絮道，眼中无限情意，“平日里他总会应一声‘有劳紫卿’，然后我便伺候他盥洗更衣，服侍他吃药用膳，如此经年……你说，冷不丁乱了这次序，我竟有些不习惯。”

她越是平淡，我胸中就越是抑郁，眼泪噙在眼中，坚持着不落。

“自我嫁给他那日起，我已知今日结局。我终日忐忑，生怕次日一早醒来他便不在了。今日我见他不应，也如你这般愣在当场，迟迟不敢开口。心想，这天终究是来了。”她伏在冰冷的石桌上，露出半边如细瓷般白净的脸，清晨寡淡的日光透过那架紫藤，斑驳地打在她脸上，恍惚得有些失真。

我缓步上前，站在昨天她看我和他说话的地方看着她，双唇微微一动，终究说不出一句亏欠的话语。

庭院中初阳冷落，一阵不知名的飞鸟整阵而出，惊动了沉寂庭中的松涛竹海，映着白垩垩的天际，发出长短更迭的清鸣。

“相公！”苏紫卿惊呼了一声，茫然起身四顾，“相公，是你吗？”

“苏姑娘。”

我见她眼中跳跃着一簇亮光，神态中有痴迷之意，忙迎上前紧紧握住她冰凉的手。

她一怔，疑惑着问道：“你刚刚可有听到箫声？”

我侧耳细细一听，周围除了微微的风声，并没有她所说的箫声，遂摇头道：“不曾听到。”

她双眼直盯着我，似要看进我肺腑一般："我明明听到箫声，是相公常吹的那支曲子。"

"苏姑娘，你听差了。"

我心中酸楚，别过头不去看她。

闻言，她眼中的星火般的亮光瞬间熄灭，喃喃自语道："我听差了。"

说着，她轻叹一声，倦倦地从我身边走过，形同枯槁。

"薤上露，何易晞。露晞明朝已复落，人死一去何时归。蒿里谁家地，聚敛魂魄无贤愚。鬼伯一何相催促，今乃不得少踟蹰……"

以后的几日内，整个李府一片缟素。步月的灵前香烟缭绕，一个穿着素白的丧衣挽郎，扯着嗓子唱着《薤露》，声音悲凉。

我只在头天去灵堂上了香，然后就默默等待，等过了他的头七再启程前往江南，然而，本是前往江南取乐的我，不知是否还能有那份心境。

步月头七这天，苏紫卿一早便在门前贴了白纸，并于门外放置了水盆与汗巾。

听人说，已故的亡灵会在这天回家，当他看到水则会去洗手。当他发现自己指甲变黑，脸色苍白方才醒悟自己原来已死，于是决然离去。

苏紫卿怀着隐秘的心事等了一夜，终究没有等到任何异像。

次日一早，我便携子夜向李淳风与苏紫卿告别。临别之前，李淳风为我卜了一卦，建议前往睦州，我待要问他为何，他却摇头不语。

我与子夜虽说欲前往江南，但却没有具体目标，听说睦州在浙江境内，也符合我们的初衷，于是打定主意去睦州一趟。

行了二十日的陆路，我们终于抵达了睦州清溪。清溪是典型的江南小镇，印象中该有的小桥流水，白墙黛瓦，桨声灯影一样不缺。我和子夜缓步走在青石铺就的街道上，沿途看着那些淡雅清隽的驳岸、拱桥、水巷，顿觉怡然。

由于到的时候天色已晚，才游玩了片刻天就已经黑透。是时，水巷两岸的茶楼客栈里点亮了无数喜气洋洋的红灯笼，河面上游船来往如梭，端的热闹。

我们正在岸边徘徊，一穿青底碎花衣衫的船家女已用点篙将船靠在岸边，笑盈盈地招呼我们上船游玩。

我和子夜对视一眼，见彼此都有意便欣然上船。

上了船我才知道这些游船原来是些“移动客栈”，不但有美酒佳肴伺候着，更有水葱般的江南少女唱曲助兴。

子夜对食物尤其讲究，要了一桌素雅小菜后又着重向船家要了江南乌米饭，听船家女说这乌米饭乃是南烛茎叶之汁浸粳米，九浸九蒸九曝而制，要做好需费些工夫，有意劝说子夜另选其他主食。我看人家小姑娘为难，也帮着劝说，但子夜睨了我一眼，态度强硬。那船家女只好去舱后备饭。

“你点的那些清汤寡水的东西完全不能吃。”一想起满桌的绿色，我就头大，连忙起身向船家要了三尾烤鱼，这才安心回舱中喝茶，“还有啊，你也不懂得怜香惜玉，硬逼着人家小姑娘做什么乌米饭，真是个扫兴的人。”

“太过怜香惜玉便是滥情。何况，你怎么知道我不是一个怜香惜玉之人？”

子夜缓缓沏茶，不动声色地反问道。

我正欲反驳，一杯茶已递到我面前，清奇的香气扑鼻而来。我接过茶杯，拿眼瞟了瞟杯中的茶，但见那茶色泽绿润，苗锋清秀，正是上好的睦州云雾。我满意地啜着，满心怡然地透过镂空的窗看着河岸夜色，暗想若能在此沉静下来，以思念为生，倒也潇洒快活。

不到小半个时辰，饭菜已陆续上齐全，最后上桌的却是两碗黑如翳珠的米饭，我满脸狐疑地盯着那碗饭看了很久，犹豫着不敢下箸。

“吃这个可以止咳、安神，这些天你咳嗽不止，神思恍惚，正好用这个调养。此物经九浸九蒸九曝炮制，药效奇佳。”子夜喝着酒，不慌不忙地娓娓道来，说到最后，他顿了顿压低声音道，“喂，先前是谁说我不懂怜香惜玉？”

正在喝汤的我顿时一呛，连忙拿茶压惊。好一会儿，我才用小勺舀了饭慢慢咀嚼道：“论理说我也是你姐姐辈的，你如此孝敬长辈确实是种美德，不过，你总是哎、喂地叫我，貌似不太好吧？”

他对我的心思我并不是不知道，情窦初开的小正太往往会对一些老女人动心，正如小萝莉常常会暗恋语文老师一样。奈何我这棵昨日黄花不好幼齿，于是趁机严肃指出我们的年龄差距。

子夜似笑非笑地看着我说：“这个问题我也考虑过，直呼其名似乎不妥，学别人叫你沫，又有过分亲昵之嫌。但若叫你姐姐，我又比你年长千余岁……你说，不叫你哎、喂，我还能怎么叫？”

听完他的分析，我忽然发现原来口才好的并不只有我一个人。

第六十九章·少 年 游
CHAPTER 69

摘去脸上的面纱，于客栈的卧房内揽镜自照，玉色的手指轻轻滑过熟悉的眉眼。按照李淳风的指点洗面，暗红的蝶斑果已彻底消失，依旧是以前的肤如凝脂。然而我一看到这张脸就无端地想起大明宫珠帘重帷阴影中的刘念如，她肃然着属于我的面容，代替我俯瞰着长安繁华的落寞。而此刻，她正在镜中冷冷地睨着我，不遑他瞬。

听见门外传来脚步声，我连忙将面纱戴上，换上笑颜相迎。

一身青色春衫的子夜负手立于门外，玉树临风，清逸出尘。

"一大早上来骚扰我干什么？"我扶门仰面笑问道。

"听说是三月三，城外有桃花看，去吗？"子夜兴致高涨地说。

到底是孩子，心思总在热闹上。见他有兴致，我不忍拒绝，笑道："逢春不游乐，但恐是痴人。你我既然不是痴人，自然是要去逛一逛的。你先出去，待我换掉这身粉色衫子。"

精心绾了髻，别了根乌木簪子，换上了件素白罗衣下楼，马车已经候在门外。

一路驾轻就熟，才小半时辰，马车已驰出了繁华。

万象更新的春暖花开时分，郊野芳草萋萋，繁花似锦。游人中不乏银鞍白马的翩翩少年与婀娜窈窕的少女。他们或成群结队，或形单影只，欢快地放纸鸢、戴柳、斗草，不时传来阵阵悦耳笑声。

桃花深处，灿若云霞。我与子夜伴着游人的嬉闹声并肩而行，一青一白于这春色绚烂中分花拂柳，引来无数回头率。

所谓好景难长，我们刚逛了不到一个时辰，原本就是暗青色的天越发阴郁起，我寻思着要下雨，便左右张望着避雨的地方。才片刻，忽闻头上一阵春雷滚动，豆大的雨刷地下起来了。路人纷纷叫嚷着将先前的玩物遗弃于泥泞中，叫嚷着寻找避雨的地方。不一会儿，这盛春之景就败落了。

"南边有一处凉亭，我们回去避雨吧！"我护住面纱，指着先前的来路说道。

就在这时，两个女子匆匆从我们身边跑过。我见她们是往前面的凉亭跑，遂拉起子夜一并追了过去。

前后脚进了凉亭，我一边擦身上的雨水一边打量她们。放眼看去，但见其中一个衣饰华贵，一身湖蓝裙子用的是阆丝织就的保宁水丝花素大绸，这绸子一向是宫中的贡品，普通富贵人家是穿不上的。看到这里，我不由对她生了几分好奇。

"这晦气的雨来得真是蹊跷。"其中一个丫鬟模样的女子一边抱怨一边拿出帕子为那个穿湖蓝裙子的女子擦除水渍，见我们进来，她没好气地喝道："没瞧见我家小姐在避雨吗？还不速速回避！"

我一愣，这还是第一次遇到如此刁钻的下人呢。正欲开口驳回去，那蓝衣少女已愕然回头。

哇，好大一个美人儿！

一见之下，我脑袋里飘过的不是什么"国色天香，明艳绝伦"，而是新剥的鲜菱，白净无瑕，水嫩清香。

"秀芷，休得无理。"她拉了拉那丫鬟，娇嗔道，声音娇柔动听。

那唤作秀芷的丫鬟这才讪讪收敛了一脸的飞扬跋扈，冷冷看着我们。

"外面雨下得这么大，这位公子……"

蓝衣少女看了眼子夜，一见之下，不由双颊绯红，忙垂下头低声道："这位公子快携令姐进亭避雨吧。"

What？令姐？我……我难道真惨成这个样子了吗？苍天啊！

一旁的子夜饶有兴趣地看着我的表情，终于忍不住呵呵一笑。

那蓝衣少女听子夜发笑，一张俏脸越发红了，好一会儿才神态腼腆地回到秀芷身边站定，刻意背对着我们。

"有女怀春，看上你了。"我压低声音碰了碰子夜，调侃道。

子夜闻言，有些薄怒："还有什么话是你不敢说的？"

"那就多了去了，有时间我慢慢给你罗列……"我满不在乎地说。

就在这时，又有两个男子跑进亭子中避雨。他们二人虽身着粗布麻衣，然气度非凡。其中一个身材高大，满脸精悍之色，隐然有大将之风。而另一个身量较弱，唇红齿白，一双黑白分明的大眼澄若秋水，原本有些柔弱的面相却被一对斜飞如鬓的齐整剑眉生生划出一派英气，有些像男装的张柏芝。

那高大男子一进凉亭便目光灼灼地盯着那蓝衣少女看，浓黑的双眉紧紧拧做一团，仿佛在打什么主意。而那“张柏芝”神态悠闲，端坐在石凳上引袖擦额头上的雨水。似乎感觉到我的目光，他眉眼一挑，看了我一眼，好久才微微一笑。

我很喜欢他这样大气干净的长相，觉得甚合眼缘，此刻见他沉稳有度，更生出了几分好感，遂点头微笑致意。

“我们走。”

这时，子夜忽然拉过我的手，声音冰冷地命令道。

“为什么？雨还没停呢！”我看着亭外的大雨，有些不解地问道。

子夜一把拉过我，似笑非笑道：“出嫁从夫，娘子想违抗夫命？”

“夫？”我一愣，IQ150 的大脑转了好几秒才理清他话里的意思，惊呼一声。

那蓝衣女子闻言，浑身一颤，回头看了眼子夜，眼神中隐然有绝望之意。

就在她这一回头间，那两个后来的男人已经窥见她的真容，彼此交换了一下眼神，分别守住亭子两个紧要处。

子夜揽过我，故做亲昵状在我耳边道：“走，有杀气，这两人来意不善。”

“看样子是冲那少女来的，不会是传说中的采花贼吧？”我一边说一边拿眼睛瞟那个“张柏芝”，不是这么没品吧？按照你的长相泡个妞有什么问题？居然用采的！而且还是光天化日之下……

“不好不管吧？多好的一女孩！”

考虑到我的武功水平，我采取了用温言软语支使子夜的办法。

“秀芷，我们走。”

那女子见我和子夜当众亲热，有些羞恼，有些不忿，颤声道。

“小姐，雨还没停呢。”秀芷一头雾水地问道。

那女子苍白着脸并不回答，轻轻一甩袖，兀自飘然上前。

“慢！”

那个高大男子一个箭步冲过去，伸手挡住了那蓝衣少女的去路，逼视着她喝道。

那女子往后退了一步，怫然不悦地问道："你是何人，为何挡我去路？"

然而，纵然是不悦，她的声音依然动人心魂，让人难生唐突之意。

秀芷见状哪里还按捺得住，抢上前去呵斥道："哪里来的山野村夫，竟然敢对我家小姐无理！你可知道我家小姐是谁？"

"哼哼，我既要劫她，自然知道她是谁！"那汉子冷冷一笑，嗤道，"小姐若明智，就乖乖地随在下走，免得在下粗鲁误伤了小姐。"

"好大的胆子！"秀芷分不清形势，依旧柳眉倒竖地斥责，"你若敢动我们小姐半根头发，我家老爷定要诛杀了你九族！"

"好个狐假虎威的奴才！"那男子听得火起，举掌欲劈。

"文宝，休得鲁莽。"

这时，那个清秀男子轻声斥道，不动声色，缓步上前道："舍弟鲁莽，唐突佳人，在下在此向小姐赔个不是。在下不过想请云小姐移步舍下喝杯清茶，不知小姐肯否赏脸？"

那女子纵然害怕，但风仪丝毫不乱，当下沉声道："你们劫持了我去，待要怎样？"

"在下有些闲事欲面见云大人详谈，不过云大人贵为睦州刺史，想来无暇见我这升斗小民。而在下恰好性子疏懒，亦不愿前往府上叨扰，只好请小姐做个中间人。"

那男子柔声道，不紧不慢地拿捏着说话的分寸。

云小姐闻言，昂然道："既是要掳我去，何必巧言令色？我这就随你们去，但也请阁下以礼待客。"

那男子看了看亭外的雨势，见雨已渐小，朗声一笑道："请！"

"光天化日之下强抢民女，当我们是死人吗？"我大马金刀地往石凳上一坐，定定看着那些人，不慌不忙地说。

他二人一怔，那个莽撞的大汉已经开口喝问："小娘子想打抱不平？"

我微微一哂："正有此意。"

那汉子冷哼一声道："你想打抱不平还要看看有没有这个本事！我见你娇怯怯的，手上也没什么力气，最好不要多管闲事。"

说着，他提掌对着身边的亭柱一拍，只听一声轰响，这整座木亭都晃了一晃。

我漫不经心地瞟了一眼，笑吟吟地看向那个俊秀男子，看他做什么反应。

“二位侠肝义胆，在下很是敬服。”那俊秀男子冲我们拱手为揖道，“不过云小姐的去留关系到数千人的生计，请恕在下不能成全二位的侠义了。”

“教主，和他们聒噪什么？全打晕了了事！”

那莽撞汉子性格火暴，见他慢条斯理地和我们说了半天，心中烦躁难耐，脱口而出道。

我听他叫那男子教主，有些诧异，又打量了他们几眼。他们二人面相忠正，言行豪爽侠义，不像是什么大奸大恶之人。按照我看武侠小说的经验推断，这伙人应该是些对抗官府的民间义士，而他们绑这官家小姐，只怕是有大图谋。

想到这一层，我点了点头，微笑还礼道：“既然有这么大干系，小女子也不敢卤莽。还未请教阁下尊姓大名……”

他眉一扬：“在下陈硕真，乃一介莽夫。在下见两位气度不凡，又肯仗义执言，心中甚是喜欢，不知能否交个朋友？”

“在下肖默，这是舍弟少轩。”

陈硕真？这个名字怎么这么耳熟？我好像听谁提起过，但一时又想不起来。我一边苦苦回忆，一边客套。

“原来你就是陈硕真！”就在这时，一直默然的云小姐忽然惊呼道，“你这魔头，休想拿我来要挟父亲大人。”

说着，云小姐面色一凛，拔下头上的凤簪飞快地往喉咙中一递。

我低呼一声，正欲上前抢救，却见子夜已闪电般抢上前去，夺下她手里的簪子，冷冷退回到我身边。

陈硕真怔了怔，淡漠一笑：“众生愚昧。”

子夜将手中簪子以巧劲打出，那簪子平稳地没入云小姐发中。

“这种死法很痛。”子夜转过身去，负手冷冷道。

云小姐泪光点点地看着子夜，抿唇不语，单薄的身子止不住觳觫。

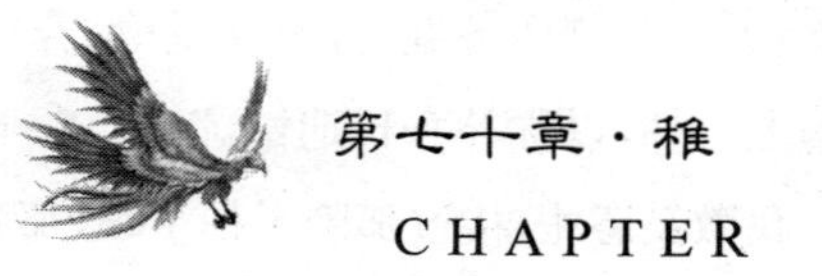

第七十章·稚　子
CHAPTER　70

亭外春雨初霁，亭子顶上的雨水如断线玉珠般滑落，滴滴答答地砸在地上，此刻听来格外清晰。

这时，一驾马车从桃林中的绯色红云飞驰而来，停在路旁。

“教主！”车上跳出一个满脸浓髯，神态粗放的大汉，“不知那狗官从哪里听到了风声，已经派兵出城往这里赶来了。”

陈硕真点了点头，解开秀芷身上的穴道，半含威道：“回去告诉云青崖那狗官，明日晌午携那批御赐秘药去西城关帝庙换你家小姐。”

秀芷知道了他们的来路后早已吓白了脸，一边抹眼泪一边唯唯诺诺地点头，不时拿眼睛瞟云小姐。

陈硕真点了点头，挥手示意那汉子带云小姐上马车。那汉子不知原委，走过去欲将云小姐拦腰扛起，不料手刚碰到云小姐的腰际，脸上就挨了一记响亮的耳光。

“我自己走。”

云小姐冷冷道，明艳的脸上一派傲然的意味。上车前，她回头看了眼子夜，眼神复杂，有些哀戚有些幽怨，更多的是一抹忐忑的期许。

子夜看了我一眼，我轻轻摇头，示意他不要轻举妄动。

今日之事关系重大，牵涉到官府和民间教派的抗衡斗争，若盲目搅和，只怕会坏事。

陈硕真敏锐地扑捉到了我和子夜的眼神交流，当下一笑，从怀中掏出一块黝黑牌子递上："知音最是难觅，今日遇见二位，在下甚觉快慰。本有意请二位把酒言欢，无奈此刻俗务缠身，不便邀请。若二位哪天得闲，不妨去安乐山浮云岭找在下喝上一杯，以弥补今日遗憾。"

我微笑还礼，接过那牌子扫了眼，那牌子正面用阳纹雕琢着道家祥云图案，背面镂篆体大字，纹路粗犷大气。

"公子盛意邀请，小女子怎好退却？过几日得闲，一定前往拜访。"我将牌子收好，拱手说道。

他略微颔首，道了句"告辞"后便飞身跃上马车。只听一声鞭响，那马车已如来时一般飞驰而去。

回客栈时已经过晌午。沐浴更衣完毕后，我们闲坐楼头喝下午茶，这时分客栈的生意有些冷落，楼上稀疏地坐了几桌喝茶的客人，声音低沉地说些闲话，偶尔爆出一阵笑声。

我拣了块糕点一边浅尝，一边斜倚着栏杆看槛外云销雨霁的天空和路边杨柳依依的怡人风景。

"这是一个天青色的城市。"我满足地眯起眼睛和子夜说，"青花瓷般秀气，隐隐还有茉莉的香气……"

一席感慨尚未发完，一桩好玩的事立刻在楼下上演，我一边看一边笑说："坐在窗户边就是有好处。"

客栈门外有一包子摊，这家客栈以皮薄肉嫩的肉包子闻名，是故不像别的店一过了早晨就收摊。此刻，三层蒸笼上还热腾腾地冒着白气。卖包子的胖伙计见有些闲了，转身回店里小憩。这时，一只小黑手悄悄地掀开了笼屉，摸摸索索地拿了两个热包子。那小子见得了手，弓着腰刚欲逃窜，就被一只肥硕的手拎了起来。

"好你个小王八羔子！居然来偷东西。"

卖包子的伙计一把夺过他手上的包子，一边重重地将那小子掼在地上。那小子吃痛，大叫一声，一阵挤眉弄眼后道："大叔，不就是两个包子么？既然我的脏手都碰过了，不如送给我吧？"

"哼哼，你说得倒轻巧？我这包子即便是给狗吃，也不给你这种下三滥吃。我做的包子，是你们这等贱民吃的？"

那伙计冷哼了几下，把包子丢进了旁边的泔水桶。

那小子伸手欲抢，一双手却被那伙计打了回去。

“我是贱民？你就高尚了？若不是小五快病死了想吃你这包子，小爷我看都不看你这破玩意。”那小子挣扎着起身，故做不屑地说，一边说却一边咽口水。

看到这里，本已有些义愤的我又有些同情，冷冷看着楼下的情况。

周围的路人见有热闹可看，纷纷围了上来，咂巴着嘴指指点点。有同情的，有麻木的，也有亢奋着等看打架的。

“哟嗬，你还敢嘴硬？”那胖伙计见他居然敢质疑自己高尚人的身份，并还嘴顶撞，当下揪住那小子，拿起一根擀面杖对着他的腿就是几下。

看到这里，我蓦地起身，正欲起身呵斥，却被子夜一把拉住。他从怀里掏出一锭银子，对准那胖子的头抛去，但听“咚”的一声，那胖子顿时一阵惨叫。

“谁……”

他刚跳起脚欲骂，但见砸他的居然是锭白花花的银子，忙咽下后半句话，抬头看了过来。

客栈的掌柜也被惊动了，忙从客栈里跑出来看情况。

“喂，楼下的那小兄弟是我朋友。”我气定神闲地说。

那掌柜平日里见我和子夜吃穿用度豪奢，只恨不得把我二人当祖宗供起来，此刻见我发话，忙拱手说好话道歉圆场。

“你们引他上来。”我一边淡淡吩咐，一边对那小子使了个眼色。

“小爷楼上请！”掌柜忙弓着腰作揖延请。

那小子很是乖觉，立刻赖倒在地：“哎呀，我的腿被打折了，动不了。哎哟……疼死我了。”

那胖伙计一脸晦气，但又不能发作，只恨恨地盯着他看。

“我说你还愣着干什么？还不赶紧背小爷上去？”掌柜的顿足喝道。

“我背他？”胖伙计一愣。

“不是你背，难道是要老夫背？”

掌柜的见他反问，指着他的鼻子就是一顿臭骂。骂声中，那胖子脸色煞白地走到那小子面前蹲下。

“很好，掌柜的，那银子你就拿着当赏钱吧。”

我淡淡说完，安然退回桌前喝茶。

少顷，但听楼梯上传来一阵沉重的脚步声。我放下茶杯看过去，只见那胖子一脸油汗地背着那个小子上楼来了。

两人刚走到我们桌前，那小子嘻嘻一笑从胖子背上跃下："当真奇怪，你这虎背熊腰居然还能治跌打损伤。趴在你背上，小爷我的腿立马就好了。"

说着，他收敛起笑意，拱手对我说："可是这位姑娘要请我吃饭？"

"嗯，小二，再添一副碗筷。"我点头微笑道。

那小子看了一眼桌子上清淡的素菜，忙道："既然是要请客，姑娘为何不请我吃些好吃的？这些菜虽然名贵，但我吃不惯。"

"你只管大鱼大肉的点。"

我看了眼子夜，笑吟吟地说。这孩子说出了我的心里话，天天吃这些东西，我早已厌烦得很，只是碍于子夜的一片好心不方便开口。

"来一只烧鹅，两只烧鸡，一碗酥油肉，五斤牛肉，八个包子，再拿罐糯米酒！"

那小子一口气报出了这串东西，显然是他素日里极想吃的。

"马上就好！"

一旁的伙计应了声，乐滋滋地跑下楼去。其余客人听他一气点了这么多吃的，纷纷好奇地观望。

那胖子以为功德圆满，正打算开溜，却生生被我叫住。

我从荷包里掏出一锭银子，咣地敲在桌上："我的吩咐还没下，你就想走？"

他唯唯诺诺地拱手道歉道："我不知道姑娘你还有吩咐，得罪了。"

这家老字号客栈在当时也算是500强企业了，作为这家客栈的伙计，也算是一高级白领，他自然不敢拿自己的饭碗开玩笑，得罪我这个豪客。

"去，给本姑娘做一千个包子！这是包子钱。"我看也不看他，冷冷吩咐。

"一……一千个包子？姑娘要那么多包子做什么？"他惊道，面泛难色，"没有那么多面和馅了，再说，这一千个包子要做到什么时候去？"

"这么说，你是想替你们掌柜推掉这笔生意了？"

我挑了挑眉，扫了他一眼，漫不经心地问道。

"小的不敢！"他听出我话里的意思，连忙作揖退下。

"哈哈哈哈……"那小子见那胖子挨整，忍不住放声大笑。

"小兄弟，你且过来吃些点心。"

他这有些小人得志的张狂样子和曾经的我有些相似，我微笑着招呼他来我们身边坐下。见他过来，子夜有些嫌弃地起身，端着茶杯起身走到栏杆边，昂着头慢

慢喝着。他心知子夜是嫌他脏，脸一红，但姿态依旧张狂，像极了当年的我。

我摇了摇头，转而和颜悦色地问道："小兄弟，你叫什么？"

他咽下了口中的桂花糕，清亮着一双眼睛道："我叫小稚，因为是个孤儿，也不知道姓什么。"

我怔了怔，自嘲似地一笑："原来天下的孤儿都是一个脾性么？"

他听不懂我话里的意思，只埋头安心吃点心。所谓钱能通神，不出一刻，小稚要的东西已经上齐，一阵浓腻的肉香迂回着，引得周围人不断侧目。

小稚深深地吸了口气，却只捡了个包子吃了，其余的美味都让小二用荷叶包好。

我不解地问道："你怎么不吃？"

"莲婶、小五他们都几天没吃东西了，我把这些带回去，让他们吃。"他一边小口小口地吃那个包子，一边低声回答道。

"哦？你还真是个讲义气的。来……"我颔首赞许道，拿出锭银子，"把这个拿着。"

小稚看了眼那银子，犹豫了一下，还是摇了摇头："我不要。"

"为什么？"我奇道。

"没饭吃的人有那么多，姑娘的钱又能救几个？"他出神道。

"没饭吃的人有那么多——这是什么意思？大唐国富民强，近年来又风调雨顺的。"我一惊，"再说，朝廷从未听说睦州有什么灾情，怎么还有人没饭吃？"

小稚听我这样说，当即跪倒在我脚边，低声抽泣道："姑娘一看就不是普通人，这回我就更认定了。姑娘，求求你去临岐村看看……帮我们这帮灾民做主！"

我连忙扶他起来，示意他不要惊动旁人："睦州受灾了？上头怎么没拨下救济的资粮和银子？"

小稚抹了一把眼泪，低声说："这里不是说话的地方，姑娘和我一同去临岐村看看，到时候一切就都明了了。"

我沉吟片刻，走至子夜身边，简略地将事情说了一遍。

"如今我们正是要避开朝廷，避开大明宫那些人，你为何还要去招惹他们？"

子夜深谙我的心思，见我有意要管这件事，好一会儿才说了这么一句话。

"我……"

我一时语塞，凝眉垂眸。我从未想过要避开大明宫，因为那里有我最爱的男人。

良久，我决然抬头："我知道我在做什么，也知道我将要做什么。有些事情，我义不容辞。"

子夜深深望着我，漆黑的眼中带有一丝淡淡的忧郁。

"咳……"耳边，传来一声几不可闻的叹息，"那好，我陪你。"

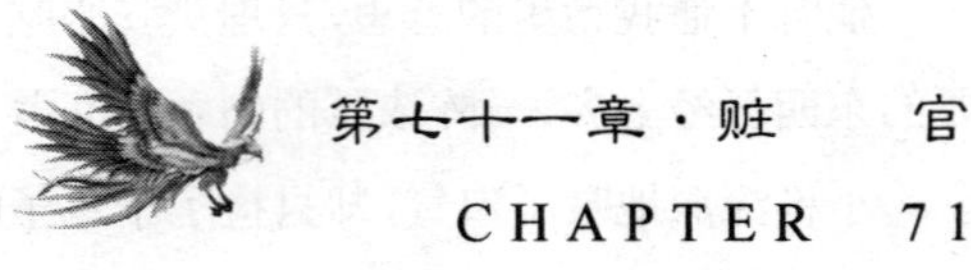

第七十一章 · 赃　官

CHAPTER　71

车夫听说我们要去临岐村，纷纷神色暧昧地拒绝。子夜见我蹙眉不悦，索性买了驾马车，亲自驾车。一路小跑出了城，沿着杂草丛生的小径行了小半时辰，终得见一片狼藉的断壁残垣。

"到了！"

小稚在车外打了声招呼，他跃下马车，小心翼翼地在前面带路，我们这才能从废墟中前行。

这荒村幽深曲折，村子口还好些，再往里去就遍地是积水和污秽。我知道子夜向来有洁癖，让他进这种腌臜混乱的地方，只怕他会有些为难。想到这里，我回头看了眼子夜，果然见他面色惨白，连脚步都有些发虚了。

"子夜，你若是不习惯就先回马车里等我，我片刻就回来。"

我反转身去，轻轻拍了拍他的肩膀说。

他正欲开口推辞，话刚至嘴边，忽然凝住，一双狭长慵懒的凤眼越睁越大。我平日里见他都是一副漠然冷傲的样子，鲜少见他有这样的表情，正欲回头看到底是什么让他如此惊恐，不料身子猛地一紧，已经被他紧紧箍住。他将头埋在我肩上，惊呼一声："好大的老鼠啊！"

我回头一看，却见几只硕大的老鼠明目张胆地在污水中到处乱窜。见此情景，莫说是子夜了，连我都有些毛骨悚然。

小稚断然没有想到像子夜这样侠士模样的男人居然会怕老鼠，而且还会怕成这个样子，当即掩嘴偷笑。

“去……去！”

他见我们二人都有些惧怕那玩意，遂拾起一块石头对准那些老鼠砸去。那几只老鼠顿时作鸟兽散。

我哭笑不得地拍了拍子夜的肩膀：“已经走了，别怕了，乖哦。”

子夜闻言只把我搂得更紧，连连摇头。

有没有搞错？电视剧里都是美眉怕老鼠，窜进帅哥怀里尖叫的，怎么到我这里就全反了？怨念啊！

“喂，你不是想借机占我便宜吧？女人的肩膀不是想靠就能靠的！”我又拍了拍赖在我怀里的子夜，十二分怀疑地问。

子夜最受不得激，听我这样说，愤然松开我，苍白着张脸故作镇定。

“呐，你可以选择离开的……你先前那么坚定的‘我陪你’我也可以装作没听到。你自己选吧。”

见他这个样子，一向促狭的我恶从胆边生，故意用激将法逼他跟我走下去，好看热闹。

他斜睨了我一眼，咬牙迈步上前，紧紧跟在小稚身后。

小稚带着我们拐过了几条小小巷，停在一所脏乱破败的农家小院前。他回头看了我们一眼，轻声说：“姑娘，就是这里了。”

说着，他轻轻推开门，将我们往屋子里引。

方进屋，我就看到门口坐着一个风烛残年的老人，瘪瘪的嘴角满是深刻的皱纹，他木然看着天，昏暗的眼睛眨也不眨。

小稚拿出两个包子，弯腰送到他手上。他缓缓地看了好久，见是食物这才呆呆地一口口吃了起来。

“是小稚来了？”

里间传来一个妇人有些疲倦的声音。

“莲婶，我带了两个贵人来看小五了。”小稚将东西摆在桌子上朗声说道。

紧接着，一阵脚步声从里间传了出来，一个穿破旧黑罗裙的清瘦妇人愣愣地看着我们，嗫嚅着不知如何开口。

小稚撕了一个鸡腿递给她，玩笑道：“小五不是一直想吃鸡腿么？赶紧给他送去，他见到了没准立马就从床上爬起来了。”

莲婶这才反应过来，唯唯道：“两位……这里没有什么好招待的，真是失礼。”

我笑了笑，柔声劝解了几句，随小稚进了里间，刚一进门，一股怪味迎面而来，我强忍着走近床边一看，只见一个面黄肌瘦、奄奄一息的小男孩睡在床上，几柱阳光从屋子的破漏处射入，不冷不热地落在他脸上，显出一种诡异的安宁感。

“小五，看哥哥给你带什么好吃的了。”小稚兴奋地推了一把小五，将鸡腿凑到他鼻子前一晃。

那小孩恹恹地睁开了眼，茫然看着眼前的鸡腿。

“吃一口，你的病就好了。”

那小孩看了好久，乖乖地咬了一口，咀嚼了半天，终因咽喉过于干涩不能下咽。看到这里，我的心一酸，忙别过脸不去看这幅惨景。

这时，一只莹润修长的手穿过一柱阳光，轻轻拉起那孩子干瘦的小手。我侧眼看去，但见子夜不知何时进来了。此刻，他微蹙了眉，静静为那孩子把脉诊断。

过了一阵，他缓缓收回手，默然不语。

我见他半天不开口，有些着急，上前询问道：“这孩子到底怎么样了？”

子夜并不回答，背对着我们问道：“他是否有肢节疼痛，伏热内烦，上吐下泻等症状？”

莲婶正扶门旁听，忙答道：“公子真是神人啊！小五正是有这种症状。不但他，周围已经有数十人得了这病……”说到这里，她声音一咽，再说不下去。

子夜闻言，若有所思地起身步出门外。

“子夜，这是什么病？可还有救？”我紧随着他出门，低声问道。

子夜长舒了口气道：“这孩子染上了疫病。”

“啊！”我掩口惊呼，“瘟疫？”

“二三月间，寒暑交错，阴阳失位，正是瘟疫大作之时。这里如此肮脏，当此时节，难免会生疫气。这里的人本就衰弱，日日浸淫于此疫气中，自然会患疫病。”子夜昂起头，看着远处碧澄澄的天，缓缓道来。

“若此瘟疫流传开去，只怕这一城人的性命都难以保全！”我惴惴道，我深知瘟疫的毁灭性，古今中外，很多城市乃至国家都是在瘟疫中灭亡的。

“此事只怕需要知会这里的官员，凭我二人之力，根本无法解决！”子夜有些迟疑地说。

“根本没用的！”

这时，身后传来小稚绝望的声音。

我愕然回头：“为何？”

“其实我早就知道小五得的是瘟疫，是没有救的。不单他，我们都是要死的。”小稚坐在门槛上，耷拉着头说。

我听他说得绝望，心里酸酸软软的，于是轻轻拍了拍他的肩膀宽慰了几句。

“今年初春，这里发生了百年不遇的洪灾，附近村子全被淹没了。乡亲死的死，逃的逃，剩下的就是等死。反正不是被饿死，就是得瘟疫病死。前月已经有一个村子的人都死绝了，我们这里还才开始。”小稚抿起嘴，故作满不在乎的样子说。

“我朝一向为民行政，清溪这一带遭遇百年难遇到的大水，皇上怎可能不发放救济资粮？”我稍加思索，问道。

“朝廷自然拨了款子和粮食！”听到这里，小稚握紧了拳头，恨恨道，“只不过这笔赈灾物资全被云青崖那赃官贪了！云青崖不但吞了朝廷的赈灾款，还宣称要盖仓库储存捐粮，雇佣运粮夫役，又骗得户部20万两白银！这些皇上根本就不知道。”

云青崖？不正是那位云小姐的父亲，睦州刺史么？今日见云小姐的穿着打扮，平淡中却透着无比的奢华，单说一匹上等阆丝大绸价值数百，已抵得上一个刺史半年俸禄了，由此可见云青崖不会干净到什么地方去。

“瘟疫爆发之时，云青崖便将疫情上报朝廷，朝廷接到他的奏折之后立即做了决断，医药粮食等物源源不断地送往睦州，却源源不断地落进了云青崖等赃官的腰包。”

“果然？”我惊怒道，“医药他也贪？”

“不错，那批药物到了之后，瘟疫已经在上姜村传开了，病死了无数人，朝廷发放的祛疫良药根本就是杯水车薪。云青崖索性吞下那些药，对外却说朝廷根本没有发放任何药物。”小稚咬牙切齿道。

我稍加琢磨，已经明白了云青崖的意图。朝廷的药根本就控制不了瘟疫，他干脆吞下那批秘药奇货可居，高价售给那些惧怕瘟疫的有钱人，以牟取暴利。

“吞了这批药，他派重兵看守各个疫区，禁止疫区的百姓逃离或是求医，任由染上瘟疫的百姓自生自灭。上姜村的人被禁闭了一月后，所剩千人全都病死。他当即下令一把火将整个上姜村烧掉。现在，兰溪村又爆发了瘟疫，只怕不久就会成为第二个上姜村……而我们这里，也是迟早的。”

听完小稚的话，我在悲愤之余，不免心生疑惑：“小稚，这些原本是极隐秘的事，你是如何得知的？”

小稚固然聪明，但这里面的曲折复杂、阴谋权术，哪是一个十几岁的孩子能通晓的？

“这些都是文佳娘娘说的……”他见我突然转换话题，有点措手不及，本欲隐瞒，但又怕得罪我，犹豫了片刻才小心翼翼地说出这个名字。

“文佳娘娘？”我心中一动，徐徐问道，“她是什么人？”

“文佳娘娘是太上老君的弟子，是云浮山中的仙姑，专门下凡来救我们这些受苦受难的灾民的。”

说到这个文佳娘娘，小稚清亮的眼中闪烁着崇拜与兴奋的光芒。

“噢？”我看了眼子夜，笑吟吟地看向小稚，柔声道，“你说她是仙姑，她可曾会法术？”

小稚重重地点了点头，劲头十足地开始八卦：“文佳娘娘原是米商赵老爷家的使女，今年发大水，饿死了好多人，娘娘她便不顾自己安危偷偷把赵老爷家的粮仓开了赈灾，救了无数百姓。赵老爷发现后就让人把娘娘捆了起来，一阵毒打，直打得娘娘遍体鳞伤、死去活来。受过娘娘好处的乡亲听到了这事，纷纷操家伙冲进了赵府，把娘娘给救了出来。那天晚上我也去了，还打晕了一个护院。”

我深谙小孩子的心思，遂绽了个灿烂的笑颜，抚了抚他的头说：“年纪小小便有此勇气，难得得很呐。”

小稚愣愣地看着我的双眼，好一会儿才红着脸，低下头。

我复又问道：“听你说，文佳娘娘原来只是一巨贾家的使女，怎么后来又成仙姑了？”

“听别人说文佳娘娘的善心感动了太上老君，太上老君收她做了弟子，并传了几路仙法给她。听说她能腾云驾雾，还能撒豆成兵呢！”小稚扭捏了一下，然后出神地说，显然这样的传奇对他有着致命的诱惑力。

“听说。”我玩味了一下这个词，看着渐渐冥暗下来的天色出了会儿神，然后拉过小稚的手，取了锭银子放在他手上，“趁着云青崖还未封锁你们村子，赶紧让村

民出逃，城市是不能去了，但至少可以去深山里。这些钱你先拿着，姐姐明儿再来看你们。”

听我叫他弟弟，小稚有些感动，但又不知道该说些什么，唯紧紧握住那锭银子，有些不舍地看着我说：“姐姐，明日你一定要来瞧我们啊。”

我含笑点点头，招呼子夜一并原路返回。看过今日的满目疮痍，我们再无心思玩笑，并肩默然而行。行出了甚远，背后忽然传来一阵辽远的呼声。

我二人回首看去，却见还立在原处的小稚快步往前跑了几步，站在一块巨石上一边挥手一边大声喊道：“姐姐——姐姐——明日你一定要来啊！”

我微微一笑，举起手冲他摇了摇，轻轻说了声：一定。

第七十二章·心 死
CHAPTER 72

三月初四，立春，东风解冻。

我一早便被四面八方传来的爆竹声和宏大而悠扬的钟鼓声惊醒。我懵然起身洗漱出门，刚下楼就见客栈中心搭起一座彩坊，彩坊中间写着四个烫金大字：普天同庆。

原来是天家有喜，普天同庆。

我了然于心，凉薄一笑。

“姑娘，要些什么过早？是命人送进你房中还是上楼上吃去？”

店小二见我出神地立在彩坊前，忙殷勤上前伺候。

我定定看着那彩坊，缓缓问道：“是改元还是追尊庙谥？怎么又有大庆？”

那小二笑道：“都不是！”

我诧异问道:“不是这个,这时节还能有什么?”

“难怪姑娘你不知道了。”那店小二卖了个关子,“是皇后娘娘怀了龙种,皇上龙颜大悦,特大赦天下。”

我一怔:“你说、什么?”

他见我发问,提高了声音:“是皇后娘娘怀了龙种,皇上龙颜大悦,特大赦天下。无怪你不知道,这历来从未听过哪位皇后怀孕就能获此殊荣的。”

“哦。”我若有若无地应了一声,问,“是么?”

“中书省的诏书都下了,皇上大赦天下,免税三年,且赐民八十岁以上以粟帛——满城贴的都是这个。”

“那真是件大喜事。”

我浑身冰冷,怆然一笑。举步欲逃,脚下一阵虚空,连头也晕了,再无力强撑,重重瘫倒在地。

“姑娘,你怎么了?”那小二连忙俯身欲扶我,却被我冰冷的目光吓得缩回了手。

我以手撑地,姿态丑陋地起身,终究力不从心,再次坐到地上。

周围先是一静,紧接着哄堂大笑,如喋喋枭鸣,更如八方魔音那般锐利残酷。

我缓缓阖上双眼,一遍又一遍地告诉自己什么都不要听,什么都不要想。我屏住呼吸,仿佛如此便能将心里万千的悲愤屏住,继而冷却,如死灰。

周围的笑声如浪潮般高涨,灌入我耳中、鼻中、口中,我赤裸裸地接受这耻辱,执意沉沦于这耻辱,因为,越是耻辱,我便越是痛快。

耳边传来熟悉而沉重的脚步。

“公子,你终于来了。这位姑娘她……”

百般尴尬无奈的店小二终于等来了救星,一把牵住来人的衣袖,如释重负地说。

他缄默着,目注于我,洒下一泊浓重的悲悯,将我桎梏其中,仿佛我真值得悲悯一般。

“你滚。”

冰冷的声音从枯涩的喉咙中发出,嘶哑而丑恶。

他弯下腰,将我拦腰抱起,箍得紧紧的,生怕失去。

“放开我。”

我空洞的目光落在他紧抿的，颤动着痛苦的唇上，再一次威胁道。

他固执地抱我上楼，步伐坚定。他的手指狠狠地掐进我臂上的肌肤中，宣告我们彼此的痛苦。

我用力一挣，右臂挣脱了他顽强的牵掣，扬起手，冷厉地划出一道弧线，落在他苍白的脸颊上。

他黯然松手，终于放手。我看也不看他一眼，镇定地下楼，一步步走出这间所有人都等着看我笑话的客栈，平静地穿梭于人声鼎沸的街市，在一张明黄榜单前站定。

我衔一抹诡异的笑，一字一句地读那上面的话，见和那小二所说无异，终于死心。

"皇上很爱皇后。"

我喃喃地对旁边看榜的女人说。

那女人愣了愣，道："天下哪个男人能不爱自己妻子的？"

"皇上很高兴。"我点了点头，莫名其妙地说。

"那是自然的，皇后有了身孕，要是生下了男娃就是太子。江山后继有人，皇上怎么能不高兴呢？"

她见我一副不明白的样子，正色垂训道。

我幽幽收回视线，看着她，颤抖的灵魂让我的声音也开始颤抖："可是我却不高兴，我很难受，怎么办？"

我曾经那么固执地以为，他是有苦衷的。然而他现在用昭告天下的方式打破了我最后的幻想。他要了她，他为她腹中的龙种欢欣。

普天同庆——他忘了么？我这个被他遗弃的女人，还在这普天之下。而他，又想我以什么样的姿态与心境庆祝他的背叛？

"你告诉我，我要怎么庆祝呢？"我抓住那个女人的手，凄然仰面问道。

她惊叫了一声疯子，一把推开我，仓惶地逃离我。周围的人见状，也惶惶地做鸟兽散。

一双手从背后轻轻环住了我的腰："不要这样好不好？"

我忽然觉得有些累，于是倦倦靠在他怀中。他的怀抱十分温暖，带着淡淡的清香，让我产生一种安稳的错觉。我无可抑制地贪恋他怀中的温暖，遂伸手揽着他，将冰冷的脸贴在他微微起伏的胸膛。

他身体一僵，机械地任我抱着，大气也不敢出。好半天他才悠长地出了一口气，如获至宝地抱紧我，仿若要将我揉进身体中一般。

良久，我松开子夜，像素日一般淡然一笑："我竟然没有哭。"

子夜微蹙了眉，定定看着我，有些手足无措。

"好了，我该吃早点了。"

云淡风轻地说出这句话，却是竭尽全力的。

见他满脸错愕与怜惜，我冷冷一哂，转身离开。

我纵然可怜，但却不需要垂怜。

挽上凤髻，饰以四蝶金镶玉步摇，挑些石榴娇在妆面上晕开，更衬得香腮染赤，云鬓浸墨。我漠然起身，再换上一身繁复的大红绣金牡丹的钗钿礼衣，将自己冰冷的身躯裹在一片喜庆的雍容华贵中。

再下楼去，满座人皆"哦"了一声，痴痴瞧着我，色与魂授。

"你……"

子夜见我除去了面纱，脸上竟然完好无损，有些不安。

"该走了，小稚还在等我们。"

我拿过他手上的茶杯，轻轻放在桌上，轻描淡写道。

若他不愿意向我解释为什么在身上下蝶蛊，我自然也没有必要向他解释我是怎样解了这蛊的。

他咽下疑问，一笑："这样的你真美，没有什么可以遮掩你的光彩照人……"

他虽然在笑，但怅然、失落以及深深的无能为力终究还是从眼底眉梢泄出。

马车行至临岐村时，一个瘦小的身影已在村口的大石上眺望守候。

孩子们总是单纯地迷恋感情和承诺，并且固执地以为那些都是不会变化的。因此，小稚会早早地在那里守候，全然没有想到我可能因为忌惮那里的瘟疫或者担忧那里的泥泞和污淖会将我华贵的裙裾污染而背弃诺言。

就在今天之前，我也是这么一个孩子。

经过一昼夜的日晒风吹，这里的地面已经略干了，泥土是乌黑的，无数裂痕蔓延其上，偶然能见到废墟石缝中摇曳着几株卑贱的杂草。

我眼中已经没有美好，我提着柔滑的裙裾，以践踏的姿态走着，面无表情地听小稚诉说着这里村民的情况以及他对我的思念。

他说我给他的食物和钱让很多人看到了希望，而刚刚，那位文佳娘娘带了一批药物过来，是专门治疗瘟疫的。

他脏兮兮的小脸红扑扑的，浑身洋溢着幸福与满足的味道，而此刻的我对这些有着非常敏感的触觉以及强烈的排斥。

我问他为什么要在这里等我，而不去谒见自己的偶像时，他说他答应要在这里等我，所以我不来，他绝对不离开。

我听到这样的话语，心却如被狠狠剜了一刀。

走到昨天那位莲婶门前，我遇到了他，那天在亭子里遇到的陈硕真。

他带着些人正在这里慰问鳏寡孤独，见到我和子夜，他脸上闪过一丝喜悦："真巧！没想到竟能在此遇到。看来村民口中的贵人就是二位了？"

我看了他一眼，很快已经想清楚中间的过节，嘴角微微上扬："是啊，我们真有缘。"

"我一直认为我们是同道中人，果然没有看错。"

他的语气依然是笃定的，不慌不忙的。

我飞快地盘算着自己的心思，噙一抹笑，同"他"寒暄："如果我没猜错，你应该就是小稚所说的文佳娘娘了。"

她微微一笑，颔首称是，依然是一副男儿的磊落沉稳。

"教主，治疗瘟疫的药物已经发放完毕。"昨日那个大汉看了我一眼，抱拳向陈硕真回禀道。

陈硕真扬眉一笑，在他肩上重重一拍，朗声道："好！"

她见事务已经处理完毕，又提出邀我和子夜前往浮云岭做客。

在我知道她身份那一刻，我已有了自己的计较，当下应允。因为她的筹谋也是我的筹谋，虽然目的不一样，但到底殊途同归。

安乐山临水而立，山势陡峭，多奇峰险壑。抵达安乐山时，我从怀中拿出从不离身的匕首，爽利地割断冗繁的裙裾，自嘲一笑：原不值得负气做这样无聊的事。

陈硕真指着远处云雾缭绕的山嶂，笑道那便是浮云岭，她所建的索明教的总坛便在此地，因为地势凶险，当地官府几次出兵剿灭皆大败而归。

走了半个多时辰崎岖的山路，一座没在雨雾峭壁间的寨子跃入眼中。守寨子的人遥遥见是陈硕真，忙打开寨门迎接。

进了寨子，眼前旌旗招展，数百大汉齐声高喊：“恭迎教主！”

陈硕真挥手制止，携着我的手，谈笑风生地将我请入寨中大堂。

照例又是酒宴，菜肴多是山珍，我胃口不佳，只端着酒杯浅浅饮杯中的米酒。陈硕真以为我锦衣玉食惯了，吃不惯这些菜，客套地说了些抱歉的话。

席间，陈硕真缓缓向我道明了她推翻朝廷、为民谋福的意图。其实，那天我从小稚话里已经推断出她的意图，中国古代的谋反者往往会假托天命，制造些传说来蛊惑大众。若她没有反心，根本就不会苦心积虑地用些篝火狐鸣的法子在百姓中造势。

酒到酣处，她如我所料般游说我二人加入索明教。

子夜听出了她话里的意思，怫然起身欲拉我离开，却被我曼声阻止。

换做以前，我自然不会趟这浑水，但是现在……我眉心一跳，心中一凛，但是现在我要借助陈硕真的力量颠覆大唐，纵然不能成功，也定然要向那两个背叛我的人讨还一个明白。

“愿听差遣。”

我盈盈拜倒，笑靥如花。

事后子夜问我知不知道这样做会让一切万劫不复。

我答，在所不惜。

第七十三章·起　义

CHAPTER 73

永徽四年，陈硕真正式起兵，自称为“文佳皇帝”。

这一年，我二十一岁，有着一张年轻的面孔和一颗布满皱纹的心。

起义当晚，整个浮云岭密密麻麻点着数万火把，于山风中猎猎有声。鼓声擂起，百面战鼓嘭嘭敲响，惊天动地。

身披甲胄的陈硕真站在高处，手持大刀，振臂高呼："当今天子无道，上苍震怒，降此灾劫，尔等当从我之道，上承天命，揭竿而起！"

我于一侧听到，微微一哂。

百姓往往把瘟疫责怪到天子头上，认为只有天子失德才会爆发瘟疫，陈硕真很懂得利用人心造成舆论。

"吾等愿唯圣上马首是瞻。"

众义军被陈硕真的慷慨之词以及四周的气氛所鼓动，纷纷热血沸腾，齐声呐喊道，一时间气吞万里如虎。

这时，夜空中飘起毛毛细雨，我紧握了拳抬首望天，但见这些针尖般的雨水如疯魔了一般在火光中舞蹈。

耳畔传来一阵钟磬声，悠扬宏大，如同从遥远的大明宫中传来一般，声声透着一股诡异而森然的尊严。

陈硕真东西顾盼，见手下义军壮志凌云，自得一笑，挥手示意众人安静："列位上前听封。"

"喏！"

底下众人鸣金击鼓以应。

陈硕真颔首看着，按大唐官制分封，以我与章叔胤为左右仆射，总管各项事宜，又以童文宝为大将军，统帅三军。

分封完文武百官，陈硕真黄袍加身，将两万兵马分成前军、左军、右军、中军四部，亲点了一队人马，下令道："吾等当趁此时机，一举拿下睦州首府。有取得云青崖那狗贼人头者，升官以外，再加重赏。"

陈硕真手下义军多是被官府压迫的农民，此刻见有机会报仇雪恨，早已摩拳擦掌，跃跃欲试。听得陈硕真下令，他们山呼一声万岁，随陈硕真向山下挺进。

而我则与章叔胤领了一队人马星夜前往桐庐。

大军抵达桐庐时，天还未亮，桐庐城门尚自紧闭。疲惫的守城官兵见有大军突袭，仓皇做好迎战准备。章叔胤一向轻视我为女子，便让我率部分人在城外等候接应，自己则在指挥台上指挥全军的进攻退守。

号角山响，数百工事兵架云梯开始攀城。

桐庐守军凭高墙拼死抵挡，一时间羽箭共投石若飞蝗般呼啸，砸落无数企图攀上城楼的义军。然而此时的义军热血高涨，根本不顾生死，冒着箭雨接踵攀城。

由于此次起义爆发得突然，首战拿的就是桐庐，桐庐的战争资源补给不足，才小半个时辰，防守力已大大削弱，顾此失彼。

章叔胤瞧出端倪，当机立断，吹响号角发起新一波的攻城。义军们喊杀连连，蜂拥而上，与城头守军近身肉搏，杀得天昏地暗，惨烈至极。

"轰！"

城门处传来一阵轰响，檑木已将城门撞破，扬起漫天尘土与木屑。

就在这时，桐庐城内传来一声号响，数百敌兵从城内蜂拥杀出。

"杀！"

章叔胤高呼一声，率先横刀带兵马杀进城去。

对方见城外黑压压一片义军如潮水般漫涌，队形些微一滞，气势大减。

我挥了挥手，下令让剩余数百人一字排开，只管高声呐喊，原地踢踏，造成伏兵众多的假象。

这时，整个战场人喊马嘶响彻天地，前方两军已缠战一处，场面混乱不堪，敌我难分。

我悠闲地骑在战马上瞧着，不为所动。

"大人，可要前去增援？"一个黑脸副将焦急地打马上前问道。

我挥手道了声"不必"，挑了副弓箭抛给子夜："喏，考验你箭法的时候到了。"

子夜领会我的意思，冷冷将弓拉满，瞄准敌方领头将士。

我看着他微锁的眉头和紧抿的嘴唇以及因用力而发白的十指关节，恍惚间，仿若看到那个白衣飞扬拥我在怀，以弓箭笑对突厥骑兵的男人，心一痛，厉声道："直取咽喉。"

话音刚落，赤茎白羽的飞凫已呼啸而出，才一瞬便洞穿敌将颈项。那敌将犹自高举了佰刀，直直从马上滚落，带着一丝不甘的怨念，顷刻被卷起的烟尘淹没。

我清冷冷地鼓掌，曼声道："好久没看到这么精彩的箭术了，当浮一大白。"

子夜看了我一眼，眼神忧悒。

敌方见主帅中矢身亡，顿时军心涣散，唯有乱舞兵器茫然顽抗。我军将士则士气高涨，高呼必胜，一阵砍杀，翦除敌军大半主力。

我看时机已到，鞭马上前，朗声喝道："缴械者生，负隅顽抗者，杀无赦！"

那些原本便已魂飞魄散的敌军听说有活命的机会，纷纷抛掉兵刃，俯地求饶。

这时，朝阳已冉冉升起，万丈霞光刺透云层，照耀着这片死寂的战场。我策马踏过层层死尸与凌乱的兵刃甲胄，来到章叔胤身边，淡淡道："少些杀戮总是好的。"

章叔胤胸口起伏，看了我好久，未见喜怒。

"报！"

这时，一里地外驰来一人一马，远远高声于马上叫道："圣上大军已拿下睦州首府！"

章叔胤闻言，朗声一笑，率军驰入城中，招降其他守军。

我无意和别人分享与我无关的胜利，遂掉转马头，意兴寥落地回到子夜身边，打马慢慢踏上回程——终究是要回去的。

陈硕真仅以两千人马就攻陷了睦州首府及所属诸县的消息传开，民间盛传她能召神将役鬼吏，纷纷投入她部下，数日间，其麾下义军数目已壮大到近十万。

一向庄严肃穆的大明宫终于被震惊了，朝廷一方面对起义地区实行封锁，严格控制人口流入义军，所有进入睦州地区的人员一律受到盘查。另一方面，高居紫宸的那个人，终于用一种我所不熟悉的懦弱口吻下了诏书，诏曰："若使年谷丰稔，天下义安，移灾朕身，以存万国，是所愿也，甘心无吝。"以期能借此暂平民愤。

我如那日般久久站立于皇榜之前，静静看着，明明知道那不可能是他的笔迹，或许连亲自授命都不是，但我依然固执认为那一笔一画，那一字一句都来自于他的胸臆直抒。

谷雨这天，陈硕真号令三军进攻安徽，攻打歙州。

行军过程中，我不止一次地望着天边出神：长安，我回来了。我带着满腹的怨恨与愤懑回来了。而给了我幸福完美开头的你，将打算给我怎样的收场？

半月后，大军抵达歙州。朝廷闻讯，立即增兵两万，令歙州刺史严防密守。

歙州，今安徽歙县一带，歙州城地势低洼，四面环山，且无险可据，按常理来说，非常容易攻下。然而陈硕真手下义军虽然人数众多，但他们大多没有受过正式的军事训练，且缺乏攻城器械，根本无力与正规军抗衡。是故，接连一月，义军一直处于久战无功的状态。

这日，陈硕真召集文武百官于帐中商议歙州战事。才一月时间，陈硕真已消瘦不少，丰腴的双颊深深凹陷，原本光滑的脸上也满是一片憔悴。唯一没变的是她精光熠熠的双眼，依然睿智，依然果敢。

我一边听她分析战况，一边凝眸于她，偶尔能从她眼中捕捉到一瞬的疲惫，但一闪而过，仿若错觉。

分析完当下战况，她就当前形势询问群臣意见。

"今歙州久攻不下，形势日益恶化，若再不退去，只怕会有覆灭之灾。"

这时，左仆射章叔胤抢先答道。

章叔胤一心偏安睦州，图谋的无非是在睦州建立一个小朝廷，安逸地享受一人之下，万人之上的宰相生活。在这当口，他只恨不得立即退出歙州战场。

陈硕真冷冷看了他良久，未置一词。

好一会儿，她悠然起身，看向我问道："肖大人意下如何？"

我目注于她，不慌不忙地拱手答道："宁为玉碎，不为瓦全！"

"好一个宁为玉碎，不为瓦全。"陈硕真颔首赞许道，转而负手看向童文宝，"大将军呢？"

童文宝头脑简单，一向毫无私心，高声道："要攻要撤，全凭皇上吩咐。"

陈硕真微微一笑，又逐一问了几位重臣的意思，他们各怀心思，有主张继续攻城的，也有主张撤回睦州的。一时间，大帐内七嘴八舌，人声鼎沸。

"够了，尔等先行退下。"

陈硕真冷冷瞧了很久，眼中隐有悲凉之意。良久，她才高声喝断众人的争议："肖大人，你留下。"

群臣面面相觑，不知陈硕真缘何发怒，本想发问，但终究不敢违逆圣意，忙噤声退去。

陈硕真端坐于椅上，眯着眼瞧着案上一豆灯火出神，半晌才道："朕错了。"

不知为何，见到这样的她，我有些心酸。

记得大军开往歙州的前一个黄昏，她难得换上女装，立于寨中的芭蕉树下吹埙，一头刚浣过的浓密青丝水般泄于肩上，柔美静好。

我为那醇厚悲凉的埙声所吸引，步出别院，找到了蕉荫下的她。她和我说了她的故事，谈起她亡故的相公，她的相公死在大唐与匈奴的战场上，留给她的只有这枚朱红色的埙。她问起我和大明宫的故事。我便拿捏着分寸把我的故事告诉了她，她安静地听完，劝我放手。

我摇了摇头，因为不甘。如若就此放手，我将不知我该何去何从，我将彻底疯狂。

最后，她点了点头，说了一句让我沉吟至今的话，我悲悯世人，也悲悯你。

无论在别人眼中，陈硕真是神还是魔，但在我心目中，她只是一个女子，一个因悲悯世人而执意赴汤蹈火，且万死不辞的女子。

她见我不答，兀自道："朕高估了自己。"

我点了点头，这时候的她需要听到真话："我军攻城器械匮乏，要攻下重兵把守的歙州，只怕并非易事。再者，义军虽然人数众多，但未经过正式训练，难以与大唐铁骑抗衡，即便能攻下歙州，前路只怕会更加举步维艰。"

陈硕真点了点头："不错。"

两人静默了一阵，她复又说道："为今之计，唯有改变集中兵力进攻的方法，制定分路出击，掩袭婺州，巩固整个江浙一带的战局。然而，朕不想退出歙州。"

陈硕真一心想要推翻朝廷的统治，为民谋福，如今攻到歙州，已是成功的一半，她自然是不想退却的。但当前的形势，若不退去，只怕确有全军覆没之险。

"皇上，臣有一提议。"

我略一犹豫，终于将我原本的筹谋落到了实处。

第七十四章·不离不弃
CHAPTER 74

大帐内静了半晌，陈硕真抬眼看我，那一豆油灯将她瘦削的脸照得明灭不定。

"你有何提议？"她托起案上暗黄的地图，揣度的目光久久停驻于我身上。

"朝廷不可能一直处于守势，依臣看，不出五日，定然有援兵赶赴歙州。"我走至她身边，蹙眉指着地图上的扬州道。

“你的意思是朝廷会遣扬州刺史出兵来解歙州之围？”陈硕真问道。

“此时朝廷最方便调动的便是扬州的军队，再说，睦州是江淮地区重要的交通枢纽，与扬州的生死息息相关，扬州刺史房仁裕不可能坐视不理，自己上疏请求出兵也是有可能的。”我淡淡答道，这段历史我并不清楚，而我的一系列装备都遗落在大明宫内，根本无法查阅资料，只能依靠自己对时局的认识分析，“歙州闭门不应战，想必也是在等援兵，到时候来个里应外合。圣上应当早下决断，派人牵制住房仁裕的部下。即便臣推测错误，也可借机攻下婺州，一来可以阻断江浙一带的援兵来路，二来也巩固江浙一带的势力。”

陈硕真放下地图，若有所思地在大帐内走了一圈，颔首道：“不错。”

言罢，她立即传令下去，召大将军童文宝前来觐见，按照我的意思，命他带四千人马前去婺州。童文宝接到命令，当夜便率兵进逼婺州。

随后几日，陈硕真也不再一味攻城，反而带兵退出30里地，驻兵于一不知名的荒原上。一方面打算休养生息，另一方面则打算练兵以强化部下的作战能力。

半月后，从婺州传来消息称童文宝部下遇到婺州刺史崔义玄的抵抗，伤亡惨重，请求增援。

早在出征突厥之前，我便听师父提起过崔义玄，此人生于隋唐乱世，曾投奔李密，未受重用，再才改投李渊。师父说李渊多次采纳他的计策，并且攻无不克，因此，崔义玄也算得是个身经百战的智将。

听闻这个消息，陈硕真颇为懊恼，后悔不该轻敌，只发兵四千。正自犹豫是否要丢下歙州战场前去救援，一个更不利的消息接踵而来：房仁裕的大军也从扬州开出，将要与崔义玄会合。

听到这两个消息，陈硕真终于痛下决心，带主力部队前去婺州救援，余下一万人马留守歙州，交由我统率。

章叔胤等人竭力奏请将所有兵马带回，但陈硕真执意不允，他们不得已才作罢。

次日一早，大军便拔营前往婺州。

不知道为何，我隐隐有种不祥的预感，只觉这次分离，我与她便再无相见之日。

大军出发前，我特地备了酒，连敬陈硕真三杯，预祝她凯旋。

她豪气地干完三杯酒，迫近我，凝视着我的双眼道：“有所为，有所不为，并非

只是男子的慷慨之辞，女子亦能做到。前路虽然凶险，吾当不辞前往。歙州，就交给你了！”

我锁眉回看她，心中又是豪情翻涌又是酸楚。我诚惶诚恐地收起悲伤，生怕这抹悲伤会带来不祥的预示，强笑着将我的护体宝衣双手奉上：“穿上此物则能刀枪不入，万望陛下接纳。”

陈硕真淡然一笑，拒不肯受：“生死有命，这宝物还是你留着吧。”

我正欲再度劝说，她已经翻身上马，号令三军，绝尘而去。

陈硕真大军一撤，形势立变，原先喊打喊杀的我们成为防守一方。如今之势是，歙州城内三万精兵，而我这里就只有稀稀拉拉的一万人。歙州刺史林肇中得了风声，以为拿下我们余下的一万人如探囊取物般容易，遂亲自出征，对我们进行了一次大规模围剿。不料他麾下大军刚出城便中了我们的诱敌之计，被子夜率领的三百骑兵引入了事先布好的石阵中。结果我方只用三百人便歼灭其手下五千人，大胜而还。

林肇中此人一向贪生怕死，侥幸捡到一条命后便大病了一场，上奏说歙州郊南荒原有妖兵数万，请求增援。

我料想大明宫二圣听闻此事一定会勃然大怒，加派人马前来援手，心中不免担忧。

“官渡之战，袁绍有精兵10万，战马万匹，曹操才2万人，结果曹操赢了。”我一边在大帐里来回踱步一边自我安慰，“后来的赤壁之战，周瑜5万人就搞定了曹阿瞒20万大军。”

说到这里，我一把抓过子夜的肩膀问道：“这说明什么？这说明奇迹偶然还是会发生的。”

子夜忍俊不禁道：“你为何不说阴晋之战？吴起5万人大败50万秦军，岂非更值得你安慰？”

我听出他话里的讥诮，白了他一眼道：“那算什么？古巴独立战时，起义军才4000，还不是把11万装备精良的殖民军打得落花流水？所以说——”

“所以说奇迹偶然还是会发生的。可是肖大人，在下丝毫看不出你有能创造出这等奇迹的能力。”

子夜接过我的话头，毫不留情地讽刺道。

我懒得答理他，回到椅子上坐下继续看毫无头绪的作战图：“你去给我操练他们，我继续拟订作战计划。”

“别费事了，听探子来报大明宫那二位已经下诏御驾亲征，昨日就带 10 万兵马，浩浩荡荡地奔赴歙州战场来了。”

我一怔，敛住唇边的笑意，垂下头去专心致志地看着那幅已经刻入我脑海中的地图，良久才漫不经心地问道：“怎么，皇后不用安胎的吗？”

子夜听出我冰冷语气中的不悦，便不再玩笑，走到我身边静静地陪我看地图。

对着地图思索了小半日，我不禁起身指着图上一条河流问道：“从长安入歙州，是否一定要途经这条河流？”

子夜凝神一看，道：“这条河名为杨之，是长安大军东入歙州必经之地。”

“噢！”我微一颔首，含笑道，“我们现在就去杨之河瞧瞧。”

杨之河河面宽数丈，上游在一处山丘上，水势微湍。我在河上游勘察了很久，心中已有了计较。

“敌人援军从长安到歙州，快马加鞭只怕也要半月。这半月，你帮我做几件事。”我略一沉吟，扬眉对子夜说，“你派十几个人去乡间村寨收集些上等牛皮、黄豆以及燃油，另外，我不管你是雇是抓，给我弄一批木匠来。”

子夜微皱眉道：“要这些做什么？”

我斜了他一眼，翻身上马道：“你管我要这些干什么？你只管去做，前两样越多越好。”

子夜勒住了我的马缰，目光幽深地看着我说：“你想水淹七军？”

我别过脸，不去看他规劝的眼神：“没有。”

“水火无情，你为什么一定要造这些杀孽？”他语气一涩，有些哀切地说。

“哼！那你想要我怎么样？现在的形势还是我说放手就能放得了的吗？”我冷冷一笑，反诘道。

“或许我们可以自私些，放开这里的纷纷扰扰。”他重重拉过马缰，迫使我看着他的双眼，“我不想看着你成为一个残忍的人。”

“收起你孱弱无力的语言。”

我冷冷扬鞭，毫不留情地向他右臂抽去，他不闪不避，暗黑的鞭影如一道闪电从他清亮忧悒的双眸中滑下。

"啪！"

随着一声清晰的鞭响，他月白色的袍袖已被抽出一道裂痕，沁出殷红的血迹。

"这就是规劝者的下场。"我昂起脸，一字一句地说道，"我就是这么一个冷酷无情、变化无常的女人，不要再做幻想！离开我，你才能真正幸福！"

故意无视他眼底的伤痛，我高呼一声"驾"，远远地打马而去。

回到营地半个时辰以后，子夜才打着马缓缓归来，一袭素色的衣衫掩映在冥暗的天色与焦黄的土色间，显得格外寂寥与落拓。

他还是回来了。

在赶走他那一瞬间，我的心猛地一痛，我不知道若是他走了，我还剩下什么。但我又不能不赶走他，因为我越来越觉得自己是一个不祥的人，我会给所有我爱的、我在乎的人带来不幸。

他遥遥见我在营帐外等他，依然不紧不慢地赶着马。

我站在一杆污损的明黄旗帜下看着他，强忍着喉头的颤抖，面无表情地看着他离我越来越近。

"吁！"

在离我一丈远的地方，他勒住了马。虽然逆着光，但我仍能看见他闪烁不定的目光如烈火般燃烧着。

那是一种怎样的目光？悲切而充满希冀。

"回来了？该吃晚饭了。"

我淡淡地说，转过身往营帐内走。

"不要丢开我。"

背后的子夜忽然发出一声压抑的悲鸣，此刻，骄傲的他仿佛一只被亲人遗弃的幼兽，孤独而无助。

没有人能了解被最亲密的人遗弃的滋味，但我能了解。我曾经无数次在心里发出这样的悲鸣，对着那些爱过我却终于将我抛弃的人。

"不要丢开我。"

他从马上扑下来，惊起满地尘埃。他一把将我拉进怀里，在我耳边一遍又一遍地呢喃。

"我知道你是一个残酷无情的女人，像烈火一样危险，但我贪恋你偶尔的温暖，所以我一次次在决心离开后回来。"他抱紧我，"离开你，我不知道该去什么地方，我毫无退路。”

“轩儿。”我悠悠叹了口气，转过身去，轻轻抚摸他完美无瑕的脸，“这些，我都知道。因为了解，所以漠然。”

我也是一个没有退路的人，我和他一样孤独，一样无所适从，然而我却找不到可以哭诉的怀抱。

“你总是高高在上，你的目光从不会落在我身上。”他握住我冰冷的手，和着泪水亲吻噬咬，触觉温润微痒，“所以我给你下了蝶蛊，隐藏你的容颜。我天真地想，失去了光华的你就只属于我一个人了。但是你依然光彩照人，照见我卑微的影子。”

我一怔，原来是这样吗？

“傻孩子。”

心底泛起一阵温柔的触觉，我轻轻揽住比我高出半个头的他，温柔地替他梳理散落在我指尖的、凌乱的发丝。

“原谅我，不要丢开我。”他孩子般低声抽噎。

谁能告诉我这算是什么感情？

我甜蜜地苦笑，拉过他的手，轻轻钩起他的尾指：“好。”

“不离不弃？”

“不离不弃。”

第七十五章·部　署

CHAPTER 75

十日后，婺州主战场上传来消息，崔义玄与房仁裕两军会合，义军腹背受敌，首次遭遇大败，不得不退回睦州境内。

婺州战场虽然凶险，但歙州的义军却安逸得很：歙州刺史林肇中听闻皇帝亲自率十万精兵御驾亲征，他便索性闭城不出，一边夜夜笙歌一边等待援兵的到来。这样一来，自然无仗可打。更让我手下将士讶异难解的是，我在这当口竟然派一千士兵上山伐木。

“肖大人，听说敌人援军已经渡过淮河，不出几日就要进入歙州地界了……”

那天午后，我正在校场观看义军操练，我亲封的归德大将军赵福海愁眉苦脸地对我说。

我看了他一眼，微笑不语，继续负手观看操练。

“大人，狗皇帝的大军都过淮河了！你却什么部署都不做，不是让大军伐木就是下乡收购牛皮、黄豆，这哪里是迎战的样子？”

“那依你看，我们应该怎样做？”我笑吟吟地看着他问。

“以少胜多兵贵在奇，臣以为可在敌军来路设伏，打他个措手不及。”赵福海见我一副漫不经心的样子，又是懊恼又是焦急，只恨不得将我狠揍一顿，“虽说两军兵力悬殊，但大人若肯积极备战，我军依然是有赢的可能的。”

“你所说的赢的可能是多少?”我替他拍了拍肩上的尘埃，谑道，“九成？八成还是七成？”

“这……”赵福海嗫嚅了一下道，“如果大人部署得当，三成还是有的。”

我笑了笑，正欲开口，视线却被远处打马而来的宣节副尉田塍所吸引。

“报！”

田塍飞骑而来，下马禀道：“大人，牛皮、黄豆等都已收集齐全了！”

他不知我与赵福海正谈到紧张处，最敏感的地方就是要命的牛皮、黄豆，兀自一本正经地说。

“很好。”我颔首道，指着北边的漫天黄云问道，“那可是伐木大军回来了？”

“回大人，正是！”

他慷慨激昂地答道，口水飞溅。

我略退了一步道：“你代我传令下去，让他们做两千只竹筒，将干黄豆塞进筒中，给前军部队一人一只。另外，替我把云麾将军叫来。”

他一愣，茫然看了我一眼，随即大声回答道：“是，属下这就去办。”

话音刚落，他已经小跑步前去落实我吩咐的事情。

我看了眼赵福海，故意逗他说：“看到没？学着点。”

"大人！"

赵福海欲哭无泪，重重跪倒在地正色道："若大人惧怕，大可以立即下令三军退回睦州与圣上同生死，何必在此坐以待毙？"

"哎，你先起来再说。"

"今天不求个明白，臣就不起来了！"

"你倒是个魏徵。"

我淡淡夸了一句，冲正缓步前来的子夜招了招手。

数日来的暴晒，他白皙的皮肤被烤成了健康的小麦色，整个人看上去多了许多大丈夫气概。

"你找我？"

坚定的眼神透过墨玉般的双眸落在我脸上，有着初夏阳光的温度。

"喏，那群伐木工回来了，剩下这几天你就负责指挥他们把这些树挖空，做成大水枪。"我一边说一边比划。

"水枪？那是什么？你打算干什么？"子夜讶然问道。

"看了那么多年武侠小说，今天终于帮上我一点忙了。说起来这灵感还来源于《鹿鼎记》里的韦小宝冰封鹿鼎山。"我盘腿席地坐下，捡起一根树枝，在地上画了起来，"当年小玄子让韦小宝攻打雅克萨城，那雅克萨城和歙州城的地理形势有几分相似，韦小宝也是如我们这般久攻不下。后来韦小宝想到了个法子，他让人备了一千架松木水枪，将热水射进雅克萨城。雅克萨城位于极寒之地，那些热水遇冷凝结成云雾，冻住了雅克萨城。这一来，城内罗刹兵都以为韦小宝使了妖法，纷纷乱了阵脚，四下逃窜，最终敌不过寒冷，出城投降。"

赵福海听我说典故，忙挪到我身边跪着，侧耳倾听，听到这里，他忍不住道了声精彩。

"可是歙州城艳阳当空，你如何让水结冰？"子夜问道。

"钻牛角尖了不是？谁说我要故伎重演，冰封歙州城？我们的水枪里面不装水，装油！你们先把水枪做好，装上油，将水枪连夜抬上歙州城四周的山包上藏匿好，只要时机一到便将油射进城中，然后引火烧城，等到他们自己乱了阵脚，我们再行他策攻城。"

"妙计！"

赵福海闻言，当即从地上蹦了起来，大喝一声，把我和子夜吓了一跳。

"大人,没想到你都筹谋好了！累得我还担忧了好些天！"赵福海兴奋得两眼放光,手舞足蹈道。

"我什么时候让你起来的？"我故意将脸一沉,呵斥道。

赵福海挠了挠头,憨厚一笑,正欲屈膝跪下,却被我阻止。

"免了。"我斜了他一眼,左手一拂,示意他坐下。

"你一定要用火攻么？"子夜犹有不忍,"水火最是无情,一旦大火燃起,你让歙州城的百姓怎么办？"

"云麾将军,打仗可婆婆妈妈不得！换做我们在城里,他们若想到了这招,也必然不会管我们的死活。"赵福海抢先开口反驳道。

我定定看着子夜,刻意淡看了他脸上的痛苦与犹疑,指着赵福海说:"他们也曾是百姓,可是谁为他们想过？你既然是个军人,那么,所有的思想与谋略都只能为战争效忠。"

子夜冷然一笑,道:"大人所言甚是。"

我听出他话中的讥讽与无可奈何,并不回应,默默用树枝在地上画着水枪的结构图:"把这些木材从中间锯开,掏空打磨光滑,再合上用大铁钉装好便成。"

且说着,我已经将一支水枪的结构图画好。我细细为他们讲解了"注射器"原理,并简单比划了一下具体的做法,他们一听便了然于心。

"你先找几个人一起做一个,让我试试效果和射程,如果能用,便号令三军一起做,不出一日便能造好千余架了。"我肃容向子夜吩咐道,暗中却在抓心挠肺地祈祷某大侠的方法真的好使。

子夜不置可否,漠然转身,径直向校场走去。

"大人,他……"赵福海瞠目结舌地看着比他还嚣张的子夜,一时无语。

"这种没有前途的榜样,你还是少学为好。"我虽然在开玩笑,但心里终究快活不起来。

"大人,小的这就退下和他们一起做大水枪去。"

赵福海见我锁眉不语,忙起身告退。

"慢着！"我叫住他,"我还有别的事要你做。"

他见我神色严肃,心知是有要事吩咐,收起闲散样子,敛容倾听。

"今夜子时,你领4000精兵前往杨之河,藏匿于河上游。"我冷静吩咐。

"按照敌人援军的脚程,三日内才能抵达杨之河……"赵福海疑道。

“不错，我让你们提前三日去，一来是以逸待劳，二来是想让你们熟悉一下地形。带上那些牛皮，在上游林木隐蔽处寻一河道较窄处，将那些牛皮连在一起，张于河上，拦河聚水，只待援军前锋部队到来，便可……”

“便可水淹七军！”赵福海若有所思地脱口答道。

“不错！如若带兵的人是我师傅，那就有些麻烦。你须得多派一些探子探准他们的行程和动向，不可轻举妄动。”

“属下明白！”

“决堤放水后，敌方的前锋部队必会死伤大半，而余者则会原路返回。伏一队人马在他们的必逃之路，务必俘虏其首领，获其兵符，然后换上他们的服色，假扮援军返回歙州城，骗对方打开城门。”我举目远望，缓缓说道。

“只怕他们没那么好骗。”赵福海迟疑片刻，沉声道。

“这个就不用你管了。”我悠然起身，“你先下去准备吧。”

赵福海咧嘴一笑，临去之前，忽然想起什么，回头意味深长地说：“若这样战死，属下无憾！”

我一愣，面无表情地点了点头，背过身去。

三日后的黄昏，西天边现出一片通红的火烧云，天地一片血色。我站在歙州城北面的山坡上冷冷俯瞰城内的四方格局，身后是数百架对准城内的水炮。

“大人，探子来报敌军已在杨之河以西二十里地外，天黑前便可抵达。”校尉李绩禀道。

“云麾将军可接到消息？”我回望他一眼，问道。

“哨骑分两路传的消息，云麾将军已经接到，正率军赶往歙州城。”

他话还没说完，不远处已传连绵号声，响彻寰宇。

“他们到了！”我喜道，不由上前一步张望。

片刻后，一列骑兵已列队率先出现在地平线上，马蹄落处掀起阵阵烟尘，与天边血红霞光交汇一处，遮天蔽日一般。

歙州守军发现状况，立即关上城门，吹响号角。一时间，黑压压的士兵如潮水般从城中主干道流向城门处。领头的几位主帅登上城楼时，城外平原上已飘满书有“陈”字的大旗，军容庄严，声势逼人。

子夜带兵赶到后，依我之言并不攻城，只派一名声音洪亮的大将出阵骂阵。

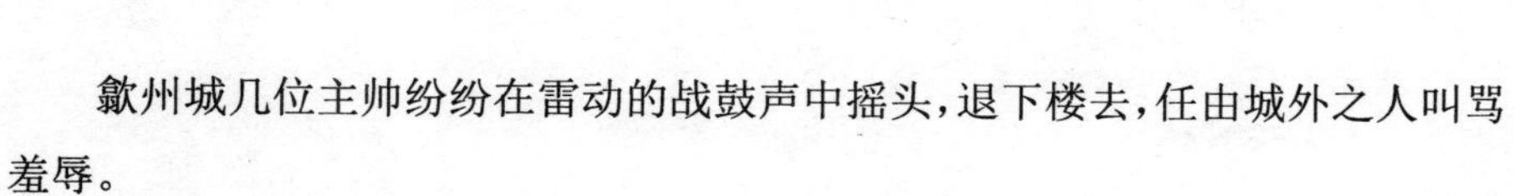

歙州城几位主帅纷纷在雷动的战鼓声中摇头，退下楼去，任由城外之人叫骂羞辱。

“他们做惯了缩头乌龟，居然也心安理得起来了。”李绩忿忿道。

“他们是想效仿周亚夫坚壁昌邑，先疲惫我军，再持重待机一举拿下。”

虽然我也看不出他们谨守不出是在消极等待援兵还是另有打算，但避免轻敌总是好的。

夜幕悄无声息地垂下，山风动处，卷来一阵阵燥热的气浪。

山下已经亮起了无数火把，将刚刚暗下去的天复又点出一片火色。

怎么杨之河那边还没传来消息？我看了一阵，焦急起身，示意身后伏兵少安毋躁。

就在这时，一阵马嘶声从我身后传来，一哨骑滚鞍落马，上前报信：“报大人，敌人援军的前锋部队在杨之河遇伏，损兵八千余！”

“好!”我双眼一亮，笑道，“归德大将军现在何处？”

“大将军已经率军赶回，须臾即至！”

“太好了！传令下去，开炮！”

号炮三响，一群栖于林间的飞鸟惶然从巢中飞出，杂乱地在林间盘旋，久久不散。

四面山头的将士听得号炮响起，齐声高喝着开炮，一时间，千条油柱从四面八方往歙州城内射去，惊天动地的气势吓得城中将士四下逃窜。

子夜见时机已到，发起攻城令，不到一刻，一架檑木战车已穿过箭雨猛烈地撞击城门。撞击城门的声音遥遥地传入我们耳中，犹且惊心动魄。

“大人，是时候放火了！”

我身后架起了数十张弩机，上面装了近两百支特制的火箭炮，只要射出，便能在半空中引爆，加速飞行。李绩看时机成熟，上前请命。

我微一犹豫，决然挥手下令，但听耳边嗖嗖数声劲风，两百支火箭炮破空而出，才一瞬便在歙州城上空接连爆炸，化成火箭迅猛射入城中屋顶、地面上。先前的燃油遇火便燃，城中遍地起火，火势迅速蔓延，吞没了大半个歙州城。

“大人，歙州城乱成一锅粥了。”李绩在一旁得意地说。

我袖手冷冷看着，满耳俱是脚下城中传来的悲泣惨嘶之声，声声皆如鼓槌一般，狠狠砸在我心上。

第七十六章·攻　城
CHAPTER 76

陷入火海中的歙州城一片混乱，城内居民纷纷往城门涌，期望得以逃生。此时，部分义军已攻上城楼，在纷乱的城中大肆砍杀，一时间伏尸遍地。

我握住拳，紧紧闭上双眼，在心里声嘶力竭地大喊住手，但口中喊的却是“放箭！放箭！放箭！”我凄厉的声音刚从嗓子中喊出就淹没在马嘶人喊、战鼓号角声中，我强行收回眼中的泪水，趁乱狂暴地对着那片火的汪洋高喊：“异天行，我恨你！”

“大人，歙州城东城门有状况！”

就在这时，从前线折回的李绩遥遥指着东方道。

我顺着他手指的方向看去，只见东城门外燃着几百支火把，火光中人影绰绰，似有大队人马到来。

我深深吸了口气，强自镇定道：“歙州城即破矣，你速速带人马下山，协助攻城！”

“是！”

李绩抱拳答道，迅速转身吹响号角，将山上埋伏的千余人带往山下。

我看了眼留下保护我的几十人，指着其中一个道：“你，帮我拿张椅子来。”

那个子瘦弱的少年一愣，立刻抽出腰刀斩下一截树桩放在我身边，似想起什么，他忙脱下上衣铺于树桩上，然后垂手伺立一旁。

我默然坐在那个树桩上，将军刀支在地上，下颌抵在刀柄上静静看城下战况。此刻的战局全在我的掌握之中，一心等待援兵的林肇中在此慌乱时分见“援兵”已

抵达城下，不疑有诈，忙大开城门迎援兵进城。城门一开，赵福海麾下大军如怒潮一般倾入城中，喊杀之声直震得地动山摇。

我衔了抹连自己都说不清意味的笑，倦怠地看着我军的檑木战车是怎样撞破城门的，歙州城里的军民是如何在腹背受敌中四散奔逃的，看了良久良久，金戈铁马化为一场火色的虚空在我眼中灰飞烟灭。

“大人，歙州城已被我军攻占了。”

不知过了多久，那个赤裸着上身的黑小兵上前低声提醒。

“呵……”我低声轻笑，起身收刀，“下山。”

待我进城时，城中大火已扑灭，空气中四处弥漫着焦煳味以及浓烈的血腥味。

三军齐整整地列队于主干道上，存活下来的、狼狈的歙州城民们与降兵血红着双眼跪在主干道两侧，零星的仇恨在疲惫已极的双眼中微弱地跳动。

“大人！林肇中那狗贼的首级在此。”赵福海用剑从地上挑起一个暗红的皮囊，不无得意道。

我皱了皱眉，冷冷道：“我对这个没有兴趣。”

他一怔，有些失落。

我大力拍了拍他的肩膀：“不过，今天你确实干得不错！”

说着，我又看向着一身黑色铠甲、英气逼人的子夜，绽了个温暖温柔的笑：“你也干得不错。”

他定定看着我，微锁着眉，清亮的眸子全是一派幽深的欲说还休。

我收回眼神，快步走向高处下令：“众将听命，入城后不可杀伤百姓、奸淫掳掠，有违旨令者，一概斩首，决不宽容！”

“喏！”三军山呼响应。

我卓然立于高处，微笑道：“歙州城破，敌人前锋部队几近覆没，各位居功至伟，肖某不胜感佩。”

“大人英明！”

底下众将士不约而同高呼道。

我若有所思地挥了挥手：“一夜鏖战，诸位辛苦。今日特赐宴三军，以示褒奖。”

话音刚落，底下欢声雷动，声震霄汉。

是夜，歙州城内一片欢腾，广场上点着无数堆篝火，醇厚的酒香和肉香洋溢于空气中，熏得人脑袋一片昏沉。但这昏沉是幸福的，是欢庆的。

次日，我早早地站在城楼上瞭望东天，眼看着天边的一抹晨曦晕散出满天光辉。

“肖大人！”身后传来一男子浑厚的声音。

我淡淡看着天边问：“你来这里做什么？”

“带人来换岗啊！大人你一早来这里做什么？”赵福海走近我身边问道，“哦，我明白了!放心，昨天那些唐军被打得落花流水，现在只怕还惊魂未定，哪里敢立刻攻城？”

“自作聪明。”我扬手在他脑门上敲了个爆栗。

“嘻嘻，大人和我姐姐似的，喜欢敲我额头。”他一挠头，嬉笑道。

就在这时，远方驰来一骑，看服色正是我们的哨骑。

我示意守城开门，那哨骑纵马入城，飞奔上楼禀道：“报告大人，敌军已在八十里地外！”

“大人，可要立即传令准备？”

“不用，他们应该不会那么快攻城，大唐皇帝是个慢性子。”我淡淡同赵福海道。

“大人认识那狗皇帝？”

“有点交情。”

“那我们现在怎么办？”

我停下脚步，瞪了他一眼：“你说怎么办？”

问这句话的时候，我心里也没底。虽说我早已有所筹谋，但对方兵力雄厚，装备精良，非我军所能匹敌，万一行差踏错，只怕会导致万劫不复。

赵福海听出我话语中的不悦，讪讪噤声。

午后，刺史府。我聚将议事。

探子来报敌军已在歙州城外五十里地外驻军，意向不明。

“大人！城外有来使求见，说是大人故交。”

正商讨到紧要处，门外忽然传来通传声。

“故人？”我的心蓦地一咯噔。

赵福海闻言忙替我问道：“来人是什么模样？”

“个子高瘦，剑眉高鼻，腰间佩有长剑。”

是他？

光听描述我已猜出来人是谁，莫名地方寸大乱。

赵福海见我脸色有异，拱手上前道："大人，属下这就去一箭射死这前来游说归降的……"

"住口！"我厉声喝断，步出门外对那通传的士兵吩咐道，"带那人进来。"

赵福海从未见我如此震怒，有些不知所措地愣在原地。我心知一时失态，对他不住，遂拍了拍他的肩膀以示安慰："你们先退下。"

众将士面面相觑，眼神交流一番后行礼退下。

见他们退下，我倦倦地回转身去，轻轻闭上眼睛。

良久，身后传来一阵零乱的脚步声，一个低沉而熟悉的声音响起："肖老大，别来无恙？"

我后背猛地一缩，双眼倏地睁开，下意识回头看了过去。

一袭深蓝衣衫的骆飞正微锁剑眉，神情复杂地看着我。我平淡地看向他，眼神空无一物。

"真的是你！"

见我回头，所有的不确定都已尘埃落定，他神情一恸，正待要上前，却被带他前来的将士拦下。

他漫不经心地瞟了眼架在面前的刀，哑然一笑，神色渐渐凝重："大明宫里那位行事残酷独断，我和苏大人早已起疑，几次找皇上密议，皇上都不肯向我们道明真相。那日见了歙州刺史呈上的画像，我就疑心肖默就是你，没想到原来你真的在这里。"

"骆大人，大战在即，你竟是来说这些的么？"我挥了挥手，冷冷打断他的话。

"让你的手下退下。"他用一种毫无商量余地的口吻对我说。

我与他默然对峙了片刻，终于还是挥手屏退了手下。

"告诉我，这到底是怎么回事？"骆飞身形闪电般挡在我面前，一把握住我的手问道。

我漠然抽回手，眼神疏离地看着他："呵，你们二圣的心思我如何得知？"

他一怔，狭长的双眼逼视着我的冷漠，深邃的目光透过我双眼的阴翳，落进我满目疮痍的灵魂里。

"他想见你。"

良久，他缓缓开口。

他……我心跳一滞，浑身的血液在怨恨与爱欲的鼓动下沸腾起来，一阵剧烈的痛楚从心脏中溢出，引得我莫名狂暴：“我会杀了他！”

“不要这样，可好？”骆飞语气低沉，有哀求的意味。

“骆大人！”我语气轻佻，扬眉看向他，“你想站在怎样的立场上规劝我？”

“如果敌人是你，我没有立场。”他被我的态度激怒，怫然道。

我似笑非笑地别过头去，避开他的震怒。

“他想见你，今日酉时，城南乱离原。”说完这句话，他再不看我，面无表情地离去。

酉时，城南乱离原。

我还很清楚地记得很多年前的那个午后，一身白衣的他在我家后院等我，后院荒草连天，暖暖的阳光镀在他身上，闪烁着金子般的光芒。

如今，一样的荒草，一样暖暖的阳光，一样基调下不一样的他。

我缓缓打马前进，逆着光微眯着眼看着他的背影，一直狂乱跳着的心忽然沉静了下来。

他听见马蹄声响，蓦然回首，遥遥地看着我。

我们默默看着对方，目光虚无地交错。

我无数次幻想过再见他时的场景，那些虚幻的光影在我的脑中交替上演，有的凄厉，有的艳丽，有的绝望。我甚至认为像我这样一个决绝的从不给任何事留回旋余地的人，一定会像练霓裳那样将剑刺进背叛者的胸膛，然后一夜白发，远逝天涯。

然而我们就这样平静的对视着，仿若无爱，仿若无恨，仿若就会这样擦肩而过。

“吁！”

我终于开口，轻皱着眉，勾一抹倔强骄傲却又不知所谓的笑，勒住了马。

“好久不见。”我说。我竟然这样说。

“好久不见。”

他垂下眼帘，一丝笑意自幽深的眸子中扩散出层层不确定的涟漪。

“你想见我？游说？”我坐在马上悠然问，第一次居高临下地看着他。

“是。”他简洁地答道，“劝你放手。”

"哈哈。"我放声笑道,"那么,大唐皇帝陛下,你又是站在什么立场上来劝我放手的?"

"我爱你,所以规劝你。"

他淡然的样子看上去像看破爱恨的佛陀,让我憎恨。

"爱我?"我声音微微一扬,毫无宽宥可能地说,"你不配。"

他身体一颤,但依然不动声色。

我肆意盯着他,将目光化为钝刀缓缓切割着他。

"你要我怎样做才肯放手?"他迎着我的目光问。

"你怎样做我都不会放手。因为一旦放手,我的怨恨将无以为继。"我一字一句地说,"虽然我知道这样做很无聊,虽然我知道这样做可能会下地狱,但我无所畏惧——我要慢慢和你纠缠,慢慢厮磨,直到彼此厌恶,彼此恶心。"

"何苦?"他颤抖着声音问道。

"因为我爱你,很爱你,所以除此之外,我别无选择。"我轻描淡写地说。

"沫……"他痛苦呢喃。

"骑上你的马,我们比试一场。"

话音刚落,我狠狠一抽马鞭,整个人随着马的悲鸣声腾空而起,狂暴地风驰电掣而去,疾雨般的蹄音如激烈的鼓点般在我耳畔迂回,我紧握住缰绳,抡着马鞭高呼着,挑战颠簸与速度的极限。

"沫!沫!"

身后传来他越发清晰的惊呼声,我重重阖上眼睛,放声痛哭。

"沫!停下来!"

他终于在一片浑沌中追上我,与我并肩驰骋于这茫茫荒原中。

我侧过脸,泫然看向满脸惊恐的他,在他快要伸手抓住我那一瞬妩媚一笑,松开马缰,胯下的马飞驰而出,我身体一轻,如一只断了线的风筝飘然坠落……

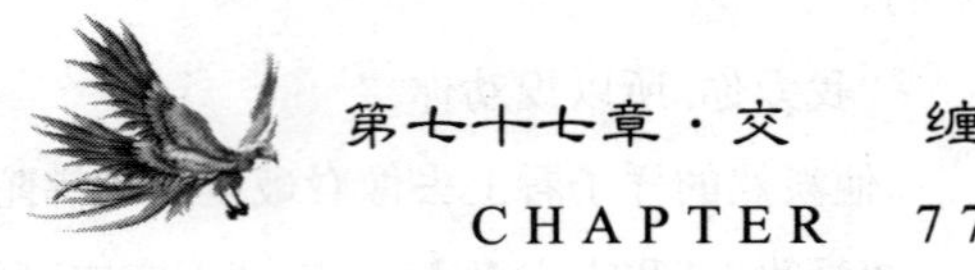

第七十七章·交　缠
CHAPTER　77

就在我坠落地上的那一瞬，腰被人大力搂住，他抱住我就地一滚，减轻了坠势。饶是如此，我的后背还是被地面重重撞伤。

肩膀被人狂暴地抓起，我头脑一阵昏沉，只觉得整个背部宛如火烧，便咬着唇任他摇晃。

"你疯了吗？"

他终于发怒了，素来温柔低沉的声音不停颤抖。

我吃疼，缓缓睁开眼，他眼神炽热痛楚地俯视着我，脸色苍白，额上的汗珠不断滴在我脸上，触感冰凉。

"你在折磨我。"他一边粗重喘息一边说。

我竟然有些得意，勾一抹傲然的笑，侧过脸去："是。"

他身体一僵，继而暴怒将我按倒在地上，指关节摸索我冰冷的脸："这样你很愉快？"

"不错！看着你痛苦，我不知道有多痛快呢。"

我犹自逞强，但心中绞痛难耐，大颗大颗的眼泪毫无征兆地滚落。

他愣了一下，忽然强行撕开我的衣服。久违的身体重重压在我身上，耳边全是他熟悉的喘息声。

我厌恶地挣扎，我厌恶那些对爱情不忠贞却口口声声说坚守爱情的人，这样的人让我觉得污秽。

"怎么皇帝陛下竟然有野合的癖好？"我僵直着身体，冷冷盯着他，毫不留情

地讽刺道。

他丝毫不理会我犀利的言辞，一边迫视着我的眼，一边层层地褪着我的衣服，这样突如其来的裸露让我觉得耻辱。我张皇地反抗，很快又被他摁倒在地上，钗横鬓乱。他的气息扑面而来，如一张网将我裹住，收紧。他炙热的手在我的身体上游走，企图引起我的欲望。

"你混蛋……真不要脸！"我嘶哑着声音骂道，十指狠狠掐入他肩上的肌肤中，过度用力的双臂牵引着后背的疼痛，那样撕心裂肺。

他无视我的愤怒，密集而粗蛮地吻着我，温热湿润的舌尖激起我一阵战栗。

"沫……"他急促地呼唤着我，我恍惚地以为这还是在大明宫的帷帐里，我们恩爱如初。

"嗯……"

我暧昧不明地应答，鼻中全是混杂着龙涎香的情欲的味道，这样的味道若一场蛊惑，诱惑着我沉沦。我不由自主地扶上他宽阔的肩膀，身体紧贴着他颤抖。

他觉察到我的反应，收紧半梦半醒、载浮载沉的我，扼着我呼吸，更加决然地加速着他的进程。

我放弃了无谓的抗拒，因为那样只会让我更加疼痛。冷然半睁着双眼，看着他赤裸的背脊以及他背后苍茫的原野，将自己置于他的掌控中……

不知道过了多久，这场无比混乱的交媾终于结束。

我与他静默地躺在暑气未退的草原上，彼此不发一言，仿佛两个陌生人。

念及此，心里诸多不甘，想要挣扎起来说些什么，微一动却发现浑身上下没有丝毫力气，于是作罢。

远处的天晦暗不明，黑沉沉地让人觉得压抑。我盯着天边被黑暗挤压着的一带亮光，心猛烈地跳动。虽然彼此无言，但我知道当那最后的亮色从天边退去，这个我刻骨铭心的男人就会从我身边离去了。于是，眼泪习惯性地从左边眼角悄无声息地滑落，坠进半热半冷的尘土里，惊起了一朵瞬间便逝去的花。

"我们相识有十年了吧？"我将头靠近他的肩，淡淡地问。

"十年。"

他的声音很平静，无悲无喜。我不用看他，也知道他的表情。我见惯了他对我的好，也见惯了他对旁人的冷漠，如今，我也只是他的——旁人吧？

忽然想起很小的时候玩的游戏，那个背着长剑的男子，乘着凤凰回到十年前的余杭，看着懵懂无知的自己，喟叹流年。于是——

“天行。”

很久没唤这个名字了，叫出来却依旧熟稔。

他身体微微一震。

“你说，如果回到十年前，你见到那时的你，你会对自己说什么？”我没来由地问。

他沉吟了片刻，将所有该隐忍的情绪都掩藏仔细了这才开口：“我会对他说，贞观十五年，千万，千万不要认识一个叫做肖沫沫的女人。”

回到城里，天已彻底黑掉。

和他背道而驰，我都不知道我是以一种怎样的心情回来的。

我们怎么会变成这样？

想到这个问题，我无奈地笑了笑，以前看过很多伤感的电影以及五花八门的小说，稍微深沉点都说爱情最后都会变成我和他这样，答案却没人知道。或许，只有天知道。

赵福海在城头看见我，连忙跑下城头来迎接我，憨厚地咧嘴傻笑。

我看着他黝黑的面孔和雪白的牙齿，整个人才渐渐回到现实，想到我还有我未尽的任务，不久后还有一场大战等着我，连忙收回纷乱的心神。

是夜丑时，我命赵福海带三千兵马偷袭唐军侧翼，特别告诫他能引得唐军主动出击自然最好，若然不能，亦不可恋战。紧接着又命子夜带五千人马前去埋伏接应，余两千人守城。

在军中坐等至天明，大军才浩浩荡荡开回城来。我闻讯出城迎接，见领头的赵福海一脸晦气，便问道：“无功而返？”

赵福海愤愤道：“倒不是无功而返，好歹也干掉对方一营重骑兵。只是无论末将如何引逗，唐军都坚守不出，当真让人窝火。”

“哦？”我疑道，遂看向子夜，“看来今次的大元帅不是苏定方。”

今夜之所以派兵偷袭对方，只是想投石问路，从对方主帅胆识和谋略以及作战方针来看，不大可能是我师父。转念一想，刘念如把持着朝政，她知道我和苏定方的关系，自然不会在这次战争中起用他，以免节外生枝。不管对方是谁，只要不是我师父，一切都好说。

想到这里，我不由含笑道："虽说此次战役中唐军的重骑兵们几乎派不上用场，但至少能一挫对方斗志，也算大功一件。"

赵福海听我安慰，这才觉得好些，疲惫地展颜一笑。

"好生歇着，大战在即，当养精蓄锐才是。"

心中怜惜他们，终于放下伪装的冷酷姿态，柔声安慰。

翌日，歙州城晨雾未散，一哨骑飞马回城报信，道唐军已在二十里地外。

"终于到了！"

我虽然不了解刘念如，但我至少了解历史上的武则天，以她的个性根本无法容忍我的连番挑衅。我有些激动地丢掉手上的地图，看了我的心腹大将赵福海一眼道："传令下去，各部马上集合，准备应变。"

赵福海与子夜等人领命肃容退下准备，而我则登上歙州城楼观望。

遥远的地平线上出现了一片诡谲的黑云，伴着滚滚黄沙往这边移来。

沉重的滚雷声从远处传来，震得地面也发出沉闷的呻吟。

"大人，敌人以两万骑兵为前锋，已在十里地外了。"

"好大的手笔！"

我冷冷道，唐军最为得意的就是他们的骑兵，此番以近两万精锐骑兵为前锋，气势上就将我身边几个胆怯的守城将士压倒。

"禀大人，三军整装待发，请大将军定夺！"赵福海在城楼下高声回禀道。

我举起手中令旗，朗声道："三军将士听令，朝廷不仁，肆虐瘟疫，涂炭生灵，罪大恶极，此次战役，务求取胜，汝等当奋勇争先！"

城下三军士气大振，怒吼如雷，如潮水般紧随将领出城布阵迎敌。

卯时三刻，黑压压的唐朝骑兵已临城下，呈新月形向我军围拢来。

敌军为首的大将外着黑丝缝缀的明光铠，腰佩威风凛凛的横刀，背后箭筒里插着二十四支黑羽箭，傲然端坐一匹健壮的黄马上沉着指挥。

赵福海见时机成熟，将战刀出鞘朝天一指，两千前军部队奋勇挥刀，一字冲出。

对方那年轻将领见状，嘴角勾起一抹鄙夷的笑意：两千寒酸步兵妄想抗拒大唐横扫天下的轻骑兵，当真是个天大的笑话。

而那些骑着高大的战马的唐军更是以一种轻慢的姿态在前进中睥睨着蝼蚁般的义军，这些年来，他们纵横西域诸国，罕遇敌手，在他们眼里，踏平这些义军只是须臾间的事情。他们狂热地挥舞着令人胆寒的马槊，铆足劲高声喊叫着冲了上来。

我端立在城楼上瞧着，将他们的表情尽收眼底，冷冷一笑。

“撒豆！撤！”

就在两军相接那一瞬，赵福海忽然高声啸道。我军将士听命，立即将负于背上的竹筒解下，迅速将内里的黄豆倾洒出来，随即将竹筒丢在地上，立即撤退。

“弓弩手，准备！”

几乎与此同时，在一千盾兵掩护下的三千弓弩手列队迅速地向前线靠近，满弓备放，只等令下。

唐军未料到我军会有此举，顿时一惊，待要勒马撤退，那些马哪里肯听，纷纷低头抢地上豆子吃，混乱中又被地上四处乱滚的竹筒绊倒，人仰马翻，狼狈不堪。

“按前后序列，预备，放箭！”

看得热血沸腾的我当下在城楼上高声喝道，早已等不及的弓弩手们听得令下，当即毫不留情地将弦上劲箭射出，漫天羽箭如飞蝗般呼啸着射向毫无抵抗能力的唐军，呼啸而过的风声，仿若天地在咆哮。

那个落马的唐军大将在一片混乱中将手中的佰刀挥舞得密不透风，而其余士兵则纷纷在箭雨中或奔走，或挥舞兵器顽抗，但大多难逃噩运，中箭扑倒在地，一时间马嘶人嚎声在歙州城上空交织成一曲死亡的悲音。

小半个时辰过后，我军箭已用尽，弓弩手迅速退下，而子夜所率两千骑兵则迅速补上，飞骑踏上伏尸遍野的战场，以马槊与大刀大肆砍杀剩余唐军。那唐军将领武艺当真不俗，竟然在那场铺天盖地的箭雨中躲过，此刻正双眼通红，目眦尽裂地舞着佰刀与我军厮杀，才片刻，已有四人惨死他刀下，喷薄而出的鲜血直洒得他浑身都是。

“好狗贼！看你赵爷爷的！”

赵福海见状，哪里还忍得住！当下纵马跃入阵中，高举长槊向他扎去。那人见赵福海来势凶猛，也不正面硬碰，就地一滚，毫发无伤地避开他的锋芒。

赵福海见他居然能躲开自己的致命一击，盛怒举槊再刺，不料那人忽然腾空而起，一刀斩断赵福海战马前腿，那马登时仰天悲鸣一声倒地。

“哈哈哈哈……”

那人状若癫狂，毫无章法地挥刀对着落马的赵福海乱砍一通。就在这时，正在不远处杀敌的子夜高举佰刀回马奔来，刀光闪处，凌厉地将那人枭首阵前。

第七十八章·死　别
CHAPTER 78

“将军神武！将军神武！”

苍茫的战场上爆发出一阵声震云霄的欢呼声，再度惊起歙州城四面山上的栖鸟，它们更迭着悲鸣从我眼际飞过，昭示着死亡的宿命。

“兄弟们，冲啊！拿下狗皇帝的人头！”

赵福海翻身上马，踏着催阵的鼓点，意气风发地挺槊冲往敌阵。早已被胜利激荡得热血沸腾的众将立刻催动胯下战马，挺着长兵紧随他从左右两翼向唐军包抄过去。

他们这是……我心中一凛，狂暴地喊道：“鸣金收兵！速速撤退！”

好你个赵福海，在这紧要关头竟然忘记我的指示，贪功躁进！你当唐军真是废物么？

“铛、铛、铛”

缓慢悠扬的鸣金声响彻整个战场，潮水般向前涌的义军士兵略微一滞，正欲往后退，一直稳若磐石的唐军忽然动了起来，掩藏在盾牌兵后的三排弓弩手忽然诡异地结阵而出。

唐军的弓弩我见识过，那是让贺鲁麾下铁骑都闻风丧胆的必死利器。如今，我的人马却全在唐军的射程里。

“撤！撤！撤出他们的射程！”

赵福海嘶哑的声音从远远的前线传回，不断在我耳边迂回。

我睁大双眼，死死盯着对方的主帅，我仿佛能看见他眼底的寒意与嘴角边慢慢扬起的冷笑。他优雅地挥动令旗，数千具强弩同时射出了一片乌压压的箭雨。

那是怎样的一场箭雨，霎时间带着摧毁一切的霸气席卷而来，我满脑苍白，再无法找到一个形容词来修饰我所见到的震撼与恐惧。

一个又一个单薄的义军被强悍的箭贯穿，飘飞数丈后落下，抽搐。而他们，在昨天之前还对未来美好地憧憬。

“不！”

我歇斯底里地发出一声悲嘶，而那些弓箭丝毫不理会我可笑的惨呼，依然以无可抵挡的残酷贯穿着企图阻挡他们去路的一切。

“大人，关上城门吧！那是伏远弩，他们逃不回来了！”我身边的守城将领死灰着一张脸，觳觫道。

我缓缓回首，冷冷盯住他。他一惊，更是觳觫得厉害，忙跪倒在地噤声不语。

“拿我的盔甲来。”我淡淡看着远处道。

“大人，万万不可啊！”

“拿我的盔甲来。”我一字一句地说，我从未想过自己可以发出这样具有胁迫力量的声音。

“是……”

那将领连滚带爬地退下。

我兀自看着前方战场，视线落在一个刚刚被贯穿胸口的士兵身上，他几乎要逃回来了，但那支嗜血的铁箭依然在最后一瞬射穿了他，他倒在地上，濒死的身体痛苦地翻滚扭曲着，双手徒劳地抓挠着地面，那样的绝望。

忽然想起以前问别人什么是战争，他简短有力地告诉我说战争就是死亡，我曾试图在这句话中加了无数华丽的辞藻，企图洗刷战争的残忍决绝，然而今天我终于知道，一切粉饰都是徒劳。

“大人，你的盔甲！”

守城将领小心翼翼地奉上我的银白细鳞铠，我接过它一言不发地披上，纵然我知道我根本无力改变什么，但我可以选择和他们同生共死。

大食来的枣红宝马扑哧扑哧地打着响鼻，四蹄疾动，焦躁不安，或许连它都知道前方是一条不归路吧。

翻身跃上马背，一抖缰绳，只听一声暴雷般的马蹄声响，座下宝马已如一阵旋风般卷了出去，转眼便已在数十丈地外了。

“你来干什么？”

已率先带了一队人马冲出重围的子夜遥遥见到我，当即立于马上怒喝道。

我正欲开口，唐军阵营里忽然发出“砰”的一声炮响，数千佰刀手在一黑脸虬髯的悍将带领下怒吼而出，势若山洪巨流，才一瞬便追上溃逃的义军，冲进他们的阵营中疯狂砍杀。这些训练有素的佰刀手如脱困猛兽一般凶狠霸道，佰刀过处鲜见一活之将。

“肖大人，末将对不起你！”

浑身浴血的赵福海已杀出一条血路，圆睁着通红的双眼，悲呼着冲我驰来。就在这时，他表情一怔，直直从马背上滚了下来。

“福海！”

我惊呼一声，悲愤交加地从马上跃下，一把扶起脸色死灰的赵福海，我强压泪水察看，但见一枝铁脊弩箭深深没入他的左肩，汩汩黑血正从创口中缓缓溢出，点点滴滴地砸在地上，聚起一汪刺眼的血泊。

他们居然在箭槽中藏毒！

我又痛又恨，紧紧搂着不停抽搐、口吐鲜血的赵福海，生生憋着两行眼泪颤抖。

“肖大人……属下……属下对……对不起你！”他气若游丝地挣了挣，“也对不起兄弟们……”

我狠狠地摇头，示意他不要再说下去了。今天的结局我早已了然于心，纵然他们及时撤回城中，凭我们又能坚守多久？只不过我没想到这生离死别的一天居然来得那么快，那么惨烈决绝。

“肖大人……你很像我姐姐呢！咳、咳……”

他大力咳嗽，一口热血猛地喷在我的衣襟上，冷不丁让我怵目惊心。

“福海！我不怪你，各位兄弟也不怪你！你别再说了。”我一边摇头一边颤声哀求道。

“能死在……死在……战场上，姐姐怀里……”他勉力睁开已经闭上的双眼，强自扯出一抹微笑，“我无憾矣。”

话音刚落，他头一垂，面含着将散未散的笑意沉沉“睡”去。

我怔了怔，静静将他平放于地上，握紧手中腰刀冷冷盯着往我们这边涌来的佰刀手。

“你要干什么？赶紧上马！”

身后传来子夜惊恐的叫喊声，我置若罔闻，执刀而立。

“抓活的！皇后下令有生擒贼首者，赏银万两，封万户侯。”

领头那大将见我孤身一人立在横七竖八尸体中一动不动，兴奋地举刀向我扑来，浑浊的眼中放着贪婪的光芒。

我死死盯着他的来势，全身力气和心神都集中在握刀的手上。

那人已彻底被唾手而得的猎物蛊惑，在冲向我的那一刻，他的表情分明地写着：一个手无缚鸡之力的女人，赏银万两，封万户侯……

我在心里冷冷一笑，在他扑到我面前，略微失神的那一瞬以闪电般的速度挥刀，将雪亮的腰刀干净利落地送入他腹中。

“噗”的一阵血雾喷薄而出，在我眼前妖冶地飘飘扬扬落下。

“抓活的……”

他眼中炽热的光芒渐渐散去，兀自喊着这句话，不甘地倒下，至死也没有弄清我那一刀是如何挥出的。

我满头冷汗地拔回卡在他肋骨里的刀，脚下一个虚晃，踉跄后退了几步。将倒未倒之际，身子一轻，整个人腾空落入一人怀中。

“你不要命了吗？”

子夜一把勒紧我，一边斜砍横刺马下蜂拥而来的佰刀手，一边大口喘息道。

刚从生死之隙逃脱出来，我有些恍惚，耳边全是刀兵相格声、马匹嘶鸣声、呐喊声以及令人闻之心颤的战刀砍进人体的闷响声，他的声音此刻显得无力而飘渺，让我无从应答。

就在这时，唐军的号炮再次响起，数万持燕尾盾牌的步兵齐步朝我们漫来，铠甲抖动的铿锵声隐隐透着强烈的胁迫。

“投降吧！”

一个冷清而威严的女声伴着沉闷的号角声传来，在我听来如平地惊雷。

我霍地从子夜怀中直起身子，仰脸看向千军万马中缓缓前行的那架杏黄龙辇，目光扫过脸色苍白的那个人，不由自主地落在刘念如脸上。

半年未见，她整个人丰腴了不少，清淡的眉眼间隐隐透着一股令人不敢逼视的霸气。在这样的气势下，她身边的华服天子竟有些黯淡了。

唐军离我们较近的将士见了我，纷纷吃惊地拿眼睛偷瞟刘念如，对比我二人

长相，见我们二人容貌相差无几，不由面露讶异之色。

子夜揽紧我四下顾盼，然而我们四面全被唐军围住，根本无路可走。

“投降吧。”她端坐在龙辇中平淡地说，一双莹白的手有意无意地覆在隆起的小腹上，“就在昨夜，陈硕真手下叛贼全军覆没，陈硕真本人更是身死人手，为天下人耻笑。尔等今日所做无非是于事无补的挣扎。”

说到这里，她轻抬眼角，睥睨着我，一缕嘲弄的目光玩弄似的在我脸上缓缓流转。

闻言，我只觉又是悲愤又是凄怆，胸中一疼，一股甜腥漫上喉头，还没来得及压住就沁出一线鲜红。

龙辇中的那人脊背一僵，左手紧紧握住腰间佩剑，紧锁的眉宇间凝结了无尽的怜惜与悲恸。

我别过头去，不去看他们二人的神色，正欲抬手擦拭嘴边鲜血，手却冷不丁被子夜抓过。他扳过我的肩，目光怜惜地看着我，小心翼翼地用手擦去我嘴边血迹，仿佛面前的千军万马全是虚无的摆设。

我失神回望着他，第一次正视他满眼的温柔，他俊秀绝美的面庞在初阳熹微中荡漾着夺目的光彩。见我凝视着他，他轻轻一笑，仿若一道安宁的圣光，霎时驱散开我满心的阴霾与惶惑。

“轩儿！”刘念如厉声喝断我们不合时宜的对视，“远离那个女人，不要再和阿姐为敌，否则……”

子夜的眼波尽数地落在我脸上，眼底眉梢都透着幸福满足的意味：“生，我们在一起；死，我们在一起。”

他的声音很低沉，仿佛说给她听，又仿佛说给我听，更仿佛自是喃喃自语。

“够了！”

袍袖飞扬间，刘念如勃然大怒，夺过身边侍卫手中长矛狠狠向我掷来。就在这时，子夜一把搂住我翻身滚下马背，躲过那致命一击。

“轩儿，我再给你一次机会，回到我身边！”刘念如见一击不中，怫然起身道。

子夜听而不闻，拉着我往敌人薄弱处冲杀过去。

“轩儿，不要管我……”我在他身后缠声道。

子夜并不回头，只将我的手握得更紧更牢。我知他心意坚决，便不再做那些看似有情还无情的劝说，咬了咬唇，凝神挥动手中兵器和他一起厮杀。那些唐军慑于皇后“活捉”的旨意，只敢防守不敢对我们痛下杀手，才片刻，已有数十人死在我们刀下。

子夜杀得酣畅淋漓，偶得了间隙便回头看我，见我和他心神相通，豪气干云地高声问道：“若侥幸得生，嫁给我好吗？”

我一怔，手中刀势顿减，他的心意我早就了然于心，然而我却未想过他会在这样的环境下向我表白，一时不知该如何回答。

就在这时，他满心期许的表情忽然一滞，猛地将我拉入怀中。我愕然随他就地一旋，人还没落地，一声沉重的闷响便在他背后响起。

这是……弩箭射穿人体的声音……我怔怔倒地，眼见着他面带着欣慰的笑往我身上压过来，脑海一片空白。

第七十九章·若我离去
CHAPTER 79

“轩儿！”

远处爆发一声响彻天地的悲鸣。

我颤抖着伸手摸索着他的背，手刚碰触到他的背，一股潮热的液体顿时沾满了我冰冷的双手。我的心骤然一缩，沉寂多时的悲痛忽然铺天盖地从我心脏深处倾泻而出，将我彻彻底底地钉死在地面上，动弹不得。

“轩儿……轩儿！”

一团火焰般的红影往这边飞扑而来，落在我空无一物的视线内，仿佛一帧帧更迭的虚幻光影。

“皇后，小心！”

一道黑影忽然从阵营中蹿出，冷厉地挡在悲痛欲绝的刘念如面前。

我侧过脸，死死盯着那人，他穿着一身黑色明光铠，盔沿压得很低，但我还是一眼认出了他——刘霍然。

“是你？”

刘念如难以置信地看着他，目光缓缓下滑，落在他左臂挽着的伏远弩上，箭筒里的铁脊弩箭上。

“是你杀了轩儿！”刘念如一步步追近他，圆睁着双眼问道。

“我本意是要杀了那个妖女，不料……也罢，那样不成器的东西也不配做我刘家子孙，死了也好！”刘霍然一步步后退着辩解道。

“是么？”刘念如诡异一笑，“他也不想做刘家的子孙呢，你倒是成全他了。”

“念如，刘家只要有我们两个就足可以……可以颠覆……”刘霍然急促地劝说道，险些就在千军万马中说出颠覆大唐四个字。

“叔叔。”刘念如打断他的话，轻抚着他的肩，冷厉一笑，不紧不慢地说，“你累了。”

“念如。”

刘霍然一时吃不准她的意思，神色慌乱地嗫嚅道。

就在这时，一柄极小极薄的匕首从刘念如宽大的红色衣袖中滑出，雪亮的刀刃在夕照下滑过一道耀眼的反光，无声无息地没入刘霍然腹中。

“你……”刘霍然痛苦地闷呼一声，难以置信地看向自己的小腹。

“为什么要两个？”刘念如轻挑了眉，露出一副不谙世事的天真表情问道。半晌，她又自言自语道，“我一个人就够了。”

话音刚落，她冷冷反手一绞。一泓鲜血“哧”地喷出，溅洒在她大红的衣裙上，瞬间便不着痕迹地渗进那片艳绝的绮色中。

“轰！”

包裹在铠甲中的刘霍然轰然倒地，震起漫天尘埃。整个战场上霎时静默下来，所有人都看向了刘念如。刘念如冷冷扫视四周一圈，这才回头看了眼我和子夜，她的眼神狠厉，绝情绝爱。良久，她提起曳地红裙迤逦踏过刘霍然的尸体，坚定地走向龙辇——那才是她，武则天该去的地方。

“轩儿。”我缓缓扭过头，轻轻地将子夜扶起，任他靠在我怀中，“不要丢开我，好不好？”我低声哀求，眼前全是那个黄昏，他抱着我哀求的画面。

“好……”他勉力温柔一笑，颤抖着握住我满是鲜血的手。

“那就好，轩儿从来不会骗我。”我抱紧他，阖上双眼，喃喃地自欺欺人，放任汪洋般的泪水在脸上蔓延。

他轻轻抽出一只手，无力地抚过我的脸，像往日一样替我擦拭脸上的泪水，滚烫的泪水混着他的血，沿着我的脸颊蜿蜒而下，汇聚在我下颌，点点滴滴。

“我们说过的，不离不弃。”他大力呼气，眼中的光彩如水纹般渐渐晕开、淡远。

“别说了，别说了，我们这就去江南，好不好？”我下意识地将他越来越冷的身体搂得更紧。

他嘴角微微抽动，轻轻勾起我的尾指：“不离不弃……我永远活在你心里……不离……不弃。”

他的声音越来越低，勾住我的尾指渐渐下滑，最终伴随着我的一声呜咽重重落下。

这一刻，我终于明白，他放手了，我一无所有了。

踉跄着抱着子夜起身，然而刚一迈开脚步，眼前一片漆黑，复又倒在地上。冥蒙间，天地一片苍黄，密集的脚步声齐整整地向我涌来。

我鄙薄地一笑，拥着子夜沉沉睡去。

昏沉沉地从长梦的尽头醒来，身上的伤痕隐隐作痛。我缓缓睁开眼，入眼的便是映在车窗上的一轮惨白的圆月。我轻轻抽了一口气，耳边全是车轮辘辘声，马蹄声和兵戈轻微撞击的声音。

我下意识地看向自己怀中，干裂的嘴唇略一张，眼泪就习惯性地潺潺流下，濡湿了干涩的脸颊，泛起一片热辣辣的痛楚。

“相公，你说都七天了，肖姑娘怎么还没醒？”马车外传来一个陌生的女声，声音柔婉缠绵。

“或许，她只是不想醒来。”

骆飞低沉温柔的声音传入车内，久久萦绕于耳边。

“唉……她真是个可怜人。”女子惋惜地说，良久复又问道，“相公，你的伤口还疼么？”

“不妨。”骆飞呵呵一笑，低声宽慰道。

“没想到皇后居然也是一等一的高手，若不是她出手，你又怎会受伤？”

“她的武功诡异阴毒，此番我们蜃楼十二煞和苏大人手下的精锐飞骑能在她手下全身而退已属万幸。”

“我以前只道皇上是个重情重义、敢做敢为的男人，原来却全看走眼了，他半分都比不上相公你对肖姑娘的痴情。”

车外女子一边玩着串叮当作响的铃铛一边说，语气中一片坦然。

“若儿，我……”骆飞话音一滞，颇为愧疚。

伴着“吁”的勒马声，马车渐渐停了下来，一时间四野俱寂。

“相公，什么都不要说了，我知道你已经放下了。”女子柔声一笑，“我等了你六年，你的心思哪能逃得过我的双眼去？”

沉默半晌，骆飞悠然道：“若儿，等安置了肖姑娘，我就陪你去塞外，再不踏足中原，可好？”

“你舍得丢下皇上？”女子娇嗔道，语气中却是掩藏不住的欢喜。

“如今的皇上已不是我年少时认识的那个九哥了……他如此待她，我虽没说什么，但心底终究有恨。此番离去，兄弟情断，永不再续。”

“那肖姑娘呢？”

“她……”

“算了，相公！赶路吧，再有小半个时辰的路就到长安地界了。”女子善解人意地打断了骆飞的犹豫。

“我终究不能保护她一生，而你，才是那个与我白头不离的人。”

“呵呵。”女子轻声一笑，意味模糊，“我一直想去塞外和相公过牧马放羊的逍遥日子，虽说这一天来得晚了些，可是若儿真的很知足。”

车外静默了一阵，好一会儿，马车才又颠簸起来。

我倦倦地躺着，睁大双眼看着窗外的冷月，听着他们的喁喁细语，冰冷的心仿若一块被刀切割着的腐木，余一地干枯的记忆渣滓，有痕无痛。

马车在长安驿停下那一刻，我终于清算完这些年来的所有爱恨，心底清如明镜。

“水。”

我勉力支起身，低声冲帘外喊道。

车帘掀开，一道亮光迎面射来，我本能地低下头，微闭了双眼：“水。”

骆飞怔了良久，少顷，他轻轻将一个牛皮水囊递到我眼前。我久久凝视着他的手，他的手干净修长，指节处微微有些粗糙，因为看得太细致，我疲惫已极的双眼甚至能分辨出他手上的细细纹路。此刻，他的手正微微颤抖，娓娓吐露着他的心思。

我抽噎半声，抓过他手上的水囊，仰头喝了几大口后，语气平淡地说："早啊。"

他又是一怔，不知如何应答。

"好久没看到这么好的阳光了，托你们的福。"我笑了笑，自顾自地看着车外的旭日说。

"你终于醒了，这些天可把我急坏了。"

骆飞的夫人，那个惯于着紫衣白裳的女子嫣然一笑，眉梢眼底全是释然与欢欣。

"有劳你们了，冒那么大的险救我出来。"我报以一笑，没有灵魂的笑才一瞬便支离破碎。

"肖姑娘，我们救你原本就是应该的，言谢可就见外了。"她握住我的手，佯嗔道。

就在这时，一辆马车遥遥地从前方驶来，一个熟悉的纤弱身影正掀帘张望。

我们三人默然看着那辆马车越驰越近，最终停下。

"骆大哥，骆大嫂。"一身玄色纱衣的纳兰点头向他二人点头致意，落在我身上的目光有些冰冷，"肖姑娘……"

我知道她是在为子夜心疼，心中一痛，眼角已微微潮湿。

"我们先去纳兰居稍微休憩再做打算。"骆飞凝视着我，温和而平静地说。

"骆大哥，不必了。送我去冷岚峰吧。"我淡淡地说。

"长安西郊的冷岚峰？"骆飞有些迟疑地问道。

"是啊，我该回家了。"

我脸颊微一抽搐，忙压住心头翻江倒海的思潮，别过脸不去看他。

"家？"

"嗯。"我闷声应道，"另外，相烦骆大哥你去一趟大明宫，将我锁在寝宫衣柜里的一个玳瑁方匣带出来。"

"可是再不离开长安，只怕二圣班师回朝后，就再无机会离开了。"骆夫人急道。

"不碍的，我回家后，他们就再也找不到我了。"我举目看着天际的云霞，曼声

道。

骆飞见我语气坚定，知道多说无益，遂简单和她二人交接了几句，孤身驾车带我往冷岚峰行去。

一路无言，我静静抱膝坐在他身边，看着这条路上的层峦叠嶂，鼻中酸涩，头脑一片混沌，唯一的伤感也只是这十年的喜怒哀乐居然开始终结于同一条路上，那么讽刺。

水湄边夏花正艳，我坐在当年李书予吹箫的地方，一遍又一遍地擦拭着时空机器上的尘埃与青苔。明明已经擦拭得光可鉴人了，但还是停不下来，仿佛只有这样，才能显示出我的决心与存在感。

身后传来一阵轻缓的脚步声。

"骆大哥，有劳你了。"我缓缓回头道。

他默然摇了摇头，抬手将玳瑁小匣递至我面前。

我接过打开一看，见我装满各种资料的电脑还在，于是顿觉安稳。

"这个，也是你的吧？"略为一犹豫，他展开手，一枚托在他掌心中的莹碧的耳环出现在我眼前，"常见你戴着。"

我轻轻接过它，细细瞧了很久："从哪里找到的？我丢掉它已经很久了。"

"皇后寝宫的床下。我刚拿到这个匣子，皇后正好回宫。情急之下我只能躲进床底，不料竟瞧见这只耳环在角落里荧荧发光。"他坐在我身边，注视着水面淡淡地说。

"呵呵，难为你了。"我看了他一眼，将耳环放入匣中，"这样想来，多半是我换耳环时走得仓促，忘记收好，被我养的那只猫拖去床底的。"

他微微一笑，清澈的眼中泛起一圈涟漪，迅速散开去。

我涩涩地回了一个笑容，合上匣子。左顾右盼一圈，见无可用之物，遂撕下一大片雪白的裙裾，将它分成三份，咬破手指和血而书。我抿着嘴，一字一句地写，尽量不让自己的手颤抖。

"骆大哥，请将这三封信分别交给皇上、皇后还有颇黎。"书信完成之时，指上已再无血可出，轻微的刺痛。我含笑看着骆飞，他轻蹙眉看着我，始终不发一言。

"《妙色王求法偈》里有一句'由爱故生忧，由爱故生怖；若离于爱者，无忧亦无怖。'以前虽然知道，但终究看不透。现在经过了爱，也患得患失过，终于懂得了放下才是大自在。颇黎，他是个痴人……”我将第一封血书递给骆飞，“可惜除了这二十字箴言，别的，我都给不了他。”

“皇后和我是多年姐妹，本应该有千言万语要同她说的，不知为何，我却一个字也写不出。或许，这无字之信更能代表我的心意。”我寥落一笑，将那封无字的信交给骆飞。

“这个，你帮我给他。”

目光落在那四行有些扭曲的殷红上，胸中一窒，连忙别过脸道：“骆大哥，我要走了。”

“嗯。”他点了点头，声音有些沉闷，“保重。”

我笑了笑，打开时空机器的开关，一阵嗡鸣声响起，数道紫色光芒从它周身射出，莹莹流转。

机器合上那一瞬，我分明看见骆飞眼中的雾气凝结成泪，在回首间滑落。我下意识地抬手，机器凛然落下，切断我与外界所有的纠结难解。

“若我离去，后会无期；
如遇清风，化归云雾；
如遇沧海，化归一粟；
如遇苍穹，化归虚无……”

别了，我的大唐。

第八十章·回　归
CHAPTER　80

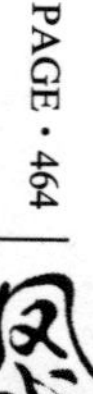

“这是真的吗？她回来了！”

“天哪，她真的回来了！”

当我木然将时空机器打开那一瞬，无数炽热的目光同时汇聚于我身上，那些怪异的现代人或振臂狂呼或喜极泣下。

“肖，是你吗？”

一身米色风衣的陈风远远站着，并不着急上前，英挺的长眉微微蹙着，双眼中跳跃着点点喜悦的光芒。

我漠然地看他一眼，兀自从时空机器中迈出。

迈出这一步后，我没来由地浑身冰冷，心中对这些陌生的人以及这个陌生的世界有种本能的排斥。我强烈地感觉到我不属于这里，这种因没有归属感而产生的不安点亮了我警惕的双眼。

“真的是你，才六个月时间，你已经让我不敢相认了。”

他嘴角一扬，快步走到僵住的我的身边。

“来。”

他伸出手，友善的眼神锁住我，良久，淡棕眼眸深处涌出一种别样的意味。

我垂下眼帘，迟疑着，本能地想缩回时空机器中。我拒绝这个世界，这个我全然不熟悉的世界。这里没有异天行，没有骆飞，没有子夜，没有刘念如……没有庄严的长安城，没有天青色的江南小镇，也没有烟火四起的战场。

我的嘴角似笑非笑地抽搐了片刻，终于还是笑了出来：既已选择放弃，那是再无回头的机会了，与其后悔不如坦然面对。

“你需要休息，跟我来。”

陈风忽然伸过手来，将我拉近他身边。

我一愣，迟疑着抬眼看他。他温和一笑，依然柔和闲适。

“是的，我需要休息。”我淡淡地说，竭力不去看所有人。

“嗯。”他轻轻应了一声，握紧我的手，大步流星地牵着我走出实验室的大门。

冰蓝的布加迪威龙如一道闪电从城市心脏中穿过，身边的陈风嘴角噙着心满意足的微笑。

“三个月前，我还以为你不会回来了。”他目视前方，间或看我一眼。

“可否开慢些，我不适应。”我看着车窗外的立交桥和摩天大楼淡淡地说。

“Sorry，”他放慢速度，“先去换掉你的衣服。”

默默坐在车中任他主宰，反正无论我今生如何辉煌，总是活在他的操控中的。

珍珠灰色的 Versace 换掉我的唐装，当繁复的衣裙从肩上褪去，披上轻薄飘逸的现代衣衫，我仿佛成为一条因绝望而蜕皮重生的蛇。

陈风始终微笑看着我，温柔宠溺的眼神仿佛在打量自己的爱人，却更像是在打量他的私有品。

我沿着他的视线缓缓走到他面前，站定："如何？"

"完美。"他点了点头，牵过我的手，将我无名指上的戒指摘下，轻轻放进身边的烟灰缸中，"不过你需要一枚新的戒指。"

他侧过脸对身边的助理说："打电话给 Cartier，帮我订一款戒指。"

我置若罔闻，静静看着那枚在水晶烟灰缸中摆动的戒指，那是册封大典上那个人亲手为我戴上的，因为他听我说过结婚时候一定要交换戒指。

我轻轻从烟灰缸中拿起它："唐高宗亲自用最好的玉琢磨出来的，价值连城。"

他笑了笑，揽过我的腰，高跟鞋敲打地面的声音在耳边不慌不忙地响起。

用过午餐，驱车回到他的别墅。

别墅的会议厅中已有五位老者静候良久了，当我和陈风一同进入会议厅时，他们不约而同地看向我。那样的眼神让我觉得自己像一个怪物。

温柔的笑拂过他们的脸庞，却在眉眼微挑中迫出让他们不敢逼视的冰冷与威严，坦然自若地选了一个位置坐下，我淡淡说："可以开始了。"

大屏幕上演绎着唐朝过往的点点滴滴，我靠在椅子上不动声色地看着，耳边全是他们的惊叹声。当看到丹凤门前的册封大典时，所有人都再次将目光投向我。他们全然不敢想象，画面上一人之下万人之上的武则天居然会是我。

我透过他们的视线，目光清冷地看着画面上情真意切的帝后，他们是那样的相爱，眉梢眼底全是深刻的情意纠缠。

我们是怎样走到今天这一步的？我是何时开始从爱到恨再到倦怠无力的？我浑浑噩噩地坐在绵软的沙发里思考，但 200 分钟影像资料演绎完，我心底依然困顿惶惑。

"老板。窃听器里的资料已经提取完毕。"

会议厅外适时传来助理的声音。

陈风将电脑推到我面前："肖，既然这些资料是你收集的，还是由你为我们讲解吧。"

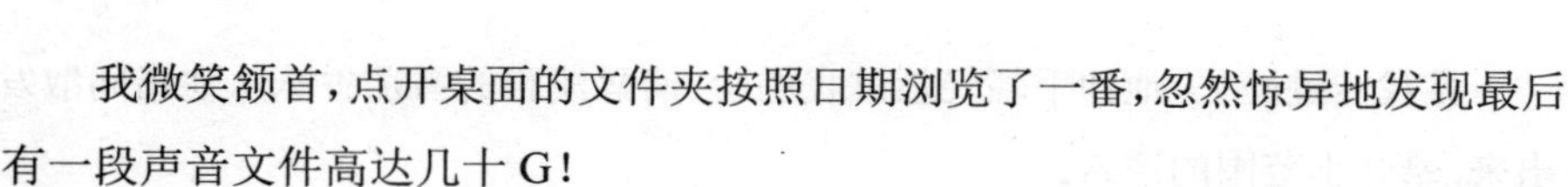

我微笑颔首，点开桌面的文件夹按照日期浏览了一番，忽然惊异地发现最后有一段声音文件高达几十G！

我愣了一愣，片刻后才想清楚它的来历。如果没猜错，应该是那只猫在床下玩耳环时碰巧将开关打开，这才不经意录下了很长一段内容。等到电池用尽，这段文件就自动保存了下来。

"肖？"

陈风见我发愣，轻轻叫唤我的名字。

"呃，对不起。现在我们开始。"

我收回心神，点开第一段声音文件开始向他们讲解。

由于我需要用到窃听器的地方并不多，因此寥寥几段声音文件播放完毕后，我犹豫了一下，最终没有打开最后那段声音文件。

陈风看了我一眼，心中了然，将除了那段声音文件外的各种资料拷贝了一份分给众人后散会。

陈风的别墅位于别墅区最高的地段，夜幕低垂，华灯初上。刚沐浴完的我坐在阳台的蔷薇丛中对着电脑发呆，那段声音文件一直在播放，听了很久，除了沙沙的杂音以外，并没有别的东西。

轻悠地叹息一声，起身干尽杯中的红酒，凭栏俯瞰面前的灯火霓虹。

"红酒不是这样喝的。"

身后传来陈风的磁性温柔的声音。

我若有似无地一笑，玩着手上的杯子，并不回头。

他靠近我，和我一起凭栏看着其实并没有看头的夜景。

"你变了很多。"他说。

"虽然对你们来说才短短半年，但我却是经历了十年倥偬时光，怎么还能如往昔一般……张扬浅薄。"我自嘲似地一笑，"你也变了。"

"喔？什么地方？"

"眼神。"我看了他一眼说。

"我当然不能再用看一个小女孩的目光看你。"他目光灼灼地看向我。

我当然不再是个小孩子，所以看得出他眼神中的暧昧，暧昧归暧昧，但我丝毫不相信他那样的人会爱上我，爱上任何一个女人。

见我转过脸去，他伸手轻轻扳过我的脸，清醇淡雅的雪茄香味从他指间散发出来，晕开小范围的诱惑。

“你真完美。”他扶住我的肩，手指缓缓穿过我的长发。

我不闪不避：“过誉了，这世界怎么会有完美的人？”

“六月前，你穿着衬衣仔裤，和所有普通的女孩一样。而六个月后，你却成为了一位皇后。我用毕生的努力创造了这样一个神话，它不被允许不完美。”他不紧不慢地说，淡棕的双眸看入我内心深处的荒芜。

“是啊，你创造了一个奇迹，而我承载了这个奇迹。我象征着你的成功与骄傲，当然完美。”我用平稳的腔调说。

他的手一滞，全然没想到我会说出这番话：“我不能左右你的理解。”

“嗯，我的工作已经完成，什么时候支付我的酬劳？”我巧妙转身，打算避开他的势力范围，不料刚一转身，被蔷薇勾住的裙角顿时将我绊了个趔趄。

“小心！”就在这时，他猛地将我的腰身揽住，避免了我摔倒的尴尬。

他松开我，脸色发白地叫道：“James！”

“老板！”他的助理立刻从门外出现。

“把这些花全部清除掉！”一向纹丝不乱的陈风盛怒道。

“老板，这些是你亲自种的……是！”James 微一犹豫，立刻上前拔那些蔷薇。

“陈风，不要这样。”我惊讶于眼前的一幕，连忙上前劝阻。

他一把揽住我：“它们差点伤害了你！”

我脊背一僵，他的感情未免太……可怕。

“老板，已经拔完了，需要我全部清理掉吗？”James 顾不得满手是刺，恭敬地询问道。

“立刻清理掉。”

“是！”

James 小心翼翼地抱起所有的蔷薇出了阳台的大门。

陈风的感情终于平复了下来，他将我拉回椅子边坐下。良久，他从怀里拿出一个丝绒盒子，当着我的面打开。“嗒”的一声，一枚熠熠生辉的戒指出现在我面前。

“这是？”我问。

“送给你的。”

“石头太大了，招摇。再说，哪有平白无故送人戒指的？”我摇了摇头，婉拒了那枚钻石戒指。

就在这时，桌上的电脑里忽然传出沉重压抑的门响。

我们二人一惊，同时扭头看了过去。

一阵熟悉的脚步伴随着细碎的杂音响起在空旷的大殿里，我怔怔听着，记忆里那个慷慨的少年帝王仿佛正一步步冲破黑暗朝我走来。

我闭上双眼，屏住呼吸，听着他如何坐在我的床上，听着他温柔的手如何抚摸过我的衾枕，听着他如何黯然神伤。

“皇上。”

一个幽冷的女声冷不丁地响起，惊碎了我眼前虚幻的光影。

“是你。”

他的声音漠然悠远。

“皇上为何独处于这废弃幽宫内？”刘念如语气酸涩地问，好一会儿又温言细语道，“你最近身子不好，这里久无人居，阴寒逼人……”

“开春了，不碍的。你先下去，朕想一个人坐会儿。”

“呵呵。”刘念如清冷一笑，“既然皇上喜欢这里，那臣妾明日就搬回来住。”

“如此咄咄逼人又何苦？”

“咄咄逼人？是皇上在逼臣妾呢。”激越的声音开始颤抖，“这么多天来，你一直糟践自己的身子，这不是逼我又是什么？”

“咳……咳……”

一阵咳嗽声响起，一声更比一声的急促。

“皇上！”刘念如的声音缓和了下来，尾声有些哽咽。

“我与她是夫妻，夫妻自然是要同甘共苦的。”

“你既然已经放下了她，又何必做这追忆姿态？”

“我从未放下过她。”他声音微扬。

“你怕她被我下的血咒折磨，所以屈从于我。可是在她看来，你只是一个贪生怕死，背信弃义的负心人。她恨你，永远不会原谅你，而你放不放下，又有什么区别？”

刘念如的声音如平地惊雷般在我耳际响起。

我泫然地看向陈风，下颚猛一抽搐，一行热泪毫无征兆地滚落。

第八十一章·迷　　失

CHAPTER　81

电脑屏幕上闪烁着冷漠的幽光，全然不知道它正在倾诉一段穿越千年的忧伤。

大明宫外的更鼓声响起，透过电脑，断断续续地传入我耳中，苍凉寂寞依旧。

“她现在人在睦州，说不出多快活呢！只有你这个傻子还执迷不悟，坚守什么至死不渝！”刘念如恨恨道，“凭什么她就能逍遥自在，余下我们痛苦？”

“你惯于将自己的过错推给别人。”他语气淡然，良久才又喃喃自语道，“她快活，我便快活。我终究没选错。”

“李治！我恨你，我恨你现在这个样子。”刘念如歇斯底里地尖叫。

“沦为如今这样，我亦无能为力。”他自嘲似地轻笑。

“你在嘲笑我？”刘念如冷冷问道，“你在嘲笑我一无所得？嘲笑我终究赢不了她？”

“没有。”他自若地答道。

大殿静默了良久。刘念如收敛好了所有情绪，沉声道：“我要你立刻昭告天下，说我有孕在身，大赦天下。”

“你？”他一惊，“胡闹。你哪里来的身孕？”

“褚遂良、长孙无忌那伙老匹夫欺我无子，我需要皇子来巩固地位。”

“不可胡来。”他些微紧张。

“越王李贞的侧妃刚怀孕，我都已安排妥当，你只管下旨。都是你们李家的子

孙,不会乱了李氏江山的血统。”

“朕可以下旨,但绝不可昭告天下。”他坚决地答道。

“你到底还是想维护她?”刘念如冷冷质问,“不过今时今日,你认为你还能保护得了她吗?”

“这道旨朕不会下。你若喜欢,大可以代朕拟旨——如今哪里不是你的天下?”

“那么……”刘念如声音一扬,“臣妾告退。”

一阵脚步声响起,丝绸裙裾拖过玉石地面的窸窣声隔着遥远的时空传来,那是戏剧落幕的声音。

宫门隆隆关上那一瞬,一切风流、云逝、湮灭。

“James!”

陈风在我无声的颤抖中慌乱地喊道。

我死死抓住鼠标,不甘地将音频滑到终点,一片悄无声息的死寂劝我死心。

“James!马上开直升机去泰国把 Tada Thamsanit 请来,说我需要他的帮助!”陈风强自镇定地吩咐,“对,就是上次我去拜访的修习小乘佛教的那位僧人。”

“我这就去!”

James 从未见过如此慌乱的陈风,略一惊,连忙领命告退。

“肖,你不会有事的。”陈风从背后揽住我,将脸贴在我不断抖动的肩膀上,“Tada 是泰国最有力量的巫师,无论你身上被种下什么样的诅咒,他都一定能帮你解除。”

我大脑一片嗡鸣,根本无法听清他的话语。只感觉他虽然和我贴得很紧,但却离我有一千年那么遥远。

“把那些都忘却了好不好?”他一边亲吻着我的背一边哀求。

“忘却?”我哑然失笑,苍白无望的眼神看往莫测的天际,“刻骨铭心的事如何忘却?”

我转过身,睁大迷离的双眼看定他:“你知不知道什么叫做刻骨铭心?对了,我忘记了,你们这些人是不知道的,因为那是一件愚蠢的事情。”

我顿了顿,起身凭栏,空气中还未散去的是蔷薇血液的馨香。

“是,我不知道那是一种怎样的感觉,但我能体会。”他紧跟上来,看护好我这头感情用事的怪兽。

"我累了,我先去休息。Tada 来了,请叫我。"

匆匆摆脱了一个试图安慰我、说服我的男人,我以最镇定、最优雅的姿态走下阳台的扶梯。

整整三个钟头,我平躺在柔软的大床上,半梦半醒。

真相抽丝剥茧,脱落出一个悲剧的雏形。

我无力再去想很多东西,也无力再心疼,这么久以来,那些活着的、死去的都没有我疲累。

门笃笃敲响,仆人叫我去客厅。

我换上衣服,淡淡化上妆,不慌不忙的描抹中,一个预谋成型。

去到客厅时,陈风正自若地和一个长相清癯、眼神幽深的泰国僧人聊天。我们向他行完礼,安静地坐在陈风身边。

那个叫 Tada 的僧人面含微笑看定我,半晌不语。

"老板,阳台上的佛坛和一切祭祀用品都已经按照大师的意思布置好了。"James 在陈风耳边低声回禀道。

"二位请。"

陈风优雅一笑,延请我们二人上楼。

Tada 颔首行礼,稳步前行。我们则紧随其后。

阳台上的垂拱形隔音玻璃罩已经落下,四周挂满了黑幡,各色古旧的祭器在昏暗的烛火中流淌着神秘的幽光。

"躺下。"Tada 指着祭坛中心的一张圆榻说。

我顺从地躺在香烟缭绕间,有些不安与紧张,只觉得血脉中有一股寒冷的意味。

Tada 在放有三朵白莲的铜盆中濯洗完双手,口中念念有词地祷告上香。祭祀的铃声响起,一时间,一股莫名的压力轻轻覆上我的身体,越收越紧。

我清晰地感觉到他冰冷枯涩的手指在我四肢的肌肤上按压过,但我就是无法睁开眼睛。慢慢地,我的脑海中出现一些零散的画面。我看见刘念如用自己的鲜血在调养一些毒虫,那些毒虫互相噬咬,不断死去。我打了个寒颤,眼前画面顿转,只见刘念如在月光下将一条朱红的蜈蚣剖开,一线黑血缓缓滴入一枚薄胎细瓷瓶中。

"大师，救我……救我。"

我下意识地呢喃，因为我看见刘念如将瓶中鲜血放入我的饮食中，调和入我的熏香中。我隐隐明白为什么我经常会从她调和的浓香中嗅出一丝令人恶心的腥味，也隐隐想起很久以前那场噩梦的真实含义。

Tada的诵唱声越来越急促，越来越细密，一阵咒语念完，我中指心忽然传来一阵灼痛，我纷乱的意识终于在那一瞬坍塌，沉沉睡去。

醒来时，陈风含笑的双眼落入我眼底。

"你的血咒已经解除了。"他握住我的手说。

Tada微笑着看向我，茶色的双眼依然看不出任何感情。

"大师，我中的是什么咒？"我在陈风的牵引下起身，看了眼榻下铜盆中的黑血问道。

"这是一种很古老的双生血咒，起源于古代日本。"Tada用并不纯熟的中文缓缓道来，"它以施咒人的毒血作为导引，再借助咒语种入人体内。这种咒非常强大邪恶，它不但可以侵蚀你的身体，还能侵蚀你的灵魂，等到它完全得到你的能力，你的灵魂就会被施咒者封印，永远消失。"

我一愣，全然没有想到漫画和灵异小说中的情节居然会发生在我的身上，一时恍然如梦。

"这种咒过于邪恶，所以施咒人也要承担同样的诅咒，也就是说你遭受怎样的惩罚与折磨，她便遭受怎样的惩罚与折磨。所以，它叫做双生血咒。"Tada摇了摇头说，"很少有人肯拿灵魂湮灭的代价诅咒别人，所以这种咒就渐渐消失了。"

"大师如何能解除这种咒语？"我有些不解地问道。

"再狠戾的咒语都有时间与空间的约束，当施咒人感知不到你的存在，咒语自然就失效了。所以，我所做的无非只是清除你身上的毒性。"

我默然半晌，联想到我的预谋，忍不住脱口问道："如果我重返大唐，这种咒语是否仍然存在？"

"这个，我无从知道。"

"哦。"我些微失落，勉强一笑，"多谢大师了。"

城市是最无情的丛林，时刻上演着物是人非。

此刻我坐在十年前的那个天台上，看着楼下围观的人群以及他们做的不会让我死得更好看些的防护措施，一切依旧，只是过去的永远都过去了。

早上和陈风说我要购衣，他英俊的脸上闪过一丝幸福的惊愕，然后把卡给我，派遣他的贴身保镖利加雅陪我去购物。

“早些回来，我们一起吃晚餐。”他用一种宠溺新婚妻子的口吻对我说。

我乖巧点头，出了门后，华丽的笑容顿时隐匿在森冷的墨镜后。利加雅按照我的意思将车开到这座大楼下，冷不丁被我击晕。我将她丢进车中，迅速乘电梯上到楼顶，因为我知道不出几分钟陈风就会赶到。

“肖，你要干什么？”

天台门在十分钟后被打开，眉头深锁的陈风出现在我视线里。

“自杀啊。”我摘掉墨镜，侧脸妩媚一笑。

“跟我回去。”他简洁地说，平淡的语气中有一种迫人的威严。

“不。”我挑眉看向他，固执地说，“再做一次穿越实验，把我送回他身边，否则，我死。”

“历史已经形成，就算能回到从前，你也给不了他另外的结局。”陈风小心翼翼地往前迈了一步。

“不要试图说服我。要么送我回去，要么我死。”我将头靠在冰冷的墙面上，冷漠地说。

“我无法保证能将你送入那个正确的平行空间。那只是一场梦幻；梦既然已经醒了，就无法再延续。”陈风凝目定定看着我，双唇紧绷成一片锋利的薄刃。

“不要过来。”我冷冷打断他，回头看了眼数百米的高楼。

“肖，不要这样，你先下来，一切都可以商量。”

陈风试探性的脚步终于退却，在阳光中半眯着双眼，静默而无奈地看向别处。

我冷冷与他对峙，不动声色地算计着他，逼迫着他——我早已胜券在握。

古希腊神话里的塞浦路斯国王皮格马利翁曾耗费多年心血雕刻一尊完美的少女像，作品完工后，他深深爱上了这尊雕像，他像对待自己的妻子那样爱抚她，装扮她，并向神乞求让她成为自己的妻子。而陈风，他犹如皮格马利翁一般，深深爱上了我这件完美的实验品，不可能敢让我承受半点风险。

“好吧，我答应你，送你回去。”陈风终于做出了他的抉择，“不过在此之前，我要你见一个人。”

我暗自一笑，面无表情地将手递给了他。

他握住我的手，猛地将我拽入他怀中，俯身狠狠吻下。我笑，被他操控的游戏生涯终于要结束了。

午后，我在一间静谧的小屋子里等待陈风让我见的人。这间屋子异常安静，柔和的灯光洒在室内洁白的沙发上，一切都很宁静，让人感觉很放松。

坐在沙发里捧着一本书看了一个小时，等得有些倦意了，那个人才姗姗而来。我原以为陈风让我见的会是我的家人，不料却是一个身材高大、满脸络腮胡的老外。

“你好。”

尽管我很好奇为什么陈风会让我见一个素昧平生的老外，但我还是得体地向他打了招呼。

“你好，我叫斯金纳，很高兴见到你。”他温文有礼地冲我微笑致意，深碧的眼中透露着明白无误的友好。

“你的中文很好。”我由衷地赞美道。

他看上去像是一位值得尊重与信赖的学者。

“谢谢。”他自如地在沙发上坐好，“因为工作的原因，我需要精通很多国家的语言。我喜欢中文，并且觉得它是世界上最美的语言。”

“呵呵。”我客套一笑，不知道该如何继续这次谈话。

这时，他忽然若有所思地盯住我背后，仿佛那里有很特别的东西。我沿着他的视线看了过去，发现那不过是一座非常漂亮的钟。我刚进门的时候就有留意过它，除了做工非常精湛外，并没有什么独特的地方。

“噢，这个应该就是天堂之门了。”

“天堂之门？”我为这个名字所吸引，不自觉地走到那座钟前，“为什么叫这个名字？”

“据说这是瑞士一位精通制表工艺的神甫制作的，暗藏着天堂的秘密。”斯金纳在跟随着我一道驻足在这座奇怪的钟前，缓缓解说道。

“怎么才能知道天堂的秘密呢？”我饶有意趣地问道。

“你看到表盘上所刻的那道石门了吗？据说那就是天堂之门。如果有缘人跟随着表的秒针默数一分钟，天堂之门就会打开，昭示出一个奇迹。”斯金纳的低沉的声音在耳边响起，有一种蛊惑人心的魔力。

“真的吗？”我问道。

“你可以试试，或许你就是那个有缘人。”斯金纳神秘一笑。

我点了点头，跟着那支奇妙的秒针开始数数：“1、2、3……”

时间一秒秒溜走，我的眼皮越来越沉重，头脑越来越昏沉。朦胧间，斯金纳的声音越来越飘渺，而我，仿佛一个踏进梦魇的失足者，不断坠落、坠落……

尾声

十月，爱琴海，波罗斯岛，一场订婚礼即将举行。

白色细沙上铺满了鲜红的地毯，尤克里里琴美妙的乐声伴随着酒香漂浮在这片欢乐的海洋上。苍翠的棕榈树下，各国来的嘉宾在散布于岸边的五彩洋伞下亲密攀谈。此时，碧蓝的海面映射着绚烂的夕阳，水光天色相接，晃荡出一片童话的色彩。

我坐在硕大的贝形妆镜前任由几个美丽的少女为我梳妆打扮，她们的动作轻柔优雅，让我感觉很惬意。

妆成后，她们为我束上皇冠，帮我披上雪白的嫁衣，镜子中的人儿顿时闪亮起来。

“沫，今天的你真美。”

我的未婚夫陈风从背后揽住我，在我耳边亲密地呢喃。

我含羞垂下眼帘，满心的幸福。

“沫，我爱你。”他亲吻着我的耳垂，“你是我最完美的新娘。”

“风，谢谢你，给我这样美好的订婚礼。”我低声说道。

和他相恋四年，今日终于能名正言顺地为他披上嫁衣，纵然只是订婚礼，我也觉得幸福无比。

他心满意足地一笑，牵起我的手往门外走去。

我们的出现引起了嘉宾们的一阵欢呼，热烈的欢呼声惊起了海岸上栖息的不知名飞鸟。

我有些紧张，因此始终挽着陈风的肩膀微笑，并不时向他们点头示意。

香槟，鲜花，欢笑，祝福，理想中的婚宴全部做足，当一颗粉色钻戒套上我的中指，我想即便是真的公主，此时也会幸福得晕倒吧？

仪式结束后，夜幕降临，盛大的舞会拉起了帷幕。复古风的灯笼和火把在爱

琴海岸边点亮，同银白的月光一道为这里镀上一层绯色的浪漫。

“沫，失陪片刻。”面色酡红的陈风低声在我耳边说。

我温顺地点头，看着他在助理的陪同下回酒店中。

卸下微笑，我有些疲累地坐在椅子上看着一对对翩翩起舞的嘉宾们。不知道为什么，当风为我戴上订婚戒指那一瞬，我眼前却出现了一些奇怪的画面。画面里，一个古代男人正专注地为我戴着婚戒。我正要仔细去看他的脸，脑中一疼，所有画面顿时烟消云散。我莫名有些失落，却不知道失落的源头在什么地方。

“你好，亲爱的肖。”

就在这时，一个满脸络腮胡，金发碧眼的儒雅男人端着香槟向我走来。

我一愣，面前这个陌生人仿佛在哪里见过，但饶是我怎么努力地回想，却总是想不起来。

“你好……”我再次微笑。

“啊哈，你肯定不记得我了，我是斯金纳。”

“你的中文很好。”我客套地赞美道。

“因为工作的原因，我需要精通很多国家的语言，忘记告诉你了，我是一位催眠师。”他深碧的眼中滑过一抹神秘的光芒。

“催眠师？”我的双眼瞬间被点亮，“这是一份很神奇的工作！”

“是的，因为它可以深入人的思想和灵魂。”斯金纳笑着说，“比如说，只要我愿意，我可以抹去一个人特定的记忆。”

“真的吗？我只听说催眠术可以唤起人的某些记忆，并没有听说可以抹去人的记忆。”我有些好奇地睁大双眼问道。

“哈，催眠术具有很神奇的魔力，它不但可以抹去人的记忆，甚至可以随意杜撰一段经历注入人的记忆中，让那些虚假的事情成为真实。”斯金纳凑近我说。

“我不相信。”我轻笑着摇头。

“很多人都不相信这一点。”斯金纳耸了耸肩，“但事实上，我在不久前就帮助一个女孩清除掉了一段特殊的记忆，并且给她输入了一段虚构的爱情记忆。”

说完，他幽深的眼神直勾勾地锁定我。

这样的眼神让我觉得很不自在，于是本能地往后退了一步：“先生，这似乎不道德。”

“人们之所以会痛苦是因为有太多不该存在的记忆，这时候，就需要我们来清除掉它。”斯金纳见提出疑问，悠然解释道，“而给他们一段快乐的记忆，让他们幸福地度过后半生，似乎也没有什么不道德。”

“可是，那些幸福快乐是假的。”

没来由的，我忽然被他的话语激怒，我忘却了自己的身份处境，有些尖锐地反驳道。

“假的，但却是美好的。”斯金纳摊开手说。

我一时语塞，良久才缓缓道：“美不美好，并不取决于外人的价值观。有些东西，就算是心中永远的刺，但我们还是愿意让它永远刺痛下去。毕竟，那些我们所经过的都是别无仅有的。”

“哈，肖的话非常有趣。”斯金纳朗声一笑，喝掉杯子中的香槟，“你是一个固执的人。”

“或许吧。”我淡淡地说。

“Hi，斯金纳。”

就在这时，陈风忽然出现我们身后。他紧紧揽住我的肩，笑问道：“你在和我的准太太说些什么？”

“我们在谈论人生哲学。”

“你的人生哲学是什么？”陈风看定他。

“快乐地活着。”斯金纳若有所思地看了我一眼，“祝福你们！”

说完，他客气地告退，汇入了那片灯红酒绿、觥筹交错中。

飞往罗马的班机即将起飞，我捧着最新一期的时尚杂志在看，让我惊讶的是，很多新事物我都不知道，而那些在我记忆中刚出道的明星居然在一夜间过气了。

“这个世界真奇怪。”我有些好笑地抱怨了一句，放下杂志，有些无聊地等着前去洗手间的陈风。

我一直很想去罗马度假，于是在昨天向他提出去罗马体验生活，一向溺爱我的他欣然应允。

就在这时，一个人在我身边坐下。

“亲爱的，你回来了？”

我笑着回眸看去，不料这一看顿时窘迫得无以复加，那是一个异常英俊的陌生男子。此时，他正讶异地看着我，不知如何应对。

"实在抱歉，你……你们用的是一个牌子的香水。"我红着脸，语无伦次地说，这时，我忽然想起一个事实，"抱歉，你是不是坐错了位子？"

他看了眼座位编号，略带歉意地一笑："不好意思。"

我垂下眼帘，客气地笑道："没关系。"

这时，我的目光不经意忽然落在他裸露在衬衣领口处的锁骨上，那里居然有一排深深的牙印。

我更是觉得尴尬，一时不知道该说些什么。

他注意到了我的目光，轻轻一笑道："这排奇怪的胎记总让人对我产生误会。"

说着，他优雅地起身。

我捧起书，正打算看。

他忽然停下了脚步，再次看定我："我觉得你很面熟，仿佛在什么地方见过。"

我一怔，迷茫地看着他的眉眼。在这个年代，如果谁还用这样滥俗的对白骗女孩子，那简直就是个白痴。但不知道为什么，他的眉眼中确实有一种说不出的熟稔，让我看着有些心酸。

"呵呵。"我不置可否地笑了笑。

"你们是去罗马旅游吗？"他并没有走开的意思。

"是。你呢？"

不知道为什么，我一点也不反感这个算得上轻浮的家伙，甚至有和他交谈的欲望。

"我是去寻找我失落千年的爱人。"他认真地说。

"听上去像个故事。"我看着他说。

"一个吉普赛人告诉我，我的胎记是千年前我的爱人给我留下的烙印。他算准了我们会在罗马重逢，如果我现在去罗马就有可能找到她，可是一旦错过，我将永远孤独。呵呵，据他说，我已经找了她千余年了。"

"这听上去更像一个故事了。"我浅笑道，不敢逼视他的双眼。

"我相信命运与轮回，你呢？"他问。

"我……"我犹豫了片刻，有些局促地答道，"我也是。"

"那真是太有缘。"说着，他伸出手，"幸会，我叫异天行。"

——全书完